Treasures for Scholars Worldwide

徐世昌楹联集

徐世昌◎著

马秀娟◎主编

张岚　陈雪铮　张彩云◎点校

广西师范大学出版社

·桂林·

徐世昌楹联集
XUSHICHANG YINGLIANJI

图书在版编目（CIP）数据

徐世昌楹联集：整理本 / 徐世昌著；马秀娟主编. 桂林：广西师范大学出版社，2024.6. -- ISBN 978-7-5598-7088-9

Ⅰ.I269.6

中国国家版本馆 CIP 数据核字第 2024NQ1862 号

广西师范大学出版社出版发行

(广西桂林市五里店路 9 号　邮政编码：541004)

网址：http://www.bbtpress.com

出版人：黄轩庄

全国新华书店经销

广西广大印务有限责任公司印刷

(桂林市临桂区秧塘工业园西城大道北侧广西师范大学出版社集团有限公司创意产业园内　邮政编码：541199)

开本：880 mm × 1 240 mm　1/32

印张：13.375　　　字数：370 千

2024 年 6 月第 1 版　　2024 年 6 月第 1 次印刷

定价：68.00 元

如发现印装质量问题，影响阅读，请与出版社发行部门联系调换。

编委会

主　编　马秀娟

点　校　张　岚　陈雪铮　张彩云

整理说明

徐世昌(1855—1939)字卜五,号菊人,又号弢斋、东海、涛斋,晚号水竹村人、石门山人、东海居士,直隶(今河北)天津人。徐世昌是中国近现代史上著名的政治家,也是中国早期现代化的革新人,促进了中国早期经济、军事、教育以及外交的现代化改革。其早年中举人,后中进士,授翰林院庶吉士、翰林院编修、武英殿协修。袁世凯小站练兵时为其谋士,颇得器重。在袁世凯称帝时,徐氏以沉默远离,退居河南辉县水竹村。民国七年(1918)徐世昌被段祺瑞的安福国会举为中华民国大总统。同年,其下令对南方停战,次年召开议和会议。民国十一年(1922),直系军阀曹锟恢复旧国会后,徐因缺乏军事实力,被迫辞职,退隐天津租界。徐世昌国学功底深厚,著书立言,研习书法,工于山水松竹,被后人称为"翰林总统"。其一生编书、刻书三十余种,如《清儒学案》《退耕堂集》《水竹村人集》等。

徐世昌所在北洋政府时期,整个社会处于重武轻文的氛围中,而他确是那个时代少有的"文人"政治家。少年时的徐世昌在严母督课下,即养成"博闻强记"学风。任职翰林编修期间养成了每天读书读报的习惯,用以增广见识,并自诩"秀才不出门,能知天下事"。这样一位学识渊博,知识储备丰富的大总统,最喜欢通过文学艺术的形式来抒发心意,解忧释怀,而楹联创作自然也包含在内。楹联,又称"对联""联语""联名""楹帖"等,从古诗文、词、曲等发展而来,其对偶形式符合中国的传统审美习惯。楹联虽言简意赅,但寓意深刻,内容丰富,涵盖山水景物、风土人情、胸襟情怀、警世格言等,雅俗共赏。徐世昌创作的楹联不仅数量丰富,而且造诣颇深,具有深厚的文化内涵以及较高的艺术水准。在中国楹联史上,徐氏可谓一个重要人物,其对中华传统文化的认同与热爱,以及"翰林总统"特有的文化底蕴与审美意趣,皆可从其楹语创作中展现出来。

考徐世昌《韬养斋日记》可知,其年轻时开始写楹联,然数量不多,且多是应和之作,到晚年才进入楹联创作的鼎盛时期。尤其是自民国二十二年至民国二十七年(1933—1938)间徐氏撰写了大量联语,不仅连续数月笔耕不辍,而且每日创作联语多至三四次。在这期间,收录其楹联作品的《竹窗楹语》《藤墅俪言》《杞菊延年馆联语》三部书也相继刷印问世。这三部书共收录徐氏作品一万余副,其中《竹窗楹语》二十一卷、《藤墅俪言》三十卷,楹联以七言为主,兼有五言、六言、八言、十言、十三言不等;《杞菊延年馆联语》三十六卷,楹联以五言为主,兼有六言、八言、十言、十三言不等。由于系徐世昌晚年所作,其作品体现出儒家文化内涵,也传达出儒道释互补的传统士人精神,当然更多的是表现出徐氏高远、开阔的意境与恬淡自由的志趣。这些都通过诸多意象,撒播在其耕作的楹联园圃中,等待时光里的阅客去发现与鉴赏。基于此,兹将《竹窗楹语》二十一卷,民国二十三年(1934)铅印本,《藤墅俪言》三十卷,民国二十五年(1936)退耕堂铅印本,《杞菊延年馆联语》三十六卷,民国二十七年(1938)退耕堂铅印本三部著作汇成一册,题为《徐世昌楹联集》,整理出版,以飨诸君。

此次整理工作遵循古籍整理的一般原则。底本中的繁体字、异体字、俗体字一般用通用规范字代替,有特殊意义的予以保留。本书部分文字涉及校勘,有形近而讹者,适当保留繁体字和异体字。倒错及避讳缺省字,径自改之,不出校记。底本中模糊不清或缺字者用"□"标识。限于点校者的水平,舛错在所难免,尚祈斧正。

目 录

竹窗槛语

序 …………………………………………… 002
卷一 ………………………………………… 003
卷二 ………………………………………… 007
卷三 ………………………………………… 012
卷四 ………………………………………… 017
卷五 ………………………………………… 022
卷六 ………………………………………… 026
卷七 ………………………………………… 031
卷八 ………………………………………… 036
卷九 ………………………………………… 041
卷十 ………………………………………… 045
卷十一 ……………………………………… 050
卷十二 ……………………………………… 055
卷十三 ……………………………………… 060

卷十四	……………………………	064
卷十五	……………………………	069
卷十六	……………………………	074
卷十七	……………………………	079
卷十八	……………………………	083
卷十九	……………………………	088
卷二十	……………………………	093
卷二十一	…………………………	095

藤墅俪言

序	……………………………………	102
卷一	……………………………………	103
卷二	……………………………………	107
卷三	……………………………………	112
卷四	……………………………………	117
卷五	……………………………………	122
卷六	……………………………………	126
卷七	……………………………………	131
卷八	……………………………………	136
卷九	……………………………………	141
卷十	……………………………………	145
卷十一	…………………………………	150
卷十二	…………………………………	155
卷十三	…………………………………	160
卷十四	…………………………………	164
卷十五	…………………………………	169

卷十六	174
卷十七	179
卷十八	183
卷十九	188
卷二十	193
卷二十一	198
卷二十二	202
卷二十三	207
卷二十四	212
卷二十五	217
卷二十六	221
卷二十七	226
卷二十八	231
卷二十九	236
卷三十	242

杞菊延年馆联语

序	248
卷一	249
卷二	253
卷三	258
卷四	263
卷五	268
卷六	272
卷七	277
卷八	282

卷九	287
卷十	291
卷十一	296
卷十二	301
卷十三	306
卷十四	309
卷十五	314
卷十六	318
卷十七	323
卷十八	328
卷十九	333
卷二十	337
卷二十一	342
卷二十二	347
卷二十三	352
卷二十四	356
卷二十五	361
卷二十六	366
卷二十七	371
卷二十八	375
卷二十九	380
卷三十	385
卷三十一	388
卷三十二	393
卷三十三	395
卷三十四	400
卷三十五	403
卷三十六	410

竹窗楹语

序

白河一湾，闲园十亩。翳花通径，傍竹开轩。棠阴可憩，望如锦城；蔬甲初妍，拟之绿野。无亭台之侈设，得泉石之清怡者，是我羧斋师之海西草堂也。登其堂，彝鼎东西，签滕左右。临池偶寄，则翩然戏鸿；叩壁微吟，则翛然鸣凤。吾师以嵩高之望，振卷阿之音，穆若风清，超乎尘表。曩辑拣珠集，则泫既受命，拜而序之。比者乞书缣积，时出云章；题楣锦新，类由天藻。碎金悉收大冶，积玉遂为宝山。师萃而录之，题曰"竹窗楹语"。记砚席之近赏，见讽咏之余情。语皆有物，明堂清庙之型；成以无心，青山白云之趣。盖邓林积荫，披一叶而皆芬；元渊蕴奇，捧寸珠而必耀。所谓临淮将兵，忽新壁垒；士行取材，无遗竹木者已。夫昔贤有传，断句斯足。文良白燕之咏，不雕黄叶之吟。蔡邕八字，即为妙辞；蒋凝四韵，已惊绝唱。矧复渊岳在抱，云霞写衿。至文所贲，本奇偶以相生；逸籁自宣，每高奇之见贵。譬夫贯轮之虱，中则应心；感候之葭，动皆赴律。凝香寝静，以代据梧；戛玉风来，如闻拂楮。谢安石之陶写，讵忘苍生；文潞国之精神，别征墨苑。肖然大雅，传之奚疑。抑又闻之，竹之为德，比于君子。霜雪不渝其色，鸾龙以喻其音。檀栾竦韵，斯成辋水之清；寂寞寻声，或寄柯亭之赏。吾师从容出处，经纬天人，而乃宁静为师，冲夷是慕。寒玉数竿，引为逸友；虚白一室，但对墨君。当夫挥斥烟云，优游案几。子猷竹所，挈笔砚以常供；山公竹林，藐鼎钟而如屣。萧然高致，三叹而抚朱弦；阐厥元音，独谣而追白纻。谓非抗怀于萝袭之外，寓乐于仁智之间者乎？世有游心藻府，望景龙门，绎宝思于琅函，讽玉文于绿册。庶几元和之性，以《雅》《颂》而彰；陶冶之功，与丹青共炳。夫岂徒标典裁于宗匠，资沾丐于后贤云尔哉！甲戌初秋，受业郭则泫谨识。

卷一

考古证今廿五史,通天达地十三经。
空山自有陶宏景,妙画谁识陆探微。
每怜竹影摇秋月,更爱山居写白云。

大隐自有山之癖,好学长与书为缘。
范水模山郭忠恕,笺诗注礼郑康成。
秘笈封题饶古迹,雅怀萧散逸人群。

骏马绝尘三万里,大瓢挂壁一千年。
耽书兴味闲方觉,善睡工夫老更奇。
湿云窗里初温酒,白鸟汀前又晚潮。
室静不妨清坐久,堤平正好独行迟。
疏风正欲来朝爽,积雨从知生夜凉。
阶前碧草三弓地,帘外高槐数尺阴。
紫藤阴下眠琴坐,红藕花中荡桨行。
满阶甘露吉祥草,十里春风得意花。

月于雪后皆奇夜,梅占花先有好春。
夜眠浑如龙蛇蛰,早起长在鸦鹊先。
陶潜宅畔五株柳,范蠡湖中一叶舟。
明霞报晓将朝雨,大海扬帆趁好风。
碧荷细雨眠双鹭,疏柳斜阳噪乱蝉。
风月佳时怀胜友,山林深处读奇书。
山深林密堪真隐,月白风清得胜游。
海气蒸腾作霖雨,山岚隐约入云霞。

十里春风红杏社,一湾溪水绿杨楼。
百年才调秦淮海,十首道情郑板桥。
风云花月皆诗意,竹树溪山入画图。
万点芙蓉花照水,半滩芦荻雪盈洲。

夕阳古驿寻诗路,秋水芦花送客舟。
歌成新曲桃花扇,说尽南朝柳敬亭。
得闲正好安心睡,饱食还须缓步行。
江海楼船三岛路,烟花街市五洲人。

水阁渐消三伏暑,池亭预种一秋花。
水流花放心自在,天清地宁道无为。
画禅笔底善论画,诗史胸中独有诗。
裁笺正欲还诗债,沽酒还余卖画钱。

万顷荷香双鹭下,半滩芦影一鸥眠。
岩壑楼台初入画,风花池馆正宜诗。
每沽美酒留佳客,闲辟荒园种晚蔬。
兴高采烈当呼酒,神怡务闲宜作书。

王氏三槐重门第,窦家五桂富诗书。
烟横野馆铺莎地,雨涨山家洗药池。
瓜棚数点初秋雨,柳岸几丝向晓风。
人在洞庭湖上坐,雁从鄂渚柳边来。

解牛承蜩各有道,光风霁月如其人。
百岁莫疏求己志,一生常抱让人心。
天外群山堪纵目,雨中修竹尽低头。
半潭春水人千里,几点秋山画一衾。

驿堠风霜秋猎马,河桥灯火夜游船。
骏马平原秋校射,高灯广厦夜论兵。
花放水流春霁后,茶甘酒酽客来时。
千寻太华亘西岳,九曲黄流入大瀛。

柏干千年坚若石,芦花一握软于绵。
岩桂霏香秋一半,庭梧照影月当中。
秋鸿春燕回翔地,风虎云龙造化材。
长松拔地三千尺,修竹参天一万竿。
乐取于人江上酒,惠而好我竹间风。
井中虹见得古帖,原上秋高有好诗。
萧散古淡书之髓,荒寒苍寒画有神。
奇书到眼皆雪亮,浩气蟠胸如月明。

劚桑种黍无闲岁,胙史枕经得古欢。
百忙始识闲中乐,一饭难忘天下饥。
壮岁常存济时志,百年不负读书心。

沈唐文董传画派,成刘翁铁擅书名。
戏鸿堂下墨池涨,鸣鹤园边春草深。
日月所照经纶起,天地无私雨露匀。
立志当出云霄上,持家常在勤俭中。

图书寝馈写山阁,金石菁英茹古楼。
池边风定荷香聚,帘外日高树影圆。
春郭桃花驰骏马,秋园霜果熟林禽。
草阁焚香人独坐,风炉煮茗客初来。

晚菊数丛秋语蟀,长松十丈夜吟龙。
长松瘦竹诗人屋,红蓼苍葭酒客船。
芳草平原春试马,疏灯老屋夜观棋。
梧桐庭院横琴坐,杨柳溪桥放棹回。

种瓜种豆皆吾事,读画读诗亦有情。
柔桑十亩野人屋,修竹数家君子乡。
玉兰花发春无限,木樨香霏秋正清。
红杏楼头诗卷雨,绿杨村外酒旗风。
东坡自是天上客,北海乃为书中仙。
身健自知闲更好,日长唯于睡相宜。
善书昔有郭兰石,画竹谁如郑板桥。
秋水寒芦飞雁影,夕阳疏柳乱蝉声。

被褐怀玉唯有道,深根固蒂乃长生。
右丞吟诗如读画,元章评纸似品茶。
门前绿水三篙涨,阶下青苔一寸深。

晚近有人思上古,英雄退步即神仙。　　三月莺花谁是主,五湖烟水客同游。

一径落花红坠粉,满园芳草绿铺茵。　　无边风月诗怀畅,几叠云山画意多。
墙头碧霭留山影,门外黄云打稻声。　　夕阳芳草碧千里,秋水寒芦雪一滩。
黄叶村中诗意好,绿萝棚下午阴凉。　　书家自有九宫格,医术曾传千金方。
翔鸾骞凤兰亭字,秋蚓春蛇山谷书。　　笔墨奇妙赤壁赋,文字奥衍碧落碑。

南极一星寿者相,春王正月圣人书。　　印泥画沙鲁公帖,应规入矩右军书。
深院梧桐筛月影,小栏蟋蟀报秋声。　　洛阳谁续伽蓝记,天姥曾留太白吟。
隔邻尚有吟诗叟,戴笠长为种菜人。　　书中谁identified京房易,天下皆知蜀道难。
宝藏天地真灵在,呼吸乾坤清气多。　　碑版照耀李北海,笠屐游行苏东坡。

十亩浓阴收柏子,一池清露聚荷香。　　好客今之孔北海,学书昔有苏东坡。
一鹤曾入苏子赋,四家同习鲁公书。　　高楼呼酒来三楚,细雨扬帆过九江。
夭矫神龙来行雨,飞鸣孤鹤正横江。　　江山旧榜吴云壑,神仙妙迹杨义和。
名画曾见沈白石,善书疑是于黄华。　　澎湃万里海天阔,霹雳一声雨势奇。

右军北海真龙象,大令东坡亦天人。　　沈阴海气将蒸雨,薄霁山岚欲变云。
风定市声沈远渡,夜凉渔火照平沙。　　秋风槲叶白云寺,晓月江天黄鹤楼。
尘缘忘尽心长定,皎月当空天更青。　　草木虫鱼辨笺注,林峦树石分荆关。
细雨如丝不到地,微风吹水欲成纹。　　日画丛兰三百纸,昨栽垂柳一千株。

半村半郭寻诗路,一笠一蓑垂钓翁。　　岩悬飞瀑一千尺,室有藏书三万签。
斯人如高山峻岳,其时有甘雨和风。　　十二万年无此乐,五千余言皆真文。
英才不出宇宙外,奇书长在天地间。　　天边云散开新霁,砌下蛩鸣报早凉。
大好诗怀闲处得,骤低酒价醉时多。　　锻炼揣摩诗有髓,分合疏密画之宗。

竹窗楹语　005

径草林花吟好句,樵风琴月写高怀。
藤床木几清宵坐,竹屋茅堂白昼眠。
篆文约束如钟带,圻鄂周回起珠圭。
百里帆痕渤澥水,半天松影泰山云。

人穿石磴藤萝密,秋入园林橘柚肥。
笔妙曾传张二水,文豪谁继莫独山。
关山行旅犹存稿,寰宇访碑合有诗。
杰阁重楼赵千里,奇松怪石张三丰。

旧传秋水长天序,闲仿春山欲雨图。
晚雨寒罾飞野鹜,夕阳疏柳噪秋蝉。
平原草绿春鸠语,大野云黄秋隼高。
天光云影照寰宇,岳色河声镇古今。

结网罩海大鱼出,携笼入山灵芝收。
苍藓碧梧清闷阁,异花幽草辟疆园。
矮树平峦开远势,层云薄霭作秋阴。
密疏雨织池边柳,浓淡烟笼槛外花。

空堂昼卧听秋雨,野岸闲行看晚霞。
天开阆苑无双境,春到琼花第一枝。
茶癖昔传江贯道,石颠古有米襄阳。
村庖日煮三餐粥,午枕梦回一盏茶。

救时事业须知本,从古英雄不畏难。
画笔纵横参造化,诗才闲淡得天真。

渊明不入远公社,清闷能传北苑宗。
清言已入画禅室,名帖犹传思古斋。
一径穿云樵子路,半滩积水老渔船。
半湾潦水叉鱼港,一幅蒲帆卖蟹船。

百世文章存两汉,千年风物说三秦。
紫茄白苋村庖味,翠柏丹枫驿路秋。
一窗新绿初栽竹,十亩荒园旧种瓜。
中庸曾具十家说,礼记犹存二戴书。

野水荒山高士笔,寒鸦古木晚秋诗。
天青云白日光皎,风定潮平海气高。
口吞丹篆饮文字,气吐虹霓射斗牛。
斯文可以济天下,此道常使在胸中。

隐者自于山相契,学士长与古为徒。
无尽溪山数尺画,多情风月一楼诗。
豆棚瓜架初秋雨,萝磴枫林夕照山。
一磴烟云生足底,万家安乐注心头。

秋色已登太华顶,春光先上小桃枝。
晴日午薰原上草,晓阴雨湿槛边花。
老来息影人间世,壮岁倾心天下才。
人间俊杰谁携手,天下艰难早息肩。

道德文章有根柢,英雄事业属艰难。
无边风月西泠渡,不尽江山北苑图。

风云有客朝看剑,花月何人夜度箫。
英雄必爱千里马,书生亦封万户侯。

绿莎夹径客沽酒,红蓼一滩人钓鱼。
名画出于笔墨外,好句求之锻炼中。
名高皎日青云上,身在千岩万壑中。
善忘心里常清净,多睡身中养太和。

天空地阔清心后,山远水长养寿时。
花月有情春不老,文辞无敌客多才。
新秋乍入蛩先语,积雨初收月正明。
深树偶啼布谷鸟,小栏闲放牵牛花。

愧我本无万夫勇,知君自是千人英。
青山红树饶秋兴,白石苍松聚古怀。
滩头海气青苍远,树杪斜阳紫翠多。
礼乐文章垂典则,山川人物见精神。
访胜屡过扬子渡,踏青争上禹王台。

画通禅理董思白,诗有仙心李陇西。
红杏一林牛背笛,绿杨九陌马头尘。

胸中何日无尘事,天下奇才有几人。
神游正如天半鹤,奇逸乃是人中龙。
胸中不着一件事,眼底常看数卷书。
未来事不可迎想,既往日何必追思。

画兰大似钱箨石,写树欲仿董华亭。
养寿长存天地气,读书不废古今文。
村翁自诩种鱼术,邻叟闲谈相鹤经。
孤烟远树通画理,幽亭秀木得诗心。

一窗晴日安心卧,半岭闲云袖手看。
海气蒸成玦阙影,天风吹下玉箫声。
波光春漾湖边绿,山色秋添江上青。
秋水晚霞明野渡,晓烟春树拥山城。

卷二

时平岁稔民心乐,日暖风微春气和。
品格独超众香国,神妙欲到秋毫颠。
奇石聚之平泉墅,名画谁似辋川图。

晓踏阶前含露草,晴开栏外向阳花。

孝慈具于性之始,定静久矣气乃平。
诗名不让赵瓯北,画理突过曹云西。
观棋磐石近丹灶,拄杖高岩看白云。

庭花红紫冠秋色,垣树青苍得早凉。

竹窗楹语

泰岱兴云作霖雨,渤澥无风息波澜。
三岛云霞双蜡屐,五湖烟水一渔舟。
五斗不食折腰米,七弦常抚伯牙琴。

烟村原树传诗句,雪浪云根写研山。
石自点头花自笑,形如峻岳气如虹。
云树溪山常在眼,风花雪月总关心。

晚雨滩头垂钓叟,晓凉陇畔灌园翁。
眼从云水光中洗,人在烟霞天半居。
爱画入骨莫秋水,锻诗有味倪云林。
枕上诗成须强记,座中客醉说奇闻。

世间善士常相接,天下英豪自有真。
三岛云霞沧海日,一樽风月庾公楼。
胸吞云梦者八九,腕运黄庭得二三。
黄叶西风秋稻熟,碧霞晓日古松高。

炼丹台上春星灿,太白楼头秋月明。
乾坤象数系于易,日月光明丽乎天。
镕唐铸宋得奇句,锦帙缥囊藏古书。
古籍曾读乾凿度,异书谁注坤灵图。

箕颍逃名人不识,彭祖养性寿无涯。
尔雅说文识奇字,楚骚汉赋皆才人。
杰士功名出寰宇,野人事业种瓜壶。
黑云堆墨大将雨,绿绮横床客有诗。

呼童扫径聚落叶,迟客凭栏看煮茶。
青草湖波春又涨,白门柳色晚来深。
薜荔墙垣秋色老,梧桐庭院碧阴多。
天然美荫婆罗树,妙矣清香佛手柑。

疏雨闲花秋燕语,斜阳高树晚蝉声。
黄河万里昆仑水,红日一帆渤澥云。
疏风凉雨藤萝密,浓绿深黄橘柚香。
两汉三唐存古籍,九州五岳多奇才。

从古英才先立志,平生乐事唯读书。
横拖河汉星千点,斜挂云天月一钩。
静参化理唯耽睡,爱养精神好读书。
独殿春风开芍药,闲听秋雨种芭蕉。

雷鸣北渚来新雨,云度西山变晚霞。
纵横变化张颠草,闲澹幽深务观诗。
雄文自有三都赋,大略犹存八阵图。
暇日偶读乐志论,故人新寄纪游诗。

种竹满园无俗态,浇花逐日见生机。
万里青天横雁字,半江红树隐渔船。
浓绿密牵山药蔓,疏红开遍水蓣花。

翠柏林深低结子,碧桃树老卧开花。
绿波春涨鱼生子,碧草风微燕引雏。
读书上窥天人策,张灯闲观山海图。

浅绛深青枫树叶,小红嫩绿茑萝花。　　山雨欲来云脚暗,江风初起浪头高。

荷叶半翻斜照影,柳条低拂晚烟痕。　　雨过夕阳明树杪,夜深渔火点江潮。
半郭半村沽酒路,一蓑一笠网鱼人。　　太华西来迎晓日,大江东去送秋潮。
疏雨初收分菊地,晴云低覆养鱼池。　　松风水月蕴高洁,宋画唐碑秘古芬。
闲花幽草皆含意,近水遥山亦可人。　　海云骤起如堆墨,江雨忽来似上潮。

供客寒庖蒸薯蓣,呼童高架摘葡萄。　　十幅布帆经赤壁,一声铁笛起黄楼。
方言里语通乎道,野叟村农皆可交。　　并世谁为雕龙手,前身应是种鱼人。
阶前草长秋虫语,陌上花开春鸟鸣。　　爱菊真如陶彭泽,画松大似梅瞿山。
晓看云霞起大海,夜观星斗上高台。　　午眠听雨心神畅,晓起看云天地清。

秋猎寒风鸣箭羽,晓行清露湿衣襟。　　江河浩瀚天容静,星斗寒明夜气清。
山中自有青精饭,座上谁擎白堕杯。　　寒食东风花市路,画桥春雨酒家楼。
墨以磨能寿千古,诗有律独擅三唐。　　隔水看花分意态,摊烛作画见精神。
红紫堆筐山果熟,青葱夹径水芹香。　　清浊自分沧浪水,卷舒频看泰山云。

人自不出古今外,道乃长盈天地间。　　大璧出云石韫玉,清池印月龙养珠。
籀文曾考太保鼎,拓本今传季子盘。　　自有闲心拾松子,曾将清梦入梅花。
山川神物铸九鼎,宫阙人文赋两都。　　仙乐大张洞庭野,古书深藏宛委山。
案上偶观金楼子,阶前闲放玉簪花。　　醉乡别自有天地,梦境何尝无功名。

洲前春水渔人网,江上风帆估客舟。　　春雨一犁驱犊叟,秋烟半亩灌园翁。
动静交养江河量,巨细相涵日月光。　　张颠笔下龙蛇舞,杜老诗中星斗芒。
不向沅湘梦烟水,便从蓬岛望昆仑。　　春酒桃花才子梦,秋灯芦荻老渔船。
海内文章重班马,天边雷雨走蛟螭。　　独卧空堂听秋雨,闲临大海看朝霞。

竹窗楹语　　009

浓绿草生含晓露,小红花放爱秋阴。
花外晓风轻似剪,枝头晚雨细如丝。
借他游客登山屐,更有诗人载酒船。
枕流漱石无尘想,弄月吟风畅我怀。

秋田种麦半犁雨,山馆开窗一幀云。
打豆天留秋后热,寻梅人耐雪中寒。
碧天月照蟾蜍影,秋院花深蟋蟀鸣。
宿雨初收碧梧净,闲云不动老松高。

旧锦囊藏葡萄镜,古铜器铸蝌蚪文。
瘦竹闲花皆画稿,澹云薄霭作秋阴。
晴川芳草曾题句,潇湘白云已成图。
天下几人画马骨,世问妙手点龙睛。

半阴半霁新秋后,宜酒宜诗佳客来。
顾吴画笔云霞灿,李杜文章日月光。
乔林旭日鸣山鸟,秋柳斜阳噪晚蝉。
忙里须防尘虑起,静中渐觉道心生。

林和靖以鹤为子,米襄阳拜石呼兄。
浔阳送客白司马,寰宇访碑黄小松。
春风十里开红杏,晚雨一犁长绿莎。
周易犹崇郑氏学,韩文端赖柳公传。

阴晴无定秋初后,冷暖相兼春半前。
夜寒月照梅花影,日午风来橘柚香。

古柏参天郁苍翠,小花贴地散白红。
燕子学飞花似锦,鱼儿欲出水生纹。
苍松白石神仙境,秋月春花诗酒缘。
含毫砚北吟佳句,策杖村西访旧游。

憨山夜谈龙华寺,崔颢诗题黄鹤楼。
东涧白云西涧水,一村绿柳半村桃。
曰仁曰义何必利,治家治国莫先身。
春酿杏花村店酒,客吟杨柳驿亭诗。

春雨细黏杨柳絮,西风开遍芙蓉花。
有增有减何曾得,无去无来且说今。
人将踏雪寻梅去,我正看云采药回。
溪畔垂杨牛背笛,山阴古帖鸭头丸。

有人击钵催诗候,是我听钟未睡时。
夜凉斗室参禅坐,春暖蓬山采药归。
平池荇藻随流水,得地葵花正向阳。
昨夜雨声来海峤,新秋晴色满江湖。

闲庭夜静秋虫语,曲槛花深小蝶来。
荒圃已生龙胆草,小栏闲放凤仙花。
对岸桃花双照影,一年桂柳两开花。
一抹浓云起岭北,半天疏雨过溪东。

十里晓风荷叶雨,一篱秋色菊花天。
晋书唐画有神妙,秋菊春兰得气清。

颖水箕山一隐逸,词坛酒垒众才人。
篝灯大草张颠字,下马高吟李贺诗。

奇书必辨古今本,大乐能通天地和。
张灯大草三千字,绝塞曾驱十万师。
八极九州今疆域,三条四列古山川。
神游画理王烟客,诗入禅宗贾阆仙。

诗才唐之李太白,画手隋有杨契丹。
高山流水意无尽,豪饮狂歌世不知。
秋果盈枝经雨重,丛篁抽笋过墙高。
妙迹不见范龙树,博学犹存顾虎头。

行笔磊落吴道子,骨气奇伟张僧繇。
眼中壁立千寻峻,门外雪深三尺强。
诗才不让赵秋水,画笔谁似李晴江。
东风新柳黄鹂啭,秋水斜阳白鹭飞。

十亩闲云高士宅,一湾秋水野人渔。
黄叶秋声三径雨,青山人卧一楼云。
画在丹青不到处,诗成神韵有无间。
边城名马入秋塞,宝笈奇书对夜灯。

前朝古鼎存奇字,斜日巾车访故人。
博雅好古荆洪谷,潇洒出尘卢浩然。
眼底浮云左武卫,笔下神骏江都王。
渲云烘雾写山径,敛气收神坐草堂。

移菊每当疏雨后,采莲正在晓风前。
烟花台榭诗千首,风雪旗亭酒一觞。

江天远树雁初到,秋草平原马正肥。
三百诗篇韩齐鲁,五千道德天地人。
青葱桑柘得春雨,红紫云霞艳晚晴。
画船烟水红桥路,文酒宾朋绿野堂。

曹氏画龙能致雨,琴高夸鲤亦游仙。
池边露湿芙蓉放,栏外风来茉莉香。
秋园日射葡萄紫,峭壁霜高薜荔红。
芳草垂杨游客路,豆棚瓜架野人居。

乾坤有象卦爻定,天地无私雨露均。
秋山红叶参差树,春水绿波远近湾。
紫茄白苋村庖味,黄菊丹枫古驿秋。
坐卧十日不能去,豪放一饮留其名。

力耕敏耘谷方熟,慎内闭外道乃成。
深院晓烟芳草碧,闲阶夜雨落花多。
曲径烟深花仰面,空庭露重竹低头。
有识始可论书画,得闲正好游山川。

老屋图书多古意,小园花树积秋阴。
远驿寄书劳去雁,短墙引蔓放牵牛。
绿苔幽草秋阴积,黄叶疏林晓日明。
闲开花径待佳客,深坐草堂锻小诗。

竹窗楹语　011

独得神妙韩干马,能传逸性戴嵩牛。
闲云不动乾坤静,旧雨多情早晚来。
野径闲行收柏子,绿阴趺坐听松涛。
凉夜月明人睡足,秋江酒熟客怀多。

黄叶园林初入画,绿莎池馆最宜诗。
秋风初起雁将到,春水方生鱼已来。
远水连天平似镜,奇云出海涌如山。
相牛古已有宁戚,画鹤谁能如嗣通。

古书自可清神志,尘世何须论是非。
性格高迈爱松石,烟波深远隐渔蓑。
一岭松篁弄琴筑,半山岚翠扑襟裾。
出水莲花称君子,名山古柏号将军。
周桥明月今犹好,汴水春波静不流。

萧悦画竹有生意,渊明爱菊得秋心。
观书如对古君子,问农偶遇乡先生。
荡桨偶来莲港北,驱车频过柳桥西。
画仿大痴王烟客,书精小楷文衡山。

卷三

读书有得通今古,乐善不倦养寿年。
汉且不知何魏晋,人之能寿即神仙。
高树参天张翠幄,圆荷擎露走珠盘。

淑性陶情曾百炼,评诗论画亦千秋。
数点秋帆来碧海,几星渔火隔红桥。
三月莺声花底梦,九秋雁字客中诗。

黄叶村中修菜谱,绿萝阴下读农书。
青山有约常招隐,白雁多情数寄诗。
小阁焚香朝读画,高灯照案夜摊书。
酒斟海淀莲花白,帖写眉山荔子丹。

十亩黄云香稻熟,一帘红雨落花多。
日高村树鹁鸪啅,露湿庭花蟋蟀鸣。
珠树方能巢翡翠,铁网始可得珊瑚。
画船人醉重三节,琼岛莲开第一花。

古澹诗如陶元亮,纵横画有范华原。
从知丛蕙幽兰外,正在高岩大岭中。
华亭论画评诗意,彭泽逃名避世心。

才人惯住桃花坞,词客长怀绿树湾。
红紫秋林诗意好,浅深山色夕阳多。
晓日荡开沧海雾,西风先送秣陵秋。

安睡方知心气足,畅晴乃见日华明。

英才必为世所用,春风先得气之和。
登山蹑磴樵苏叟,引水穿渠种竹人。
大令草书初拓本,小亭明月古梅花。
万缘不起心常定,一事无求品自高。

器量恢宏能载道,文章尔雅亦成才。
鱼跃鸢飞参物理,水流花放识天机。
两间日月双丸转,万里风云一气平。
三月莺花金谷梦,九秋草树杜陵烟。

遥岭松杉三万树,长堤杨柳一千株。
幽致峰峦王陁子,闲情诗咏顾逋翁。
九秋鹰隼长城路,千里风烟大散关。
砌下秋虫向晓语,枝头好鸟报春晴。

春前酿酒秋初美,梦里吟诗醒未忘。
村居野渡名人画,岸柳山桃过客诗。
堂前绿绮琴三叠,门外春流涨几篙。
芙蓉花下朝烟重,蟋蟀声中夜气凉。

花竹禽鱼黄要叔,江天风月白香山。
画有神术厉道士,诗传父学罗塞翁。
周鼎旧镌永宝用,商盘深铸又日新。
旧家传后惟图史,胜日留宾共觥筹。

吕梁下激三千仞,华岳高临百二关。

大鹏能飞九万里,蟠桃熟必三千年。
四面云山新画稿,一肩风月古诗人。
帘外花香风送入,栏边树影月移来。
几株新柳千丝雨,一树老梅万古春。

停云虚静观群化,止水澄清见此心。
治心当自定静始,接物还须谦让先。
晓市云痕连海岱,秋城晴色上楼台。
河洛图书开景运,乾坤爻象启苞符。

十月梅花逢驿使,三春烟柳属诗人。
龙吟云聚宝镜朗,虎啸风生天门开。
大树荫垂十万亩,高峰青入九重天。
一窗明月梅花影,四座春风柏子香。

能诗善画姜德隐,喜酒爱菊陶渊明。
门外青山千万叠,座中佳客两三人。
定知北海容秋水,闲对西山看晚霞。
大略不妨先定静,雄才犹自养冲和。

池馆清秋风日美,文词雅集友朋欢。
万事皆松风过耳,一心如皓月当天。
风定山云初过崦,雨余秋水正平桥。
万事尽随流水去,一身高卧白云深。

竹窗楹语　013

晓起市声浮远渡,夜凉花气满秋城。
湖中春水天然碧,江上秋山分外青。
诗成近水遥山外,人在光风霁月中。
月穿树影分明暗,风卷波纹问有无。

邛州道士李水墨,司农先生王麓台。
甘霖早慰苍生望,大德常存赤子心。
东岳泼云作甘雨,西山积雪放新晴。
赤日行天照寰宇,乌云作雨润神皋。

岸帻客穿花径曲,锻诗人坐草堂深。
衣冠朴质勾龙爽,水墨萧疏顾虎头。
千秋雅量回车巷,万古深心击磬亭。
涵养性天如皓月,栽培心地得甘霖。

天下苍生待霖雨,云中白鹤游沧瀛。
壮逸宽恣深溪虎,缭绕飘扬高柳蝉。
两岸闲花来野艇,一溪疏柳入渔村。
明月笙箫扬子渡,梅花风雪灞陵桥。

潇洒飞仙郭忠恕,辉映前古李公麟。
清秋初日上高树,向晚闲云过远汀。
秋夜骤凉疑有雨,夏山润易生云。
台高仰看星辰大,天远周行日月明。

闲花野草如铺锦,远岫平峦入画图。
画希白石青藤上,人在黄楼赤壁间。

几树碧松寿者相,一篱黄菊诗人心。
江下岷峨千里势,山连泰岱一方尊。
磁州画师王丹麓,长洲诗人高青邱。
松下抚琴流逸响,溪边长啸散冲襟。

鹏飞万里长风远,鹤唳一声明月高。
白云数朵在天际,红日一轮出海隅。
从知大略因人用,自有英才应运生。
时序又添秋后热,溪山长作画中诗。

一池风漪涵青皱,满院秋光聚绿阴。
寒虫叫月断还续,秋蝶恋花去复来。
春风花满唐昌观,秋月人登庾亮楼。
山明水净宏仁画,鸾舞蛇惊怀素书。

读书万卷益神智,有田十亩可躬耕。
暇日寻花来野圃,清秋访友过溪桥。
黄花细雨重阳节,红杏春风二月天。
花坞春深施锦障,草堂人坐听瓶笙。

新诗写上银光纸,古砚匣藏玉带生。
挥毫瘦硬周文矩,下笔澜翻董仲翔。
千载溪山养洪谷,几分花月在扬州。
文字神仙苏玉局,烟云诗酒李营邱。

几朵黄花含雨重,两行翠柏入云深。
东来有鹤苏子梦,画中之龙副史才。

神智早出九霄上,身心不滞三界中。
水村鱼市江南画,红杏青松塞北诗。

高楼吹笛秋吟后,广厦张灯夜宴时。
画松昔有宋复古,爱菊今之陶渊明。
荇藻随波似展带,薏苡结子如贯珠。
石瘦松奇高士画,笔飞墨舞醉僧书。

空山一室生虚白,古帖双钩拓硬黄。
诗词意趣为图绘,研炼都京作赋才。
澹云初日秋花圃,细路幽溪古佛楼。
大壑高岩不见虎,斜阳芳草有耕牛。

尘外烟霞春不老,静中天地月长圆。
潦水未消潮信至,朝霞初散雨声来。
雨过园林晨气润,风来池馆晚凉多。
晓日晴明天一碧,秋潮风卷海空青。

花径无人扫落叶,草堂有客来谈禅。
花蹊露重如朝雨,竹院秋晴似晚春。
松花满地云千朵,梅影当窗月一楼。
茯苓粆食黄山谷,琵琶行唱白江州。

九秋风物思彭泽,三月诗怀系曲江。
斜日一亭秋放鹤,平沙万里晓呼鹰。
平冈野馆王摩诘,柳陌沙汀赵大年。
密树杂花秋院雨,金樽红烛画楼春。

春花野馆初停辔,秋柳长堤不系船。
读经读史有常课,种秫种芋亦养生。

嫩苔初上太湖石,细雨犹开秋海棠。
秋蔬半亩犹含绿,晚菊一篱已绽黄。
茜草含烟红若染,苤苢着雨绿平铺。
江天花月松风阁,金铁烟云墨妙亭。

红叶黄花秋入画,青山白水客能诗。
晚节寒花存老圃,明湖秋柳和渔洋。
大地风霜燕易雁,长河雷雨鲤登龙。
雅善丹青赵宗汉,戏弄笔墨何尊师。

不使众缘来眼底,自无一念到胸中。
午枕闲眠云覆屋,秋堂独坐月临窗。
枕上诗成须强记,樽中酒满称高怀。
万里河山瞻气象,千年礼乐见精神。

浅草荒榛生野趣,游鱼飞鸟得天机。
画石群推姜道隐,咒莲谁似佛图澄。
春风原野寻芳路,秋雨田畴种麦天。
梨花院落黄鹂语,杨柳池塘紫燕飞。

绿萝阴下秦筝歇,黄叶声中社酒香。
曾闻宠将论戎马,闲与乡农话稻粱。
池馆烟花三月节,江山裙屐六朝人。
浔阳送客白司马,寰宇访碑黄小松。

密竹和烟遮小阁,野花引蔓上高墙。
故人远客幽燕北,青山多在大江南。
盆梅散馥春先到,岩桂霏香月正圆。
人坐江楼秋过雁,客谈海峤气如虹。

白云数朵万松碧,野鹤一声群山青。
庭槐午荫宜长夏,窗竹夜鸣知有风。
白云平野秋风起,黄叶疏林晓日明。
风台月榭花环绕,水郭山村客去来。

碧苔芳草通幽径,黄叶平林界远岑。
青城隐士赵云子,黄鹤山樵王叔明。
妙语如闻荷蒉叟,名言莫论卖柑人。
紫蟹黄花助秋兴,红桃绿柳写春容。

桃花源不知汉魏,竹里馆别有春秋。
茂林修竹兰亭序,残月晓风柳岸词。
杨柳门前问僮仆,桃花源里隐人家。
秋高气爽一身健,春和景明万象开。

久晴港汊潮痕退,向晓园林秋气清。
秋来高折月中桂,年少曾看日下花。
青山过雨息群鸟,碧海无波见大鱼。
溪中流水清无滓,天半停云静不移。

更开辟径栽新竹,别起小楼贮古书。
郁罗萧台三辰秀,清济贯河一笔奇。
早霁晚阴秋一半,左山右水路平分。
名山结精出美玉,大海藏珍有宝珠。

东风吹暖寻芳路,春雨平添洗药池。
采药山中春信暖,炼丹台上月明多。
岩树红黄霜落后,园蔬青翠雨余天。
绿杨芳草听莺路,红树秋江卖蟹船。

矮几新装大理石,小壶初试宜兴窑。
浅草青痕经雨润,好花红艳得春多。
画师东坡刘松老,书学山谷王逸民。
横海云霞灿若绮,沿溪楼阁暖如春。

道德中能容天地,智慧出先判公私。
云和山长有古意,太乙道士擅清幽。
画史酒狂甘风子,戎衣鞍勒瓦桥人。
左龟右蛇至乐子,能诗善画永康人。

绿杨岸畔船初泊,黄叶声中酒又醺。
疏柳小桥渔子梦,清风明月驿亭诗。
泰岱泼云来好雨,中条过雁带斜阳。
晚雨偶敲松子落,秋晴初报菊花开。

野鹤偶来松顶立,秋虫时在竹根鸣。

书窗雨洗梧桐碧,山径秋深橘柚黄。

玉山佳处甲吴会,草堂雅集多名流。
句曲外史张伯雨,清晖主人王耕烟。
贞松养寿无寒暑,瘦石撑空不动移。
烟花城郭迷春目,诗酒亭台聚水心。

铁崖道人有仙骨,金粟如来是后身。
登华必度苍龙岭,讲学谁继白牛溪。
春树自含今古色,渌波谁测浅深痕。

卷四

乾坤已酿冲和气,人世常存慈善心。
铸剑未成龙气隐,养丹欲就月华明。
柳坞平池飞乳燕,石苔幽草养雏鸡。

十队笙箫春纵酒,一川星火夜登楼。
细雨邮亭芳草路,东风酒斾杏花天。
锻诗欲效黄山谷,卖屩不见朱桃椎。

清泉茂树逍遥谷,玉轴牙签宛委山。
帘前细雨桐花凤,河上东风柳线虫。
万树梅花一老屋,数行杨柳两渔船。
老梅几树一茅屋,桐阴满径两诗人。

鸿渐曾著毁茶论,渊明亦有止酒诗。
神仙岁月吴贞节,山野服装田游岩。
浊酒一樽虾菜美,老梅几树茅檐低。
妙笔不愧丹青引,好句争传元白诗。

数家池馆梨花雪,九曲画桥柳絮风。
溪山无尽如读画,风月有情合入诗。
煮酒偶思醉乡记,焚香闲读乐天诗。
梅花古驿寻诗路,人日东风卖酒旗。

湖上小亭名放鹤,案头古帖写来禽。
观碑独慕郭有道,沈醉谁识王无功。
逡巡绿酒浮春海,旖旎红梅晕晓霞。
对月长悬千岁镜,看花又踏上元灯。

四座共倾文举酒,一瓯闲试武陵茶。
万里林峦开画本,千秋风月属诗家。
芳草沿堤青衬马,垂杨隔坞绿藏鸦。
万紫千红春烂漫,五风十雨岁丰穰。

樽浮竹叶三分绿,灯映梅花数点红。
更烧桦烛添梅影,自有春盘荐蕨芽。
帘外未飞新燕子,篱根已放小桃花。
垂丝杨柳初含碧,带叶桃花又着绯。

竹叶酒香沽野市,桃花饭熟出山厨。
雅颂豳南诗境界,兵农礼乐世精神。
肯让古人是无志,不闻外事自清心。
此地心地不动地,中天性天无上天。

十里晴云芳草碧,一篱秋雨晚菘青。
清秋风日来佳客,良夜琴尊有好诗。
深院闲花擎晚雨,幽篱丛桂聚秋阴。
架上古书藏北宋,匣中名画有南唐。

吐握不闻天下士,啸歌如见古人心。
唐临宋拓存名帖,元椠明钞有旧书。
一榻秋凉酣午梦,半瓯春茗度花时。
卅六洞天春不老,大千世界客何能。

一念慈祥皆善果,万缘淡泊自长生。
口诵一百八佛号,身在三十六洞天。
喜临右军采菊帖,长诵妙法莲华经。
大寿西方无量佛,灵宝太上度人经。

偶临山谷幽兰赋,爱读渊明采菊诗。
偶穿山径拾松子,闲过溪桥买菊花。
壁悬山谷幽兰赋,帖写东坡荔子词。
熟读贾生治安策,愿诵韩公原道篇。

前村策杖寻花去,小市巾车问卜回。
蟠桃一熟三千岁,灵椿大寿八百年。

汲古阁存毛子晋,定香亭识郭频伽。
邯郸诗人赵秋水,太沧画派王廉州。
化形天半成孤鹤,沈睡山深学五龙。
伟矣扶乾坤正气,炳焉见日月容光。

胡马嘶风来耳底,汉书下酒注心头。
古帖闲临北宋本,新诗偶学晚唐人。
千古词人重今夕,高天明月正中秋。
小桥疏柳秋潮退,野市寒灯酒店开。

细雨斜风秋一半,钓丝笠影水三分。
绿柳红花三泖路,青衫乌帽六朝人。
万里青天翔白鹤,重关紫气问青牛。
大鹏展翅九万里,蟠桃结实三千年。

群沾东鲁圣人化,长诵西方寿佛经。
疏雨一篱开稊豆,秋风满架缀瓜壶。
山畔小园收薯蓣,篱根隙地种蘘荷。
松下两三樵客坐,柳阴一二钓人来。

身佩灵飞玉符诀,口诵妙法莲华经。
廊下烹茶烧落叶,园中除草惜苍苔。
青黄秋叶高低树,浓淡晴云远近山。
山林画派无多笔,汉魏诗才有几人。

寒菜满畦浓淡碧,秋花夹径浅深红。
春雨池台花似锦,东风驿路柳飞绵。

人似乔松秋后健,星随皎月夜深明。
锦障雕栏花带雨,画桥灯舫柳如烟。

晴日烘开红芍药,晓风吹放白莲花。
仙人飞舃云中见,王子吹笙月下闻。
蓟门山色随关迥,渤澥潮声带雨来。
溪边松影随云转,山顶钟声向晓闻。

野老饮牛过溪涧,村童放鸭出篱籓。
午饭瓻香炊白粲,夜眠榻暖有青毡。
纵酒娱怀三月节,登高极目九秋天。
著书今有陈东塾,说诗谁继毛西河。

披襟岸帻宜秋眺,扫地焚香爱午眠。
数行原树参差绿,几叠秋山远近青。
菜畦秋晚余寒碧,枫岸霜多剩浅红。
半村半郭桥边市,宜雨宜晴江上楼。

雨过池荷清夏气,风来园树助秋声。
村庖土锉炊香稻,野店砖垆酦浊醪。
几缕炉香烟似篆,一枝梅影月横窗。
小艇载花入市卖,大瓢酌酒买鱼回。

平桥秋水沿堤柳,高树斜阳隔市楼。
夕阳滩外归帆影,流水村边打稻声。
大壑高岩挺古柏,深栏曲槛护名花。
人品如高山乔岳,胸怀若霁月光风。

中条岚气朝来重,太华山容雨后奇。
秋风卷云天宇净,春水生波客路长。

吟风弄月诗千首,范水模山画一奁。
晓起挥毫作狂草,春来清梦入梅花。
欲学湖州画墨竹,从知山谷写幽兰。
着色秋花三两朵,参天古木万千株。

大易谁传孟氏学,新书犹诵贾生言。
下笔大似鲁公帖,放怀朗诵柳州文。
校经至今存七略,考史从古重三长。
早与赤松订后约,先从黄石出阴符。

奇字摩挲经石峪,古籍流观山海图。
四海苍生望膏泽,千年簣序见精神。
好客争如孔北海,传道赖有真西山。
尺水丈山评画手,春花秋月助诗心。

偶阅寻斋读书志,闲画关山行旅图。
缥缈云山师米芾,纵横大草学张芝。
诗意盘胸须锻炼,人才到眼善提携。
天气自然分冷暖,人情何必判炎凉。

一轮照影月华朗,万籁无声夜气清。
未尽读千古名籍,焉能识一世奇才。
搜岩采干支大厦,披榛剪棘寻幽兰。
周回万里廿五史,上下千古十三经。

竹窗榲语　019

此心平静如流水,放眼高空看过云。
苍松翠柏寿千古,瑶草琦花春四时。
种菊人家秋灿烂,画松高士骨崚嶒。
冰解春溪新涨绿,雨余秋径嫩苔青。

春水绿芜怀杜曲,斜阳秋柳忆明湖。
龙吟虎啸皆天籁,鱼跃鸢飞见化机。
洞壑烟霞仙弄笛,江天云树客登楼。
江上酒楼千里客,海滨烟市五洲人。

沈阴不雨书窗暗,酣睡初醒酒兴豪。
春水画船芳草岸,秋阴庭院绿萝棚。
深山大泽劚黄独,茅屋柴门隐绿杉。
芦花千顷白如雪,杨柳一湾绿带烟。

花明柳媚春怀畅,酒绿灯红夜宴高。
几片白云遮远岫,一轮红日出高林。
关岭云霞山北口,市楼烟月海西头。
闲行北渚朝看雁,饱食南檐午负暄。

红藕池塘秋信早,绿槐庭院午阴多。
芳草斜阳牛背笛,横江孤鹤夜游船。
满山槲叶白云寺,横笛秋江黄鹤楼。
采药仙人跨云鹤,种桃道士栖烟霞。

妍日和风枫叶渡,澹烟细雨菊花天。

今古纲维惟道谊,山川蕴育起英才。
室有万千书画债,客来一二古狂人。
四海九州皆乐土,三山五岳任云游。
万壑烟云生足底,千年道义注心头。

合八极九州而治,熟六经四子之文。
黄鹂紫燕交相语,春草秋花各有情。
凉雨数声清夜梦,淡云几片定秋思。
五岭云霞春纵酒,一江风月夜行船。

比户弦歌入邹鲁,四郊禾稼说黄农。
芳甸闲游春渐暖,萧斋静坐昼初长。
中天传薪十六字,老子垂教五千言。
雨润园林花坼蕾,日薰原野草萌芽。

长存碧落元精气,日诵黄庭内景经。
春风初放桃千树,秋月长明桂一林。
明窗作草澄心纸,活火煎茶折脚铛。
海内自应有奇士,天涯何处访神山。

几叠山光开画本,一枝梅影上书窗。
驿路星霜消白堕,旗亭风雪唱黄河。
秋高气爽人身健,渭树江云客路长。
长啸一声天地阔,读书万卷古今通。

种树要为梁栋用,读书先辨古今文。

何人对酒酬佳节,有客催诗纪胜游。
古画必求唐宋格,今人谁习鲁韩诗。
闭目静坐息杂念,虚心读书思古人。

饷我只须桃花饭,为君闲写松芝图。
孤峰高耸千盘岭,一水分流万叠波。
天高自见星辰远,海阔能容波浪深。
为学有得乃能悟,用志不纷凝于神。

逃禅老人善作画,石台居士本能诗。
松石槲木自清雅,林泉烟云见天真。
黄鹤楼传横笛曲,紫霞洞有古琴声。
山中隐逸多奇士,海外栖迟有故人。

晴开原野诗怀畅,秋入林峦画意多。
上士惟守一心静,圣人不与万物争。
一径青莎行药地,半林黄叶读书庐。
溪山晴暖春游畅,庭院秋阴午睡多。

闲评砚石分端歙,谁继诗家辨鲁韩。
天末清风生远籁,秋空细雨送轻寒。
日高原野收棉候,雨湿田园种麦天。
裁诗海淀看红药,拄杖劳山访赤松。

卫水源头种修竹,盘山深处采灵芝。
天台山中采药叟,富春江上钓鱼人。
一代文章推巨手,万家安乐总关心。

心定闲看云万变,虚空如见月长圆。
大瓠能容五百石,茯苓盘结一千年。
昨日敲诗学贾岛,今朝有客话庐山。

诗社有人论汉魏,豆棚野老话羲农。
石铫烹茶论水品,铁琴挂壁存古音。
野老不知城市路,诗人多爱酒家楼。
江上流霞迎岁酒,山中古雪耐冬花。

客路梅花三弄笛,旗亭风雪数联诗。
存养浩气一身内,博济仁心两大间。
细考茶经分茶品,闲观花镜记花名。
抱一自然可为式,生三乃复济斯民。

黑云堆墨疑龙隐,秋水寒芦有雁过。
寒鸦古木诗容瘦,春水平湖画兴豪。
慈湖先生擅高格,清夷长者亦多才。
花月池台三辅梦,江山裙屐六朝人。

落笔当思王元叟,画龙不见陈所翁。
阴阳消息以成易,豳南雅颂可言诗。
惟有闭门种菜叟,不闻横海钓鳌人。
天际云痕连树远,石边泉韵落阶平。

树里日光朝雾散,溪中云影晚晴多。
原树红黄藏野屋,秋岩紫翠泻飞流。
东岳泼云作霖雨,西山高卧隐烟霞。

竹窗楹语　021

小阁对棋分黑白,中泠汲水试旗枪。

卷五

龙章凤文人不识,玉字金书天所存。
闲看园僮扫落叶,时闻邻叟拍新词。
瓮底尚余煮粥米,门前时有卖书佣。

灯影秋江明夜市,箫声春月隔溪桥。
栏边课仆烹茶熟,门外有人送菊来。
月高满地梧桐影,雨过一池蒲藕香。
江上晚霞新雨后,海滨春水早潮来。

笑我独有书画癖,与君共结山水缘。
携锄新种窗南竹,折简闲题砚北诗。
春雨润花寒食后,晚霞散绮夕阳边。
怪石奇松多古意,闲花幽草得天真。

春江短棹绿杨岸,秋水斜阳黄叶村。
欲雪不雪忽飞雨,似烟非烟将成云。
雪友自能传家学,月蓬何处托游踪。
烹茶破睡还留客,画石依花更点苔。

千里雁声秋有信,一窗蝶梦夜初长。
春光妍媚花初放,秋序平分月正圆。
小阁夜寒倾白堕,南檐日暖负黄棉。

巾车紫陌穿花去,小艇青溪载酒来。
一帘清梦隔花影,十里春风飐酒旗。
新得奇书元椠本,旧藏古椀宋钧窑。

日高满地山河影,云散一天星斗文。
书罢掷笔且酣睡,酒阑得句更高吟。
一代轶闻存野史,两间清气入吟毫。
雨过园林晨气润,秋深庭院晓寒多。

半滩明月三分水,满架秋风五色瓜。
胸中长抱冲和气,眼底忽逢磊落人。
巾车闲访村西叟,驿使初传岭上梅。
轻裘缓带见伟度,唱筹量沙亦奇才。

夜坐尚能参画理,晓行亦自称诗心。
涧水澄清宜洗耳,岩峦幽峻可栖身。
偶观华岳千峰雪,闲看钱塘八月潮。
大风吹尘天宇净,好雨润花池台清。

丛桂花开香十里,碧霞云拥接诸天。
身当隐后心常静,书到熟时悟始生。
君子守身如白玉,高人放眼看青天。

满眼风花春烂漫,举头星月夜空明。

一窗晴日摊书坐,十里寒溪放棹归。
满地绿苔抽竹笋,一池清水放莲花。
小阁篝灯作大草,旧瓶注水插新花。
扬州胜地簪花会,历下词人秋柳诗。

数首新诗答旧友,一樽浊酒度重阳。
虎伏龙潜有至道,蝎飞蠕动见天机。
拱立上方闻清梵,特登绝顶看秋霞。
四海苍生望膏泽,九天丹篆映星云。

炼就丹砂写朱竹,采将石绿点苍苔。
古帖闲临王大令,新词犹唱蔡中郎。
参天树结菩提子,满地花开曼陀罗。
十里秋风瓜蔓水,一窗晴日菊花山。

窗前正对吟诗客,门外忽来送酒人。
一窗晓日琴书静,满院秋光竹树高。
诗才疑是陈无已,画理谁参曹弗兴。
平铺春水无边绿,装点秋山分外青。

杜曲春光花万点,繁台秋色柳千株。
寄情云水赵千里,善画枇杷葛一龙。
孟尝门下三千客,杨子江头廿四桥。
棋子本应分黑白,酒材亦自判清浑。

精思妙笔梁风子,嗜酒能诗李谪仙。

云根石气生此砚,天风海涛荡吾胸。
匹马绿芜朱亥市,乱蝉疏柳信陵祠。
小窗坐睡书味足,深堂对客茶香霏。
画笔纵横九万里,诗才磅礴五千年。

烟月客怀桃叶渡,海天人醉菊花杯。
十里松阴双涧路,半潭秋水一诗庐。
几队笙箫游客舫,满街灯火酒家楼。
大寿真如无量佛,慈心长度有缘人。

千重祇树长年绿,万朵莲花一笑开。
独有丹枫助秋艳,好从黄菊写寒香。
赤文谁解灵符券,黄绢昔传绝妙辞。
画龙曹氏能行雨,梦蝶庄生亦寓言。

江湖气韵杨安道,梅竹精神马宗英。
秋风旅客新丰市,春草平原古吹台。
画竹师芙蓉峰主,煎茶学烟波钓徒。
著书学道关尹子,嗜酒苦吟葛长庚。

山中自有青精饭,案上犹存红豆词。
雪苑千年剩辞赋,繁台三月冠春华。
佳节亦应寻胜去,故人犹为报书来。
韦杜春花延胜侣,灞桥秋柳送行人。

竹窗楹语 **023**

山人饱食桃花饭,词客同开竹叶樽。
莫买黄金铸秋菊,要传宝篆寿诗人。
平野长堤芳草路,和风妍日菊花天。
怪石奇松存太朴,商彝周鼎开中天。

春水平时船舵稳,秋风起兮天宇开。
门前有客送诗至,案上无尘展画看。
伊谁肃立程门雪,有人高卧华山云。
千古诗才推李杜,两间画手属荆关。

几辈词人犹结社,二三耆旧约登高。
偶临滩水数秋雁,独立斜阳看晚霞。
白云外实天机畅,黄鹤山樵神智清。
艺菊人家聚秋色,种桃道士富春华。

万里云山开画本,千秋风月入诗篇。
东篱秋色陶家菊,北渚风香周子莲。
画桥春水绿杨岸,驿路秋风黄叶村。
春秋佳日诗千首,花月词人酒一樽。

性坚质重洞天石,体健神清华岳松。
秋树红黄雪已降,朝霞浓淡雨将来。
学书偶写澄心纸,过市忽欹垫角巾。
大名记曾题雁塔,多士谓之登龙门。

闲花亦自荣枝叶,大椿常能庇本根。
晴日烘窗冬亦暖,松阴满地夏生凉。

竹影上窗如读画,茶香绕座忽成诗。
长为洞壑云霞主,尽得风花雪月权。
窗暖方知冬日好,云开始见远山青。
几处园林斗新菊,谁家池馆铸秋诗。

千古江山游赤壁,一亭风雪唱黄河。
妍日春痕梅破萼,新霜天气菊开花。
春意已随杨柳动,东风先报杏花开。
昆仑万里桃花水,华岳三峰松石云。

春雨船归江上路,夕阳人话水西庄。
秋庭松影一双鹤,春水桃花尺半鱼。
万家灯火人安乐,九术笙箫世太平。
青藤白石山人意,紫楗黄瓜村路香。

桃花骏马春游畅,桦烛深堂夜饮豪。
百年礼乐经纶手,一代文章著作才。
千年文治征人瑞,万里和风报岁丰。
曈昽晓日开金镜,和煦春风拂玉阶。

扶持六合程朱理,横绝四海班马才。
读十三经立根柢,以八千岁为春秋。
落花满径莺啼晓,芳草平阶鹤立时。
雪飘兮若无所止,雨沛然使之皆盈。

欲知稼穑艰难意,多在闾阎笑语中。
万顷芦花压秋雪,一枝梅萼报春晴。

五千余言先问道,四十二章还读经。
晚雨凝寒忽作雪,种松经岁已成林。

好句赋青牛文梓,新词传白雪阳春。
细雨秋阴窗纸暗,良朋夜话壁灯明。
寒溪雁影随云度,远树鸦声破晓飞。
春柳似眉留画舫,雪花如掌扑征鞍。

美酒一瓶聊共饮,古琴百衲莫轻弹。
铁雀银鱼登海市,紫茄白苋入村庖。
大文谁继三都赋,古帖犹存百汉碑。
胜日朋多集北地,今年花事盛东篱。

史记近传百衲本,乐工新制七弦琴。
秋深古塞雁高骞,月照连营马不鸣。
怪石据地似卧虎,长松参天如飞龙。
菜羹豆粥山人饭,竹坞荷塘隐者居。

扫地焚香无余事,种花锄草有闲心。
几行秋雁过江去,无数寒鸦绕树来。
闲用烹茶火煮药,复以洗砚水浇花。
新种松篁犹近舍,旧栽桃李已成蹊。

湿云归岫如奔马,奇石满山似卧羊。
门外几湾秋水碧,墙头数叠远山青。
卖画钱来尽酤酒,修琴客至亦谈诗。
几盆秋菊一樽酒,数点寒梅半卷书。

碧云待诏工花竹,黄华老人善草书。
远山入雾双峰碧,芳草和烟九陌青。

怪石眠云如卧虎,奇松冒雨若飞龙。
大字独数王无竞,墨竹不让虞仲文。
曲槛偶来对石坐,小桥闲立看鱼行。
细雨留宾开夜宴,东风吹梦过春山。

冻雨洒窗如击鼓,长虹出海似张弓。
野鹤横飞云一片,沙鸥闲占水三分。
緱岭云霞骑白鹤,草楼风月驻青牛。
大地春归游骑路,夕阳人上钓鱼船。

野鹜寒鸦盘夕照,竹篱茅舍点秋花。
野滩新水鱼生子,细雨春泥燕结巢。
门前客至频求画,天外书来属和诗。
东风酒斾桃花坞,细雨游船柳絮桥。

西岳云容连太白,中条岚气接空苍。
闻道长房能缩地,从知邹衍善谈天。
读书有味知身健,阅世无言见道真。
黄冈曾著竹楼记,卢鸿昔有草堂图。

俊逸清新萧尺木,庄严深厚张瓜田。
浩气在躬善涵养,寸心入定自虚灵。
无极无尽臻于妙,有动有静任其天。
逃禅昔有杨无咎,善画谁知宋彦祥。

门前旧种双松树，庭下已生百本兰。
东山裙屐经纶手，南亩耕耘袯襫人。
数峰碧霭收茶候，万顷黄云打稻声。
十里长松双涧水，万竿修竹一书庐。

豪饮有才倾满座，纵谈无语不惊人。
好鸟翩翻送吉语，良朋稠叠寄新诗。
人事峥嵘天意静，月光澄澈水心清。
石室藏书十万卷，草堂来客二三人。

上仁上义有得失，妙观妙听无形声。
笔含清气孔蕺谷，墨有精光刘石庵。
苍松翠竹能消暑，紫蟹黄花又报秋。
圣人大道重复礼，老子名言在不争。

月上疏窗添竹影，雨余满地落松花。
红藕丛中弹绿绮，紫藤花下读黄庭。
竹影上窗如读画，花阴满地忽成诗。
大壑鸣琴有异响，深山种树无凡材。
得意春风拂万物，关心时雨慰三农。

纸窗斜上梅花影，瓦鼎闲焚柏子香。
秋风旅客薔腾醉，春草王孙汗漫游。
严寒气候日光暖，酷暑天时雨意凉。
满院春光花放候，一窗晴日午眠时。

江天小阁人千里，花月高楼酒一樽。
壁悬古画生奇想，座绕名花有异香。
月不知寒冬益朗，花如笑客午齐开。
樽中酒暖客盈座，栏外花开春满园。

三十六洞天福地，一百八午夜钟声。
胸如大海无涯涘，品似乔岳绝跻攀。
深山采药无凡品，老屋藏书有异香。
天下英雄皆艰苦，人间大寿必清闲。

天骥呈材九万里，老松养寿几千年。
读书亦自有心得，习静几曾入坐忘。
日月中天循躔度，山河大地见精神。
四野有农知岁稔，八方无事乐春和。

卷六

三百篇豳南雅颂，五千言道德神仙。
碧霞宫观群仙会，玉洞桃花万树春。

世人喜读范滂传，文字犹存有道碑。
种松已长七尺干，晚菊犹开数朵花。

龙门居士多逸兴,橘斋道人自清闲。

点将曾为风月主,逃禅长住水云乡。
黄花绿酒酬佳节,紫烟白云接上清。
读画忽思李真逸,落笔欲学王澹游。
半山岚气初过雨,一涧泉声似隔云。

草窗亦善画梅竹,丹邱本自能文辞。
奇画偶从空际写,好诗多向梦中成。
苍古有法龚圣与,雅洁不凡王才翁。
天地八万四千里,诗歌三百十一篇。

心经日诵波罗密,志愿已证斯陀含。
万籁无声耳清静,一尘不染心光明。
秋瓮已开桑落美,春盘初荐蕨芽新。
晚饭黄精初出釜,小园紫菊正开花。

青松红杏留诗卷,白葛乌纱称道装。
琴停忽见雁鸿过,茶熟时闻蚯蚓鸣。
竹能挺直花能静,山自崚峋水自清。
长松高结万千子,晚菊犹开三两花。

大砚日磨三斗墨,细火闲烹一铫茶。
欲炼丹砂制灵药,闲骑白鹿采仙芝。
出鼎烟痕紫几侧,开门雪意满天涯。
佳茗新煎半炉火,寒梅初放数枝花。

青天碧海翔双鹤,翠壁丹崖隐万松。

应五百年之景运,以八千岁为春秋。
晓雾欲消日轮出,晚云未散月华流。
白玉楼台花满树,碧霞宫观月中天。
酒豪不让座中客,诗思忽招天外云。

夜寒霜重白如雪,春暖波平绿带烟。
盆梅已自春前放,瓶菊犹能岁晚开。
夕霁朝阴互寒暖,东游西泛得安闲。
松柏满山无杂树,涧泉百道皆清流。

照水闲云愈清白,隔山古柏自高森。
登车揽辔澄清志,野服黄冠冷淡人。
从知雷雨经纶手,不在膏粱文绣中。
天下英豪能有几,世间真隐亦无多。

河声犹带昆仑气,岱色长余齐鲁青。
古文上考周秦世,大乐能通天地和。
世不知名自安乐,人能无欲必长生。
事必师古勤于学,天不爱道传之人。

至理偶从闲处得,天心还向静中参。
天下承平赖英俊,人间安乐是清闲。
一代才人供著作,千年文史重征求。
立志当从勤学始,着手方知任事难。

竹窗楹语 **027**

净洗碧梧设琴榻,闲扫落叶安茶铛。
接人当自谦和始,处事必由戒谨成。
大定修撰意高古,重阳真人笔神奇。
三两株松一只鹤,万千杨柳数声莺。

晚菘入馔味初美,新稻登庖饭自香。
霞明琼岛延龄药,云护蓬山不老松。
萧斋旧有雷文鼎,画阁犹薰鹊尾炉。
花香鸟语春无限,月白风清夜未央。

大海明珠千万斛,深岩古柏二三株。
万里云程看后起,百年乔木挺孤标。
千重云气如沧海,万顷松涛涌翠岩。
欲唤青龙沛甘雨,闲骑白鹿学游仙。

座中偶至三山客,门外时停四海船。
风情月意无人识,山色溪光入画多。
细火新茶煎普洱,明窗大砚写石涛。
懒残寺中夜煨芋,天台山上早餐霞。

沽酒偶来花外市,怀人多上水边楼。
天台老人多逸兴,阳城主簿本奇才。
大砚墨浓作狂草,小窗人静写秋山。
种松万树兰万本,买山一区湖一隅。

小亭高据重峦顶,野径斜通叠石旁。
沈阴不雪不雨候,薄霁有云有日时。

放眼要知天地阔,澄心如见日星明。
春风鼓动阳和气,时雨潜滋舜麦根。
人海论交几知己,名山著述一闲身。
问道欲仿烟萝子,养生长住水云乡。

松雪数世擅文誉,玉局一家皆奇才。
人来蓬阆居安乐,春满乾坤养太和。
五台梵呗琼霄上,三晋云山宝镜中。
日月星风云雨露,易书诗礼乐春秋。

晴窗偶写猛龙帖,老屋闲烹小凤茶。
闲评砚石分端歙,偶校诗才辨宋唐。
架上古书数十卷,座中佳客二三人。
长风卷云月初上,大海无波日已高。

六十四卦羲文易,五千余言道德经。
叩琼钟一百八响,诵洞经三十九章。
一道长堤三百里,万顷晴波十二桥。
绕舍海棠三百树,隔墙杨柳一千株。

十二万年春不老,五千余言道长新。
万树梅花围老屋,几株松桂引平桥。
华岳能诗自疏放,雪村善画亦清超。
雾散云开见晓日,沙明水净点秋鸿。

万峰环翠拥高阁,一水拖蓝架小桥。
雪庵大师善行草,方壶道士写峰峦。

塞上久无千里马,海滨时泊五洲船。
长河已减三分水,晚菊犹开十月花。

垣畔绿摇飞絮柳,案头红染折枝花。
天际雁声自高朗,雨中龙气未分明。
晓起登台看海日,夜眠闭阁梦山云。
清溪一曲放船去,晴日满窗闭阁眠。

芦荻秋江溢浦口,桃花春水武陵源。
江上鱼来得尺素,海滨蚌至有明珠。
人来西寨馈薯蓣,我立东皋看麦苗。
诗屏围座循行读,花径环池缓步行。

烟柳云溪三百里,竹篱茅舍几千家。
得句忽来天外想,含毫欲写阆中山。
月明照影千潭静,云起当天万岭横。
芳草垂杨沽酒路,澹烟微雨落花村。

半天云起龙形见,万壑风生虎啸来。
门前绿柳如垂线,栏外朱樱若贯珠。
满眼风花江上路,一楼烟雨客中诗。
春雪客沽燕市酒,秋风人坐洞庭船。

窗外树声秋后起,墙头山色雨中多。
帘外春归花解语,樽中酒满客高吟。
晴日满窗修砚谱,松阴闲坐论茶经。
种菊一如陶彭泽,画竹大似文湖州。

夜来霜重如微雪,晓起云多变早霞。
人坐一楼一榻上,诗成半睡半醒时。

焚香扫地一室静,引水灌园百卉春。
松阴满地听琴候,竹影上窗学画时。
摊笺试写韭花帖,拨火闲焚柏子香。
座上诗人评画稿,山中道士论琴材。

被褐怀玉蕴厥实,敷荣吐华葆其根。
碧梧百尺荫高阁,黄菊一篱界短垣。
秋树丹黄隔溪涧,远山青翠接烟芜。
玉泉山人自神妙,月涧头陀亦清才。

绿水青山成画稿,丹枫黄菊助秋容。
芳草平坡调马地,垂杨夕照捕鱼村。
蕃马忽传韩秀实,文禽亦有边景昭。
玉栋桥边谁荡桨,银鱼河上又施罾。

讷庵逸人学松雪,武林陈子似云林。
朽木居士金太仆,仙人风度孙都痴。
烧丹炼汞春长驻,临水登山兴亦豪。
洗心一滴杨枝水,开眼千盏莲花灯。

行脚长风乘万里,洗心明月印千潭。
曾闻丹灶将成药,只有白云可赠君。
塞上不逢相马客,山中闲访饮牛人。
流水小桥数亩竹,夕阳高树一城山。

竹窗楹语

对客论琴翻旧谱,呼童洗砚汲新泉。
芳草闲门耕牸卧,春烟密树晓莺飞。
风花雪月诗材富,唐宋元明画稿多。
如能任天地间事,知必是神仙中人。

兰芬桂馥居岩谷,柏直枬坚任栋梁。
欲写梅花寄芳讯,闲铭柏叶发春华。
窗外红梅千万朵,栏边紫竹两三竿。
十里杏花村店酒,一楼风月旅人诗。

大盉共斟除夕酒,小窗闲写岁朝图。
山下秋林高覆屋,门前溪水曲通桥。
万里长城秋猎马,一江春水夜行船。
北走龙沙南雁宕,朝游渤海暮昆仑。

千头橘柚秋园富,几树枇杷夏果繁。
从知世有真名士,不愧岩居隐遁人。
四海文章谁抗手,万家安乐总关心。
闲唤山僮收柏子,自磨古墨写梅花。

几队画船春载酒,万家箫鼓夜登楼。
九秋风月供吟啸,三月莺花足宴游。
方外奇才大涤子,人间博学丹邱生。
玉雪斋诗自合律,金错刀竹亦有神。

江东名士善行乐,南越山人迥出尘。

与我闲论夜坐记,知君善赋晓行诗。
山脚树排双锦障,池心泉涌万明珠。
碧梧清暑山中屋,黄叶深秋江上村。
山河大地九万里,道德真经五千言。

一代清才只有此,两间浩气养来真。
白雪散为谢庭絮,乌云堆作米家山。
日月光华旦复旦,天地长久名可名。
横绝九州黄山谷,独有千古青霞亭。

风尘中自有杰士,岩壑间笃生逸人。
云湖山人独好古,月潭道士亦出尘。
春花秋月频行乐,绿水青山任隐居。
玉华外史志高尚,苇斋先生善清谈。

鞍马关山行客路,江山裙屐少年诗。
蕴蓄胸中先圣理,拓开眼界古人书。
桃红柳绿春山笑,酒酽茶甘胜友来。
六一居士诗才富,八大山人画笔奇。

山岩自有采樵子,野市忽逢卖菊人。
日午闲行看云水,月明独坐听霜钟。
十二红桥三面水,两三画舫一窝云。
割取青州一片石,来写黄山十里松。

七尺石笋如碧玉,一株老松舞苍龙。

修树种花有定课,论诗读画得闲心。
世不知名乃真隐,人能修己必英才。
山不知名问樵客,水行几曲见渔人。

风定池莲含水气,月明丛桂发天香。
春雨梨花三径雪,东风燕子一楼云。
数里垂杨通野市,一湾流水绕柴门。
山中辟谷朝餐露,海上登台夜看星。

妙意出之沈白石,清才复有蒋青山。
西园东山谁得似,五峰十洲自有真。
大野秋晴雕鹗健,高冈春暖凤鸾鸣。
萝径石台飞柳絮,鱼庄蟹舍隐芦花。
向晓林峦含霁色,傍湖村舍起炊烟。

三月梨花春社酒,九秋槲叶野人衣。
偶画奇松三两树,闲种修竹一万竿。
夜寒但觉吟诗瘦,心静渐知尘梦稀。

静养此心如止水,闲登高阜看行云。
林深叶密鹧鸪语,草软沙平麋鹿眠。
水流花放春无尽,茶半香初客又来。
小鼎矮炉闲煮雪,奇松怪石自生云。

秋阴天气宜酣睡,春暖人家又课农。
瓦瓶远汲玉泉水,香篆初浮石鼎云。
数行大草临怀素,十里寒林画范宽。
万丈峰头骑鹤上,双松亭下看云眠。

卷七

周易旁通梁孟学,尚书兼治古今文。
种得黄精五十亩,折来丹桂两三枝。
其人有松石标格,此画得董巨风神。

王丹麓烟云缥缈,沈青门花草精神。
昔闻好道钟离子,今有传经老伏生。
闻鸡舞剑英雄气,驻马观碑学士才。
雅擅词华一莼客,妙精画理两梼仙。

立志迈云霄而上,论文在汉魏之间。
室静无尘宜独坐,庭深种竹可招凉。
风雨露雷天之用,仁义礼智人所施。

红杏酒旗春社雨,绿杨游骑驿亭尘。
微雨初收晨气润,轻烟欲散晓风和。
东风已入河干柳,细雨微沾槛外花。
春归林麓牛头寺,秋入河山凤翅关。

天际乌云如渍墨,庭前白雪已飞绵。
微风薄霁春初暖,细雨沈阴冬不寒。
识字早推许南阁,著书大似真西山。
种得梅花三万树,养成鹤寿一千年。

人事有百思不到,天心则万理皆通。
收神自觉乾坤静,放眼须知天地宽。
天下则万物皆备,人间无一事可争。
习礼乐射御书数,瞻天地日月星辰。

晴日满窗人独坐,闲云入户客双来。
清樽共饮莲花白,名帖闲临荔子丹。
一轮照海天宇朗,万籁无声夜气清。
小瓮新开春社酒,矮笺闲写晚唐诗。

客来小饮金波酒,晚食还须玉糁羹。
壁上高悬烟客画,盆中新放水仙花。
伊谁雪中披鹤氅,有客月明吹洞箫。
南羽妙笔画墨谱,东坡闲兴参诗禅。

楼居镇日啜香茗,山行入云采石芝。
中酒情怀春雪后,护花心事晚晴时。
诗骨嶙峋孟东野,文辞清丽洪北江。
塞北风光千柳外,江南春色百花中。

夜坐深堂评砚石,晓行曲径解花铃。
剪灯闲写黄甘帖,拨火旋烹紫笋茶。

异书数卷金楼子,古砚一方玉带生。
高灯清酒夜开宴,古帖名碑客善谈。
川谷皆归沧海阔,陵阿应知岱华高。
一阵雁声沈远渡,几星渔火点平沙。

闲引螺杯斟柏叶,自磨麝墨写梅花。
闲评百卉修花镜,偶写千文习草书。
开樽共饮兰陵酒,纵笔闲书草诀歌。
论诗读画翻琴谱,煮雪煎茶烧松枝。

养气必先节言语,爱人自易得天和。
古书名画罗四壁,胜友良朋聚一堂。
荆草拳石闲点缀,山花野鸟不知名。
灵光四照飞天镜,心迹双清似玉壶。

胜日出游行易远,良朋相对语偏多。
云水苍茫随雁远,霜林红紫得秋多。
爱菊爱莲各有托,看云看水两无心。
省身先自安心始,快论方知缄口难。

室储松子三千斛,手种桃花十万株。
帆樯远近通津海,烟树苍茫识蓟门。
劚桑种秫农家事,渔水樵山隐者怀。
论诗读画闲居乐,临水登山逸兴多。

峥嵘画手王烟客,冷澹诗人贾阆仙。
翩翩翠鸟三珠树,芬馥琼花九叠屏。

烟水归帆成画稿,关山晴雪拥征鞍。
月明桂树三千界,春暖琼花一万枝。

措意于烟霞以外,置身在松石之间。
农场预报丰年喜,村野时闻乐岁声。

瑶草琪花生洞壑,赤文绿字搜奇书。
珊瑚碧树文鸾舞,云锦屏风孔雀开。
羲献精神留百世,杜韩辞采自千秋。
偶招海鹤无穷数,闲种蟠桃不计年。

卜居近箕山颍水,游心如野鹤闲云。
种竹爱培君子德,结茅愿近野人居。
汲泉扫叶安茶灶,洗砚焚香展画屏。
雪满空山孤松健,雨足平原百卉生。

茅屋支床寻梦蝶,雪窗濡墨写栖鸦。
杨柳池边新燕影,桃花村外午鸡声。
古驿草肥秋放马,平湖潮退夜归船。
妙书自昔推羲献,名画于今学宋元。

涤砚偶书乐志论,挑灯闲读坐忘篇。
朝雾夕烟生湿润,翔风膏雨蕴生机。
矮架已牵山药蔓,小栏初放石榴花。
两肩莫笑吟诗瘦,百岁仍虞识字稀。

乾坤有象群情见,天地无言万物生。
互市有人论茶马,登楼结客醉壶觞。
晓雾未开渔唱远,晚风初送市声来。
千年妙笔传书谱,六法传灯问画禅。

一溪水涨鸭头绿,群峦雨洗螺壳青。
好句尽题山水障,妙笔谁画草堂图。
东风寒食重三节,流水斜阳丈八沟。
种树穿池米友石,能书善画陈眉公。

窗暗方知晨雾重,诗成却喜故人来。
一潭秋水涵明月,万里晴天养片云。
晓起纵观青岛海,晚来闲看赤城霞。
栏边尽种万年菊,亭下初开千叶莲。

纵笔谁能师草圣,荷锄还欲祀花神。
忍冻吟诗居野屋,冲寒沽酒过溪桥。
苦吟谁更称诗史,下笔还应笑墨痴。
佳客闲评唐宋砚,奇文爱读老庄书。

窗外梅花迎岁放,庭前梧叶报秋来。
天真烂漫论书法,笔势苍茫识画师。
匣藏古墨如乌玉,架有奇书尽赤文。
苔草夕阴鸣蟋蟀,蘋花秋水点蜻蜓。

世不知名甘遁隐,人能无欲自清高。
流水桃花春不老,秋风桂子月长圆。
骨力遒劲字体外,神气淋漓翰墨间。
五典三坟垂古训,九州四海育英才。

晓色初明村远近,夕阳分照路东西。
斗酒十千供一醉,良朋二三同百年。
含毫写意蓝田叔,高歌命酒丹邱生。
诗文书画随其兴,藏修息游任一天。

大道汪洋论秋水,众人欢乐登春台。
耕田自种长生果,结屋常依不老松。
早梅含苞如火齐,晚菊开花似饼金。
瓜皮艇载双罂酒,杨柳枝穿尺半鱼。

林密已通采药径,山深别起读书楼。
偶来松顶一双鹤,闲放湖心十万鱼。
韩文杜诗尽入选,名山大川欲成图。
万象空明入定候,一心灵澈坐忘时。

秋风苜蓿来胡马,春水桃花出鳜鱼。
双屐客来开酒榼,十联诗就擘吟笺。
几点秋星开剑匣,一窗夜雨读书灯。
松石入诗得逸韵,蕙兰成谱有古香。

种豆插秧田畔叟,叉鱼拾蛤海滨人。
三笔五笔画有法,千树万树花自开。
一生知足心常乐,万事无求品自高。
水经曲涧常增溜,山耸奇峰每遏云。

山半出云山下雨,水东种竹水西田。

偶吟芳草踏青句,闲写碧梧清暑图。
飞瀑遥从松顶下,悬藤高压石头奇。
几重树色分遥岭,一道泉声下远峰。
山人自有题诗壁,春水初添洗药池。

鸦阵破烟盘古树,雁声冲雾落平沙。
笔花生管图丹凤,墨水倾池起黑蛟。
大文早著牺农后,直道自在天壤间。
独上酒楼思李白,谁传歌谱说秦青。

新丰美酒天涯客,旧雨草堂文字交。
栽培万物滋生始,涵养一心清静时。
杜曲花开春正好,兰陵酒熟客初来。
长江大河分流远,东岱西华相向高。

上德有无道乃备,中和位育圣之基。
山中岁月无今古,笔底山林有宋元。
常使栽培心上地,莫教紫扰世间尘。
三百六旬岁复始,十二万年春自长。

涉世闲观击壤集,入山常读搴云篇。
竹叶梅花春斗酒,金灯红烛夜吟诗。
深山采药云迷径,古洞烧丹月在天。
别馆花开斗春酒,小窗雪霁写寒林。

旧友偶来论时艺,乡人常与话山居。

春草坡前初试马,秋风台上又呼鹰。
山人身闲吸日月,海客兴豪谈烟涛。
少时读书老犹记,梦里成诗醒半忘。

春水一溪摇日影,寒林万树点霜痕。
晓雾不分山远近,春潮频涌岸高低。
逍遥楼楣霓裳谱,渔洋明湖秋柳诗。
红牙数拍春醪熟,铁笛一声江月明。

饱历风霜骨格健,旷观云水眼光明。
轻烟薄雾梨花院,细雨斜风柳絮桥。
艾竹茅梅出其手,名山胜境富于胸。
晓日东升阳气动,辰星北建天心明。

唐宫法曲霓裳谱,太白仙人天姥吟。
一带秋痕分浦溆,几重晓色上楼台。
怀素亦应称草圣,牡丹只合号花王。
学诗学书兼学画,养形养气更养神。

一楼烟雨凌三楚,四壁图书傲五侯。
一阳初动回元始,万卉滋萌得气先。
三十六洞清净地,一百八颗牟尼珠。
曲水亭边春正好,鹊华桥上月初明。

东坡奇才富文史,南岳名僧写林峦。
浩气自周流不息,仁心以博济为功。
杜陵自昔称诗史,吴佽原来是画师。

数声铁笛梅花曲,几首明湖秋柳诗。
冻雪敲窗如击鼓,秋风过竹似吹箫。
山川灵秀钟仁哲,天地氤氲酿大和。

草茅终古存元气,寰宇群生望太平。
江上绿蓑傲绮绣,盂中白粥胜醍醐。
博古搜奇自高洁,能书善画喜幽闲。
醉后爱挝渔阳鼓,闲时喜听海上琴。

五日画石十日水,百人俊杰千人英。
里巷尚存燕赵气,歌辞犹带汉唐风。
阆苑花光红映日,瀛洲草色碧连天。
十里五里春风至,千树万树梅花开。

闲观芳草知生意,独处空山养太和。
尺幅寸绡含古意,平林远树有清思。
清风明月长安道,颍水箕山隐者心。
法道象天君子志,延年益寿古篆文。

清辞丽句薛时雨,范水模山张大风。
随园昔占江山胜,滰谷犹留翰墨香。
闲倩山僮拾松子,偶随野老踏参苗。
花底春痕飞燕子,柳边晴色啭莺儿。

偶来君子长生馆,闲种深山不老松。
娇莺晓啭藏深树,骏马春游踏落花。
曲江春晚游人少,庾岭梅开驿使来。

竹窗楹语　035

信手拈来皆妙谛,称心而出是奇文。　　山岭回环皆北向,江河浩淼自东流。

海内民心如可接,座中春气自然生。　　好诗自得天机妙,奇画不因旧稿成。
桃花春水垂纶叟,槲叶秋山采药人。　　典册高文光日月,雄才大略会风云。
细笔闲分山茶蕊,小盆初放水仙花。　　慈祥自可培根本,仁厚方能酿太和。
碧海平沙飞雁路,绿杉野屋饭牛人。　　池北老屋闲吟候,海西草堂独坐时。
洗盏更斟柏叶酒,挑灯试写梅花诗。

卷八

天苞地符蕴英俊,河图洛书开文明。　　龙潜虎伏存真气,龟息蛇盘养道心。
共评古墨君房谱,闲听寒山古寺钟。　　啜茗焚香人静坐,穿花沽酒客初来。
韶光漏泄舒杨柳,春色争先放杏花。　　学书突过张二水,画梅大似罗两峰。

今知狷者近于道,古云君子无所争。　　山风入松生逸响,石泉过竹自分流。
双阙飞仙朝斗极,千年卧佛守灵山。　　十里春风舒柳叶,一窗晴日写梅花。
对客论文心尚细,听人说剑气犹豪。　　春雪梨花三岛树,晓风烟市五洲人。
山势崇隆接北斗,水光荡漾入西湖。　　瘦石老梅多古意,辛盘春酒有新诗。

模仿汉文镌小印,检查唐韵谱新词。　　花树争芳春雨足,烟波无际海云高。
善气常迎千里外,仁心早具百年中。　　向晚得鱼沽美酝,伊谁画壁歌新词。
善根早具萌芽内,道谊长盈天壤间。　　修竹茅庐宜近水,高松大石自生云。
古方制药有奇效,妙语成诗亦解颐。　　闻道楚疆古鼎出,不期江上故人来。

晚雨冻凝满地雪,早霞飞散半天云。　　诗多逸韵细心读,客有名言洗耳听。
几重峻岭分红树,一道飞泉下碧峰。　　天地之间自空阔,日月所照长光明。

寒食漫吟传蜡句,清明谁画上河图。
明月窥人入窗牖,夕阳倒影上帘栊。

古鼎深灰焚柏子,小瓶新水插梅花。
老学庵存诗人笔,壮悔堂留公子文。
野岸闲行春水碧,草堂小饮夜灯红。
半窗明月梧桐影,几缕西风桂子香。

皓月光摇金粟影,天风吹下玉箫声。
数笔清超迂叟画,一联冷澹放翁诗。
古篆植根生大草,中天掞藻启宏文。
诗人自昔善行旅,画叟从来喜看山。

室暖盆梅花放早,庭深径竹笋生多。
山不知名问樵叟,水无渡口唤渔船。
一阳生处存真朴,万象开时见道根。
从来仙子善骑鹤,自有高人字饭牛。

慈善人家得天佑,安平乡里乐时雍。
荷有清香常仰面,竹因直节转低头。
自有高怀托书史,略无尘事扰胸襟。
山居未卜王官谷,耕凿欣依君子乡。

西风架上葡萄紫,秋雨墙头薜荔红。
仁心济世群情惬,善气迎人万事宜。
写词人难状之景,非画史凡手所能。
天怀闲淡崔青蚓,笔势峥嵘戚白云。

凡事让人终有益,此心无欲始能安。
措手必施天下雨,立身高出峰顶云。

一丘一壑幽闲境,半郭半城安乐居。
论世千秋如对镜,诵经万遍始通灵。
文雅纵横苏玉局,烟云缥缈米南宫。
读书有得心先喜,学道无求志益坚。

神农百草辨嘉谷,羲爻一画开中天。
关中岳色苍龙岭,江上晴霞黄鹤楼。
风无声响知霜重,星有光芒让月明。
不衫不履傲轩冕,非宋非唐自古今。

和气随春风入序,大文如皎日当天。
放笔为文雪苑派,凝神琢句柳州诗。
高阁夜寒宜静坐,小窗月上助清吟。
画不到处诗能写,花正开时客复来。

华亭深得荆关法,樗叟爱作匡庐游。
乐意当从民事验,春光先向柳梢来。
秋荷短桨双桥路,细柳春衣九陌尘。
草堂无事收神坐,花径闲吟负手行。

山势苍茫莫秋水,笔情简淡金冬心。
两行翠柏夹山径,几片白云荫水楼。
大雪登楼添酒兴,小诗脱稿写苔笺。
雪晴径竹愈深翠,霜重江枫见浅红。

满眼烟霞铸诗句,一肩风雪送梅花。
云冻远林栖鸟隐,雪深老屋夜灯明。
高怀每出云山外,至乐常存性分中。
山岳精神自崇峻,江河器量本渊闳。

关山有客秋行旅,诗酒何人夜倚楼。
晓日朱霞明泰岱,春雷碧海起蛟龙。
日寻孔颜真乐处,每思天地发生时。
翠竹压檐舒凤尾,苍松倚石见龙鳞。

春雷震动抽篁笋,冬雪温和覆麦根。
家僮扫雪开松径,野叟移梅送草堂。
雪覆丛篁三十亩,云封远树几千株。
月明梧院诗初就,雪满蓬庐梦正酣。

炉边煮酒兼烹茗,雪上行车似碾沙。
夜深对月心逾静,雪后看山眼更明。
秋水湖中莼菜美,春风江上鳜鱼肥。
暖炕漫劳煨榾柮,雪窗闲自写梅花。

参寥子游尘世外,洞庭山在水云中。
黄叶秋风江上路,碧云春树海西天。
古方制药有奇效,宝箓传人结善缘。
奇字要须搜字典,古诗正好寻诗源。

春郭晓风盘马地,秋窗夜雨读书灯。

德义经纶方近道,仁慈事业在安民。
座客清谈评砚石,雪窗小饮对梅花。
迷离堤堰铺烟草,装点园林缀雪花。
雪压寒林天外见,船冲冻溜镜中行。

大地千林皆玉树,平畴万里尽瑶田。
云生大石多异态,雪压老松见古姿。
醉中作草笔愈健,雪后吟诗句不寒。
时行霁月光风里,日坐春风化雨中。

大砚旧藏端溪石,小瓶新得钧窑瓷。
诗文绝俗吴远度,胆肝照人牛孝标。
不信人间无濠濮,从知世外有桃源。
杏花春雨江南梦,杨柳东风塞北人。

应知海内多名哲,长与人间结善缘。
放眼纵观列御寇,低头欲拜韩昌黎。
百世长存读书种,半天时听诵经声。
抚琴一曲笛三弄,饮酒数杯诗几篇。

村中野叟寻梅去,山下人家洗药忙。
春暖烟花增灿烂,岁寒松柏见精神。
长堤霰积高低树,平野云连远近村。
放舟欲访赤霞子,画壁谁知白石翁。

烟云莫漫经人眼,花月何曾系客心。

山下白云前度寺,岩边黄叶老农村。
秋深小艇收莲子,春暖平畴看菜花。
种瓜种豆齐民术,学剑学书杰士才。

人不负日月所照,道本在天地之先。
十里莲塘通画舫,几家柳坞隔渔汀。
碧苔老屋参差树,绿水平桥曲折湾。
拨火偶来煨薯蓣,汲泉闲自养菖蒲。

浓云横海又飞雪,晚霞半天忽放晴。
仙云最护广成子,宝箓曾传大洞经。
慈善人家传世久,太和元气得天多。
近仁近义兼近勇,戒贪戒瞋更成痴。

瀛海蓬壶春不老,洞天云鹤月长圆。
莫向人间夸露冕,从知天上咏霓裳。
楼头日上天光曙,窗外雪深夜气寒。
小阁焚香书贝叶,野桥踏雪访梅花。

骞林云月千年鹤,玉洞桃花万古春。
烟云动荡得天趣,水月空蒙绝世姿。
饮酒弹琴人不俗,赏奇论古客多才。
闭目沈思人静默,开天画卦世文明。

偶引龙蛇作大草,闲将水墨写春花。
蜜已酿成蜂亦懒,网初结就蛛居中。
小饮数杯助午睡,高歌一曲遏春云。

游踪欲访赤松子,奇书受自黄石公。
偶沽城市金波酒,饱食村庖玉糁羹。
秋来浩淼芦花水,春至苍茫蒲叶汀。

应世不学万人敌,闭户犹稽三代文。
天地无私同此理,圣狂之界自然分。
喜天下共遵大道,愿世间多生善人。
诗当入妙味逾淡,客有可人论亦豪。

雪月交辉灯满市,云霞相映锦为城。
画当得意墨生彩,书到入神笔欲飞。
天亦有心怜赤子,人还着意隐青山。
云水光中曾洗眼,烟霞深处稳栖身。

一代风骚几知己,四时景物两闲人。
人间至德惟其圣,道之大源出于天。
落笔不愧范龙树,能诗又见张鹤民。
大雪畅晴天意好,华灯美酝客怀高。

道备万物圣基立,天有四时岁功成。
药苗未种金英子,仙观初开玉蕊花。
丹砂闲写东坡竹,石绿浓渲北苑山。
胜地寻芳行易远,良朋话旧语偏长。

杨柳枝头分曙色,梅花瓣上见春痕。
日如画竹自潇洒,雪笠写兰亦清奇。
自有烟云生笔砚,闲收风月入诗篇。

竹窗楹语

千个竹抽如玉碧,九英梅开似蜡黄。

旧籍尚存西汉器,土人犹考大秦碑。
风月烟花无定主,诗词书画有前缘。
分芋何须论多少,食瓜且莫问中边。
妙悟已超三昧外,沈思仍在六法中。

未央犹自余残瓦,长乐不闻报晓钟。
苦李黄瓜有野趣,冰梨雪藕亦清材。
卧闻清漏梦初觉,坐对梅花夜不寒。
滩水经秋初过雁,树荫亭午不闻鸡。

偶从竹石为宾友,长与溪山作主人。
草堂人静闻禽语,花径苔深失屐痕。
岁晚乡村农闭户,春深花市客登楼。
善画今无沈白石,能文昔有徐青藤。

春水帆樯更平远,秋山云树自高深。
何处鸣筝风过耳,谁家举酒月当头。
行路必先知远近,登山更要问高低。
晓起喜看雪色净,夜谈不觉月光寒。

天上月明如对我,枝头梅放正思君。
家在石门山里住,船从云水月中行。
山登大伾分河水,春入平皋看麦田。
帘外雪飞如柳絮,枝头霰缀似梨花。
石门山下春长好,林乡亭边雨应时。

天地相合降甘露,唐虞际会歌卿云。

曈昽海日初生候,缥缈山云普布时。
共瞻天有星辰象,不信世无霖雨才。
唐虞赓歌云纠缦,日月合璧星联珠。
大圆镜里初开眼,百尺竿头善转身。

岩峦苍古墨生彩,仙佛圆灵笔有神。
鸾鹤善养千年寿,龙虎已成九转丹。
逍遥楼上梵字谱,安乐窝中经世篇。
天净三光皆朗照,心平万事自从容。

写经数卷笔功德,画佛一尊心善良。
莫从尘世论长短,闲向心田养太平。
居安闾里民心乐,春入田畴农事兴。
子房他日访黄石,宏景当年卧白云。

春雨桃花经绛县,东风杨柳过垂亭。
春风叶县双凫至,秋月沧江一鹤飞。
缓步闲行四体健,无言静坐一心和。
长堤春水船行远,华屋高灯客论豪。

夜静天高星月大,诗成茶熟灯烛明。
自有山人谱野菜,闲研古墨写梅花。
画竹不用一钱买,栽花自有四时春。
剪灯细校霓裳谱,酌酒高吟宝剑篇。

卷九

日月照临皆乐土,山川蕴育出英才。
饮酒一杯歌一曲,画蕉数本竹数竿。
清溪水浅无鱼至,峭壁松高有鹤栖。

小蝶雨晴初晒粉,游蜂风定尚寻花。
星月徘徊苏子赋,烟云供养米家山。
秋风塞上呼鹰地,春水桥头放鸭船。
潮退波平海深碧,雪晴云散天蔚蓝。

渤海帆樯潮欲上,津门烟树雨初晴。
画理精深诗意远,茶烟轻细炉火温。
满眼青山双雁过,压肩红叶一樵归。
当窗沐发冬日暖,对客挥毫夜月高。

草色青铺墙脚满,花光红上石头来。
洗砚聊汲清泉水,种竹还依瘦石根。
东岳泼云来好雨,西山晴雪看斜阳。
细草萌芽穿石罅,新篁抽笋过邻墙。

燕语已穿帘外去,花香常绕座边来。
东看晓日西晓月,南渡大江北大河。
药性渐知通本草,花名谁为谱群芳。
月明清入梅花梦,雪霁寒消竹叶春。

闲云行过千尺瞳,大河流注三门山。
云自能闲石自瘦,山不在高水不深。
春水漾洞泗沂远,秋云暧碾台台高。

应时好雨舒杨柳,得意春风问杏花。
经史传家千载远,乾坤着我一身闲。
万事当胸皆雪亮,一言出口戒雷同。
应如颍水清流远,莫看庐山瀑布高。

大瓮深藏千岁酒,小园长放四时花。
几番好雨赏茅屋,数点春星赋草堂。
静参医理读灵素,闲看春光到牡丹。
六出飞花余积雪,二分流水洗香尘。

一塔高出云霄上,万山群俯江河平。
习诗善歌风雅颂,学易能通天地人。
山水与人有所契,竹柏之怀自然清。
种花亦自添清兴,舍药聊为结善缘。

蕉叶霜毫书绿字,梅花玉笛谱青词。
四诗犹存风雅颂,三家谁考齐鲁韩。
开卷有益更深造,得意忘言无滞机。
百川汇流赴大海,群山耸秀拱中原。

竹窗楹语　041

雪霁梅开春有信,草平沙软雨无声。
山静无尘栖野鹤,水清见底数游鱼。
诗句争先学杜甫,人师齐欲拜昌黎。
奇字多出金壶汁,名医熟读玉函经。

闲写山灵张若霭,上希草圣祝枝山。
垂虹亭下吟诗客,快雪堂前拓帖人。
夜月梅花词客屋,东风柳絮老渔船。
奇文谁造坐忘论,名画曾传行旅图。

落叶秋风大辽水,白云古树外方山。
汲井何曾牵玉虎,凿冰转可得银鱼。
晴日西山望余雪,大风北海看生潮。
春波初漾鸭头绿,堤柳深藏莺羽黄。

晚烟远度牧童笛,晓雾不分海客槎。
方外客来谈素问,窗前人静读丹经。
雨后滩声更彭湃,秋来山色最分明。
近市忽闻卖杏酪,今人谁复酿松醪。

雨中草色添新翠,山外斜阳半浅红。
野老村庖供白粲,乡人土锉熟黄蒸。
好善人家馈佛粥,迎年街市赛唐花。
晓起一盂莲子粥,晚来半盏杏仁茶。

黄柑紫李山中味,绿酒红灯客里诗。

诗书乃是立身本,慈俭当为处世先。
万事皆从立志始,一生切莫等闲过。
行歌同过黄泥坂,携酒重登赤壁船。
礼经行世无完本,诗谱何人考逸文。

鹤冈独为梅花寿,松崖早结山水缘。
月到中天万方静,人登太华一身高。
大千世界春长满,太乙真人星自明。
土鼓苇籥得天籁,仓书史籀识古文。

一堂佳客诗分韵,满纸名花画折枝。
古鼎焚香读周易,螺杯注酒诵韩诗。
对良朋必酌美醯,检旧书如逢故人。
挑灯朗读秋声赋,赌酒催成夜宴诗。

出岫春云天宇朗,满湖秋水浪花平。
六法画宗传董巨,八家文派起方姚。
获稻酿酒毕农事,饮蜡吹豳见古风。
骚坛几辈论诗史,古帖千年重墨皇。

何人能得诗中趣,有客闲参画里禅。
豪客执笔论草圣,村人擂鼓赛花神。
饮酒百杯论千古,读书万卷行九州。
诗学专精存马氏,文章名世属方家。

广厦细旆春纵酒,高灯桦烛夜催诗。

万蕊千花画梅树,崇山峻岭写荆关。
开卷高吟将进酒,闭门静坐自焚香。
胆瓶闲插红芍药,拳石长伴绿菖蒲。

楼头黄鹤数声笛,江上白云一叶舟。
长堤芳草寻诗客,席帽青衫卖画人。
功成身退守其道,天长地久无所私。
春草盈坡浓澹碧,好花绕槛浅深红。

罢猎归来欣得雉,学书飞舞似惊蛇。
松花江上鱼登网,槲叶山前鹿养茸。
夜静安眠知梦少,晓寒能耐得诗多。
迎新共唱新年好,话旧犹来旧雨多。

扁豆秋风收菜圃,新茶春雨摘椒园。
双桨冲开菱港雨,疏灯闲话豆棚秋。
诗到苍凉见根柢,画从荒率出风姿。
一江帆影春波绿,半壁斜阳山色多。

阶前遍种书带草,栏外初开玉蕊花。
春初薄暖舒新柳,雪后余寒上老梅。
秋水帆樯三泖路,春山烟雨一楼诗。
浓澹水痕潮落后,浅深山色晚晴时。

独将静意观流水,只有闲心对白云。
一水自通秋涧远,万松不动春云高。
数朵红梅渲古艳,一弹绿绮定宫声。

玉篇已见飞云篆,石碣深藏治水文。
明月同行三径敞,白云共卧一山高。
人在上方听钟鼓,客从平野控骅骝。

枕胙万卷胸千古,纵横四海目九州。
买田十亩种修竹,藏书万卷起高楼。
无边风月寻诗去,不尽江山入画来。
采芝仙子云中去,卖药山人日下来。

一尘不染心神定,万籁无声夜气清。
欲仿东坡画朱竹,且向南窗写墨梅。
自昔声名推雪苑,于今文派重桐城。
座上久无说剑客,门前时有乞书人。

雨后山峦多意态,雪中松柏见精神。
旧藏书卷频分部,新得医方可济人。
民居安乐人慈善,天气清明世太平。
海气蒸成琼阙影,天风吹下玉箫声。

少师昔存韭花帖,大令曾书离骚经。
读奇书神游上古,对名画心思逸人。
庄子善论养生主,昌黎独有原道篇。
古镜照人见肝胆,奇书开卷益心神。

邵子独开乾坤牖,老氏善论天地根。
进以礼必退以义,坐而言须起而行。
天有日月悬乎象,道在方策存其人。

竹窗楹语 **043**

名笺偶得不供写,古墨深藏未肯磨。

收将花子关心种,买得砚田着意耕。
松下茅亭双鹤守,云边古寺一僧归。
心清夜卧无尘梦,事少晨兴读道经。
一帘秋月筛花影,十亩松阴隐鹤巢。

积黑半池洗砚水,小红数朵过墙花。
案头作草澄心纸,窗外烹茶折脚铛。
暖室初开玉兰蕊,晴窗闲写蜡梅花。
夜凉露坐看星斗,春暖郊外问耨耕。

芳郊且莫问油碧,小阁闲来写硬黄。
海气无边朝若雾,阴云不动昼生寒。
十里松杉一樵叟,半滩芦荻几渔舟。
艺秫一区频酿酒,种蕉万本好学书。

海棠枝上珍珠鸟,亚字栏边富贵花。
麦田春暖看驯雉,柳岸风和有卧牛。
几处渔灯明野渡,数声清漏下高城。
双桨轻摇莲叶港,万山深隐薜萝亭。

野田农叟归耕后,村塾儿童放学时。
山人自有胡麻饭,野客时披槲叶衣。
且食蛤蜊饮美酒,只谈风月对闲人。
百八钟声尘梦醒,三五月明天气清。

月不畏寒雪后朗,诗因喜酒醉中成。

采药入山求远志,开窗看竹学虚心。
邓尉梅开三万树,蓬山鹤寿一千年。
乐志林泉出物表,怡情翰墨得天真。
节饮约食身自健,论诗读画意常闲。

修竹数竿见直节,老梅一树有奇香。
洗砚偶临半千画,叶韵高歌三百篇。
万念息时凭慧照,一心定处得虚灵。
饮酒兴高胡崇道,画竹神似叶大年。

玉杯珠柱才人赋,月榭风台雅集图。
争说宋时多画手,从知唐代重诗才。
日高万象分明见,春暖群花次第开。
游春三两朋交好,买醉十千酒价高。

静中万理分明见,老去一身退处安。
万事难求恰好处,一心且养最闲时。
柳州善作游览记,工部尤工题画诗。
从知万理分明在,须赖一心仔细求。

不信人间无韩富,须知世外有巢由。
水云亭榭松三面,烟月楼台花四围。
天文璀璨开羲画,岳麓崇闳见禹书。
东西云海无穷碧,大小珠山相对青。

亭畔晚风开茉莉,池边秋水照芙蓉。
蔚竹庵前怀旧友,耐冬花下述奇闻。
瓶水养花亦结果,池冰初解又生鱼。
踏月行穿秋树去,看花时与故人期。

家僮沽酒过桥去,野老寻梅策蹇来。
莫谈鞭石秦皇岛,谁记鏖兵即墨城。
晓日上窗梅萼放,午烟出灶荣羹香。
天目山前看云水,回心石上卧烟霞。

访胜曾游繁塔寺,踏青争上禹王台。
兰竹碧分名画手,橘柑黄压野人肩。
朝来霰重如飞雪,夜静月明不见星。
青塘老农善隐遁,绿蓑诗叟亦幽闲。

繁楼灯火人呼酒,雪苑风花客赋诗。
两镜悬窗双对照,一灯挂壁四隅明。
山雾开时一松见,海云深处片帆来。
海滨野叟狎鸥鹭,天际畸人似凤麟。
闻道人才推郭李,从知文字重韩欧。

三月春风登雁塔,一湾秋水隔龙亭。
未忘珥笔三霄路,曾记读书双隐楼。
上清宫前海涛壮,超然台上月华明。
城边月照铜驼市,天半风行铁塔云。

云林山人有高致,泖湖钓者本清才。
万里名山入画手,四时佳景属诗人。
山外晴云明岛屿,雨中春树隐楼台。
开门扫叶通三径,当户栽花香满堂。

有人新制量雨器,伊谁更作乞晴文。
目想前哲与神遇,手挥古调无人听。
四壁悬古书名画,一园植高竹奇松。
得意书如李北海,传神画似恽南田。

善画今推蒋奇武,藏书昔有安师文。
举酒高吟明月句,登台谁唱大风歌。
深廊偶拓快雪帖,晴窗闲咏寨云篇。
明月入怀清似水,白云出岫叠如山。

卷十

葆存天地中和气,涵养诗书道德心。
细雨已舒梅萼玉,东风又展柳梢金。
碧苔芳草开幽径,矮屋高林对远山。

驾凤鞭霆昆仑去,跨鹤骑龙阆苑来。
雪琴画梅有豪气,枝山作草亦奇才。
风花雪月吟诗料,书画琴棋习静资。

细柳黄沙朱亥市,闲门碧草信陵祠。
山色新添春雨润,滩声初落晚潮平。
冬寒雪压红梅树,夏凉人坐绿槐根。
疏风微雨隋堤柳,细雨平沙贾鲁河。

沽酒人刚踏雪去,寻诗客又折梅来。
堤边芳草千丝绿,树杪斜阳几缕黄。
雪岑好句唐三昧,芝洞清谈晋两朝。
夜静身闲参画理,秋凉人健定诗心。

杨柳岸边青蛤美,松花江上白鱼来。
且向野田看秋猎,莫从村塾笑冬烘。
偶向山头招鸾鹤,闲从田畔课桑麻。
春风着意梳杨柳,秋月关心照桂花。

大壑高岩听虎啸,疏风朗月有龙吟。
细雨画船杨柳岸,东风酒肆杏花天。
千里秋风看过雁,一湖春水下群鹅。
几重峦树两樵叟,万顷烟波一钓舟。

天将大雨看龙挂,身似闲云听鹤鸣。
夏日可畏冬可爱,春山如笑秋如妆。
闲行麦陇听鸠语,独立秋原看雁群。
雾气半封杨柳坞,潮声直入蓼花滩。

踏月偶携藤拄杖,寻春不负锦奚囊。

四海论交几知己,百年著述一闲人。
风月清闲助诗兴,云山缥缈称仙心。
爱画从来入骨髓,锻诗几度捻髭须。
洛下名园无客问,关中学派至今存。

看花听鸟陆山子,买醉挥毫吴羽仙。
开帘放出炉烟去,援笔新摹画稿成。
四野讴歌知政美,万家安乐得天和。
无为而治万民乐,不言之教四时行。

漫道世间无管乐,应知海外有蓬壶。
东风杨柳一双燕,春水桃花尺半鱼。
摘星谁着飞云屐,泛海人乘贯月槎。
修树自然成美荫,种花聊为验生机。

门前万里黄河水,窗外一窝碧海云。
高山大岭舒长啸,名论奇文记胜游。
省识水流花放意,安排风定月圆时。
仁见仁而智见智,道可道亦名可名。

乞得闲身卧云壑,爱兹暇日课桑麻。
未通道士修琴术,且画山人品砚图。
五千卷证今考古,三百篇歌雅吹豳。
闭户不知尘市事,摊书静对古时人。

古鼎摩挲吉羊字,好句铿锵金石声。

杨柳春河飞雁鹜,蘋花秋水点蜻蜓。
谁向楼头闲按笛,莫从花下学吹笙。
烟花帆影江南客,风雪笳声塞北人。

雪月风花留日下,诗文书画满天涯。
春水野滩系渔艇,斜阳晚市归樵人。
平池荇藻鱼儿上,近岸帆墙燕子飞。
一枝直节写修竹,数点秾华画老梅。

好山入画分明见,细水无声自在流。
花开花落春深浅,客去客来酒有无。
用笔豪放得竹性,着色浓艳取梅神。
云边树色迎眸见,石罅泉声到耳清。

画稿不随时意改,诗声常有古音存。
风定鸟声穿树去,日高花影上帘来。
画求远势神方聚,诗到无心句更工。
直节不屈写修竹,古香溢座画老梅。

欲招横海千年鹤,来访深山五粒松。
霜林平远见归鸟,烟水苍茫隐钓舟。
闭户不闻尘俗事,读书常见古人心。
云去云来山有影,月圆月缺水无声。

大地同看一轮月,此心净扫万重云。
草木亦各有本性,禽鱼还自乐天机。
晴日风随花信转,高秋云带月华流。

撑肠拄腹饮文字,达地通天论古今。
万物皆尊道贵德,一身当修己爱人。
习静久能通万理,更事多始识群情。

万事难到恰好处,一心常养最平时。
夕霭周回琼玉阙,朝霞长绕金银台。
好山如屏水如带,怪石似虎松似虬。
鹏存远志翔霄汉,鹤有仙心养寿年。

俗美风醇上古世,家弦户诵中兴年。
雄关紫气桃林县,淮水清流桐柏山。
笔底精神逐日长,书中滋味积年深。
崇闳五岳古今峙,浩淼长江日夜流。

种松种竹能医俗,画水画山得卧游。
修之身而人自化,全其天则心乃安。
几重绿树当窗立,无数青山入座来。
民不知兵岁丰稔,人能好礼世安和。

人存疆固灵明气,天有阴晴风雨时。
春入山川增气象,时平花草见精神。
独坐使神志常定,早起得气候之清。
风尘中自有杰士,山水间笃生逸人。

好水好山千载画,半耕半读一闲人。
温李诗才常蕴藉,苏辛词派亦峥嵘。
濡毫谁续名画记,剪烛高吟宝剑篇。

竹窗楹语　047

黄山云影千松静,碧海涛声万马来。

栏外初开红踯躅,阶前新种碧琅玕。
野老罢耕归路晚,市人争渡上船忙。
有酒不须长夜饮,看花宜及早春时。
河鱼馈美沽村酒,早稻饭香煮晚菘。

山人面带烟霞气,词客情深翰墨缘。
瓦鼎起烟焚柏子,铜瓶注水插梅花。
灯前细读斜川集,枕上初闻远寺钟。
书似虬龙舞霄汉,人如松柏老烟霞。

江上无鱼附书去,门前有客送诗来。
争分瓜果儿童喜,闲话桑麻父老听。
万顷平田翻麦浪,半山高阁听松涛。
十里碧溪双桨稳,四山黄叶一樵归。

柳密低飞双燕剪,花深叠奏两莺簧。
绿水青山闲处着,紫烟白云静里生。
登山临水逐年懒,听鸟看花镇日闲。
荒率苍寒论画格,清新俊逸得诗才。

几分秋水湖唇碧,一缕斜阳山额黄。
看花听鸟睡初起,有酒无诗客未来。
麦田一叟归驱犊,柳岸群童学钓鱼。
寒暑温凉分时序,溪山云树任游观。

好善何曾居我后,爱才毕竟让君先。

治人事天莫若啬,正心诚意复其初。
被褐怀玉真隐者,闭门塞兑古逸人。
笔具炉锤诗李杜,光争日月文苏韩。
壮游早具万里志,读书独存千古心。

天下苍生待霖雨,山中白发卧烟霞。
爱画爱书皆有癖,种松种竹亦怡神。
事不师古无以立,学必希圣全其天。
月明满地梧桐影,风定一山松桂香。

欲招黄鹤吹玉笛,闲骑白鹿采灵芝。
治世当于成佛后,锻诗亦似炼丹时。
文能立格推班马,诗到入神读杜韩。
山人足迹半天下,先生诗句满江湖。

阶下种花尽兰蕙,门前有客半渔樵。
飞行频跨天半鹤,奇逸自是人中龙。
客来问我长生术,君是求仙引路人。
倜傥权奇天岸马,蔚秀神异灵岩松。

小米画中富烟雨,大痴诗内写林峦。
人间自有读书种,天上长明处士星。
焚香细读神仙传,执笔学书道德经。
昔人能画大松树,仙子必登太华山。

帘前鹦鹉学人语,塞上骅骝逐电来。
登东山兮望西海,游南粤而经北庭。
莲叶满湖双桨重,桃花万树一山深。
游踪未到风穴寺,仙境独有天台山。

麦陇晨耕见野叟,茅檐晚饭呼群儿。
长庆诗吟元白体,清平调咏牡丹花。
对客偶谈点将录,倩人闲画浴婴图。
万里风尘三尺剑,一园松竹半床书。

春草萌芽舒浅绿,早梅破萼点深红。
山下孤亭名击壤,溪边曲水可流觞。
潮落鱼灯六七点,夜寒霜柝两三声。
绿水知春沿岸暖,青山如客向门来。

窗外短僮烹茗睡,枝头好鸟报春来。
南檐曝日冬常暖,北牖当风夏亦凉。
春水平池浮乳鸭,绿杨深坞听新莺。
闲随野老论新谷,偶与山人话旧盟。

客中况味余诗卷,江上云霞入画图。
安眠难得清无梦,独坐常宜静养神。
沈阴垣畔树无影,细雨阶前花弄姿。
落花飞絮春江路,美酒清歌旅客楼。

瓮中储酒待佳客,壁上题诗忆故人。
辞赋纵横几年少,人情练达亦通才。

小亭明月横梅影,秋灯老屋读书声。
画所不到名山水,诗必能言真性情。
墨气淋漓成怪石,笔锋犀利写长松。
溪山秋静琴声动,庭院春深花气来。

春山雨洗出青绿,秋林霜染见丹黄。
架上藏书多古本,阶前留地种丛兰。
画梅画竹有闲意,看水看山忆古人。
江干渔父惟耽酒,天下才人多爱诗。

慷慨论交存古谊,艰难任事本英才。
豪杰逢时爱名马,文草吐气如长虹。
书史真文谁抉得,乾坤浩气养来深。
春暖芳郊骑马客,夜深老屋读书人。

轻车健马能行远,古墨名笺得意书。
静调绿绮落飞雁,闲写黄庭不换鹅。
池柳风摇如引线,岩泉溜滴似鸣筝。
风俗醇良上古世,天怀澹定太平人。

放笔为文见学力,平心处世得天和。
诗含侠气张燕长,画有痴名陆仲文。
万事不争乃美德,一廛可受皆良民。
月朗风清宜独坐,神闲气定得长生。

小鼎烹茶宜夜坐,高楼呼酒助秋吟。
惜寸惜分爱日力,希贤希圣见天心。

竹窗楹语　049

北郭林峦秋猎后,西窗风雨夜谈时。
佳节每从忙里过,好诗多向静中成。

秋风古渡渔船去,斜日荒江雁阵来。
诗舲梦楼擅词翰,葛坡梅崖富烟云。
斜日江天飞一雁,东风春水寄双鱼。
雕鹗在天秋猎马,风霜满野夜呼鹰。

笔精墨妙吴平子,骨秀神清王异公。
笋蔬入馔佐酒美,枣栗登庖煮饭香。
浅水荒汀近渔舍,平冈野屋隔寒林。
雁入秋云呼其侣,鸦盘夕照噪成群。
深夜风狂如啸虎,侵晨霜重冻栖鸦。

力行似上千盘岭,植品当如百炼钢。
文成倚马增声价,诗到谈龙判派流。

春归吴越江淮外,人在燕齐海岱间。
从来柏号将军树,自昔莲称君子花。
诗翁自有书画癖,仙人每结山水缘。
有去有来江上燕,无思无虑水边鸥。

诗文书画从吾好,山岳江湖任我游。
碑版独摹李北海,诗才大似苏东坡。
画所不到诗能写,诗有未尽画可传。
山中白云共谁看,江上青山对我来。

卷十一

北辰永定星躔位,太极长存天地根。
曙色渐分天际树,日光遥送海心船。
邻翁策杖寻梅去,野老鸣榔破雾来。

霜林无叶更森秀,秋水平滩自动摇。
晓晴云影如鸾舞,冬夜风声似虎狂。
春光澹荡风梳柳,秋影空明月映花。
谁家盘大能承露,何处楼高可摘星。

烟花三月扬州梦,菊酒重阳彭泽诗。

九河五岳寰中大,三岛十洲海上奇。
天地间昭罗万象,古今来多少完人。
胸中空洞无一物,世上安闲有几人。

天高不见星辰大,地远从知江海长。
日上读书六七页,天寒饮酒两三杯。
雨晴净洗碧梧叶,月明初上紫薇花。
珠树横云翔翠鸟,琼花映日降朱鸾。

阁帖尚存宋拓本,铁琴谁考晋时音。

黄花紫蟹津沽酒,明月清风驿路尘。
斜阳别院秋千影,流水长桥月半潮。
十二红桥春水阔,万千绿柳驿程遥。

滋生禾黍祈甘雨,净扫尘沙赖大风。
风定雁声沈极浦,月明渔火定前滩。
老松偃蹇卧云壑,奇石玲珑漱涧泉。
闲行将倦欲眠候,美睡初醒未起时。

春水平桥偏碍桨,秋风补屋待牵萝。
看山观海有闲兴,学道读书惜岁华。
百里深山藏薯蓣,千年古镜铸蒲桃。
老屋长墙画薜荔,小盆碎石养菖蒲。

剪烛共斟新岁酒,停琴闲读旧时书。
千里风花江上酒,一帆烟雨客中诗。
花间对月一尊酒,石上听泉数着棋。
老屋御寒烘兽炭,故人索画寄鱼书。

十亩菜畦种芦菔,千年松根长茯苓。
逸志能啸边塞雪,少年曾看洛阳花。
霜寒风紧不出户,天朗日晶可看山。
古帖重装裁宋锦,新春一例馈唐花。

花经山雨春千点,帘卷湘波月一钩。
几朵灯花娱永夜,数声爆竹报新春。
爱梅独有林和靖,画竹又见苏子瞻。

鹏程能行九万里,鹤寿不知几千年。
代远有书藏宛委,心清无梦到华胥。
古书又见百衲本,名医必重千金方。

栽花种树无穷业,饮酒读书不计年。
十六应真长说法,大千世界尽皈依。
佳节又逢红杏雨,新茶初瀹碧萝春。
学书学剑兼学画,爱菊爱梅更爱莲。

人心渐被诗书泽,春气方蒸天地和。
羔羊春酒承平世,雅歌投壶揖让风。
圣人行道本无外,君子植身先立根。
万物滋生本乎道,百年治化惟其仁。

名山大川自足乐,高人逸士良可交。
涧水盘旋五色石,松根长养千年芝。
细草蒙茸饱甘露,大椿挺秀有灵根。
玉函金匮存医学,琼笈瑶篇半隐文。

宋锦旧囊藏汉镜,明瓷大盎种唐花。
腊日人家馈佛粥,东风门巷换桃符。
万事不齐竹高矮,一心入定月光明。
能文不愧雕龙手,习战终须射虎才。

待看农亩歌丰稔,自有文章颂太平。
浩荡春风动寰宇,沾濡好雨遍郊原。
几叠峰峦千尺瀑,万株松树一重云。

春水鱼肥知馔美,秋林果熟说年丰。

日动日静交相养,去奢去泰存其仁。

扶持古树盘根固,爱惜名花结子多。
储藏嘉谷秋收后,采取新茶春嫩时。
秋水半帆拾蛤路,春田一笠饮牛人。
三月樱花春烂漫,中秋桂子月团圞。

承平人赋日五色,吉祥天展云千盘。
书法深得徐季海,画笔偶似李晴江。
万叠云开鸤鹊观,一轮日拥凤凰台。
月色向人长不改,花容经岁更增新。

一船风月劳行旅,千里江山入画图。
晓起荡胸生海日,夜眠濯足梦山云。
经雪老松郁苍翠,傲霜寒菊弄丹黄。
春秋佳日诗千首,弦管清声酒一瓢。

莎径新开桥北畔,草堂旧在海西涯。
琼阙绛宫通紫极,金津玉液养黄庭。
民气定耕田凿井,士心安习礼诵诗。
好句曾题中兴颂,胜迹谁考大秦碑。

波摇金影月东上,松卷涛声风北来。
十部笙歌春纵酒,一帘花月夜弹棋。
窗外蕉多宜夜雨,阁前松密听风涛。
水定潭心一片月,云遮山半数株松。

偶学东波画朱竹,亦向南园踏绿莎。
晴日鸟声弄庭树,晓风花气入帘栊。
占天卜地定人事,诵诗读书习春秋。
春风得意桃千树,秋月生香桂一林。

文字自能济时用,卜筮亦可立名声。
秋云结彩横遥岭,春水生香洗落花。
云如飞鹤穿松去,月耀明蟾入户来。
稻豆花开秋有信,蘘荷叶密雨初晴。

开瓮香浮迎岁酒,裁笺闲写贺年诗。
彝鼎图书陈几席,兰芷芎藭生阶墀。
老子犹龙勤行道,太史司马再拜言。
李杜诗中自有我,羲献笔下能通神。

秋猎人归鹰马健,春游客聚燕莺忙。
柳坞花蹊春正暖,诗坛酒垒客多才。
佳客咸来集雅馆,名碑收入戏鸿堂。
才士曾传声调谱,仙人犹唱步虚词。

天骨开张苏子笔,风神超迈辋川诗。
春至山川亦秀发,时平风雨自和甘。
礼明乐备承平世,物阜民安位育心。
孟子养吾浩然气,老氏存其静者天。

雨过长街行客少,花开野馆路人多。
山僧久慕陶彭泽,日者能知贾长沙。
心静渐知开卷益,春来又为种花忙。
一斗一石不能醉,半城半郭安其居。

闲观野水平兼远,欲画秋山瘦更奇。
黄鹤山樵有道气,白云外史得仙心。
堂前客至论书画,河上诗成看水云。
酒阑击钵诗分韵,睡起开门雪满山。

芳草闲门春寂寞,杏花深巷雨连绵。
山云缥缈松高下,水月空明船去留。
社酒春衫挑菜节,市楼灯火卖花声。
姚黄花品古时重,思白书名今代传。

向晚御寒宜小饮,侵晨得句自高吟。
诗叟冬寒不出户,画师春暖爱看山。
三百年来多画手,一千里外有诗人。
饱食缓行春暖候,高吟低咏夜寒时。

国手能医四海病,匠心独运一盘棋。
檐前群雀频求食,池畔双鹅不畏人。
樵叟渔僮为伴侣,名山大壑乐栖迟。
海翻碧浪天边去,风卷黄沙关外来。

雁行鸦阵秋江路,红树青山古驿楼。
远近村烟民户少,浅深山色夕阳多。

无穷无尽书中味,有缓有和琴外音。
大道从来平若砥,此心还要细如丝。
闾里之间多善士,笔墨以外无生涯。
绿云数朵翔丹凤,白鹤一双下碧松。

江上风帆来白下,关中云树说青门。
桑麻遍野茅檐乐,松竹满园莎径深。
妙观妙听飞声象,无为无事通天人。
晓起不言气息定,夜眠无梦心神清。

藏书万卷供人读,沽酒半瓶助我眠。
古之游侠多燕赵,今者文字满江湖。
论今考古几知己,爱月惜花应有人。
诗名至杜几无偶,花品惟兰为最清。

春风十里开红杏,细雨千家湿绿杨。
春草和烟双屐路,柳花飞雪半溪桥。
烟花池馆春三月,云水楼台客几人。
画中自有烟霞癖,诗里能无今古心。

画师潇洒挥毫意,诗叟清闲着句时。
昔者驭世常忘我,今之学道当爱人。
惜花爱月诗人意,范水模山画者心。
二十四番风信好,一百六日雨丝多。

阶下旧栽千岁柏,窗前初放九英梅。
一松高踞千寻岭,群鹤来翔万叠云。

竹窗槛语 053

秋云山畔吟枫叶,春水桥边散柳花。
白鸥立水待鱼过,翠鸟冲波逐鹭飞。

花月佳时数游侣,江山胜处几诗人。
自有灵山高万仞,旋看飞瀑下千寻。
杨柳摇风鹦鹉语,芙蓉照水鹭鸶飞。
清才又见法黄石,妙笔独数蒋丹林。

织帘曾斫湘江竹,制墨又烧黄山松。
古香溢座傅青主,妙意凌云陈白阳。
古诗谁续筿簜引,边地曾闻觱篥声。
窗外尽栽书带草,庭前已放木笔花。

慎言乃是修身始,节食常为却病方。
天地生人驱猛兽,川原种谷无长林。
襄阳书传天马赋,华亭帖积戏鸿堂。
长江大河通舟楫,崇山峻岭富松杉。

冬夜正长清梦稳,晓暾初上早梅开。
稻孙楼外多春雨,栀子花前报晚晴。
双鲤鱼能通尺素,百舌鸟啭如笙簧。
雨余池畔芙蓉放,风过栏边茉莉香。

门外春来芳草碧,樽前客话蜡灯红。
日上云开千嶂晓,花繁酒酽五湖春。
放翁自有幽闲意,漫叟能为狷洁诗。
松壑风来群谷应,江天雨过峭帆行。

翡翠岩高千嶂合,牡丹花放一亭香。
一枝老梅傍奇石,几丛幽草长灵芝。

花明柳媚韶光好,云淡风轻淑气和。
几重云树数峰起,万柄荷花一舸来。
六一居士乐山水,八大山人隐烟霞。
东岱西华同峙立,北斗南极相对明。

隐居不仕自有乐,谈言微中可解纷。
名山自有善蛇洞,古道曾经老鞬坡。
天地间涵养生气,古今来磨炼英才。
墨林好古无其匹,松雪善书今代希。

百年自有长生术,千载原多不朽名。
自有肝胆照当世,独辟门庭无古人。
鸡鸣自昔思君子,龙卧何时见逸人。
我来忽闻九皋鹤,君家自有千里驹。

得尺得寸贵知足,无增无减最持平。
天下英才知有几,山中高士亦无多。
制成雅乐初翻谱,剪就春衣好出游。
催花羯鼓唐天宝,曲水流觞晋永和。

月夜泛舟游赤壁,旗亭画壁唱黄河。
天人相交有至性,道德运化存本真。
天生地养重耕稼,圣经贤传富经纶。
群流皆朝宗大海,一月长垂耀中天。

风起初飞溪柳絮,雨余新放海棠花。
蓑笠清闲垂钓叟,桔槔上下灌园人。
杏花初放东风暖,杨柳垂阴细雨多。
紫燕衔泥黄鸟语,绿杨垂线碧桃开。
云起如山天下雨,江平似镜月中潮。

一心定静三光照,四序调和万宝成。
曾向天台访松树,还从烈火生莲花。
大砚旧存蕉叶白,小炉初试海棠红。
万里江山存画稿,百年风月系诗人。

卷十二

古之四诗风雅颂,天有三光日月星。
杨柳莺声春正好,杏花燕语客初来。
帘栊人静鹦鹉语,庭院花深蝙蝠飞。

琼花瑶草人不识,绛阙银台世所希。
妙语昔有东方朔,祥光独见南极星。
凡物须求得其所,此心常使即于空。

好花初放蝶将至,美睡未醒诗已成。
漫除树隙蜘蛛网,闲扫花阴蚯蚓泥。
啸声谁听深溪虎,画手今无破壁龙。
秋寒鸿雁归滩早,水浅鱼虾上市多。

澄心如潭中印月,栖神似天半停云。
雨后云霞蒸海市,春来花树满山田。
春瓮乍开百岁酒,晓窗补读十年书。
补栽庾岭梅千树,愿乞鉴湖水一方。

独坐偶忘眼底事,闲眠默诵腹中书。
十万人家春睡足,两三山鸟晓鸣新。
山势峥嵘秋雨后,波光潋滟月明中。
小鸟窥人如有意,归鸦结阵亦分群。

云气未分京口树,春风先寄陇头梅。
皓月引行松径鹤,闲云深护墨池龙。
晓起散步诗心静,月夜闲参画理深。
古镜能照今人面,前事常为后者师。

江上丹黄秋树密,云中苍碧老松高。
塞兑闭门无所事,被褐怀玉存其真。
风定无声松子落,月明有影桂枝柔。

妍日和风竹院静,古书名画草堂灵。
洒扫应对习礼始,仁义忠信立身根。
小园佳石如山立,古鼎名香爇水沈。

竹窗楹语　055

瘦石乔松来野鹤,碧苔芳草养雏鸡。

三五六经存至道,二十八宿图真形。

东风吹绿长堤草,细雨初开野径花。
古书旧本存元椠,精拓名碑仿宋装。
春来草为王孙绿,雪后梅因高士开。
夜窗闲校梅兰谱,昔人曾画松竹图。

江天一览起高阁,风月双清入草庐。
沽酒不如酿酒美,画梅还比种梅多。
抱一守中存至道,深根固蒂得长生。
浅近文字有至理,深奥诗歌存古音。

闲花野径一茅屋,垂柳长堤几石桥。
月朗天高开竹牖,雪深风紧闭柴门。
挑灯我仿梅花谱,弹筝人唱竹枝词。
二分春水溪唇绿,一抹斜阳树额黄。

小楷偶书乐毅论,古调爱读昌黎诗。
图难当先为其易,至刚还须济以柔。
大道有运行之妙,斯文乃治化所存。
争先不如让后好,竞进应知勇退难。

四海风云资历练,一心冰雪瀹聪明。
同得同失志于道,无为无事全其真。
红黄万点秋深树,青绿数峰雨后山。
春色偶从花上见,秋声多自树间来。

通医无过陶真逸,论史独有褚先生。
善哉天人交感处,伟矣时序运行中。
月明普照大千界,古圣长存爱众心。
名山面目长无改,古柏身心亦自坚。

策杖晨游村路近,篝灯闲话草堂深。
旧瓶频插时花放,古砚常留宿墨香。
秋江雨过虹方见,寒夜霜高月更明。
风摇树影惊飞燕,雨湿苔痕浸落花。

闭息无言万方静,敛神独卧一心清。
蜡梅香里春初到,爆竹声中酒又醺。
岷峨万里春江水,华岳三峰晓日霞。
众论须从空处定,天心宜向静中求。

家僮晓起扫萝径,野老秋来编豆篱。
拨火汲泉瀹雀舌,开门看月卷虾须。
花名偶校群芳谱,诗品闲分主客图。
晓阴天气园林静,晚霁人家砧碓忙。

骨重神清无杂念,天长地久养虚心。
古墨名香宜珍惜,清樽小令娱幽闲。
养生先寡言节食,乐志在渔水樵山。
深谋妙论范文子,宁静致远武乡侯。

闲写溪山能养性,偶吟风月亦怡神。
自昔已开艺能路,于今谁识治化源。
着手皆诗词韵事,论交多书画清才。
一亭临水万竿竹,千里怀人数首诗。

天涯有客吟芳草,江上何人看晚霞。
偶与沙鸥盟白水,闲招野鹤看青山。
古碑没字大江水,神人藏书少室山。
几树梧桐落秋影,一庭兰蕙得风香。

烟雨片帆江郭路,风霜匹马驿亭尘。
月斜楼上人先起,春满庭前花盛开。
大江天半霞成绮,太华峰头花似莲。
习静方知忙里错,得闲常觉梦中安。

春水方生鱼晒子,东风初暖燕营巢。
十里青山秋果熟,一林红叶晚樵归。
赏菊客来消白堕,卖鱼人去数青铜。
奇松偃蹇龙鳞老,曲磴逶迤石发长。

山僻林深樵径熟,滩分港曲钓船通。
月明寰宇飞天镜,雪满乾坤浸玉壶。
村近海滨收蚌蛤,居临塞上养鹰雕。
密树长河十里雾,饭牛放鸭数家村。

春蛇秋蚓书之妙,寸马分人画亦奇。
太虚自撰龙井记,子瞻曾购雪浪盆。

酒熟恰当迎岁后,梅开常在立春先。
梅影横窗朝日上,鹊声报喜早春来。
大江东去词犹在,函谷西来道尚存。
得意种瓜多结子,闲情移竹又生孙。

苏词米书已双绝,唐槐汉柏各千秋。
三里村庄十亩竹,半床书画一楼诗。
百年勤学存经术,四海论文见性情。
常觉上苍待人厚,从知古圣爱民深。

人中雅度推羊祜,天下苍生望谢安。
江清月朗光明界,地僻山深太古风。
千里名山石韫玉,九秋明月蚌生珠。
百尺梧桐庭院静,几株杨柳画桥阴。

静里光阴无限好,澹中滋味自然长。
耕桑事业身心健,图史生涯岁月长。
山不厌高长定静,人能知足自安平。
神思澹远云林画,气概纵横海岳书。

百年自有千秋业,一径能通万仞峰。
纵游瀛海九万里,高卧元龙百尺楼。
宜畅十华存宝笈,导扬三洞启灵文。
阆仙独下昌黎拜,东坡能和渊明诗。

笔墨别自有蹊径,胸怀常上慕羲皇。
万方无事间阎乐,四海不争天地平。

大雪闭门人独卧,小炉煮酒客初来。
应知唐文专摹汉,转恨古人不见吾。

忙里不知尘梦扰,静中偶听市声来。
聱牙佶屈声所系,掉臂游行乐有余。
晨兴饱食双弓粥,客至新烹一木茶。
溪山明靓无尘障,间巷幽深聚树阴。

释诗自应读尔雅,作赋要必熟离骚。
雪满寰中高士卧,春深海畔酒人豪。
豪饮月明津海市,高吟人立蓟门秋。
雪压芦花见渔叟,春归芳草惜王孙。

春满蓬壶花似锦,雪深海峤酒如渑。
草阁闲吟焚柏子,雪窗清梦入梅花。
春水渌波浮乳鸭,雪窗冻墨写寒梅。
饱食缓行身自健,息心熟睡气常和。

杨柳东风村店酒,梅花晴雪驿亭诗。
闲身自可勤修养,大寿尚能补蹉跎。
奇石能助池亭胜,乔松不厌云壑深。
别院晨兴听鸟语,小楼夜坐定诗心。

闲时打扫心中地,镇日修持世上身。
春社烟花沽酒客,秋窗灯火读书人。
庭院花香飞燕影,池塘草密起蛙声。
仙人自有种桃术,野老犹能辨药材。

几净窗明近笔砚,香初茶半对琴书。
玉树瑶林雪后景,春灯社酒客中诗。

天外三峰长特立,寰中四渎亦朝宗。
诵诗读书济时用,抱一守中养道心。
万物精神各有托,四时风景本常新。
春归湖海诗才健,雪满乾坤酒兴豪。

天地之间犹橐籥,乾坤以外起经纶。
默坐不闻门外事,关心只有案头书。
峨眉山势自清峻,玉局人才横古今。
天有阴晴辨寒暖,人知礼让得安和。

士唯修身立根本,人必勤学裕经纶。
闲游不畏山川远,静坐能知天地和。
新春煮酒怀良友,镇日读书对古人。
一心长养太和气,万事皆留慈善根。

万里烟云养山岳,千年书史铸人才。
雪霁园林得清润,室静图书生古香。
山川自有清淑气,年谷惟祈丰稔时。
妙笔群推沈白石,仙才独有李青莲。

山高松密鹤长寿,洞邃云深龙养珠。
砖炉石铫论茶品,汲水分畦养菊苗。
读书有得可论古,处世无奇在知人。
闲观古帖苏斋跋,试考大学石鼓文。

窗外梧桐初结子,阶前兰蕙正开花。
放鹤看云有闲意,观鱼临水得清游。
门前时有卖花叟,阶下闲看扫雪人。
新篁数笔钱箨石,黄梅一枝董蔗林。

晓驿鸡鸣见海日,夜船人语凿河冰。
古砚明窗写林麓,名山大壑蓄烟云。
日射寒林见余雪,风薰宿草起微烟。
世间好事常难得,海内英才有几人。

十里树阴穿野径,一溪流水漾春云。
心当午夜自然静,月到中天分外明。
茶香酒酽论诗史,几净窗明对墨皇。
月圆月缺水如镜,云去云来山作衣。

山果熟时秋鸟集,霜林红处晚鸦归。
篝灯夜坐天人静,策杖晨游海宇清。
向晓看山添画本,消寒得句擘吟笺。
江山秀发钟吴会,村郭清幽数越中。

秋雨蘋池泛青翠,晓霜枫岸点丹黄。
阶下新篁初解箨,垣边高柳已飞花。
亭外晚风开茉莉,池边初日放芙蓉。
雪后有人来送酒,夜寒拨火试煎茶。
青衫云绕如披锦,白袷霞萦似着绯。

云过三峰犹带雨,晴开万井更飞霞。
春气为四时所重,仁心乃万事之根。
六气四时得其正,九经百子灿然明。
天留浩气宜存养,人有慈心自吉祥。

日暖风和天意好,花深竹静画师来。
春气初融百卉动,天心欲转四时和。
爻辰卦气万年运,智仁信武四极民。
沧海云龙得际会,墨林星凤亦奇观。

三坟五典在天壤,万水千山入画图。
星斗一天占世运,江山万里铸人才。
天地平成世安乐,诗书化育礼维持。
倪迂妙笔天外鹤,张颠大草人中龙。

画师能得天机妙,诗叟先知春气和。
三仓有书存古字,六经逐句教今人。
一窗梅影摊书坐,几缕茶烟对客谈。
小盆闲养菖蒲草,曲槛深围芍药花。

堤柳摇风千缕细,池荷向日万花开。
放笔何人赋天马,破浪伊谁见海鳌。
瑶阶春暖吉祥草,玉宇晴开纠缦云。
暖室薰开玉兰蕊,东风吹放蜡梅花。

竹窗槛语 **059**

卷十三

羲文卦象开天运,河洛图书翊圣心。
荷锄人尚称诗叟,解甲归来作画师。
篱落西风收稨豆,野田秋雨湿蘘荷。

唐宫旧有薰花术,日下新传种菜方。
开元天宝一时盛,太白少陵百感生。
永兴书有枕卧帖,太白诗传梦游吟。
八节滩声秋后壮,九嶷山色晓来青。

山中橘柚秋来熟,湖上荷花晚更香。
嘉谷十千自可喜,黄柑二百未能佳。
桑麻村社晨趋牷,灯火人家夜索绹。
书生自昔能戎马,杰士当年解饭牛。

求画求书门外客,有花有酒座中春。
子瞻屡书养生论,尧夫善作打乖吟。
楼台近水春常早,花月迎人酒又醺。
十里春云翻麦浪,一溪秋水泛蘋花。

逸人能作有声画,高士犹存无弦琴。
堤远柳阴含雾密,庭深花气得风和。
万叠山峦围老屋,几重云树护柴门。
心如流水清无滓,身似闲云静不移。

高梧自挺百尺干,长松下有千岁根。
米襄阳藏大仙帖,杨少师写步虚词。
自有诗人论汉魏,喜听海客谈瀛洲。

春来村郭皆生意,雪后园林入画图。
春意已从草际见,晓痕先向树梢明。
谁从南阁校文字,曾记西园共宴游。
神手画龙能行雨,杰士跨马可追风。

岳阳楼上仙人笛,扬子江心估客箫。
人当百年一身健,天有四时万物生。
古香溢座君房墨,秀色迎人崇嗣花。
养花宜用双鱼洗,制砚犹存五鹿砖。

秋月如盘寰宇静,朝霞成绮海天高。
纵横欲书壮怀赋,慷慨高吟励志诗。
张颠善能作大草,鲁直亦可为小词。
漫检旧书鸡跖集,闲临古帖鸭头丸。

学书自可敛浮气,作画还能得慧心。
天清地宁道在迩,物阜民安世长平。
绿蓑青笠钓船稳,涧草山花古洞幽。
座中诗有新春意,天下人多向善心。

碧云阴覆千花蕊,暖日晴薰百草根。
风平修竹见高节,雪后老梅发古香。
门外数株绿杨柳,窗前一架紫藤花。
名茶不能吃七椀,美酒尚可饮三杯。

垂杨系艇春波绿,芳草留人驿路青。
退笔亦应盈五簏,古墨犹幸存数丸。
风日晴和三辅路,江山情绪几诗人。
静里偶闻焚香饼,澹中有味试茶糕。

好学深思自有得,投戈讲艺惟其人。
故人题诗犹在壁,新春呼酒又登楼。
河上冰消春意透,枝头雪霁鸟声来。
几株杨柳春烟细,万顷荷花风露香。

必去甚去奢去泰,更立德立功立言。
日暖雪消花坼蕾,风和春嫩草萌芽。
闲行平野身常健,默坐空堂心自怡。
春光先到评花市,天意应怜负耒人。

一缕晴烟萦柳叶,几分春色上花梢。
静卧如能无杂梦,坐忘自可入元虚。
高阁晓临十七帖,野航秋泛两三人。
案头置有鹅群帖,壁上常悬鸦阵图。

晴郊麦陇春光早,纸帐梅花夜气清。
云林善画秋山景,松雪爱赋梅花诗。

社鼓春旗人意好,华灯美酝客情欢。
苏学士善评砚石,陆山人能著茶经。
墨华灿烂见奇采,笔阵纵横慕古人。
偶拆琴囊作书帙,闲移砚水浇盆花。

名茶破工夫来饮,好诗经锻炼乃成。
齐万物则谓之道,本一性者全其天。
竹坨诗名满天下,石农画意得寰中。
垣边已生千岁谷,阶下初开百子兰。

林屋山人深医理,天池先生富文章。
青旗社鼓迎春后,爆竹灯花守岁时。
春入画屏开锦绣,日高华幄灿云霞。
芳草和烟随意绿,好花逐日报春来。

善哉博施而济众,伟矣亲仁以善邻。
名笺古墨书楹帖,春山茂树画屏风。
横览九州双蜡屐,旷观万古一诗瓢。
家无储粟九百斛,架有藏书三万签。

村社人家春酒熟,园林风物早梅开。
丝鸡腊燕应时至,水仙海棠相并开。
春盘桦烛迎年酒,柏叶梅花守岁诗。
霁月光风瞻气象,鸢飞鱼跃见天机。

涵养性天须用敬,栽培心地在存仁。
曾游君子长生馆,重绘西园雅集图。

心清渐觉尘缘少,室静方知春气和。
十里杏花微雨里,万家茅舍春风中。

一心常使无尘障,万物各自养生机。
晴日河桥挑菜节,东风闾巷卖花声。
向晓偶闻关塞雁,有人远馈大江鱼。
帖中今送邛竹杖,壁上闲挂木瘿瓢。

垣边春草经年绿,窗外梅花似蜡黄。
野径三义春草碧,平田十里菜花黄。
鹂鸣蟀语应时序,鸾舞蛇惊见笔姿。
碧草绿波添霁色,丹枫乌柳写秋容。

画竹亦能消暑气,盆梅先放报春花。
万竿烟雨画丛竹,一带秋林界远山。
策杖出门看春色,开窗濡墨写山容。
四面云山围草阁,一条松径达柴门。

烟花春暖胸襟畅,云水秋清眼界明。
几重关树分遥岭,千里秋云渡大河。
四面烟波通画舫,万株杨柳隐红桥。
好水好山入吾画,古砖古鼎存其文。

老屋御寒煨榾柮,小窗映日画桃花。
妙笔曾书舞鹤赋,老农亦解相牛经。
人情冷暖频经惯,天道盈虚信有征。
沐发晞阳身闲适,出言如春气冲和。

持身当铸铁如意,观物常对玉屏风。
五福堂中酌春酒,大罗天上咏霓裳。

君子之德贞而固,学者所为精且勤。
学书莫设铁门限,治心当如玉壶冰。
君子论世必千载,丈夫有志在四方。
养心长抱冲和气,处世当为闲澹人。

座中喜有游仙侣,堂上闲观汲水人。
棐几盆栽书带草,茅堂屏画折枝花。
磊落光明瞻气象,灵和广大养心神。
种桃道士春长住,艺菊人家秋更妍。

逍遥共处大同世,慷慨谁为兼善人。
栖迟安乐漆园吏,翰墨超妙丹邱生。
华灯百枝照永夜,爆竹千声报早春。
山不在高重丘壑,水因能曲自渊渟。

门外天留三尺雪,座中人觉十分春。
书中义理存千载,帘外花香分四时。
读书窗外碧桃放,洗墨池边春草生。
仁心广布寰区内,道气长盈天地间。

丛菊满园斗秋色,蟠桃万树灿春华。
楼居洁己郑千里,诗酒娱情雷半窗。
杜少陵以诗为史,李北海乃书中仙。
人事自然趋定静,天心久已酿和平。

江上烟花晴雪后,海滨灯火过年时。
数声铁笛梅花曲,一叶风帆词客舟。
半江枫叶叉鱼港,十幅蒲帆卖蟹船。
闲评旧帖消长昼,偶读奇书忆古人。

高年末饮屠苏酒,童子齐分压岁钱。
向阳花木春长在,近水人家尘自清。
对酒偶然得胜友,寻芳何处访名园。
秋雨爱从梧院听,春风先到麦田来。

秋风庭院开丹桂,春雨园林放碧桃。
春色来从天地外,山光多在画图中。
云无足遍行寰宇,松有心寂处山林。
被褐怀玉示浑朴,知白守黑存天真。

两赋能传汉赤壁,一诗又说宋黄州。
品泉得无味之味,论道以忘情为情。
明德新民止至善,深根固蒂得长生。
宋书多摹争坐帖,唐碑犹传元奘师。

偶观雁塔圣教序,熟读黄庭内景经。
偶然论九宫字格,等闲观千佛名经。
人归乔岳名山外,春在轻烟妍日中。
班氏能作两都赋,宋人曾画九歌图。

红树青山秋入画,沧江皓月客吹箫。

太和培养中原气,道德蒸成大地春。
东风鼓荡太和气,张雨本是奇逸人。
深堂啜茗吟诗候,小阁焚香守岁时。
阳春独为四时首,大道长居万物先。

笔势纵横米海岳,胸襟澹远倪云林。
窗前尽种琅玕竹,栏外初开锦绣花。
爱民治国本乎道,博施济众谓之仁。
名山大川育灵秀,光天化日发英华。

三光朗照九州静,六府修明万事和。
天清地宁世广大,道尊德贵人安平。
春气融和在寰宇,大文彪炳见星云。
日丽风和春灿烂,云蒸霞蔚世光华。

仁德及民遍薄海,春雷起蛰得甘霖。
中天牛斗星文灿,春酒羔羊乐岁声。
八方无事琴书静,四术多才民物丰。
群鹤翱翔三岛近,万花飞舞五云高。

万方无事乾坤静,四壁有书屋舍清。
金简玉函开景运,河图洛书启苞符。
百草萌芽春意远,五云焕彩日华明。
山川围护藏书室,云日光华画卦台。

春风浩荡舒万卉,仁德弥纶遍九垓。

竹窗楹语　**063**

游客寻春踏芳草,诗人守岁对梅花。
下帷偶读三都赋,拨火闲焚百合香。
神龙兴云作霖雨,海鹤乘风游昆仑。

遣兴有闲花野草,怡神对古画名书。
逸少昔有换鹅帖,诚悬曾书度人经。
诗成赤壁黄楼外,画在青藤白石间。
处伴泉石出霖雨,朝习礼乐暮诗书。

野田芳草参差绿,夹岸桃花次第红。
欲得神龙酣睡法,须知海鹤学仙心。
入境弦歌知礼让,问农禾黍满田畴。
水湾曲折宜修禊,山翠高低似画屏。

烟云变幻画入妙,声调和谐诗有神。
快雪初晴临旧帖,如酥小雨诵新诗。
杂花满树春无限,远岫如屏山有余。
松杉过雨参天翠,荞麦经春匝地青。
秋水怀思留杜若,春风情绪写梨花。

道通天地学无尽,春到闾阎乐有余。
礼乐传家安且久,耕桑处世俭而勤。
纵横万里开眼界,上下千古拓胸襟。

智周函夏通三礼,德溥如春冠四时。
一家养得太和气,万宝告成乐岁声。
万古云霄存士气,九天日月照中原。
威凤翔云为世瑞,飞鸿戏海见奇姿。

圣人治世著三礼,君子行道顺四时。
一钩新月树梢见,五朵祥云天半来。
画法自然推北苑,诗才毕竟属东坡。
春暖花多开笑口,雨余山远似横眉。

天边群树拥高阁,山外晴烟见远村。
名画自然有士气,妙书必更见天真。
大江东去词华美,函谷西来秋气清。
剑气峥嵘射牛斗,镜光朗耀铸蒲桃。

卷十四

圣人大道在至善,老子名言曰不争。
仰不愧而俯不怍,智善能者动善时。
东风逐日迎人至,花信连番报我知。

琼枝春啭吉祥鸟,玉砌晴开富贵花。
生有至善根乎性,道之大原出于天。
疏星淡月初春夜,桦烛清樽对客时。

唤起小僮酣睡梦,听来好鸟报春声。
一帘疏雨莺调舌,满地落花燕引雏。
十里烟花开夜市,满街箫鼓动春声。
梧桐院落秋思静,杨柳池台春意深。

满地菜花春雨足,半江枫树夕阳多。
蘋花芡实一溪水,苦荠黄瓜半亩园。
山色晴开平野远,花光春聚小园多。
欲采莲花撑小艇,为收桑叶蹑高梯。

碧洛青嵩留白社,楚骚汉赋启唐文。
竹篓满装长爪蟹,柳条斜贯细鳞鱼。
船在荷花香里住,马从杨柳影边行。
东风三月桃花水,细雨长堤蒲叶帆。

春水碧桃三月雨,秋江红树一帆风。
万绿丛中飞乳燕,百花深处听新莺。
妍日晴和挑菜候,春阴天气养花时。
高楼春晓人千里,画舫秋宵鹤一声。

村前村后一渠绕,山北山南两路交。
揽镜已现寿者相,据鞍犹似昔年强。
几日春风动杨柳,一湾流水开桃花。
前村细雨开红杏,别院春阴锁绿杨。

得句昔曾题石壁,买山今又入华溪。
伯时曾画白莲社,子房欲访黄石公。

近水遥山皆画稿,春花秋月属诗人。
药院风花春宴候,草堂灯火夜谈时。
竹抽新笋花含蕊,露似明珠月宝弓。
虚室生白乾坤静,妙谷含真神志清。

雨收渔子帆船外,春在山人杖履中。
三月莺花春灿烂,九秋风露月团栾。
熟读贝叶五千卷,饱食桃花一万年。
一滩绿水双桥路,十丈红尘九陌春。

一百五日寒食雨,二十四番花信风。
江天花月春无价,灯火楼台客有诗。
百不如人惟积德,一能生我可延年。
植品当如天外鹤,论才亦是人中龙。

经史自能增智慧,诗书更可益心神。
细绎古文十六字,愿闻大道五千言。
存漱五牙生玉液,积功九转得金精。
诗入二十四品内,春回三百六旬初。

读书稽古无穷业,学道爱人不负天。
人于此身当爱惜,天为斯世开太平。
积德乃立身之本,养气以寡言为先。
司空评诗廿四品,邺侯藏书三万签。

烟霞深处身栖稳,云水光中眼界明。
鹤有仙心翔海峤,柑名佛手发天香。

竹窗楹语　065

莫谈旧梦留金琐,独爇名香拜玉晨。
闲中种菜身常健,老去读书味更长。

一瓯苦茗醒春睡,十首新诗寄故人。
薄暖轻寒宜午睡,澹云微雨惜春阴。
平畴麦浪绿成海,几树桃花红过墙。
云含远岫余雪白,雨湿长堤旧草青。

山近不知城市远,月高还见树阴低。
抛却尘鞿甘澹泊,独留书画伴清闲。
呢喃闲听梁间燕,闲静还看江上鸥。
一阵雁声过荻港,几星渔火点沙汀。

不尽江山图画里,无边风月酒杯中。
老笔纷披画奇石,水墨渲染写秋花。
雨过青苍画大岭,霜高红紫点平林。
几千蚁阵突围出,十万鸦军背水飞。

静对炉烟一缕直,闲看花影几分移。
老树经霜如不觉,闲花含露亦多姿。
天边飞鹭冲烟去,滩外渔船破雾来。
晓起读书庭院静,夜眠得句枕簟清。

春色偶从田畔见,秋声多自树间来。
春深雨足勤农事,山静日长读道经。
门外几湾碧萝径,窗前一架紫藤花。
柳堤冰泮鱼苗长,花径泥融燕子来。

水净自然邀月照,天清原不问云浮。
闲观造化有神运,独抱冲虚养太和。

高岩大书宜深刻,古鼎精篆当宝藏。
真草名家必善画,文章巨手亦能诗。
韩欧两姓分文派,南北二宗判画禅。
天下名山尽入画,人间大利必归农。

图书堆里诗千首,风月佳时酒一尊。
有山有水天然画,宜古宜今伟矣文。
第一江山云椠笔,无双词赋老坡才。
天壤间自寻乐地,尘寰中别有闲人。

招鹤欲访碧虚子,换鹅谁写黄庭经。
风云际会看龙虎,时序推迁数燕鸿。
山虚水深论琴理,月白风清听笛声。
春气先为静者觉,道心常自澹中生。

人日草堂三径暖,东风酒肆一帘高。
古澹中自饶气韵,萧散外别有风规。
水嬉争胜曲江曲,花事莫负三月三。
诗才早重唐十子,画手还推元四家。

妙墨犹存二王帖,健笔独数三苏文。
元白诗名传万口,倪黄画派各千秋。
画松画竹画奇石,咏雪咏月咏春风。
揽辔欲行万里路,闭门先读五车书。

平滩春水芦芽短,古驿东风柳线长。
花影半窗朝日上,竹阴满径晓云凉。
花光灿烂春无数,草色敷荣雨乍晴。
晨起一盂香稻粥,客来两盏碧萝茶。

田边稻蟹秋无价,陇畔莎鸡夜有声。
牧儿数声牛背笛,野老一枝鸦嘴锄。
检点词人千古意,栽培花事一春忙。
岩边坐看千寻瀑,松下行穿一径云。

天涯客每怀知己,江上诗多寄故人。
人立河桥春意满,月明酒肆客怀高。
草堂桦烛饮春酒,古鼎名香锻小诗。
焚香煮茗闲对竹,濡墨含毫忽忆梅。

瀹茗晓收荷上露,荡舟晚趁柳边风。
数枝擎雨新荷盖,几缕摇风嫩柳丝。
湖上花开春载酒,山中松碧晓看云。
一树红梅占春色,几盆黄菊助秋光。

小瓮新篘春社酒,老盆旧种泰山松。
弹琴欲识无弦意,击磬犹闻住杵声。
山人亦自能画菊,野老从来善种松。
夜月秋江笛入破,海天春晓鹤高飞。

客至健谈不觉晚,春来骤暖欲催花。

士不谈兵必好善,人能爱众自亲仁。
文成两汉三唐外,身在万松一瀑间。
腕下欲作千行草,胸中先读万卷书。
人文尚论唐贞观,觞咏犹传晋永和。

星斗光芒秋铸剑,云霞彩色晓行船。
朋交且喜闻忠告,闾巷犹知诵孝经。
一树一石见画法,半村半郭访诗人。
房山雅度重当世,海岳风规迈众流。

画竹已自干云汉,种树还须培本根。
子昂鹊华秋色卷,大年江乡清夏图。
诗成纵笔题高壁,雨过移花护短篱。
不识不知顺帝则,无为无事全其天。

曾赴王母蟠桃会,长念观音般若经。
读书万卷勤稽古,下笔千言莫论今。
天地万物无极尽,日月三光长高明。
删竹原存扶众意,浇花亦有济时心。

著书百岁不知老,种菜十年未出门。
爆竹灯花除夕酒,红梅翠柏岁朝图。
息心读书不出户,放眼看云必登山。
良友畅怀十日饮,春风得意万花开。

万顷云海岭头白,一抹夕阳山额黄。

秋江待渡人归晚,夜月闲行鹤睡迟。
村市晨游春意满,书堂夜坐月华明。
妍日渐催花信转,湿烟欲染草痕匀。

春雨池台花放候,晓风庭院燕来时。
佳客偕来春满座,小窗人静燕窥帘。
疏雨松阴卧佛寺,春风花市海王村。
春光满眼群花发,浩气盘胸皎月高。

松雪鹊华秋色卷,香光鹤林春社图。
白云古佛双松阁,芳草斜阳万柳堂。
清游屡泛南河泡,乡饮频来北学堂。
疏风细雨评花市,瘦石乔林谏草堂。

诗无声调不堪读,画有风规始见奇。
幽亭古木无人识,高阜远村与画宜。
莫听胡笳十八拍,谁吹羌笛两三声。
古调曾传箜篌引,新诗谁咏琵琶行。

破书败笔亦良友,竹杖芒鞋作胜游。
纸鸢半湿杏花雨,酒斾轻摇杨柳风。
昔人曾有采菊帖,今者谁咏惜花诗。
有水有山结邻舍,无租无税得安居。

春雪疏松成画稿,寒灯老屋称诗心。
好水好山数十里,种竹种树几千家。
浏览洛阳伽蓝记,重画辋川招隐图。

十里烟花春社酒,满街箫鼓上元灯。
万里云霞一画稿,千秋风月几诗人。
八极云山长在目,万家耕凿总关心。

万事和平一心静,百年辛苦几人闲。
卿云见处春长在,宝月圆时花正开。
论诗读画两佳客,看云汲水一闲人。
霜松雪竹有高致,野叟山樵接古欢。

诗吟春草本难得,画到秋林始最佳。
濂溪独有爱莲说,渊明曾赋采菊诗。
客耽访古论金石,文ываль于今辨汉秦。
灯火鱼龙开夜市,笙箫花月拥春城。

曾到洛阳存古阁,旋看寰宇访碑图。
晓起读书庭院静,夜寒小饮蜡灯明。
好花争欲先春放,老树犹能耐岁寒。
纵观洛下名园记,欲仿天池石壁图。

松云一径天然画,茅屋三间自在人。
春雪到地如时雨,妙笔着纸写名山。
山人雅兴诗书画,上元佳节雪月梅。
诗每无心得好句,人因遁迹见奇才。

莫谈壮志闻鸡舞,自有奇文倚马成。
研丹好滴莲花露,濡墨闲披蕉叶书。
好诗能写山云意,妙笔频开水墨花。

晓坞烟深花解语,春庭雪重竹低头。

野岸潮生鱼晒子,画梁春暖燕营巢。
月上庭阶花有影,风收院宇树无声。
午晴花影凭栏看,夜静书声隔屋听。
夜寒月有明蟾照,雪后风来似虎狂。

花外莺声春气暖,帘前燕语晚晴多。
匡床高枕清无梦,明月梅花静有诗。
松亭云岫巨然画,独树孤烟摩诘诗。
雪压寒林三十里,云藏茅屋一千家。
遥岭晴云松影碧,大田春雪麦苗肥。

一水一石皆入画,三月三日争游春。

绿酒一尊酬雪夜,红梅几朵报春晴。
窄径偶来题竹客,小亭闲坐种花人。
君子守身如执玉,大道处世犹张弓。
试剪夜灯作大草,闲磨古墨写名花。

闲翻本草求良药,偶对名花画折枝。
凿冰渔叟知鱼上,踏雪山人似鹤行。
黄鹤山樵友黄鹤,白云外史栖白云。
细雨东风花得意,金樽红烛客能诗。

卷十五

六籍昭著如日月,百家灌注似江河。
雪晴云散天青碧,山静日长松万千。
客来煮茗评诗卷,春至携锄采药苗。

东风幻作梨花雪,细雨湿团柳絮云。
看云楼下山云懒,快雪堂前春雪晴。
大雪客来披鹤氅,寒江船去湿渔蓑。
江天箫管扬州路,风月帆樯瓜步船。

偶寻芳草踏青去,闲为名花写照来。
云鹤独翔云路远,海鸥长伴海天间。

读书尚论羲轩世,交友还期俊顾才。
清昼焚香临古帖,良宵对月有新诗。
小阁闲画平泉石,疏廊卧看泰山云。

客自群仙队里至,花从众香国中来。
三月风花催游骑,六朝裙屐说词人。
风花雪月诗千首,书画琴棋客一堂。
日含五色群山晓,月到中天八月秋。

九陌春来花满眼,一尊酒熟月当头。
春风及第趋金马,秋月当天照玉蟾。

村郭烟花沽酒路,市楼箫鼓试灯时。
晴雪市楼连鄂渚,春江烟水涌金焦。

绛蜡烟笼金翡翠,晶盘月照玉蟾蜍。
长为水月云山主,闲坐春秋佳日亭。

二十四番花信转,一百六日雨丝多。
芦花滩外渔船聚,烟树丛中樵客归。
稻豆短篱鸣蟋蟀,蘋花浅水点蜻蜓。
日斜野港收莲子,雨足平田长稻孙。

仁心灌注间阎内,道气周行天地间。
五朵云开春意满,九霄露重月华明。
宣德铜炉养活火,钧州瓷盘注新泉。
偶观洛下名园记,闲访烟江叠嶂图。

古香澹墨数峰静,雪浪云根一片奇。
白雪高歌谁复和,青山胜处客能谈。
画阁栏边花似锦,小亭阶下草如茵。
不知原野几尺雪,时见墙垣一段云。

欲读香山九老会,闲画岁寒三友图。
二十四品分诗格,五千余言注道经。
能文客至论秦汉,善画人来仿宋元。
其人平淡无奇异,此心空洞得天真。

风定帘前双燕入,雪晴云外一樵归。
小艇任风东西去,野鸟随云朝夕来。
闲云古树眼中见,峻岭奇峰笔下来。
细雨春痕沾草径,夕阳秋影淡茅亭。

松含天地氤氲气,石抱乾坤镇静心。
深堂朗诵东都赋,明窗闲写西升经。
海鹤栖迟接云水,沙鸥闲淡寄江湖。
雪后园亭自清润,水边云树转幽深。

续开香山九老会,簪得扬州四相花。
碧苔芳草落松子,瘦石细泉养竹孙。
乳鸭池塘春水暖,流莺园树晓晴多。
庭中月上陈瓜果,花外灯明听管箫。

今者慷慨纵横意,古道敦庞纯朴风。
诗酒琴棋足行乐,山林泉石可安居。
清樽小饮金波酒,活火闲烹普洱茶。
几重烟树分青嶂,一道云泉下碧峰。

山僮闲自收松菌,野老还来剧茯苓。
香稻晨炊莲子粥,松柴闲煮玉川茶。
柳絮满天飞乳燕,蘋花数点引游鱼。
晓日云痕连岛屿,夕阳山色上楼台。

三笔五笔出腕下,千峰万峰罗胸中。
大壑高岩逢啸父,清秋佳日访琴师。
古书名画深堂静,密竹丛兰小院幽。
九州悉赖三光照,万善同归一念慈。

暖日和风薰百草,春阴细雨养群花。
江山胜处论书画,村野闲人习渔樵。
东风绿遍垂杨柳,细雨红开夹竹桃。
杖藜夜踏秋中月,酾酒朝看海上潮。

眼中世事如流水,身外浮名似过云。
峰峦崇峻留余雪,春水潆洄漾绿波。
窗临密竹宜听雨,门对寒流不上潮。
两眼空明观太华,一心虚静对秋江。

一树梨花春又晚,满窗松影月初来。
十里寒林初日上,一滩秋水晚潮来。
窗外新篁初解箨,园中高树已成阴。
云开大林娑罗树,日照丰台芍药花。

东风几度梳杨柳,细雨一犁展麦苗。
晴色初开花外市,春光先到柳边城。
佳会共传金谷酒,良宵闲试玉川茶。
窗前一树梨花雪,帘外几丝柳絮风。

一树红梅春万点,几株绿柳两千丝。
花外酒旗飘不定,柳阴画舫去还来。
溪翁垂钓船双桨,野老种花春四时。
三月烟花诗酒债,千年书史古今人。

双桨烟波垂钓叟,一肩春色卖花翁。

红日上窗人独坐,碧苔满径客初来。
神游碧落三天境,日诵黄庭一卷经。
平湖澄碧一万顷,遥山耸秀两三峰。
芭蕉分绿樱桃紫,薜荔浓青橘柚黄。

一百六日清明节,十二万年长乐天。
佳客纵谈千古上,好花长向四时开。
自有书人论羲献,还从画史问荆关。
人间民物安和候,天上星辰朗曜时。

美酒必邀佳客饮,小轩长对好山开。
人心自古乐为善,天道于今公且平。
诗坛竞尚西江派,乡塾犹存北学编。
心拜洞天长耳佛,口诵般若多心经。

一代文章推屈宋,千秋道脉继程朱。
晴开泰岱松云碧,秋入洞庭橘柚黄。
千秋名哲人伦鉴,一代风骚著作才。
弱不好弄老弥笃,壮犹勤学少可知。

登高自见天光大,习静不知春日长。
松柏千年挺桢干,山川万古发英华。
晋人犹传十七帖,鲁诗谁注三百篇。
洞天岩上松樟富,石钟山下浪花翻。

云日周行九万里,海天明靓几千年。

竹窗楹语

事不关己宁袖手,语未和众莫出唇。
薄暖轻寒春一半,闲花野草路三叉。
秋江雁到芦花白,樊口鳊肥枫叶丹。

墙头薜荔添秋色,窗外芭蕉助雨声。
水云光自空中见,木樨香从静里闻。
隐景潜形殊世味,养精含气葆天真。
画桥杨柳一双燕,春水桃花尺半鱼。

对花偶酌一瓢酒,藉草闲观半卷书。
春雨野田驱短犊,晓晴山馆听流莺。
潮平野岸双鸥立,春晓闲庭一鸟鸣。
芳草长堤金犊过,绿杨平野纸鸢高。

闲谱五声填小令,还从万里画长江。
春深放棹寻诗客,雨后停桡问酒家。
春草自萦游客梦,秋花频系旅人思。
楚客离骚汉时赋,唐贤诗律晋人书。

秋色满林霜可画,春痕着水雨如丝。
学琴三月未成调,种菜十年不出门。
长堤春半桃花水,别院秋千柳絮风。
东风细雨寻花径,疏柳斜阳卖酒楼。

云自能闲石自瘦,山不在高水不深。
风定渔灯三两点,月明霜柝几分寒。
矮架已牵山药蔓,长溪初放水葓花。

吕梁大瀑今何在,砥柱中流永不移。
不可断读书种子,要长为名教中人。
人登太华三峰静,月照昆仑万象高。

有动有静交相养,无增无减守其真。
六一居士文辞富,八大山人画笔奇。
试擎丹砂写修竹,还将水墨画名花。
画笔竟传文征仲,名山争说武夷君。

无言常觉诗心静,落笔还思画格高。
不忘天际真人想,独抱人间高士心。
偶检家藏旧书画,闲观雨洗新山峦。
玉笛晚吹三叠曲,金炉晓爇百和香。

日照海天数峰紫,雨余原野几分青。
无处不容大自在,有缘即证斯陀含。
邈矣花神传笔底,盎然春气满寰中。
绿杨春郭白云观,红树秋江黄鹤楼。

诗心古淡诗才健,画理精深画笔奇。
花草传神大涤子,烟云满腹丹邱生。
春郭烟峦添画意,夜窗灯火读书声。
天下英才应时出,人间妙笔属君多。

高天明月舒长啸,古洞白云得静眠。
时哉暮春言尔志,天然妙境为君开。
诗如流水情无尽,画比真山看更高。

寒鸦古树内黄县,猎马秋风长白山。

两岸青山迎送客,一江秋水往来船。
贴水鸥凫穿深苇,采香蜂蝶入丛花。
半亩菜花围老屋,一滩秋水系渔船。
人静开窗邀月入,春来汲水种花忙。

半江芦荻秋帆过,十里松樟山径香。
雨气沾濡春草绿,晴痕渲染菜花黄。
徒传好句清平调,谁听边声敕勒歌。
渔火渡头分汉水,秋帆江上忆吴淞。

云翻大海乘鳌至,沙卷东风似虎狂。
修竹满园听夜雨,长松夹径看春云。
淡墨作书添逸兴,酽茶破睡助清吟。
玉笛曾吹天上曲,铁琴犹蓄古时音。

净几明窗修砚谱,新泉活火考茶经。
桑柘阴浓村舍静,陂塘水满芡菱肥。
烟霞云水一真逸,诗酒风花几少年。
佳节客争蹋柳去,秋风人不踏槐忙。

无弦琴挂题诗壁,贮酒瓢藏卧雪庐。
云树苍茫调鹤地,渌波清浅捕鱼船。
淮水夕阳江北路,明湖秋柳济南城。
雨后青山初露骨,春来绿柳已舒眉。

招彼白云来入户,伴我长松不计年。

大地山川争秀发,小园花草见精神。
月到诸天花气静,春归大地柳条青。
山色连云通西极,江声带雨向东流。
天地精神通治化,诗书道脉在师儒。

山水人生得几许,文章天下之至公。
饮酒数斗方作草,读书万卷乃能诗。
山馆客稀苔满径,溪亭春暖水生香。
至人守名教轨范,大匠得造物准绳。

得闲偶检奇书读,论事常将古镜看。
天地万物生于有,忠孝百行葆其真。
文字精神千载远,诗书气味一身高。
仁慈自能合天道,理义原可悦人心。

诗文中自有仙气,烟霞外别具高怀。
入世应留成佛地,有缘先诵度人经。
奇文自有真种子,名山难遇一诗人。
太朴未宜尘世见,真灵自得地天和。

信手拈来诗入妙,无心得处笔通神。
太白本来有仙气,牡丹自应号花王。
偶向云中学骑鹤,闲于月下听吹笙。
书必学东方画赞,人当如南田草衣。

三间五间矮茅屋,一畦两畦晚秋菘。
薯蓣一畦藏白玉,橘橙几树铸黄金。
垣畔已生千岁谷,篱根初放百合花。
半岭烟霞供独卧,四山风月养闲心。
溪边春水三篙涨,窗外新篁数尺高。

文字自有解悟处,精神要看涵养时。
器量要当如大海,品格还应似高山。
长才伟抱能和众,大雅宏达自不群。
左史诗骚论文字,风花雪月见天机。

卷十六

天生万物各有性,心于四时常若春。
莫向天涯论往事,还从月下听奇闻。
种竹万竿频思鹤,引水一池可养鱼。

山林深处身栖稳,云水光中眼界明。
万柳绿时春水涨,百花深处鸟声和。
关门紫气存函谷,桥路春风说灞陵。
驿路烟花人赌酒,旗亭风雪客能诗。

晴云似带围松岭,细雨如丝织柳溪。
尘劳中摆脱干净,天地间自在逍遥。
蒲桃镜里无留影,檐葡林中有异香。
春风酒肆人豪饮,夜月松窗客对棋。

多栽池竹满园翠,闲画盆兰一室香。
细雨初抽蕉叶绿,东风又染柳梢青。
写将红树秋诗意,付与青藤老画师。
澹黄烟柳春帆路,浅赭霜林秋客诗。

时平岁稔民心定,日暖风微春气和。
春水绿杨双画舫,秋山红叶一书楼。
三叠五叠太湖石,一株两株参天松。

天地间随时行乐,尘世中到处安栖。
万象空时天花落,一心定处水云生。
八极九州在眼底,千山万水罗胸中。
身闲领取书中味,心静还看天半云。

欲写名山题好句,还烹春茗对佳宾。
野叟村农有至行,方言里语亦名箴。
海内英才为世用,人间清福得身闲。
书法自应推晋代,诗才毕竟让唐人。

一杯两杯饮春酒,三峰五峰写秋山。
人间礼乐千秋业,世外烟霞一局棋。
徜徉山水无穷乐,供养烟云得大年。
树根扫地看花镜,竹外临池作草书。

尘劳中肯即歇手,天壤间皆可安身。
春入园林花欲笑,秋添湖水雁无声。
一路东风芳草碧,满园春色海棠开。
树影密筛三径月,花香浓聚一庭烟。

细雨客行三径草,东风人卖一篮花。
自有烟云供墨戏,尽收蛇蚓入霜毫。
春雪到地即为雨,湿云开霁便成霞。
旭日峰峦千树静,晓风庭院百花开。

卖花船已冲波去,沽酒人还踏雪归。
非有道必不处也,知下士当大笑之。
秋晓湿云覆老屋,夜深春雪洒寒灯。
雪夜园林清话久,霜天村郭晓行多。

一溪杨柳渔船静,万顷芦花茅屋低。
春朝花夕微醺后,秋郭月场闲步时。
求书客亦题诗去,索画人还送酒来。
隔水看花花更好,卷帘邀月月长明。

茶熟客来日过午,诗成人静花初开。
入山倘食青精饭,出世何须白打钱。
庭花欲放东风暖,溪水平添春雪多。
春雪夜寒宜小饮,秋灯人静欲成诗。

大风着意卷尘雾,细雨关心润麦苗。

铁笛梅花三叠曲,画桥杨柳一溪烟。
晴窗客论千金帖,秋月人登百尺楼。
身似闲云心止水,诗如长江字大河。
云峰缥缈天机妙,花态轻盈造化工。

春水方生鱼欲上,秋田未熟雁先来。
虚静自通无我法,仁慈常念度人经。
雪压茅檐人独卧,月明华屋客高吟。
欲招曲水流觞会,且仿东坡择胜亭。

十里东风飞柳絮,满天春雪散梨花。
大千世界智慧海,一念菩提般若心。
虚无自然生道气,真常元妙得天和。
花长无语竹长啸,人自安闲月自圆。

山中自有青精饭,花外常鸣黄栗留。
天心自古皆仁爱,人事从今酿太和。
八饼名茶曾试饮,千年古镜未须磨。
名墨与金石同寿,古籀偕篆隶并传。

大海横云鹤振羽,空潭印月龙养珠。
人事不外智仁勇,天光长照日月星。
千古名言常在耳,两间清气静盘胸。
天地自覆载万物,圣贤必化育群伦。

心游碧落三霄境,日诵黄庭一卷经。

论书读画有余兴,登山临水无闲时。
细雨绿阴莎草径,小亭红影杏花天。
庭前雨过花初放,帘外春寒燕不知。

斗室焚香评古帖,小园锄草种春花。
春风杨柳诗人意,秋水芙蓉钓叟船。
不使诸缘来缠扰,还将一念入虚无。
雪后客来炉火爇,夜阑人静月轮高。

白玉延授古仙子,青精饭遇有缘人。
东风连日催花信,晴色何时上柳条。
疏风细雨中和节,快桨轻帆午后潮。
悬崖峭壁腾身上,老屋匡床放脚眠。

研得半池廷珪墨,闲写一幅海岳山。
海峤林峦鹤养寿,洞庭烟月雁呼群。
积润酿成三月雨,微风卷尽半天云。
门外一帆春水艇,窗前几树海棠花。

过桥偶赴北村饮,戴笠适从南亩来。
红杏绿杨添画意,黄鹂紫燕说春晴。
冰麝香萦半池墨,水沈烟散一室云。
江上山峦无尽好,云中鸾鹤有时来。

几叠远山含霁色,平铺野水上春潮。
紫蟹黄花村舍酒,青山红树晚秋诗。
江干波浪一丝白,山外林峦数点青。

囊中自有长生药,庭下曾栽不老松。
静养闲心如止水,还看尘事似流云。
天际故人千里至,诗中好句片时来。

抱一守中在知足,含光藏辉早息肩。
莲花世界多君子,桐柏名山考古书。
春风鼓舞太和气,好雨潜滋润物心。
画出丈山尺树外,诗在千岩万壑中。

画通禅理用笔妙,诗有仙心得句奇。
老松自有千年寿,古镜能知百世人。
古墨亦同金石寿,名山长向画图看。
乔松老鹤长相伴,瘦石疏花亦可人。

日闻钟磬千声佛,饱饫烟霞万古春。
欲跳出醉乡梦宅,须开拓眼界胸襟。
大笔挥洒数行字,小瓶供养一枝花。
笔锋犀利板桥竹,墨沈淋漓海岳山。

一身长葆冲和气,万事皆存谦让心。
人事何从论得失,天心自昔重均平。
节饮约食四体健,安眠静坐一心闲。
扫地焚香一室静,开门揖客百花香。

暖回绿柳添风致,春入青山有笑容。
圣贤立人伦之准,天地以生物为心。
千经万论从头说,五岳三山到眼明。

江上好山青澈骨,舟中估客白盈头。

数竿修竹参天碧,一径秋色匝地黄。
窗斋自有金石癖,石谷早结山水缘。
秋水斜阳双桨路,山花野草一樵人。
十里晴光溪水绿,一园春色小桃红。

潇湘兰芷骚人意,箕颖烟霞隐者心。
风尘倘遇修琴客,村市时来磨镜人。
饮酒数杯对良夜,画梅一树见古春。
薄雾晓开见村树,轻阴晚结隐渔灯。

塞上风高雕鹗健,天边云净鹤鸾翔。
堂中论古寻碑客,门外知音荷篑人。
邻叟春游吟好句,园僮晓起送新花。
天边几片晴云度,溪山数声水鸟鸣。

画松日对古隐逸,种兰如见楚骚人。
帘前雨细飞新燕,栏外风微见落花。
长桥流水卧杨柳,小山矮屋老梅花。
古寺唐槐留题咏,神嵩汉柏不知年。

真草千文八百本,隋唐两代一山僧。
池上微风梳柳线,月中清露点荷珠。
善书何必铁门限,擪笛谁倚玉阑干。
古色斑斓铜雀砚,清音激越珠柱琴。

昌黎文豪兼诗伯,香光画理入禅宗。

呼吸湖光涤尘滓,划开山骨吞烟云。
庄生善论人间世,老氏不为天下先。
从古英豪能自重,一时才俊亦相招。
无去无来长自在,有动有静得天和。

万里云天自空阔,一川水石本清幽。
保存天地中和气,涵养乾坤位育心。
树根闲读逸民史,窗下高吟迂叟诗。
不信人才无管乐,须知文字有韩欧。

广大灵和见佛性,虚空朗澈得天根。
菩提树下禅初证,薝葡林中香不闻。
光明世界飞天镜,空寂山林见佛灯。
半村半郭半云水,一鹤一琴一洞天。

枝头碧蕊分茶候,村外黄云打麦天。
广交海内知名士,多是天涯好善人。
名墨一丸古所重,退笔五簏今谁能。
窗外三竿两竿竹,池中一寸二寸鱼。

要知体用分明见,须向天人根本求。
闲心亦自忘寒暑,大寿何须计岁年。
风月佳时谁共饮,云山深处我安居。
白雪曲高谁可和,青云路近孰先登。

大泽雾深常隐豹,古潭水碧有潜蛟。
瘦竹数竿伴奇石,乔松一树留闲云。
前滩雨过群鸥集,遥岭云横一鹤来。
枝头一鸟鸣春晓,窗外群花弄晚晴。

闲扫落花心地净,删芟乱草眼光明。
花气入帘风过竹,树影在地月当天。
冬寒偶饮一杯酒,午睡方醒半盏茶。
门外几湾碧溪水,窗前一架紫藤花。

沽酒买鱼来野市,寻僧访友过溪桥。
奇石名花存画谱,天风海月见诗才。
点水衔泥双燕剪,穿花线柳一莺梭。
春暖移花兼种树,夜寒煮茗更吟诗。

野叟有时送花至,家僮趁晓买鱼回。
梧桐庭院烹茶坐,杨柳溪桥放棹行。
行观溪涧泉流去,坐看山峰云起时。
红杏村边开晓霁,绿杨溪上聚春阴。

春阴别馆燕三两,秋水长桥鹭一双。
日观峰头开晓霁,晴川阁上看斜阳。
春暖闲游风日好,夜凉清话月星明。
曙色渐分窗外树,春光先上画中梅。
十日画石五日水,大竹写形小竹神。

今者谁为小园赋,何人曾唱大江词。
其才为当世所重,若人有君子之称。
万卷藏书宜乡里,十年树木荫行人。
知君袖中有奇石,为我壁上画古松。

盆菊瓶梅添画意,酒香茶酽助诗心。
众理会通真智出,万缘不扰心安。
修树自应存直干,养花切要护深根。
一水净时能澡德,万山深处可栖身。

瓦盆注酒分多少,玉尺量才论短长。
四扇潼关开晓日,三峰华岳耸秋云。
云中白鹤真仙品,雨后青山逢逸人。
种桃道士餐霞至,采药仙人拨雾行。

立身必抗志于古,不言而饮人以和。
明镜高堂长四照,冰壶秋月得双清。
圆而神更方以智,进不足则退有余。
十步之内见芳草,一亭以外有闲云。

访胜客来存古阁,题诗人上涌金亭。
万里山光皆北向,大河秋色自西来。
水流云在得天趣,鸟语花香识化机。
松深鹤有安居意,山静人存太古心。

卷十七

北极星辰垂象远,南楼风月得诗多。
闻道善书张二水,最精刻印文三桥。
樵客山僧方外友,断云古寺画中诗。

晓雾不分村外树,晴云常护水边楼。
曹溪智悟大圆镜,古寺寒山半夜钟。
刻印犹传秦汉法,著书如见老庄心。
自有金樽对客饮,从来铁砚任人磨。

山雨欲来云似墨,秋潭初印月如珠。
呼鹰台上秋风早,放鹤亭边春雨晴。
停船偶听采莲曲,藉草闲看种树书。
春晚河桥杨柳雨,晓风庭院海棠天。

举盏更邀新月上,入门还喜故人来。
园林春暖儿童戏,亭榭花开宾客来。
山人结得新茅屋,童子还栽旧药苗。
案上不临乞米帖,街头频听卖饧箫。

芙蕖十里南塘路,杨柳双桥北渚船。
有客能修野菜谱,何人续赋梅花诗。
疏梅数枝留古艳,老松一树见风姿。
旧曲曾闻折杨柳,新声谁谱落梅花。

老圃黄花留晚艳,半山红叶写秋容。

大山耸立小山卧,远水平铺近水流。
一超直入如来地,六度皆同我佛心。
山人濡墨精神见,奇才出笔混沌开。

自昔与人论风雅,于今画竹见天真。
到处皆逢安乐地,此心长保太和天。
春秋凉燠因时序,日月光明照大千。
草木萌动春意透,云霞灿烂天宇清。

月照昆仑万方静,潮平渤澥一山高。
修竹数竿当立地,古柏一树穿云高。
天地之间有正气,史册所记几完人。
周易奥旨系爻象,春秋大义炳日星。

江上狎鸥乘小艇,山头骑鹿采灵芝。
箨石濡墨画兰竹,耕烟下笔写林峦。
春归大地群花放,月到中天一镜明。
挥毫欲写幽兰赋,剪烛高吟古柏行。

花外楼台春满树,柳边城郭水平湖。
水远山长君子度,天光云影古人心。
洗心自有流泉水,举手还招过涧云。
妍日和风春一半,微波浅濑水三分。

栏外晚香开茉莉,江干秋色写芙蓉。

山猿度岭攀藤去,野叟穿云采药回。
偶入深林拾松子,闲来野圃劚芹芽。
老梅槎枒童二树,名山幽峻黄一峰。

六经自垂之千古,万理皆具于一心。
独坐一心能定静,缓行两足自轻闲。
有书曾藏石室内,此人常置丘壑中。

山半闲云行有脚,涧中流水去无心。
十里莲塘通画舫,万株松坞起书楼。
看石行穿三径竹,卷帘坐对一床书。
亭下闲观舞鹤赋,田边谁说相牛经。

百万间阎盼时雨,大千世界看浮云。
山人下笔开生面,学者读书有内心。
桂为秋月登科树,杏是春风得意花。
毛氏藏书汲古阁,苏门访胜涌金亭。

君多感事怀人句,我有游春沽酒钱。
客怀灞岸三春柳,诗兴钱塘八月潮。
岩壑深藏新画本,林峦静似旧诗人。
秋水芙蓉湘岸月,春风杨柳灞桥烟。

名画偶题沈白石,小园初放牡丹花。
妙笔曾书天马赋,大文谁考公羊经。
春秋佳日宜游眺,今古词人喜唱酬。
向晓人家勤动作,早春天气半晴阴。

大直沽边问渔艇,水西庄外立斜阳。
烟花诗意重三节,明月箫声廿四桥。
考古论今千岁计,移花种树一春忙。
秋晚山田收薯蓣,雨余水国看芙蓉。

昔人曾作孝乌赋,今者谁观相鹤经。
量似大海无涯涘,心如满月长光明。
不见建安七才子,群推大历十诗人。
金樽红烛谈风月,净几明窗画竹梅。

题壁谁见碧藓赋,运筹今有黄石经。
山径闲行拾松子,柴门深闭惜苔痕。
云去云来山有影,桥南桥北水分流。
妙笔谁曾画马骨,名香我自收龙涎。

海天春暖龙腾甲,夜月秋高鹤引吭。
明窗大砚千金帖,清簟疏帘一帙经。
龙潜豹隐君子德,鸾舞蛇惊学士书。
无我无人真佛性,可名可道悟元门。

十里碧松采药径,满山红叶读书楼。
山幽林密结茅屋,桥北村南种芋田。
梅花万树围老屋,杨柳一溪放画船。

画竹数竿兼画石,写经一卷更写诗。
草阁偶翻海棠谱,瓷瓶闲插水仙花。
烟蓑雨笠两渔父,席帽青衫一逸民。

破砚犹存建安瓦,名香初试宣德炉。

渔船绕过西沽路,海客争谈北戴河。

瘦竹数枝见风致,怪石一窠如云根。
天涯地角诗人梦,海澨山陬隐者居。
制就春衣芳草色,酿成社酒杏花天。
吹影镂尘见至道,读书饮酒全吾真。

东风镇日吹春水,细雨和烟锁绿杨。
十里晓阴挑菜路,一篙春水卖鱼船。
抗志周行九万里,潜心熟读十三经。
奇石乔松得大寿,仙禽善蛇各长年。

细考宣和书画谱,谁续屈子离骚经。
落红三月桃花雨,泛绿一溪杨柳烟。
大丹九还存至理,上药三品可医人。
花意未舒春尚浅,柳眠不动昼生寒。

读书万卷目爽朗,饮酒十斛心太平。
山长水远路曲折,天清地宁日光华。
玉局两篇赤壁赋,子房一卷黄石经。
读经读史当分日,种豆种瓜必应时。

湘中烟月骚人句,江上风帆估客舟。
村外几声牛背笛,帖中数字鸭头丸。
山光倒印湖中水,海气蒸成天半云。
为爱碧苔开别径,从知墨竹有专家。

续开洛社耆英会,争和明湖秋柳诗。
尘中岁月驹光速,世外烟霞鹤寿长。
壮志周游沧海远,大寿能俟黄河清。
苍松翠柏千年树,黄菊紫藤百岁花。

巾车破晓从容出,小艇冲波自在行。
一湾溪水分村路,十里春阴覆画桥。
一代书家师草圣,十分春色到花朝。
撷影计梦一无得,读书识字百不闻。

海内文章真健者,济南名士说当时。
白云外史真高士,黄鹤山樵亦逸人。
道德真经挂天地,神仙大会在昆仑。
杲日初升登泰岱,秋云四卷看天河。

自磨古墨画兰草,闲引流泉种藕花。
枕经胙史心所乐,茹古含今道之腴。
不使众味悦我口,但引甘泉洗此心。
宣德铜炉已有谱,建宁铁砚亦堪磨。

领略花香入鼻观,涵养书味在胸中。
偶读中山松醪赋,闲考岐阳石鼓文。
一元复始春光好,四大皆空心地清。
文章旧价推燕许,图史先声重马班。

竹窗楹语　**081**

清坐焚香春夜静,闲行岸帻晓风和。
云气碧连树村外,山光青入酒杯中。
风送雁声分远近,月移花影任东西。
报到麦田三寸雨,又传花信几番风。

野老卖鱼频让价,小童放鸭善呼群。
满地碧云筛竹影,一窗秋月读书声。
细雨野田驱犊叟,斜阳芳草牧羊儿。
春水钓船新雨后,秋花篱落晚晴时。

十步浅莎随地绿,两株高柳半天青。
远水近村成画稿,轻烟薄雾酿春寒。
布谷声中催稼事,桃花雪里助春寒。
春寒二月犹飞雪,社酒一尊亦解颜。

别院霜华黄叶树,小栏秋影绿萝棚。
门外客来先煮茗,帘前春暖又催花。
绿杉野屋秋先到,黄叶闲亭酒又醺。
夜坐不觉春宵短,午睡方知夏日长。

青山红树几茅屋,野服黄冠一逸民。
茅舍竹篱访隐者,奇松怪石伴山人。
每日习勤常早起,长夏无事爱午眠。
一径白云通石屋,半山红叶写秋林。

秋江芦荻飞鸥鹭,春水桃花上鳜鱼。
万顷烟波双画舫,一楼春雨两诗人。

旧板古书传北宋,新收名画说南唐。
千年宝镜中天月,万树桃花古洞春。
闲考宣和书画谱,朗诵昌黎石鼓歌。
写竹由来存劲节,画兰历久有奇香。

人间偶有风云会,天上长昭日月光。
绕径多栽君子竹,空山犹有大夫松。
金石同投不见海,射奕相遇知有人。
言为法而动为则,折中矩必周中规。

椀盂自能建天地,蓍蔡亦可通神明。
人事要存平旦气,天心最爱晓晴时。
偶谈百尺梧桐阁,遐想三间日月轩。
十八章孝弟爱敬,三百篇雅颂豳南。

风竹雨竹有意态,春山秋山各清奇。
人才蔚起寰海靖,天地氤氲风雨时。
万理皆从黍米起,一心常与天地通。
偶临山谷幽兰赋,闲诵池塘春草诗。

回黄抱紫善存养,金津玉液自增添。
翠壁丹岩皆画意,春花秋月助诗怀。
仰见天而俯见地,内观我亦外观人。
几辈词人一尊酒,三春花事数联诗。

鉴藏古画各千载,培养名花分四时。
方山子传见才士,醉翁亭记亦奇文。

几树杏花飞紫燕,一堤杨柳啭黄鹂。
春雪洒空幻作雨,野滩解冻又生潮。

春晴花事关心久,斜日园林信步行。
高阁焚香人静坐,小亭近水月初来。
择地开池新种藕,呼僮引水更浇花。
斜日湖光游客艇,早春天气采茶人。

沽得半瓶竹叶酒,来登双桨木兰船。
纸帐梅花春雪夜,驿亭杨柳晓风时。
金樽檀板天涯客,铁笛梅花江上楼。
东风曲径寻花坞,细雨长河湿画船。

三家村小能沽酒,二月春寒未换裘。
晓风定后莺声暖,春月圆时花影多。
闲对月影写修竹,偶听风声问老松。
盆菊更添秋后艳,瓶梅不畏雪中寒。
闲行未觉春郊远,安睡不知夜漏长。

书中奇字存金简,阶下名花开玉簪。
名笺欲写韭花帖,大字犹存荔子词。

古鼎尚存三代器,小园长放四时花。
风吹大海如铺锦,月照群山似布棋。
闭目敛心方静坐,收神定气即安眠。
寒暑温凉因时至,风雨雷电积气生。

林屋山人精医理,铁崖道士富文辞。
几缕炉烟生昼静,一帘花气酿春寒。
文章乃至理所发,天地之大德曰生。
夜气澄清能养寿,秋怀淡定最宜诗。

几株老树千年寿,一夜新篁数尺强。
画舫清歌春载酒,金樽红烛夜弹词。
月榭风台辞赋客,烟蓑雨笠渔樵人。
门外久无车马客,河干长系钓鱼船。

卷十八

郭汾阳富贵寿考,李邺侯烟火神仙。
十亩莓苔侵屐湿,半山岚翠扑衣来。
前滩秋水芦花月,别岸春潮杨柳风。

双松不见毗卢阁,群石犹存芥子园。

中天月朗照寰宇,南极星明应寿昌。
千字文传周兴嗣,一家言成李笠翁。
天地之间存道德,圣贤以外无事功。

华岳中藏苍龙岭,乳泉涌出白鹤峰。

竹窗楹语 083

门前客至求书画，栏外春来看李桃。
莫听胡笳十八拍，谁吹羌笛两三声。
老松独立群峦上，新笋初抽数尺强。

林涧之中多芝草，岩峦以外尽松杉。
茅屋煎茶修竹谱，山村擂鼓赛花神。
闻道醇醪能醉客，从知秋月更宜诗。
黄菊花开又重九，紫樱桃熟正端阳。

花香竹静听琴坐，松密云深有鹤来。
独坐鹭鸶长近水，双飞蝴蝶下寻花。
晴野云山延胜赏，春郊桃李艳清明。
蘋花过雨点溪白，莲叶摇风隔岸青。

湖阴曲尾声犹袅，水调歌头韵自圆。
偶看野艇收荷梗，尚有闲田种药苗。
花香频引群蜂蝶，水静初飞几鹭鸥。
碧苔芳草园林静，老屋乔林山水幽。

绿艾红榴艳端午，红茱黄菊作重阳。
樱笋厨香佳客至，松杉荫密午风凉。
新水池塘初种藕，晚风庭院已开兰。
天外雁鸿呼月上，帘前鹦鹉说春寒。

两个鹭鸶冲雾去，一双蝴蝶破烟来。
乳鸭池塘春水暖，流莺庭院晓风和。
婉转黄鹂穿树去，呢喃紫燕入帘来。

闲移瘦石通流水，最爱新苔点落花。
君子洗心清似水，高人植品峻如山。
古圣从容论性道，此身磨炼出精神。

我有一尊春社酒，君来同醉碧天霞。
栏外千竿万竿竹，瓶中三朵两朵花。
花外客携春酒至，山中人采新茶来。
甘其食而美其服，洼则盈更弊则新。

无边风月佳诗句，不尽江山好画图。
大道本自无形迹，至理亦可通天人。
人游万水千山外，诗在三唐两宋间。
几许花香春骤暖，数声燕语雨新晴。

紫茄白苋村庖味，布袜青鞋隐逸人。
旷兮不知其有我，浑然游心乎太初。
壁悬画竹如烟雨，室有奇书论汉秦。
寂然冲默中于道，通乎上下惟其宜。

君子志节贞而固，山人居处清且闲。
无欲自然观其妙，养心乃可得所安。
细检旧书分版本，闲观名画论元明。
铁干拿云赤松树，金粟霏香丹桂花。

走笔频还交字债，举杯同醉武夷仙。
馈我新茶涤肠胃，和君好句独吟哦。
琴樽酬酢耕桑业，文字因缘书画禅。

箬笠老农驱犊去,蒲帆小艇载鱼来。

十里杏花村店酒,一溪杨柳画桥人。
青山特立尘埃上,白云舒卷虚空中。
一樽竹叶催诗酒,半亩松阴听客琴。
日出红霞数缕静,云开白鹤一声高。

风暖闲梳千缕柳,春晴初放几分花。
春暖流莺千百啭,日高乳燕一双飞。
河桥春色知多少,杨柳东风绿几分。
疏风细雨南塘路,古树寒鸦北蓟城。

出水芙蓉清不滓,在山松柏静且闲。
云自出山常和缓,月宜近水更光明。
晴郊平野晨驱犊,春水长桥晚钓鱼。
春江野艇寻名胜,夜雨秋灯说旧闻。

花开处士屋庐外,春在先生笔砚间。
怪石崚嶙疑卧虎,长松夭矫似游龙。
池边日射薰芳草,帘外春寒惜海棠。
高柳成行聚烟雾,疏花夹径点莓苔。

朱竹墨兰信笔写,青山红树助诗成。
青晕半天垂柳线,绿阴满地绣苔钱。
凉秋薜荔开丹嶂,晚雨芭蕉荫绿天。
细草幽花春正好,淡云微雨夜微凉。

善书不用铁门限,畅饮何须玉酒杯。

绕郭荷花三十里,沿堤杨柳一千株。
人心渐可归安静,天意从来喜太平。
四时寒暖分南北,一代人才论古今。
挑灯偶读桃源记,纵笔闲写华山图。

花间细读花间集,池上闲观池上篇。
桃花古洞餐霞客,芝草灵山采药人。
隐者无求乐山水,高人闲兴论诗文。
秋高大地稻粱熟,夜静中天星斗明。

山林间忽逢逸士,版筑中尚有奇才。
吸取两间清淑气,神游万里太和天。
虚室妙谷道之宅,广厦大裘世所欢。
室生虚白语殊妙,世有空青眼自明。

山人妙笔开生面,学者名言见道心。
修身为治平所本,成性乃道义之门。
人以精神通万物,天用变化运五行。
收视返听夜初静,敛神默坐日方长。

携得米家袖中石,来看赵氏笔端花。
细勘人事随时异,常觉年华逐日新。
放眼曾出云霄上,置身长在渔樵间。
架上奇书常喜读,尊中美酒不须空。

竹窗楹语 **085**

云澹风微春一半,港岐滩远水三分。
夜半狂风吹老屋,晓来细雨湿轻尘。
渔樵有约同沽酒,桃李无言各占春。
山谷常食茯苓麨,东坡曾啜玉糁羹。

妙笔善作游览记,清才谁赋感怀诗。
五株杨柳思彭泽,两岸桃花忆武陵。
半阴半霁春深浅,有酒有花客去来。
十亩柔桑傍村舍,一天疏雨过池塘。

种竹数竿伴奇石,移花几树绕疏廊。
轻烟薄雾初春夜,细雨斜风二月时。
山人曾食桃花饭,乡农亦餐榆叶羹。
蒲桃叶密垂阴绿,栀子花开入坐香。

几分诗思萦梅影,多少情怀系柳丝。
故交情话一尊酒,佳节怀人数首诗。
青草池塘初睡鸭,绿槐庭院忽闻蝉。
秋风欲动声音树,春雨初开月季花。

竹静兰香深院闭,诗成茶熟晓风和。
拨火烹茶童子睡,分畦种菜园丁忙。
刈稻人忙兼种豆,开田水满又分渠。
不暖不寒行饭候,半醒半睡锻诗时。

猿鸣钟动日在树,沙平水定风舒波。
池畔初眠人字柳,画中谁见狮子花。

满架图经存古籍,几家灯火读书声。
诗家好句传千载,老圃名花开四时。
学古慕羲皇以上,论文在秦汉之间。
松柏独抱贞固性,泉石自有清洁心。

闲中作画有真趣,静里读书契古怀。
碧苔芳晖如可画,绿杉野屋亦宜诗。
去彼取此见其道,神而明之存乎人。
樵山钓水有至乐,枕经胙史得闲身。

螺杯注酒发奇彩,麝墨挥毫有异香。
自有文章光日月,好将心志答乾坤。
二十四桥看明月,一百六日醉春风。
君子之道费而隐,老氏所言曲则全。

习礼讲让能处世,爱精惜神可长生。
古佛一言成善果,洪炉百炼出精金。
月有清光能四照,水含深性尽分流。
云碧峰峦桐柏水,霜黄橘柚洞庭山。

诗必惊人吟好句,心能忘我见天真。
笔飞墨舞龙蛇字,苏海韩潮星斗文。
微风入幔花香静,晴日上窗竹影多。
此心常存慈俭让,一身当戒贪瞋痴。

座中高论有豪客,花下清吟得好诗。
韩文杜诗有奇气,周鼓秦碑郁古怀。

有人招饮不辞醉,对客看花亦解颜。
闲翻梵字霓裳谱,谁注明湖秋柳诗。

笔势纵横如斫阵,墨花飞舞亦生香。
数行破墨作狂草,满纸苍烟画大松。
月到春宵光亦暖,花经时雨艳偏浓。
茶半香初闲琢句,月明风定静听琴。

好雨半犁荷锄叟,春风一担卖花人。
桑柘村坊鸣布谷,烟花春社唤提壶。
绿杨深坞闻啼鸟,芳草平田有卧牛。
偶说池塘春草梦,漫论诗酒海棠颠。

秋社人家桑落酒,春风衢巷杏花饧。
此地堂仍开绿野,谁家亭亦号黄梁。
写上芭蕉成绿字,捣来玫瑰惜红香。
几缕客怀说寒食,二分春色过花朝。

窗明偶看琴棋谱,室静闲参书画禅。
三株五株椿树茂,千朵万朵莲花开。
孤鹤道士入辞赋,九龙山人富画图。
泰岱春云明湖水,鹊华秋色徂徕松。

人在绿杨阴下坐,船纵红藕花中来。
梁燕不来春寂寞,河豚初上水潆洄。
红杏溪桥近城郭,绿杨庭院隐秋千。
一抹斜阳晒渔网,几丝细雨湿春衣。

春气诗兴相对发,画理禅心各有宗。
好水好山入图画,春花春月助吟哦。

持身温良恭俭让,治军智仁信勇严。
敏事慎言就有道,虚心实腹在无为。
食无求饱身常健,口不多言气自平。
梅花道人自奇古,竹叶亭生亦清妍。

云月自闲石自寿,文章有骨诗有神。
知足知止可长久,善仁善信惟不争。
讲道论德先立志,读书涉世贵虚心。
闲扫落花洞门外,欲寻芳草碧溪旁。

大地山川无内外,中天日月长光明。
万里江山一画稿,千年湖海几诗人。
留得半丸乌玉墨,来写一卷黄庭经。
好奇客泛乘槎水,访古人登凿砚山。

天地中和存正气,云霞灿烂见真文。
窦氏一门皆美德,苏家三世尽奇才。
笔底千竿万竿竹,天半三朵五朵云。
石存傲骨长依竹,鹤有仙心喜伴松。

精神内外交相养,仁智聪明一例收。
藏言于口不肯出,惟德在身何所求。
昭回太极乾坤象,涵养中华道德年。
谁续唐诗三百首,熟精啸旨十五章。

夜眠身健无尘梦,晨起心清读道书。
春云叆叇横空静,秋水潺湲入海迟。
清明时节无风雨,寒食人家喜唱酬。
沿堤芳草绿无尽,几树垂杨碧有痕。

湿云覆屋窗纸暗,东风吹海雨气腥。
寄书未到天边雁,无意成盟江上鸥。
自有村庖供白粲,闲随野叟采黄精。
半岭秋云迷鹿径,一滩春水下渔船。
湿云满天团晓色,沈阴覆屋酿春寒。

忽闻好鸟因时语,共说名花自有香。
风团小院花香聚,月到中天树影圆。
有约不来花外客,作诗好寄陇头人。
仙人高卧玉泉院,山云常护香炉峰。

栏外有花春意满,樽中注酒客怀高。
舍旁几曲清溪水,门外万顷黄山云。
万竿修竹宜烟雨,几树长松隐山云。
天台道人碧虚子,海滨居士黄茂材。

卷十九

大易乃神化所蕴,尚书为治理之根。
渡口几时飞白雁,秋心自古爱黄花。
尊中美酒浇块垒,溪上大石坐盘陀。

坐看前山白云起,来听深涧碧泉流。
春烟淡尽天初晓,海雾将沈日已高。
帘外名花添晓艳,枝头好鸟报春晴。
春潮初涨长河水,晓雨忽过隔岸山。

水流云在心常静,月白风清意自闲。
天台大师张无梦,颍滨遗老苏子由。
春深野叟勤挑菜,雨过园童学种瓜。

花开阆苑重三节,人立蓬莱第一峰。
人之生也本乎祖,道者高矣出于天。
白鹤翱翔瀛海远,苍龙拥护华山高。

能敛万有入一息,必经百炼对三光。
天之生才虽有定,人于所学本无穷。
入孝出弟存乃性,积精累气全其身。
日应万物寂不动,天有四时会其通。

日诵贝叶千声佛,长葆精金百炼身。
蟠桃结实三万颗,大椿垂荫几千年。
风行草偃君子德,水流云在诗人心。

时平文字增声价,春暖莺花足啸歌。

东风剪出波纹细,春雨织成柳线长。
十亩桑麻农叟屋,一帆烟雨估人船。
阴晴天气互寒暖,诗酒情怀问有无。
雨丝风片双桥路,春树晴云八里台。

曲径落花飞乳燕,小园幽草养雏鸡。
东风舒柳春将半,夜雨润花人不知。
向晚人家炊饭熟,好春天气得诗多。
东风吹绿船唇水,微雨初沾马足尘。

雨过茅亭见苔藓,春深纸帐梦梅花。
林峦隐约归樵路,烟水溟蒙下峡船。
水郭晓晴晒鱼网,山村晚饭起炊烟。
夹岸滩声新雨足,隔江山色夕阳多。

水禽接翅冲朝雾,山鸟和鸣报晓晴。
古木千章垂荫美,清溪一道绕村流。
数里农村勤穑事,几间学舍有书声。
知时好雨舒桃蕊,镇日和风飏柳条。

一湾溪水宜阴雨,几处园林说旧游。
古树寒鸦留蓟北,杏花春雨说江南。
烟雨溟蒙村外树,水云浩渺海滨城。
村农岁晚有闲意,乡老时来话旧闻。

山中丹灶辨龙虎,天下苍生望凤麟。

仙人愿作勾漏令,道士长隐天台山。
文字菁华徐骑省,楼台金碧李将军。
仁智同源理所主,物我相交心始生。
风月有情供诗料,云山得意记游踪。

晓起登台看海日,昼长闭户卧山云。
渊明门外五株柳,宏景阁前几树松。
神闲志定悟书理,月白风清见赋才。
几重村树沿溪绿,数叠云峰隔水深。

万物要皆通乎我,一心切莫负于人。
壶中日月春长住,袖里爻辰算得真。
岳色河声君子度,天光云影道人心。
至道本无形可见,此心有大常者存。

松柏有心自可寿,芝菌不根亦能生。
人在上方闻钟鼓,月于中夜照楼台。
天道从来多奖善,人心自古重持平。
画龙自有云生室,题凤不知客到门。

放眼同来论书画,闲心正好对溪山。
四座花香客对茗,一枝竹影月当窗。
莫嫌骨相吟诗瘦,自有情怀对酒豪。
红杏绿杨墙外树,淡云微雨水边村。

竹窗楹语 **089**

人烟多处开村市,风月佳时聚酒豪。
春深村树添新绿,雨过园花见浅红。
春来野叟勤修树,雨过园童学种花。
鹦鹉帘栊春正晓,梧桐庭院月当天。

夜深静卧听松籁,日出独起看云涛。
欲辟荆榛为坦道,更开港壑入通川。
一帘红雨桃花坞,九陌黄尘柳絮桥。
名纸书成天马赋,高楼笛弄水龙吟。

石渠天禄今何在,赤壁黄楼尚有名。
东华尘土无车马,北海烟波有画船。
堤柳乍舒千片绿,海棠已露几分红。
文章有价人才盛,春气已深风雨时。

松柏盘根深且固,竹箭有筠直而长。
留得半湖新绿水,已无十丈软红尘。
闲花细雨湿春蝶,古柳斜阳噪晚蝉。
云日晶明秋眺远,烟花浓聚夜游豪。

秋净溪山近城郭,春深烟雨暗楼台。
中酒情怀成睡美,春阴天气种花忙。
几点名花照院宇,一钩新月上帘栊。
客至偶然论画史,春寒顿有惜花心。

松顶横云藏白鹤,山根聚石漱清泉。
偶写名笺师草圣,日吟好句度花时。

抱一守中志于道,含光藏辉全其真。
道运万物自神妙,心乃一身之本根。
诗书浸润见于德,礼乐交修发其华。
克己自能通礼意,澄神乃可契真修。

众流必会归入海,万水皆发源于山。
天半朱霞见奇彩,云中白鹤有仙心。
濯足洞庭骛八极,置身华岳凌三峰。
阐扬道教惟君子,羽翼圣言赖大儒。

三礼至今存旧本,四诗从古有专家。
曰旸曰雨辨时序,论道论德得天和。
君子无求心自逸,山人观化念俱空。
仙人自有炼丹井,古圣犹存画卦台。

海岳袖中有奇石,霞客足下生层云。
处静处喧定其志,存仁存性一乃心。
百代典章存众史,千秋名义在群经。
自有真才来眼底,常使清气盘胸中。

其材淡雅志沈郁,若赋闳赡诗清新。
酌古准今方定礼,扬风扢雅可言诗。
人所行日趋于善,道之大民无能名。
分畦种菜存程式,汲水浇花济物心。

旧书勤读方知味,古墨深藏未肯磨。
殷商契卜存古字,秦汉宫室余瓦当。

数盏共斟桑落酒,一瓯新试雨前茶。
细雨春帆江上路,西风秋驿柳边城。

寻芳有客经梅岭,买醉何人向酒泉。
丛兰瘦竹有清韵,名画古书得静缘。
村市河桥估客舫,疏灯深巷酒家楼。
山云不动群松静,溪水长流万柳齐。

栏边一树垂杨柳,亭畔几株木笔花。
阴晴无定春寒暖,诗酒多情客去来。
扫不尽闲庭花影,听得来别院箫声。
举网得鱼更须酒,守梅有鹤静听琴。

池边新种垂丝柳,窗外初开宝相花。
杏花村里春开瓮,桂子香中月满楼。
松阴初置停琴石,花外新开洗砚池。
仙人自有胡麻饭,诗叟闲餐野苋羹。

汉时曾习昆明战,唐人艳说曲江游。
松下横琴山月照,花间置酒画师来。
雁塔题名成故事,龙山落帽亦清才。
久阴新霁花争放,煮茗焚香诗欲成。

前村水涨滩三面,遥岭云横路几层。
满园花竹春风暖,一枕烟霞午梦酣。
阶前驯鹤迎人立,江上鲥鱼入馔来。
僻居不可无修竹,闲吟正好对长松。

敦煌石室存书帖,新郑民家出鼎彝。
齐万物则谓之道,敛一心可通于天。

致虚守静通于道,含光藏辉葆其真。
八方无事民心定,四部藏书圣道明。
偶登岱岳观海日,闲爇名香对古书。
焚香摸蓍有奇验,饮酒看花见逸民。

一径奇花春灿烂,数行大草墨淋漓。
濂溪爱莲自有说,彭泽采菊独咏诗。
天半朱霞鸾舞彩,堂前绿绮凤和鸣。
纵笔能画孙氏水,泼墨大似米家山。

乾元著矣见易蕴,宇泰定者发天光。
六经为万事之本,五行佐四时而成。
深根固蒂自有道,澄神契真惟其宜。
长啸与山川相应,新晴得天地之和。

议礼论乐各有本,治人修己尽其心。
两目自能见天地,一心亦可贯古今。
瑶台琼岛生兰芷,丽日祥云舞凤鸾。
诗书礼乐妙于用,布帛菽粟存其真。

一情忘可以契道,众理得方能交人。
拈毫作草数十字,解带量松又几围。
琴心剑胆为良友,柳絮桃花占好春。
闲评古砚分唐宋,静对名碑论汉秦。

轻雷乍动竹孙长,好雨初过栀子肥。
樵客穿云过岭去,渔船载酒渡江来。
诗叟闲招天半鹤,钓人新馈笼中鱼。
晓雨树阴笼院宇,春晴花气入帘栊。

万柳阴浓飞乳燕,百花香聚语流莺。
晓院不寒春气透,夜窗无梦客怀清。
桑柘烟深村巷静,柳花雪聚驿亭遥。
榆荚迎风铺野径,柳花如雪扑帘旌。

溪中碧水迎潮长,天际乌云送雨来。
照来浅碧藤萝月,染就嫣红枫叶霜。
秋堂人醉黄花酒,月夜声传紫玉箫。
数枝花瘦因多雨,三月春寒未换裘。

半窗竹影月初上,一院花香酒又醺。
画竹万竿荷万柄,种秫一区芋一畦。
杨柳画桥三月雨,桃花古洞一溪云。
南塘春水游人集,北山白云隐者居。

春和景明游兴好,金樽红烛酒人豪。
大雄山民画有骨,和靖先生诗称心。
晓风杨柳词人句,夜月芦花司马船。
村柳自摇春水绿,山花还映晚霞红。

春色来从江北路,秋光先到海西涯。

江心镜铸一轮月,海上琴弹万里涛。
春茗一棋留客饮,松醪半瓮对花开。
上天下地立身始,大学中庸入德门。
聪明睿智有真体,广大灵和见本心。

光明已启乾坤牖,宁静长存天地根。
何古何今任时运,存形存炁得天和。
蜂蝶亦游观天地,文辞徒流布江湖。
观我观人观天地,养形养气养精神。

画松自有凌云气,种菜还存济世心。
花满池台春昼永,云开山麓晓晴多。
千金帖有烟云气,百衲琴含山水音。
和靖处士性高洁,大雄山民气纵横。

有酒学仙无酒佛,柔日读史刚日经。
五行皆可以互用,一心必先能自忘。
自惜照人有宝镜,从知渡海得浮囊。
着手莫存秋肃气,安心长养太和天。

寻源已出青溪水,放棹又入黄花川。
爱画爱书还爱客,宜花宜酒更宜诗。
人本乎天近于道,中有所主得其真。
月到圆时花正放,诗初成候客刚来。

天地虚中犹橐籥,圣贤垂教裕经纶。

晚来墟里炊烟上,晓起林峦海日高。
月白风清万虑净,山深林密一身闲。
秋岳先生入画妙,蘅塘退士选诗精。
雨声多在梧桐院,春气偏萦杨柳堤。

身轻自能骑凤鹤,心诚乃可侍星辰。
餐霞曾向天台住,观日尝为泰岱游。
三月三日游春兴,万年万口诵君诗。

卷二十

百千万年存道德,三五六经发光华。
莺花池馆重三节,烟雨楼台几万家。
山色苍茫云树远,湖光潋滟水濆开。

蓬岛客赊千岁酒,草堂人咏百花诗。
欲问太华西来意,高唱大江东去词。
龙洞云霞连佛峪,鹿门烟树隐诗人。

小阁灯悬光似月,深堂香炷气如兰。
种菜闭门多岁月,浇花汲水洗尘嚣。
沙明水净秋潮退,云薄风微春雨晴。
山深云卧衣裳冷,雨过泉流院宇清。

一心必使之常静,万事皆成于自然。
春光先到曲江曲,花事争夸三月三。
天必涵而地必育,往无古亦来无今。
亢仓论农有至道,关尹筹物得元精。

八月观潮秋有兴,百年望海客高吟。
晚饭偶斟竹叶酒,午窗听卖杏花饧。
春深桃李分红白,天半云霞辨雨晴。
瘦石幽花闲点缀,高岩大壑任遨游。

剪烛闲观高士传,焚香细读放翁诗。
舣舟曾上晴川阁,岸帻来登烟雨楼。
孟子首章言仁义,老氏开宗论道名。
千年神化青鸾子,一笛天风黄鹤楼。

检点图书藏老屋,游观花树满春园。
半阴半霁春三月,有酒有花客几人。
客来小阁茶香聚,花满雕栏春气深。
紫阁峰前春树密,青柯坪外晓云多。

数联好句多新意,满架旧书发古香。
读画见宋元逸韵,抚琴得山水清音。
入市偶书六角扇,下帘闲薰双耳炉。
前赤壁与后赤壁,宋黄州继苏黄州。

竹窗楹语 **093**

高树含烟闻鸟语,野桥经雨少人踪。
玉局先生梦孤鹤,山阴道士养群鹅。
杜老稳下黄牛峡,坡公闲居白鹤峰。
细雨晨阴深院静,斜阳晚霁远山多。

夜寒偶听深溪虎,日午时闻高柳蝉。
夜雨无声晨气润,晓风不息午阴凉。
东风春水靴纹细,细雨遥堤柳线长。
白云动摇山水影,青山深秘禽鸟音。

江上芙蓉秋信早,溪边桃柳露华浓。
海上烟霞长不老,门前桃李已成蹊。
东风绿遍江南草,晓日红蒸海上霞。
海底日升鸡唱晓,天边云起鹤鸣秋。

濡墨偶书赤壁赋,焚香闲诵黄庭经。
偶来幽僻招提境,尚有洪荒太古风。
江山清旷发琴兴,水月空明助笛音。
襄阳从来有石癖,子久亦应称画痴。

万点芙蓉照秋水,一川杨柳聚春云。
自有仙心同葛许,从知诗境近苏黄。
池柳垂丝三月雨,园花堆锦一窝云。
秋径霜明黄叶树,春庭月上紫薇花。

骨重神清砚乃寿,水流花放诗之心。
种菊编篱倚古柏,采樵过涧得灵芝。

闭门高卧山中雪,抱膝长吟天下才。
君子立身重于学,上士闻道勤而行。
虚怀入世接群彦,抗志读书慕古人。
人能中天下而立,事先安海内之心。

爱众亲仁弟子职,兴贤让能古人风。
玩奇探幽不辞远,朝梵夕禅有定时。
此心已超诗境外,妙理或与天心同。
周小事能成大事,推一心深体众心。

万朵云开一峰见,百泉水汇双桥通。
虚白自能存道气,上苍时有惜农心。
人无欲则众念息,天不言而万物生。
太白一生独爱酒,大丹九转自成仙。

万事从容皆就理,一心定静得长年。
万里山川回淑气,四郊禾麦望甘霖。
至道运世于浑朴,大智兼人之聪明。
月明日曜行黄道,云舞风歌仰碧虚。

五岳峥嵘镇寰宇,一河浩渺下昆仑。
欲仿山人沈白石,大呼前辈李青莲。
云兴大海龙行雨,月满空山虎啸风。
偶参碧虚元妙理,犹见黄农太古风。

仙人自古爱诗酒,学士于今论汉秦。
天下事应之以默,世间人各有所能。

几缕晓风吹柳絮,一钩新月上花梢。
细柳垂条柔似线,新荷浮叶小如钱。

点缀溪山成画稿,招邀花月助诗材。
秋江枫叶卖鱼艇,晓月梅花放鹤亭。
浅池轻点蜻蜓水,小院初开蝴蝶花。
短架低牵山药蔓,小盆闲种石菖蒲。

石奇应下米颠拜,诗好还须贾岛吟。
劚桑种秫田家事,望杏瞻蒲野老怀。
春暖农夫耕地早,月明渔艇趁潮归。
几家村坞桃花雨,三月池台柳絮风。

客至共餐菰米饭,秋来闲引菊花杯。
豪饮自应称酒圣,清谈亦可号茶仙。
庭户间多佳子弟,宇宙内有真人才。
道德所行能久远,诗书之泽自绵长。

万里长江通地脉,一天晓雾养花心。
心虚方有容人量,体健能担任事肩。
雪月两赋闲时读,天姥一篇醉后歌。
三百树海棠吟社,一千株杨柳溪桥。

白石青藤有妙技,红霞碧虚论真元。
仁义礼智用于世,澹泊清静存其真。

金铁烟云存古迹,蓬壶昆阆有仙风。
名山大川入游记,好诗奇画得天机。
自有山人来送酒,好偕邻叟去寻诗。
写竹要分千个翠,画梅独占万年春。

至人爱民物之众,大道先天地而生。
有客闲评云窦砚,好诗清似玉壶冰。
圆尔道复方尔德,和其光更同其尘。
老松如龙卧云壑,高峰盘鹤引天风。

万里云山在眼底,千年史事注心头。
韩子文章通于道,吴生画理得之天。
日月光华中天盛,乾坤位育大道明。
深契妙元神真道,长拜天地日月星。

小院晚风开茉莉,方塘秋水绽芙蓉。
枕经胙史心所乐,茹古含今道之腴。
东风野水鱼苗长,细雨平田燕麦稀。
苍松翠柏烟霞寿,玉简金书星斗文。

卷二十一

琼花十万树,宝镜五千年。

说经许南阁,著书真西山。

酒饮莲花白,帖临荔子丹。
关山画荆浩,草木考嵇含。

长开万年菊,普种千叶莲。
道为万物奥,性乃一身根。

山光浮水面,花影入楼心。
晚饭桃花米,春厨竹笋萌。
宫商角徵羽,岱华嵩恒衡。
开襟秋水阔,拄颊晚山高。

山川蕴春气,富寿得人和。
山草郭文举,丹砂葛稚川。
桃花三月水,杨柳一溪烟。
名书法登善,大寿得彭铿。

月上花留影,风来柳不眠。
丹桂骚人宅,青莲释子宫。
云霞三岛客,烟水五湖春。
地即黄冈胜,宫如玉局闲。

梅花三万树,鹤寿一千年。
自喜老后健,不嫌闲中忙。
日暖春抽草,风香午焙茶。
能诗何水部,爱石米南宫。

山静宜酣睡,日长好读书。
昆仑三月水,华岳一窝云。
钓丝烟雾外,船影画图中。
棋妙无多子,花香有定时。

寿如无量佛,人是南极星。
春色满天地,才名冠古今。
梅开千万树,菊绽两三枝。
雅量孔北海,奇才苏东坡。

径因穿竹细,篱为见山低。
桃花三月节,杨柳六桥秋。
黄叶秋三径,白云晴一峰。
竹窗来夜月,茅屋隐春云。

案上名山志,门前问字车。
土润宜栽竹,泉甘好试茶。
五言传好句,千字成奇文。
密竹一山翠,高松半天青。

有道者不处,尚德哉若人。
名山隐巢许,大笔起韩欧。
拓开三径月,约住一溪云。
孝友睦姻任恤,智仁信义忠和。

熟读廿四史,背诵十三经。
流水悟真性,乔松得大年。
交游谢时辈,著作藏名山。
春水泛钓鱼艇,夜月登读书楼。

对花对月对客,有茶有酒有诗。
溪上数声风笛,林间几缕茶烟。
门外小桥流水,墙头密树春山。
墟里炊烟远起,夕阳牧笛归来。
柳影荷香围绕,幽人畸士往来。
煮酒读醉乡记,焚香吟乐天诗。
云影山影花影,风声水声雁声。
胜地三月四月,草堂山隈水隈。

满地落花未扫,一溪杨柳垂阴。
作水竹云山主,行风花雪月权。
彝鼎图书永享年寿,星辰日月长着光华。
粉壁纵笔龙蛇飞舞,虚堂鸣琴山水高深。
银烛金灯饮除夕酒,红梅翠柏画岁朝图。
道同于道德同于德,渊之又渊元之又元。
春和景明云霞万叠,福翔禄溢金碧双辉。
和靖先生以鹤为子,襄阳居士拜石呼兄。

真冲挺秀奥理特达,众妙感会万神长存。
画境清奇山水松石,诗才妍妙花月春江。
华阳隐逸卧松风阁,石门山人居水竹村。
异境良辰花浓雪聚,高人伟抱山虚水深。
浑然见造化之神妙,湛兮知大道所生成。
百苏合香千清供水,有缘救世无量度人。
鸾啸凤鸣飞舞应节,琼华玉蕊灿烂如春。
三月莺花杜陵韦曲,五湖烟水鄱阳洞庭。

绿水青山天然画稿,朝晖夕阴皆是诗材。
澄神契真天地空阔,致虚守静日月光明。
文字因缘可及于古,英雄气概想见当时。

竹窗楹语

水竹村人辟园种菜,山谷先生煮茗论诗。
调畅太和依游上妙,研覃微密适悦天真。
蒙庄高情师友造化,竺干妙旨澡炼神明。
长江大河一日千里,雄略伟抱独驾群才。
画希青藤白石而上,人在黄楼赤壁之间。

幽境绝尘云林清闷,冲襟希古无怀葛天。
水竹村人结诗画社,海岳居士作烟雨图。
上达于天真灵不昧,中有所主万象在旁。
太上忘情不为物诱,冲和养气长葆天真。
飞瀑当窗层峦排闼,流云吐月高树临风。
流水鸣琴好山读画,石桥待月萝径看云。
山谷先生闲吟松风阁,铁崖道人梦游海棠城。
大雄山民画中自有骨,和靖处士诗外能传神。

孝弟力田是儒生本色,典彝勖志服先哲名言。
先生何许人羲皇以上,醉翁不在酒山水之间。
看天半闲云自来自去,读案头野史何古何今。

立脚植身可对高山乔岳,旷怀朗抱居然霁月光风。
愿花长好月长圆人长寿,知政善治事善能动善时。
华屋灯红金筝鸣春酒熟,绿窗人静海棠开燕子来。
夜雪三尺酌美酝坐华屋,春草一碧策骏马走平原。

渔童捧钓垂纶芦中鼓枻,樵青苏兰薪桂竹里煎茶。
一桁帘痕隔断衔泥燕子,半湾桥影跳来唼絮鱼儿。
秋度雁门佩长剑策骏马,夜来驿馆酌美酝赋新诗。

酒以合欢欲呼青莲邀月,曲不可误想见公瑾当年。

野馆听莺斗酒双柑良友,春郊试马长桥芳草平原。
帘外春寒珍重海棠杨柳,门前客到评量古画名琴。
九五福曰寿九五福曰富,八千岁为春八千岁为秋。
大事业须从根本上做起,真学问必由经史中得来。

野馆东风十里杏花春社酒,画桥明月一溪杨柳夜游船。
置身在夷惠之间忘人忘我,抗志出羲皇以上无古无今。
案头陈六经百子日与古会,壁上图三山五岳我自神游。
对酒当歌门外应来击筑客,我心匪石眼中几见补天才。

门对寒流几叠雪山朝读画,岩开丛桂一楼风月夜吟歌。
十万家烟雨楼台都归眼底,二千年风云龙虎注到心头。
绿水青山随处可娱人心目,古书名画相对如置我晋唐。
一话一言皆由诚敬中发出,万缘万理都从阅历后得来。

博也厚也高也明也悠也久也,长之育之成之熟之养之覆之。
难事必作于易大事必作于细,天地禀以得生乾坤运以吐精。
柏叶可延年玉壶春泛屠苏酒,梅花浓似雪画阁霄吟守岁诗。
晴雪映湖山几树梅花眠鹤子,春风开阆苑万株杨柳听莺人。

街头社鼓春灯依然是承平景象,几上商彝周鼎犹想见太古文章。
双桨舟五湖水风引钓丝鱼不起,一具牛二项田秋来陇亩稻初肥。
堂前酒绿灯红正好月明三五夜,帘外花开鸟语不知人倚几分春。
黄鹤楼头听横笛数声放棹去也,白鹿洞中有古书一卷隐几读之。

竹窗楹语　099

几上盘敦鼎彝喜考订吉金文字,门外李桃榆柳频游观大地春光。
山不高水不深闲点缀荒村野渡,花有香月有阴最相宜煮茗听琴。
门外多栽榆柳栏边尽种芙蓉此是山林经济,
笔端富有烟云胸次惟存书史可称陆地神仙。
三百篇雅颂豳南任纵横社酒羔羊笙歌呦鹿,
十万家楼台灯火尽装点梅花雪影爆竹春声。

藤墅儷言

序

夫平原积玉,彬元圃之辉;安石碎金,振辞林之价。良以心声所寄,匪尚雕镌;天籁所宣,动含公奥。抒中龢于素蕴,具治鞼于寸衷。托体各殊,载道则壹。故郢斤善运,哲匠若不经心;而瓠瑟自鸣,国工为之敛手。我弢斋夫子曩有《竹窗楹语》之作,搜辞写逸,削简争驰。照珠玑于轩楹,资圭臬于骚雅,则沄赘言简末,与有荣光。比者深契道源,益宏语业。踵俪白妃青之制,集璨珠错绮之观。得联六千,为卷三十。都梁入珮,玻珊皆芬,吉贝为衣,幂罹俱曜。抗心无辈,溢目致珍。名以"藤墅俪言",犹前例也。刊行有日,复命缀辞,则沄闻之:言为律吕,飐六情以并调;辞赡波涛,汇九流而乃畅。上之以纪纲道德,次之亦澡雪襟灵。楹帖者,言之小焉者也。然而书帷锦映,宾座绅悬。不胫而走,若传唱于夜珠;触目当前,胜留铭于秋鞠。故旨之深者,其行自远;文之美者,所至交推。品题月露,无取饰羽之嘲;摇襞烟云,便作谈公之助。吾师轩怀霞表,抗躅沧涯。超遥契于云将,县解悟于天倪。即兹小道,亦寓冲襟。会心有在,疏花瘦石之间;乐志自如,流水行云之致。托意但于"三经",蟠胸自有千秋。若乃服膺柱史,阐悟公经。若朴若谷,微言印以天倪;曰希曰微,精理证于物化。守雌有道,抱一无为。盖本于韦佩之余,而异于绣鞶之作。所谓摩云独立,寄三昧于笔端;抉汉分章,耀七襄于腕底者尔。其以"藤墅"名者,则师所居津墅,荫以老藤,罙罳骞翠,小筑成幽,璎珞垂花,首夏尤胜。虽异藤阴之记,聊抵藤涧之吟。窃闻含春吴产,为引年之供;甘露粤生,亦颐躬所取。吾师策杖九节,行歌数亩。蟠木等寿,不待远求;彩枝环依,即为嘉瑞。异日齐龄林类,更增炳烛之编;习隐犹龙,重睹熙春之宇,则沄犹将执简述之。丙子花朝,门下士郭则沄谨序。

卷一

天平地成八方静,岁稔时和四民安。
山色四围双涧水,梅花万树一茅亭。
泉上小亭名击壤,山中古洞可藏书。

四诗皆自观风始,六艺咸从格物来。
爱客昔闻孔北海,传经今有毛西河。
画参名理华秋岳,诗有奇才洪北江。

紫茄白苋谁知味,红杏青松尚有图。
深院晚烟开茉莉,小桥流水放梅花。
歌声婉转琴音静,酒令森严诗垒坚。
十里清溪飞柳絮,一楼春雪梦梅花。

月到中庭花有影,云来深树鸟无知。
烟柳莺花春正好,琴棋诗酒客多才。
松花满地鹤来去,柳絮漫天燕有无。
精心辨识吉金字,古器流传碧玉珪。

四面云山双塔寺,一溪烟柳两渔船。
一湾流水分双涧,几树垂杨丈八沟。
春花秋月随时赏,绿水青山任我游。
且喜炉边新茗熟,忽报门前佳客来。

雨丝风片春痕浅,酒兴诗怀客话长。
桃花细雨草堂寺,疏柳斜阳浐水桥。
笔端大草纵横势,海内名山汗漫游。
矫然径外乔松健,美矣庭前晚菊开。

六经四子日诵读,五岳三山闲往来。
十里杏花春一色,一溪阳柳水三分。
谁栽彭泽门前柳,闲书天台桥畔松。
人有奇才先敛抑,天降大任必艰辛。

江干夜市春灯集,海上晴帆估舶来。
吟怀寄清风朗月,乡味说紫李黄柑。
十里平堤秋草碧,一帆斜日晚霞红。
晨兴偶食茯苓黟,晚饭闲烹苋菜羹。

采莲船在花中住,挑菜人从柳外归。
老松掩映平如盖,细草蒙茸软似绵。
养松几树宜消夏,种菊满园为赏秋。
春来通德门中住,人在长安道上行。

雾月光风瞻雅度,箕山颍水隐高踪。
古驿寒林春雪后,荒村酒斾晚晴时。
倪迂山石米颠树,西汉文章东晋书。
燕子矶前秋水阔,鱼儿泊外春波平。

藤墅俪言

灯下闲观旧书画,门前时有老渔樵。
帘外花开莺对语,樽中酒满客高吟。
观旧书古香绕座,酌美醑春色盈尊。
山半云开见瀑布,江干风定有归帆。

竹炉烟起敲茶鼓,帘幕云垂压蒜金。
春来细读梅花赋,晓起闲翻贝叶经。
北江旧庐曾题句,南溪草堂尚有图。
书理自应精六法,史才犹必重三长。

相度溪山结茅屋,经营锄耒种瓜田。
谨信亲仁弟子职,博施济众圣人心。
世间事业先求志,天下人才出至公。
花影一帘人独坐,松阴满地鹤双栖。

画笔偶师董北苑,书法大似米南宫。
山色向人分远近,溪流绕郭几回环。
满地绿阴松结子,一池红影藕开花。
素琴挂壁不着指,美酒盈樽亦解颜。

日暖花深遗蝶粉,雨余松老起龙鳞。
挂帆直渡昆仑水,拄杖闲看泰岱云。
民不知兵安乐土,士能好礼太平时。
虚心直节师修竹,固柢深根友老松。

茉莉花开香满院,芭蕉叶大绿成阴。

万里云山皆画稿,千秋风月入诗囊。
渔樵事业无尘想,书画生涯得静缘。
口咏新诗有神韵,手挥大草得天机。
日剪荆榛防路窄,时观松柏爱山深。

风清月朗诗心妙,海立云垂文势高。
三月烟花莺啭树,九秋风露鹤鸣皋。
曲径春烟花坞晓,疏灯凉雨豆棚秋。
安排诗酒留佳客,洒扫池台课短僮。

无求便是养心法,有梦即非安睡时。
月圆花好人长寿,茶半香初客有诗。
匹马曾过华阴庙,片帆遥指岳阳楼。
寻幽曾记来龙洞,送客何妨过虎溪。

好句曾题杨柳渡,奇文谁记桃花源。
道德所包莫能外,天地之大无不容。
希夷酣睡玉泉院,摩诘闲画辋川图。
云开喜见山楼近,江远还疑帆桨迟。

黄河本自天上至,碧海亦由地中行。
雪后愈知月光皎,雨余始见露华浓。
篝灯朗读秋声赋,检韵分题水绘园。
乡塾犹存两都赋,童蒙解诵千家诗。

画船箫鼓春游候,桦烛尊罍夜宴时。

雨后云山入图画,春来花树满田园。
平堤杨柳连游舲,浅水芦花泊钓船。
文如司马才无敌,诗到谈龙价愈高。

万家春色开桃李,千里荣光炳日星。
吉金文字存彝鼎,宝笈图书灿日星。
春色已饶秦地柳,花光又上武陵桃。
云鹤飞舞九霄上,天马周行万里边。

立志多行慈善事,安心长作退闲人。
松下偶读高士传,桥边闲访钓人居。
小阁清吟听夜雨,高原独立看朝暾。
种秫一区可酿酒,栽花满径助吟诗。

苍龙岭峻云千叠,黄鹤楼高笛一声。
冬雪夜长宜静坐,春风日暖任闲游。
松下茯苓几千岁,涧边芝草两三枝。
松下停琴对秋月,柳阴垂钓看朝霞。

春郊纵马蹋芳草,秋水行船趁好风。
读书万卷不充腹,饮酒百杯亦解颜。
落霞秋水滕王阁,斗酒江鱼苏子船。
山人旧蓄蒲桃镜,野客时披槲叶衣。

修竹万竿不受暑,长松几树可招凉。
事少方知春昼永,心闲读得古书多。
闭户吟诗煨榾柮,漫天飞雪散梨花。

韩潮苏海文增价,艾竹茅梅画亦奇。
心清已自无尘梦,事少方能得静缘。
河上荣光照日月,机中锦字灿云霞。

河洛图书开景运,金石文字多吉羊。
太和元气存天地,慈善因缘济世人。
慈祥意造和平世,勤俭人居安乐村。
霞客游记烟客画,唐人诗律宋人词。

唐人小说本奇品,储氏大文亦逸才。
偶读洛阳伽蓝记,闲仿松阴高士图。
宴游曾到十刹海,志量当如千顷陂。
课经昔有唐三藏,作画今无仇十洲。

苔草平阶鸣蟋蟀,蘋花浅水点蜻蜓。
万松不动山幽静,群鹤高飞云去留。
鸾翔凤翥群仙会,岳色河声大雅才。
晚菘早韭村庖饭,四子六经乡塾书。

土铇松柴煨薯蓣,山窗瓦砚画梅花。
红杏楼台飞紫燕,绿杨城郭啭黄鹂。
古壁曾悬张雨画,新词谁写薛涛笺。
画史群推沈白石,诗仙独数李青莲。

天高不碍星辰密,地广能容山海遥。
篝灯夜坐四邻静,策杖晨游一径宽。
花浓雪聚春无价,酒暖香温夜有诗。

藤墅俪言 105

群芳满地春深浅,大雪漫天夜寂寥。

焚香口诵观自在,每饭心拜斯陀含。
登山有伴身皆健,著书之人寿自长。
清才如见杜荀鹤,名帖曾临张猛龙。
桑柘晓烟鸣布谷,麦田细雨有归牛。

桃花城郭诗材富,杨柳溪桥酒价高。
白云山畔两樵子,黄叶溪头一钓翁。
近水遥山如我意,春云秋月得天心。
偶与老儒论礼乐,还从野叟问桑麻。

处世所重在乎恕,立人之道惟其仁。
圣贤著书教万世,昊天垂象示群生。
偶书赤壁两篇赋,闲读黄庭一卷经。
天高日晶云五色,花明柳媚树千重。

气静神闲百体健,星辉云烂四时和。
一阕谁填如梦令,半天人唱步虚词。
已冻溪头三尺水,又添雪后几分寒。
少陵诗题山水障,太白夜宴桃李园。

春草又添经岁绿,野花还似去年红。
雪寒酌酒窗前卧,春暖登车陌上游。
莫炫文章动侪辈,从知道德拄乾坤。
红杏林边飞紫燕,绿杨阴里听黄鹂。

泉韵远沈深涧水,日光斜映明窗尘。

一心常使之安静,万事皆听其自然。
此老似山中古柏,其人如天半闲云。
碧天水驿秋如画,黄叶江楼客有诗。
此老坚强自多寿,其人闲淡更超尘。

桥亭卖卜惟存砚,赤壁游仙尚有箫。
此身磨炼如铁石,其心超妙入云霄。
看流水一尘不染,对明月万念俱空。
客来尽可谈风月,书好还须辨晋唐。

雪晴檐溜垂冰柱,云散天高见日华。
易乃以乾坤为首,复其见天地之心。
苦县论世自千古,释迦说经度群生。
春前携酒登高阁,雪后投诗赠老梅。

风花城郭春无限,云水楼台客有思。
春水初生鱼晒子,秋风乍起雁呼群。
粝粉墙悬烟客画,钧窑盆养水仙花。
烟花江郭春深浅,诗酒天涯客去留。

书髓楼高存旧籍,琴心文古述仙真。
百花庄上春沽酒,万柳堂中客斗诗。
十万卷书经眼过,几千年事上心来。
和柔自可安函夏,宁静方知有好春。

人在百花深处坐,诗从万柳影中来。
始信健者其志卓,从知君子之泽长。
人间道德直如发,天上星辰朗若眉。
举目且莫空一世,蟠胸亦自有千秋。

铜盘未必承甘露,烈火自能开莲花。
堤草逢春千里碧,园花经雨几分红。
夜坐诗吟竹里馆,晓窗人画水村图。
南西门外看春色,北东园中述异闻。

满架秋风收稨豆,几畦春雨种蘘荷。
客至一尊桑落酒,睡余半盏雨前茶。
夜月酒香文举座,春江鱼美武昌城。
梨花细雨村边路,芦荻西风江上舟。

卧羊山畔踏芳草,放鹤亭边问老梅。
半山烟雨万竿竹,一径云霞十里松。
刻印好是青田石,制墨半采黄山松。
故人新寄金石志,昨日闲观山海图。
访碑多求李北海,论乐独有毛西河。

四五人家杨柳坞,二三里路杏花村。
煮沙焉能成嘉馔,剖蚌未必得明珠。
佳节每从忙里过,好花常向静中开。
晓吟日度湘帘影,夜坐风传霜柝声。

雪晴云散天深碧,风定波平海浅蓝。
茅堂藤榻夜酣睡,野径溪桥昼缓行。
春风花满河阳县,夜月人怀淀北园。
池北偶谈春料峭,齐东野语说参差。

名画昔传清秘阁,异书今有古香斋。
满山薜荔添秋色,一院芭蕉助雨声。
先生妙笔穷造化,知君好古出羲皇。
讲道论德儒生事,耕山钓水隐者心。

君子志不在温饱,山人相与论烟霞。
黄叶村郊沽酒路,碧苔庭院锻诗人。
新收古帖蝉衣拓,更爱奇书科斗文。
紫茄白苋乡村饭,碧芦红蓼江天秋。
宏施博爱世易治,盛德至善民难忘。

卷二

仁者自然能静寿,山人长此乐清闲。
高歌慷慨动四坐,豪论纵横敌千人。
修齐诚正大人学,洒扫应对弟子规。

钓渭耕莘有至乐,敦诗说礼见真儒。
风过山楼松有韵,雨收溪岸柳多姿。
绿阴覆屋夏无暑,红日满窗冬不寒。

藤墅俪言　107

雪后园林入图画,水边桥市聚鱼虾。
虚室妙谷神之宅,月窟天根道所居。
暖日烘窗闭门坐,晴云出岫看山行。
蓟北苍茫沧海阔,关中形胜华山高。

天马纵横米海岳,秋山平远倪云林。
绿杉野屋临溪水,黄叶村庄入画图。
凡事不可先天下,此身长自在人间。
十万春华浓似锦,三千游客来如云。

赤文绿字人不识,火枣交梨世所希。
斋心独坐天人静,抱膝长吟岁月多。
偶临摩诘千年画,静对楞严一卷经。
渤海西头看明月,盘山深处采灵芝。

瀛海大鱼不入网,云天野鹤岂乘轩。
晓雾未分京口树,春风先上秣陵船。
闱中文字称心候,天下英雄俯首时。
习静自能忘万境,著书亦可传千秋。

乳鸭池塘水清浅,雏鸡庭院苔纵横。
秋水一潭龙潜隐,素琴三叠鹤高飞。
锻诗未就忽来客,酿雪不成又放晴。
大杯豪饮金波酒,良夜高吟石鼓歌。

逍遥乎光明宇宙,寝馈于道德文章。

虾菜亭边春水涨,龙槐寺外夕阳多。
大壑松杉成美荫,小园杞菊自延年。
渔山画奇鹿床静,梦楼墨淡石庵浓。
乔松引鹤栖高岭,瘦石如羊卧满山。

春风得意开红杏,晴日闲游踏绿莎。
行住坐卧惟其适,春秋冬夏应乎时。
老松独能凌霜雪,奇石长自生烟云。
疏林瘦石有天趣,春雪梅花发古香。

晓雾未收红日上,晚烟初散碧天遥。
北江南园皆奇士,东盘西釜两名山。
鹍鹏有志在万里,鹪鹩营巢只一枝。
闭户读书无余事,分畦种菜有闲心。

简缘省事心清静,独坐闲行体健安。
左图右史乐无尽,耕山钓水寿有余。
春风当从东北起,秋声先自西南来。
对花自能成好句,有酒还须饮良朋。

轻裘缓带羊叔子,善赋能文马季长。
圆满空寂知我相,广大灵和见此心。
周行大地九万里,直上层云卅六天。
云霞半壁天初晓,钟鼓上方月正明。

大雪拥门宜豪饮,深堂剪烛正高吟。

霜柝传声穿竹径,雪窗有梦到梅花。
床上乱堆书卷满,砚中时放墨花香。
其人如光风霁月,此才比美玉精金。

碧海无边三岛静,白云不动万松高。
灯火楼台开夜市,笙箫花月宴春园。
种碧松自能引鹤,叱白石亦可成羊。
圣贤至教在立本,天地大德曰好生。

白雨跳珠风欲起,黑云堆墨雪将飞。
名香起篆鼻先受,苦茗回甘舌自知。
春潮初涨鱼争上,夜雪无声人不知。
窗外虬松三丈碧,炉中兽炭几分红。

东风和煦先春至,瑞雪缤纷卜岁丰。
花浓雪聚春三月,山媚川辉赋两都。
大石洞中独酣睡,长松阴下学参禅。
春水绿波飞白鹭,斜阳芳草卧黄牛。

澄静精微道之妙,平和闲澹心乃安。
天风经过尘沙净,海日初升湿雾开。
春暖闲行四五里,夜寒小饮两三杯。
宝箓玉篇存至道,洪炉大鼎炼真文。

含宏光大资道力,中和位育见天心。
知君妙语夺山绿,留我短棹入溪烟。
画梅笔妙墨华发,贺雪诗成春酒香。

凌霄花上参天树,如椽笔写擘窠书。
其文璀灿才无敌,此老纵横性最强。
澹烟破墨石溪画,明月深林摩诘诗。

春到花朝增酒价,日斜海市见渔人。
用舍行藏准诸道,阴晴寒暖应乎时。
村店酒香留过客,池台花满聚诗人。
腊日人家馈佛粥,春山烟雨湿仙衣。

琉璃屏到眼自亮,兜罗绵着手皆安。
惟有道者可以处,能胜己则为之强。
月明瀛海琴三叠,雪满乾坤酒一尊。
门外已深三尺雪,坐中常有十分春。

一联诗就天初晓,九转丹成月正明。
市楼近海常多雾,估舶乘潮又顺风。
余寒料峭春犹浅,湿雾溟蒙午不开。
天之道不争善胜,人于事有志竟成。

竹叶青浮春酒熟,朱砂红晕老梅开。
缑岭吹笙招夜月,苏门长啸激天风。
宏施博爱道之用,戴仁抱义心所宗。
华林修竹宜舒啸,晚日和风信步行。

极乐妙游观自在,大圆宝镜放光明。
天平地成道可久,岁稔时和民乃安。
当窗数竿参天竹,缠松一树凌霄花。

藤墅俪言　109

芝兰之馨幽而静,松柏有心坚且贞。

贺年荐岁酒正美,耐冬迎春花并开。
闻人说食终难饱,如我澄神自契真。
铜鼎偶焚新柏子,瓦盆闲种小梅花。
正气高歌文信国,众仙张乐武夷君。

林泉逸人偶相遇,春秋佳日得清游。
分畦新种菊千本,绕屋旧栽松几株。
志士入世先乎众,君子学道必爱人。
锻炼精金补神髓,拭磨古镜照真形。

交梨火枣谁曾得,瑶草琪花自有春。
栽培心地多行善,涵养性天勤读书。
深堂诗酒酬佳节,小艇烟波趁晚凉。
茶熟梅开晴雪后,灯红酒绿过年时。

玻璃椀贮红榴子,玛瑙盘擎白玉延。
画敌三王华秋岳,帖藏四宝李春湖。
晴云晓日海滨市,柔舻轻帆江上船。
旧藏古鼎镌秦篆,新制围屏画华山。

新年词谱桐城好,古体诗传蜀道难。
啸声远遏流云去,诗韵清如涧水来。
闲游且喜青山近,习静方知白日长。
朝阴夕霁春三月,绿意红情花四时。

灵石在山真体静,长松拔地善根深。

三径晓烟数竿竹,一窗晴日半床书。
眼有慧光方雪亮,心无尘想自冰清。
索书求画门前客,种秫劚桑海上翁。
一瀑如龙破壁下,双松招鹤入云高。

挑灯闲检旧碑帖,泼墨试写古溪山。
泛绿依红高士度,知白守黑道人心。
明月高楼人对酒,长松深院客听琴。
春和秋肃自斡运,天动地静相周旋。

绿水静时人独钓,青山佳处客同游。
青龙鼓鬐沛时雨,白鹤引吭吸天风。
紫藤花下横琴坐,绿柳阴中放棹行。
万佛楼前烟树密,五龙亭外水云多。

蘋花浅水群鱼戏,沙草平林一鹭飞。
袍笏庄严钟进士,丹砂供养葛仙翁。
守岁人家诗句好,新晴天气鸟声和。
乌玉墨临乞米帖,银光纸写换鹅经。

家有藏书分版本,客来对酒陈尊罍。
学人处士重三宝,君子修身顺四时。
寒芦远水初飞雁,芳草斜阳正牧牛。
大饼肥羊燕赵饭,酣歌高唱汉唐诗。

花下偶观齐物论,松阴闲读度人经。
试检筠篮收夏果,闲将水墨写秋花。
此心不出慈仁外,大道常居宇宙间。
华阴隐士果何在,关西逸人或可逢。

海西草堂对佳客,淀北老屋依古松。
人间白发两诗叟,江上青山一酒楼。
秋水天边飞一雁,春风江上寄双鱼。
已啖松子五千斛,曾食蟠桃数十枚。

山人饱食胡麻饭,野馆闲开樱笋厨。
几队游鱼聚桥影,一双飞蝶入花丛。
飞絮无心团白雪,落花有意点苍苔。
书画精神如可接,渔樵问对亦堪听。

好云出岫千盘静,大雪平阶一尺深。
三间茅屋卖花叟,十幅蒲帆送酒船。
微风浅水鱼儿出,细雨落花燕子来。
春晴药院池苔碧,夜雪茅堂炉火红。

百花洲外春光好,万锦滩头水势高。
大砚旧藏绿端石,古墨半烧黄山松。
讲道论德君子事,居仁由义大人心。
水流花放识其意,月朗风清见此心。

玉蕴珠藏深于养,龙潜蠖屈葆其真。
隐者犹勤耕稼业,幽人长住水云乡。

远近云山春雨后,高低花竹晚晴时。
此地距箕颖而近,其人在倪缺之间。
不出户能知天下,勤读书如对古人。
君子有酒邀明月,山人无事卧白云。

善画能书米海岳,镕经铸史王船山。
漫从赤壁论诗槊,欲上青天摘酒星。
天地氤氲春气透,山川清淑民心和。
骞林祇树云霞灿,琼阙瑶台岁月多。

艰难任事人能谅,慷慨论交古所称。
细水流花穿别涧,东风吹雨湿春衫。
半霁半阴好时节,一蓑一笠小游仙。
群蝶弄花如缀锦,流莺穿柳似抛梭。

四海论交几知己,百年著述一闲身。
不废耕耘健筋骨,时亲书卷养心神。
人心必求止至善,天道从来示大公。
紫蟹黄花一瓮酒,白云红树半江诗。

春归大野花千县,雪满长空酒一瓢。
无极无尽一心理,有显有藏两目光。
四箴由三省而出,一心与万理皆通。
含光于目己独见,积善在身人不知。

闲中自见生机畅,静里方知夜气存。
从来书史家声久,只有耕桑事业长。

藤墅俪言　　111

水国渔家晴晒网,山村野市晓开门。
红藕晓风双画桨,碧萝春雨一诗楼。

论画理书理琴理,辨花香茶香墨香。
晚菘味美登盘候,早稻饭香出甑时。
一路春阴飞柳絮,满林冰霰似梨花。
花光灿烂香逾静,石骨玲珑瘦更奇。

云开风定天无际,雾散烟消月正中。
南田北江论宾友,东岱西华纪游踪。
几日可教寸心静,一阳能使万芽萌。
近岸麦苗高下绿,隔溪枫叶浅深红。
尘外无尘扫不得,话中有话听须深。

闻道人心向慈善,从知天道乐安平。
数峰破墨清湘画,两卷硬黄怀素书。

闲中岁月行坐卧,静里光阴书画诗。
伟矣和光照宇内,盎然生趣满胸中。
酿酒十瓮供客饮,藏书万卷任人看。
五岳耸峙千山附,群才荟萃一书成。

几缕东风穿柳线,一钩新月上花梢。
春色来从千里外,月光长满一轮中。
息心见天地俱静,举念愿民物皆安。
昨朝采药登山去,今日荷樵入市来。
十里青山近城郭,一林黄叶绕溪亭。

卷三

百千万年天地德,三五六经圣贤心。
东风村店春醪熟,腊日山厨佛粥香。
十二万年春不老,三百六旬岁又新。

宿墨半池画古柳,名香一炷咏秋兰。
晴色初分万井树,春光先到百花丛。
春风不剪王孙草,晓露初开君子莲。
新墨试磨蠛䗪砚,古字闲考蝌蚪文。

画梅画竹有生意,种瓜种菜得闲身。

游踪遍东西瀛海,读书通上下古今。
深院竹篱三径月,小亭花拥一栏云。
地炉活火茶初熟,山碓分泉水自舂。

酌美酒必对明月,检旧书如逢故人。
几篇人范能传世,十首道情亦劝人。
有人来求画朱竹,与客相携看白云。
君子乘时能行道,高人遁世不求知。

秋苔低衬当阶草,古柏高引凌霄花。

五光十色工渲染,万水千山入画图。
春前乡社勤刍牧,秋后人家晒稻粱。
罨画溪光分青绿,空蒙山色辨阴晴。

窗下偶临西楼帖,灯前闲诵北山文。
野水荒山信笔画,明窗大砚擘窠书。
自有将军能射虎,从来仙子善骑龙。
平堤芳草见骢马,流水桃花出鳜鱼。

博济当为一世用,潜修独善百年身。
万竿修竹映溪绿,十里垂杨夹路青。
苍翠赭黄霜后树,高低远近雨中山。
白雁黄花秋入画,青山红树客能诗。

知音海上弹琴客,遁世门前荷蒉人。
云开宝镜峰千叠,月照琼林桂一枝。
昨夜灯花频报喜,今朝柏酒正迎年。
郊外雪消春草动,田边雨霁野花开。

豪士同舟黑石渡,仙人吹笛黄鹤楼。
一楼风月供诗料,四壁溪山足卧游。
商量厨馔留佳客,洒扫庭阶唤短僮。
清夜烹茶香绕座,早春对酒客催诗。

一局围棋留妙想,七家试帖有清芬。
黄农虞夏世何远,耕读渔樵事可为。
讲易应知参同契,慎言当学摩兜坚。

梵字谱传唐天宝,柳阴人唱蔡中郎。
爱画能养山水性,吟诗可得古今心。
秋菘春韭供庖馔,楚水吴山记驿程。

前人画梅自有谱,今者种竹亦题诗。
春色先从江上见,客怀偏向酒边增。
夜月不寒铺径满,春云无数渡溪来。
智含渊薮才无敌,胸有古今气愈和。

至理当前求即是,此心随地操则存。
清辞丽句朱竹垞,浓墨大书刘石庵。
几竿浓绿写新竹,数点嫣红放早梅。
欲访前溪垂钓叟,忽逢野径采樵人。

至人能开乾坤牖,上古已有龙虎经。
人能居敬身常健,学到无求气自平。
喜见茅龙新屋舍,笑看竹马众儿童。
试仿南田蔬果册,纵观西岳莲华峰。

人间尘事休经手,海内名山长在胸。
边疆种麦秋方熟,僻县栽花春自长。
种菜数畦存老圃,藏书万卷起高楼。
天地四方有定位,乾坤六子致中和。

春风吹暖藏花坞,夜雨新添洗药池。
问道昔有东郭子,善画今推南田翁。
篱落间闲花野草,几案上古鼎奇书。

客来煮茗论书画,春至携锄种豆瓜。

清辞不让杜荀鹤,旧帖曾临张猛龙。
放眼闲看青云上,息心默坐白日长。
论世已非无怀氏,读书忽遇有心人。
近城灯影秋江寺,远市车声夜宴人。

江楼风月最宜酒,海市鱼虾不论钱。
欲呼青龙沛甘雨,闲骑白鹿采灵芝。
太上灵宝自元妙,如来真性本圆融。
云壑烟峦皆画本,山松野草亦诗材。

江干雨足春初涨,天半风来夜有声。
著书谁似鹖冠子,游侠不见虬髯翁。
莲岛神仙见钟吕,桐城耆旧数方姚。
不信尘世历汉魏,应知仙境有松乔。

东坡居士能画竹,南园老叟善种瓜。
烟花三月扬州路,灯火通宵瓜步船。
走虎鞭龙沽酒去,乘云呼月看花来。
书中大草推怀素,洛下名园看牡丹。

圆觉光中天宇净,步虚声里月华明。
大江东去词才壮,函谷西来关塞雄。
自有奇文能倚马,早传好句出谈龙。
若能熟论人间世,自不敢为天下先。

晓雾深藏津口树,朝霞明衬海中帆。

远雾不分千叠树,晓寒尚恪一分花。
夜月光圆丹在鼎,朝霞彩散绮为城。
松柏山峦人未到,烟霞楼阁客能谈。
阴阳卦象占来准,经传爻辞演更深。

云山藏有知名寺,尘海谁逢出世人。
寒天樵子归村早,新岁乡人闭户迟。
青海黄河通地脉,华山岱岳镇坤维。
春暖渐多行旅客,晓晴时见趁墟人。

移家曾近龙眠住,挟策常为雁宕游。
十里春风吹客面,一池秋月定禅心。
中庭月上花添影,曲径风来松有声。
春水已平太湖岸,秋风先到汉阳城。

栖真大似烟萝子,遁世安居云水乡。
人间栖隐东郭子,天上光明南极星。
承平时序耆英会,慷慨才人感遇诗。
胸怀旷达元聱叟,诗句流传陆放翁。

春水碧连芳草岸,夕阳黄入菜花畦。
专对能通四方使,奇才不愧千人英。
邀月一尊太白酒,赏春万朵牡丹花。
偶逢村野荷锄叟,闲话洪荒炼石时。

数竿竹倚洞天石,一树梅开太古春。
欲擘洪蒙开造化,还提日月升昆仑。
三五结邻近烟水,十千沽酒醉春风。
天地之间有治化,道德以外无功名。

希夷明太极无极,康节论先天后天。
黄鸡白酒欢邻里,翠柏红梅应岁时。
几叠青山入城郭,两湾碧涧界村垣。
山半白云入户牖,天高明月照楼台。

看花客至携春酒,拾蛤人来踏晚潮。
夜游广寒亦奇事,秋登太华皆雄才。
三岛烟霞秋放鹤,一天星斗夜焚香。
新花初插瓶盂静,旧帖深藏纸墨香。

柳文小品皆奇特,杜老长篇更浑融。
一杖晨行花坞径,数杯夜扣酒家门。
翠涛不是村中酒,丹篆知非世上文。
村童面有诗书气,野叟心知稼穑艰。

僻巷高人能卧雪,天台道士善餐霞。
出门一笑行万里,闭户十年读六经。
东岱西华双岳峻,北孙南顾两儒尊。
灯火海滨开夜市,烟花江上看春潮。

案头两卷龙城录,壁上一幅鸦阵图。
铜鼓曾传诸葛制,铁琴必待公和弹。

晓晴山馆读庄子,斜日巾车访故人。
种秫栽桑皆五亩,读书养气各十年。
小儿闲陈云母石,浅盆好养水仙花。
春醪盈盏宾朋乐,早韭登盘厨馔香。

才看老圃舒梅萼,喜见春盘荐蕨芽。
谁唱晓风杨柳岸,又填减字木兰花。
欲跨青鸾渡沧海,闲骑白鹿上高峰。
白粥寒庖煮晚稻,红炉活火烹春茶。

沈白石不愧画史,李青莲本是诗仙。
案上帖临李北海,壁间画有蒋南沙。
蒋睢州能画兰蕙,宋单父善种牡丹。
古镜尚存秦代制,美人犹画汉宫妆。

朝潮夕汐应时至,暮鼓晨钟着意听。
山水纵横吴道子,楼台装点李将军。
壮悔堂文有气骨,老学庵诗得天和。
茶甘能使诗心静,酒美方知客兴豪。

一鹤高飞海涛静,万松不动山云高。
村边云树逢樵叟,河上风烟数泊船。
从知诗是有声画,更听琴弹太古音。
粗文细沈论画法,北翁南梁擅书名。

海峤楼台论画法,江天花月聚诗人。
长啸一声云雾净,神游万里昆仑高。

藤墅俪言　115

大地祥光通紫极,中和元气养黄庭。
绮阁张筵然桦烛,金樽注酒醉梅花。

多栽松柏添新绿,不买胭脂画牡丹。
古书闲观参同契,至人傥遇荣启期。

水溜潆洄通洛汭,山光青翠接崤函。
骑虬道士冲云去,跨鹿仙人采药来。
早从阆苑看花去,曾向银河洗眼来。
乡社人酣千日酒,春园风动百花幡。

堂前喜结灯花蕊,巷外春传爆竹声。
汶石留传蟂螳砚,古文谁诵龙虎经。
一路垂杨骑马客,半坡芳草牧牛人。
栏外新开红踯躅,亭边闲种碧琅玕。

闲静之中有天趣,行坐以外无修持。
昌黎不度苍龙岭,子瞻曾居白鹤峰。
英俊人才储世用,祥和风物逐春来。
日上三竿花灿烂,云开五朵月光华。

春秋佳日资吟咏,山水良缘入画图。
神岳山中见奇石,乔松树下长灵芝。
尘世不知有魏晋,文章毕竟让韩苏。
风月佳时宜小饮,云山深处可安居。

雷鼎长陈青玉案,雕栏斜护紫微花。
驾群才必抱伟略,能后己方可先民。
雨余池馆碧梧静,秋入园林黄菊香。
一湾湘水芦花白,两岸秋山枫叶丹。

萝径春深花笑客,竹窗风静月窥人。
案头道德指归论,架上真灵位业图。
珠树自能巢翡翠,铁网亦可得珊瑚。
小园中乔松修竹,矮几上汉赋唐诗。

青松红杏题佳句,紫燕黄鹂报好春。
紫藤花下观诗话,黄叶林中读墨经。
傍山林下扫黄叶,流水桥边看白云。
扶我一枝黄竹杖,劝君数举碧螺杯。

借书惟携一瓿酒,馈岁还移两树梅。
桐城耆旧文辞富,河岳英灵诗派长。
纵酒情怀更豪放,养花天气半阴晴。
高槐垂荫遮茅屋,新笋初抽过竹篱。

歌风台上文辞壮,喜雨亭前民气和。
窗底客听蕉叶雨,池边人立藕花风。
堂前坐有修琴叟,门外时来索画人。
栏外数枝红芍药,窗前一树紫樱桃。

偶来花下论诗品,闲倚松根读道书。
一尊柏叶迎年酒,两首梅花守岁诗。
一钩晓月催人起,几树春花向我开。
考古必编金石录,务农闲观耒耜经。

一天云日祥和气,万里山川锦绣春。
黄花道人爱晚菊,白云外史写春松。
兰有幽香竹有节,诗能高唱词能弹。
玉盏谁能邀月饮,金铃长有护花权。
秦篆汉隶有逸趣,周鼎商彝考古文。

天地八万四千里,诗经三百十一篇。
十幅布帆烟水阔,一声铁笛海山秋。
秋水明霞江上画,酒痕影扇客中诗。
乘云欲访赤松子,岸帻来登黄鹤楼。
春风又绿王孙草,晓露初开君子莲。

卷四

八万四千里天地,三百六十度星躔。
读书万卷始交友,阅世千年莫论人。
斗佳茗更饮美酒,读好画兼听新诗。

著书人自多甲子,隐居者别有乾坤。
春色初从梅蕊见,东风先上柳条来。
天下英才应时出,世间好事在人为。

几对黄鹂穿柳去,一双紫燕入帘来。
无边芳草含春色,不尽垂杨系晓晴。
云山自可供游赏,风月亦宜佐夜谈。
流水闲云自怡悦,淡烟微雨作清明。

雨因张盖声尤重,风不鸣条气自和。
新岁有人来索画,良宵无睡卧吟诗。
视听言动周于用,智仁信义植其基。
养得此心自灵妙,从来古圣任艰难。

晴坞莺花沽酒客,夜窗灯火读书人。
万里风烟双剑匣,百年花月一诗瓢。
独立不移坚厥守,有感斯应见其机。
三径秋花千个竹,一瓯春茗半床书。

云外浓青山远近,雨中深绿树高低。
气静神闲秋岳画,墨浓笔重石庵书。
雪后园林自清润,月明星斗亦高寒。
踏雪客来披鹤氅,访碑人至拓蝉衣。

闭户读书消世虑,登楼看月得仙心。
一百五日寒食节,三十六峰少室山。
十亩柳阴三面水,一帘花雾几分香。

老圃黄花助秋兴,西山红叶亦诗材。
山厨自有青精饭,松廊常藉白云眠。
碧落洞天存逸想,青空云树得奇观。

绕径烟萦花影动,隔林风送市声来。

小阁偶临石谷画,短笺闲写板桥诗。
佛缘善果从头证,大地微尘净眼看。
善交如入芝兰室,雅宴初开桃李园。
霓裳谱里传天宝,鱼鼓声中唱道情。

爱作画能养闲性,不着棋可息争心。
灯前客话茶初熟,雪后月明夜不寒。
村肆偶沽大瓮酒,乡人新送小盆梅。
细雨梅花江上酒,东风柳絮客中诗。

晚来小饮不及醉,夜坐高吟直到明。
曾闻一苇渡江至,又见双凫缩地来。
当窗松竹参天绿,绕径莓苔贴地青。
梅蕊微红春信早,柳条软绿晓风和。

却喜知交遍寰海,早传诗句满江湖。
酒尽从知来客少,身闲转为作诗忙。
射虎何曾知是石,得鱼未必尽忘筌。
人逢老辈气先敛,月到中天光更明。

无限诗怀对秋月,还将画理问山云。
多栽修竹留佳客,闲写新诗寄故人。
绿苔净扫铺歌席,红药初开倒酒尊。
一樽绿酒迎新岁,数点红梅报早春。

乾坤鼎器谁能守,天地橐籥道在虚。

十里松阴苔草碧,几湾柳岸菜花香。
山人自有还丹诀,豪士高吟太白诗。
吟诗作画从吾好,临水登山与客同。
襟江带湖据形胜,研都炼京富文辞。

数亩柳阴谈池北,片时春梦到江南。
书画茅堂蓬户底,渔樵高岭大溪间。
天心自古重慈善,春气于今酿太和。
万里云霞朝读画,一天星斗夜焚香。

静坐读书各半日,种桃艺菊已千年。
故人远寄郫筒酒,小鼎闲烹顾渚茶。
闲地老农种燕麦,小池新水长鱼苗。
谁为雪岑传好句,争推绣谷写名花。

三省乃修身要诀,四箴亦克己工夫。
闻道画家宗六法,从知史氏擅三长。
梅花老屋春初到,杨柳平桥水二分。
涧草岩花异凡卉,溪禽山鸟留好音。

一轮月照蒲桃镜,五朵云裁锦字笺。
晓起白云离户去,夜谈明月上窗来。
星辰朗照开天运,山岳崇高镇地维。
匹马行人呼晓渡,疏林斜日写秋山。

春雨有心润荠麦,晓风无语放梨花。
风来曲径松花落,月满中庭桂子香。
古书尚存元椠本,小瓶犹有宋钧瓷。
细雨已过挑菜节,东风时送卖花声。

铜瓶偶插玉兰蕊,瓷盆闲养石菖蒲。
春风又绿灞桥柳,晓日初开华岳莲。
偶书秦篆兼章草,闲画瓶梅与盆兰。
山人笔带烟霞气,作者诗兼李杜才。

一船渔子泛春涨,几处樵歌唱晚晴。
胸无尘事眠方稳,诗有仙心句不凡。
池馆春花齐笑客,溪桥秋柳亦依人。
一带墙垣芳花碧,几家篱落小桃红。

古佛曾传出世法,仙翁常诵度人经。
明窗纵笔写松桂,小园锄地种梅兰。
星辰躔度天纲定,河岳英灵地望尊。
欲学板桥画兰竹,又从石谷写林峦。

赤壁两篇苏子赋,青山百尺稻孙楼。
店壁有人题好句,船窗逐日看名山。
春归池馆花千叠,月满江楼笛一声。
红杏小楼一夜雨,青松古寺半山云。

月不知寒照积雪,云还作态变余霞。
禹鼎汤盘名尚在,晋砖汉镜器犹存。

闲地宽平种松柏,小窗明静读庄骚。
帘外春寒花敛艳,樽中酒满客能诗。
论诗读画有常课,炊黍蒸梨供早餐。
四扇潼关开晓日,三山海市拥朝霞。

云阴欲雨看龙挂,海气漫天见蜃楼。
十里杏花双酒店,一溪烟柳几渔船。
江远有时见灯影,月明何处起砧声。
地炉煨芋留余火,松径携筇看早霞。

夜灯偶读秋声赋,午窗闲画岁朝图。
作者文成不加点,画师笔妙已如飞。
深堂人静诗成易,小阁春寒睡起迟。
黄鹤山樵真奇逸,白云外史有仙才。

杨柳碧连江北岸,杏花开遍济南城。
自昔文章有寄托,于今诗句出清新。
绿水涨时游舫动,青山缺处酒楼高。
闻道才人齐俯首,从知学士本虚心。

山海通八方和会,风雨时百谷丰登。
谁翻梵字霓裳谱,又看扬州芍药花。
闲访老农问秋稼,偶逢邻叟话山云。
落霞秋水工作序,碧苔芳晖善品诗。

倒影楼台双涧水,涵空云树半江秋。
阎立本擅丹青誉,张子房有将相才。

藤墅俪言　119

旧帖偶临宋拓本,新诗善学唐宫词。
焚香扫地晨兴后,小阁明窗午睡时。

王宏善书但隐遁,魏徵治酒亦通才。
对竹数杯翠涛酒,观书一盏碧萝茶。
采药忽逢赤松子,执笔欲仿白石翁。
饭香食少身长健,被暖宵深睡更浓。

春风舒展太和气,时雨潜滋长养心。
云引数帆来远海,月明一磬定空山。
六法常凝注心目,一身自会聚精神。
古画奇书难论价,山花野草不知名。

烟霞云水自围护,日月星辰长照临。
庭前杨柳千丝雨,窗外芭蕉数尺阴。
蓬壶阆苑春长住,绛阙琼台客有名。
常从灯下作狂草,偶向街头卖画兰。

几行溪柳迎风绿,一树海棠带雨红。
村边溪水几分绿,花外春山数叠青。
泛绿盈樽贺新岁,娇黄小朵开迎春。
细雨蹋泥沽酒客,春风压担卖花人。

风吹柳絮春犹浅,月照梅花夜不寒。
山峦亭馆花三面,云水村庄树四围。
晓风舒柳春先到,夜雨润花人不知。
春岸柳条千缕绿,秋山柿叶几分红。

闲来平野观秋稼,独上高楼看海云。
吟诗好似赵秋谷,画竹多于洪石农。

名山乔岳居真逸,虚室妙谷养冲和。
几树绿杨经雨润,一枝红杏报春来。
茶半香初人独坐,风平月朗夜双清。
忽遇骑虬吴道士,曾闻射虎李将军。

老叟善谈种艺术,乡人解诵阴骘文。
安平世界民风厚,和乐家庭春气多。
春草碧含千里色,山松绿聚几重阴。
岩下听琴二五阕,人间纵酒几千觞。

刻烛催诗频击钵,持筹劝酒共飞觞。
红杏郊原春试马,绿杨池馆晓闻莺。
半湾春水半山雪,一树梅花一草堂。
静里闲观近思录,春来不赋远游诗。

烟雨楼台花月市,庾徐辞赋李温诗。
偶共才人论词谱,不从雅集扣诗钟。
不论棋盘十九道,谁吹玉笛两三声。
江上客留青雀舫,雨中人坐绿莎厅。

浅水渔翁收蚌蛤,新春灯市闹鱼龙。
动静有恒心自定,言辞不费气常充。
碧芦港溆渔人宅,黄叶园林处士家。
劝君莫饮刘伶酒,无事闲烹陆羽茶。

登高同醉黄花酒,对客闲观朱竹图。
人游万水千山外,诗在三唐两宋间。
奇形怪状太湖石,老干虬枝岱岳松。
数行密柳藏高阁,几曲疏篱护小花。

骑鹤餐霞三岛客,乘槎贯月五洲人。
高天一碧降甘露,浮云四卷见明河。
中天皎日垂谟诰,上古高风有务浯。
老瓦盆栽书带草,古铜瓶插折枝花。

杨柳东风吹画舫,杏花细雨湿春衫。
听人说齐东野语,有时看池北偶谈。
细思古文参同契,闲考真灵位业图。
晚来小饮新丰酒,晨起高吟旧日诗。

隐居中岳形神健,熟读南华兴味长。
几首雪诗清澈骨,一篇月赋朗如眉。
一生到处逢知己,万事从来总让人。
佳节我添诗酒债,新年人索画书忙。

花满大千开世界,春挥百万买芳邻。
古镜尚如月月照,新年还检旧书看。
蕙茝芝兰千岁品,松杉桧柏万年春。
深院晚风开茉莉,小池新水漾蘋花。
画舫波平开菡萏,钓丝风定立蜻蜓。

春暖好诗吟柏叶,夜寒清梦入梅花。
几缕晓烟遮半树,一钩新月映疏帘。
宝剑光芒若秋水,醇醪兴味助诗豪。
片云遥度东西岭,好雨忽来南北山。

细雨河桥沽酒路,晓风庭院扫花人。
旧帖谁临郙阁颂,浓墨细拓石鼓文。
春山欲画清湘子,秋柳高吟大道王。
文雅纵横才子度,光明磊落至人心。

偶擘苔笺题好句,闲磨麝墨写寒梅。
射虎将军箭入石,画龙大师笔生云。
此心澄澈如止水,其人萧散似闲云。
种菊万丛秋锦绣,画梅一树雪精神。

画舫秋江游赤壁,旗亭风雪唱黄河。
数点梅花报春信,一尊柏叶度良宵。
旷观莫如濠濮叟,颐年欲学轩辕翁。
烟花节序迎春后,灯火人家守岁时。

大砚生香磨古墨,小瓶注水插新花。
画稿偶然临北苑,书窗闲自读南华。
鸿都道士能游月,天台仙子善餐霞。
紫茄白苋诗人饭,绿水青山隐者居。
养身长保中和气,爱物方知大造心。

卷五

天下英才入教育,世间善士尽宾朋。
虹吐长空知剑气,月明大海见珠光。
日霞倒射蜃楼见,云水平分海舶来。

万里云山双足健,百年书史一身闲。
架上有书千百卷,门前来客二三人。
老梅数点有古艳,幽兰一枝闻妙香。

犹有济南半城柳,谁种河阳满县花。
放鹤亭边梅未老,卧羊山上石犹存。
林樾溪山皆画稿,王杨卢骆尽诗才。
人似乔松月似镜,客如流水酒如渑。

少年曾啖牛心炙,古帖犹存鸭头丸。
古方尚可医今病,新事还须问旧人。
洛社耆英照千古,桐城文派炳中天。
老屋斜依红叶树,飞泉直下碧云峰。

柳花村店客沽酒,明月溪桥人打鱼。
一庭花竹诗人宅,十里溪山隐士居。
瓜果堆盘对秋月,烟云满室画春山。
茅堂独坐琴书静,松径闲行苔草平。

楚鼎郑彝今考据,铁琴铜鼓古知音。
登山浮海游人兴,研都炼京才子文。
读余经卷神先定,坐破蒲团佛自来。
一心似天地清旷,万事如日月光明。

读书稽古无余事,学道爱人养此心。
满地禾苗待霖雨,中天日月照山川。
十里澹云三面水,满山明月一声钟。
天地自能造时会,仁慈方可保民生。

清奇淡远云林画,俊逸幽闲竹垞诗。
神龙潜蛰云长护,文豹隐藏雾已深。
绕砌尽栽书带草,雕栏初放玉兰花。
南极老人神光见,北郭先生道妙传。

白云黄叶诗人屋,绿酒红灯海客舟。
士有奇才坚厥志,天降大任必斯人。
独行不愧身中影,一饭难忘天下饥。
大丈夫艰难任事,真君子慈善存心。

一峰独起秀天下,众水周回出阆中。
瀛海客来谈逸事,蓬壶春满放奇花。
马尾船唇诗酒债,燕南赵北水云心。
湖边晓雨沾衣袖,江上春烟压舵楼。

道者必使一心静,善人不与万物争。
千佛名经散霞绮,群仙大会奏云璈。
冬来日暖松柴少,雪后春寒酒价高。
煨芋得澹泊滋味,种桃见烂漫春光。

百千万法参龙象,三十六天控鹤鸾。
一尊美酒酬佳节,两首新诗寄故人。
细雨客怀千里外,东风人醉百花中。
阶前几队来黄雀,花底一双飞白鹇。

慷慨交游李恕谷,艰难行旅顾亭林。
春雨一溪新绿水,东风十丈软红尘。
松有闲心风不动,泉含逸韵月无声。
青山高耸云千叠,绿树周回水一湾。

窗外三竿两竿竹,池中一寸二寸鱼。
解鞍客就田家饮,拄杖人从诗社来。
花坞春深三月雨,草堂香定一炉烟。
门外长年无车辙,座中镇日对琴书。

竹院清幽宜散步,茅堂深静得安眠。
瓮藏美酝迟来客,门系扁舟待渡人。
庾鲍诗才留古艳,荆关画派有宗传。
竹外烹茶吟好句,松阴坐石读奇书。

鹤寿不知其纪也,松高亦未可量之。
野水荒山皆入画,浅阴薄霁总宜诗。

海滨晴色知多少,山外春风问有无。
烟花村郭春无限,鸡黍田家乐有余。
入世当留成佛地,息心长诵度人经。
莫抛秋扇深藏匣,闲制春衣试剪罗。

晓起儿童放鸭去,春来村舍养蚕忙。
画阁帘开飞乳燕,书窗灯烬见流萤。
春气已来藤杖外,诗才多在布衣中。
自有闲心对鸥鹭,莫将尘事问渔樵。

应有龙潭藏剑匣,好从天柱挂诗瓢。
亚字栏围金芍药,回文锦袭玉蟾蜍。
柳絮旗亭江上酒,梅花驿路客中诗。
诗瓢酒盏逢春社,柳岸花溪系画船。

帽影鞭丝春草路,诗坛酒垒晚烟楼。
远岸苍茫瓜蔓水,短篱点染豆花秋。
春晴一犊耕平野,水涨群鹅下远滩。
两卷硬黄书旧纸,一瓯嫩碧瀹新茶。

三五六笔称心画,十二万年得意诗。
松下偶观名画记,花间闲读古诗源。
三十里荷花世界,一万株杨柳人家。
纵笔数行闲作草,吟诗十日未出门。

桐阴论画对佳客,花下弹棋来故人。
花月一帘人独坐,琴书四壁客高吟。

传家自有诗书泽,入世应多金石交。
广寒宫中桂一树,唐昌观里花千枝。

千金裘易新丰酒,百叶笺书太白诗。
云山高卧无尘想,书画怡情忆古初。
野市客来同饮酒,名园春满好看花。
一堤芳草春深浅,十里长亭客去来。

湖心晓露收莲子,江口轻烟系柳丝。
泛海自应逢宝筏,登山还似履康庄。
芒屩寻诗来野店,柳花吹梦过溪桥。
一溪杨柳烟波远,万柄荷花风露香。

芜城春色余芳草,灞岸秋光系柳条。
杨柳烟波双桨远,杏花村店一帘高。
似雪如绵飞柳絮,浓脂淡粉写桃花。
夜月梅花高士梦,晓风杨柳昔人词。

闻道杏花满岩谷,闲收松子入筠篮。
室静方知春气至,舟停始觉夜潮生。
雨中客子留诗社,雪后词人上酒楼。
君藏蠹简数千卷,我有羊裘三十年。

一水抱城通海去,四山如画入窗来。
山势晴开天柱观,江声夜激海门潮。
神龙有时沛霖雨,海鹤横空翔烟云。
云开凤翅关门壮,客爱龙眠山色佳。

荷樵客至云生屐,踏藕人归月满衣。
古调谱来金缕曲,新瓷瓶插玉兰花。

紫燕飞时桑椹美,黄鹂鸣后楝花稀。
碧柰花香飘云汉,朱竹垞诗满江湖。
偶临黄鹤山樵画,闲写白石神君碑。
风卷波心一片白,雨余日脚几分黄。

东风乍暖流莺啭,春水方生乳鸭知。
扫地焚香一室静,卷帘看月九霄明。
自有琼枝巢翡翠,还将铁网得珊瑚。
细雨河桥挑菜节,春阴门巷养花天。

诗才酒兴无人敌,山色湖光到处留。
春三二月添游兴,客五六人半酒豪。
田家晚饭烹菰米,野店晨餐出苋羹。
竹宜近水直多节,兰喜在山静有香。

渡头晓日行人集,山口斜阳野叟归。
晓起前山见微雪,夜来一枕听流泉。
满山松桧横青霭,一院芭蕉展绿云。
绿水一溪来钓叟,青山百里养诗人。

燕语莺歌花似锦,云开霞散绮为城。
涵养性天入虚静,栽培心地得慈祥。
寻诗杨柳溪边路,送客芦花江上舟。
邯郸诗人赵秋水,广陵画手李晴江。

东风绿遍王孙草,晓露香紫君子莲。
谨言慎行处世法,入孝出弟立身根。
夜看宝剑星当户,醉倒金樽月满窗。
人心慈善民风厚,春气融和农事忙。

绿萝棚下摊书坐,红药阶前煮茗香。
小艇一篙牵水荇,曲栏两树放山茶。
田畔晓晴锄草去,篱根晚雨种花来。
农桑事业流传久,文字生涯继续长。

诗有史才杜工部,医通神理孙华原。
细雨渐抽山药蔓,东风初放海棠花。
绕郭杏花红十里,沿溪杨柳绿双行。
池边多种水芹果,栏外初开山茶花。

我藏方壶道人砚,君有虚舟吏部书。
万卷图经供枕胙,四山云树足游观。
大禹开山善治水,女娲炼石能补天。
词赋才倾三峡水,衣冠人有六朝风。

尘外尚留文字友,诗中忽忆汉唐人。
难得两间闲岁月,收回十亩旧田园。
默坐一心长自在,闲眠万事可都忘。
吟诗不过一二首,饮酒只须三两杯。

对客莫饮无量酒,弹琴忽遇知音人。

君为阆苑扫花使,我是蓬山种树人。
数行凝重山舟字,两首清新秋谷诗。
文士畿南一芥子,才人海内两随园。
尝考田园种树法,爱听家塾读书声。

浅水初看芦笋苗,东风先报杏花开。
从知瓮里储佳酝,更向枕中得素书。
来参福慧双修地,坐到真灵四照时。
秋风山果收银杏,春雨园花放玉兰。

屋角雪消花坼蕾,陌头风暖草萌芽。
人事盈虚千载史,文章甘苦百年心。
浓墨大纸五六笔,荒山野水两三家。
勤劳畎亩饶生计,啸傲林泉得大年。

仁义有为何必利,道德之宗在不争。
十里秋滩瓜蔓水,一楼春雨杏花天。
千古文章传河洛,万年生业在耕桑。
乾坤鼎外一轮月,天地炉中百炼身。

山梅放后春如锦,岩桂开时月亦香。
诗吟高调入云去,琴有余音似水流。
北郭先生云外鹤,东坡居士人中龙。
池龙起处云如墨,野鹤来时月满山。

诗成李杜苏黄外,人在山林泉石间。

藤墅俪言　125

十二红桥通水驿,万千绿树拥州城。
黄童白叟村民乐,绿水青山隐者居。
风俗敦庞存古史,春痕深浅聚花朝。

客子马蹄芳草路,牧童牛背夕阳村。
春郭雨晴花事胜,夜窗人静月华明。
芳草平原春试马,大江明月客登楼。
烟月一庭人独坐,溪山十里客同游。

几树桐花一径窄,三间茅屋两窗高。
满眼春花人对酒,高吟秋月客能诗。
海气蒸成金碧影,天风吹下玉箫声。
谦让自能成风俗,冲和更可得天心。

涧边古柏如人立,山顶奇峰似笔尖。
老松几树栖群鹤,秋水一潭卧老龙。
窗前皎月千竿竹,门外秋涛万壑松。
立马江头看过雁,披裘海上说看羊。
松杉大壑翻云海,箫鼓中流看水嬉。

蒹葭秋水三湘路,杨柳春风九陌尘。
秋风大野飞鹰隼,春草平原牧骆驼。
闲磨古墨数行字,坐对晴窗一卷书。

大道自然生万物,浩气长能存两间。
陌上初飞杨柳絮,篱根分种菊花苗。
飞絮落花游客路,雨丝风片酒人船。
作画奇才能放手,说诗妙语可解颐。

榆钱柳絮春三月,水驿山程路几条。
山如奔马穿云去,水似盘蛇绕涧流。
小池洗砚学章草,古鼎焚香读道经。
偶携藤杖访邻叟,紧闭柴门读古书。

鸡黍田家留过客,云山风物属诗人。
诗礼谁传今学术,衣冠犹见古乡风。
春水平滩初放鸭,斜阳古柳正鸣蝉。
佳客共斟竹叶酒,新诗聊写梅花笺。
仁义乃为治国本,道德自是立身基。

卷六

治人事天德乃积,入孝出弟学之先。
精勤有为道之用,朴学无欲身所基。
学成而仕优于仕,道隐无名见其名。

人有道则万民聚,天不言而四时行。
圣贤学业传家久,慈善心思处世长。
豪杰能艰难任事,君子必谨慎持躬。

灯前闲检旧碑帖,栏外新栽野草花。
稳卧从知天地静,闲游且喜云山深。
樵客衣披新槲叶,诗人屋伴老梅花。
花前拨火烹新茗,松下研朱点旧书。

涧水一湾洗两耳,松柴半担压双肩。
圣贤有道百端理,天地无私万物生。
细雨新抽青竹笋,东风开遍紫藤花。
野饭甑香炊薯蓣,山庖羹美糁菠薐。

五千经卷胸中熟,百八钟声夜半闻。
客吟牛渚天边月,人卧龙眠山畔云。
检点诗瓢兼画稿,安排茶灶与琴床。
不出门能知天下,勤读书如见古人。

大醉濡墨作狂草,得闲放笔写古松。
登名山要稳立脚,对良朋亦戒多言。
窗前旧种垂杨柳,篱畔初开扁豆花。
诗书有种能传世,桃李无言自成蹊。

细泉流水通山脉,大舶观星辨海程。
道人片刻行千里,君子一身备四时。
爱梅独有林和靖,画竹欲学苏子瞻。
知白守黑能垂式,拖紫纡青未足荣。

春和日丽百花放,竹密林深众鸟鸣。
云外忽逢荷樵叟,涧边偶遇饮牛人。

居有闲名原不俗,园以小称亦可佳。
松多不知几万树,鹤寿亦逾八千年。
闲行柳坞听黄鸟,偶出柴门踏绿莎。
燕南大儒推怒谷,海内文豪数望溪。

君房墨写千金帖,古锦囊藏百衲琴。
儒者讲经白虎观,仙人吹笛黄鹤楼。
神闲始觉天心静,睡稳能知夜气存。
风梳堤草绿如发,雨湿山桃绛点唇。

门前一水如蛇去,村外万山似马来。
蕴蓄天地中和气,安养乾坤不坏身。
春水满池鱼晒子,树阴如幕鸟呼朋。
黄叶村庄来野叟,绿阴门巷访诗人。

唐诗汉赋人皆习,铜鼓铁琴世所希。
读书要贵明其理,饮酒不须尽所欢。
迎春花放春先至,知时草长时渐和。
醉后濡墨书蕉叶,梦中放笔画梅花。

安眠不问门前事,独坐闲观架上书。
过桥聊赴饮酒约,看松还共寻诗来。
老氏尝云能得一,曾子亦谓重省三。
嵩岳曾见将军柏,泰山亦有大夫松。

我无远志甘深隐,君有奇才善读书。
只手如能提众善,寸心长可对诸天。

藤墅俪言

卖画钱来先买酒,读书灯烬且吟诗。
秋江芦荻数鸿雁,春水桃花双鲤鱼。

能担艰巨先和众,欲广交游必让人。
诗好如君吟不已,客有可人约未来。

白云溪上垂纶叟,黄叶村中荷蓧人。
林塘春照啸声起,风日水滨诗兴高。
傅岩霖雨今谁属,严濑烟波应有人。
芰荷分港三篙水,桑柘成阴十亩居。

太朴无名镇天下,至道历久在人间。
妙论纵横宜对酒,古音简淡听鸣琴。
晓色初分津海树,春光又到蓟门山。
任事才华须敛抑,立身志气要深沈。

酒从杨柳村中买,诗向梅花香里寻。
柳桥花市春无价,驿馆河楼客有诗。
一壶春酒邀邻里,两首新诗寄故人。
松竹深岩无客到,烟霞古洞有人居。

万事如流水去也,此心以闲云养之。
立身如高山乔岳,养心似野鹤闲云。
能武善文真杰士,闲吟薄醉小神仙。
诗叟善能歌白雪,画师只合住青山。

十里长堤行步健,万山大岭立身高。
几湾浅水芦芽短,一带长桥柳絮飞。
夹岸千株垂柳绿,隔邻一树小桃红。
郊原荞麦中和节,池馆莺花上巳天。

欲问几人学北苑,应知千古有东坡。
诗叟胸中多古意,画师笔底有生机。
行住坐卧一身健,藏修息游万虑空。
道德文章百世业,江湖河岳一身游。

泰山松如菩提树,洞天石似老人星。
问大道当前即是,有至人不为而成。
朴素家风耕且读,中和位育圣希天。
碧苔满院云林阁,奇石一尊海岳庵。

惜花爱石有天趣,善画能书得大年。
爱精惜气如金玉,抱一含真炼汞砂。
平治修齐通四海,文章性道自千秋。
天边雁影人行旅,月里笛声客倚楼。

石经汉魏旧拓本,铜器郑楚新释文。
小舟夜泛清溪月,矮屋春围满院花。
疏仡循蜚稽上古,典谟训诰启中天。
芳草渡头春又绿,夕阳山额晚来黄。

星云碧落有明鉴,霖雨苍生见此才。
四诗曾分风雅颂,三盘自有泉石松。
大鹏一击云程远,鸣鹤数声天宇开。
两篇雪月名人赋,八首风霜秋兴诗。

见义必为智而勇,得人则治安且平。
晴川阁上人酾酒,烟雨楼中客有诗。
人贵能近智仁勇,天长垂曜日月星。
善蛇洞外听流水,老犍坡前看好云。

云林画秋山平远,友石写竹馆清幽。
吹竽鼓琴以艺显,读书论画得身闲。
高岩樵客收松子,幽涧村人种杏花。
云海苍茫数峰起,洞庭浩渺一湖宽。

数间矮屋二三客,一树老梅千万花。
山高近水树垂影,春半无风花弄姿。
诗心入细闲中得,春气初生静里知。
天上星辰垂象久,人间岁月著书多。

长啸自能调六气,独坐亦可验四时。
春风何事凋榆荚,秋雨偏能长麦苗。
谁从梅驿传花信,独据诗坛论酒兵。
鸾翔凤翥众仙下,龙跳虎卧天门开。

梧月松风庭院静,柳烟荷露陂塘秋。
桃李争春各红白,荞麦当秋齐青葱。
砥柱中流山北向,昆仑西极各东行。
十亩稻田秋有获,万竿竹坞夏生凉。

闲依石磴听流水,偶立柴门看早霞。

三山五岳足游兴,九州四海几词人。
刻石经者凡八代,论铁琴只此一张。
高才英彦多耽酒,旅客仙人皆爱诗。
慷慨论事皆豪士,摩励讲学有儒生。

圣贤垂教在至善,天地大德则曰生。
双柑斗酒添游兴,一瓣心香对古人。
善诗善赋见才调,种树种花亦技能。
风云雨露应时序,礼乐诗书致太平。

绿水几湾穿碧涧,白云终古恋青山。
红桃绿柳春光溥,绿水青山胜境多。
入画奇峰列村外,载花小艇到门前。
春水桃花扬子渡,晓风杨柳越王城。

千里江涵秋雁影,几株柳聚晚蝉声。
晓日高临太华顶,晴云横渡大河秋。
江干细雨船初泊,马上春风酒又醺。
一代才人多爱酒,千秋名将必能诗。

画梅笔底有春意,开卷胸中忆古人。
忽从天外生奇想,常与人间结善缘。
淑气偶从花上见,春光先向柳边来。
人在紫藤仙馆住,客从黄叶山庄来。

秋水半潭清见底,春山一角不离云。

藤墅俪言 129

山势西来归太华,河声东去走沧溟。
息心默坐无尘想,信口长吟得好诗。
大草日写银光纸,好句时题玉版笺。

三百篇豳南雅颂,廿四史志传表书。
林泉逸人通啸旨,椒花吟舫聚词人。
百岁读书尤励志,十年种树已成阴。
树艺五谷尝百草,调和六律谐八音。

书家善用倒薤法,画师曾传解索皴。
春风唤起海棠睡,宿酒犹存竹叶香。
一树老梅存古艳,数竿修竹抱虚心。
三千江路雁初到,九十春光莺善啼。

心平便是长生药,性善即为救世人。
樵子双肩担日月,园童只手扫风云。
溪叟制衣装柳絮,山人沽酒数榆钱。
栏边无事数花朵,径外乘时种菊苗。

云游忽遇赤松子,山居近接白石生。
重九诗篇助酒兴,大千善果得天根。
应识寰中多善士,忽闻海外有奇才。
闲考端歙修砚谱,更从卢陆论茶经。

无数好山归眼底,尽收名画入胸中。
灵虎深藏在岩壑,神龙游戏起春泉。
荷塘闲泛瓜皮艇,茅亭高挂木瘿瓢。

杏花春雨诗人屋,杨柳溪烟酒客船。
偶观洛阳伽蓝记,闲读桐城耆旧诗。
蓬莱阁上观沧海,太华山中卧白云。

阶前兰蕙风香聚,窗外芭蕉雨气凉。
金匮玉函论医术,赤文绿字得仙心。
学佛当存真定性,炼丹应有大还心。
高才文士多耽酒,绩学词人解爱花。

和阗玉碗兰陵酒,宜兴瓷铫椒园茶。
细草蒙茸衬奇石,古藤盘拿上老松。
江上名山入笔砚,海滨良友有渔樵。
万里云山双蜡屐,百年岁月五车书。

春光初向花前见,诗思忽从天外来。
放怀颍水箕山外,携手王倪啮缺间。
体健身闲行地远,心平气定性天明。
山光耸翠迎朝日,海气蒸云作晚阴。

一带晓烟穿柳岸,几分春月照花梢。
有猷有为兼有守,无极无尽更无央。
开奁正对一轮月,下笔当如五朵云。
江上春风梳柳线,园边晴日铸榆钱。

春风红杏长安道,疏雨碧莲太华秋。
神游偶至昆仑顶,论道欲入峨嵋山。
眼底正看渤海月,袖中犹带浙江潮。

虾菜人喧朝市散,渔樵路遇晚村归。

村外三叉黄叶路,山头几点白云峰。
至人不出宇宙外,大道周行天地间。
读书日坐黄茅屋,钓鱼时着绿蓑衣。
一卷黄麻写秋水,数丸乌玉画春山。

爱养万物不为主,洗涤一心可对天。
村童群戏溪桥外,野老清谈秋树根。
百岁老翁善儿戏,九秋佳日斗诗篇。
一心定静千缘息,万事抛除百岁安。
浓墨大书金凤纸,醇醪频注碧螺杯。

由一己以推万物,接三光而运五行。

爱月有心宜夜坐,惜花无计护春寒。
几树老梅一轮月,万竿修竹半溪云。
黍珠中能含大象,宇宙间不废沙虫。
谁从天下持公正,不向人间论是非。

招邀时雨润秋麦,呼吸春风画老梅。
昌黎为文曜星斗,怀素下笔走龙蛇。
光含星斗青蘋剑,韵绕松篁绿绮琴。
船从白鹭滩边过,人自碧螺峰顶来。
呼吸两间太和气,栖迟一邱安乐天。

卷七

天心以仁爱为主,人寿能颐养者长。
人在上方五岳静,春归大地百花开。
万松寺外留云住,五柳门前送酒来。

六经四子范身世,万水千山任息游。
桃花细雨重三节,杨柳东风廿四桥。
画所不到诗可写,客有何能主必知。
河声万里昆仑水,岳色千盘泰岱云。

啸声激越通天地,诗派峥嵘辨古今。
君子德行风偃草,山人道隐云藏松。

乾健坤顺六子定,天动地静七政齐。
自昔画师宗北苑,于今诗派学东坡。
君多佳兴修词谱,我有新诗题草堂。

真人尚论洪荒世,信士皈依般若经。
晨钟暮鼓呻吟语,万水千山行旅图。
细雨几丝滋草色,好风一缕送花香。
客来尚论鸿蒙世,身健长为汗漫游。

道同道与德同德,事无事更为无为。
一代才人齐俯首,千年古史常盘胸。

诗成酒熟茶烟歇,风定云停花气和。
小阁焚香人静坐,深堂置酒客高谈。

老屋依山通竹径,小桥流水护柴门。
圣贤以至道为重,天地之大德曰生。
梦庐先生有菊志,天水王孙写梅诗。
提壶偶汲浇花水,濡墨闲书题砚诗。

清任和各造其极,智仁勇谁尽所长。
幽香独有兰者静,虚心当似竹之清。
古墨名笺师草圣,春旗社鼓赛花神。
君子修身及家国,诗人托兴咏山川。

家居云壑溪山境,人是烟蓑雨笠身。
甘雨沾濡播百谷,乡云纠缦忆中天。
客成务光同论道,浮邱洪崖相与游。
人来吴越山川外,诗在苏黄伯仲间。

雅量不见黄叔度,清吟谁继白香山。
江海自能容百谷,道德可以安万民。
控鹤乘鸾游阆苑,驾风鞭霆下昆仑。
野草闲花又寒食,淡云薄雾酿春阴。

名贤画像曾作记,诗人点将亦登坛。
看水看山路远远,读经读史日刚柔。
善画曾见王丹麓,能诗谁似高青邱。
诗才磊落无今古,史笔纵横有是非。

人在杏花村里住,船从杨柳溪中来。
日中为市以交易,天下向风则政成。

十联诗就春茶熟,一卷书消夏日长。
门外一湾渠水碧,村边数亩菜花黄。
风雨应时百谷熟,日月照曜八方平。
为文如王杨卢骆,作诗似李杜沈岑。

作书喜有君房墨,访道欲入王屋山。
此谓知本止至善,如是我闻亦前困。
行药诗人披鹤氅,近溪野老结鱼罾。
万水万山观自在,一花一果见如来。

礼明乐备诗书重,天平地成人民安。
小园春暖花长好,老屋客来月正圆。
云台绛阙春长住,瑶草琪花日正中。
阳和之气春为首,虚静所含道益深。

山野农夫知礼让,乡村童子习诗书。
浇花种菜无余事,扫地焚香得静缘。
虚静自是一心主,仁慈乃为万事根。
好事几曾应念至,慈心专为济人来。

东风细雨双桥路,绿柳春烟一画楼。
环海周行九万里,蟠桃结实三千年。
两行高柳接天碧,几点远山匝地青。
月光似水在平地,山色连云接太空。

几队渔船侵晓去,一行雁字过江来。
疏柳两行连远岸,飞泉一道下高峰。
百合香中天宇静,五云高处日华明。
明月当天人举酒,清风入座客披襟。

村外一湾春水碧,墙头几叠晚山青。
山色微茫烟雨里,春光明媚画图中。
文字为才子余事,诗酒乃豪士生涯。
湿云密布将行雨,皓月当空不见星。

心正身修家国治,天动地静日月明。
船从万柳丛边过,人在百花香里行。
半晴半雨春深浅,有酒有花客去来。
人宏大道心无极,世不知名乐有余。

三月烟花双燕剪,五湖春水一渔舟。
密树层峦藏古屋,荒山野水遇畸人。
天地之间犹橐籥,乾坤以内如鼎炉。
解带量松论长短,挥毫作草任纵横。

松阴偶读逸民史,花下闲观主客图。
一心必使之无欲,万事皆顺其自然。
满地黄花飞白雁,几坡碧草牧青牛。
杨柳堤边游骑路,杏花村外酒家旗。

饮酒读方山子传,焚香诵大洞玉经。

剑气横空虹影见,笛声入破鹤飞高。
春浪分流鹅羽白,晚江浓泛鸭头青。
细草幽花寻古洞,远山高树立平桥。
即时小雨滋芳草,何日深山访古松。

帘前晓雨开红杏,墙外春烟锁绿杨。
天低野色连云远,潮落河声入海流。
得天地中和之气,为山川灵秀所钟。
陶器瓷盆花养艳,名笺大砚墨生香。

夜雨初收晨气润,晓阴欲散午风和。
读书稽古无穷乐,遁世逃名大有人。
晚菘早韭村庖味,野草闲花洞壑春。
瓦鼎焚香童扫地,竹炉煮茗客谈诗。

灯前细读花间集,窗下闲书草诀歌。
善建者必能成事,肯度人即是前缘。
得地呼童多种竹,开窗偕客共看山。
深山大泽舒长啸,秋月春云铸好诗。

杏子熟时桑椹美,仓庚鸣处麦苗肥。
山人偶读酒德颂,才子善作游仙诗。
海内名山足游览,书中妙论可参详。
种树围村成聚落,穿渠引水灌平田。

潮声到海如奔马,山色连云起蛰龙。

藤墅俪言　133

两首新诗吟贾岛,数行破墨写张颠。
春水平时双桨动,晴云开处一峰高。
不知不言近于道,无思无虑同乎天。

槲叶连云横雁字,芦花如雪聚渔舟。
秋江枫叶诗人舫,春水桃花估客舟。
善言应于千里外,大道得之片语中。
晚晴簃聚编诗客,快雪堂留拓帖人。

湘水春痕双鹭白,君山秋色一螺青。
道德乃万事所本,谦让为一身之光。
老屋三椽存图史,小楼四面看溪山。
晴川芳草诗才健,天风海涛画笔奇。

乾坤道脉沾濡久,日月光华启迪新。
野水芦汀双雁过,荒村酒店几人来。
东淀荷花西淀柳,前山烟雨后山云。
白石神君碑甚古,青藤老人画亦奇。

散绮成霞丹凤舞,挥毫落墨黑蛟腾。
澹黄杨柳摇春水,粉白梨花惜晓风。
道德乃镇万物朴,江海能为百谷王。
月中灵药何时得,天下名山任意游。

大砚闲作数行草,小池初开千叶莲。
天半箫声如凤啸,楼头笛韵似龙吟。
江左风流辞赋客,水西春色宴游人。

客至举杯论水月,我来岸帻看山云。
晚来小饮一杯酒,晨起闲观半卷书。
秋风一架葡萄熟,春水半池芦笋生。

闭门塞兑心中静,尊道贵德天下平。
夜坐无言闲琢句,晨兴散步看浇花。
春月有心照花影,秋风无意起松声。
博施济众乃大定,致虚守静得长生。

柳絮为萍一池雨,芦花如雪半滩秋。
装成冬服耆年暖,制就春衣童冠游。
守笃实根柢乃固,长虚静神明自来。
风翻麦浪青千亩,雨湿芦滩绿四围。

栏外微风舒柳眼,阶前细雨展花须。
云水天涯安居久,诗书况味得来深。
足底云生谢氏屐,毫端墨润米家山。
映门杨柳诗人宅,夹岸桃花酒客船。

久闻杜老称诗圣,信有香光是画神。
方壶圆峤神仙境,沅芷湘兰楚客辞。
得地决泉莲涌出,买山种竹月常来。
善人以慈俭为宝,君子必敬慎持躬。

有客纵谈瀛海外,知君寝馈古书中。
空阶夜静落松子,小艇月明宿苇花。
金石文字存往古,川岳精英见异才。

村外高林迎晓日,垣边细草飐微风。 烟雨楼台山远近,莺花村郭路东西。

偶向云中招白鹤,闲从岩畔种青松。 晓风村巷门常闭,春雨园林花正开。
几树柳阴飞燕子,一溪荇带养鱼苗。 天光云影自千古,岳色河声辨四诗。
八节滩头泛秋水,百门陂上看春云。 花气浓时飞粉蝶,柳阴深处听黄鹂。
日月星辰光普照,风云雨露泽长周。 杜陵才向诗中老,华岳云从山半生。

月色空明云尽散,雷声大起雨将来。 云气至今萦铁塔,地形终古壮金台。
旧本古书不易得,新诗好句偶然来。 山顶白云如我意,月中丹桂发天香。
骨力坚凝万松树,精神发越百花枝。 大令作书言铁石,小师善画学云林。
紫茄白苋村庖饭,红树青山旅客诗。 日月周行分昼夜,山川布列辨疆隅。

画梅不厌千万朵,种竹时补两三竿。 野老得闲常负曝,山人无事且安眠。
任事有才皆历练,锻诗无字不精神。 花外莺声听婉转,帘前燕影舞参差。
风云古调数声笛,山水清音一曲琴。 偶饮上方仙掌露,闲采名山佛手柑。
闲依丛竹迎朝爽,聊为群花惜晚凉。 芦荻滩平鸿雁远,桃花水涨鲤鱼肥。

灌园种树无余事,评剑修琴郁古怀。 满壁画松生云气,倚窗种竹起秋声。
自有春醪留客醉,应知古镜照人多。 瓦甏经年藏美酝,铜炉向晓爇名香。
饱食缓行四体健,吟诗读画一心闲。 星斗光芒存剑胆,江山清旷入诗心。
礼乐乃能范万世,仁让自可立一身。 澹泊中自多滋味,安闲内别有乾坤。

青山缺处楼初起,绿树阴中门不关。 多知博见学者事,致虚守静道人心。
种豆种瓜一老圃,看山看水几闲人。 门外野花频笑客,阶前老鹤善迎人。
万籁无声一心定,百花初放众仙来。 红桃花密隐茅屋,绿柳条长拂画桥。
春酒客来乡社圃,秋灯人坐读书堂。 人间万事无闲日,天上四时长若春。

浅深晴色连燕草,烂漫春痕上海棠。
山中自有藏书处,海中犹存画卦台。
堂前坐有谈诗叟,门外时来索画人。
药栏梧院教鹦鹉,红烛金樽唱鹧鸪。
花间细读花间集,池上闲观池上篇。

春宵花月诗材富,秋水云山画稿奇。
桑柘连村鸣布谷,麦苗匝地有耕牛。
书法自能通画理,酒豪亦可助诗才。
榆钱柳絮应时序,春树暮云忆故人。
天半度箫明月夜,楼头吹笛大江秋。

卷八

诗书之泽能寿世,道德所蕴炳中天。
天为斯文开境界,人从大道悟希夷。
喜书中名哲相对,愿世间知我者希。

有动有静深涵养,不偏不倚守中庸。
天垂云烂星辉象,人有经邦济世才。
鸡黍留宾存古意,烟霞论道得仙缘。

纵笔来书赤壁赋,焚香静读黄庭经。
催花羯鼓多春兴,对月玉箫有好音。
君子有德不违俗,山人无事学长生。
河图洛书文运启,天苞地符治道存。

细雨落花芳草地,东风春郭踏青人。
仁义礼智非外铄,修齐平治从中来。
云散霞明见天宇,岩深峰峻隐山灵。
云起当为天下雨,画奇如见蜀中山。

夜窗客话巴山雨,春郭人看泰岱云。
月有光明照函夏,风吹和煦日阳春。
万事从根本做起,一心向慈善收来。
酒兴诗才自发越,珠光剑气宜韬藏。

君子寤歌自可乐,诗人跋涉敢云劳。
黄山云海无双境,碧落烟霞第一峰。
窗竹晓晴含雨意,盆兰春暖见风姿。
桐城文派知名久,玉溪诗卷得才多。

天上神仙常接席,世间得失莫萦心。
天主动则地主静,智乐水而仁乐山。
人事和平天心静,山势崇高水脉通。
君子有言兼有德,道人何虑复何思。

天半云停闲似我,岭上梅开独忆君。
长江万里名人画,华岳三峰隐者居。
文始真经关尹子,公和长啸苏门山。
万花齐放春风暖,双鹤高飞秋月明。

六经中有大学问，五伦内见真性情。
诗书礼乐儒生事，泉石山林隐者心。
野岸平沙编雁户，海塘春水下渔舟。
出门交友一诚具，入世无为万境安。

自昔英才必爱马，从来名士喜谈龙。
自昔交游遍四海，于今访道入三山。
引来天汉三分水，净洗人寰十丈尘。
一窗晴日花香聚，四坐春风客论豪。

一径绿云筛竹影，半天红雨散桃花。
诗才清峻黄山谷，烟水空蒙青草湖。
溪柳喜临三面水，海棠犹怯几分寒。
编竹为篱护嫩笋，采桑盈笼饲新蚕。

烟雨一图入名画，雪月两赋皆奇文。
东风酒斾墙头见，细雨春帆渡口来。
妍日画桥飞柳絮，澹烟庭院放梨花。
黄钟为万事根本，大梵乃一气枢机。

雪满蓬庐高士卧，日长松径逸人来。
盘中日食仙人枣，庭下新栽处士松。
东流清水洗心目，南极老人应寿昌。
瘦石小花六七朵，名笺细字两三行。

何人曾续金石录，有客来考彝器图。

梧院月明鸣蟋蟀，蘋溪水浅点蜻蜓。
德隐人未见也，道大民莫能名之。
朋交似水淡逾久，品格如山冷更高。
碧丝燕草经年长，红蕊唐花献岁开。

春花秋月吟诗料，乔岳名山入画图。
白石缔交逃世久，青山采药入云深。
晓日烘开花万点，春风吹绿柳千条。
万里名山双蜡屐，千年往事一函书。

两岸桃花千树柳，半天疏雨一江烟。
黄庭一经传内景，赤壁两赋似游仙。
草堂花事一春盛，乡社诗人几辈来。
门前列岫如屏障，阶下流泉漱玉声。

试院煎茶苏玉局，寰宇访碑黄小松。
学易可以无大过，读书当要惜分阴。
试墨闲看端砚谱，饮酒高吟宝剑篇。
风月一楼春夜宴，烟花千里洞庭船。

一心必使之长定，万物当辅其自然。
人中奇逸华秋岳，画里精神王耕烟。
根深柢固千年柏，水净沙明万里河。
诗心静细通三昧，道气周行贯六虚。

春归庾岭梅花外，诗在灞桥杨柳边。

藤墅俪言　137

道笼事物有形外,德在虚无不语中。
水清石瘦鱼可数,春暖花开鸟正鸣。
帆影橹声杨柳岸,雨丝风片杏花村。

闻道炼丹炉鼎在,从知太白酒楼高。
汲水浇花春雨少,过桥沽酒晓风和。
春酒羔羊乡社饮,秋风鸿雁驿楼诗。
补残书亦是功德,种小花长养生机。

古书名画藏高阁,细草幽花媚小园。
独坐无言一室静,闲行仰看片云停。
高矣美矣见道力,悠也久也识天心。
自撰小铭镌砚石,闲磨古墨写诗笺。

点缀小花红似锦,平铺细草绿如茵。
闲画秋峦见山骨,自煎春茗涤诗肠。
忽闻诗叟偕来候,正是海棠开盛时。
晚来人静宜闲坐,晓起春阴怯嫩寒。

天经地义人乃立,妙谷虚室神所栖。
兴至偶然邀月饮,懒来不复和人诗。
帘外花开群蝶至,池中水浅小鱼多。
五朵云翔见城郭,半天霞起隐楼台。

石桥别业开尊日,嵩云草堂话旧时。
晴云横度万松寺,晓日高临五老峰。
君曾为坛坫上客,我乃是山林间人。

风雪旗亭人画壁,荇花池馆客飞觞。
含光藏辉隐者志,型仁讲让君子村。
几树晚霞明槲叶,一枝春雪画梨花。

画图曾仿瓯香馆,砚谱犹传寿石斋。
论道欲从赤松子,访碑尚有黄秋盦。
万点芙蓉照秋水,几株杨柳聚春烟。
窗外多栽君子竹,盘中喜有野人芹。

悬象著明昭日月,穷神知化判阴阳。
人在苏门山下住,画从石谷派中来。
名山大壑王烟客,幽草奇花孙雪居。
八代文章起唐宋,六朝辞赋艳江山。

名画传宗来北苑,妙书着意写西楼。
长句偶题前哲画,短笺聊寄故人书。
好诗不让赵瓯北,酣睡欲学陈图南。
谁为北海开樽客,试仿东坡品砚图。

庭院月明花有影,园亭风定树无声。
韩潮苏海文同重,黄痴倪迂画共传。
云端高耸翠微寺,松阴闲画黄山图。
春花齐放分红白,夜月长明无古今。

玉龙瀑下山松碧,黄鹤楼高江水秋。
泉声到耳自然静,山色迎眉无限青。
春水桃花赪尾鲤,秋风莼菜细鳞鲈。

楼上偶然吹玉笛,舟中闲自看金焦。

大笔濡墨写草字,连筒引水灌荷池。
塞兑闭门养吾拙,和光同尘与世宜。
濡墨偶临前辈画,挑灯重读少年诗。
浓云薄雾春无雨,美酒名花客有诗。

道人说法元而妙,君子有酒旨且多。
春水平池鱼欲上,绿阴满院燕初来。
万事焉能如我意,一心不可与人争。
莺花对酒有闲兴,山水娱人无尽时。

山顶松云去天近,溪边烟树得春多。
黄鹤山樵多奇想,青精先生得大年。
天心长爱养万物,人事必上对三光。
正气独存文信国,旧图犹有武梁祠。

天光明朗逢青鸟,道术精深问赤松。
愿世间多慈善士,使海内皆太平民。
客来闲话洪荒世,人静偶吟冷澹诗。
万户安平四方静,八窗洞豁一堂高。

熟读论道五千字,又见得碑十二图。
高挂蒲帆云外去,闲携藤杖柳边来。
白石神君碑尚在,赤松仙子道长存。
交梨火枣充肴馔,瑶草琪花纵览观。

书味在胸中涵养,诗思从天外飞来。

花满园林春正好,人来亭榭月初圆。
十亩春云万竿竹,一潭秋水数株松。
山中松柏善养寿,海上云霞接飞仙。
晚来闭阁息心坐,晓起出门信步行。

闲爱松菊陶栗里,善画兰竹郑板桥。
闻道今年花事盛,从知大地麦苗肥。
细雨泥沾沾酒路,东风花引卖饧人。
有客春衫游碧落,笑人乌帽走黄尘。

一性当由空处复,万物皆自静中生。
四壁图书两琴友,一帘花月几诗人。
碧桃花下披襟坐,绿树阴中策杖行。
大海内能出皎日,烈火中亦生莲花。

老农无事松阴卧,诗叟闲吟花外归。
朝晖夕阴春气暖,天光云影日华明。
君子有文易诗礼,山人无事棋酒花。
论画谈诗江上客,餐霞啸月山中人。

无视无听守以正,必清必静保尔形。
万象在旁中立极,八方无事世安平。
闻道对花吟好句,从知题竹有新诗。
昨卧蕉窗听夜雨,今来柳岸看朝霞。

藤墅俪言

春常随客来花圃,月亦窥人上竹楼。
偶举金樽斟竹叶,闲裁纸帐画梅花。
流水声中琴韵静,远山影里画图开。
柳岸连云迷野渡,芦花如雪扑渔舟。

红藕花中立白鹭,绿杨阴里啭黄鸥。
百代人文存史册,千秋风月托诗篇。
逃名者忘情于世,有心人济物为怀。
天留好景成名画,人有闲心得好诗。

闲坐此心无所用,静观妙理自然生。
春风同醉花间酒,人日闲题画里诗。
闲考旧闻传日下,偶沾美酒说新丰。
息心养气深堂坐,临水看云野岸行。

数亩浅莎铺地绿,几行高柳接天青。
点染果蔬成画卷,栽培花树满春园。
仙人自有青精饭,画理闲参白石翁。
曈昽日色明中岳,浩瀚长风助大河。

香酒留待故人饮,花好还逢佳节开。
地广山崇江海大,天高日朗月星明。
阴晴无定天寒暖,诗酒多情客去来。
闲观大海鱼龙戏,谁听苏门鸾凤声。
极乐妙游本神定,虚灵不昧得天聪。

隐者争推阳谏议,仙人闻有阴长生。
松径穿云藏石屋,柳花吹雪上江楼。
一院花香春气聚,中天月满夜光明。
浓澹花香亭午后,浅深山色晓晴时。

人在百花香里坐,春从万柳绿边来。
墨沈淋漓作大草,笔锋灵妙画幽兰。
千山万水足游览,四子五经立本根。
初日芙蓉照秋水,落霞杨柳聚春烟。

百里平原芳草地,九秋老圃菊花天。
虚心实腹持身谨,和光同尘处世宜。
长松荫密覆三径,丛桂花开香一山。
侵晨野店松醪熟,向晚村庐豆粥香。

渭滨一钓成王佐,沮溺双耕托隐沦。
莫向山蹊问曲直,应知古路重宽平。
清超绝俗倪迂叟,磊落多才边寿民。
君子守身如执玉,圣人处事犹张弓。

皎月庭前听夜读,斜阳陇畔看春耕。
百年枸杞成高树,一架藤萝蔓美阴。
坐静方知气志定,心虚自有神明来。
丛兰箭密花千朵,老桂香浓月一轮。
深院有花刚上巳,小亭得月正中秋。

卷九

大同世界万方静,安乐家庭四序和。
炼则必成诗数首,习而能工画一奁。
敏事慎言弟子职,读书乐道古人风。

书斋独坐宵吟久,山鸟无声晓起迟。
四野讴歌知岁稔,一庭和气得春多。
大道周行宇宙外,此心常想羲皇前。
乡饮偶来君子馆,日长闲画水村图。

此心不异今与古,凡事只求公且平。
万物滋荣春气象,一心定静寿期颐。
海内名山来笔底,天下英雄入彀中。
海上偶来三岛客,坐中常接百年人。

德义渊闳君子度,身心诚敬古人风。
闲看云边飞鸟路,偶停桥下钓鱼船。
窗外紫藤花正放,岸边绿柳絮初飞。
精勤为学立身固,仁厚存心处世长。

一院春花人对酒,半窗秋月客听诗。
磨墨犹存建安瓦,焚香初试宣德炉。
渐觉胸中无杂念,还从尘外得仙心。
人在洞庭船上坐,客从华岳岭头来。

八方平而年谷熟,四序调则风雨时。

乾坤万里虚灵境,日月双轮朗耀时。
一心定静万籁寂,四序调和百谷成。
白也饮酒三百盏,黄氏得碑十二图。

修竹幽兰交最久,奇松怪石寿同长。
东风吹暖群花放,妍日晴薰百草香。
风雨必应时序至,日星长准躔度行。
定静安虑得持己,温良恭俭让接人。

眼底频逢慈善士,胸中长养太和天。
偶来树下听鸣鸟,小立池边看放鱼。
天壤间应多善士,诗书中自有名言。
月照江心知夜午,云生山顶见天高。

瘦竹疏林鸣野鸟,澹烟细雨湿平芜。
保存四体冲和气,涵养两间位育心。
澹中滋味自然久,静里光阴分外长。
瑶台霞绮来群彦,梵宇霓裳咏众仙。

八卦五行开景运,六经四子见经纶。
林泉逸人善长啸,海岳居士有奇才。
诗里偶吟风月句,案头细读圣贤书。
阐明易理参同契,善传道妙王远游。

云散青天舞鸾鹤,春深碧海起蛟龙。

藤墅俪言

天为苍生沛霖雨,世传丹灶护云霞。
卖药修琴尘外客,餐霞吸日山中人。
高原拄杖双眸朗,静室焚香万虑清。

遍览九州惟两目,周回大地有双丸。
何人对月曾呼酒,有客参禅善赋诗。
八百株桑习蚕织,一二顷田供稻粱。
五千言道德宏富,三百年经学昌明。

一带树阴环岛屿,几重岚翠扑楼台。
我将沽酒过桥去,君又投诗越巷来。
长风卷浪入沧海,大泽生云起泰山。
有客偶填如梦令,何人善赋游仙诗。

四境空明对秋月,一心凝静看闲云。
秋水带潮入海去,春云衔雨过山来。
善书又见郭兰石,好句争传王桐花。
古调又传姜白石,仙才独数李青莲。

诗才争说李百药,仙人又见张三丰。
夜静天空见星月,春深雨少有风沙。
晚饭有羹烹野苋,早餐无菜熟蒸梨。
四壁图书人静坐,一窗风月客谈元。

几人曾啖红绫饼,有客来饮碧萝茶。
名山皆入霞客记,小窗闲放水仙花。
德为车兮乐为御,兰有秀而菊有芳。

有翼有严君子度,无增无减至人心。
凡事以为善最乐,此心不见异思迁。
三里五里近村路,一顷二顷负郭田。

几株高柳开青眼,一树小桃点绛唇。
琼阙瑶台画像赞,金书玉篇琴心文。
天边雨止见龙挂,松顶云开看鹤翔。
故人鸡黍田家饭,春社莺花酒客诗。

村边粳稻一二顷,架上图书三万签。
临水登山双足健,吟诗读画一身闲。
栏边细竹抽新笋,窗外高槐开小花。
论三礼五礼六礼,考鲁诗齐诗韩诗。

偶写老媪六角扇,闲种故侯五色瓜。
三径初开求益友,八方无事见英才。
人心平淡能持久,天意慈祥养太和。
神龙吸引西江水,仙鹤回翔东岱云。

碧芦细雨飞群鹭,疏柳斜阳噪晚蝉。
壁上有古今奇画,坐中皆湖海名流。
深山亦自多梧槚,平野还宜种稻粱。
陇畔几丛山药蔓,溪边万点水蘋花。

仙人欲问唐张果,直节群推宋李纲。
游踪偶尔经风穴,诗客常来看水帘。
一院春花人对酒,半窗秋月客谈诗。

闲以三钱鸡毛笔,来画双峰熊耳山。

十年黄卷青灯客,万里丹霞碧嶂人。
超然特立群峰上,莞尔周游大地间。
孙公长啸通天地,阮氏逸韵横古今。
陇畔种瓜先凿井,门前有雀不张罗。

净洗心源盟白水,放开眼界看青天。
论修身须先克己,善处世必在知人。
村树偶鸣布谷鸟,田园时听叫竹鸡。
蛎粉墙高题好句,虾须帘卷放余香。

礼让冲和君子度,博施济众圣人心。
皎月光明长留影,白云来去本无心。
有客能谈尘外事,无人不看镜中花。
放笔作草快人意,饮酒看花惬客怀。

花亦无言但微笑,月长自在放光明。
几株杨柳含烟碧,一树桃花带雨红。
善言应于千里外,美意得之一心中。
半墙薜荔画红叶,一院芭蕉成绿天。

万里舶来丹荔子,一池香溢白莲花。
识得天根原有托,养成冲气以为和。
海上未逢说剑客,山中长作灌园人。
名画常悬诸眼底,好诗多注在胸中。

梵宇琳宫人拜斗,高车驷马客题桥。

亭台池馆诗中画,林麓峰峦画里诗。
身闲方觉书能读,心睡从知梦亦安。
惟无欲方能近道,必虚心乃可读书。
芦芽水暖鲥鱼至,楝子花开乳燕飞。

满架瓜壶秋未老,一庭花竹月长圆。
故人书寄秋边雁,好梦盟成江上鸥。
炉边温酒心先醉,灯下看书眼愈明。
烟草半堤铺浅绿,春花几树斗嫣红。

小院吟诗蕉叶展,高楼饮酒桐花开。
诗吟李杜齐低首,文诵韩欧自称心。
高低几架藤花紫,远近数行柳叶青。
立志出九霄以上,置身在百艰之中。

山中自有青精饭,郢上常闻白雪歌。
客来小饮桑落酒,人静闲烹普洱茶。
浮海客来论云水,中天月上隐星河。
栽培心地自坚厚,涵养性天入静虚。

一径晚风开茉莉,半窗晓雨落松花。
东风唤醒梅花梦,春晚闲吟柳絮诗。
千古知音一荷蒉,万年论道几长桑。
秋夜偶吟湘水月,晓晴闲看泰山云。

东岳泼云来好雨,西山晴雪映朝暾。
古鼎偶添香篆火,小窗闲画折枝梅。
种桃道士常闻道,采药仙人更遇仙。
万水千山来笔底,奇花异草入诗中。

驿树江花春婉晚,岱云海雨路逶迤。
泰山松饱经岁月,嵩岳柏久历风霜。
玉简金书论道妙,名山古洞隐仙灵。
刚逢细雨重三节,开到东风第一花。

春水迎潮送游舫,东风逐日助飞花。
习礼乐射御书数,行智仁信义忠和。
心闲喜看游山记,室静偶吟题画诗。
春暖始闻布谷鸟,秋凉先放牵牛花。

画石画水各有法,种蕉种竹亦因时。
篱根几朵僧鞋菊,栏外数丛鸡冠花。
丛菊池亭秋兴好,高槐庭院绿阴多。
公和导引十二啸,太白豪饮三百杯。

烟萝林麓为宾友,书画诗歌是导师。
四塞安平刁斗静,一生俯仰桔橰忙。
诵诗读书万事理,息心静气一身安。
溪翁自有种鱼术,野叟还通相鹤经。

有子才如千里马,知君寿似五老峰。
塞兑闭门自无事,深根固蒂可长生。

微风妍日花须敛,春水平滩石首来。
春气暖百花齐放,人心定万事皆平。
窗外日高花有影,庭前风定树无声。
闲依磐石食松子,偶过前峰饮涧泉。

天长地久宜为善,老健身闲喜读书。
夜月客倾桑落酒,晓风人唱竹枝词。
招来夜月惟饮酒,管领春风是此花。
佛性虚灵智慧海,仙心明净晴天云。

山径约行六七里,松林不计几千株。
闲行最喜青春暖,静坐不知白日长。
功成名遂身当退,酒熟花开月正圆。
晚风过竹闻清籁,晓雨润花怯嫩寒。

月上竹楼谁弄笛,风来梧院客鸣琴。
春风入户分寒暖,秋月照人有睡醒。
种花欲放心先喜,迟客不来诗已成。
晓月新词杨柳岸,流云善啸林塘春。

慈云普照伦常上,大道周行天壤间。
夜静星河瞻气象,晓晴云日放光明。
乡村日上云初敛,关塞雪深春又寒。
孔子周游遍列国,老氏西来授道经。

一弯野径囊荷叶,几曲矮篱编豆花。
麝墨羊毫临古帖,竹炉石铫煮新茶。

万松不动云长懒,一瀑高悬涧自分。
令子多才如骏马,先生有道居山林。

入则孝必出则弟,坐而言须起而行。
闲行苔径步常稳,小卧匡床梦亦酣。
一池翠竹抽新笋,几树红桃开晚花。
内省一心初定候,静观万物欲生时。

入市忽逢采药叟,闭门长作灌园人。
山色空蒙连竹树,水光澄澈浸楼台。
河润嵩高仁者寿,天苞地符道之华。
天半笙箫星月夜,楼头诗酒莺花春。

樱笋庖厨文举酒,莺花池馆武夷茶。
骑青龙俯瞰大海,跨白鹤遍游名山。
云水天涯几知己,风花江上一闲人。
松间二客对棋坐,岩畔一人策杖来。
莺入华林梭织锦,露垂荷叶珠走盘。

偶剪名花作彩胜,自研古墨写新词。
一水湾边藏钓艇,群峰深处结茅庐。

细雨频来洗石笋,微风忽动落松花。
松多不碍一峰出,云静时来双鹤飞。
行客目迷曲折路,诗人情系短长亭。
有酒有花辞赋客,半阴半霁暮春天。

百花池馆春光聚,万卷图书客寿多。
柏叶椒花迎岁酒,流莺乳燕送春诗。
名山洞壑仙人宅,大地溪山画史图。
人间好事惟行善,天下大利必归农。

净扫苔径来佳客,闲坐松阴读古书。
从知海燕初飞候,正是河豚欲上时。
花须柳眼春长好,帽影鞭丝诗更多。
几片晴云来太华,数行秋雁过中条。
花逢令节开常早,客有可人期不来。

卷十

圣贤以修道为教,天地之大德曰生。
山人结得黄茅屋,樵子飞登青柯坪。
采药忽逢云外客,餐霞长作山中人。

云日光辉文运启,山川镇静物华明。

闻道仁人能济众,从来善士必亲民。
山川清淑人才起,礼乐修明世泽长。
逃名为石隐之士,作画亦烟客者流。

四海人文同论古,八方笔札纪游踪。

豪饮不辞金谷酒,清吟初试玉川茶。
闻道苍生待霖雨,从知赤县有神仙。
万境空明真性海,一心定静佛根源。

花前词客无言坐,松下幽人信步来。
春水骤添四五尺,青山卜筑两三家。
博施济众存宏愿,学道爱人淑此身。
呼吸晨光清肺腑,葆存夜气淑身心。

诗书之泽自长久,山川所蕴发英华。
一心平净似止水,四体清健如乔松。
五洲风月资谈论,四海朋交共唱酬。
万里烟云鹏翅展,九霄风露鹤鸣高。

春风已酿太和气,民事惟祈丰稔时。
从知画笔传神处,尚有诗篇着意题。
读书乐道无余事,临水看山亦有年。
礼乐文章心所运,山川云日道之华。

蓬莱五色云常现,榑桑一轮日正高。
无事无为善养寿,多才多艺转劳人。
一秋风景几丛菊,百岁才华几卷诗。
田中竖子骑秧马,山下人家养檞蚕。

天半闲云懒似我,山中古柏寿如君。
祥和欲淑人间世,慈俭不为天下先。
新栽十万花盈县,不许三千弩射潮。

峻岳大山瞻伟度,光风霁月畅高怀。
一园松桂宜秋月,数尺芭蕉展绿阴。
天地人同此太极,日月星大放光明。

春和景明花灿烂,天清地宁世安平。
一院花开春有信,数声琴动客知音。
虚心在我惟求益,善气迎人莫逞才。
天人相接在于道,今古不移惟此心。

不尽溪山多好景,无边花月共长春。
笔飞墨舞龙蛇字,云烂星辉锦绣文。
至道赖圣贤而任,大乐得天地之和。
日月不择人而照,霖雨有济众之心。

十首新诗随意写,一联好句让君吟。
志士乘时习周孔,先生有道出羲皇。
惜阴不作无益事,存心先度有缘人。
往昔登山瞻气象,于今观海静波澜。

闲行信步身常健,默坐无言心自怡。
架上尚存鸡跖集,阶前初放凤仙花。
深院月明闻雁过,小栏日暖报花开。
函关地近桃林县,淮水源来桐柏山。

雨余招客来看竹,风定呼童扫落花。
闭门种得数畦菜,焚香静读一卷书。
不窥牖能知天道,如开门即见山河。

东风细雨红桥路,晓日垂杨白下门。

闲养一心如止水,静观万象似停云。
乡村童竖朝驱犊,灯火人家夜索绹。
新种稚松千万树,闲画春山三两峰。
五伦上先立根本,九州中方显才名。

万缕春风吹柳线,几分明月照花梢。
闲向山中拾松子,偶来花下读离骚。
自有烟霞供啸傲,从知雷雨起经纶。
香蓺灯明翻贝叶,月高人静落松花。

涵容虚室怡神候,领略空堂静坐时。
能使天下归纯朴,可为世间立楷模。
优游岁月无尘想,澹泊襟怀有好诗。
大泽深溪闻虎啸,幽岩古洞有龙吟。

仁人德业惟存厚,智者功成而弗居。
对酒高吟呼李白,开窗纵笔画山丹。
不闻槲叶峰头雁,谁食松花江上鱼。
欲唤神龙沛时雨,还招海鹤舞朝霞。

岩峣太华游仙境,浩渺长江送客舟。
小阁焚香写墨竹,平池引水种红莲。
刻碑名署黄仙鹤,浇花惊起墨池龙。
栏边细竹抽新笋,阶下荒苔开野花。

天地英雄能有几,古今才士亦无多。

十里春花三酒店,一溪明月几渔罾。
天下是非不挂齿,世间荣辱两无心。
渔艇篷喧菰叶雨,画船人坐藕花风。
人在青山深处住,春从碧海望中来。

二十四真存道气,三百六旬数周天。
一楼风月诗千首,百里溪山画一奁。
一尊小醉邻翁酒,两首高吟海客诗。
烟云峦壑米颠画,霖雨经纶傅说才。

道德缘积久乃著,人才由苦学而成。
紫阁丹台千岁计,青春白日一身闲。
无极无尽天心远,有动有静道气长。
拄杖闲行四五里,篝灯小饮两三杯。

海滨碧浪乘风起,天际乌云送雨来。
自有才名迈侪辈,要传文字满神州。
慷慨高吟存古调,淋漓破墨点荒苔。
闭户读古书名画,开心看流水行云。

闻道苍生待霖雨,谁能赤手挽银河。
关塞不见海青鸟,草堂闲画山丹花。
春水画船天上客,青衫席帽画中人。
人所设施本乎祖,道之大原出于天。

藤墅俪言　**147**

花间春暖数杯酒,松下日长一局棋。
万水千山毓灵秀,三省四勿励身心。
尊酒颠狂师草圣,园林罨画赛花神。
山畔偶逢采药叟,树阴闲坐卖花翁。

九万里光明世界,五千言道德神仙。
百花深处一茅屋,万柳阴中两画船。
自有吟怀倾竹叶,还将春信问梅花。
自有素心迎函谷,还将丹旨问云房。

白日无尘人静坐,黑云似墨雨将来。
月明满地梧桐影,露下一山松桂香。
百千万声如来佛,一十二卷楞严经。
海淀酒名莲花白,玉局书传荔子丹。

一湾蒲叶摇波影,万顷荷花带露香。
半晴半雨清明节,能画能诗澹泊人。
山高云静来樵叟,草软沙平卧牧童。
松声到耳如涛涌,岚气袭人似雨凉。

关过青牛传大道,洞名白鹿授群经。
海上鸣琴传逸韵,村中撂鼓乞甘霖。
霜钟几杵惊尘梦,秋月一轮照水心。
中庸以修道为教,大学开明德之宗。

闲兴偶然画蔬果,小诗聊复咏江篱。
风息雨来天气润,云收月上夜光明。

浑融气象王烟客,清健风神杜枟居。
海滨蓑笠捕鱼叟,天半笙箫骑鹤人。
百川汇流入江海,万物茂育赖乾坤。
雷声远过山边去,雨势遥从海上来。

古之名医有扁鹊,今谁访道问长桑。
千古交游孔北海,一生忠爱苏东坡。
阶下数丛千岁谷,帘前几朵百合花。
焚香偶读竹楼记,濡墨闲写水村图。

考古证今无尽意,知人论世亦多才。
山人面有烟霞气,居士心存水月缘。
栏外几丛黄芍药,墙根一架紫葡萄。
前人诗咏莲花寺,旧榜书传水竹居。

满地落花扫不尽,一川流水引来长。
扶摇仙子能安睡,虚静先生善养神。
道本万世莫能外,人以一身立其中。
草堂人坐桃花雨,山径樵穿槲叶云。

朝霞长护青琳馆,晓日高临紫极宫。
圣人作事成其大,上士闻道勤而行。
风渐无声将欲雨,画初脱稿又题诗。
原草经春平远绿,野花沾雨浅深红。

君子之才正而大,山人所好懒与闲。
杨柳楼台花满院,梧桐亭榭月中天。

上尊苍穹下厚土,东瞻瀛海西昆仑。
性爱丹青不知老,术通黄白亦真奇。

雨过天青朝日上,风生浪白晚潮来。
治身以俭约为始,立志在光大之中。
十里秋山青满袖,一湖春水绿平篙。
万里长江帆数点,一川过峡水平流。

天覆群生若无事,水利万物而不争。
塞翁自有相马法,溪童亦解种鱼经。
田陇斜阳青箬笠,钓船细雨绿蓑衣。
从来持己须用敬,要知接物必以诚。

浮云初散日光耀,湿雾未开海气浓。
松影婆娑双鹤下,溪光潋滟一鸥眠。
诗删易赞春秋定,天动地静日月明。
应候雨来农叟乐,无心云出逸人看。

古木竹石有逸趣,荒园苔草见生机。
天地三光成化育,乾坤六子启鸿蒙。
研朱偶写东坡竹,纵笔闲临北苑山。
一帘花影春无数,满地月痕水不流。

人心要自存忠厚,尘事何须论是非。
闲听海上琴三叠,不对山中棋一枰。
当阶瘦石有奇状,插架古书发异香。
深山松柏能养寿,大地江河善济人。

山人听雨关门卧,野客披云着屐来。
夜来听雨心先喜,晓起看云意自闲。

见说濠园花事盛,又闻海国客才高。
善睡不知几晨夜,闲游那复计春秋。
小园雨过群花放,深树云开众鸟鸣。
旧梦莫谈青琐闼,春风初放紫微花。

池馆清幽闲坐久,园林罨画得诗多。
五岳名山在眼底,九州众水罗胸中。
半规月上市声静,几缕风来竹影摇。
起凤腾蛟大手笔,参禅说法老头陀。

六经四子传家学,九州八极纪游踪。
斜阳笠影双松阁,细雨鞭丝万柳堂。
小阁无人隐几卧,闲庭有月举杯邀。
心能纯白无尘滓,天自空青有月明。

笛韵数声江月晓,琴心三叠海云高。
独卧匡床听夜雨,闲携藤杖看朝霞。
闭门塞兑自安乐,固蒂深根可久长。
案头旧砚多奇品,窗外名花有异香。

一瓯春茗花间坐,两卷奇书松下看。
一尘不染诗方淡,万念都忘睡亦安。
风前小立花香聚,雨后闲行草气薰。
闲界乌丝书小字,偶研麝墨画名花。

藤墅俪言

晴日初烘花敛艳,湿云不动树垂阴。
瓶花盆草三间屋,诗叟画师百岁人。
物换星移时运转,天长地久道心生。
种竹栽花十笏地,饮甘食苦一床书。

能知修竹干霄志,识得长松避世心。
能识天心仁爱处,当知尘世太平时。
街头细雨客沽酒,树杪斜阳人灌园。
欲采幽兰入山谷,忽闻佳士出风尘。
持身能俭约者久,应世以慈爱为先。

花影横窗看夜月,鹊声绕树报春晴。
入眼林峦皆画意,纵谈风月惬诗怀。
闻有大师避静力,应见真人不坏身。
能知海内小民苦,便是人间大丈夫。

缑岭笙箫骑鹤客,华山云树堕驴人。
偶写东篱数枝菊,闲画北苑一角山。
十二万年惟爱酒,一百八声但闻钟。
妙书飞舞如鸾鹤,真气纵横似龙蛇。
诗人久住王官谷,道者频登广武山。

卷十一

道之在人也曰定,心所善养者惟和。
人有奇才天爱惜,士存远志世安平。
要知动静交相养,须赖冲虚保太和。

天道不争而善胜,人心无欲自长生。
昔年明月清风路,今日乘云御雾人。
删定四诗风雅颂,照耀三光日月星。
精求易蕴参同契,推阐天符元命苞。

天边雷动雨将至,海上风收涛已平。
焚香细读集仙传,煮茗高吟招隐诗。
礼乐与兵农并重,文章以性道为宗。

世间人为善者久,天下事读书最佳。
春色来烘花四面,月光长照水中央。
品评春色知多少,点缀湖光论古今。

必清必静慧心见,无事无为真性存。
保存道气千年久,仰体天心万事和。
起看日色迎朝爽,卧听雨声生夜凉。
仰瞻星斗知天象,横览河山识地维。

停云流水悟真性,野草闲花识化机。
雨过小园生意满,客谈往籍古怀多。
山人自有餐霞术,学者能为祈雨文。

与子对梧坐石上,有人访道入山深。

古不以兵强天下,今乃知道在人间。
岳峙渊渟君子度,天苞地符圣人文。
焚香静坐心无事,饮水读书乐有余。
朝看霞绮方山子,夜咏霓裳圆峤仙。

一静能使群动息,万缘不扰寸心安。
一乡一国有善士,好水好山可隐居。
曾闻仙使逢青鸟,闲与山人话白云。
精研啸旨十二法,熟读道经三千年。

橘柚成林得佳果,蓬蒿满径隐诗人。
一声玉笛登黄鹤,五色云车驾紫鸾。
群山层累为乔岳,万水汇归成大瀛。
高山大泽参三昧,古洞深岩守一中。

八大山人通画理,六一居士富文辞。
此心独守中和气,大造长存爱育心。
目光须照宇宙外,心志长存仁爱中。
怀人两地看明月,举酒一樽对好花。

神光内照如圆月,天宇清空无片云。
长松画上罗纹纸,大草狂书蛎粉墙。
奇石长含太古意,甘霖本有济时心。
温良庄敬持身久,慈俭谦和处世宜。

中原有道群生遂,大造无心万事平。

日月双丸光明界,天地一家太和春。
云外仙人谈妙理,树阴野叟说奇闻。
中和之气常在抱,庄敬所基不可摇。
佳日莫从忙里过,虚心还向静中求。

君子有才必有德,山人无虑复无思。
至教不出五伦外,大道周行六合间。
天外晓风吹碧海,云中时雨洒芳郊。
山中朝霁将为雨,潭底神鱼欲化龙。

采石偶然有美玉,剖蚌亦可得明珠。
好句本天然名贵,奇花亦别有风姿。
洞口水帘数百尺,山中桃树几千株。
黄河西注从天降,碧海东流绕地行。

空山唤醒希夷睡,古寺高吟拾得诗。
一发青山林杪见,几株黄叶水边明。
息心养气神方敛,得意忘言天自全。
钓叟坐看一钩月,山樵归荷半肩云。

八月秋湖横雁阵,一江春水放渔船。
回瞻乔岭千盘路,仰视长天五色云。
闲看几页集仙传,偶读数首本事诗。
旷怀翻阅无双谱,无事来登第一峰。

藤墅俪言

画松笔有烟霞气,种竹人多风月怀。
学者隐身勤耕稼,山人乐志在琴书。
米家两世擅书画,苏氏一门富文辞。
满树樱桃如火齐,几丛薏苡缀明珠。

天半飞翔见鸾鹤,水中潜隐有蛟龙。
一粒黍珠开佛界,大圆宝镜放神光。
月带云流频见影,花经雨过倍增妍。
一尊风月兰陵酒,十里烟花杜牧诗。

千年道脉通无外,一代儒宗正有人。
斟来竹叶宜微醉,画出梅花有异香。
闲邀花月为知己,渐觉渔樵是可人。
山蓄群生在于静,水利万物独不争。

坐上频来三岛客,园中长放四时花。
万竿绿竹潇湘水,几树苍松泰岱云。
名山乔岳处于静,翔风膏雨气之和。
丹霄碧海回翔地,紫烟白云蕴蓄时。

天高日晶四方静,俗美风醇百谷丰。
浩渺天风翔野鹤,苍茫云海见游龙。
心闲似鹤云边去,身懒如鸥江上眠。
座上频来题竹客,门前时有卖花人。

愿祈好雨沛平野,补种秋禾慰众民。
清风明月无人管,野店山桥有客过。

乘槎直泛黄河水,拄杖来寻碧落碑。
岭上梅开逢驿使,江干潮涨问渔人。
秋水一篇存妙理,春山数笔画奇峰。
晨起一盂白米粥,午坐半盏碧罗荼。

垂钓久虚严子濑,对棋谁上谢公山。
常饮烟霞不饥渴,久居岩壑无尘容。
学者以立身为本,君子有高世之行。
潮痕涨落分朝晚,山色阴晴判澹浓。

月上不知花有影,风平但觉树无声。
九霄月满明三界,万种花开分四时。
小园绿竹抽新笋,曲沼红莲开早花。
大写芭蕉数十叶,忽开兰蕙几千花。

隐景藏形乐泉石,养精含气卧烟霞。
细雨乍经花自在,微云初过月分明。
人间何日从周礼,海外有人读鲁论。
读书稽古有至乐,学道爱人淑此身。

村店酒旗榆荚雨,画桥诗舫柳丝风。
行住坐卧皆用静,书画琴棋亦自怡。
元气盘胸瞰大海,天风盈耳坐高岩。
同上南楼看秋月,还从北苑画春山。

近偶检旧书残本,谁更考古乐遗音。
古诗欲续十九首,雅乐谁歌三两章。

报到今年秋果熟,还欣胜日好花开。
名山欲访赤松子,异书受自黄石公。

十觞百觞论酒量,五弦七弦定琴音。
事无大小持心敬,路有高低稳步行。
老氏度关化西极,圣道浮海出中原。
春夜客呼文举酒,秋风人忆武昌鱼。

亭外晚风开茉莉,池边秋雨放芙蓉。
敛气收神万方静,让人省事一心清。
海上小楼听夜雨,江干新水涨春潮。
遨游乎瀛海以外,栖息于岩壑之中。

人民安居五谷熟,风雨应时四序和。
泰岱云霞留画史,灞桥风雪有诗人。
已过年光犹可说,未来时序或先知。
治身有道养其气,用志不纷凝于神。

此志不随时俗改,其人当在夷惠间。
对名花更倾美醑,检旧书如逢故人。
披云初得烟霞路,对酒时来辞赋人。
小阁对棋人语静,疏廊煮茗夜灯明。

山馆客来秋月上,陂塘雨过晚风凉。
留得此身居岩壑,常将浩气出云霄。
旧帖偶临中兴颂,故人曾拓大秦碑。
儒门矩范孔㴠谷,文雅纵横戈芥舟。

棋力酒量不可强,画理诗情亦自深。
花间偶读花间集,池上闲观池上篇。

长日下帘隐几卧,早春策杖看花来。
烟霞满目皆宜画,风月兴怀合有诗。
长江大河见鱼跃,深潭古洞有龙吟。
山泽蕴积兴云雨,道德光华炳日星。

荒苔瘦石野人屋,古木丛兰隐者居。
红藕溪桥人意好,绿槐庭院午阴多。
善言善行在恭谨,修身修家乃久长。
溪中放棹摇波影,松下围棋落子声。

波光映户自然绿,草色入帘分外青。
天为苍生沛霖雨,人思黄老说鸿蒙。
秋风架上葡萄紫,疏雨墙阴薜荔丹。
几曲溪流环屋角,数重山翠落檐端。

云出无心作霖雨,风如有意扫埃尘。
草色春来深浅绿,柳条雨过短长青。
村坊旧有桃花坞,画稿新传芥子园。
画竹能消三伏暑,看云如对九华山。

湿云覆屋桐阴静,晴日上窗花气和。
张颠大草米颠画,坡仙小令阆仙诗。
不使市声来耳畔,常留诗味在胸中。
桂子香霏秋月满,菊花天气晓霜清。

天地之间有正气,云霄以上访真仙。
删除凡草开荒径,种得奇花绕曲篱。
雪鸿笔意纵横外,司马风神蕴藉中。
诗书之泽自长久,日月所照见容光。

野草闲花各有谱,种鱼相鹤亦名经。
樵子有时登树杪,山人无事卧云根。
志气清明天宇净,烟云收敛月光圆。
洞口桃花千万树,湖心亭榭两三家。

卧羊山刻幽兰赋,历下亭吟秋柳诗。
气定神闲尘虑少,窗明几净古书多。
采药忽逢云外侣,耦耕不顾路旁人。
青山席帽晨行远,矮枕匡床午睡酣。

精勤学业思先德,纯朴乡风有老儒。
竹笋登盘如玉白,樱桃满树缀猩红。
长日下帘闲啜茗,晚凉扶杖独寻诗。
陶渔自有千秋业,岩壑时逢百岁人。

细雨乔林晨气润,远山野渡晚晴多。
烟鬟雾髻山容好,快桨轻帆江路长。
枝荣叶茂根柢固,源远流长水脉深。
得月楼中文字在,筹边亭外月光圆。

碧桃花下春痕浅,黄叶村边秋兴长。

客去频乘渔叟艇,诗来又叩酒家门。
峻岳高山多栝柏,瑶阶玉砌种芝兰。
云水飞鸿琴韵远,江天来鹤笛声高。
有时画扇一二枋,偶然饮酒两三杯。

门前流水双分涧,屋后群山九叠屏。
曾考浯溪中兴颂,谁临西岳华山碑。
诗文留不尽之意,书画亦有得于心。
画笔不到诗能写,人心所造天为开。

满园花竹皆诗料,四壁云山足卧游。
诗篇独数崔黄鹤,扇谱犹传张白云。
浮玉山头望秋水,涌金亭上看春云。
池上新荷浮小叶,园中古柏展高枝。

天半云峰倒水影,夜来风势似涛声。
人间风月最佳处,天上云霞无尽时。
麦田遗穗任人拾,松径荒枝待我修。
云开海市天光晓,月照溪亭夜气清。

闲以诗书教乡里,还勤耒耜学耕桑。
有客送诗来索和,何人沽酒共开尊。
斜风细雨西泠路,胜友名花北海尊。
瘦石乔松添画意,闲云野鹤得天和。

旷观牛渚千秋月,又见龙沙万里亭。

大中至正存真气,太极圆灵见化机。
山阴昔有笼鹅帖,湖上闲看放鸭船。
碧海亭前山色好,绿萝棚下客诗多。
天不爱道志于学,人有恒心事必成。

酒盏诗瓢游客舫,江天夜月洞箫声。
顾痴张颠善书画,韩潮苏海富文辞。
澹烟薄霭江天晓,远电轻雷山雨秋。
偶上江天一览阁,闲坐春秋佳日亭。

卷十二

大道本无方无体,庸言亦易知易行。
桃李满园春夜宴,烟云一幅米家山。
读书万卷腹未满,阅世千年眼自明。

此心空洞无一物,至性虚灵养万神。
从知北海尊开日,正是南楼月上时。
有体有用君子度,无增无减圣人心。
英才能任艰难事,志士常存刻励心。

心常存智仁信义,人必习礼乐兵农。
入孝出弟童子职,读书为善老人心。
愿友天下之善士,闻道人间多好书。
此心自有宽闲地,到处即逢安乐窝。

惜阴不作无益事,学道常为有用人。
半部论语治天下,七篇孟子入群经。
耕田凿井承平世,食德饮和上古民。
传家自有循良谱,寿世惟存慈善心。

善养此浩然之气,长保其卓尔者心。
半部鲁论通政教,十章大学贯天人。
君子论交澹若水,山人无事懒如云。

愿祈雨泽从天降,先有雷声动地来。
南极光明应世寿,北辰朗曜握天枢。
日星朗耀光天德,雷雨经纶济众生。
霁月光风君子度,青天白日古人心。

鲁论半部能为政,大学十章先治身。
一代人才在眼底,千年史事熟胸中。
小艇之中载美醖,野桥以外看梅花。
天德昭明光日月,圣心仁爱立乾坤。

昔人曾著集仙传,无事高吟招隐诗。
圣人之言宜敬畏,君子有德必归仁。
文章事业存先德,敦厚家风启后昆。
里巷安闲民气静,山川明秀善人多。

读书多则积理富,阅世久而见道明。
一径松风初到耳,满山萝月正迎眸。
八方平靖万民乐,四序调和百谷丰。
圣贤修道之谓教,仙佛度人亦有经。

鞭丝帽影新丰酒,古戍荒台老将行。
一带溪光绕村郭,万重春色隐楼台。
河润千里大田熟,月傍九霄万古圆。
风云月露吟诗惯,林壑溪山入画奇。

美酒必留佳客醉,好花齐趁早春开。
愿祈风雨应时至,好慰闾阎望岁殷。
驰骋风霜千里马,翱翔云汉九秋鹰。
海滨云气随风起,天际雷声送雨来。

天地氤氲蒸善俗,山川灵秀记风诗。
河干向晚帆樯集,云外侵晨鸥鹭飞。
小船破网三分水,野草山松一担柴。
震古烁今道不改,通天达地德长存。

几株杨柳堤边树,万点芙蓉江上秋。
晴天养得白云静,琼阙闲招紫风来。
要知动静交相养,悟澈人天常自如。
文章事业传千古,裙屐江山艳六朝。

汉史盛称东方朔,云天朗曜南极星。
云中仙子乘黄鹤,天半真人骑赤龙。

慈心自可行真善,盛德必能享大年。
圣贤垂教诗书重,天地无私日月明。
饮酒百杯休逞量,读书万卷莫言才。
满院好花红似锦,一堤垂柳绿如丝。

读书稽古增智慧,修身行道立功名。
闲看雨势过山去,静听风声入树来。
高士留宾三白饭,山人坐我一青毡。
人在九华山上住,月从万里海边来。

种瓜艺黍遍田野,滋兰树蕙满阶埠。
百花洲上春光好,万柳堂前雨意多。
静中自然有真趣,尘外乃可得闲心。
骚客对花频饮酒,词人喜雨亦名亭。

绿波碧草春归后,青霭白云雨霁时。
世间好事长如意,天下英雄皆爱才。
昨夜雨多晨气润,今朝云散午晴多。
检点汉秦旧碑帖,摹仿齐梁古调诗。

山川景象存千古,花草精神贯四时。
浅滩春水芦芽短,旷野东风麦浪平。
诗书之暇学击剑,啸歌而外更听琴。
人间善事从容理,天下英才磨炼成。

松子十粒茶半盏,枣实数枚粥一盂。
汉魏诗篇自简古,晋唐文字发英华。

岩边尽种山桃树,庭前初放石榴花。
论画论书对佳客,看云看月有新诗。

管子晏子通政事,留侯邺侯皆神仙。
一日之间互寒暖,千年以内几醉醒。
玻璃盘堆石榴子,玛瑙瓶插玉兰花。
座上有邹生枚叟,堂前陈周鼎商彝。

小园日暖樱桃熟,曲槛风来艾叶香。
云水光中来洗眼,林峦深处好栖身。
刚日读经柔日史,前山种竹后山松。
池上几丛蒲叶绿,窗前一树榴花红。

池边开遍戎王子,栏外移来天竺根。
神闲气定心无事,云澹风和日有光。
月明满地梧桐影,风定一山松桂香。
暑往寒来云外雁,春生秋实陇头禾。

子所雅言诗书礼,天能长明日月星。
书案偶来黄口雀,芳林闲啭白头翁。
十里莺花双酒槛,半滩烟雨一渔蓑。
赤文绿字传图箓,白鹤青松称隐居。

好云几片常遮屋,新月一钩不上帘。
端阳客饮雄黄酒,胜日人临飞白书。
身通六艺方为士,胸有千秋始论才。
有酒无酒客盈座,欲雨不雨云满天。

沧海平明登日观,云霞无尽拥天台。
骏马追风天际去,峭帆挂月海滨来。

岩畔低垂石萝蔓,溪边开遍水蘋花。
真慧乃一心所主,元妙为万法之宗。
云过上方增异彩,月临大野有奇光。
远水分流过别港,湿云带雨入斜阳。

千秋风月存歌咏,万里江山入画图。
诗多古调无人和,画有奇才对客挥。
春晓雨收花得意,良宵云散月当天。
诵诗习礼无虚日,临水看云静此心。

小艇闲收荷叶露,画船不系柳丝烟。
亚字阑干桥九曲,冰纹盘盏酒三巡。
草堂无客琴书静,花径烹茶竹树深。
绿柳一湾沽酒店,碧桃几树卖花村。

芳草渌波春放棹,清风朗月夜听琴。
山人掷笔能酣睡,老龙出水来听经。
长河水涨帆樯集,野径风来蒿艾香。
牧童横笛声三弄,农叟荷锄影一钩。

有人曾着蹑云屐,闻客能乘贯月槎。
阴云庭院竹树静,晴日汀洲鸥鹭飞。
日翻瀛海玻璃绿,霞绕枫林玛瑙红。
风行水上无定态,人在道中自虚心。

词人又见姜白石,诗仙独有李青莲。
大哉乾元资于始,卓尔圣道莫由从。
隐者情怀陶彭泽,神仙道术许旌阳。
种花种竹饶生趣,画水画山敌卧游。

畅于中无求于外,养其气先定其心。
海上云霞经岁月,江干花月数春秋。
绿水半篙随岸远,青山一发过城来。
松阴偶读抱朴子,岩畔忽逢安期生。

匣中旧有青蘋剑,壁上长悬绿绮琴。
溪唇春水三分绿,树杪斜阳一抹黄。
至道可以化万物,盛德乃能育群生。
有约不来方外友,称心而出客中诗。

绿树青山绕村郭,白蘋红蓼满汀洲。
廉介性不求闻达,仁爱心自具灵明。
溪翁不厌莲心苦,园叟亦知蔗尾甘。
霜入园林山果熟,雨余溪岸水芹香。

君子持身重且固,上士闻道勤而行。
闲倚阑干十二曲,初开茉莉两三枝。
渔舟挂席江心去,樵竖担云山半来。
天心自古存仁爱,圣道于今遍海瀛。

曾经沧海看秋月,欲上青天摘酒星。

春郭云霞添曙色,夜窗风雨起秋声。
楼迟自有烟霞癖,游览不知岁月深。
从知珠履三千客,不及春服六七人。
餐霞欲作天台赋,游月曾入广寒宫。

雨丝风片烟波路,酒酽茶香词赋才。
缅想羲皇浑朴世,长为虞夏太平民。
园中花放春先到,海上风来夏亦凉。
青草池塘晨气润,绿槐庭院午阴多。

日月周行有常度,山岳镇静见真形。
村叟得闲收野菜,山人无事检医方。
青山当户陈书几,白云在天坐石床。
对客不须纵言论,养生常自省身心。

村市有人来卖药,山楼无事爱看云。
寻诗行过溪桥远,避暑闲探林壑深。
应识为山先积石,从来饮水必思源。
齐烟九点天痕远,燕草千丝春路长。

我携天半一轮月,来蹋峰头万叠云。
灌溉群花见生意,栽培众树得佳材。
窗外绿云垂槲叶,涧边红雨落桃花。
盈尊绿酒留佳客,一笏黄金买异书。

不信风尘无管乐,须知云壑有松乔。

一路泉声穿竹坞,几重山色隐人家。
天地之间犹橐籥,道德以内起经纶。
新诗漫咏双松阁,旧稿犹存十竹斋。

闲寻溪涧林峦胜,独卧云山岁月多。
人于青史留严濑,天为苍生起傅岩。
披裘独过新丰市,岸帻闲登旧酒楼。
云霞海市蓬莱阁,灯火帆樯析木津。

道者必诚心接物,山翁则善气迎人。
村鼓声中祈甘雨,渔灯明处点春星。
琴书图画云林阁,水墨烟峦海岳庵。
知足知止可长久,大成大盈若冲虚。

出门朝遇东方朔,登台夜看北斗星。
阆苑看花寻旧侣,金殿作赋忆少年。
诵诗读书期于静,含真抱一守其常。
论世熟思往日事,读书尚忆古时人。

几家村巷忙煮茧,数亩渠田正插秧。
山川道里谁辨识,草木虫鱼重考详。
芦花秋水半潭月,枫叶斜阳十里秋。
绿杨红杏游春候,黄卷青灯忆少时。
天心自古见仁爱,圣道从来重孝慈。

对酒客来春社雨,烹茶人坐晚凉天。
十里溪山春泛艇,一川烟月夜登楼。
人品不居东晋后,诗才大似晚唐时。

杏花村店多春雨,杨柳溪桥上早潮。
移来瑶圃三珠树,初放盆兰一箭花。
两汉文章犹可读,三唐诗句至今留。
豪士之才正而大,山人所乐清且闲。

烹茶闲看群芳谱,濡墨偶成百卉图。
说春秋先明十例,读史书要识三长。
尊酒词人论班马,野田村叟话桑麻。
九霄曾听钧天乐,千载闲看古圣书。

古书收藏百一二,佳士兴起几万千。
细雨芰荷半潭水,西风瓜菜一篮秋。
游人不厌青山远,静者自知白日长。
旧书谁校鲁鱼字,古简难辨蝌蚪文。

晚饭偶将茶漱齿,闲行常以杖随身。
一篱细草绿如线,几点老梅红染朱。
人间东坡神仙侣,天上南极长生君。
空山夜静松花落,深院月明桂子香。
大江光动秋月上,长松吸引天风来。

卷十三

圣贤以至善为道,天地之大德曰生。
高士偶论养生主,君子长为学道人。
万象在旁天宇静,一尘不染水云清。

清任和圣之一体,日月星天有三光。
韩诗外传自简古,庄子内篇本神奇。
厚重少文乃大器,宁静致远是奇才。
至人重不言之教,天道自无为而成。

名山自有青精饭,胜日初开玉蕊花。
勤于稽古今更晰,既已与人己愈多。
常善养乾坤浩气,莫虚度日月光阴。
动静常省身克己,晨昏必敛气收神。

书宗画派董兼擅,岛佛阆仙贾独传。
从来八表经营手,并是四方专对才。
云绕蓬莱常五色,月临瀛海见重光。
植品如高山乔岳,行文若长江大河。

乐饵自能留过客,服食亦可得安居。
山川镇静民居定,时序调和农事兴。
闲访旧闻来日下,莫将尘梦说春明。
三千岁桃实方熟,八百年柏叶长春。

黄痴倪迂皆善画,郊寒岛瘦各能诗。

植立体格如山岳,栽培心地似春田。
心性常使之安定,志气必养以冲和。
兴仁讲让教乡里,读书为善淑身心。

五千言天地长久,十三经今古昭明。
一经教子传家久,三省修身立志高。
昔人有诗言励志,大贤克己论归仁。
世间名士近仙品,海外奇才亦可人。

圣人学易可无过,上士闻道必勤行。
已有好诗传万口,常悬名画对双眸。
劝我不为无益事,知君必是有心人。
八方无事安山岳,千载可期养寿年。

天以大江分楚蜀,人从平野看山河。
万事当以德为本,一心常使敬相持。
至道养冈陵上寿,大乐得天地中和。
独有千秋存逸想,不可一世有真才。

春自九华天上至,月从三界镜中行。
礼乐诗书为政本,智仁信义立身基。
多少农民祈甘雨,瞻望田亩愿丰年。
人间至理存书内,天下英才入彀中。

遁世无名甘豹隐,关心为善听鸡鸣。

君沽花下盈尊酒，我有囊中卖画钱。
信道笃自为善久，读史熟则见事明。
烟月笙箫将进酒，风霜琴剑试长征。

索画人来必携酒，求书客至亦谈诗。
仁贤为立国柱石，诗书能益人精神。
书成狂草天然醉，画出秋花分外妍。
晨露潜滋苔草润，晚风吹送藕花香。

天地存两间元气，日月含万古光明。
山庵正熟黄粱饭，土锉闲烹碧苋羹。
小山丛桂非凡品，深谷幽兰有异香。
礼为门则义为路，智乐水而仁乐山。

尚有地炉煨芋火，闲看竹径煮茶烟。
昔年曾入春风坐，长昼闲观秋水篇。
东方岁星游尘世，南极老人应寿昌。
五柳门前寻旧侣，四松斋里索新诗。

江声山色自千古，歌扇舞衫送六朝。
民信则政治通理，时平而风雨调和。
陋巷闭门人卧雪，高楼倚槛客看云。
种竹满园不知暑，栽花夹径最宜诗。

根本不出孝弟外，精神常在道义中。
窗外群花初过雨，枝头好鸟正鸣春。
晚窗一阵梧桐雨，晓岸几丝杨柳风。

梅花几树诗人屋，杨柳一湾酒客船。
山中野鹤知寒暖，天半闲云任去来。
箪食瓢饮亦云乐，松壑云岩足啸歌。

流水过桥如有意，闲云出岫本无心。
滩边细雨湿鸥梦，江上西风送雁群。
人闲岁月无穷尽，天上星辰自照临。
四壁琴书人独坐，一园花树日初长。

瘦石卧云真入画，长松吟风如听诗。
画竹如坐对君子，采芝疑行见仙人。
陶彭泽青山归隐，许旌阳白日飞升。
闲花野草画秋扇，细纻粗丝制夏衣。

胸中养冲虚和气，笔底达闲澹诗心。
名山自有餐霞客，古洞深藏煮石人。
储藏乌玉两丸墨，来写黄庭一卷经。
仙茅长有白云护，灵石自然碧苔生。

万顷滩芦如雪白，几行岸柳接天青。
对竹凝思添画理，隔窗最喜听书声。
习静自能参众理，得闲便可读群书。
大痴小松皆奇画，太白少陵有好诗。

到耳松声清彻骨，迎人山色朗如眉。
右军书法右丞画，吏部文章工部诗。
检点古碑旧拓本，剪裁好句晚晴诗。

藤墅俪言

读书乃行政之本,学道以爱人为先。

春深花气浓于酒,天半诗怀懒似云。
淮南木落秋风早,渭北云深春雨多。
大罗天上清无梦,灵宝经中善度人。
渔樵事业安山泽,雷雨经纶济士民。

莫向潇湘搴杜若,还从楚泽采芙蓉。
心清似月照平水,骨重如地负大山。
花径红栏十二曲,画船绿水两三湾。
骤雨初过池水净,湿云浓聚树阴深。

德车乐舆君子度,风台月榭雅人心。
写名花更饮美酒,读奇书如见异人。
云树如屏隐野屋,江天似镜见渔舟。
读古书能益神智,访旧友闲话海天。

秋山密树云千叠,春草平坡雨一犁。
有酒有花逢上巳,无风无雨过重阳。
读书多则气自敛,阅世久其量必宏。
几丛竹树藏茅屋,十里溪山种稻田。

屋前屋后一渠水,村东村西两石桥。
心身所存能固守,天地之大无不容。
茅檐仅可饱藜藿,烟市犹闻斗绮罗。
藏书洞外云千古,对酒楼头月四更。

湿云不动雨初过,皓月初升海自明。

时平万事皆就理,心定一言不可多。
江上青峰凡几叠,尊中绿酒又三巡。
碧霞观外云长住,白玉峰头月正明。
雄文谁抗陈卧子,好诗独有方曼公。

千古名山奇笔写,五言好句古人传。
风定天高飞燕雀,雨余海静见虹霓。
古书名画自千古,峻岭奇峰卜四邻。
江上青山含静意,云中白鹤有闲心。

茅屋中同听夜雨,篷窗底闲看秋山。
一封两封斗奇茗,五弦七弦辨古琴。
积雨河滩秋水满,晚晴村树夕阳多。
宜酒宜诗杨柳渚,半阴半霁藕花天。

山涧清泉饮白鹤,云岩深处采青芝。
白云红叶秋山霁,碧草黄花村路香。
笔床茶灶诗人屋,豚栅鸡栖隐逸家。
云开宇宙星河灿,春满乾坤时序和。

歌诗已有数千首,著述不止十万言。
东西村舍环秋水,远近峰峦学夏云。
赤文绿字犹存道,金匮玉函可济人。
湖上人家门照水,山中处士榻眠云。

听善言不知饥倦,读古书如对圣贤。
白雪歌成还笑我,碧云天远总思君。
柳边泛艇诗初就,花底吹笙酒又醺。
虚静内能知真宰,安澹中始见道心。

破砚犹存建安瓦,名香初试宣德炉。
明湖秋柳诗曾和,旧雨草堂集尚存。
愿斯民安食美服,喜群士习礼歌诗。
千年白社人长在,万里青天月正明。

开门看月江声壮,闭户著书人寿长。
人间应读北山录,天上长明南极星。
矮灶山泉蒸白粲,精盐石火煮黄芽。
低声谁唱江南曲,豪气曾吟塞北诗。

万物莫柔弱于水,一身常凝静如山。
十亩黄云收晚稻,一池碧玉静春流。
画莲已得君子度,种菊犹存隐逸风。
澹泊中养身常健,冲虚内见理自明。

三径月明筛竹影,一池露气聚荷香。
溪桥闲话逢樵叟,村市偶来卖药人。
经纶不出乾坤外,学业常存道德中。
北窗酣睡羲皇侣,南亩耕耘巢许俦。

春水潮平无雁过,秋田雨后有人耕。
西汉东汉重经学,太室少室隐神仙。

酒客喜闻杨柳曲,山人早制芰荷裳。
著书空自希司马,抱膝无人比卧龙。
几片浓云数点雨,半瓯春茗一枰棋。
吟得一天滋浦月,画成千亩渭川云。

自有深山养松柏,谁能烈火生莲花。
胜地名园花满眼,清尊佳客月当头。
重叠松峦王石谷,苍茫云树范华原。
积德若行万里路,为学如筑九层台。

好梦生花三寸管,名言度世一篇诗。
担柴汲水浑闲事,读史谈经乐隐居。
谁续洛阳伽蓝记,闲观妙法莲华经。
万树梅花春暖候,几樽竹叶客来时。

昼眠忘却天晴雨,夜坐闲看月晦明。
十里溪山添画意,几家村舍读书声。
春水迎潮来别浦,东风吹雨过层城。
绿杉野屋无人住,黄叶村庄有客来。

调和心志身乃健,安养人民政自成。
潮随远水无边绿,云与群山一样平。
晓雨晴时来客少,晚凉天气得诗多。
交梨火枣神仙食,苦李黄瓜村路香。

心静方知诗书趣,身闲能结山水缘。
目送飞鸿弹绿绮,手把芙蓉乘白云。

开尊联句偕同调,并世论才有几人。
五百年中见奇士,八千里外访名山。

至善得天之所佑,大德则民无能名。
上巳兰亭曾集禊,重阳华岳又登高。
花底吹笙才士集,松阴煮茗野翁来。
扫除心地无尘滓,涵养性天存道真。

黄花紫蟹秋开宴,红烛金樽客有诗。
枕中自有长生诀,囊底犹存卖药钱。
大道周行天宇静,至言平正古今同。
茅檐低趁葡萄架,苔径曲依稛豆篱。

咏怀咏物各有托,画石画树亦传神。
必无欲此心乃定,惟有志凡事可成。
溪畔云横三亩竹,松阴人坐一床书。
风来群树如涛涌,雨过清溪落涨痕。
纵横放眼观群史,慷慨盘胸拟古诗。

处世以谦和接物,养心则清明在躬。
湖光山色新诗卷,野竹寒梅旧草堂。

山中报到茶初紫,湖上闲看橘又黄。
偶然读坟典邱索,闲来论天地阴阳。
挥毫落纸云烟起,举酒当筵议论高。
树下闲修野菜谱,花间偶读竹枝词。

必使能者为己用,自有善人应运来。
窗外树阴绿如幕,田中稻颖碧抽针。
饮酒自能行气脉,吟诗亦可养心神。
天光云影空中见,琴韵书声静里听。

世间应有知名士,海内能无隐遁人。
朝霞彩色横天半,夜雨寒声到枕边。
吟诗读书亦行乐,济人利物本多才。
大雪弓刀出塞日,寒灯蓬户读书时。
山北人家春到晚,水西云气晓来凉。

卷十四

三五六经在眼底,二十八宿罗胸中。
大经济首培根本,真学问先省身心。
孝乃立身之大本,信为使民所必先。

敬字为一身主宰,节用乃万事大纲。

两宋学宗传洛闽,三唐诗文重杜韩。
大道周行宇宙外,此心常养诗书中。
应有明霞来紫极,愿祈甘雨慰苍生。

心空始识乾坤大,事少方知日月长。

省身克己方知我,为善读书不让人。
旧书曾考艺文志,古迹犹存山海经。
扶持民物渐安乐,斡运乾坤入太平。

雪满寰区宜独卧,雨足郊原看耦耕。
鹏程上击九万里,鹤寿已逾三千年。
论水火金木土谷,守智仁信义忠和。
偶向尘中来插足,果从云外得闲身。

六事必以廉为本,百行当推孝居先。
大道何曾坠于地,至诚自可达乎天。
草色未饶燕地绿,柳条犹是潞河青。
百姓安庶政方理,一心定众理皆明。

身心凝静历年久,德义渊闳处世和。
松杉一径入村墅,榆柳几行隔野桥。
满院月摇金粟影,隔帘风送玉兰香。
黄鹄一举能千里,紫凤双飞下九霄。

茶瓜留客村前社,诗酒娱宾湖上楼。
隔岸云痕穿树去,过江山色入窗来。
天以四时见造化,人列三才善运行。
胜水名山新画本,春花秋月旧诗人。

高槐庭院绿阴聚,浅水池塘青草深。
无声无色见真体,有动有静养天和。
吟来好句开茶灶,留得名山结草庐。

山川地势连吴楚,辞赋人才论汉唐。
民不知兵上古世,士皆好礼太平时。
闻道世间有管乐,应知云外隐松乔。

君子勤学贞而固,圣人抱道宽且和。
南极老人现寿相,东方岁星炼真文。
天道有常须善守,人生而静在能安。
真性为一身立极,元气周百骸而生。

人居道德而不识,鱼游江湖以相忘。
莫谈万里封侯相,犹是一廛负耒人。
熟习礼经安人世,勤求易理见天心。
大文章一时独步,真性情千古同坚。

不向尘中论寒暖,还从静里验修持。
金石文字谁橅写,河洛图书重考详。
酒盏诗瓢新活计,稻田麦陇旧生涯。
净扫尘埃花径敞,闲浇松竹草堂深。

家在万竹丛中住,人自群峰顶上来。
万柳丛中飞紫燕,百花深处啭黄鹂。
半湖莲叶藏渔艇,一径松风入草堂。
乡村儒士习揖让,山野人家有古风。

山人早赋归田乐,豪士今无出塞诗。
晓风渡海半帆饱,秋月当天一镜明。
不下堂而单父治,居深山与麋鹿游。

藤墅俪言

晚凉池上鱼儿出,晓雨庭前燕子来。

山有奇峰人迹少,诗多逸趣客才高。

得人则万端咸理,有志者百事皆成。
尘寰自有安闲境,岩壑犹存太古风。
三山二水游踪远,万紫千红春色多。
善人自与福相契,高才必以诗得名。

瑞霭织成云似锦,和风吹送雨如丝。
人间辞赋饶风月,天上文章炳日星。
绕径莓苔平衬草,隔墙栀柳乱开花。
栏外石榴多结子,窗前池竹尽生孙。

山头云起苍松掩,水面珠跳白雨来。
小诗欲学孟东野,旷怀大似李西涯。
坚贞性格能持久,冷澹心情最爱闲。
茶榜酒旗花外见,樵歌渔唱柳边听。

安闲自有世间乐,朴静方能天下平。
潭深鱼龙得酣睡,山静禽鸟亦无声。
渡水野樵归路远,隔花农叟荷锄来。
玉液琼浆天上有,交梨火枣世间无。

山拥峰峦分向背,水环村阜判东西。
河洛洙泗存至道,天地日月炼真文。
槐夏午阴人独坐,菊花天气酒新篘。
入杨柳烟摇画桨,收荷叶露注茶瓯。

去鸟不知天远大,野樵哪问路高低。
月照大江天一色,云开华岳树千重。
春暖松云横泰岱,秋凉夜雨入潇湘。
棋子赢多人得意,酒杯倾倒客多才。

说文奥义许南阁,辞赋鸿才苏东坡。
渔灯蟹火河桥市,茅舍竹篱隐逸家。
四面烟波三面柳,一楼山翠半楼云。
性分之内民自足,书史以外客何能。

杨柳春山云一抹,芦花秋月水三分。
弹琴咏歌自足乐,饮酒赋诗同登高。
风花池馆尊中酒,烟水云霞海上舟。
松花落地云迷径,桂子香时月满楼。

一带渔村明夕照,几家山市拥晴岚。
细雨又添蒲叶绿,晚风频送枣花香。
元朴妙真乃见道,深根固蒂可长生。
万点丹黄甘枸杞,千丝青翠石菖蒲。

知君寿似九天鹤,有子才如千里驹。
此心空洞无一物,大厦崇闳容万人。
仁之至而义之尽,塞其兑以闭其门。
云物又添新气象,风花频咏旧诗篇。

万里平沙闻过雁,重关晓月又鸣鸡。
日月星辰天广大,江山海岳地宽宏。
湖海客来谈逸事,乡村人至送新茶。
行观华岳千寻瀑,来看蓬莱五色云。

天上众星拱北极,人间大略驾群才。
藉草为茵吹短笛,对花呼酒上高楼。
扑面雪花来古驿,如眉柳叶画春山。
易先诗书立文字,道为天地建根基。

江天海月留诗叟,云树山峦访画师。
平沙落雁江天晓,高柳鸣蝉古驿秋。
天不爱道启文治,士能好礼乐安平。
斗酒评花见豪兴,论诗说剑亦奇才。

频向田间论耕稼,时还窗下读诗书。
人乃中天地而立,道本贯古今以通。
春晴日暖花初放,夜静月明人亦闲。
乘槎泛海虬髯叟,岸帻看山碧眼翁。

闭户自精有深契,开卷独得见天真。
闲共山人采药去,偶偕邻叟看花回。
平田沃壤种黄独,细雨晓风开白莲。
百姓皆注其耳目,一心独契于天人。

昨岁秋霜山果熟,今年春雨水田肥。
万木花实有定候,四时寒暖无愆期。

蔬食藜羹甘澹泊,鹿裘葛衣自温凉。
春归芳草门前路,秋入垂杨湖上村。
济物利人见君子,著书乐道有名儒。
十幅蒲帆江上艇,一帘花雨画中诗。

天目山头着游屐,湖心亭下泊渔船。
万家黎庶安居日,四海苍生望岁心。
山鸟不啼清梦醒,岩花初放小诗成。
栏外几株黄芍药,窗前一架紫藤花。

天有三光照万古,人精五礼亦千秋。
寻诗闲策桃榔杖,对客偶烹云雾茶。
纵论千秋执笔法,谁为一代善书人。
栽成古洞千年柏,采得灵山五色芝。

蒹葭秋水人何处,关塞风沙雁几行。
无事负暄茅屋底,有时飞梦泰山巅。
有时偶读食货志,博学亦通平准书。
一棹过江入别港,万松招月上高峰。

密雨乱敲青箬笠,东风吹放碧桃花。
民自安居在乡里,鱼乃相忘于江湖。
轻帆快桨船中客,枫叶芦花江上秋。
魏晋江山富才藻,齐梁风月擅词华。

欲参华岳西来意,闲唱大江东去词。
炊黍蒸梨来野叟,浇花除草课园童。

藤墅俪言　**167**

必使一心无所倚,能辅万物之自然。
闲行每持普安咒,静坐偶观圆觉经。

碧梧黄菊吟秋馆,雪藕冰桃消夏天。
不射山中白额虎,偶得河干赪尾鱼。
闻鸡起舞英豪气,对酒当歌磊落才。
采石矶头枫叶路,浔阳江上荻花舟。

东风杨柳淮南路,细雨松花江北山。
扫来金粟两三斗,开到玉兰第几枝。
满纸烟云信手写,堆盘菱芡镇心凉。
高吟倪氏云林阁,闲画米家海岳庵。

劚得茯苓大如斗,种成松柏高参天。
人在碧云山畔住,雁从黄叶树边飞。
门外扫花青石路,山前流水碧云天。
平堤细草游春马,芳树名园报晓莺。

数亩稻田一渠水,几家茅屋半山云。
杜氏诗篇李氏酒,顾家痴号米家颠。
扫花童子收金粟,骑鹿仙人采玉兰。
不许微云遮好月,还教细雨洗轻尘。

黄花自有傲霜骨,丹橘长抱岁寒心。
摘华挼藻吞丹篆,援古证今读素书。
夕阳古渡人行旅,流水长桥客赋诗。
一舸夜吟瓜步月,片帆高挂洞庭秋。

一篱晚菊秋光好,万树山桃春意深。
善与人同见真量,事必师古有纯儒。

演易似空潭印月,读史如古镜照人。
丹霄金阙排云出,碧落银河彻夜明。
小院日高筛树影,曲廊风细送花香。
自古名言极澹泊,应知大道本冲虚。

麦浪平翻青隔陇,秧苗初插绿盈田。
晓月溪桥游客少,晚凉庭院得诗多。
来从碧海蓬莱岛,采得黄山松谷茶。
青霭半村迎晓日,绿阴小阁看斜阳。

万重竹树几茅屋,十里芙蕖两画船。
早潮未落水声壮,晓日初升山气高。
梨花满树闲庭静,春草平畴古路平。
柳外闲行逢野叟,花前小立忆诗人。

晓起得乾坤清气,夜坐养龙马精神。
侵晨湿雾将成雨,向晚阴云欲变霞。
三月烟花春水渡,万家灯火郡城楼。
善言自可应千里,长啸亦能达九霄。

花意知春晨笑客,犬声如豹夜归人。
万树园花春对酒,一轮山月夜鸣琴。
日月易象垂文字,乾坤炉鼎炼真才。
山雨细敲松子落,天风吹堕桂花香。

岱华兴云作霖雨,江河行地走沧溟。
一尊畅饮故人酒,十载重登君子堂。
云脚已收山半雨,树头又散海滨霞。
日高万里山河影,云净一天星斗文。

闲招野鹤收松子,欲狎沙鸥宿苇花。
手倦案头停画笔,身闲窗下卧匡床。
桑麻僻地农常乐,云水荒村梦亦安。
青松翠柏开三径,绿竹红莲共一村。
花前客至听莺语,松上云来有鹤知。

楼头梵字霓裳谱,壁上秋山行旅图。
锻炼此身如铁石,陶镕至性对云天。
老圃黄花人送酒,小园红叶客题诗。
百顷春湖容野艇,三间夏屋住诗人。

月照大江流万里,云开华岳见三峰。
门前三楚潮声壮,江上六朝山色多。
疏柳常依垂钓石,好云频护说经台。
圣道运行无所积,天心宏化自长明。
云壑偶逢采药叟,山村长作灌园人。

卷十五

景星庆云为世瑞,祥麟威凤应时来。
敦厚家风历世久,宽和心性得春多。
常从静里参元妙,莫向尘中论是非。

月到中天诸品静,人如大海众流归。
万树古松群鹤舞,千寻飞瀑一龙行。
赤乌流屋开文治,白马驼经结佛缘。
道符群望安平太,圣有一端清任和。

天人三策安儒素,金鉴千秋见治安。
无思无虑养心志,有动有静验修为。
六艺不出身以外,三才皆在道之中。

天道不言而善应,人心无欲自虚灵。
诵诗习礼儒生事,钓渭耕莘隐者心。
智者之怀若明镜,高人所契在深山。

湛兮真源清不滓,浑然太璞全其天。
德者本也体以立,神而明之政乃成。
大农有三年积蓄,小民无一日饥寒。
诗书德泽士心定,雷雨经纶民气舒。

平居不懈读书志,慈善常存济世心。
水流花放悟元妙,云白天青见性真。
乾坤有象日五色,天地无私雨一犁。

圣贤不为无益事,古今能有几人才。

案头置有千秋镜,门外多栽五粒松。
万理皆从静里得,一心常在敬中持。
天道不争而善胜,圣心无欲自能安。
天地生才为世用,圣贤垂教重人伦。

今古人才照百世,汉宋学派各千秋。
风雨应时禾稼熟,闾阎无恙地天和。
孤山昔有梅千树,灞岸曾看柳万株。
隆古精神来眼底,太和元气满胸中。

跨鹤仙人来海峤,骑驴诗叟上河梁。
山市烟霞容大隐,海天云水纪清游。
有动有静悟元妙,无欲无为养太和。
天边客至三山近,海上风多六月凉。

秋雁来时沙水远,晚蝉鸣处柳阴多。
室静窗明人坐久,花深树密鸟声和。
扶我短藤行步稳,看君大笔作书忙。
临流莫笑苍髯子,跨海忽逢碧眼人。

泰岱春云三月雨,明湖秋柳百年诗。
衡岳云痕半窗白,湘江山色一帆青。
云台钓台分隐显,客星将星同光明。
学者抗志云霄上,至人特立宇宙间。

大德得位禄名寿,盛世歌日月星云。

羲献书法荆关画,班马文章李杜诗。
君子有言必有德,圣人何虑复何思。
言必信而行必果,政善治则事善能。
一言一动有人谱,万事万理合天心。

无为而治古所重,不言之教今其时。
大厦崇闳容众住,长途平坦任人行。
一棹旧从剡水去,片帆新自洞庭来。
洛阳犹记花如锦,瓜步同看月满船。

绿窗同听芭蕉雨,画舫轻摇柳絮风。
数行雁字来三楚,几阵鸦声过九江。
碧草平堤春水阔,绿杉老屋野云深。
人来庾岭梅花外,春在灞桥杨柳中。

名花初放香盈座,好雨欲来云满天。
春水碧连芦笋外,夕阳黄入柳条边。
路通杨柳东风外,村在桃花细雨中。
樗散一身犹矍铄,薪劳百岁得消闲。

紫雾红霞绕庭宇,青鸾丹凤舞云霄。
门外几株溪柳碧,窗前一树石榴红。
沙水半滩横雁字,荻芦两岸隐渔家。
十里湖云青草远,一池香雾白莲开。

白菡萏香风影动,青箬笠重雨丝柔。
槐榆几树疏窗绿,茉莉数枝小院香。
六艺皆身所当习,四箴亦心必须知。
药中尚有灵飞散,架上犹存清静经。

明月光涵秋水碧,好风时送野花香。
无有可以入无间,至柔自能驰至坚。
家储美酿对花饮,客有新诗向我吟。
星疏星密月来去,云淡云浓风有无。

千年古砚能磨性,一卷道经可养心。
松柏连云分岳色,菰蒲摇水起涛声。
杜陵草堂对秋月,辋川图画余春烟。
道德自居万物奥,江海能为百谷王。

晓起驱车出村郭,晚来煮茗坐茅堂。
溪上晚晴飞雁鹜,山边旭日散牛羊。
燕南赵北云千里,酒垒诗坛客几人。
迟客不来开径坐,锻诗未就拥书眠。

澹月微云秋院静,红霞碧霭晓天高。
登云客至风生座,贺雨诗成月满楼。
笛里梅花春几许,樽中竹叶酒三巡。
黄山云海千盘岭,碧洛天津一道桥。

祈海内频逢乐岁,愿世间多生善人。
偶检图经证山水,闲笺尔雅辨虫鱼。

皓月当天山岳静,白云照水江河平。
对茗客谈三岛月,焚香人坐一楼云。
明月照人随处好,名花无语自然香。
峻岭崇峦见笔势,平林高树得诗心。

静里光阴尘梦少,闲中岁月读书多。
山势崚嶒云自绕,水流曲屈月常来。
百年人事一身健,万里山光两眼开。
春水绿波一钓叟,秋山红树几诗人。

常从坡谷寻书法,又向倪黄问画师。
月出天边飞宝镜,云开海上见方壶。
殷勤杯酒英雄气,慷慨诗篇磊落才。
万里同看一轮月,百岁能传几首诗。

千里太行云气聚,数峰王屋月华高。
大鼓声中桃花扇,四条弦上柳枝词。
一卷闲书引我睡,半瓶浊酒助君吟。
十二红桥春水阔,两三画舫客诗多。

天半三点五点雨,盆中一枝两枝兰。
远水寒芦双雁去,山松野草一樵归。
和靖先生善调鹤,痀偻丈人专承蜩。
夜月高楼赌酒客,春风古寺看花人。

一径穿云出松顶,半帆细雨入湖唇。
放鹤亭边云不散,望湖楼外水无边。

藤墅俪言　　**171**

一扇争传侯壮悔,满村听唱蔡中郎。　　闲招八月观潮客,又见端阳竞渡人。
日月光华古之世,道德精纯今有人。　　湖州腕下竹殊众,海岳胸中石更奇。

云山古木如奇画,湖海逸人有好诗。　　闻道耦耕有沮溺,闲来高卧学羲皇。
湿云浓雾雨将至,澹月疏星夜未央。　　溪上老渔闲问姓,山中古树不知名。
动静有常君子度,仁慈无尽圣人心。　　桃花春水鱼盈尺,杨柳东风客有诗。
南塘秋泛随处好,北窗午梦自然长。　　雅量从来推牧仲,诗才毕竟属渔洋。

江云海月船千里,岭树岩花屋数间。　　坛坫不逢词赋手,溪山常遇渔樵人。
今古奇文常在目,乾坤妙理静蟠胸。　　东邻酿酒西邻醉,前人处事后人师。
微风箬笠义鱼叟,细雨蒲帆卖蟹船。　　家风敦朴存先德,词赋才华属少年。
大岭梅开春信早,小山桂馥月轮高。　　莫问棋局十九道,闲看古史一千年。

文章彪炳多才智,德业崇闳见性情。　　一水光涵明月上,万松不动湿云低。
渭水曾闻折杨柳,江城又听落梅花。　　逸民古有柳下惠,奇才今见蒲留仙。
水西春色自然好,池北偶谈亦足传。　　微风吹帽村边立,细雨湿衣堤上行。
深山大泽隐巢许,碧霭丹霞访偓佺。　　自喜蓬蒿三径僻,还看薜荔一墙高。

半窗明月添诗兴,四壁名山足卧游。　　门前春草自然绿,江上秋山分外青。
赤日当天树阴碧,丹霞照水莲花红。　　柳庄花坞春深浅,菜甲茶枪客有无。
破晓振衣登日观,餐霞岸帻入天台。　　红树秋山行旅客,碧天云水宦游人。
一轮月照山河影,几朵梅开天地心。　　氤氲雨气群生遂,和煦晴光大地春。

种菊饮酒村郭外,结茅读易河渚间。　　一尊美酝留佳客,十首新诗寄故人。
位育中和天地静,形神元妙日星明。　　檐前淅沥三更雨,山半苍茫一抹云。
偶来村外看黄叶,闲向石根扫绿苔。　　世傅道经五千字,家有图书三万签。
水气清时明似镜,树阴浓处绿如烟。　　樵歌几处山村晚,渔唱一声江月高。

万里桥边曾驻马,七层塔上看题名。
举棋不定涉深想,对酒当歌亦异才。
十里东风飞燕子,一湾春水长鱼苗。
不失此心如赤子,固应有志拯苍生。

衡岳春云覆萝径,潇湘夜雨入篷窗。
半岭晓霜烘柿叶,一江秋月照芦花。
一轮月上照琼阙,五色云开见锦城。
野陇秋风荞麦熟,石桥春水柳阴多。

自有新声歌白雪,还将好句答青春。
一星光明拱北斗,万象昭著炳中天。
谁寄新诗来眼底,略无俗事到胸中。
湿云浓雾连村树,短棹轻帆送钓舟。

大道自然在宇宙,惟君可与论天人。
江天急雨看龙挂,云水平沙有鹭飞。
堂开绿野曾延客,居近青门又种瓜。
云日九霄翔鸾凤,海天万里走鱼龙。

顾我新开碧萝径,知君善写黄庭经。
奇书与名画相伴,古松同怪石结邻。
太平时会黎民乐,慈善人家世泽长。
几缕花香缘径入,一痕草色扑帘来。

叆叇闲云偶出岫,纵横野水不通桥。

云傍水生疑带雨,花依岩放似飞霞。
晴入林峦似图画,雨余花草见精神。
村外溪流看洗马,天边云气有飞龙。
山花野草含生意,流水行云见化机。

宾客论文开宴饮,子孙好学继书香。
纵横狂草精神健,慷慨诗篇意兴豪。
陶渊明深爱菊酒,王无功善读老庄。
野草山松双蜡屐,淡烟微雨一蒲帆。

偿得街头沽酒债,费却囊中卖画钱。
沽酒正逢佳客至,开窗便有好山来。
必读书方能应世,惟学道乃可长生。
尘世是非不挂齿,间阎安乐总关心。

作画得荆关妙意,鼓琴有山水清音。
自古高吟必中节,从来善啸不闻声。
滩港水云迷野渡,山村烟雨带斜阳。
会讲秘义为之屈,名教立论将无同。

抗志出云霄以上,置身在箕颍之间。
人在碧天云外住,客从黄叶雨中来。
庖中日煮双弓米,窗外新栽五粒松。
诗吟元白原同调,书至苏黄各有宗。

一溪烟护三春草,五朵云依百尺松。

得人则百端咸理,有才必一事不疏。
草色相连青远近,树阴不动绿高低。
春水平池鱼晒子,落花满地燕营巢。
花草禽鱼皆画稿,峰峦云月尽诗材。

诗翁画叟各宗派,渔户樵人相友宾。
一月空明照寰宇,五云环绕见蓬莱。
茅屋闭门听夜雨,松岩坐石看朝霞。
案头尚有千金帖,壁上犹存百衲琴。

卷十六

西岳中条山并峻,东井南极星长明。
敦朴家风古所重,慈祥心性今更宜。
人在道中鱼得水,神游象外鹤飞天。

长啸高出众声表,浩气常养一心中。
雅颂豳南能歌咏,视听言动有箴铭。
我无欲则万民朴,天不言而四序和。

塞兑闭门啬于用,致虚守静求其根。
奇文自应同欣赏,大器从来必晚成。
鲁论半部通治理,谦卦六爻皆吉占。
闾阎安乐民风古,禾麦丰登时序和。

时事亦运会所造,人才由陶铸而成。
学易可以无大过,读书要自有深心。
千古圣学求实际,两间清气在虚空。
古者射饮必以礼,乡人揖让见其诚。

为农为圃皆吾事,学画学书亦见才。
文字自能寿千古,精神长使注三田。
万理皆从平处见,一心先向静中求。
天下事须求善果,人间世先种心田。

人在静中闻远籁,月于秋后见奇明。
百尺梧桐参天碧,万朵芙蕖映日红。
有时人才在草野,还将根本问农桑。
抱一守中存至道,深根固蒂得长年。

种竹栽花有闲兴,怡神养性戒多言。
学道读书千载想,承先启后一身肩。
昨夜吹箫过赤壁,今朝举酒上黄楼。
万理皆存明镜里,一心长在玉壶中。

风尘队里抽身去,云水光中洗眼来。
丹霄玉宇本无事,绛阙琼宫自有名。
敬慎方能持事久,慈祥乃可养天和。
岁月莫从忙里过,身心常在静中求。

自有骅骝开道路,还将龙虎养精神。
上善若水利万物,至德如天和四时。
菰蒲芦荻围渔舍,杨柳芙蕖绕郡城。
文章事业传千古,雷雨经纶顺四时。

乐而有节听箫管,取之无穷看月云。
四面滩芦群鸦影,两行驿柳万蝉声。
景星庆云为世瑞,和风甘雨得天时。
长江大河数千里,高山乔岳两三峰。

黄鹤仙人来天上,青牛道士游寰中。
自有丰年歌黍稌,还从盛世颂星云。
客来居士能呼月,山静高人常卧云。
自己身心常省察,本来面目要能存。

立身必要明三礼,识字先须通六书。
出门交友逢佳士,闭户读书慕古人。
清风明月旗亭酒,绿柳红桥驿路尘。
文字之寿逾金石,道德所立同乾坤。

德者本也知所守,信以成之善于行。
轻露如珠擎荷盖,细雨散丝织柳条。
一身自可对天地,万事皆须见日星。
尘世尚多行善士,天心最重读书人。

深潭古洞龙酣睡,细草清泉鹿养茸。
春正月一元复始,居大夏万象在旁。

王倪啮缺善论道,颍水箕山足隐居。
天地四方开景运,乾坤六子立纲维。
柏叶仙子餐柏叶,梅花道人画梅花。
一径秋苔浓澹绿,半山霜叶浅深红。

要知甘霖出杨柳,谁能烈火生莲花。
天半朱霞明岛屿,山边绿水浸楼台。
云偶出山作霖雨,风能卷地扫尘氛。
云常沛雨田丰稔,海不扬波世太平。

小园乍见桐花落,夹径时闻柏子香。
种稻农人满田野,熟梅天气半晴阴。
四时酿酒邀邻里,万卷藏书教子孙。
苴蓿先生偏爱酒,柴桑处士喜看山。

密云四布如墨沈,皎月一轮转玉盘。
夜坐能使身心静,晓行方知天地清。
煎茶火煮釜中粥,洗砚水浇阶下花。
壮士闻鸡中夜舞,仙人骑鹤九霄游。

中天月上星河隐,大地云开山岳高。
息心自可生清兴,善睡亦能结静缘。
偶作小铭镌砚石,闲烹奇茗试山泉。
缥缈云霞三岛路,平成天地一家春。

人间莫负三餐饭,海内犹存大布衣。
昆仑春泻桃花水,淮海人来桐柏山。

从知天上多仙侣,闲向人间结善缘。
紫塞黄河存地势,青天白日见诗才。

位育中和存大道,乾坤清气养天民。
有本有文至于道,无增无减见其天。
一径苍苔侵屐齿,半山青霭扑檐牙。
至道之味澹如水,古圣所言深于渊。

近水近山居寂静,半晴半雨天氤氲。
时采仙芝入三岛,日灌园蔬授六经。
一邑弦歌存治理,百年礼乐见时雍。
秋风野圃除瓜蔓,细雨闲园养药苗。

满院松阴调鹤径,一湖烟水钓鱼船。
太白山高通蜀道,中条云起接秦关。
绿阴如幕书窗静,碧草平堤画舫来。
新来架上白鹦鹉,开遍山中红杜鹃。

虚空中始见真宰,迹象外不著言诠。
闲依石磴扫黄叶,多种芭蕉成绿天。
奇松怪石留云住,浅草平坡任鹤行。
仁至义尽君子德,礼明乐备圣人心。

盛世元音动钟鼓,仙人长啸出山林。
草阁俯临千亩竹,柴门正对大江潮。
曾种河阳花满县,旋看彭泽菊盈篱。
人在碧梧阴下坐,客从黄叶寺中来。

十丈烟云挥绢素,百年风月托诗篇。
一轮秋月照沧海,万里晴天养白云。

天心仁爱民生乐,道谊高深人事平。
公正为万事之本,诚敬乃一心所基。
邻翁有花更有酒,山人无事亦无闲。
青城道士食松籹,黄鹤山樵画水云。

王谢衣冠见儒雅,晋唐风月入诗篇。
老屋秋灯听夜雨,平湖春水上朝霞。
雨中绿树随关迥,云外青山拔地高。
春水生潮秋水月,朝霞报雨晚霞晴。

北渚春风梳柳线,南塘夜雨湿荷衣。
夜凉冰簟如秋水,晓日松峰起夏云。
三界空明天宇净,十方清静众生安。
烟霞缥缈三山路,云水空蒙万里船。

三径松风收晓雾,一帘花雨聚春阴。
黄鹤歌成存古调,白茅飞处见仙踪。
云中缥缈双凫舄,河上逍遥一叶舟。
星云呈采人心乐,霖雨应时民业安。

诗书中自有真乐,山林间喜得清闲。
十里春烟垂柳路,一帘香雾落花天。
斜月金樽倾竹叶,东风玉笛落梅花。
结得茅庐在岩壑,种成芝草遍山田。

藕花香里停歌舫,杨柳阴中出酒旗。
善摄生要当寡欲,能处世必先让人。
开帘放出炉烟去,展卷时闻书帙香。
天半鹤翔松岭远,山中龙卧石潭深。

日星有曜万方静,雨露无私百卉苏。
偶沽邻舍黄花酒,来注君家白玉杯。
碑版四裔李北海,文辞千古苏东坡。
东渐西被无不到,上际下蟠任所之。

揲蓍谁能占世运,种花亦似养人才。
雨过云收天深碧,竹疏苔嫩花浅红。
诗兼考四家之说,礼必求二戴所传。
山翁远馈无花果,邻叟新成和韵诗。

云如奔马归岩壑,风趁群鸦作阵盘。
天苞地符资蕴育,圣经贤传启文明。
诗坛酒垒添清兴,柳陌菱塘趁晓凉。
几重秋树村边绿,一缕晚霞天半红。

涉世以朴诚为本,居家用勤俭立基。
无事且焚香静坐,有客便饮酒赋诗。
能无为事无味,名曰夷曰希曰微。
得天地正中之气,求圣贤至善所基。

吉金乐石考文字,古画奇书见性情。

山径幽深松子落,渠田远近稻花香。
好鸟一声岩谷静,奇花数朵园林深。
雨过便是清凉境,身闲乃得安乐天。
密疏春雨有时至,浓澹秋云无定姿。

十亩春云屯柳坞,一钩新月上花梢。
敷施春色平堤草,点缀秋光夹径花。
一尊卯酒酽腾醉,几树丁香浅淡开。
又开洛社耆英会,谁续明湖秋柳诗。

君子有才能济世,山人息影学耕桑。
门前有客索书去,花外无人送酒来。
平野雨过春草动,小窗夜静月明来。
四时读书皆有乐,十年种树已成林。

梧桐庭院秋阴集,松桂园林月影香。
万竿修竹含青霭,一径长松卷绿涛。
史册中见古君子,岩壑间逢奇逸人。
好古嗜奇具特识,征文考献有深心。

涵养此心绵岁月,运行至道合天人。
九万里河山钟毓,三百年学术昌明。
年丰岁稔民心乐,云澹风微天气和。
一带晓烟芳草地,十分春色杏花天。

德贵道尊九老会,高吟善醉八仙歌。

藤墅俪言　177

溪痕山影无尘障,酒兴诗怀聚友朋。
金石文字寿千古,花草精神贯四时。
松柏有风霜性格,桃李待雨露滋培。

嫩日微波开柳眼,澹云细雨养花须。
洪崖鼎灶神仙宅,赤壁江上辞赋才。
自有文章高北斗,还将游兴问南屏。
蜀道烟云秦岭月,唐贤辞赋汉宫秋。

嵩高广武连河洛,王屋中条接晋秦。
万里长江通地脉,千年古史见天心。
旧画仿荆关董巨,古歌模汉魏齐梁。
自有真文存至道,从来大寿不知年。

泰岱云痕连北极,大河春色满中原。
掷笔高吟学太白,挥毫落纸画大痴。
偶读干宝搜神记,常诵元始度人经。
能读书人甘退处,善养气者不多言。

闲行独立百花径,读画吟诗一草堂。
解经昔自汉儒始,论道谁探羲皇前。
曾着芒鞋登岱岳,高挂蒲帆过洞庭。
闲携云外游仙侣,接引河干问渡人。
古书论道如烟海,至人息影居云山。

满地野花双蝶舞,几株高柳一蝉鸣。
庾岭春梅千树雪,钓台秋月一丝云。
风月千年托辞赋,云霞万色映山川。

醉翁雅兴在山水,词客风怀动觥筹。
倚墙撅笛真名士,横槊赋诗亦霸才。
深院风和竹醉日,小栏雨过花开时。
水田种稻忙秧马,村树连云听竹鸡。

几朵祥云呈彩色,一天晴日有光辉。
置身在箕山颍水,仰首看青天白云。
秋风莼菜思归客,春水桃花送别人。
养心如闲云野鹤,栖身伴瘦石乔松。

天地自然存正气,古今深赖读书人。
尊中白酒邀佳客,云外青山养逸民。
边塞风云一时会,古今人物几英才。
平野云开鸿雁阵,大江帆送鲤鱼风。

空山无人思太古,明月入窗写我怀。
花外偶来携酒客,溪边时有捕鱼人。
读书十年居僻巷,行路万里见名山。
莫问江干瓜蔓水,闲看天半芙蓉峰。
画中白云三五笔,江上青山几万重。

卷十七

若论乾坤于太极,是谓天地之中和。
酒酽茶香对宾友,山辉川媚纵游观。
沽酒路旁逢客语,卖花声里度春寒。

云容澹白初晴候,山色深苍欲雨时。
十里杏花客沽酒,一溪杨柳人钓鱼。
湿云覆屋秋吟静,晴日满窗午睡酣。
池边杨柳千丝雨,屋角梅花万点霞。

华岳三峰双屐健,江天万里一帆遥。
玄妙观中曾驻鹤,岳阳楼上又开尊。
庭院晚风开茉莉,池塘秋雨放芙蓉。
知者希则我自贵,止于善其民必亲。

新制竹炉式古朴,旧藏瓦砚铭新奇。
山人旧制梅花帐,樵叟新装槲叶衣。
海气结成云数叠,潮痕又减水三分。
午晴村外踏春草,晓起溪头看早霞。

碧苔山额如横黛,芳草天涯又踏青。
万顷烟波秋入画,一天星斗客高吟。
阶前遍种宜男草,栏外初开宝相花。
五千余言论道德,二十八宿罗心胸。

洗涤此心无尘滓,精研妙理得天和。

万物之根基于道,一心所受禀乎天。
立身要使根基厚,论事还须涂径宽。
有德有言君子度,无增无减至人心。

达人无罣复无碍,君子有德必有言。
诗才俊逸怪花馆,画笔清超竹叶亭。
文词诗酒情怀畅,耕稼陶渔岁月深。
饱食安居无所事,吟诗读画养其心。

雅量昔推黄叔度,新诗喜读白香山。
西方极乐无量佛,南斗延寿度人经。
野老频沽村店酒,道人新制水田衣。
闭门安睡无尘梦,读书静坐得闲身。

作诗苦学黄山谷,画竹大似文湖州。
种得东篱万朵菊,来乞西堂数首诗。
苦茗一瓯破午睡,新诗两首赠邻翁。
妙笔怡情文待诏,长吟抱膝武乡侯。

华阁开筵春酒绿,草堂分韵夜灯红。
春酒羔羊知岁稔,秋风蟋蟀得诗新。
雨余池馆芭蕉绿,秋入山园橘柚黄。
醉翁亭记本超妙,方山子传亦英奇。

绛蜡光笼金翡翠,冰壶朗映玉蟾蜍。

闻道苍生望膏泽,谁从黄石学阴符。
数里青山入城去,一渠春水绕村流。
清浅池塘浮乳鸭,幽深花树语流莺。

烟艇缓随斜照远,霜钟遥送晚潮来。
矮架绿牵山药蔓,小园红绽石榴花。
晓吟但觉诗心静,夜坐能知春气来。
几首新诗吟白社,十行细字写黄庭。

含哺鼓腹使民乐,佶屈聱牙审字音。
着手要施天下雨,推心犹见古人风。
菜羹豆粥村庖饭,野店山桥驿路诗。
墙头薜荔添秋色,窗外芭蕉助雨声。

蟹火渔灯环岛屿,山光云影接楼台。
楼头风月仙人笛,江上云霞估客船。
江楼诗酒重阳节,水郭烟花三月天。
今日牧牛山下叟,昔年戎马塞边人。

知白守黑可无老,回黄抱紫自有真。
读画自能娱我目,说诗亦可解人颐。
三百年间存正学,九万里外可同文。
新诗不让赵瓯北,好句曾传陆剑南。

梨花澹白初经雨,柿叶微红又报霜。
老莲作画最古拙,小松出语更新奇。
一啜一饮皆前定,半丝半缕莫轻抛。

春水平桥鱼入市,绿阴满地燕营巢。
莫将旧事谈青琐,只有闲心看白云。
似云非云作烟雾,欲雪不雪半阴晴。

室有古书庭有竹,客能豪饮主能诗。
漫向东皇问花信,先从南极拜仙翁。
秋风满架葡萄紫,春雨一畦芍药红。
古鼎名香青玉案,苔笺细字乌丝阑。

月黑深藏射虎石,夜凉谁唱饭牛歌。
无尽溪山存画史,尽多花月供诗人。
安乐家庭春昼永,太平世界善人多。
初开池藕添红晕,多种庭槐爱绿阴。

洛学渊源犹可溯,宋诗流派至今存。
建安瓦砚松烟墨,宣德铜炉柏子香。
大德应臻无量寿,虔心长诵度人经。
山林养性长清静,云水洗心勇退藏。

庭前飞舞梨花雪,帘外翩翻柳絮风。
一言终身不可废,六经万古亦如新。
天地八万四千里,诗经三百十一篇。
绿水桥头双画舫,白云山畔一书楼。

念台处世留人谱,柏庐治家有格言。
竹叶梅花三五笔,酒豪诗伯六七人。
通宵安睡无尘梦,暇日闲行有好诗。

三月莺花春不老,重阳诗酒客登高。

朝雾不开凝作霰,晚云欲散忽成霞。
有翼有严常育德,必清必静勿劳形。
天下奇书常到眼,人间才士总关心。
伊谁续作松醪颂,有人善赋梅花诗。

闲画老梅千万点,偶栽新竹两三竿。
发生天地中和气,涵养乾坤安定心。
晓起闲行数百步,晚来小饮两三杯。
松垂美荫高人卧,兰有幽香静者知。

晓起一盂白米粥,夜眠七尺紫藤床。
硞乎此心无所动,浑然天理存其真。
瑞雪漫天卜岁稔,祥风大地转春和。
雅抱常如秋月朗,慈心还似白云深。

谈禅更著北山录,题画闲观南皐诗。
种桃道士山中住,采药仙人云外归。
天以春阳生万物,人有冲气葆中和。
天地间太和元气,古今来至理名言。

大地山川育人杰,中原草木识春阳。
日月不择人而照,天地必与物为春。
诗好偶题壁上画,春来闲写笔端花。
盈樽芬馥屠苏酒,满壁辉煌剪彩花。

明窗大砚作狂草,豪客才人共绮筵。

海峤客来三岛外,春阴人坐百花丛。
从知松柏心神健,不信梅花骨相寒。
焚香洗砚闲中事,读画听琴静里心。
门外偶来携酒客,阶前闲看扫花人。

诗礼本相为表里,左谷亦各有异同。
紫烟白云环玉宇,赤文绿字见瑶篇。
日下文辞富酬酢,雨余笔砚亦清凉。
美石一方镌小印,名笺数幅写新诗。

偶来窄径剪荆棘,闲向深山劚茯苓。
作赋不求班马后,学书上窥羲献前。
此心莹然见天晓,大道卓尔如山高。
玉盘水养蓬莱石,瓦盎苔封泰岱松。

跨鹤夜观青海月,骑龙朝看赤城霞。
月明喜照梅花影,春色先添碧草痕。
腹笥诗成存草稿,胆瓶水满插梅花。
月华独有诗人见,春气先从农叟知。

花露收为墨池水,香烟凝作砚山云。
此老诗格出汉魏,其人画品近倪黄。
妍日和风春意动,新诗美酒客怀高。
康骈曾著剧谈录,史游犹传急就篇。

藤墅俪言　　**181**

诗品犹传廿四则,啸旨曾著十五章。
我有新诗酬令节,君当举酒对梅花。
静观古画精神见,细饮名茶肺腑清。
铁笛数声江月上,瑶琴一曲海云高。

杨柳河桥茶肆小,杏花村店酒旗高。
更开洛社耆英会,谁画香山九老图。
青瞳黄眉尘外叟,童颜鹤发山中人。
野叟荷锄常带月,山人下笔自生春。

风字砚磨松烟墨,雷文鼎焚柏子香。
风日清妍春一半,星辰辉映月初三。
芳草平林横绿野,春山隔岸拥青螺。
万柳溪边闲话旧,百花潭上好寻春。

酒杯深浅从君酌,纸幅短长任我书。
近海渐看滩水绿,平田初见麦苗青。
极乐妙游仙世界,圆融真性道家风。
山花涧草有仙意,宋画唐诗见古人。

识得虚空自然性,定是光明大智人。
夜凉应有松花落,月上时闻桂子香。
治世不出智仁勇,学道当参夷希微。
春茗半瓯高士坐,山松一担野樵归。

学士多才斗文字,幽人独善隐山林。
仙人结衣披槲叶,佛图咒钵生莲花。

江河淮济通于海,日月星辰丽乎天。
晓日分明开万象,春风次第放群花。
山前草木知春早,岩下池亭见月迟。
潆洄秋水环村去,青翠春山排闼来。

作诗大似黄山谷,画竹不如郑板桥。
乾坤日月开轩牖,道德仁义辟径途。
大书赤壁夜游赋,熟读黄庭内景经。
大画挥毫见魄力,细书落纸亦精妍。

烟水云山新画本,唐诗汉赋古才人。
古鼎焚香浮瑞霭,老松经雪发春容。
闻道青精先生健,欲访赤松仙子游。
人事渐知崇礼让,天心久已示安平。

闻道幽兰能散馥,从知谏果自回甘。
四座春风小邹鲁,一堂和气古唐虞。
常保其太和元气,自能与造物神游。
罗浮山下梅千树,彭泽篱根菊数丛。

日中自不见明月,地大必能容微尘。
至人能保诗书种,大道长为天地根。
岚翠烟波严子濑,晴云春树伯牙台。
碧梧高阁能忘暑,黄菊疏篱正咏秋。

无极无尽曰至道,有严有翼见真诚。
神游大野天风定,默坐深堂春日长。

隐居乐道陶真逸,读书安贫李布衣。
何人访道青羊肆,有客题诗黄鹤楼。

青龙行雨种瑶草,白鹿冲烟衔灵芝。
笔床细镌和阗玉,砚匣深刻古篆文。
江上晚霞留客舫,河干春雪洒渔灯。
偶伸短纸画堆果,闲对名花写折枝。

山中秋静朝临水,海上春阴昼闭门。
海上一鸥渔子梦,江干双鲤故人书。
有客推敲诗句好,伊谁传写啸声奇。
知君有酒邀邻里,与我同舟看水云。

香樟匣贮千金帖,古锦囊藏百衲琴。
梦入嘉陵画山水,来登泰岱看松云。
春入小园梅破萼,雨余野岸柳生荑。
食松脂住牛头谷,寻水源来熊耳山。
妍日园林春意动,微风溪港水纹生。

昼永偶读坐忘论,月明谁谱步虚词。
心似秋潭清且静,气如春煦暖而和。

荷花香里水云榭,杨柳阴中画舫斋。
赭黄柿叶村边树,苍翠林峦郭外山。
疏星新月初三夜,斗韵飞觞五六人。
青牛先生通星历,黄鹤山樵富烟云。

焚香扫地无余事,读画吟诗得静缘。
湛然圆满存真性,妙矣灵和悟上乘。
满山松柏云千叠,几树梅花月一弯。
春风十里开红杏,夜雨一溪涨绿波。

月明满地梧桐影,云度一天鸾鹤声。
青春对酒开怀饮,白昼看云放脚眠。
绿野渠通宜种稻,青春昼长补读书。
隐者乐志贞而固,山人无事安且闲。
秋山远势倪迂画,春草兴怀摩诘诗。

卷十八

大学为立教之本,中庸乃传道所宗。
书卷中长存至道,田野间必有英才。
闻道卢敖能跨鲤,自昔任公善钓鳌。

江天客话来青阁,秋月人登太白楼。

心平万事皆能理,气静一身始可安。
心能忘我惟行道,语不欺人可对天。
平野麦田待雪覆,高岩松径有云封。

芦笋江滩渔艇小,杏花村店酒旗高。

素琴三弄秋林静,长笛一声江月明。
种花亦有神仙术,接木能分造化权。
一百八声钟韵远,四十二章经义深。

一廛所受能营业,百亩之田可养生。
金书玉简神仙箓,绛阙云台学士名。
胸中自有画树法,眼底忽逢采药人。
晴开林麓山泉动,春入郊原荞麦知。

夜坐自知天宇静,晨游闲看山云高。
一带平峦含霁色,几重高树聚秋阴。
卖药不妨来野市,采芝闲自入深山。
青城十丈牡丹树,乌几一卷灵素经。

邯郸借枕何劳梦,缑岭吹笙已证仙。
夜吟不觉天光曙,晓起方知春气和。
窗外梅花含雪意,街头爆竹报春声。
春社诗成消白堕,山园雨足种黄精。

不存畛域真豪士,能任艰难大有人。
君子处世能和众,学者读书贵省身。
闻道曲成翻旧谱,伊谁诗好贺新年。
昔闻塞上射雕手,今见江干种蛤人。

范水模山成画手,镕唐铸宋见诗才。
江天花月诗中画,云水烟霞海畔楼。
有客到门来索画,知君闭户勤读书。

清闲岁月一尊酒,淡泊生涯数卷书。
椹紫麦黄江上路,山青水碧雨余天。
云开远见云罩寺,日出来登日观峰。

山村正熟黄粱饭,夜月谁吹紫玉箫。
乘槎上溯昆仑水,策杖高登泰岱峰。
晓雾未收村树隐,朝暾欲上海波平。
流水小桥排雁齿,疏帘高阁卷虾须。

几分春色开花径,两首新诗寄草堂。
人游洞天三十六,花开大地百万千。
闲注清泉满鱼洗,偶煎春茗半鸡缸。
红桃绿柳重三节,美酒新词廿四桥。

几树苍松来两鹤,一池春水泛双鹅。
闲骑款段身犹健,坐拥皋比夜不寒。
松阴偶考群芳谱,花底闲观百蝶图。
寡言直欲缄其口,入世先须炼此身。

登山临水无尘想,种树浇花济物心。
客话名山古佛刹,人居深巷旧诗庐。
客至共斟春社酒,兴来闲咏草堂诗。
流水溪边云度候,幽篁丛里月来时。

闭门独坐乾坤静,拄杖闲行天地宽。
名利两帆行水远,烟霞一径入山深。
杨柳情怀烟月梦,荷花世界水云乡。

两诗脱手寄君去,一杖过肩扶我行。

金樽红烛催长夜,铁板铜琶唱大江。
大圆宝镜观自在,娜嬛福地古仙人。
君子本无安饱志,山人早有隐栖心。
浅水渔船冲雾去,夕阳樵唱过山来。

石似堆云三五叠,花如披锦百千层。
文章事业照今古,香火因缘话友朋。
野店风花沽酒梦,茅檐灯火读书声。
抱神以静万方定,不言而信百世师。

新春对酒来佳客,长夜挑灯改旧诗。
无际烟波催画舫,几分春雨湿花幡。
流水光阴三月暮,春阴天气几分寒。
芳草平坡春色浅,桃花流水晓烟多。

门外几株绿槐树,窗前一架紫藤花。
小园树密窗纱绿,大地春归荠麦青。
云霞海上春携酒,烟雨湖中晓采莲。
龙洞云深人访胜,鹊华雨霁客吟秋。

君子饮酒旨且有,壮士高歌慨以慷。
细草微风春意浅,野花密雨晓寒多。
春郊老将调名马,短笛儿童善牧牛。
古玉犹传千岁品,名花常养四时春。

一帘花气风初送,满地松阴云自来。

小朵花开黏蝶粉,老松石畔出虬枝。
有酒且邀明月饮,新诗还对好花吟。
名山乔岳资游览,晋帖唐碑费讨寻。
碧纱窗外烹茶灶,黄叶村边打稻场。

春明梦余存逸事,桐城耆旧尽诗才。
一犁春雨驱黄犊,十亩平池养白鹅。
美酒名花酬令节,听琴读画对佳宾。
雨丝风片春三月,草阁茅堂花四时。

学画又添新弟子,著书今共老同年。
画理偶从笔底悟,诗心或自天边来。
古本旧藏晋唐帖,小瓯新得宋元瓷。
秋灯老屋吟诗坐,野市小桥策蹇过。

最宜放眼看明月,留得闲身擎白云。
人来黄叶村中住,诗在白云天半成。
碧霞满地松垂荫,红雨点溪桃落花。
偶翻画谱论名迹,闲看医书择古方。

鱼龙衢巷开灯市,花月宾朋上酒楼。
碧云覆屋如张盖,绿树围村似列屏。
红日满窗人午睡,绿波小艇客春游。
清茶夜坐形神静,白粥晨餐肠胃清。

藤墅俪言

画师曾住来青阁,酒友同登太白楼。
清虚无梦神仙境,极乐妙游自在人。
奇松灵石寿千古,瑶草琪花聚一庭。
床头小瓮储松子,阶下余粮养雀儿。

小鼎焚香烟缕细,矮炉煮茗客谈高。
晚唐南宋分诗派,三都两京作赋才。
窗前旧种琅玕竹,栏外初开珍珠兰。
众水皆归一海阔,群山齐俯万松高。

黄鸡白酒留宾饭,红烛金樽宴客诗。
闲考历朝人物志,忽逢尘世地行仙。
修竹常能拔地起,长松自可参天高。
作赋一枝灵健笔,成仙九转大还丹。

有客游三山五岳,其人读八索九邱。
灵光入室存真一,慧照通神瞰大千。
晨窗煮茗宜闲坐,午枕抛书且静眠。
开樽共饮延龄酒,撷笛同歌介寿诗。

东风诗忆桂花馆,细雨人耕茜草园。
细雨柳边千缕碧,澹烟江上数峰青。
大岭高峦都在眼,稚松矮柏仅齐肩。
墨子安居常知足,庄生观化入元虚。

林塘春照舒长啸,原野秋高纵远游。
林卧不知春早晚,郊行频问路东西。

雪不畏风随意舞,花如经雨称心开。
有酒有花春社近,半城半郭晓晴多。
画船谁唱西江月,烟雨人登北固楼。
人间同看中秋月,天上长明处士星。

春风杨柳莺声滑,烟月梅花鹤梦圆。
守梅老鹤当阶立,如雪鲥鱼上市来。
道德冲虚清静理,天地中和位育心。
白寿山石镌小印,紫端溪砚画奇峰。

宣德铜炉自可宝,建宁铁砚谁能磨。
嵩洛千年存朴学,方姚两姓多才人。
百世人才瞻北斗,一湖风景聚南屏。
花开鸟语青春好,山静林深白日长。

手种蟠桃三万树,人如大椿八千年。
新诗待选桐云阁,好句曾题烟雨楼。
峻岳高岩藏胜境,奇花异草满仙山。
碧藓绿阴芳草地,淡云薄霁海棠天。

天涯行旅新丰酒,海滨野市上元灯。
丹枫乌桕江干树,碧柰青莲天上花。
砚北有花香绕笔,窗南酌酒月临杯。
夜凉谁踏周桥月,天际横行铁塔云。

数亩松阴三径月,满庭秋影一书灯。
雪苑词华谁作赋,樊楼灯火尚留宾。

安民济世赖明哲,铸史镕经有大才。
道人自有豢龙法,野叟独通相鹤经。

午窗闲卧添清梦,晓岸独行得小诗。
架上图书添日课,眼前童冠共春游。
幽花细草桐阴坐,妍日和风柳岸行。
烟波无际春深浅,花月高吟客去留。

满地落花双燕剪,一溪春水两渔舟。
苔径落花缘客扫,草堂好句待君题。
万里云山双蜡屐,百年书史一灯檠。
道德仁义发厥蕴,形名度数辨其宜。

采菱歌起湖三面,载酒船归月一湾。
前箔后屏一室静,左图右史百年深。
晓起偶食茯苓糁,客来小饮松萝茶。
古洞桃花春不老,半山岚翠雨初晴。

古鼎焚香人默坐,新诗分韵客沈思。
注史解经千岁计,移花种菜一春忙。
蒲团坐破心方定,经卷熟精愿更宏。
风和日暖花开早,茶熟香消客到迟。

名山倪遇赤松子,奇画还临白石翁。
一春花月诗千首,十队笙箫酒满卮。
山云峦翠充诗料,柏叶花枝当酒筹。
周行六虚无阻碍,贯通四序得冲和。

四野讴歌知政美,万家鼓舞乐时雍。
借君粉壁书大草,锄我荒园种野花。

好客谁来梁雪苑,登高争上禹王台。
博大有为李恕谷,干济多才方问亭。
前后游踪一赤壁,宋苏宦迹两黄州。
有子多才千里马,知君上寿万年松。

野叟耕田心质朴,儒生议礼世安平。
种秫劚桑劳野叟,蒸梨炊黍饷农人。
汲水挑柴煮野芋,拨云入山采灵芝。
雪水烹茶清愈淡,梅花入画静生香。

破网长悬渔子户,曲篱深护野人家。
应有良医三折肱,谁担名教一双肩。
程氏四箴善垂训,曾子三省重修身。
清溪回绕三分竹,老屋长依一树梅。

两岸野桃红上下,一湖春水绿参差。
笑我久为瀛海客,与君同上酒家楼。
几树杏花飞乳燕,半滩芦笋出鲥鱼。
天长地久惟行善,林密山深好读书。

客来共醉刘伶酒,睡起还烹陆羽茶。
东风绿遍官堤柳,晴雪香传驿使梅。
横空气压高秋隼,控远身骑大海鲲。
酒盏茶铛词客屋,榆钱柳絮野人村。

藤墅俪言　187

欲令尘障不着手,常使清虚契乃心。
凝静此心如止水,虚空妙境似停云。
妍日轻烟初放鹤,斜风细雨未归船。
箬笠蓑衣垂钓叟,竹篱茅舍卖花翁。

山半闲云含雨意,天边野鹤有仙心。
偶遣家僮锄草径,闲看园叟灌荷池。
四面云山三面水,一村桃柳半村烟。
闲来设色图堆果,兴至挥毫画折枝。
梦楼妙墨今犹在,退谷名园春自深。

驿柳数行蝉噪远,园花万朵蝶来多。
新蒲细柳前村路,瘦竹长松隔岸山。
一心常使处于静,万物各得遂其生。
三岛闲云青鸟使,五湖春水白鸥天。

满院春华红芍药,一窗秋影碧梧桐。
曾闻猴岭笙箫韵,又听苏门鸾凤声。
欲向山中招隐逸,从知海内多才人。
人在桃花村里住,船从柳絮影中来。
碧桃花下安茶灶,红藕香中泊钓船。

卷十九

千年经史精神在,万里山川气脉长。
上善若水源流远,崇德如山气象尊。
拜官不居右仆射,问道欲访左仙公。

碑碣尚留存古阁,帆樯又聚阅江楼。
万里风烟筹笔驿,一天星月炼丹台。
埏埴自能为器用,诗书可以定人心。
拱璧驷马不如道,傅岩渭滨大有人。

听松楼外春云远,放鹤亭边秋月明。
春草阶前生意满,秋风江上客怀多。
忘利忘名心自在,养神养气道乃存。

为学当省身克己,处世必谨言慎行。
九霄雨露滋群卉,万仞峰峦俯大荒。
画水画山心神静,读史读经岁月长。

瑶草琪花游阆苑,琼楼玉宇咏霓裳。
醇醪我饮周公瑾,好句君如李谪仙。
高入云霄双雁塔,深藏山谷一龙潭。
红烛夜筵花四照,画船春泛柳千行。

几陈古砚为石友,盆有名花号水仙。
世上所逢多善士,天涯何处访神仙。
鱼龙灯火河桥夜,莺燕烟花乡社春。

自有丹霞通上界,从来黄鹤是仙禽。

长才必自有潜德,大智何曾露聪明。
静里光阴随处好,澹中滋味自然长。
厚德能任重致远,至人必抱一守中。
瑶草琪花为世瑞,和风甘雨得天时。

静里自能参造化,闲中亦可养心神。
交友必推诚相与,处事须以敬居先。
十亩丛篁流水绕,半山古树宿云多。
万缕垂杨拂水面,几丝细草覆檐牙。

自有虚心存道妙,从知冲气得天和。
曾向余杭沽酒去,还从邓尉看花来。
天下英才不世出,人间善事即时行。
东风河上梳杨柳,细雨街头卖杏花。

立志出云霄以上,栖身在箕颍之间。
画派出荆关董巨,诗才如温李苏黄。
疏松几树石坛静,皓月一轮天宇高。
考古尚论三皇世,访道犹存五老图。

几片白云依石屋,数重绿树绕山村。
客至共斟春社酒,身闲爱读古人书。
玉笈金籙常固闭,瑶台琼阙自清幽。
小院夜凉风动竹,远钟声定月临松。

众论未平片辞定,一身无事此心清。

从知天地有真意,自有溪山富岁华。
月上渐知岩树密,雨余喜见海云高。
洗药频临新瀑水,采芝独上最高峰。
应须立品如山峻,要使此心似水平。

二分池馆琅玕竹,九叠屏风锦绣花。
琼林翔集吉祥鸟,金阙辉煌纠缦云。
秋来华岳三峰峻,人立昆仑万仞高。
一川松竹茅堂静,半岭桃花石洞幽。

一架碧萝垂荫满,两株红杏出墙高。
君为湖海吟诗客,我是乾坤负耒农。
根柢深固种树法,乾坤清旷锻诗时。
万里江山一览阁,百年诗酒大观亭。

偶与溪翁论云水,忽逢樵子辨楩楠。
君子德贞而固,山人抱道安且闲。
平野禾麻知岁稔,高天云日祝时和。
竹根静扫青苔石,松下闲听绿绮琴。

嫩竹数竿摇凤尾,新茶三月采龙芽。
上巳水滨挑菜侣,春分栏外种花人。
人必勤学身方健,天不爱道教乃宏。
推治身而至家国,由爱己以及人民。

昔年吟眺翠微顶,今日游行碧海滨。
知白守黑可无老,回黄抱紫乃成真。
红豆来从天竺国,青山常近柏人城。
花放低枝知雨重,鸟鸣高树报春晴。

论道昔有浮邱伯,著书谁继葛仙公。
半岭秋云舒远势,一堤春草聚芳晖。
柳因昼永犹贪睡,花为春寒尚懒开。
万壑云深知豹隐,一天雨急见龙行。

采莲船泊水云榭,锻诗人坐稻香亭。
数联诗写澄心纸,七碗茶烹折脚铛。
冲和在抱尘缘息,澹泊无为体气坚。
门外无人来问字,座中有客善修琴。

月明满地梧桐影,春聚一林桃李花。
画树画石各有法,学唐学宋皆能诗。
客至共斟松叶酒,秋高闲咏兰花诗。
偶临数笔兰竹谱,长对一幅松菊图。

抱神自可通真理,虚己方能与世游。
江路南行河路北,盘山东峙釜山西。
煮茗偶观新画本,篝灯闲写旧诗篇。
少小能文贵勤学,耄老吟诗得大年。

日食松子数十粒,晚饮菊酒两三杯。
晨起偶食茯苓粉,晚餐亦具榆钱羹。

山行偶见群鹿过,村居时听众蝉鸣。
小瓮旧藏松叶酒,新笺闲写梅花诗。
苍松翠柏永年寿,黄菊红茱有逸名。
山中自有青精饭,郢上曾闻白雪歌。

深院睡余无个事,小窗吟罢有闲心。
白水有泉名马跑,青山绕郭号龙眠。
蓬门深闭梨花月,画舫轻移柳絮风。
退笔能书狂素草,小窗闲画大痴山。

范蠡舟边烟水阔,春申江上夕阳多。
陌头春柳参差绿,江上秋枫浅淡红。
月中自有山河影,天外忽来风雨声。
敛气收神身自健,高谈雄辩客多才。

宿墨能书十数纸,新茶闲饮两三瓯。
诗约邻叟修砚谱,闲听众客论茶经。
日月运行知寒暑,烟霞栖遁忘古今。
妍日诗酬三月节,东风人立百花台。

片帆细雨中泠渡,匹马秋风大散关。
天地相合降甘露,云日交辉见彩霞。
渤澥春潮千艘集,洞庭秋水片帆来。
春雨春晴百花放,潮来潮去一川平。

访胜并观小雁塔,寻幽谁到大龙湫。
五湖三泖一帆去,万水千山双屐来。

仁熟义精君子德,天长地久圣人心。
四壁图书来旧雨,一船琴鹤见高风。

满院花开春起早,疏窗月上夜眠迟。
自昔士龙存品望,从来司马富文章。
人在天香深处坐,鹤从山色翠中来。
帘外初飞春燕影,枝头已啭晓莺声。

两行杨柳双桥路,万柄荷花十亩塘。
村南村北桔橰水,屋后屋前杨柳阴。
苍颜白发垂纶叟,席帽青衫问路人。
万籁消沈四方静,百年辛苦一身知。

人登五岳三山顶,春在千岩万壑中。
采松制墨存良法,截竹为箫得古音。
浓云大壑隐龙虎,修竹满山养凤鸾。
君为阆苑簪花客,我是苏门种竹人。

文字精神能寿世,山川气脉自通灵。
沽来野市迎年酒,画出山村贺岁图。
箪瓢陋巷有真乐,城市山林不改观。
寡言不可论当世,立志还须对古人。

东渐西被布其德,春温秋肃各以时。
慈善人家馈佛粥,阳春烟景熟蟠桃。
接人自有冲和气,入世长存慈善心。
慈善门庭清似水,敦崇体格重于山。

乌桕青松皆画稿,丹邱绿嶂即仙山。
慈俭为治家大本,谦和乃处世良箴。

远山万仞青到地,大溪十里碧连天。
新诗初就花香聚,佳客深谈日影移。
形神妙方明大道,天地合乃降甘霖。
青山绿水云千里,明月清风花四邻。

清辞妙笔倪迂叟,古意雄才边寿民。
烟雨溟蒙米海岳,峰峦重叠张瓜田。
十亩稻孙分渠水,一林桐子覆秋阴。
峻岭崇山采药去,野草闲花着屐游。

大地年丰万民乐,深山人静百花开。
晓风十里穿松径,春雨一犁润麦田。
竹阴满池茶烟起,花影一帘春昼长。
平泉庄上多乔木,安乐窝中有古书。

大案明窗宜作画,深堂老屋喜藏书。
清秋池馆绿阴静,长夏山居白日长。
天边秋送数鸿雁,江上书来双鲤鱼。
留客新沽江上酒,寻春尚有杖头钱。

田边细雨归农叟,山外斜阳有牧童。
深院数声桐叶雨,疏篱几点豆花秋。
种得芝兰三万本,养成松柏几千株。
浅草逢春随意绿,远山经雨向人青。

和神合气根蒂固,致虚守静灵明开。
蓬莱春满花光好,瀛海人来酒兴豪。
朗照神光周宇内,冲和元气养胸中。
齐敲社鼓人家乐,酿得春醪邻里欢。

南极一星无量寿,黄帝九鼎神丹经。
文字因缘最长久,农桑事业自安平。
奇石老松养气骨,闲花细草见风姿。
江干云树参差见,海上楼船次第来。

金石文字存古迹,水墨烟云见逸人。
浅水芦花钓鱼艇,闲庭松竹煮茶人。
万里云山归画叟,千秋风月属诗人。
岸帻山人谈瀛海,抱琴道士下峨嵋。

青衫席帽天涯客,快桨轻帆江上舟。
金樽铁笛登黄鹄,锦缆牙樯起白鸥。
篷窗夜雨怀人候,琼岛春云入梦时。
蕴蓄神光入元妙,含宏真体得坚贞。

赤县神州天德备,丹霄福地道心存。
释迦牟尼出世法,元始灵宝度人经。
访古纵观五岳志,习医必读千金方。
奇文好句资谈柄,皎月名花称酒怀。

照人明月无今古,伴我闲云自去来。

平池洗砚黑蛟起,曲径种松白鹤来。
笔挟风雨画丛竹,室有烟云焚异香。
几叠云峰荆浩树,一枝风露赵昌花。
家在洞庭湖畔住,人自山阴道上来。

粉壁疏廊朝读画,篝灯老屋夜观棋。
龙门造像不知数,雁塔题名亦有年。
自有文章能倚马,还将诗句入谈龙。
春前物候风前柳,秋后天光雨后山。

烟云起伏文章妙,花草精神诗句新。
高低绕径园中树,舒卷因风天半云。
晴入春郊生意满,客来海市语音殊。
素琴三叠有仙意,幽鸟数声识化机。

世间事理存公道,天下英才贵识时。
细雨梅花春有信,东风烟艇客何之。
泰岱春云成画稿,潇湘夜雨入诗心。
净洗一心盟白水,放开双眼看青天。

春水洞庭船上坐,秋山太华道中行。
濡墨偶然题粉壁,研朱闲自画山茶。
一帘花影摊书坐,半榻茶烟倚枕眠。
衡岳晴云排雁阵,洞庭秋水送渔舟。

半村桑柘绿围舍,数里菜花黄到门。

春暮曾传修禊序,清明谁画上河图。红压枝头花朵密,绿侵屐齿草根肥。
宝筏渡人无量数,金经救世有前缘。识得庐山真面目,还从江水溯源流。
小窗矮几修花镜,大砚高灯作草书。望海楼头春水阔,合江亭上月华多。
我通平野种瓜术,君有登高作赋才。拓开芳草平原路,来试春江上水船。

卷二十

言善信则政善治,智乐水而仁乐山。庄敬宽和长者度,慈祥岂弟善人心。
天下有圣贤可学,世间以道德为宗。取博则使之守约,执简乃可以驭繁。
月朗风清人静坐,香初茶半客清吟。田间野马奔浮气,瓮里醯鸡辨小虫。

尘轻草软芳郊路,风定波平春水船。对客闲谈半瓯茗,观书独坐一炉香。
桐阴有客闲论画,花下何人正对棋。五朵云开花灿烂,千秋镜朗月团栾。
霜天菊酒留彭泽,烟雨蒲帆过洞庭。别馆闲庭鸣小鸟,嫩苔幽草养雏鸡。
笔单有客鬻书画,墨表何人论宋明。万里梯航浮海至,四方耒耜力田多。

春风已自回元气,天意从来重善人。酒酣纵笔写兰竹,客至论文辨汉秦。
达人善出更善处,健者有勇必有仁。白云观里留云住,黄鹤楼头控鹤来。
摄身长保冲和气,触事能生感应心。善人不出乡里外,至道长存天壤间。
善书又见郭兰石,妙画曾藏董蔗林。大地晴光开万井,小园春雨润群花。

山中云月为知己,江上渔樵是故人。深院夜凉桐叶雨,疏篱晓霁菊花天。
松风水月居虚谷,慧日祥云聚妙庭。人在王官谷里住,客从太华山中来。
几朵芙蓉照秋水,数株杨柳拂春波。蟠桃结实三千岁,榑桑垂荫八百株。
云树苍茫三泖路,烟波浩渺五湖舟。呼僮汲取浇花水,有客求题看竹诗。

藤墅俚言　193

山川自有凌云气,天地应生救世人。
安闲自是长生术,冷澹长为避世人。
柳阴几曲蛇行路,花外数重鹤立峰。
精神以磨炼而出,心性由固守乃存。

大壑名山藏宝剑,锦囊古壁悬瑶琴。
绿野堂壁画丛竹,黄山石磴有奇松。
独卧一山天地静,长啸数声风雨来。
天际云阴来好雨,楼头月上有新诗。

云去云来晚雨后,风凉风暖早春时。
万境光明大圆镜,一颗牟尼真宝珠。
山色上楼青不断,树阴绕郭绿无边。
酒兴诗怀三月节,红情绿意一园春。

善言常应千里外,妙悟自在片语中。
苦瓜和尚弄笔墨,蒲衣仙子嗜烟霞。
雨余芳草春边绿,月照寒梅雪里香。
家风善保诗书旧,人事长看岁月新。

君真炼石补天手,我是拨云采药人。
枝条畅茂培根柢,风雨调和通地天。
一经自可传先德,五字亦曾擢俊才。
高树雨晴群鸟语,小园春暖百花开。

白云山半黄茅屋,绿水溪边红杏花。
门外松高一千尺,山中人寿八百年。

数点疏星疑蟹火,一钩新月照鱼义。
人慕希文能任重,客从广武得清游。
日暖风和春意好,山明水媚客怀高。
忽逢上巳寻诗侣,又是清明种树时。

坐破蒲团见佛性,来参莲座读楞严。
东风似剪裁花片,细雨如丝织柳条。
南苑牧羊芳草地,西山游客杏花天。
赤松仙子谈元处,白水真人舞剑台。

空山明月照修竹,古壁斜阳画大松。
雪满北台宜纵酒,春来南亩又催耕。
守神以静天宇定,用志不纷性根明。
石边有客听流水,洞外无人扫落花。

彻灯映月看梅影,引水灌园养药苗。
至人不出乾坤外,大道长存天地间。
松密云深栖白鹤,草平沙软卧黄牛。
飞絮光阴春酒熟,落花情绪客词多。

三五千年在眼底,二十八宿罗胸中。
九霄星露仙人掌,万里风霜杰士心。
杜圣李仙定诗品,韩刚欧柔皆文豪。
易以乾坤为门户,道运天地如枢机。

晨起偶临十七帖,夜来闲读六一诗。
好风入松清到耳,妙语说诗能解颐。

山色当门青入户,溪光绕郭绿平桥。
麦田细雨参差绿,树杪斜阳浅淡黄。

明窗磨墨画名哲,斗室摊书对古人。
诗才旧属桂花馆,画谱闲观芥子园。
绿杉树密几茅屋,红藕花深两画船。
山深水远游无尽,心定神怡寿自长。

好景成诗句清峻,故交闲话语深长。
山林中自饶乐趣,宇宙间必有英才。
至道传自一老子,大易成于三圣人。
一湾秋水鸥眠稳,几树斜阳鸦阵盘。

清樽小饮金波酒,明窗闲画玉兰花。
欲遍游十洲仙境,曾纵观千佛名经。
十丈软红花万点,一溪浅绿柳千条。
浅水池塘春草梦,浓阴庭院海棠天。

柳因风定眠常稳,花为春寒开较迟。
一室中圣经古史,四壁上乔岳名山。
闲行平野青春暖,静坐空山白日长。
荒苔善用梅花点,峻岭还宜荷叶皴。

缅想无怀葛天世,又是赤明开皇年。
文章礼乐传千载,烟水云山结四邻。
云烂星辉开景运,礼陶乐淑立根基。
一林秋月开丹桂,半港薰风放白莲。

九州众水趋沧海,万里群山赴太行。
新诗脱稿犹低咏,佳客入门喜纵谈。

绕屋数株桑椹美,平田十里稻花香。
歌诗上接浴沂咏,慕古拟绘立雪图。
群花齐放狂风少,众草初平细雨多。
小砚旧藏端石子,短屏新写薛涛笺。

乾坤坎离昭四象,日月星辰辨九州。
谈诗客聚桐云阁,著书人坐藤花亭。
深院花开黄月季,小窗瓶插紫丁香。
戒多言存养真气,重积德喜葆长生。

妍日和风几游侣,落花飞絮一春诗。
春水方生鱼晒子,夏云初起燕归巢。
小园花草含生意,老屋琴书得静缘。
论交曾结金兰契,考古谁看玉蕊花。

偶携江上一瓢酒,来看村南十里山。
小阁昼长隐几卧,闲园日暖看花来。
六根洞达无尘想,万境虚融见慧心。
花如解语当窗笑,月亦窥人入户来。

人静月明三五夜,花香鸟语十分春。
闭户著书师抱朴,入山酣睡学希夷。
论道未逢亢仓子,习医欲访秦越人。
至理闲参微妙处,寸心炼到大还时。

垣边旧种千竿竹,阶下新栽五粒松。
大道周行宇宙外,一心常守坎离中。
三间五间黄茅屋,十家八家绿杨村。
篱根已放数枝菊,池畔犹开千叶莲。

天边云树千年鹤,海上风帆万里船。
春暖花迎三径客,日长人对一枰棋。
山云飘渺登长白,水墨淋漓画牡丹。
偶仿南田草衣画,曾见东坡笠屐图。

古书旧藏元椠本,小花新插宋瓷瓶。
树密树疏村远近,潮来潮去岸高低。
一湾两湾绿波水,十里五里翠微山。
行经奇险脚安稳,历尽艰难心太平。

浓煮苦茗涤肠胃,闻写新诗乐岁华。
读书万卷心无得,阅世千年眼自明。
笔画悬崖千尺瀑,神游大野万重山。
瘦竹老梅茅屋静,古书名画草堂灵。

九州之内可栖止,四海以外任神游。
闲来煮酒邀佳客,睡起烹茶读异书。
独坐空堂机虑静,闲行坦径天宇清。
无求所见皆如意,省事随时可养心。

饱经世事诗逾壮,游遍名山画亦奇。

一帘花影春三月,满院树阴夏五时。
好山几处留云影,春水三分落涨痕。
和百神而定一息,敛群动以入太虚。
向壁闲观石谷画,挑灯偶读辋川诗。

古书一卷卧藤榻,苦茗半瓯坐草堂。
万事万物各有托,一动一静剂其平。
细柳阴浓春雨足,高槐风定夕阳多。
呼僮引水浇新竹,有客投诗咏晚霞。

藤笺十幅放手写,铁笛一枝信口吹。
十幅名笺书乞米,一枝健笔画凌霄。
醉翁雅兴在山水,迂叟闲情寄画诗。
万里梅花香雪海,九成仙乐大罗天。

一径嫩苔铺地绿,几株高柳接天青。
山前已判仙凡路,门外尽多名利人。
观天人感通之际,思圣贤化育所为。
秋水横流入大海,夏云突起似高山。

窄径草稀青色浅,小园树密绿阴多。
爱敬由来出至性,慈祥亦自迓天庥。
风定落花扫不尽,雨余流水去无涯。
大野风来云不定,小池雨过水方清。

有本有文君子德,无极无尽圣人心。

世间有才人杰士,天下多灵水名山。
前人语录皆堪读,大地名山尽可游。
匡床凉簟龙须草,曲槛闲花凤尾蕉。

龙马精神西汉史,鹤鸾翔舞右军书。
日行黄道占时运,月满青天见道心。
采菊欲呼陶栗里,爱莲独有周濂溪。
才思纵横苏子赋,情怀闲淡阆仙诗。

千年神芝可养寿,一粒火枣若还丹。
半瓶独酒留君饮,两首新诗共我吟。
晚雨池亭人对酒,晓风庭院客能诗。
君才真如天岸马,我懒大似春箔蚕。

击剑弹棋聊遣兴,看花饮酒亦随缘。
窗前旧种箐筜竹,阶下新栽芍药花。
岁寒方能知松柏,雨余却喜看云霞。
月生海上星河隐,雷起天边风雨来。

海气渐收云欲散,日光未上露犹浓。
欲唤神龙致雷雨,还看海鹤舞云霞。
曾入重霄访仙侣,偶来大地看山河。
一江风月登黄鹄,满纸烟云画墨龙。
埏埴为器应世用,庄敬持躬立道基。

游名山忽逢旧友,读奇书如见古人。
绿波东港通西港,红叶前山接后山。
风雨应时禾麦熟,诗书济世士民安。

满园竹树高低绿,平野禾苗远近青。
远游蓬峤三千里,大会昆仑一万年。
文德自能安宇宙,慈心还可接人天。
密云带雨风吹去,美酒催诗客不来。

花痕草色分深浅,雨势云容有淡浓。
人来雪苑文辞富,月满蓬山夜宴高。
长松瘦石皆奇品,苦李黄瓜助野餐。
月不知寒偏照雪,花如有意故临风。

著书日坐茶香室,得句频题春在堂。
山色盈眸洗尘障,松声到耳无凡音。
村外数声布谷鸟,岩边几朵杜鹃花。
含元抱一老复壮,临水登山闲更忙。

荒苔数笔梅花点,大岭几重荷叶皴。
岩畔梅花照水影,月中桂子散天香。
和光同尘人不识,虚心实腹德乃容。
学有浅深皆著实,事无大小不须忙。
乔林大石放笔写,胜地名山策杖游。

卷二十一

日月山川天地德,诗书礼乐圣贤心。
人能克己才方大,世有真儒道益尊。
看云影树影花影,听松声琴声书声。

百世治平常在目,万家安乐总关心。
善赋才名推两汉,能诗声价重三唐。
闲中事业诗名重,静里光阴春昼长。

客谈瀛海潮初落,人在蓬莱月正明。
玉笈金篇慎所守,赤文绿字开其宗。
草堂晓起焚香坐,花圃春来得句多。
惟山人性耽石隐,有童孙能继书香。

十里春山人挂杖,一天花雨客听琴。
一尊柏叶迎年酒,两首梅花贺岁诗。
身登万壑千岩上,诗在三唐两宋间。
有客桐阴闲论画,伊谁花下正围棋。

从知冀北有神骏,谁向滇南见大鱼。
到眼多古书名画,关心惟秋月春花。
门外半湾新涨水,窗前一树老梅花。
春酒羔羊人介寿,秋风蟋蟀客吟诗。

自有烟霞养松寿,闲将水墨画山容。
螺杯偶注兰陵酒,石铫闲烹顾渚茶。
秋风槲叶数鸿雁,春水桃花双鲤鱼。
烟月高临鹓鹭观,风云长护龙虎经。

山坳访胜白云寺,江上怀人黄鹤楼。
霜天落木黄泥坂,明月秋江赤壁船。
门外早潮送渔艇,帘前春雨湿花幡。
松阴满院科头坐,晴日一窗放脚眠。

江天花月长紫梦,湖海文章久属君。
瑶台琼阙云千叠,珠树琪花春四时。
好句初成人独坐,名香偶爇客方来。
宝月光明照琼阙,彩云缭绕护瑶台。

烟雨楼台春日晓,画船箫鼓晚凉天。
桥畔一篙新涨水,窗前两树老梅花。
小园扫径飞微雪,古鼎焚香起篆烟。
气骨峥嵘米海岳,神思淡远倪云林。

河朔人才近燕赵,终南岚气接星辰。
大笔能著五代史,神医曾传千金方。
杨柳晓风残月句,画船烟雨采菱歌。
妙论昔有东方朔,大寿今见南极星。

红蓼花疏秋雁过,白蘋风定夜鸥眠。

桥边水涨鱼初上,窗外雪深梅未开。

灯火茅檐具鸡黍,茶烟石榻落松花。
报到庭花都结子,飞来山鸟不知名。
聪明睿智沦乃性,朴素浑坚全其天。

佳茗偶然沦雀舌,名香闲自爇龙涎。
江上晚霞一渔艇,山头晓雨几樵人。
无欲自能观妙境,不言乃可得仙心。
一幅硬黄书古赋,半张虚白画名山。

依红泛绿诗才富,虚白硬黄纸价高。
客来凭几琴三弄,睡起摊书茗一瓯。
翩然偶立群峰顶,渺矣闲观众水流。
深院日长宜午睡,小园春暖喜晨游。

鹤至真如不速客,石奇恰似飞来峰。
寸衷凝静八方定,万理虚灵一性通。
碧苔芳晖云林阁,烟树江天海岳庵。
潭水澄清龙隐现,月华朗映鹤飞翔。

湛然常寂见真性,渺矣无边得道根。
画梅笔下得春早,种麦田中盼雨来。
柔橹声中双雁度,画桥阴里一鸥闲。
偶临妍日曝书卷,闲灌清泉养药苗。

月亦有知频对酒,花如解语必能诗。
晓起池平鱼唼水,晚来帘卷燕归巢。
穷经自有书中乐,负耒长为陇畔人。

祇树骞林天上见,灵书宝篆洞中藏。
佳节客倾竹叶酒,清吟人对菊花山。
能使笔力透纸背,自有诗怀到酒边。

随处皆逢安乐境,此心常有清闲时。
酒边漫击催诗钵,壁上长悬品砚图。
人间有不醉之量,天半能御风而行。
云散山头见城郭,月明天半度笙箫。

著书莫论人间世,考古从知天下才。
朝见牧童驱犊去,晚看钓叟带鱼归。
偶对长松见寿柏,闲观丛菊得秋心。
道德立一身根本,文章发千载光华。

几树樱桃花似雪,万株杨柳雨如烟。
餐霞愈觉精神健,饮水方知肺腑清。
福泽由仁厚而积,功名乃道德之华。
庭下尽栽书带草,栏外初开木笔花。

山色迎眸分远近,水声到耳辨东西。
鸟篆曾披金简秘,龙华已夺锦标回。
晚来花树落红雨,晓起春山见碧霞。
欲呼南园种瓜叟,同访北郭卖花翁。

楼上一尊太白酒,窗前几朵牡丹花。
栏外新栽红芍药,盘中堆满紫葡萄。
远近水声分港去,浅深山色过墙来。

藤墅俪言　　199

善言应于千里外,长啸来自半天中。

桃李园开春气暖,樱笋厨香夏令新。
天地平成人安乐,日月合璧星联珠。
细柳垂丝长跪地,乔松挺干高摩天。
鼠姑花放春风暖,鱼子兰开夏气清。

君子志不在温饱,圣人心常愿治平。
客谈道术论铅汞,医有奇方辨汉秦。
海滨晓日渔翁出,山外斜阳牧竖归。
云开大地春风暖,月到中天夜气清。

拨雾穿云采药叟,披榛剔藓访碑人。
客从赤壁船中坐,人在黄泥坂上行。
敦朴乡风百岁叟,阳春烟景一园花。
流水落花春又暮,晓风疏柳客高吟。

野叟探梅策蹇去,溪童放鸭蹋船来。
大道能周行万世,众理常会集一心。
秋风诗寄白云寺,细雨人归黄叶村。
此心定静如坚石,浩气冲和接太虚。

中原有道安平泰,大学开宗诚正修。
湖心小艇收莲子,山角高楼说稻孙。
夕阳破笠叉鱼叟,浅水轻帆卖蟹人。
青牛车笨经函谷,黄鹤楼高瞰大江。

闲中岁月吟诗细,静里光阴得寿多。

写诗午展玉版纸,洗砚闲汲珍珠泉。
九秋雁影云千里,三月莺声花满枝。
回黄抱紫天地久,知白守黑神明来。
一叶扁舟随雁去,片云疏雨过江来。

晴日数枝桑椹紫,晓风几树樱桃红。
乾坤有象爻辞定,天地无私日月明。
万里名山数笔画,半江秋水一帆船。
门前莎草数丛碧,村外菜花十亩黄。

道德弥纶天地外,精神蕴蓄坎离中。
小阁偶然隐几卧,高楼闲自对花吟。
老屋小桥近秋水,古松瘦石点荒苔。
云日昭明天宇净,山川静默地维安。

茶熟香消诗客至,花开莺啭酒人来。
人登岱岳天风静,春入沧溟海气高。
有客唱大江东去,何人从函谷西来。
半滩秋水芦花白,几缕朝霞蓼穗红。

山云海雨天容净,春月秋花客思多。
天动地静日轮转,圣经贤传世纲维。
山花映日知春暖,竹树摇风似雨来。
晴窗细读梅花赋,雪夜闲翻贝叶经。

菊荣松茂秋重九,水远山长路几千。
秋水春山皆画稿,闲花野草亦诗材。
见素抱朴守至道,含光藏辉得天和。
小饮数杯春社酒,闲吟几首晚晴诗。

陇畔芜菁初结子,篱根苣苢正开花。
百年农事安平业,千载书香慈善家。
山中春雨花千树,江上秋风酒一壶。
一水折湾云骤起,两山过峡瀑飞流。

名医必善读灵素,大道还须问老庄。
画石不妨形丑陋,吟诗常喜意清新。
画理应出荒率外,诗才多在冷俊中。
水云浩渺清凉境,山雨空蒙蕴藉人。

圣人何思复何虑,君子有德兼有言。
美醅半瓶浇块垒,奇书一卷说洪荒。
春水画船三月半,夕阳箫鼓百花中。
日高行饭二三里,秋静吟诗五六篇。

几树老梅两驯鹤,万竿修竹一茅庐。
放船春泛红天远,煮茗夜谈秋月明。
毕宏韦偃之画古,屈平庄周其文奇。
大鲲鼓鬐九万里,神龙酣睡五千年。

东渐西被化无外,上际下蟠道至周。
十丈长虹收雨脚,一轮皎月出云头。

必能仁义礼智信,可对天地日月星。
惟君子遁世无闷,知山人见善必为。
海光荡漾云千里,山色苍茫树四围。
九霄鸾鹤垂奇彩,万里骅骝见异材。

澹怀处世清于水,善气迎人和若春。
捉笔偶铭汶石砚,面墙闲看华山图。
虚灵自接九天上,慈善长行万世中。
剪烛偶读夜坐记,出门闲赋晓行诗。

池中红藕叶初展,架上紫藤花盛开。
安乐家庭春似海,雍容风度气如兰。
海滨潮上添河溜,天半云阴盼雨来。
我懒自多笔墨债,君才难以斗石量。

雄才能经营八表,道炁自周流六虚。
手种桃花三万树,口诵道德五千言。
俊鹄千年善食气,天马万里来蹴云。
门前万里昆仑水,壁上三峰华岳图。

壮士有志贞而固,道人无事安且闲。
七十二沽富烟水,一百六日又清明。
月到中天无匿影,人从大道得仙心。
池边萍动知鱼上,松顶云来有鹤栖。

偶得医方辨药性,试煎泉水散茶香。
赤文绿字神仙箓,红树青山秋士诗。

藤墅俪言　201

云影偶过松顶上,春痕先上柳梢头。
古墨偶磨添砚水,重帏半启放炉烟。

黄鹂翠柳春风暖,白鹤青松秋气高。
种秫种蔬皆乐事,学书学剑亦真才。
江上帆樯自来去,人间风月得清闲。
桂花香射黄金榜,薯蓣名称白玉延。

东村西村麦已熟,三日五日身不闲。
老翁晚饭惟宜粥,稚子晨兴即诵经。
野市数杯倾白堕,村庖一饭熟黄蒸。
稚子有才识奇字,老夫无事画名山。

大量能容如沧海,至人养寿忘春秋。
潋滟有香怜竹叶,清寒无梦是梅花。
天骨开张识神骏,飞行奇逸见游龙。
绿字赤文传道久,琼林玉树养丹成。
松经千岁天然茂,菊到重阳自在开。

几重密树遮平岭,一道飞泉下远峰。
曹云西画藏来久,柳河东诗和得无。

养心莫善于寡欲,为学必求其认真。
月明满地梧桐影,风定一山松桂香。
修竹长存君子度,乔松犹有古人风。
海岳居士工墨戏,云亭山人善传奇。

书法共推王大令,画笔偶仿方小师。
五千言治国有道,三十辐行地无疆。
万朵芙蕖数株柳,一楼风月半床书。
有客大雪闭门卧,伊谁终日作诗忙。

岭上梅开三百树,山中鹤寿一千年。
偶来松径论往古,饱食桃花便大年。
抱紫回黄见真朴,依红泛绿亦清才。
蜀锦囊藏端石砚,钧瓷盆养水仙花。
自古文章重气骨,从知仙佛有根基。

卷二十二

五千言昭明日月,十六字揸拄乾坤。
中和位育存天德,妙元神真契道心。
仁见仁而智见智,道可道则名可名。

修己试行功过格,无事闲观主客图。

精理名言存至道,春风化雨育英才。
祥霎预卜丰年兆,甘露频因瑞应来。
万事从平正处做,一心自敬慎中来。

饮美酒切莫沈醉,评名花不贵浓香。

佛氏常言无我相,天尊大演度人经。
二三君子同官日,六七才人聚饮时。
动静语默志于道,诗书礼乐存其心。

种松万树来群鹤,聚水一湖养大鱼。
天为斯民开阡陌,人从何地访巢由。
养气方能增学问,寡言乃可定心神。

西方极乐无量佛,南斗延寿度人经。
一代清才欧阳子,千秋伟抱邵尧夫。
阶下尽栽书带草,窗前初放玉簪花。
几曲清溪秋泛候,一窗溪日午眠时。

著书喜有文中子,张乐如风武夷君。
细雨春帆挑菜节,东风晓市卖花声。
对客闲论诗境界,何人能识睡工夫。
云霞缭绕千盘锦,星月光明万斛珠。

阁外长松已结子,篱根丛菊正开花。
满地苔钱经雨润,几丝柳线引风长。
壶觞簪履三千客,烟水楼台十万家。
精楷尚存郭兰石,好诗犹说李梅生。

左图右史相晖映,上天下地自周行。
大海有能容之量,太华不自炫其高。
人有道则万善集,天不言而四时行。
门外轻车如流水,江上片帆趁晓风。

谓我偶然来北固,与君相对说东山。
置身独立千峰上,放眼横观四海遥。
古鼎焚香一室静,小亭题句百花香。
闲花欲放知春意,薄雾初开见日华。

霁月光风怀雅度,廉泉让水仰高贤。
安卧不知冬日满,闲行偶蹋径苔平。
老梅独数童二树,小篆必推钱十兰。
爱人乃治事之本,养性以寡欲为先。

苔草夕阴鸣蟋蟀,蓣花秋水点蜻蜓。
明窗小阁醒晨梦,瘦石长松耐岁寒。
君子有安宇内志,名哲不动天下兵。
名章俊句风人旨,远韵高情作者才。

周览山川遍宇内,抗论今古出人中。
江乡风物红菱美,荆楚歌声白雪高。
江天寥阔吟秋候,山雨溟蒙欲霁时。
几朵晴云来太华,一行秋雁过中条。

诗人乐志吟风月,隐者遁世栖山林。
万株红叶秋江寺,十里黄云早稻村。
万里帆樯大沽水,一江烟雨小孤山。

室静自能生虚白,心空乃可证还丹。
几朵黄金铸秋菊,一川碧玉下春流。
君子志不在温饱,道人心自悟希夷。

焚香默坐无尘虑,拄杖闲行有好诗。　山中寂处伏龙虎,天半舒啸招鸾凰。

梵声早度双松阁,诗意长留万柳堂。　名香闲炷雷文鼎,好句夕题雪浪盆。
华阳真逸储仙籍,松下清斋见古书。　几曲路穿桃坞去,一双帆渡柳溪来。
春深瀛海鱼龙起,花满蓬壶鸾鹤翔。　手种桃花三万树,口食松子五千年。
世间尚有闻仙里,天下争推通德门。　古墨细磨龙尾砚,银烛高烧雁足灯。

微雨澹云作寒食,旧笺古墨写新词。　手拈牟尼百八颗,口诵楞严三十年。
妍日游丝萦弱絮,轻阴细雨湿微尘。　龙跳虎卧字体健,苏海韩潮文势豪。
瑶阶青翠吉祥草,扣砌红黄富贵花。　山居高卧松风阁,江行又上木兰船。
细雨三篙菱芡水,秋风九曲菊花篱。　欲学图南酣睡法,高吟瓯北好诗篇。

芭蕉叶展窗纱绿,栀子花开帘幕香。　大道为一身之本,此心与万物皆春。
东风细雨长堤路,细柳新蒲近市河。　村边晓日来农叟,山外斜阳归牧童。
天长地久道乃大,岳峙渊渟品自尊。　苔藓阶墀筛竹影,梧桐院落散花香。
石几眠琴人静坐,竹炉煮茗客初来。　种花又辟三弓地,引水还添一段云。

松阴昼永留琴韵,竹外风来散茗香。　天气清和人意好,诗篇俊逸客才高。
读玉局赤壁两赋,诵金书黄庭一经。　桑柘阴浓蚕已熟,榆槐叶密燕高翔。
池满新添昨夜雨,山高不碍半天云。　浅草春深初覆径,幽兰人静自开花。
十亩清阴栽绿竹,一池碧水开红莲。　双松不见毗卢阁,万柳犹存夕照楼。

天地之大自覆载,日月所照长光明。　李桃旧种百余树,榆柳新栽四五行。
细雨溪桥挑菜侣,新晴衢巷卖花人。　才士赋成日五色,山人画出云千盘。
一瓯春茗留佳客,两首新诗寄故人。　偶读洛阳伽蓝记,闲看真灵位业图。
道德为立身根本,礼乐乃华国文章。　双桥分路栽榆柳,一水围村种芡菱。

铁琴古调逢仙侣,斗酒新诗见逸才。
两卷硬黄书列子,一丸古墨画君山。
三光之下无匿影,五岳所据有真形。
春入大田见生意,月于平地发清光。

名山佳处必奇绝,大道行时自坦平。
至人无为亦无事,君子有德必有言。
雨余来看水帘洞,晓霁高临日观峰。
春晚船依杨柳渡,秋高人立莲花峰。

园亭花榭长春国,灯火楼台不夜城。
烟柳风丝春一半,碧苔芳草水三分。
山人偶访归云洞,道士闲登挂月峰。
洛阳城郭春三月,太华峰峦云一窝。

三峰莫辨仙人掌,一石能回游客心。
往昔游山腰脚健,于今闭户身心清。
惟有慈心能度世,从知真气避飞尘。
萝磴有人看秋月,石楼留客饮晴霞。

三月莺声花外啭,九秋雁影水边多。
太白诗篇如江海,昌黎文字炳日星。
绿杉野屋人如画,黄叶村庄客有诗。
海峤烟霞词客梦,市楼灯火酒人豪。

爱养万物不为主,涵育一心得太和。
隐者耦耕乐畎亩,高人长啸激天风。

碧落空歌天宇净,赤明开化道根深。
数幅旧笺书草圣,一尊美酒度花时。
古寺有堂名绿野,名山深处访丹台。
一带黄流摇日影,三峰青处聚松声。

闭门偶读霞客记,放笔闲写华山图。
洗涤一心如白水,放开双眼看青山。
珠树自能巢翡翠,玉盆还可种珊瑚。
掩映白蘋三尺水,萧疏红叶几分秋。

北苑春山南苑树,东峰细雨西峰云。
碧海波平环岛屿,赤城霞起隐楼台。
海内才人莫抗手,山中高士有同心。
云山深处花千树,风月佳时酒一卮。

中庸首篇论性道,大学十章重治平。
阶前小鸟来饮啄,云中老鹤自翱翔。
自昔奇才善饮酒,于今豪士必能诗。
澹泊之中有至味,冲和而后得真灵。

仙人入市曾卖药,高士垂钓不须钩。
江干犹系寻春艇,花外曾闻报晓钟。
妙境出尘寰以外,至乐在虚静之中。
细雨船归桃叶渡,晓风人唱柳枝词。

王子晋吹笙骑鹤,黄初平叱石成羊。
人心必虚己以敬,天道乃至公无私。

藤墅俪言

岸帻东登泰岱顶,抱琴西下峨嵋峰。
三光朗耀开天镜,五岳崇高镇地维。

半空霞彩天孙锦,万里涛声海客舟。
千峰向背入川路,万水奔腾下濑船。
致虚守静乃存道,藏器隐形以待时。
兴来随意作狂草,睡起无事写名花。

一代才人齐俛首,千秋名士尽同心。
礼乐文章存典则,乾坤河岳育人才。
偶制朱栏护芍药,闲依碧沼种芙蓉。
闲看天半云霞灿,喜得人间岁月多。

闲中事业诗名重,静里光阴春昼长。
几人同入春风座,有客来谈秋水篇。
春水船来杨柳岸,西风人立菊花丛。
枝头露浥长生果,海上云盘不老松。

明月特来照梅影,好风着意送松声。
溪上晓烟笼岸柳,庭前晚雨湿盆花。
庾岭梅开进春酒,琼楼月满咏霓裳。
岭上梅开春灿烂,岩边桂馥月团栾。

扁舟稳载沧江月,掷笔高吟太华秋。
学道能通抱朴子,作诗谁是谪仙才。
高台纵目九万里,美酒浇胸三百杯。
竹里馆诗传摩诘,草堂图又见卢鸿。

人事纷纭摄以静,道心澹定养之和。
湿云堆墨见龙挂,浅草铺青有鹿眠。

江河浩渺必归海,日月光明长丽天。
闭目自知寰宇静,息心常觉海天空。
分畦种菜有生意,引水灌园无机心。
舶上客来谈瀛海,天边人至说昆仑。

溪边已绿鸭舌草,帘外初开凤尾兰。
何日畅游登赤壁,他年访道至青城。
山巅樵径入云去,溪上渔船逐雾行。
君子论交澹若水,高人习静寿如山。

立身行道君子度,博施济众圣人心。
五经四子树根柢,万水千山有驿程。
中天日月千秋镜,大海星云万里槎。
焚香静坐读庄子,携酒闲来就菊花。

菊花天气长宜酒,水竹村庄合有诗。
数点晚鸦枫叶岸,一行秋雁蓼花滩。
快桨轻帆枫叶渡,澹云微雨菊花天。
延寿初开九月菊,长生旧种千年松。

大千世界春长住,重九风怀酒不辞。
万点黄金铸秋菊,两株碧玉养春松。
养气以寡言为本,修身乃学道之基。
学道欲访青羊肆,作赋闲登白鹤峰。

丈夫志不在温饱,天地心长愿太平。
清梦初醒吟好句,新茶偶瀹发奇香。
班马著书垂史法,崆峒访道有仙缘。
村路显分山远近,溪桥隔断树高低。

艺黍种瓜为至计,读书学剑无闲时。
大海鱼龙瞻气象,深山松柏自坚贞。
溪桥经雨未曾断,野屋无门长不关。
一庭风月清吟候,四壁图书静坐时。

登高共醉重阳酒,乘兴来观八月潮。
种桃道士云中住,采药仙人岩畔逢。
天光云影留奇字,竹屋茅堂有逸民。
晨起一盂莲子粥,晚来半盏杏仁茶。
天地所以长且久,诗书自然精而深。

伊谁更作修竹赋,有人曾赞怪松图。
秋风槲叶山边路,细雨梅花江上村。
春风十里开红杏,溪水一湾聚绿杨。
今者纵游泛瀛海,昔人访道入峨嵋。
剑气珠光不可掩,书声琴韵自宜听。

卷二十三

天覆地载生万物,道全德备礼三光。
日月有明能普照,溪山无尽得清游。
心乃为事理所出,德能养天地之和。

一树老梅伴茅屋,数行大草写苔笺。
心静闲参物论,日长偶读定观经。
夕阳古木盘鸦阵,秋水寒芦过雁声。

酒酽茶香佳客至,花开莺啭好诗成。
两三客上蓬莱阁,重九人登太华峰。
晓起日烘分茧市,夜来雨隰采菱船。
扫径忽来一野鹤,寄书喜有双鲤鱼。

五株碧柳高人宅,三径黄花隐者居。
秋水斜阳人唤渡,春风古驿客登楼。
李杜诗才接汉魏,方姚文派起韩欧。
采药僧从云里去,卖花人冒雨中来。

日作大草数行字,闲写名花三两枝。
细雨瑶台开芍药,春风古洞见桃花。
自昔书藏汲古阁,于今诗选晚晴簃。

烹茶烟绕庭前竹,洗砚水浇槛外花。
四壁图书闲剔蠹,一池蘋藻聚行鱼。
小船双桨春波远,长笛一声秋月高。

藤墅俪言 207

云中仙子骑龙至,天际真人跨鹤来。

名留才子诗篇里,春在农人笑语中。
窗明几净人闲坐,茶半香初客有诗。
夜坐渐知心气静,春游顿觉眼光明。
偶酌一尊醽醁酒,闲画两朵牡丹花。

天边应有比翼鸟,江上忽来缩项鳊。
多栽杨柳深藏坞,尽种梅花不出山。
种得梅花围老屋,招来野鹤伴闲人。
论身修家齐国治,得天时地利人和。

竹阴煮水评茶味,松下听棋落子声。
抱一堂上春长驻,涵万阁前月正明。
应知入座皆佳士,却喜中原有善人。
偶引清泉灌曲沼,闲种小花近短篱。

荷塘竹径宜消夏,梧院菊篱又报秋。
仰观日月双明镜,应知天地一蘧庐。
黄沙秋塞青骢马,碧草春郊金犊牛。
逸少名传兰亭序,摩诘画有辋川图。

识时务者为俊杰,体天心处得人民。
夕阳人影太守醉,松径琴书陶令归。
西淀荷花东淀树,南山细雨北山云。
天人三策垂名论,金鉴千秋致治安。

万家烟树连城郭,十里溪山入画图。

美酒名花对豪客,能诗善赋亦英才。
沈潜高明各有托,藏修息游惟其时。
五朵云开花灿烂,千秋镜朗月团栾。
风月一庭人对茗,江湖满地客谈诗。

苔纸乌丝书小字,铜炉细火爇名香。
山厨香煮双弓米,宿墨浓书千字文。
名将争推哥舒翰,大师昔有佛图澄。
天地间太和元气,诗书中古圣名言。

出门交友必诚信,闭户读书贵专精。
屋角已牵山药蔓,垣边初放石榴花。
陇畔农夫频望雨,江干舟子又呼风。
干济之才须骨力,精神所蕴见经猷。

东篱采菊陶彭泽,曲水流觞王右军。
陇畔已生千岁谷,亭前初放百合花。
九节菖蒲本仙品,千岁茯苓养寿年。
墙外好山千尺耸,座中名士几人来。

一天疏雨洗梧竹,几片闲云过涧溪。
紫桂丹砂产南粤,青蒿碧洛镇中原。
逸少会书六角扇,伯牙善抚七弦琴。
冬暖如烘微醉后,夜凉似水乍醒时。

山翁采食紫桂实,仙人储有白玉延。
秋山几叠连青霭,春水一湾张绿波。
笙如凤啸重霄上,笛似龙吟深涧中。
乱山深处藏茅屋,古渡闲时系钓船。

一湾绿水群鸥白,十里青山秋叶黄。
飞来横海千年鹤,画出长江万里图。
清秋游赏数尊酒,长日消闲一卷书。
童子读书常闭户,山人种菜不开门。

荷黄曾逢听磬侣,下帷昔有读书人。
绿树阴浓村舍静,清溪水涨野桥平。
窗外数丛天竺子,盆中几朵水仙花。
妙想出洪荒而上,至乐在清静之中。

识字虽多难煮食,锻诗有兴更高吟。
峭壁夕阳添紫翠,远山岚气接青苍。
三礼为专门之学,六经乃万事所宗。
欲入名山煮白石,还从仙子炼丹砂。

秋风野径梨枣紫,晴日园林橘柚黄。
康节能抉易之蕴,涑水善言礼所宜。
引水一溪泛青绿,画竹万竿研丹砂。
一篱秋草飞蝴蝶,几树春花叫鹧鸪。

桃花古洞春长驻,柏叶仙人寿自高。
闭户尽扫闻见事,下帷细读圣贤书。

云霞常护炼丹井,鹤鹿频来采药山。
结屋山中善养寿,乘槎海上独探奇。
青藤老人文字古,白石先生道德高。
上士必能勤道德,名医亦自通天人。

有客寻诗来野渡,何人沽酒入山村。
疏林远岫倪迂叟,剑阁钱塘陆放翁。
天下柔弱莫过水,海内敦崇独有山。
槲叶秋风存野屋,桃花春水问渔船。

风日晴明鸿鹄下,海天寥阔鱼龙游。
海蟾善悟坎离诀,康节深明天地根。
千山云树秋天静,万国帆樯海舶来。
主人好客尊常满,稚子能诗句更奇。

读书有得为至乐,行道及民养太和。
古洞深居尘虑净,空堂寂坐好诗来。
野草闲花秋蟋蟀,澹烟疏雨老梧桐。
千山万水起游览,诸子百家耐讨寻。

尊前风月诗千首,门外溪山画一奁。
半窗疏影梅花月,一院幽香兰蕊春。
偶偕诗叟游淮海,闲与仙人说华山。
晚坐洗心饮白水,朝来果腹餐丹霞。

一川风月龙须草,十里烟霞熊耳山。
九江八河通地脉,三山五岳镇坤维。

藤墅俪言

白发追随前辈后,青灯回忆少年时。
考礼必精大小戴,作赋须研东西都。

旧梦不知今日事,新诗能契古人心。
月于空界定钟磬,人在上方诵道经。
礼经精意贵循分,圣贤大德在能容。
濡墨偶书折叠扇,挥毫闲作回文诗。

瘦竹幽兰数笔画,疏帘清簟一枰棋。
含元抱一道之体,崇实黜华心乃存。
槐花黄入村坊路,蒲叶青连溪水湾。
细草落花飞蝴蝶,春蘋浅水点蜻蜓。

天道不争而善胜,人心无欲自然刚。
三楚江山千古秀,六朝风月几人知。
野店秋深黄叶少,小园树密绿阴多。
有客才如天岸马,此翁寿似泰山松。

欲上云霄驾鸾鹤,常从岩壑采芝兰。
对酒看花春昼永,能诗善赋客才高。
花树偶来长尾鸟,柳条新贯细鳞鱼。
一堤碧草骑牛背,九陌黄尘送马蹄。

诗人踏雪骑驴背,旅客登楼数雁行。
苏黄雅抱同千古,元白诗才盛一时。
烟客自能通画理,阆仙独有祭诗心。
月光普照空明境,云气高悬极乐天。

临水闲观云意懒,入山独爱松风清。
万里长空见高鸟,一溪清水有潜鳞。

说礼家有如聚讼,为政者不在多言。
松径风微弹绿绮,云峰雨过拥青螺。
细草缘阶随意绿,嫩苔绕径几分青。
乘槎会泛昆仑水,拄杖来看泰岱云。

春风吹水靴纹细,夕照横江帆影斜。
啜茗闲看竹石谱,拈毫来写云山图。
侵晨散步园林静,向晚吟诗星月明。
瓶中美酝待君饮,海外奇闻为我谈。

满园蕉叶书怀素,一树梅花赋广平。
东风细雨瀛洲草,妍日轻烟阆苑花。
虚心独抱中和气,盛德长为安乐人。
花坞晨游看春色,书窗夜坐听秋声。

渔人扣舷歌明月,行客扬鞭唱大堤。
绿蓑渔子烟波外,红豆词人花月中。
绿杨阴里新茅屋,碧草坡前旧麦田。
淋漓墨沈清湘子,卓荦诗才杜少陵。

闻道山人通佛性,须知隐逸有仙心。
小阁夜凉宜默坐,名山春暖纵游观。
烟汀远近群鸥散,沙草微茫一雁飞。
移船过埭入芦港,引水穿花灌菜畦。

含藏悉作声弥远,积健为雄气自豪。
进退能必准乎道,动静自不失其时。
八节滩头寻胜迹,百门陂畔饷春耕。
月上最宜呼酒饮,春来依旧种花忙。

浮玉山头春昼永,涌金亭外月华明。
汉口夕阳江北路,明湖秋柳济南城。
多栽梧槚满园圃,新种芝兰近砌埤。
秋水环流山向背,夕阳分照路东西。

平生道谊师兼友,大好湖山画与诗。
万事多从忙里做,一心须向静中求。
万里江山一览阁,百年诗酒大观亭。
虚明自见乾坤牖,清静能存天地根。

积雨阶前苔藓厚,晓风溪畔柳花多。
春水洞庭双桨稳,晚香别墅一尊开。
千佛寺前秋月朗,五龙亭下春波平。
案头砚石添晨润,几畔盆梅发异香。

太平门巷春旗动,安乐人家社酒香。
不出户能知天下,喜读书长在人间。
游客晓登云罩寺,诗人夜泊石钟山。
桥边笠影知来客,竹外琴声亦可人。

几畔盆梅多古意,窗前池竹起秋声。

杨柳晓风村店酒,杏花春雨驿楼诗。
子午潮声来客耳,春秋天气称诗心。
文字因缘托久远,诗书气味自深沈。
古书插架三万卷,大椿垂荫八千年。

索我新诗寄吴会,知君清兴在潇湘。
春到曲江花似锦,客来阆苑酒如渑。
日观峰头见霞彩,晴川阁上看江潮。
酒垒词坛争胜负,荷塘柳陌任嬉游。

知白守黑处人世,回紫抱黄永寿年。
东风河上梳杨柳,细雨街头卖杏花。
立志出云霄以上,栖身在箕颍之间。
千贝叶画千弥勒,一莲花现一如来。

日食松子三百粒,闲画秋兰千万花。
酌美醅客添豪兴,写名花笔有生机。
万法皆空观自在,一尘不染见如来。
易中爻象分明定,书内典谟启迪深。

石门山畔采樵叟,水竹村中种稻人。
客有奇才行万里,人怀雅抱独千秋。
闲评古砚端溪石,偶画梅花大岭图。
诵经昔有白鹦鹉,刻砚今传黄鹂鸲。

月明村郭诗怀好,春满江湖旅客多。

藤墅俪言　211

四条弦上弹秋月,百衲琴中话水云。
老屋月明梅影瘦,春郊雪霁麦苗肥。
知足知止固其守,大成大盈得于天。
古史奇文一纵览,名山乔岳几登临。

书中自有无穷乐,座上时来有道人。
松下旧留调鹤径,门前新筑养鱼池。
偶从石洞收钟乳,闲向松根劚茯苓。
天地阳和回象外,乾坤清气蟠胸中。

卷二十四

谁论天地人三籁,喜读风雅颂四时。
大道无形含万古,至人之言贯三光。
日月光明照九夏,河山气象壮中原。

华山长伴白云住,函谷曾迎紫气来。
妙论居然似庄惠,奇文毕竟属韩苏。
旧砚犹存端溪石,新诗远寄庾岭梅。

心清频饮天河水,身倦闲眠古洞云。
隐者惟逃名于世,君子有济众之心。
落霞秋水滕王阁,明月清风苏子船。
新栽兰蕙三十亩,旧种松杉一万株。

一百五日寒食雨,二十四桥明月箫。
高烧红烛开书卷,闲看青蘋举酒杯。
天下万物生于有,世间百事付之无。
野客无心论尘事,先生有道慕羲皇。

珠树成林翔翠鸟,石岩峭壁产灵芝。
杨柳千条梳小雨,梅花一树报新春。
月圆花好人长寿,石瘦松奇泉有声。
烟月自饶仙子梦,日星常照世人心。

几曲绿阴连竹坞,二分春色到花朝。
健者纵游大瀛海,仙君长隐太行山。
词人夜市猜灯谜,豪客春筵劝酒筹。
天上星辰照寰宇,人间岁月隐山林。

花开阆苑春光好,月照蓬壶秋气清。
双丸日月行躔度,五岳山川镇地维。
花影一帘见满月,竹枝几首说新词。
青山绕郭云三面,绿树连村水四围。

四海烟霞游展满,百年岩壑读书多。
古鼎焚香书满几,矮炉煮茗客谈诗。
证神契真闭户坐,致虚守静展书看。
诗牌斗罢茶初熟,棋子赢多酒正香。

读书有得观古昔,闭户自精检身心。
白云阁外秋光好,紫极宫前山色多。
携笼采茶晨雨润,引泉浇竹晚风凉。
松存千岁长生格,鹤有三山养道心。

君子村中秋月朗,太公台畔白云多。
扫花闲自开三径,种树还能荫四邻。
陵唐轶宋追秦汉,研都炼京慕鲁周。
谁抚七弦水仙操,闲观五岳真形图。

王官谷里春光好,太乙祠前秋色多。
交友得高人逸士,论古见疏仡循萲。
冷暖先从诗叟觉,醉醒莫向酒人谈。
芦花门巷晒鱼网,杨柳溪桥出酒旗。

秋来闲画一篱菊,雨过初开万柄莲。
山镇一方如无事,水利万物而不争。
人在海滨楼上坐,客从天目山中来。
树影婆娑秋月上,波痕潋滟晚潮来。

山谷作草亦奇逸,濂溪爱莲有文辞。
紫茄白苋山庖味,绿艾青蒿村路香。
客来闲话黄山胜,雨过初看碧草肥。
豪杰名儒皆重礼,仁人志士必言诗。

秋水河桥沽酒客,夕阳村陇灌园人。
迈汉超秦读古史,陶唐铸宋有新诗。

棕榈叶战篷窗雨,荷芰香多水阁风。
昌黎为学接邹峄,眉山之文师龙门。
浮玉山头云气敛,涌金亭外月华明。
午梦醒时庭院静,晚凉坐久芰荷香。

虫鱼草木勤笺释,山海川岳纵奇观。
卫水源头寻胜境,太行山色入秋深。
小院日长人静坐,闲亭花放客高吟。
西江诗派存山谷,北学宗传出雪亭。

空山落叶寻行迹,大海扬帆有径涂。
种梧几树知秋早,画竹数竿引夏凉。
藏书万卷留人读,阅世千年见理明。
偶买韩康壶内药,得来曼倩袖中桃。

村舍儿童习礼让,野田农叟解讴歌。
满园绿竹初抽笋,几树碧桃正着花。
须体验天心仁爱,应推求圣德中和。
近水村庄人卖酒,种花园圃客题诗。

满院绿阴煮茗候,一帘红雨对棋时。
乡里敦庞存美俗,人家勤俭有成规。
新竹一丛舒凤尾,名茶三月试龙芽。
老圃多栽陶令菊,小园新种邵平瓜。

志士立身必守道,圣人教孝尚存经。
白云江上秋帆远,黄鹤楼头篴韵高。

藤墅俪言　213

耆旧文章存典则,乡间风俗守敦庞。
安排酒盏留宾饮,洒扫庭除待客来。

村垆初熟冬青酒,河桥人卖秋白梨。
齐万物则谓之道,敛一心以全其天。

闲向山中煮白石,偶来岩畔采黄精。
论道欲访碧虚子,学诗曾师黄涪翁。
晴烟芳草春驰马,秋月平沙夜泊船。
绿水桥头留客舫,白云山畔有人家。

一竿两竿竹新绿,三朵五朵花嫣红。
池边旧种水芹菜,栏外新开石榴花。
大学明德止至善,中庸修道致中和。
溪畔鸣琴松月上,山中铸剑海云高。

老学庵笔意精妙,壮悔堂文气纵横。
洗心涤虑入禅定,敛气收神得坐忘。
好句偶吟白少传,仙人欲访黄初平。
一阁部光昭日月,四公子名满乾坤。

十里轻烟榆荚雨,半帆春色柳丝风。
天地人物生于有,道德神气全其真。
花间举酒频邀月,松下观书闲卧云。
天上有时降佛子,人间何日无神仙。

漫看世上无双谱,闲饮人间第一泉。
调鹤寻梅人意好,论文对酒客才高。
王氏三槐存隐德,李家百药有诗才。
花外阑干十二曲,座中宾客两三人。

深文奥旨无人识,大义微言终古存。
江渚月明闻雁过,石潭秋静有龙吟。
笔底从来多逸兴,琴中自古有知音。
智者自乐仁者寿,日有真光月有阴。

园中新竹含烟密,溪畔老梅照水妍。
松高隐鹤闲眠月,槐老如龙欲入云。
万顷芦花秋月上,一溪杨柳晓烟多。
已添苔草三分绿,更展芭蕉数尺阴。

词客才高频对酒,山人事简喜谈禅。
门外溪山皆入画,园中草木尽宜诗。
守身能谦和者胜,为国以礼让居先。
对明月常怀旧友,论豪兴不减当年。

山中茯苓已千岁,庭前枸杞亦百年。
吹豳饮蜡承平事,抟雅扬风安乐人。
饮酒数杯性愈定,藏书万卷读无多。
逃名早结深山侣,学道常闻出世人。

名画不负丹青引,好句争传元白诗。
挂壁一琴常爱静,游山双屐不嫌忙。
烟锁梨花千树雪,雨敲松子一楼云。
至理可为智者道,名论当与通人言。

十里莺花挑菜路,一湖风月采菱船。
耕田乐道无歧念,政事文学各擅长。
两卷硬黄书画赞,一尊浮白对诗人。
篷里宫商初到耳,棋中胜负亦关心。

从来大道如发直,要使此心似镜明。
雨骤雷驰山岳动,天青云白江湖平。
偶逢方士谈元妙,闲对名山画大痴。
人间碑版黄仙鹤,天上神仙绿萼华。

疏灯夜雨莲花寺,尊酒春云虾菜亭。
善咏诗篇谢道韫,能吹觱篥薛阳桃。
天半朱霞舞白鹤,云边碧海绕青山。
沽酒常从村店去,问农又过野桥来。

醉后开怀弄笔墨,闲来放眼看溪山。
英才必为世所用,善政当以古为师。
古镜常照今人面,前史流传后事师。
种成春院花三径,摘取秋园果一篮。

赋诗不亚徐骑省,作画当师李龙眠。
检书看剑昼无事,沽酒寻梅春有知。
妙书必学王大令,善画近有方小师。
川谷江海论老子,乾坤离坎说羲经。

不嫌莲子心中苦,能耐梅花骨里寒。

倪黄画格变前古,元白诗篇入别裁。
岩树接天群鸟集,江天如镜一舟行。
至理必表以出也,善言可贯而佩之。
溪水半篙添夜雨,山楼一角驻斜阳。

十年诗稿积成帙,数亩春花开满园。
惟无有能入无间,必至柔可运至刚。
好风来莲初放也,甘露降竹先受之。
桃李门前春正好,松杉径外月长圆。

自有平原种桃李,莫从歧路入荆榛。
画成山水新丘壑,梦稳烟霞古洞天。
校书人坐天禄阁,看花客乘春水船。
百年自许饮文字,四海论交多故人。

新添三月桃花涨,又展一溪杨柳阴。
辟地栽花成小隐,临流种树绕新村。
读易能启乾坤牖,学道先培天地根。
庭前雪不因人热,天半月还为我明。

一院风香花放候,满园露气夜凉时。
天花飞舞释迦座,灵宝庄严元始经。
十万雄兵背水阵,三千劲弩射潮军。
月圆月缺人皆见,花落花开春有知。

读史读经分日课,学书学画无闲时。

藤墅俪言　215

将军大夫封树职,珍珠金线锡泉名。
风花万点经人眼,云水千盘见道心。
数声渔唱烟波远,一抹山痕云树低。

暮云春树增新稿,太华终南忆旧游。
架上图书常如旧,门前车辙何其深。
一路松风灵隐寺,满湖秋月洞庭船。
天目山边云不断,水心亭外月长圆。

君才不可斗石计,我心常如云鹤闲。
马上笳寒秋出塞,尊中酒暖夜登楼。
丹枫乌桕秋如画,黄叶青山客有诗。
白云外史看云去,黄鹤山樵跨鹤来。

烟霞性格无尘想,书画生涯得静缘。
云去云来如我意,月圆月缺耐人看。
涧底尚留磨剑石,山根曾筑读书堂。
十里蘼芜村畔路,半帆烟雨客中诗。

东邻卖酒西邻醉,前车留辙后辙行。
苍松翠柏神山树,黄菊红茱秋圃花。
到门有客话烟水,下笔为文论汉秦。
帘外新飞紫燕子,林间初啭黄莺儿。
青天白鹤随云去,绿酒黄花入市来。

半潭秋水群鸣集,满院绿阴一鸟鸣。
燕南赵北富烟水,柳港莲塘入画图。
千佛名经久不见,九霄仙乐昔曾闻。

杨柳晓风渭水北,梅花晴雪灞桥西。
积雨为霖润下土,好风吹月到中天。
盛德若愚君子度,主善为师至人心。
折得好花如欲笑,收来野菜不知名。

夜雨新添西崦水,午风好趁北窗凉。
君子常使一心静,善人不与万物争。
美酒必邀明月饮,名花须对画师看。
披襟高阁迎朝爽,拄杖平皋看晚霞。

从知十亩耕桑叟,犹是千秋著述人。
丛菊依篱鸣秋蟀,老松画壁如游龙。
脱稿诗篇欣共赏,在山泉水汲来清。
常将至理求程邵,自有真才论顾厨。

人在青山云里住,客从黄叶雨中来。
隔云松磴分樵路,环水溪桥有钓舟。
月朗风清天宇静,神定气和智慧生。
鸥渚停舟微雨里,渔村晒网夕阳中。
花底吹笙春正暖,林间煮酒月初圆。

卷二十五

讲道论德立身本,说礼敦诗济世才。
六经必以易为始,一心长在道之中。
大象已著安平太,古圣曾分清任和。

时事通明甘澹泊,人情练达自和平。
一花能现一佛相,万水长印万月光。
画多奇气笔常健,诗有仙心句不凡。
天半有龙吟凤啸,书中见鸾舞蛇惊。

灵识元气妙于用,虚心实腹守其中。
中天日月轮长转,寰宇山川界自分。
盆中善养小松柏,壁上常悬古画图。
曾于云壑栖身久,闲向银河洗眼来。

尘中闲论千年事,云外频逢百岁人。
阶下松花铺地锦,月中桂子发天香。
中天日月万城郭,大海云霞几舳舻。
钓叟笠檐擎小雨,牧童牛背载斜阳。

黄鹂几对树间语,粉蝶一双花外飞。
画阁尊开千岁酒,瑶阶云护四时花。
篱根语蟀见明月,花底流萤聚小星。
不知门外高轩过,且听林间好鸟鸣。

千古文辞论秦汉,中天日月照山河。

闲随仙人拾松子,偶访处士问梅花。
春水桥边双画桨,秋风江上一渔竿。
日高树影铺三径,风定花香聚一庭。

细草逢春含意趣,老梅经雪见精神。
画意诗情本闲淡,溪光山色自清明。
檐前鹦鹉传好语,月里蟾蜍现宝光。
古驿偶来题壁客,春田又见耦耕人。

人在龙眠山畔住,客从雁宕岭边来。
词人夜照金莲炬,阆苑春开玉蕊花。
一雁呼群渡楚水,万鱼逐队上严滩。
月喜窥人穿竹过,云还似我出山迟。

喧寂中各有所养,盈虚内必持其平。
白云在天心定静,青山当户眼分明。
篱根豆角初经雨,窗外葵心必向阳。
纵横万里在眼底,上下千古罗胸中。

欣逢湖海新诗侣,犹有齐燕旧酒徒。
高论不须惊座客,旷怀久已入云霄。
天地间圣贤化育,云月中神仙往来。
柳条贯鲤来渔叟,蓑笠骑牛有牧童。

茶经酒颂有时看,雨笠烟蓑镇日忙。

藤墅俪言

白云阁畔耕田叟,黄鹤楼边卖卜人。
点染秋花三五笔,闲吟晚雨数联诗。
濠上惠庄有神悟,洛中程邵亦天人。

月影高低穿竹树,市声远近过溪桥。
白雨倾盆遍沟浍,黑云堆墨满江湖。
霹雳一声来好雨,氤氲三日有浓云。
新月一钩星数点,好花几朵酒盈卮。

帘外春融花仰面,窗前风动竹低头。
书画生涯一老叟,诗词才调几闲人。
天涯谁惜新歌扇,江上犹存旧酒楼。
一天湿雾黄梅雨,几缕好风白纻衫。

学书先须立骨格,作画必当见风神。
劝君竹叶尊中酒,听我梅花笛里声。
新秋蔬圃晨兴早,长夏松窗午梦长。
乘鸾骑鹤飞仙侣,走虎鞭龙大将才。

门外无人来送酒,座中有客索题诗。
一片闲云天际白,几行垂柳水西青。
旧制琴囊裁蜀锦,新装书帙剪吴绫。
小窗无事编诗草,古砚微凹聚墨花。

卧龙冈外春风暖,拒马河干秋气高。
桔槔上下辘轳转,耒耜勤劳蓑笠闲。
山深常以石为屋,水绕还栽松作墙。

至善由一心而起,圣人为万物之宗。
贺雨诗成云未散,看山兴至客同游。
一池红晕芙蕖放,十亩绿阴桑柘闲。

谁为华岳三峰记,重画烟江叠嶂图。
春色来从花坞外,秋声多在树林间。
古鼎焚香人静坐,矮炉煮茗客初来。
千年老鹤攫云起,一日神龙行雨来。

风廊卧看银河影,月榭闲听玉笛声。
林塘春照万花放,云水秋清群雁来。
龙吟虎啸山川静,凤翥鸾翔天宇高。
晚日和风传啸旨,茶香琴韵静诗心。

檐前好雨能留客,江上青山又索诗。
奇文自有千秋想,豪论能生四座风。
潮退波痕侵岸湿,雨余山翠扑楼来。
好风净扫尘埃去,明月闲窥窗牖来。

司马文章惊海内,士龙品望重云间。
小院闲花沾露少,平原高树得风多。
晓雨烟波群鹭集,晚凉云树一蝉鸣。
闲中自得诗书乐,静里方知岁月长。

双桨烟波吹铁笛,一天风露看银河。
久经霜雪发长白,日对湖山眼自青。
执经曾入春风座,举酒还登昼锦堂。

紫荆关上云常护,白沟河边水自流。

抱犊山中人不老,放鹤亭前月正圆。
闲携藤杖登嵩岳,高挂蒲帆过洞庭。
皂驴风雪新丰市,白鹤烟霞古洞天。
仙人隐处梅千树,渔叟归时月一船。

元宵灯火鱼龙市,春水帆樯鹦鹉洲。
松因偃盖垂阴普,竹为虚心抽笋长。
古砚尚存未央瓦,好句犹传长乐钟。
画石画水皆有法,种瓜种豆各因时。

剪灯夜坐听秋雨,拄杖闲行看早霞。
助酒兴诗兴画兴,听琴声笛声箫声。
披襟小坐读庄子,走笔当窗画大痴。
春蛇秋蚓黄山谷,山青水绿李营邱。

君子尊贤而容众,至人和光以同尘。
世悉赖圣贤垂教,道乃为天地立根。
山青云白松千树,水净沙明柳数行。
五柳门前人独立,万松山外鹤飞来。

门前客少常悬榻,架上书多独下帷。
碧柳红桃千百树,渔村蟹舍两三家。
黄菊篱边人送酒,碧云亭下客谈诗。
竹里书斋人不见,山边石径水长流。

莎径茅堂留客住,茶坊酒市有仙踪。

旧砚犹存鸜鹆眼,小炉尚有鹧鸪斑。
星辰推测分中外,日月周回无古今。
三竺六桥留胜迹,百年千载几诗人。
冻雪毡裘登靺鞨,秋风匹马渡滹沱。

云烂星辉文运启,天清地宁民气和。
戎马三边筹笔驿,灯窗十载读书人。
卷地风来添雨势,漫天云起有雷声。
是处见天心仁爱,何时得人事和平。

十亩陂塘浮乳鸭,一村桑柘听鸣鸠。
十里松杉山径窄,几重云霭海天高。
寡言语自能养气,省身心无过读书。
碧天无际云霞灿,银汉横空星斗明。

神龙吸取三江水,威凤翔入九天云。
心闲小阁焚香坐,事少平堤策杖行。
红藕花中双桨动,绿杨阴外一船归。
碧霞紫雾供吐纳,绿水青山足啸歌。

菰蒲绿柳平桥路,菱芡黄瓜野店村。
村后村前秋水碧,山南山北晓霞红。
水清必无大鱼至,云开自有天马来。
出门岸帻看山色,依石披襟听水声。

藤墅俪言

清歌入听沧浪水,访道欲登昆仑山。
山不知名问樵叟,水无渡口唤渔船。
海滨皎月随潮上,天际沈雷送雨来。
楼台精细赵千里,山水清奇柯九思。

好句旧传朱竹垞,名画新得郑板桥。
吟成芳草晴川句,画出烟江叠嶂图。
画派争推沈白石,诗才又见高青邱。
云出深山沛膏泽,日生大海放光明。

江上小楼能聚远,山中老屋可藏修。
南田翁对花写照,东陵叟种瓜得名。
诗书教泽贯今古,道德光华炳日星。
紫茄白苋山人饭,茅屋竹篱处士家。

高吟黄菊晚香句,闲画碧梧清暑图。
窗对林峦如读画,几陈醪馔偶延宾。
篱边酌酒客来访,花下看书人不知。
钓台长俯一江水,严陵自是千古人。

松菊柴门三径敞,琴书藤榻一堂深。
东风杨柳天然绿,细雨桃花分外红。
诗酒间偶逢佳士,林泉中忽遇逸人。
白云山畔闲调鹤,青草湖边偶钓鱼。

大地树阴连野碧,上方云气接空苍。
三百树梅花村舍,一千株杨柳楼台。

茅屋三间藏竹树,草堂四面对溪山。
莫以才名动侪辈,还将谦德对时人。
画竹画兰见笔妙,种瓜种豆分天时。
春色已浮杨柳渡,秋光先到菊花篱。

如得禄得名得寿,必善信善能善时。
高士清歌两三阕,仙人长啸四五声。
漫招珠履三千客,曾上瑶京十二楼。
天之道不争善胜,人所重抱一守中。

天下英才为世用,人间善士逐年多。
席帽青衫人策蹇,小桥流水雁横天。
圣人无为成其大,上士闻道勤而行。
一榻松风清枕席,半窗蕉雨润琴书。

自有剑光贯牛斗,还将琴韵散云天。
知止定静安虑得,求智仁信义忠和。
上士悟道天宇静,至人无梦身心清。
君倚洞箫骑紫凤,我携斗酒听黄鹂。

程朱言性崇洙泗,文景为政重濑乡。
斗草拈花闲趣味,敲诗读画静因缘。
闲看余霞散文绮,还将剩墨点莓苔。
莫将盛气凌沧海,只有闲心对白云。

紫荆关外云容净,黄叶村边秋气高。
论交如入芝兰室,栖隐长居松桂林。

万重松密栖群鹤,百尺潭深卧老龙。
稻花香里农歌起,杨柳阴中酒斾摇。

与善人晤言一室,行好事自有千秋。
几湾绿水长绕郭,无数青山齐到门。
缘溪村舍多栽柳,近市人家喜种花。
风卷海涛潮有信,雨洗尘埃月更明。

花外偶来策杖客,柳阴时见卖瓜人。
天半白云闲似我,人间红豆总思君。
渔翁樵叟皆知己,才子名流尽可人。
门对大江看云水,山有小口通渔人。

雨过又添三径草,秋凉犹吝一分花。
秋入已看花结子,雨多又见竹生孙。
山头松树迢遥碧,洞外桃花烂漫红。
萧然茅茨常独处,邈矣云天善飞行。
村外峰高常碍日,门前松老不知年。

高歌白雪数声曲,直上青云万仞梯。
千古青山名士宅,一江秋月谪仙楼。

杨柳小桥行客路,杏花野店酒家旗。
精求万理推前哲,独有千秋忆古人。
绿水周环村舍外,白云长宿几席间。
濡墨偶书六角扇,焚香独抚七弦琴。

秋宵对月八方静,晓日看霞万象开。
一枕月明蛱蝶梦,半窗晓日听莺啼。
月过回廊花有影,风收曲径竹无声。
四海应知民庶苦,万缘莫扰此心清。

窗外闲云人独卧,门前流水客听琴。
高人自有烟霞癖,佳客同深山水缘。
千寻丹嶂无尘雾,万里青天见日华。
骏马遥驰杨柳陌,峭帆飞指荻花洲。
诗人久住王官谷,野老长居若耶村。

卷二十六

制礼作乐开世运,镕经铸史育人才。
有象爻辞占卦气,无名元朴定心神。
六经四子必须读,五岳三山相与游。

庄严七宝莲华座,供奉诸天贝叶经。

闾里祥和咸习礼,士民安乐不知兵。
其人能长生久视,此心得极乐妙游。
好句推敲成枕上,名山挥洒出毫端。

安乐家庭春似海,慈祥心性气如兰。

藤墅俪言

春波杨柳浑无际,晴雪梅花两不分。
春秋花色分深浅,晴雨山光有淡浓。
栖遁于风尘以外,寝馈乎书史之中。

诗情画理称心得,琴韵书声入耳清。
研求至理精深处,体验此心平静时。
春风桃李重三节,仙境云霞十二楼。
七十二沽富烟水,几千万卷拥图书。

画竹笔带劲直气,养花人有太和心。
天涯词客多豪兴,江上渔翁是可人。
酣睡不知门外事,高歌且举掌中杯。
丹青笔妙存山岳,太白诗名贯古今。

菜羹豆粥三餐饭,藤杖芒鞋百岁人。
尘事从来分向背,人心端底重和平。
自有天人通造化,不从日者问行藏。
数间老屋二三友,一树古梅千万花。

锦帙旧藏玉海纂,宝篆犹存金碧经。
春风庭院桐花凤,细雨溪桥柳线虫。
几行江柳含春色,一夜秋潮似雨声。
习闻鹤背仙人笛,熟读龙门太史书。

薜萝门巷无人到,花月池台有客来。
人在双松廊下座,月从万竹径边来。
君子必自强不息,至人以习静为宗。

灯火鱼龙开夜市,烟花莺燕聚春城。
汉家初造葡萄酒,宋相曾簪芍药花。
帘前风定海棠睡,池畔春寒杨柳眠。

秋水轩前明月上,晚晴篱外好花开。
野草闲花五亩宅,古书名画百年身。
名花初画白菡萏,旧砚犹存黄鹧鸪。
修竹柴门春草碧,小桥流水稻花香。

春色先来花树里,山光长在画图中。
风平江上春帆稳,花满村中酒价高。
岩畔松云添画意,池中水月定诗心。
偶拾松子千万粒,独上名山一两峰。

黄叶雨晴村路净,白蘋风起水天长。
春郭客携双酒榼,夜窗人坐一枰棋。
老梅舒枝如翔鹤,古柏盘根似蛰龙。
莺簧叶底传春信,鱼鼓声中唱道情。

晴色已从芳草见,春光先向老梅来。
莫泛天边三海水,来登江上九华山。
烟月池台花万点,江天楼橹柳千行。
秋风芦荻来鸿雁,春水桃花得鳜鱼。

碧海云霞乘赤鲤,沧江烟月踏金鳌。
几声农唱田间起,数点渔灯滩外明。
雨收云敛天容净,潮退风平海气高。

天下事务农为本,世间人读书居先。　　大地云山堪纵目,平生师友总关心。

风摇树影窗纱绿,雨湿苔痕石砌青。　　竹炉烟息茶香起,松径云深花气凉。
诗书事业传家久,山水情怀见道真。　　白云山畔双松阁,青草湖边一叶舟。
春水片帆扬子渡,夕阳密树皖公山。　　高阁深藏千树雪,长桥横卧一溪烟。
芰荷香里白鸥立,阳柳阴中紫燕飞。　　桨摇秋水三湘月,袖拂春风九陌尘。

正心诚意为学始,弱志强骨立道基。　　倪迂黄痴分画派,韩潮苏海论文章。
试剪吴淞半江水,遥揽齐州九点烟。　　呼取秋宵一轮月,来照江天万里船。
耦耕南亩春初转,高卧北窗夏亦凉。　　杨柳溪边一渔叟,桃花源里几人家。
治人事天德乃积,入孝出弟学之先。　　喜见珍禽巢珠树,好将玉蕊护雕栏。

愿世人多行好事,与学者共读奇书。　　新诗锻炼得佳句,旧学商量亦美谈。
清秋煮酒对黄菊,暇日引泉洗碧梧。　　洞阴落叶呼童扫,花下围棋有客来。
天心自古重农事,尘世于今多善人。　　采得溪芹炊香饭,试剪茅茨牵碧萝。
渭北江东入吟咏,海南蜀西纵游观。　　深山修竹本多节,空谷幽兰自有香。

西风已报三秋爽,骤雨能生六月凉。　　海屿仙禽多岁月,边关老马饱风霜。
大政勿轻于改作,凡事何莫非自然。　　蔽日松杉挺直干,经春兰蕙有余香。
东风着意吹芳草,春雨关心问杏花。　　修身当自寡欲始,为学先须见理真。
浓云密雨暗深院,小阁疏窗又上灯。　　银烛金樽春纵酒,玉箫铁笛夜游船。

学派不须争汉宋,诗篇近喜仿韩苏。　　水调谁歌新旧曲,酒旗常恋往来人。
春花万树忙蜂蝶,秋水一滩度雁鸿。　　登楼且醉千殇酒,投笔何须万户侯。
闲招白鹤云中舞,应识黄河天上来。　　六桥烟月一尊酒,千古湖山几首诗。
日月光华昭景运,山川灵气育英才。　　枕上心清听夜雨,山中人静看春云。

三月莺花江上客,一楼烟雨画中人。
半肩槲叶一樵叟,几曲芦湾两钓船。
钓渭耕莘有至乐,敦诗说礼见真儒。
夜雨朝晴天气爽,茶香酒酽客谈高。

薜萝池馆吟秋客,烟水楼台消夏人。
大同世界万方静,安乐家庭四序和。
秋雨又添篱菊艳,春风初报岭梅开。
羊胛未熟天光晓,鸡声初动日华高。

仁者自然能静寿,山人长此乐清闲。
独卧草堂听夜雨,闲来松径看朝霞。
荡开十里莲塘水,来卧半山松径云。
天下英才入教育,世间善士尽宾朋。

良夜月明人半醉,早春花放客能诗。
竹树苍茫连岛屿,烟云缥纱隐楼台。
八万四千里天地,三百六十度星躔。
瑶阶尽种吉祥草,琼岛多生意气松。

庄生妙论出老子,曹参善政师盖公。
天地之间有化育,道德以外无功名。
雷霆发天地生气,云霞增川岳光辉。
呼吸风云通宇宙,提挈日月升昆仑。

君子有辞愿福寿,大道无为乐安平。
桑柘阴浓春雨足,溪桥水涨晓烟多。

常行世上安民事,广布人间勤善书。
农人田陇论耕稼,诗客林园问落花。
无边风月诗千首,不尽江山画一奁。
居家自昔习勤俭,处世从来重善良。

野叟胸中无城府,山人面上有烟霞。
勤劳尘事头初白,爱惜人才眼独青。
九州四海大寰宇,六桥三竺小湖山。
满脸烟霞山店客,一肩枫槲野樵人。

一百五日寒食雨,三十六峰隔江山。
养精含气心神健,隐景藏形岩谷深。
野肆春游添酒债,江村夜市卖花声。
万朵芙蓉照秋水,千株杨柳弹春风。

千秋政治存金鉴,万里天光浸玉壶。
两岸芦花远近白,半山柿叶浅深红。
著书人自多甲子,隐居者别有乾坤。
立身有道先慈俭,处世无奇必敬恭。

天平地成八方静,岁稔时和四民安。
守以礼必行以义,师其言如见其人。
老氏述道德教世,孟子以仁义开宗。
天柱地维开景运,圣经贤传立纲常。

自有三光照寰宇,愿与万物同春和。
百年闭户读书志,五岳看山采药人。

村店风摇沽酒斾,溪桥雨湿采菱船。
春风万里昆仑水,秋月一天渤澥涛。

杨柳溪桥新雨后,梨花院落晚春时。
长松百尺能引鹤,秋水一池可养鱼。
诗能脱口成天籁,画到无心入化机。
渔水樵山有至乐,吟诗读画得长年。

工诗客至论韩杜,卖画人来说宋元。
问山中昼长几许,知门外云深数重。
碧梧阴下云三径,丹桂林中月一轮。
洛神赋盛传都下,水仙操犹在人间。

高梧夹径青垂荫,修竹当窗绿有痕。
一帘花气浓于酒,几树莺声脆似簧。
溪边细雨苔痕碧,村外斜阳树杪黄。
花光已向枝头见,柳色先从陌上归。

切莫随人收橡栗,未须依样画葫芦。
画松每有岩壑想,种菊常存隐逸心。
小艇穿花秋放棹,高楼吹笛客凭栏。
仁义礼智通于道,风雨霜雪应乎时。

采药入山云满袖,扶筇步月露沾衣。
不写精楷写大草,还将诗句作楹联。
开卷则神游上古,下笔如身在名山。
万点雪花着树顶,几枝冰柱挂檐牙。

临水看云有逸想,读书静坐不多言。
从来农叟勤耕稼,自古诗人喜宴游。

若论前因与后果,应知古月照今人。
海上客来谈旧雨,尊中酒满贺新春。
江水丹霞翔白鹤,云天碧海舞青鸾。
远近山光绕村郭,融和春气入园林。

绿柳絮飞三月雪,白莲花放一池香。
小阁焚香宜静坐,平原策杖任游行。
门外青山千万叠,座中佳士两三人。
点染名花见生意,推敲险韵得奇诗。

渔翁樵翁善问对,庄子惠子多寓言。
学者读书存笔记,高人饮酒有诗篇。
良师必因材而教,名医有济世之心。
我控青骢游紫陌,谁骑白鹤上青云。

偶调绿绮乘青雀,闲写黄庭换白鹅。
三径碧莎斗春色,几株绿柳系诗心。
真道真元在天地,妙观妙听无形声。
空山人论唐虞世,大地晴开岳渎云。

几树绿阴飞海燕,一湾春水上河豚。
偕良友登山临水,访故人读画论诗。
善言不与疑者说,良法当为信人施。
深院花香人语静,大江月上笛声高。

藤墅俪言　　225

花开齐赛花神庙,墨榻犹传墨妙亭。
渡水呼船来渔父,入山问路遇樵人。
宇泰定而天光发,心气和则事理明。
渔父不知论魏晋,山人高卧学羲皇。

家在桃花源里住,春从杨柳渡头归。
梅花消息春深浅,客子光阴诗有无。
大瓢酌酒对豪客,古鼎焚香赋小诗。
擘鸿蒙而挈日月,运造化以升昆仑。

能守一息自长寿,善利万物而不争。
数点春雪不到地,几片晴云常在天。
一心止至善乃定,万物恃大道而生。
桃花烟水风光好,杨柳春旗气象新。

家给人足群生逐,岁稔时和万象明。
田间野叟同邻里,海内词人识姓名。
乾坤列卦以垂象,日月叠璧而成文。
嘉陵山水谁能写,泰岱松云合有诗。
众理不出易以外,群黎皆在道之中。

吟诗偶斗尖叉韵,作画须分燥湿皴。
客来池馆流莺啭,春入野田见牸耕。
细雨春融青琐闼,东风人立紫薇天。
祥和气运随时转,浩荡春风逐岁新。

求志于诗书易礼,寄身在耕稼陶渔。
云腾雨降天光大,虎伏龙潜道气深。
用行舍藏准乎道,乾坤离坎运于中。
震古烁今存至道,经天纬地谓之文。

从知眼底多慈善,常使胸中养太和。
小立诗人形似鹤,高谈豪客气如虹。
衡阳过雁秋风早,灞上骑驴春雪深。
乐石吉金重物品,翔风膏雨得天和。

天地平成民安乐,诗书垂裕世绵长。
偶从桥畔寻芳去,曾向江头问渡来。
虚心长养千年寿,善念能回万古春。
窗外多栽君子竹,山中亦有大夫松。

卷二十七

诗书存夏礼,士庶乐春台。
士风小邹鲁,乡俗古唐虞。

挥毫作大草,解带量长松。
画竹存直节,种树得生机。

文囿雕龙手,词坛吐凤才。　　柏叶迎年酒,梅花守岁诗。

易字象日月,道言含古今。　　晓风动杨柳,晴色上梅花。
读经还读史,治国先治身。　　一卷消夏录,数首晚唐诗。
复性守真朴,黜华葆元根。　　坐对松间月,行看水上云。
名山养乔木,宝笈有奇书。　　定静方生慧,虚空始见真。

黍珠含大象,宝镜照真神。　　壮士闻鸡舞,山人放鹤来。
人归万里外,春在百花中。　　为善无止境,行乐贵及时。
古书论火记,大文注水经。　　新民须止善,进学在致知。
一室静中静,万缘空处空。　　明月黄泥坂,高风绿野堂。

得道者多助,成功而弗居。　　晴云闲作态,夜雪寂无声。
高怀歌白雪,逸志上青云。　　不学万人敌,来量八斗才。
对月琴三弄,生花笔一枝。　　鸟声穿竹树,花影上帘栊。
月照光明界,人居安乐窝。　　琴声清到耳,诗味静蟠胸。

省身先寡过,入世戒多言。　　海月照芦港,山风起松涛。
圣人重大化,君子贵潜修。　　山中松子落,钵内莲花开。
耆老征人瑞,农民望岁丰。　　远山带城郭,春水上舆梁。
酒国樽罍富,诗坛壁垒高。　　真人号白水,名士爱青山。

开尊来客早,得句笑花迟。　　木瘿制酒器,榭叶织蓑衣。
烟霞三岛客,风月一楼诗。　　君有神仙骨,天留著作才。
春云双雁塔,秋水一鱼梁。　　英才为世出,大道得人传。
诗才李百药,画笔张三丰。　　溪云压箬笠,山雨湿蓑衣。

藤墅俪言

善养冲和气,喜吟简古诗。　　室静生虚白,山高送远青。
大造乾坤鼎,灵光日月轩。　　宋镌书版古,明制墨花香。
客去琴书静,诗成笔砚忙。　　春水垂纶濑,秋风舞剑台。
文字探渊籔,精神贯日星。　　松阴调鹤径,芦港钓鱼船。

慷慨英豪气,纵横辞赋才。　　逸志天边鹤,闲心水上鸥。
圣贤有至乐,太上本忘情。　　霁月光风度,开云野鹤心。
天转阳和气,世多慈善人。　　旧书元椠本,大砚宋澄泥。
保太和元气,论明德新民。　　诗有神仙骨,人怀俊顾才。

花气浓于酒,松声静入琴。　　身闲心气定,云散月华高。
河山春气象,书史道精神。　　风花春满眼,辞赋客多才。
天心主于静,水性自然清。　　溪山春气象,辞赋客精神。
溪桥生野趣,林屋隐高人。　　海风吹晴雪,江雨助春潮。

神光通紫极,真气养黄庭。　　山月照清夜,溪花报早春。
箕颍人家旧,诗书道味长。　　月照梧桐影,风来木樨香。
花草有闲意,图书发古香。　　人心重慈善,天体自高明。
春草平原绿,山桃隔岸红。　　道进转若退,心清在不争。

小栏花似锦,深院雨如丝。　　经营存鄞鄂,培养立根基。
不信瓜如瓮,焉知藕似船。　　平野高低树,缘溪远近山。
周易乾坤象,古文龙虎经。　　花雨莺呼侣,松风鹤引雏。
熟读都京赋,闲观山海经。　　寒梅助雪影,爆竹起春声。

风月诗千首,林峦笔一枝。　　晴云度遥岭,春雪洒平田。
小楼山一角,古柳路三义。　　屡踏三山路,曾题万里桥。

坐看山云起,闲招海鹤来。
善言听易入,浩气养来深。

大开乾坤牖,能知天地根。
偶来君子馆,喜近圣人居。
天心重慈善,人事自安平。
心乃一身主,道为万物宗。

天地犹橐籥,乾坤似鼎炉。
美酒三百瓮,大厦千万间。
嫩竹含新粉,老梅发古香。
山花春欲放,江月夜长明。

花当初放候,月到半圆时。
亲民在止善,耀德不观兵。
春至犁锄动,身闲笔砚忙。
岩畔一松古,云中双塔高。

露浥莲房静,水流荇带长。
杨柳片帆雨,梅花老屋春。
谁挝渔阳鼓,曾闻缑岭笙。
中和资位育,大学重修齐。

熟精文选理,能诵法华经。
爱菊陶彭泽,能诗杜少陵。
避尘挥麈尾,看雨卷虾须。
补天有奇术,斫地起高歌。

长葆冲和气,闲观清静经。
梅开千树雪,柳聚一溪烟。

曾氏勤三省,程门守四箴。
素琴邀月听,长笛遏云行。
名山游不尽,大器晚方成。
云开京口树,风定海门潮。

负耒勤农事,读书忆古人。
细雨湿襟带,流霞入酒杯。
沽上留诗社,江干问酒楼。
海上浮槎客,山中采药人。

太华俯关陇,大江流古今。
梅花喜神谱,竹叶亭生诗。
功成身应退,心闲品自高。
闲观水镜集,偶卜灵棋经。

竹叶一尊酒,梅花数首诗。
秋月庭中句,春风马上篇。
晓风疏柳影,晴雪老梅姿。
保持修道志,博济得仁心。

三径梧桐月,一溪杨柳烟。
田塍秧马雨,村郭纸鸢风。
万松藏野屋,一径入山云。
藓径花幡影,茅亭棋子声。

藤墅俪言　229

花深藏蝶翅,叶密触蜂须。
有人修砚谱,无事读茶经。
踏月喧箫鼓,飞花动觥筹。
水榭芰荷绕,秋林橘柚香。

梅花喜神谱,云麾将军碑。
豪饮未辞醉,高歌半入云。
流水悟真性,乔松得大年。
交游谢时辈,著作藏名山。

阳春先梅柳,瑞雪满田畴。
墨聚瓦头砚,酒满木瘿瓢。
扶行方竹杖,安坐小藤床。
偶观书画谱,闲读山海经。

彭泽喜种菊,濂溪独爱莲。
春寒宜小饮,山静得清游。
三月桃花雨,一溪杨柳烟。
云停如我懒,酒熟报君知。

梅向春前放,客从天际来。
月来松有影,风定竹无声。
峰向面前起,云从足下生。
花月诗千首,烟霞棋一杯。

东方画像赞,西岳华山碑。

农叟居青野,山人爱白云。
三月桃花雨,一山槲叶云。
山色宜春雨,溪痕上早潮。
旭日中泠渡,秋风大散关。

春色来天地,诗名动古今。
芳草铜驼巷,绿杨金犊车。
招开三径月,约住一溪云。
梅花三万树,道德五千言。

学业通乎道,膏泽下于民。
云散天容净,身闲心气清。
无欲方能静,虚心自得师。
池馆收荷露,山村制柿霜。

天远低无树,山高静不尘。
野馆松云碧,平畴麦浪青。
玉烛调时序,金樽劝友朋。
草阁依山起,柴门近水开。

读画云林阁,听琴春草堂。
幽香兰可友,直节竹堪师。
日长隐几卧,春暖出门游。
山头经雪白,天眼向人青。

有花园不俗,无酒客来稀。

莺花江上酒,烟雨客中诗。　　秋月莲花白,霜天柿叶丹。
云山双蜡屐,天地一诗瓢。　　山云随意懒,夜雨洗心凉。
百尺梧桐阁,十大薜荔墙。　　潮向海边退,云从山半生。

晓日上松岭,春风满麦畴。　　闲心对野鹤,逸韵出瑶琴。
花开三月雨,人坐一楼云。　　空山拾松子,春社赛花神。
书藏元椠本,花插宋窑瓶。　　潮涌秦皇岛,云横太白山。
放眼看宇宙,平心论古今。　　小饮不成醉,安眠自在醒。

频诵千佛号,热读九仙经。　　松密云常聚,山深夏亦凉。
经史无穷意,乾坤大定时。　　春暖花争笑,冬塞月有棱。
宝笈书千卷,琼林花万枝。　　弹琴山月上,招鹤海云生。
若问人间世,不为天下先。　　天高星辰远,山静江河平。
大德传千古,英名动四方。　　心境平如水,诗声高入云。

卷二十八

乾坤昭日月,龙虎会风云。　　郭李风裁峻,应刘辞赋工。
定静无穷妙,逍遥大同观。　　入山先问路,饮水必思源。
德为仁所本,义乃事之宜。　　大瓢酌春酒,高壁题新诗。

春永蟠桃宴,佛说莲华经。　　松雪十三跋,烟村四五家。
道德立根本,仁义为蘧庐。　　松根人独坐,峰顶客高吟。
洞天一品石,岱岳万年松。　　此心如对镜,天道犹张弓。
百忍张公艺,三乐荣启期。　　晚饭烹菰米,春盘荐蕨芽。

藤墅俪言

大乘佛弟子,南极老人星。
旧藏郙阁颂,新得礼器碑。
道德指归论,真灵位业图。
云山千里目,书史百年心。

云山双蜡屐,花月一闲人。
古柏一二树,奇花三两枝。
山花春意足,林樾鸟声和。
好花初放候,佳客乍来时。

访道青羊肆,读书白鹤峰。
烟云深画理,花月助诗才。
碧梧三径雨,红叶半山云。
天上青精饭,人间黄石书。

烟峦新画稿,花月旧诗篇。
村绕万竿竹,渠通两道桥。
豪气凌沧海,虚心读古书。
海日能收雾,江风可退潮。

独立望千古,含和运四时。
春入王官谷,人如庾子山。
看花有闲兴,对客无费辞。
名山两汉柏,古寺六朝松。

春江浮乳鸭,秋塞走明驼。
丹灶烟霞古,黄山云树深。
板桥善卖画,秋谷能谱诗。
赌酒人皆醉,争棋客亦痴。

莲塘经雨涨,松径入云深。
静里光阴好,澹中滋味长。
花月为知己,琴筝共赏音。
大瓮收松子,疏篱护菊花。

贾岛无妨瘦,孟郊不厌寒。
日高浓雾散,潮退断冰流。
夜凉知雪重,春暖报花开。
剖鱼见尺素,拾蚌得明珠。

酒香蚁泛绿,秋老雁来红。
春山初入画,秋水已成书。
桥上探梅叟,门前送酒人。
人如天半鹤,道比水中鱼。

放眼看名画,耸肩锻好诗。
酒熟邀君饮,诗成待我吟。
老松自苍翠,好花能白红。
雪积二三尺,梅开一两枝。

和风吹古驿,细雨润芳郊。
晓风吹柳絮,春雪放梨花。

偶饮葡萄酒,闲烹云雾茶。
海内有高士,人间多坦途。

老梅最宜雪,细柳自摇风。
皈心拜玉佛,缄口学金人。

扫雪来佳客,搴云有好诗。
春深花满径,人静月当天。
餐霞三岛近,听雨一楼高。
谱传羽衣曲,花满锦屏山。

动静交相养,温凉当自知。
庭花如我意,海鹤有仙心。
高竹得天籁,老梅发古香。
客去琴心静,诗成酒兴豪。
小饮三巡酒,闲焚百合香。

有天际真人想,读案上古圣书。
君子得时则驾,儒生素位而行。
碧霞绛云飘渺,金书玉字光明。
体物自能见道,养性可以合天。

人立梅花西畔,春来杨柳东偏。
平远山村图画,上元灯火河桥。
鹦鹉洲前江水,凤凰台畔春云。
无事无为无欲,炼形炼气炼神。

身常足心常定,言有宗事有君。
竹叶亭中宾客,桃花源里人家。
千竿万竿修竹,三株五株老梅。

书传王大令,画有李将军。
秋收知岁稔,春暖得天和。

大地崇明德,中天养太和。
美酒微醺候,春风得意时。
断碑堪作砚,古鼎亦栽花。
晚晴动诗兴,春意上梅梢。

杨柳渔人屋,梅花处士家。
香山九老会,竹林七贤图。
春山开晓霁,秋水映明霞。
晓雨千丝柳,春风一箭兰。
处士善种菊,山人独爱松。

食太和之精气,运大化于元苞。
人在天香深处,诗成秋月圆时。
言忠信行笃敬,蓄道德能文章。
沽酒杏花村店,停船杨柳溪桥。

安睡自入神妙,坐忘上契元虚。
村庖热薯蓣粥,晚饭煮菠薐羹。
茅屋半窗梅影,铜炉几缕香烟。
风定月明人静,茶香酒酽客来。

春入柳桥花坞,人来圆峤方壶。
匣中藏青蘋剑,壁上有绿绮琴。
谁更作小园赋,我欲画草堂图。

藤墅俪言

智者动仁者静,和其光同其尘。

不知棋局几道,闲临草圣数行。

曾到五云深处,偶游三岛归来。
深院寒梅立鹤,小桥疏柳栖鸦。
花有香月有影,山不高水不深。
心闲如云栖鹤,身健是地行仙。

帘外春寒料峭,客中诗意缠绵。
一湾两湾春水,千树万树梨花。
屋后千寻飞瀑,窗前百尺高梧。
不向尘中插脚,还从云外栖身。

铁瓮城边春水,钱塘江上秋潮。
静是长生之本,善为众流所归。
万柳溪边风景,百花庄里人家。
红杏村中沽酒,绿杨溪畔停桡。

功成名遂身退,天高水远山长。
抱一为天下式,慎独见君子风。
不知棋局几道,来画山云数重。
窗外松高竹静,溪边云去月来。

一缕炉烟直上,半瓯茶味清香。
孝友睦姻任恤,刚健笃实辉光。
具广大灵和性,见虚空元妙天。
手种芝兰玉树,名高绛阙琼台。

招明月来饮酒,挟清风以披襟。
煮茗焚香洗砚,弹棋读画听琴。
快雪堂前春水,晚晴簃外闲云。
紫燕黄鹂庭院,红桃绿柳山村。

无事南檐负曝,有人东郭寻春。
偶见穿花蝶影,频闻抱叶蝉声。
门外几人问字,堂前一客听琴。
人能开乾坤牖,道乃立天地根。

合三才通乎易,育万物谓之仁。
放笔学大涤子,有人游中条山。
种青松引白鹤,界乌丝写黄庭。
红杏春风野店,绿杨流水小桥。

梅花三朵五朵,爆竹千声万声。
饮酒已称海量,能诗亦是天才。
有客花间吹笛,呼童竹里煎茶。
智者乐仁者寿,塞其兑闭其门。

树杪一钩新月,江干几点疏灯。
校书如扫落叶,挥毫闲写名山。
二顷田数间屋,五花马千金裘。
读书见至游子,学道访安期生。

云水一行雁影,霜天几杵钟声。
画手推吴道子,诗骨傲贾阆仙。
座上画师诗叟,庭前修竹丛兰。
宝月光能四照,仙风吹下九天。

几上诗牌酒盏,座中海客山翁。
三五间黄茅屋,一两卷青囊经。
曲径晓风杨柳,小园春雨梨花。
人坐半窗竹影,客来一径松花。

辟得小园十亩,养成老树数株。
酒绿灯红夜宴,鞭丝帽影春游。
水榭春风柳絮,池亭明月梅花。
目见光明世界,心是清静道场。

梧月松风蕉雨,渔歌樵唱书声。
有酒有花上巳,无风无雨重阳。
麦陇春含细雨,柳桥人立东风。
夜寒知有春雪,客来新赠早梅。

君似青藜结绿,我如野鹤闲云。
君不学簪花格,我自有漉酒巾。
家在溪山间住,人从烟雾中行。
人步花砖日影,春添柳坞风光。

门外雪深三尺,天边月转一轮。
春雪如飞柳絮,晓烟犹护梨花。

灯火鱼龙夜市,云霞梅柳春郊。
言必信行必果,政善治事善能。
听到梅花三弄,折来杨柳一枝。
一架百年枸杞,两池九节菖蒲。

天地长养万物,诗书化育群生。
壁上两幅古画,案头数卷奇书。
二分竹三分水,千里圣百里贤。
孰能忍而有得,吾不知其自然。

座上修琴道士,门前卖药山翁。
携得一丸古墨,来画千岁乔松。
阶下多栽兰蕙,道旁频剪荆榛。
人似东方曼倩,寿如南极仙翁。

雪压茅庐人静,春来梅岭花开。
作画仿华秋岳,题诗似金冬心。
韬藏珠光剑气,存养画理诗心。
长桥风雪驴背,古驿星月鸡声。

行看溪边春色,坐听窗外秋声。
有荷蒉其人者,与接舆共传之。
跨赤鲤游沧海,骑白鹤下昆仑。
清静立天下本,戒慎乃道中人。

后万民乐而乐,以百姓心为心。
杜曲烟花三月,兰陵美酝一壶。

藤墅俪言

近智近仁近勇,养形养气养神。
水榭春风柳絮,池亭明月梅花。

蓄道德论仁义,熟经史富文辞。
得南极元量寿,读中秘未见书。

茶烟花雨竹露,诗才剑胆琴心。
煨芋尚留宿火,烹茶犹有余烟。
德被九州以外,道在六经之中。

性道立中庸本,诚正开大学宗。
日月光明不改,山岳定静如长。

卷二十九

赞易删诗圣人有作,兴贤让能天下乃安。
日月双辉楼台百仞,云霞万色锦绣千重。
瑶蕊琪花琼林玉树,赤文绿字宝笈金书。
持身宜严接物宜恕,知人者智克己者仁。
中和蕴蓄矫然特立,大雅宏达卓尔不群。
门外无车心内无事,尊中有酒案上有诗。

一日之间阴晴互异,千里以外风俗不同。
放眼出宇宙世界外,挥毫在规矩准绳中。
剑抱雄才花含美意,琴弹古调诗有雅音。
清静无为一尘不染,智慧明照万理皆通。
抱紫回黄真气长固,知白守黑神明自来。
星朗如珠月明似镜,松密隐鹤潭深有龙。
丹霄碧霞日月辉映,瑶池金阙神仙往来。
万水千山皆成画稿,三唐两汉尽入诗囊。

圣贤事业英雄气概,神仙品格隐逸襟怀。

刚日读经柔日读史,五亩种芋十亩种桑。
八家古文七家试帖,五亩庐舍百亩稻粱。
陇亩间无辍耕农叟,乡里中有读书人家。
观明月光是无我相,闻木樨香能定此心。
司马史记独有千古,公羊春秋自成一家。
因人而成得人而理,观天之道执天之行。
红杏满林春风得意,碧松万树宝月长圆。

郭李风裁辉映川岳,欧苏文字藻绘云霞。
张博望浮槎昆仑水,阮步兵长啸苏门山。
人以黄石赤松为友,天将红桃绿柳写春。
醉翁所乐能及禽鸟,坡仙之游独登虬龙。
烟月一瓶取中泠水,云霞满纸画大伾山。
满地松花双鹤来去,一池春水群鱼游行。
偕隐逸二三子论道,与童冠十余人咏歌。
四壁烟霞一窗风月,几丛松竹万卷图书。

忍无所得慈无所舍,视之不见听之不闻。
有时采樵有时垂钓,半日读书半日耕田。
碧霞绛云文章彪炳,瑶台琼阙神仙往来。
宝笈金书秘藏洞府,琪花瑶草罗列庭墀。
君才不可以斗石计,我心常愿为山野人。
修齐治平从诚意始,江淮河汉入大海来。
半日读书半日静坐,一客荷樵一客听琴。
积日成月积月成岁,体物知身体身知道。

碧霞赤松人间福地,金泥玉简天上宝书。

王谢子弟别有风格,韩欧文字独出冠时。
长笛一声皎月出海,素琴三叠白云在天。
十里溪山别饶画意,半帆烟雨无限诗怀。
山人无事日近笔砚,君子有酒欢洽里邻。
车盖所临函关紫气,松雪曾书大洞玉经。
古帖数行自饶真趣,新诗两首远寄故人。
海月江云光明四照,丹霄绛阙心迹双清。

制礼作乐群伦向化,含元抱朴万物归仁。
一道山溪清流见底,万株松岭白鹤高飞。
千岁所存著书立说,百年之计食气怡神。
学士多才诵诗习礼,农人乐岁甘雨和风。
胸中有五千年史事,笔底写八百里湖山。
火枣交梨神仙肴馔,金浆玉醴道德精华。
一卷奇书上下千古,数行大草神仙往来。
澄神契真保元守朴,抱质怀素蕴宝藏辉。

三百树梅花围老屋,一千株杨柳绕清溪。
大砚逾尺小砚径寸,平林近水高林近山。
有形有气有体有用,无巧无拙无智无愚。
天壤间有太和元气,诗书中存至理名言。
柔能克刚昔传此说,静以制动古有其人。
舒卷祥云呈彩霄汉,缤纷瑞雪积润神皋。
春气鼓舞百卉滋发,日华朗曜四序翔和。
有巢父许由其人者,与王倪啮缺为友焉。

大雪三日天地一色,平原万里日月双辉。

山不自高群峰皆附,海必能容万水咸归。
膏雨应时万物萌动,祥云在宇四序调和。
君子守道不逾规矩,山人妙悟能贯天人。
观天地阴阳育万物,聚古今才智入一堂。
龙来可乘风来可御,桃大如斗藕大如船。
紧闭闲门不闻尘事,细读灵素独养太和。
天地清宁日月明照,礼乐和睦道德清虚。

列三五六经在眼底,罗二十四史于胸中。
天苞地符文明大启,日经月纬世运长新。
圣人治世礼乐并重,君子处事德才兼施。
琼阙瑶台赤文绿字,松风水月仙露明珠。
日月照临万物萌动,天地覆载八方安平。
读圣贤书行慈善事,饮欢喜酒居安乐窝。
谢傅襟怀游山游水,渊明风度宜酒宜诗。
无我无人日观自在,见天见地是谓如来。

日月星辰光明普照,诗书礼乐精义长存。
乾健坤顺明易所蕴,山虚水深得琴之心。
开卷读书千秋在抱,焚香默坐万籁无声。
日含五行月受六律,神游八极目营九州。
十万春华纵横眼底,八千云月澄澈胸中。
日月星辰自有所照,风云雨露各善其施。
人品伟俊高山乔岳,文辞富丽长江大河。
观天地大象之昭著,求古今名理于精深。

世跻大同民安耕凿,园名独乐士习诗书。

藤墅俪言　239

乾坤立易则于以见,形器具性乃有所存。
大挠所学始造甲子,彭钱之寿不计春秋。
金碧楼台云霞灿烂,琼瑶图篆日月光华。
清静观书深通义理,庄严束带如对圣贤。
确然有作卓然有入,运而不穷融而不凝。
人居绛阙丹霄以上,春在红梅翠柏之间。
天德王道扶持宇宙,圣经贤传定立纲常。

经国治人莫善于礼,化民成俗兼取诸诗。
五亩栽松五亩种竹,十年养气十年读书。
晴云飘渺登黄山顶,天风浩荡立碧海头。
天地生材各有根柢,圣贤治事自具经纶。
不言之教无为而治,知足者富大盈若冲。
日月经天江河行地,诗书寿世道德宜民。
目营八表胸罗千古,气含万象智烛三光。

亭育于道生德蓄而后,元妙在义精仁熟之中。
本五行阴阳以验人事,因四时寒暑乃见天心。
十万卷经文诲人不倦,五千言道德亘古长新。
大鹏行九万里分南北,灵椿以八千岁为春秋。

必静必清乃可以长久,无知无欲是之谓道同。
看山半闲云自来自去,读案头野史何古何今。
四万八千里天地相隔,三百六十日岁月周回。
茶半香初一日常习静,花开鸟语四时皆有春。

妙语出不古不今以外,好诗在可唐可宋之间。

坐松石间闲参道德论,居海天外朗诵楞严经。
风月佳时吟诗一二首,云山深处结茅两三间。
若向心身家国天下从事,先以易书诗礼春秋植基。

论道妙分上士中士下士,居尘世见日光月光星光。
有猷有为有守万端咸理,同轨同文同伦四海皆安。
根本论文熟读六经四子,烟霞有癖频游五岳三山。
仁自谓之仁智自谓之智,道亦非常道名亦非常名。

不矜能不争功必成大器,能容人能任事方是全才。
昼无思夜无梦守吾元朴,出而作入而息极乐妙游。
一卷古书天下不易其乐,半升白米人间是处可居。
书画琴棋长作文房宾友,云霞烟务幻为蜃市楼台。

看流水闲云有太古间意,听鸣琴啼鸟得禅定中心。
喜松能静鹤能舞人能长寿,愿月有光花有香客有新诗。
道之在人也曰定曰静曰慧,心所善养者惟敬惟灵惟和。
尽商量古画奇书不愧作者,问多少名山胜境栖隐高人。

对三五月明有琴有书有酒,瞰大千世界无思无欲无为。
绿酒初斟烟花池馆重三节,黄河高唱风雪旗亭第一声。
论天地周回无极无尽无际,看风云会合有形有影有声。
暮鼓晨钟惊醒几人名利梦,春耕秋种长为百岁太平民。

江上烟霞尽收罗诗材画稿,隆中岁月初不过琴韵书声。
豆粥菜羹北地村农得美食,黄花紫蟹东篱诗客发高吟。
天德运行太易太初太始太素,圣人道妙曰清曰任曰和曰时。

藤墅俪言

宋人画有根源元人画有气韵,古体诗论品格近体诗论风神。

上士中士下士闻道自然歧异,真人神人至人程功各有浅深。
圆尔道方尔德平尔行锐尔事,塞其兑闭其门和其光同其尘。
天下难事须先从平易处着手,世间杰士无不由艰苦中立身。
江上数征帆东西船来南北泊,楼头思往事吴楚疆分汉魏争。

安排种树移花亦是闲中经济,若论樵山渔水本为世外生涯。
一枝笔一丸墨咏不尽新词好句,数杯酒数瓯茶聚多少名士才人。
流水落花问春浅春深得诗几首,闲云野鹤看潮来潮去饮酒数杯。
出门一笑招万叠名山都来眼底,对酒当歌论千年旧事尽注心头。

大成大盈大直大巧运一心于无际,善仁善信善治善时利万物而不争。
老梅一树老松一株并是山林中逸品,古墨数丸古纸数幅亦为几案间清才。
渌波如画长笛倚楼飞絮有情碧落无语,
山馆客来纸窗睡足曲廊茶熟小阁诗成。
月满高楼正桂子香中重翻梵字霓裳谱,
秋来老圃喜菊花丛里闲和渊明饮酒诗。

卷三十

集老子语
天地犹橐籥,视听得希夷。
天下将自定,圣人皆孩之。
上仁上义上礼,大器大象大音。
道者万物奥,海为百谷王。

同于道同于德,不自伐不自矜。

去甚去奢去泰,曰夷曰希曰微。
欲不欲学不学,道可道名可名。
大曰逝逝曰远,一生二二生三。
功成身退天之道,爱民治国能无知。
躁胜寒静胜热,言有宗事有君。
知其白守其黑,洼则盈弊则新。
知其白守其黑,言有宗事有君。

善建不拔善抱不脱,大成若缺大盈若冲。
慈故能勇俭故能广,弱之胜强柔之胜刚。
深根固蒂可以长久,被褐怀玉知我者希。
知足不辱知止不殆,大成若缺大盈若冲。

大直若屈大巧若拙,自知者明自胜者强。
生而不有为而不恃,弱之胜强柔之胜刚。
图难于易为大于细,知常曰明益生曰祥。
悦兮惚兮窈兮冥兮,长之育之成之熟之。

为学日益为道日损,大方无隅大象无形。
不争善胜不言善应,以正治国以奇用兵。
损之而益益之而损,知者不博博者不知。
损之而益益之而损,知者不言言者不知。

为学日益为道日损,以正治国以奇用兵。
有德司契无德司彻,知和曰常知常曰明。

藤墅俪言　243

其出弥远其知弥少,不见而知不为而成。
知足不忧知止不殆,以正治国以奇用兵。

勿骄勿强勿矜勿伐,或呴或吹或行或随。
明道若昧进道若退,知人者智自知者明。

大曰逝逝曰远远曰返,容乃公公乃王王乃天。
被褐怀玉是谓社稷主,知白守黑不为天下先。
为无为事无事味无味,身观身家观家乡观乡。

是以圣人去甚去奢去泰,必有善者勿矜勿伐勿骄。
一曰慈二曰俭行于大道,知其白守其黑是谓玄同。
一生二二生三三生万物,天法地地法道道法自然。

善建者不拔善抱者不脱,无狭其所居无厌其所生。
若缺若冲若屈若拙若讷,以清以宁以灵以盈以生。
反者道之动弱者道之用,天得一以清地得一以宁。
善行无辙迹善言无瑕谪,自见者不明自是者不彰。

无欲观其妙有欲观其徼,视之不足见听之不足闻。
自知不自见自爱不自贵,失道而后德失德而后仁。
虚其心实其腹弱其志强其骨,言善信政善治事善能动善时。
大直若屈大巧若拙大辩若讷,不行而知不见而名不为而成。

虚其心实其腹弱其志强其骨,曲则全枉则直洼则盈弊则新。
道可道非常道名可名非常名,后其身而身先外其身而身存。
甘其食美其服安其居乐其俗,言善信政善治事善能动善时。

道生一一生二二生三三生万物,人法地地法天天法道道法自然。

常无欲以观其妙常有欲以观其徼,视之不见名曰夷听之不闻名曰希。
天下难事必作于易大事必作于细,圣人后其身而身先外其身而身存。
失道而后德失德而后仁失仁而后义,天得一以清地得一以宁神得一以灵。
敦兮其若朴旷兮其若谷浑兮其若浊,天得一以清地得一以宁神得一以灵。

常善救人故无弃人常善救物故无弃物,
大成若缺其用不弊大盈若冲其用不穷。
大盈若冲大直若屈大巧若拙大辩若讷,
果而勿矜果而勿伐果而勿骄果而勿强。
曲则全枉则直洼则盈弊则新少则得多则惑,
塞其兑闭其门挫其锐解其纷和其光同其尘。

大成若缺大盈若冲大直若屈大巧若拙大辩若讷,
有无相生难易相成长短相形高下相倾音声相和。
我无为而民自化我无事而民自富我无欲而民自朴,
视之不见名曰夷听之不闻名曰希搏之不得名曰微。

涤除玄览能无疵爱民治国能无知天门开阖能无雌,
视之不见名曰夷听之不闻名曰希搏之不得名曰微。
我无为而民自化我好静而民自正我无事而民自富我无欲而民自朴,
修之身其德乃真修之家其德乃余修之乡其德乃长修之国其德乃丰。

杞菊延年馆联语

序

老氏之言曰：道在蝼蚁，在稊稗，在瓦甓。佛氏之言曰：道在波罗提木义，在柏树子。实则儒家君子之道，造端乎夫妇莫不饮食，出必由户，农工易事，鸡犬相闻，即此义。五十年前，乡国老师之教授，六七岁儿童之诵习，全国太平，胥是道也。水竹村人少熟儒书，嗣出入九流三教、百家诸子、各国说部，身历乎贫贱富贵之境，平顺艰险之事，交往中外振奇之士，考究器物大小之用。有德业，有文章，汇为政书、政略，各成巨帙。当世王公贵人，下至贩夫走卒，皆能举其言行，想像其平生。而村人坦焉若实若虚，若在意若不在意，数十年大略如此。退而息影津门，观天履地，无所事事，常寄情书画，有存者，有随手散去者。题画诗曰"归云楼"，曰"退园"，曰"海西草堂"，曰"西沽渔隐"，皆已刻行。书亦多种，有散有存。联语一类，集为《竹窗楹语》二十一卷，《藤墅俪言》三十卷，富矣。今又有《杞菊延年馆联语》三十六卷，乃穷日之力读之。老氏蝼蚁、稊稗诸义在焉，佛氏木义、柏树子诸谛在焉。而归墟于儒学君子之道，旨远言近，与人易知。再譬诸宫室，千门万户，得一可以安处；譬之农圃，粟米蔬果，得一可以饱食；譬之山林川泽，游居渔猎，文人学士，隐流逸客，得一可以娱乐；譬之往古；譬之远国，凡目所未见，耳所未闻，亦可以神游意会，广博其志趣。辄又私语曰：重规叠矩，皆以明道。此三十六卷，谓即仙家之三十六洞天可，易家之三十六宫都是春，亦无不可。村人今年八十有四，出其绪余，濡泽庶汇，晋之为一百八十四岁，与召公、太公相颉颃，访道于牧马童子、牧羊小儿，通神达变，知必更有妙语要言，分饷无量无边世界也。水竹村人者谁？吾师乎？吾师乎！世皆称之为东海公也。戊寅五月十三日，门下士章梫谨撰。

卷一

善养乾坤气,长葆天地根。
晴痕明渤澥,秋色上峨嵋。
元妙神真道,天地日月星。

雪晴明马耳,云散采龙涎。
甘露遍琼野,和风下碧霄。
江流名鸭绿,山色点螺青。
诗酒琴棋画,梅兰竹菊松。

少有青云志,老存赤子心。
八方得安乐,一气转洪钧。
花月樽中酒,林峦笔底诗。
心性自然静,骨相本来奇。

扫涤一心净,精求万理通。
芦花两岸白,柿叶半山红。
星月照止水,云日炳中天。
大地秋风起,中天浩气多。

至理入元妙,清吟接洪蒙。
书藏孔崣谷,画有钱茶山。
万事无物我,一心自坦平。
人因秋爽健,月到夜深明。

江湖河海渎,嵩恒泰华衡。
天高有所见,道大无能名。
书画琴棋癖,诗词歌赋才。

橹声获港远,琴韵竹堂深。
此心长安乐,大道本虚无。
剑匣有龙气,烈火生莲花。
夕阳争野渡,春水送渔舟。

月照群山静,风收大海平。
愿交多闻友,能读有益书。
英才必教育,善士尽朋友。
大丹辨龙虎,长啸激凤鸾。

邻叟能招鹤,村翁善相牛。
采药频逢虎,画松如舞龙。
在山云意懒,照水月华明。
秋风收稬豆,春雨种蘘荷。

北宋重司马,南阳有卧龙。
此心对明月,浩气接高穹。
细花开晚雨,幽草聚秋烟。
痴绝吟诗客,清寒抱砚人。

访松乔仙迹,慕巢许高风。
壁有麓台画,匣藏山谷书。
诗传唐十子,画仿元四家。
白水盟心久,青山入梦多。

有余不尽意,无穷入妙时。
食太和元气,度自在光阴。
天真常自适,道妙能通神。
闲访青羊肆,高登白鹤峰。

引泉自知润,敲石亦有光。
云天骑鹤客,溪涧饮牛人。
地道主于静,天心长自明。
野岸垂纶叟,闲园种菜人。

大千春色富,中古礼文多。
山人最爱菊,道士喜种桃。
疏瀹其心志,澡雪汝精神。
八方无一事,两戒得双清。

文似韩欧体,诗如李杜才。
芦花秋水阔,槲叶野云深。
琴书长伴我,辞赋总思君。
郊岛论诗格,荆关得画宗。

碧桃春色富,丹桂月华高。

清心通妙理,大智见天根。
画名推石谷,文派重桐城。
凤翅千盘岭,龙沙万里亭。
闲读洞箫赋,高吟宝剑篇。

清言入元妙,大道本虚无。
梨枣满园熟,瓜壶压架多。
春树随云远,秋花带雨妍。
垂杨飞乳燕,细草养雏鸡。

春满藏花坞,秋晴打稻场。
秋风滟浦雁,春水武昌鱼。
不知村远近,先问路东西。
秋饮黄花酒,人登绿野堂。

酒香斟柏叶,春信到梅花。
古书藏宛委,大道访空同。
天地无今古,文辞炳日星。
诸葛传铜鼓,公和有铁琴。

湖塘收莲子,山径拾松花。
种菊长依石,看松更抚琴。
秋风山驿远,斜日酒楼高。
领取烟云趣,来参书画禅。

胸中有造化,腕底得天机。

田家收燕麦,溪叟养鱼苗。
偶仿西楼帖,闲观北学篇。
堤草和烟绿,山桃映日红。

嫩绿舒新柳,嫣红放老梅。
秋风驰猎马,寒夜读书灯。
卧阁云常住,啸台月正明。
无为而能治,博爱之谓仁。

夜月黄泥坂,秋江赤壁船。
熟读治安策,闲观清静经。
寻芳来北郭,观稼上东皋。
志不在温饱,心自养冲和。

傲骨霜前菊,素心雨后兰。
山势雄而峻,泉声静且幽。
云开见山骨,月午印江心。
息心曾入妙,闻道即勤行。

大风歌一阕,甘雨慰三农。
能知草木性,闲结山水缘。
黄花霜后艳,丹桂月中香。
胸中存浩气,天外得虚心。

春花扬子渡,秋柳禹王台。
庭花鸣蟋蟀,池水点蜻蜓。
精楷数千字,时文三五篇。

一天祥瑞气,千载太平人。
小饮金波酒,来参玉版禅。
水西春色赋,济南秋柳诗。

大地人才盛,中天景物新。
花月为知己,琴书常近人。
乘槎昆仑水,藏书宛委山。
能诗赵瓯北,善睡陈图南。

湖海诗名旧,云山画意多。
小楼听夜雨,野市看朝霞。
松高山翠重,花落水香多。
磨墨未央瓦,瀹茗曼生壶。

梅花三弄笛,猗兰一曲琴。
碧草阶前满,红梅窗外开。
芳草六七里,莲花十二桥。
吾将字曰道,天必鉴乃心。

函谷西来意,大江东去词。
秋风碣石馆,春水洞庭船。
古今几亭长,江海一渔翁。
闲写幽兰赋,高吟古柏行。

莺花三月节,鱼稻几人家。
我游携斗酒,客来吹洞箫。
盘胸存浩气,抱膝自长吟。

杞菊延年馆联语　**251**

种竹数十亩,艺兰三五丛。　　赋传苏赤壁,诗说宋黄州。

华岳三峰雪,潇湘一段云。　　保好奇逸气,涵养太和天。
水西春色好,淀北晚晴多。　　铜牛能镇水,铁马善冲锋。
山川蕴灵气,草木有本心。　　梅花三径月,杨柳一溪春。
水能利万物,天自有三光。　　秋高山色净,春暖水痕平。

万象开寰宇,三台朗日星。　　满架葡萄紫,几株橘柚黄。
奇文论秋水,妙笔画春山。　　山深有至乐,泉流无尽时。
长啸发天籁,素琴存古音。　　晴云瞻华岳,晓日瞰潼关。
此心能格物,大道善济人。　　驿路秋风早,山塘春色深。

太行山脉远,大海浪花平。　　秋风送雁阵,晚雨过渔家。
寻幽过湖口,问道入峨嵋。　　大地河山静,中天日月明。
无量欢喜地,极乐妙游天。　　为善心先乐,读书品自高。
勤求耕织业,熟读孔孟书。　　不插尘中足,来栖云外身。

山水清神智,诗书养性灵。　　著书人未老,读画客频来。
桂子月中得,松风天外来。　　万物生于有,一心常若无。
夜雨洗心净,朝霞到眼明。　　大地通川岳,中天炳日星。
黄云满天地,青史照古今。　　秋阴碧梧院,春雨绿杨城。

江天飞一雁,云海露双松。　　雁宕一诗客,龙沙万里亭。
见紫羽华盖,礼白衣佛龛。　　美荫千寻柏,幽香一箭兰。
偶观日者传,应是星之精。　　高竹枝叶密,老松根蒂深。
万事不着意,一心长让人。　　有人来索画,无日不吟诗。

春水塘沽渡,秋云碣石山。 半帆红杏雨,一棹绿杨湾。
耒耜为大业,琴剑得奇才。 挺节窗前竹,孤芳亭畔梅。
夜静月光皎,春深花气浓。 山光经雨润,水气得秋清。
长安养神志,善陶写性灵。 月上碧梧影,风来丹桂馨。

为善乃至宝,抱一可长生。 紫气桃林县,丹霞桐柏山。
平心能阅世,大智在知人。 池荷浮小叶,园树发高枝。
对竹还思鹤,种松欲化龙。 雍容君子度,敦朴古人风。
兵非君子器,孝是圣人经。 心清闻夜雨,身健得秋凉。

一心初定候,万念未生时。 葆此真如性,得大自在心。
读画得仙镜,听诗忆古人。 大海周平地,奇峰撑遥天。
无为人无闲,有德必有言。 老松绵岁月,瘦石卧云岩。
晓烟笼岸草,春雨放山桃。 仙骨冠金石,圣智照古今。

逸史神仙鉴,古文龙虎经。 吹笙如凤啸,撇笛似龙吟。
花深通薜径,树密隐茅堂。 对茗论诗客,面墙读画人。
雷声沈极浦,雨势上高峰。 鹤舞松千树,鸾栖桐数株。
花下安棋局,溪边理钓丝。 必有容人量,长存爱物心。
善养冲和气,长存忠厚心。 天地中和气,圣贤化育心。

卷二

至诚能动物,大智常如愚。 九河通大海,五岳镇中原。
慈俭立身始,谦和接物先。 常使一心静,不与万物争。
淡中知道味,静里见天真。 高咏松风阁,清谈海岳庵。

杞菊延年馆联语

松深岚气重,云散月华流。 朋交宜小饮,花月助清吟。
细雨桃花坞,东风杨柳湾。 画藏黄居采,诗有白香山。
人立乾坤静,书成岁月多。 心游天以上,身立道之中。
静里精神健,澹中滋味长。 风雪旗亭酒,烟花水驿诗。

心乃一身主,道为万物宗。 大器乾坤鼎,古文龙虎经。
小诗吟贾岛,大草学张颠。 夜读赤壁赋,朝登青城山。
月明梅有影,风定竹无声。 寿门有古趣,秋岳见天怀。
籀文镌小印,克鼎艺奇香。 纵笔作大草,泼墨画奇峰。

桥亭卜卦砚,寰宇访碑图。 春色来天外,秋声在树间。
溪边数点雨,岩畔一窝云。 柳边钓丝影,花外读书声。
暇日吟诗兴,清秋对酒时。 长夏高槐密,清秋野菊香。
云散荷樵至,雨余驱犊耕。 铁琴留拓本,玉砚已镌铭。

群山皆拱卫,大海自能容。 松石长相伴,亭池亦自佳。
吟诗孟东野,讲学真西山。 郊原春试马,花月夜评诗。
独有种树术,常怀采药心。 溪山镕画理,风月铸诗才。
花下安棋局,樽前数酒筹。 秋高松结子,雨足兰生孙。

欲考黄河曲,应知青海遥。 春风花事胜,秋夜雨声多。
海云常带雨,山月最宜秋。 细雨滋苔草,东风开杏花。
老梅清入梦,亭竹静宜诗。 近水抽芦笋,分畦养菊苗。
深藏如豹隐,长啸似龙吟。 听雨抛书卧,看云策杖行。

晓风开菡萏,秋雨洗梧桐。 天地祥和气,乾坤位育心。

帖曾传鹿脯,经可换鹅群。
旧琴留逸韵,古镜有神光。
水深鱼自跃,云散鹤高飞。

四序调元气,万民乐岁丰。
松阴论琴谱,花下注茶经。
尚书右仆射,太极左仙公。
读书有真乐,临水可洗心。

廿四桥明月,十三峰草堂。
问道关尹子,读书李邺侯。
偶阅琴棋谱,闲观耒耜经。
雨过泉流急,云收山色多。

理自闲中悟,慧从静里生。
绯桃散红雨,丹桂折青云。
辞赋琴樽会,王杨卢骆才。
一心长守静,万力不能摇。

四山集风雨,一水注江河。
善乃性所发,静为道之基。
参天碧松柏,布地金莲花。
龙门存古佛,雁宕访真仙。

海雾能蒸雨,山云忽变霞。
典雅朱竹垞,超逸徐虹亭。
渠田熟晚稻,山果摘秋梨。

须眉如霜雪,肝胆照日星。
花月诗千首,云山画一奁。
春江载酒舫,秋夜读书灯。

长风卷云雾,大地看山河。
天人常相应,物我亦俱忘。
穿巷巾车稳,过桥竹杖轻。
绿波垂钓艇,黄叶读书楼。

边云秋出塞,关月夜论兵。
春暖花长笑,月明人未眠。
夜坐四方静,月出一峰高。
息心入元妙,引气养虚灵。

遥见冲天鹤,还看戏海鸿。
足迹遍寰宇,交游问古人。
海上钓鳌叟,山前射虎人。
春山添画稿,夜雨锻秋诗。

烟月连三岛,云霞聚五台。
莫嫌梅影瘦,却喜菊花肥。
世称通德里,人居安乐窝。
又到重阳节,还看太华秋。

云外采樵叟,溪边卖菜翁。
竹石有古趣,林峦正晚晴。
春意饶梅岭,秋心在菊篱。

杞菊延年馆联语

畅饮黄花酒,闲吹紫玉萧。　　花坞听莺客,虹亭画蟹人。

风月吟秋夜,云霞报晚晴。　　秋风收燕麦,春雨养鱼苗。
无人来送酒,有客约登高。　　佳客来看菊,山人善制茶。
深山养松柏,烈火生莲花。　　松阴看放鹤,花下听流莺。
考山川草木,验雨露风霆。　　道为万物朴,天鉴一心清。

种菊添秋兴,烹茶送晚凉。　　含德无妨瘦,存心惟在慈。
著书存道德,行路看山河。　　种松招海鹤,集网得江鱼。
万方通大道,一念养天和。　　元为万善长,春乃四时先。
风收万籁息,月上九霄明。　　仁义礼智信,雨旸寒燠风。

出携灵寿杖,入居安乐窝。　　数笔水墨画,几首花月诗。
诗酒平生乐,林峦到处游。　　一窗明月照,三径好风来。
月明三岛静,人立五云高。　　晓烟红杏社,春水绿杨桥。
夕阳黄叶树,春水碧天云。　　烟花春纵酒,风月夜吟诗。

水能利万物,山自镇八方。　　晚凉添酒兴,春暖助吟怀。
不赴风云会,常存天地根。　　春晴人起早,秋月客眠迟。
天半秋风起,人间春日长。　　德者同于德,元之复又元。
鸣琴初入听,鼓缶亦能歌。　　埙篪奏雅乐,尊罍宴嘉宾。

旷怀对云水,浩气吐虹霓。　　息心惟守静,保道不求盈。
春水盟鸥馆,秋江卖蟹船。　　平远连山路,沈阴酿雪天。
投鞭断流水,挥袂生长风。　　峰峦独浑厚,草木亦华滋。
君子长生馆,神仙古洞天。　　柏叶迎年颂,梅花守岁诗。

慈心常爱物,大智不矜才。
仁心重施济,天意属慈祥。
灵山采黄独,仙饭饱青精。
四声诗入谱,六法画通神。

秋与吟红叶,山居爱白云。
巢由天外鹤,郭李人中龙。
煮酒客初至,吟诗花正开。
蕉雨松风馆,铁琴铜剑楼。

天心重慈善,人事得祥和。
篁村擅标格,石谷论风神。
红叶秋边树,白云江上山。
春风动杨柳,明月照梅花。

停琴拾松子,拄杖看梅花。
周易参同契,老子道德经。
从来射雕手,还作种鱼人。
花月琴樽会,江山辞赋才。

群贤高会地,万里壮游人。
山顶一松小,江干万柳齐。
水声随涧远,山色上楼多。
猿鹤为知己,烟霞结比邻。

疏枝分柳叶,浓艳染桃花。
岁事期丰稔,天心重太平。

两株桐叶绿,几树枣花香。
叠山尚有砚,小松善访碑。
闲兴采茉莒,清斋饭芜菁。
烟花春纵酒,风月夜论诗。

小阁焚香坐,长堤策杖行。
晓风梳岸柳,夜雨战池荷。
花溪春放棹,松月夜弹琴。
画理闲中得,诗心静里深。

周行九万里,熟读十三经。
碑刻黄仙鹤,人吹紫玉箫。
云中看舞鹤,天外有归鸿。
菊绽重阳节,人登太华山。

马当助才子,雁宕遇仙人。
溪边蹲怪石,松下产灵芝。
春云初过岭,秋水欲平桥。
修竹三十亩,柔桑八百株。

悟斯道元妙,放大地光明。
山云朝读画,松月夜鸣琴。
一炷炉烟直,半瓯茶味甘。
中天翔鸾鹤,大海戏鱼龙。

春雨花开早,秋风叶落迟。
小饮不成醉,长吟初就诗。

杞菊延年馆联语

醉翁乐山水,迂叟隐云林。
春暖花频笑,秋清月更明。

滩水芦芽白,山村柿叶丹。
旧书铸新论,古月照今人。

云开南北岭,雨足东西村。
月中闲撅笛,花底卧吹笙。
晓起见星月,夜眠养性灵。
画松得古趣,种菊养秋心。

春雨应时暖,秋霜积夜凉。
四野收秋稼,一心读古书。
善书赵千里,能文王半山。
草铺平壤远,花绕小山高。

自有登高兴,聊抒望远怀。
晚雨石苔碧,晓霜枫叶丹。
心内无尘想,眼前多善人。
淇澳君子竹,泰岱大夫松。
闲身自有乐,大寿不知年。

穿云白玉杖,访道青城山。
神嵩永年寿,大海能涵容。
群松连遥岭,飞瀑下高峰。
驼经有白马,访道问青牛。
仁者自多寿,君子善省身。

卷三

静乃一身主,仁为万事根。
山云含秋意,松月生夜凉。
松顶一声鹤,天边数朵云。

中原瞻嵩岳,大海访蓬莱。
深人无浅语,大智常若愚。
高怀王石谷,逸兴徐天池。

花放春朝暖,月明秋夜凉。
细雨采菱港,秋风打豆场。
诗思驴背上,秋信雁行中。
读书月入户,采药云满衣。

静里光阴久,澹中滋味长。
画石如卧虎,鸣琴对飞鸿。
神游天以外,人在道之中。
梅有冲寒性,莲存耐苦心。

窗前蕉叶密,篱畔菊花肥。

寒夜霜风起,晴窗暖日多。

小亭留月影,高树助秋声。
清闲对被褥,俯仰看桔槔。
新词能劝酒,小令可留宾。

几杵霜钟动,半天霞绮横。
闲亭放鹤去,野市买鱼回。
闲汲山泉水,来烹云雾茶。
人闲花解语,夜静月增光。

智慧见本性,仁慈培深根。
洗心对云水,妙悟出尘埃。
两间清淑气,千载圣贤心。
晴云华阴县,春水岳阳楼。

身闲喜种树,心静爱居山。
礼乐遵先哲,诗书启后昆。
天心自仁爱,人寿得冲和。
鱼跃不离水,燕飞高入云。

蝴蝶穿花去,蜻蜓点水来。
新诗镌砚匣,古锦制琴囊。
话旧来良友,寻芳过野桥。
天地犹橐籥,乾坤立鼎炉。

清静四方正,和甘八节平。
太白清平调,渊明归去来。
庭阶种瑶草,园树发琼花。

春光聚梅岭,秋色艳枫桥。
朝饮枸杞酒,晚饭菊花羹。
照书有萤火,挥扇驱蚊雷。

明月照牛渚,好风送马当。
旧藏太保鼎,谁考季子盘。
铜铸诸葛鼓,泥制曼生壶。
一尊桑落酒,数首菊花诗。

慎言者必信,知止则不殆。
得名更得寿,有德必有言。
到处有妙境,随时种善根。
小饮不妨醉,饱食宜缓行。

美酒得新酿,晨餐煮晚菘。
春暖花争发,秋高月更明。
夕阳上高树,流水过平桥。
溪水采菱角,山田种芋头。

山人画朱竹,邻叟索墨梅。
和声鸣盛世,美意必延年。
月来满地水,云起一天山。
画笔参造化,诗趣得天然。

莲有君子德,兰为王者香。
章草数行字,墨花一室香。
虎必藏林薮,鱼自乐江湖。

杞菊延年馆联语

晚饭食松子,秋吟对菊花。 浩乎知其守,湛兮似若存。

蕢是知时草,杏为及第花。 研求书画髓,抉择经史精。
知君有砚癖,笑我是书痴。 风霜朝看剑,花月夜吟诗。
愿勤修大道,得广结善缘。 偶翻新乐府,闲读古诗源。
天风生远籁,江云变晚霞。 苔草软宜屦,树枝低挂冠。

鸠鸣三月雨,雁度九秋云。 金为买书尽,诗因题画多。
门前求画客,座上和诗人。 匣有千金帖,囊藏百衲琴。
听琴留逸客,煮酒论英雄。 此心能入定,大道本无言。
灵源长澄澈,妙谷生元虚。 真才无圭角,大智询刍荛。

种桃寻道士,采药遇仙人。 濯足沧浪水,游心泰岱云。
藏书有古洞,画卦留高台。 盘胸有万古,下笔敌千人。
偶写来禽帖,闲观相鹤经。 客来花一笑,昼永柳三眠。
高咏霓裳曲,闲披鹤氅衣。 瘦羊老博士,大树真将军。

善画高南阜,著书洪北江。 挥毫作大草,信笔画丛兰。
奇逸华秋岳,萧疏朱野云。 豪饮助秋兴,清谈忘夜寒。
门前无客到,栏外有花开。 滩芦低拂水,岩树高参天。
晓风开紫菊,晚雨湿青莎。 爱砚自有癖,种花各应时。

广辟光明路,大开慈善门。 作字无妨瘦,买书不厌多。
严冬见松柏,陆地生莲花。 身心能守道,天地自回春。
举酒邀明月,鼓琴来薰风。 要使诸根静,先须百念无。
蓬岛春长住,昆仑月正圆。 神嵩不自峻,大海本能容。

慈仁必悠久,德义自渊闳。
木落飞鹰隼,云开见鹤鸾。
醉峰善写竹,雪琴能画梅。
杜门深巷住,策杖高原游。

庭花春意足,林鸟好音多。
虚心存妙理,浩气接苍穹。
斜阳上高树,细雨过疏林。
莺花三月节,云树九秋天。

诗才推李杜,文派重韩欧。
春花供胜赏,夜雪助清吟。
绿阳三月雨,红杏十分春。
雨敲松子落,雪压麦苗深。

尘海劳无尽,云天谊自高。
池馆评花客,田园种菜人。
藏书十万卷,种树两三行。
春归双桨路,人立百花丛。

半部花间集,几行草诀歌。
熟读诗书易,能通天地人。
画船杨柳岸,酒斾杏花村。
烟霞蓬岛近,诗酒草堂深。

不知山远近,先问路东西。
晓寒鸦未散,云敛鹤高飞。

文思如泉涌,诗心对月明。
藏胸多奇趣,放眼看古人。
乐律谁论古,诗才不限人。
不知门外事,闲养静中心。

邻叟来移竹,山人爱种梅。
谦光善接物,大智不矜才。
百年几画手,四海一文豪。
对雪思小饮,看花有好诗。

林花媚池馆,云水护村庐。
万事朴能镇,一心静可存。
四诗风雅颂,三光日月星。
至诚行地远,主敬格天高。

桐阴评画史,花下补茶经。
表端影自直,源深流必长。
雪夜闻宵柝,霜天听晓钟。
对酒春花放,吟诗秋月高。

杞菊延年药,冈陵介寿诗。
养心能载道,修己可安人。
曾氏存三省,程门懔四箴。
芦花澨浦月,木叶洞庭波。

潇湘听夜雨,泰岱看春云。
涵养太和气,保持清静心。

对酒一轮月,能书五朵云。
春满踏青地,人歌采绿诗。

池台花万点,村郭柳千株。
鹏飞九万里,桃熟三千年。

晴云依远岫,旭日上高楼。
小亭深院坐,短榻北窗眠。
爱画真成癖,锻诗觉有神。
春深花意好,人静月华明。

月明常照影,云出本无心。
溪风送渔艇,山雨湿琴床。
春水观鱼跃,秋风见雁飞。
园果秋皆熟,庭花春正开。

八方沾雨露,万色灿云霞。
春溪载酒艇,秋夜读书灯。
民事乐丰岁,天心重善人。
得句求高格,含毫忆古人。

能发广大愿,长存清静心。
妙笔崔青蚓,奇才柯丹邱。
至论存原道,奇文读卜居。
萧疏黄叶树,秾郁紫荆花。

晓烟京口树,晚雨海门潮。
松阴看舞鹤,花外听流莺。
拨火出煨芋,剪松待煮茶。
人心如悬镜,天道犹张弓。

乱山黄叶寺,古树碧天云。
得意春花笑,传神秋毫颠。
为士者不武,尚德哉若人。
望道未之见,力行近乎仁。

动静皆入妙,有无长自然。
不须严酒垒,别更筑诗坛。
花下修琴谱,松阴考石经。
白云横晓渡,红叶满秋山。

兵非君子器,农是圣人氓。
竹堂闲煮茗,石磴静眠琴。
帘前鹦鹉语,池畔鸳鸯眠。
不卖长门赋,高吟工部诗。

柳桥春水涨,花坞晚晴多。
秋高人纵酒,春暖众登台。
少陵诗派远,太白酒楼高。
画像麒麟阁,题诗鹦鹉洲。

此心似明月,和气结祥云。
泰岱晴云满,洞庭秋水多。
老屋息心坐,长堤缓步行。
阶下碧丝草,窗前绯色桃。

春月梅花帐,秋风槲叶衣。　　霜后犹开菊,雪前已放梅。
种桃来道士,爱菊有闲人。　　松深栖白鹤,云起舞青鸾。
扶我青藜杖,访君碧草园。　　放眼观云海,虚心读水经。
柏号将军树,莲开君子花。　　有德人必报,无言心自怡。
植身在道德,经世有文章。　　养灵和妙气,葆道德深根。

卷四

修己人必敬,让人己乃安。　　数叠峨眉雪,几重嵩顶云。
饮酒何须醉,看花未盛开。　　评砚心常静,画松神自清。
春深花事胜,夜静客谈高。　　野叟闲移树,山翁善接花。

墨磨铜雀瓦,花开金带围。　　急雨看龙挂,好风送马当。
云霞共几席,花月是宾朋。　　花开诗未就,酒熟客初来。
尘心逐岁少,花事及春忙。　　小词姜白石,大笔徐青藤。
习静尘心少,寻芳生意多。　　高吟对明月,长啸遏流云。

栏外桐阴满,窗前石笋高。　　云起苍龙岭,松高白鹤峰。
桃花三月坞,杨柳九秋桥。　　澹者道之味,静乃神所居。
不知城市近,却喜池台幽。　　寒郊盘野鹄,春树语流莺。
俯仰见天地,庄严对圣贤。　　流水无尽意,皎月有余光。

村边水碓响,山下石钟鸣。　　柳阴三径入,花外一桥通。
黄叶秋原树,绿波春水桥。　　高梧栖鸾凤,大海隐鱼龙。
阳春和且暖,大道广而平。　　烟花三月节,辞赋六朝人。

杞菊延年馆联语

掷笔便酣睡,饮酒能雄谈。　　清夜瞻星斗,良辰礼圣贤。

滩远鱼梁浅,风高雁阵斜。　　一恕行无尽,百忍功乃成。
击楫以励志,运甓能习勤。　　焚香诵文选,饮酒读兵书。
耕稼千秋业,诗书百世人。　　风泉群木响,山月一峰高。
西蜀重司马,南阳有卧龙。　　大野射雕手,平田照蟹人。

汉代循良吏,唐时辞赋才。　　龙亭经岁古,雁塔入云高。
万人心能得,一恕字可行。　　旧文考石鼓,新辞铭铜盘。
喜画田家景,能吟隐逸诗。　　神农尝百草,朱子注群经。
斗韵留诗客,分筹劝酒人。　　听潇湘夜雨,看泰岱晴云。

焚香诵周易,饮酒读汉书。　　学书兼学画,爱菊更爱梅。
求才在当世,尚友望古人。　　抱朴守元素,含真悟太虚。
名下无虚士,山中多逸人。　　土圭测日景,瓦缶能雷鸣。
风定江湖阔,月明天宇高。　　风静盘雕鹗,云开舞凤鸾。

好诗不去口,妙画亦开颜。　　几阵分龙雨,半天似兽云。
人事如转毂,天道犹张弓。　　新霜增秋色,细雨助春妍。
是谓有道者,不知何许人。　　好花常笑客,美酒可留宾。
寸心防念起,篑土塞川流。　　园树多美荫,庭草见生机。

古碑名碧落,仙饭熟黄精。　　葆本来真性,学太上忘情。
笛声吹折柳,琴韵谱猗兰。　　动静交相养,灵和长自持。
君为抱道士,客有谪仙才。　　西方无量佛,南极老人星。
乾坤开景运,天地转阳和。　　如见光明藏,长诵清静经。

春风动碧柳,秋雨放黄花。
能饮上池水,自见明窗尘。
泉滴石钟乳,风皱水帘纹。
才似东方朔,寿如南极星。

荆楚岁时记,坤灵位业图。
亭台三面水,风月几家邻。
奇士不随俗,英才自有真。
人影黄泥坂,箫声赤壁船。

树高茅屋矮,水远草桥低。
云痕过别浦,雪意满平湖。
夜谈闲煨芋,早饭熟蒸梨。
心定如止水,身闲似懒云。

蔼然君子度,伟矣圣人心。
宝剑含秋水,明珠号夜光。
好学推高凤,妙画有韩蚪。
看云招野鹤,踏雪访寒梅。

习诗书礼乐,测日月星辰。
斜阳聚高树,春水满平湖。
深山藏美玉,大海出明珠。
熟读三都赋,闲观五岳图。

洙泗源头水,岱华峰顶云。
平心如止水,浩气若长虹。

田园近村郭,城市亦山林。
天心重仁爱,气候转祥和。
波痕漾荇藻,霜色入蒹葭。
心为一身主,道乃万世基。

神仙起居注,老子道德经。
日月乾坤鼎,金碧龙虎经。
爻象各有系,身世两相忘。
晚风开茉莉,秋水照芙蓉。

动静交养赋,灵宝度人经。
乾坤定八极,日月转双轮。
雨急萤灯隐,风高雁字斜。
大道盈天地,奇文自古今。

详考地理志,补注天文书。
官至千牛卫,画精八骏图。
是非俱不见,物我两相忘。
大启光明境,宏开智慧心。

访道青羊肆,听泉白鹤峰。
闻湘灵鼓瑟,听猱岭吹笙。
心空自有得,道隐在无名。
烟霞三岛近,风月一楼高。

胸养冲和气,面有慈善容。
墨浓点兰蕊,笔健画松针。

杞菊延年馆联语 265

世事崇公道,天心喜善人。
梵字霓裳谱,古文龙虎经。

阅世观诗谱,束身诵礼经。
雪晴人意好,酒熟客怀高。
鹏抟九万里,鹤寿一千年。
春波分港水,积霰满林花。

卧虎见奇石,盘龙有古松。
吾道存天壤,人心慕古初。
尊酒邀明月,盆梅报早春。
花满河阳县,云开华岳峰。

安睡一心定,闲行四体轻。
夕阳上高树,春雨洒平田。
熟读曲台记,闲观大洞经。
卖花来野叟,采药遇仙人。

月明松径夜,人坐竹窗秋。
名言必平实,妙理入元虚。
嗜茶曾有癖,止酒亦吟诗。
日行南北陆,气转春秋分。

春阴花养艳,风起柳飞绵。
诗才唐十子,画派元四家。
心清如止水,神定似停云。
逍遥大同世,翱翔极乐天。

大雪万方静,春雷百物生。
雾开见海日,云敛变江霞。

天和含宇宙,春意满乾坤。
室有琴书静,门无车马喧。
晴云荫远渚,春雪洒芳郊。
风定花香聚,日高树影深。

放眼乾坤大,息心宇宙安。
至论崇王道,名言出圣经。
大地阳和转,中原气象新。
洛阳伽蓝记,真灵位业图。

雪从平地积,冰逐大河流。
洗眼观云水,息心读道经。
鸟声穿径去,花影上帘来。
浅水鱼苗长,平田燕麦稀。

虚怀望千古,并世无两人。
盛德见于外,大美在其中。
善葆冲和气,长存礼让心。
知足能长乐,好学必深思。

宋人喜画竹,邓尉善种梅。
伏羲画八卦,黄帝著九章。
奇才善赋雪,长啸遏流云。
忘言必得意,抱道者无为。

架上千金帖,囊中百衲琴。
密树留云久,清溪得月多。
花月试灯夜,笙箫对酒时。
晓雨舒江柳,春风放野梅。

心为一身主,智乃万事根。
春阴晨气润,秋月夜光多。
星云开景运,礼乐见明时。
村庖豆粥熟,野饭菜羹香。

浓云覆远树,急雨助春潮。
万境清无染,一心静有余。
心闲天宇静,气定道根深。
爱他仙鹤氅,探得骊龙珠。

大雪万籁静,新晴百鸟鸣。
束身常守静,用志不宜纷。
花月长春句,溪山无尽图。
世事重礼教,天心护善人。

云溪秋泛棹,石壁客题诗。
爱酒陶彭泽,能诗杜少陵。
春风动梅柳,秋雨湿松梧。
无字秦碑在,拿云汉柏存。
动静养元气,呼吸固灵根。

云度东西岭,雨分前后村。
种松得美荫,画石多奇形。
西河善音律,东坡工诗词。
地行天不动,月借日之光。

一心惟向善,万事重持平。
阶下蛩频语,天边鸟数飞。
盘有安期枣,袖藏曼倩桃。
春风狂似虎,秋月耀明蟾。

世居通德里,人称积善家。
春寒宜小饮,夜静发高吟。
大千开世界,抱一束身心。
草堂存画壁,石铫煮砖茶。

白云自来去,青山无古今。
守中如有得,抱道自长存。
千秋几工部,四海一子由。
访七松处士,拜五柳先生。

花月为知己,松云亦可人。
竹原名凤尾,草亦号龙须。
禾麻经雨润,莺燕及春忙。
闲身宜守默,大智常如愚。
乾坤开易象,河洛出图书。

杞菊延年馆联语

卷五

九州多善士,千载重真儒。
雕鹗经秋健,蛟龙入海遥。
东观渤澥水,西上昆仑山。

吾学无所学,自知仍未知。
年丰风俗厚,才多月旦高。
作画如草篆,吟诗对花时。

秋清山月小,潮退海云高。
双塔白云寺,半山红叶村。
种松常恨少,画竹不嫌多。
策马朝观海,登台夜看星。

杯斟千岁酒,花放十分春。
世间能隐处,天下自安平。
北海留绳榻,南阳有草庐。
传薪十六字,说经五千言。

道生德自蓄,理得心乃安。
古碑传北魏,名画重南唐。
李杜诗才健,韩欧文字奇。
开匣朝看剑,添灯夜赋诗。

笛声游客舫,灯影酒家楼。
秋风入林坞,春雨洒芳田。
开帘花满眼,举酒月当头。
奇逸沈白石,清超宋碧云。

诗酒二三友,云霞千万山。
偶读枕中记,闲观池上篇。
善养浩然气,喜闻铿尔音。
云树名人画,风泉静者诗。

天地无圭角,日月有光明。
仙侣赤松子,清才白石翁。
神嵩存古柏,盘山采灵芝。
秋塞呼鹰地,春郊试马时。

有酒还邀月,无花且赋诗。
长受孔子戒,愿为圣人氓。
溪山千古画,桃柳一春诗。
惟君子修道,有德者爱人。

秋月洞庭水,春云王屋山。
元朴镇长久,清言契妙真。
能文元鏧叟,工诗陆放翁。
春雨松杉碧,秋霜橘柚黄。

我无胜酒量,君有济时才。
名山入图画,妙手著文章。
净洗端溪砚,闲烹普洱茶。
能诗李长吉,善啸阮嗣宗。

大文能寿世,古道长照人。
晓晴过塞雁,晚雨语秋虫。
熟精群圣理,荟萃百家言。
美酒对花饮,名园任客游。

夜行能射虎,秋猎看盘雕。
邈矣尘嚣外,泊然安静中。
颠逸张长史,神仙李邺侯。
鸣琴山月夜,撇笛海风秋。

早潮通野港,晚雨映疏灯。
敛息深堂静,游心古籍深。
旧事如谈梦,新诗又报春。
善心必广大,妙理极精微。

雨过花添艳,风来竹有声。
晓风梳杨柳,春雪衬桃花。
有人善墨戏,伊谁继诗仙。
搴云苍龙岭,画壁白鹤山。

六经千岁品,四海一庭春。
晚霞红叶寺,秋草碧云天。

携锄四体健,荷篑一肩轻。
清心对明月,妙意听流泉。
花气浓于酒,春云软似绵。
自有养生学,不为好事人。

雪月明如昼,梅花瘦似诗。
松阴一鹤立,花外两鸠鸣。
海内几诗叟,天涯一画师。
文字务奇古,山水自幽深。

大德得福寿,至道贯天人。
门前卖花叟,山畔采茶人。
息心观物理,妙意得天和。
生涯诗卷里,兴趣画图中。

平野春游畅,深堂午睡酣。
静里闻天籁,闲中识化机。
石奇常入画,花好不知名。
客来谈画史,谁为补茶经。

云散峰逾瘦,雪深松亦肥。
万户祈年意,千秋乐道心。
平展龙须簟,高张雁足灯。
天地自清淑,日月长光明。

妙笔王若水,精思吴古松。
知时来好雨,无事看闲云。

诗草凭名写,灯花向我开。　　连村桑椹美,隔陇稻花香。
痴名皆善画,逸性必能诗。　　春水中泠渡,秋云太华山。

良药沾唇苦,奇书到眼明。　　得乾坤清气,记书史名言。
山越深越妙,画愈出愈奇。　　秋云连海峤,春草遍天涯。
境僻心神敛,民安时序和。　　道谊横今古,文章论汉唐。
雪月交辉夜,烟花烂漫春。　　扫雪延诗客,披云仿画师。

万里一明月,千秋几异才。　　春山浓似画,秋水静无波。
儒生重稽古,达士不求名。　　守真必诚笃,敛气自安和。
人静香烟直,客来茶味清。　　小楼听夜雨,高阜看朝霞。
读易能无过,吟诗亦见才。　　好花长灿烂,奇石自玲珑。

夜月蟾蜍影,秋风蟋蟀声。　　几树梨花雪,一溪杨柳烟。
考西清古鉴,读大洞玉经。　　濯足沧浪水,游心嵩华山。
闲仿兰亭字,偶读柳州文。　　雪深高士卧,云散老僧归。
山色渲浅绛,天光染蔚蓝。　　有德天常佑,多才人不知。

名言垂万古,至教阐八方。　　观山云海日,听虎啸龙吟。
走笔偿诗债,倾囊得酒钱。　　画似洪谷子,人居富春山。
人有真智慧,天放大光明。　　槲叶秋山路,桃花古洞春。
春月梅花影,秋风竹叶声。　　雪迷沽酒路,潮送载花船。

野港午潮满,闲园春草肥。　　欲论人间事,须求天下才。
慈心得善果,妙悟散天花。　　早潮通别浦,春草覆长堤。
清奇诗境界,苍秀画精神。　　大地九河水,中天五色云。
天半青云路,人间白雪歌。　　欲知采药径,先问荷樵人。

园亭诗客满,村郭酒楼多。
云山沈白石,花草蒋丹林。
晴云连海岱,春雪满郊原。
精神能固守,形影自长存。

花放先呼酒,雪晴合有诗。
雪霁春痕动,潮平水气清。
墨法必秀润,笔气自纵横。
笙箫喧夜市,花树拥春城。

真神能固守,大器必晚成。
偶食茯苓䬾,闲吟芍药诗。
有才万事理,无欲一心安。
画梅得古趣,种竹引清风。

诗论谈龙录,书学戏鸿堂。
道德止至善,慈俭不敢先。
秋猎卢龙塞,春登白鹤山。
道味淡无着,诗心静有余。

烟花春郭暖,雪月夜窗寒。
将军能射虎,道士善画龙。
善画今无敌,能诗旧有名。
闲访赤松子,长揖白石生。

烟云石佛寺,丝竹锦官城。

偶填金缕曲,高吟宝剑篇。
欲论人间世,须读架上书。
深堂朝读画,小阁夜焚香。
得道自多助,虚心可广交。

夜静偶闻柝,春寒未换裘。
压架葡萄紫,堆盘橘柚黄。
有山兼有水,能画更能诗。
诗吟郁华阁,人坐读书堂。

万里昆仑水,一天泰岱云。
春雪如时雨,晴云变晚霞。
洛阳伽蓝记,真灵位业图。
制衣收槲叶,席地扫松花。

晴云连太华,春水满平湖。
大雪海滨市,孤云天外峰。
收乾坤清气,接日月容光。
画笔自疏放,诗才亦不群。

云深松亦密,花好月长圆。
熟精诗书画,善种松竹梅。
疏密梅花点,纵横荷叶皴。
林峦善蛇洞,荷芰野鸥亭。

舵楼衔夕照,村市聚春阴。

杞菊延年馆联语　271

秋云过野埭,春雨涨溪桥。
万方瞻德耀,一气转鸿钧。
浩气通无极,灵心接太虚。

听乐心逾远,读书志乃高。
心镜明如月,发丝白似霜。
能书自能画,有酒必有诗。
得山林间趣,真神仙中人。

周易参同契,天人自然经。
旧话如谈梦,新诗半入禅。
揖白云外史,仿黄鹤山樵。
松竹开三径,烟霞结四邻。

深山长豹隐,大海看龙游。
室自生虚白,帖还拓硬黄。
读书白鹿洞,访道青城山。
美酒樽中绿,奇花槛外红。
为善有真乐,读书成大才。

西湖看秋月,北苑画春山。
量大一身健,心虚万理通。
旧侣云中雁,新盟海上鸥。

言行为世范,音韵本天成。
量才校士录,说法度人经。
偶尔豁双目,湛然敛一心。
春寒宜小饮,月上正高吟。

瘦竹多直节,老松有古姿。
晓风白马寺,秋水黑龙潭。
抱西山爽气,读东野新诗。
东风桃叶渡,春雪柳条边。

愿祝无量寿,得近有道人。
山川自清逸,文字亦雄豪。
日长读书乐,春来种菜忙。
文字松风阁,烟云墨妙亭。
颂万家生佛,仰百世文宗。

卷六

存圣贤心志,发日月光华。
闲读东华录,熟精北学编。
安上以全下,枉己而伸人。

熟读神仙传,深培天地根。
足迹半天下,胸襟似古人。
学邃心方定,神清寿自长。

出处各有托,物我两相忘。
有林泉逸兴,见辞赋清才。
洛阳伽蓝记,文昌大洞经。
暑雨看龙挂,春风似虎狂。

看园丁种菜,呼童子扫花。
诗学西江派,字摹北魏碑。
花气浓于酒,诗心澹若云。
春痕上杨柳,雪色助梅花。

庭絮飞春雪,山松卧晚云。
谁擅有声画,曾访无字碑。
百年居太华,万里访昆仑。
山田收薯蓣,秋水放芙蓉。

神农尝百草,尧典定四时。
万事皆前定,一心常有余。
世有知我者,天将行道焉。
卓尔有所立,湛兮似若存。

高吟对明月,长啸遏流云。
草野遇奇士,名山得古书。
万水皆趋海,一峰高入云。
长夜能安睡,清晨宜缓行。

一百八声佛,四十二张经。
天道不停运,人心亦易平。

雨晴修燕垒,花满护莺巢。
北窗勤夜读,南亩饷春耕。
能得琴中趣,方知弦外音。
匹马秋山路,片帆春水船。

烟云添画意,风月入诗怀。
名花能解语,顽石善点头。
村酒留君饮,山云向我来。
云岫平如画,风泉静入琴。

九秋雕鹗健,三月燕莺忙。
诗心千古静,花事一春忙。
村边鸣布谷,花下唤提壶。
洞天一品石,岱岳万株松。

神嵩高出众,渤海大能容。
烟月蓬莱县,云霞桐柏山。
世有千秋鉴,人题万里桥。
浩然存正气,湛兮养此心。

山高云气聚,溪静月光来。
一心甘澹泊,四海自清平。
天人相通理,乾坤大定时。
未来不迎想,即往勿追思。

精思贯百世,浮游遍八荒。
闲行看云水,高卧隐烟霞。

杞菊延年馆联语　**273**

花满曲江曲,草铺平野平。
百川归大海,五岳俯群山。

读史论千古,瞻星定四时。
还将灵石胆,来对好花心。

未访赤松子,先遇黄石公。
松雪能画马,秋谷善谈龙。
余霞散成绮,飞絮软于绵。
偶读集仙传,闲写定观经。

物我各有托,清浊孰能名。
南山擒猛虎,北海网大鱼。
偶读谈龙录,闲看相鹤经。
松静云亦懒,花笑石无言。

得烟云妙悟,以诗酒陶情。
广德若不足,冲气以为和。
但见木合抱,不知芽始萌。
大寿不计岁,盛德无能名。

笔健书亦健,画奇诗更奇。
简澹孙无逸,奇癖恽本初。
书臻因体妙,画擅百家长。
古砚建安瓦,小瓶成化瓷。

有才须用敛,无欲自能刚。
数笔画一石,双峰隐万松。
不临乞米帖,莫作毁茶文。
枝山善作草,芝麓本能诗。

放闸群鱼去,开帘双燕来。
殷勤求学问,慷慨重交游。
诗心自简古,画笔亦清奇。
自有读书乐,喜为劝世文。

春暖诗怀畅,夜凉睡味甘。
天风吹海月,山雨助江潮。
匹马九万里,一裘三十年。
才名重二陆,文体论三苏。

大德必得寿,名言可著书。
云藏山一半,潮助水三分。
文章推屈宋,诗体辨齐梁。
小花三五朵,大树几千株。

日高花有影,风定竹无声。
晓风轻似剪,晚雨细如丝。
山人安于朴,君子无所求。
明月如知己,高风忆故人。

大巧常如拙,真才不近名。
偶拈鸡毫笔,闲画凤尾兰。
昔曾读啸赋,谁更补笙诗。
濡墨临怀素,调脂画牡丹。

北海三篙水,东华十丈尘。
树有向荣意,花刚欲放时。
出山云意懒,照水月光圆。
涧云松径入,山月草亭高。

龙吟千壑静,麝过一千香。
好诗须唱和,美酒莫流连。
饮我樽中酒,听君琴上音。
车行十字路,船通三汊河。

海云来别浦,山雨过前峰。
清静有真乐,虚空见道心。
随刊存禹迹,浩荡仰尧天。
花月诗千首,朋交酒一觞。

谁续箜篌引,犹传琵琶行。
清才晋太傅,豪气鲁诸生。
熟读芜城赋,闲观柳州文。
诗派传温李,画宗论沈文。

云水天涯客,烟霞尘外人。
大风扫尘垢,细雨润禾苗。
闲观韭花帖,谁唱竹枝词。
大道观天地,奇书读老庄。

欲访碣石馆,谁画辋川图。

客多辞亦费,食少睡能安。
笔底龙蛇字,胸中虎豹韬。
谁种千树橘,我有数株松。
是非孰能定,有无各相因。

神山三秀草,灵岩五粒松。
同看天边雁,闲盟水上鸥。
是非无可论,物我两相忘。
书分前后汉,文传南北朝。

偶濡麝煤墨,大书蛎粉墙。
事少神常静,心空睡亦安。
书摹李北海,画仿恽南田。
饱饫诗书味,静观天地心。

吟风来词客,啮雪见边才。
源澄流自洁,本固枝乃荣。
细流望沧海,小石居崇山。
藏书十万卷,养士五千年。

春水涨云梦,秋风下洞庭。
闲吟资道味,薄醉见天真。
种花能却俗,有酒且留宾。
万里昆仑水,三峰太华云。

大启群仙会,尽多百岁人。

寻诗芳草渡,酿酒杏花村。
人心多善念,天气养春和。
秋月拨云见,春潮带雨来。

虚心能见道,太上本忘情。
独酌不成醉,幽栖善养真。
鱼龙齐戏海,鸥鹭半眠沙。
吾道成真隐,天心见治平。

晓风吹画野,春气聚芳林。
天风吹海水,秋月照江楼。
霜华三径菊,秋色半江枫。
松阴分鹤径,岚翠扑人衣。

花下编诗稿,松阴写砚铭。
画仿瓯香馆,文传昼锦堂。
夜听潇湘雨,朝看泰岱云。
秋塞来鸿雁,春江得鲙鱼。

雁声江水阔,帆影舵楼高。
云开群石瘦,雪压老松高。
诗成不索和,酒熟且同斟。
闲数天边雁,能驯海上鸥。

不知水驿路,先问野航人。
天心自仁厚,人事重和平。
礼乐绵千载,诗书启四民。

善画王丹麓,能诗戴石屏。
中和资位育,太极转洪钧。
笔能参造化,心自通神明。

过雁秋江远,牧牛春草多。
伊谁读真诰,有人习坐忘。
昂头看明月,挥手引长风。
慈心回世运,善气养春和。

月中修桂树,雪里画芭蕉。
栏外千丝柳,阶前百合花。
作画澄心纸,烹茶折脚铛。
才敛文章著,心虚道义高。

导引群仙路,光明众妙门。
江山留北固,文字数南丰。
画有来青阁,纸名虚白斋。
神龙善深隐,智鸟解高飞。

挥毫师草圣,置酒赛花神。
柳塘浮乳鸭,花坞语雏莺。
日长宜午睡,春暖喜晨游。
万花明锦绣,四野听讴歌。

晴开万井树,雨洗九陌尘。
诗镜何人选,酒尊尽日开。
天心重仁爱,春意满乾坤。

灯花频报喜,爆竹正迎春。　　酒休千日醉,花有十分春。

灵光大圆镜,宝气摩尼珠。　　开帘来紫燕,隐几对青山。
善画云林阁,藏书士礼居。　　山林能养寿,泉石自延年。
善保长生道,能通造化权。　　太仓烟客画,工部草堂诗。
道无所不在,心有用则疑。　　卖药壶中客,谈禅方外人。

慕道杨虚白,著书李次青。　　风行山有虎,云起洞藏龙。
书画无二理,道禅亦一家。　　笔底多奇画,胸中有好诗。
砚有洮河石,盆种泰山松。　　烟霞洞仙子,桐柏山真人。
杨柳溪唇月,桃花洞口春。　　一心凝静候,万卉向荣时。
动静交相养,身心无所求。　　保存平旦气,涵养太虚心。

卷七

知天地化育,论古今人才。　　天心重仁爱,人事必公平。
万善仁人事,千秋道者心。　　八表重文治,四民培本根。
镇以无名朴,葆此有用身。　　人有读书志,世多向善心。

名山藏美玉,大海得明珠。　　心内如明月,眉端生瑞霞。
莫论纵横术,闲观清静经。　　中天地而立,御风雷以行。
友天下善士,知海内奇才。　　一念不起候,万物未生时。
至德先忘我,大智在知人。　　天半龙门峻,人间雁塔高。

烟霞三岛客,江海五洲人。　　满地松梧影,一庭兰桂香。
春色分深浅,酒香有淡浓。　　菖蒲映水绿,荞麦隔村青。

李桃花事盛,桑柘树阴浓。
松竹开三径,烟霞结四邻。

野叟送花至,山翁索画来。
君子莲花馆,山人槲叶衣。

闲行四体健,习静一心清。
阴云泼水墨,皎月照冰壶。
细柳含烟绿,小桃带雨红。
二十四诗品,一百八钟声。

滩浅收青蛤,溪深跃白鱼。
松阴观墨谱,花下试茶经。
水浅叉鱼叟,潮回拾蛤人。
轻烟紫晓雾,密雨酿春寒。

十年成一赋,千秋有几人。
诗成梧院静,客话竹堂深。
妙画传张雨,名鞋着鲁风。
盘胸一轮月,书名五朵云。

烟霞访古迹,云水得清游。
午枕能酣睡,春郊宜缓行。
春水桥边柳,晓风栏外花。
狂僧习草圣,野老赛花神。

晓烟遮远市,春雨湿平皋。
天涯同作客,江上又逢君。
阅太极图说,诵大洞仙经。
山松能化石,海云欲变霞。

船外潇湘月,樽前鄂杜花。
皎月黄泥坂,秋宵赤壁图。
小诗酬佳节,大笔画名山。
世运论今古,天心重圣贤。

宫商角徵羽,箫管琴瑟筝。
池柳几丝绿,盆梅数点红。
春水钓鱼艇,秋风卖蟹船。
晓烟犹在树,春雨不湿衣。

春暖曲江北,秋来函谷西。
有道者忘我,虚心人广交。
偶书六角扇,闲抚七弦琴。
池台花笑客,山馆雨留人。

南亩劝农事,北窗梦羲皇。
雄关过凤翅,古寺上牛头。
穿云来野鹤,近水见沙鸥。
神交浮邱伯,心游太华山。

溪边浅草绿,垣畔小桃红。
春水鸭头绿,夕阳鸦背黄。
欲救人间世,须祈天上神。
风月诗无价,烟云画有资。

妙笔石田画,奇才竹垞诗。
花外流莺啭,柳阴乳燕飞。
三月踏青节,千秋太白楼。
苔笺作大草,粉壁画古松。

晴云翔紫凤,古壁画墨龙。
石畔烹茶灶,松阴洗药池。
一峰有古趣,半亩亦清才。
虚心能体物,大智在知人。

花开春气暖,人静月华明。
虚心观云水,生意满春田。
山人白羽扇,溪叟绿蓑衣。
客来添酒兴,花好聚春容。

独游太虚境,同宴广寒宫。
梨花寒食后,柳絮晚春前。
烟云存逸兴,湖海有诗名。
水中采荇菜,洞外种桃花。

灵境何人住,名山有客来。
石髓供朝食,松阴袭夜凉。
人心自安定,天气转阳和。
细雨润奇石,轻烟淡古松。

有诗题草阁,无梦访蘧园。

连辔游春骑,疏灯卖酒楼。
看山如读画,对酒必吟诗。
谁着穿云履,能乘贯月槎。
才人译佛藏,高士读道经。

金莲正宗记,黄庭内景经。
重九新诗句,二三旧学人。
山坳逢樵子,野渡问渔船。
流水悟今古,闲云任去来。

砚深留墨汁,鼎沸散茶香。
定静安虑得,恒衡岱华嵩。
书多宜勤读,山深可久居。
书中自有妙,画外能传神。

积善有余庆,抱一得长生。
云中看鹤舞,天上听鸡鸣。
旧砚蕉叶白,小炉海棠红。
云霞辅鹤舞,潭洞起龙吟。

大草宜古瘦,小诗特清奇。
德备智仁勇,圣分清任和。
大草千万字,长啸三五声。
门前一客到,帘外百花开。

大草论机格,名画见风神。

圯上拜黄石,山中采紫芝。
世有能文士,人称射策才。
春水孟津渡,秋云太华山。

碑版照四裔,辞赋亦千秋。
朝吟云出海,夜饮月当天。
双鱼出春水,匹马逐秋云。
读书忘世事,习静养心神。

人间花灿烂,天上月团栾。
雾多知近海,云散喜看山。
虚心能养道,长啸自怡神。
春风动杨柳,秋水采芙蓉。

有酒频留客,无花不入诗。
多士登科日,群农望岁心。
万方自然静,一心无所思。
有客吟秋叶,呼僮扫落花。

黍珠中大象,宝镜内圆光。
偶酌黄醅酒,频饮碧萝茶。
偶览百花卷,闲临七树图。
竹抱君子节,松有大夫封。

诵万千佛号,听百八钟声。
阆苑簪花客,长门卖赋人。
野老闲锄草,山人爱种花。

雨助群花艳,晴薰百草香。
书名重卧虎,笔势走盘龙。
窗阔朝迎日,台高夜看星。

诗才因酒健,花事及春忙。
居东山灵境,拜南极大星。
心细直如发,道大无能名。
世有换鹅帖,人居宝鸭斋。

春气薰百草,云痕聚万松。
太行晴雪迥,大海早潮生。
养心如止水,仰面看高天。
隐者乐畎亩,志士耽诗书。

穿云采药去,踏雪折梅来。
东风吹大野,春雪润平田。
大开乾坤牖,善养天地根。
柏有将军号,莲为君子花。

说文许南阁,博议吕东莱。
几行临禊帖,数笔画庐山。
秋树苍龙岭,春江白鹭洲。
大地回春气,中原多寿民。

客久诗才健,春寒酒价高。
江楼三弄笛,山寺一声钟。
春水三篙涨,秋山万叠高。

心静无尘梦,身闲得妙游。　　君子重行道,山人好隐居。

春深风信转,秋静月轮高。　　画首新题句,砚背旧镌铭。
小诗题砚石,大草书屏风。　　古篆镌砚背,皓月静诗心。
神妙不可测,道大无能名。　　大书澄心纸,闲理焦尾琴。
空明太虚境,圆灵众妙门。　　草荒闻牧笛,滩远见渔灯。

秋榜初开候,春闱就试时。　　野径拾松子,名书写韭花。
古驿留巫峡,扁舟下洞庭。　　溪翁菱煮饭,樵叟蕙为衣。
隐身居畎亩,励志在诗书。　　天地心长静,乾坤气自行。
浩荡中天气,包容大地心。　　艰难开大业,锻炼得真才。

分畦种菜叟,闭户读书人。　　柔弱知水性,坚定见山灵。
文读捕蛇说,帖临相鹤经。　　山桥晴度马,水驿晚归鸦。
放手作狂草,关心问早梅。　　雨多生柳耳,风定展花须。
晨兴作大草,夜坐观群书。　　高鸟穿云去,潜龙卧水深。

有田三百亩,著书十万言。　　得意花开早,关心月上迟。
天寒人语静,云散鹤飞高。　　山人能相鹤,溪翁善种鱼。
栽培心上地,涵养性中天。　　洛社耆英会,文昌大洞经。
村庖豇豆粥,驿亭柳叶茶。　　铜柱存边绩,金台得逸才。

论石法树法,辨山光水光。　　快雪堂拓帖,晚晴簃选诗。
二十四画品,一百八钟声。　　经诵楞严咒,像画斯陀含。
闲云低渡水,高树远遮山。　　我有山林志,君多辞赋才。
百年新画格,四海旧诗名。　　东望扶桑晓,西招太华云。

杞菊延年馆联语　**281**

金盘承甘露,玉海散珠尘。　　大地阳春转,中原善气多。
心空自知足,道隐本无名。　　俭言以养气,习静能存真。
说诗传好句,论画有成书。　　静养冲和气,长存慈善心。
壮游九万里,豪饮三百杯。　　风云会龙虎,河洛出图书。
深仁如雨露,大道满乾坤。　　道乃善人宝,礼为儒者宗。

卷八

读书明圣道,济世有英才。　　静里闻天籁,闲中养道根。
真才多隐逸,浩气本虚灵。　　行无量妙道,得上乘法门。
读书有心得,养性须身闲。　　明珠潜大海,美玉藏深山。

胸中存至道,眼底多真才。　　心平如止水,道大本齐天。
书史门墙盛,农桑事业长。　　云开见鹤舞,海阔任鱼游。
长啸动天地,清吟谐宫商。　　储才入夹袋,经国有文章。
先生称北郭,奇士有南荣。　　当胸有水镜,放眼看冰轮。

禅栖山月静,人立海云高。　　十千沽酒价,百万买书钱。
天心爱篱菊,春意写丛兰。　　日高薄雾散,天远大星明。
玉书存宝笈,法曲奏云璈。　　求元人画理,慕唐代诗才。
老松伴奇石,细草衬名花。　　游山须问路,饮水必思源。

烟水西沽渡,云霞北海湾。　　偶画江天景,曾观海岳图。
窗外梧桐影,帘前茉莉香。　　溪山存画稿,云海定诗心。
万里题桥客,长门卖赋人。　　春雨兼飞雪,晓云欲变霞。
夜凉闻蟋蟀,月朗见蟾蜍。　　笔力能屈铁,书势可移山。

南阳诸葛菜,东陵故侯瓜。
绿水千重树,白云四面山。
秋郭深浓树,春溪平远山。
清秋风物美,胜地客怀新。

得闲常爱酒,有兴即吟诗。
乾坤立炉鼎,离坎养心神。
座上谈诗客,门前索画人。
急雨洗奇石,轻烟淡古松。

邻翁驱犊出,溪叟卖鱼回。
晨兴耕绿野,夜静读黄庭。
心闲评药性,人静觉茶香。
有酒得闲候,看山无厌时。

高吟对明月,长啸激清风。
养寿同天地,读书贯古今。
花气浓于酒,诗心妙入神。
山窗映飞瀑,松径隐闲云。

大砚如盘石,深堂似洞天。
云深春气润,海近晓烟多。
冰壶自朗澈,宝镜长光明。
读书有至乐,种菜养闲心。

药石论扁鹊,针艾问卢医。

好山长在眼,佳句久盘胸。
烟云新入画,诗酒旧同游。
渚烟飞一鹭,沙草下群羊。
牧童牛背笛,农夫鸦嘴锄。

大风扫尘垢,细雨润芳田。
岁寒见松柏,春暖放芝兰。
偶阅斗鸡檄,谁画换鹅图。
草长中和节,花开上巳辰。

郁璘奔日月,龙虎会风云。
山深宜独卧,地僻耐闲行。
江上看秋雁,林间噪晚蝉。
客去草堂静,松高茅屋低。

文章关世运,诗句见人才。
江天开画本,川岳铸诗才。
心闲习文史,年少重交游。
身健方知乐,心空更爱闲。

得意花无语,招欢酒有权。
中天云气散,大海月轮升。
鸠声催好雨,鹊语报新晴。
昔有双龙巷,今修五凤楼。

风烟古北口,云水海西头。

杞菊延年馆联语 283

曲谱桃花扇,词填莲子居。
花香春气暖,人静月华高。
万松来一鹤,千里寄双鱼。

大化息群猛,天真行至仁。
食少百体健,心空万理通。
拓地疏泉眼,移松护石根。

析理细如发,寡言养此心。
中原有兄弟,吾道属艰难。
绿墙碧萝蔓,压架紫藤花。
春山鸣百鸟,秋海戏群鸿。

英才崇道谊,济世重文章。
白水盟心久,青山遁迹深。
小桥刺春水,大笔画秋山。
习静先平气,忘言可养心。

地偏尘事少,春暖午晴多。
妙谛随时得,善芽逐日生。
树密山禽聚,岩高野鹿鸣。
世多隐君子,谁见古狂人。

青山养松鹤,碧海起云龙。
小诗常古淡,大草出新奇。
大草张长史,新诗陆放翁。
周览廿四史,熟读十三经。

夜吟新月上,晓起大星明。
柳絮因风舞,麦苗逐日新。
健笔画细草,矮盆种小花。
盘胸有真气,虚心读古书。

问讯故园竹,关心老圃梅。
搴云朝过岭,吟月夜敲门。
策杖游北郭,荷锄向东皋。
文章声价重,道谊友朋深。

对棋来野叟,卖卜有高人。
伊阙三龛记,香山九老图。
神游天以外,心在道之中。
墨气染石笋,春光上海棠。

祥征见鸾凤,真气如龙蛇。
乾坤养大器,礼乐铸真才。
秋水夜洗月,春云朝变霞。
偶阅群芳谱,闲临百石图。

药畦分径远,藤架隔墙高。
松下盘膝坐,柳阴负手行。
谁载一船竹,闲移几树松。

望道如可见,养气自长生。
知足自然乐,为善不近名。
晓风梳万柳,春雨润群花。

墨华如舞鹤,笔势走盘龙。　　　　水声穿涧去,山色扑帘来。

谁是雕龙手,应多射虎才。　　　　山翁耕绿野,村叟话黄农。
春水汉阳渡,秋云函谷关。　　　　书法存羲献,画师论顾吴。
细雨评花市,东风卖酒旗。　　　　曾啖安期枣,频餐曼倩桃。
山边朝雨散,江上晚潮来。　　　　民有千年业,世多百岁人。

山云环岭树,海月破滩烟。　　　　人坐碧梧静,月明丹桂香。
曾啖红绫饼,能吹紫玉箫。　　　　访道青羊肆,探奇黑虎泉。
金锁流珠引,玉字洞房经。　　　　走笔还诗债,倾囊出酒钱。
乘槎星宿海,访道崆峒山。　　　　梅开常照影,云出本无心。

善画杨子鹤,妙论公孙龙。　　　　名山多隐士,尘世有奇才。
精心读孟子,低首拜昌黎。　　　　圣贤开世运,道德启人文。
催花风信早,照水月光明。　　　　画传没骨法,诗和有心人。
虚灵智慧海,广大功德林。　　　　鸠鸣桑柘美,鸥泛水云宽。

春草连坡绿,晴云映日黄。　　　　读七篇孟子,诵二典书经。
高天看鹤舞,大海有龙游。　　　　诗翁论汉魏,田叟话羲农。
长松出山麓,瘦石蹲林坳。　　　　画史评吴陆,诗心入杜韩。
空明见宝镜,元妙养灵根。　　　　酒熟邀君饮,诗成对客吟。

蝶随卖花叟,燕睇卷帘人。　　　　开卷思前哲,披图对好山。
小花开古艳,大草出新奇。　　　　遵光明大道,读文始真经。
海峤听琴客,江楼弄笛人。　　　　云山同在目,烟水两无心。
大德推前哲,名言启后昆。　　　　九秋飞白雁,四月听黄鹂。

天远三峰秀,河流万里长。
两目观天地,一心存古今。
买书十万卷,种竹几千竿。
细雨花心喜,新晴草气薰。

缓步晨餐后,安心午睡时。
新声翻旧谱,古调出今人。
世有缩地术,谁是补天才。
天地一无事,物我两相忘。

世多好善士,家有读书人。
幼好弄笔砚,老不废吟哦。
谁吸西江水,来看东岱云。
晓雨三湘路,春阴二月天。

一心常守静,万事莫强求。
颍水烟霞客,傅岩霖雨才。
偶集前人句,喜藏旧版书。
天上神仙侣,人间著作才。

万物生于有,一念起自无。
盘胸有云壑,放眼看江天。
我得读书趣,君有济世才。
堂前罗俊彦,门下起英才。
人心向慈善,世运自安平。

卷帘花笑客,对酒月窥人。
紫气关门敞,碧霞泰岱高。
村舍农闲候,山家饭熟时。
妍日催花放,晴云覆树低。

流水如有意,浮云满太虚。
长沙有怀素,洛阳赛牡丹。
大道自平坦,高山长巍峨。
几丝金线柳,一树玉兰花。

春云翔紫凤,秋月耀银蟾。
鸡鸣起为善,鹤寿不知年。
书剑天涯客,云霞海外人。
有客谈瀛海,偕君游曲江。

野草称心绿,山花着意红。
西寨白云寺,东岱碧霞宫。
天地生万物,经史铸群才。
风月几诗叟,溪山一画师。

识五洲文字,论四海人才。
烟霞养心性,日月炼精神。
神光常自照,冲气以为和。
双丸昭日月,一气运乾坤。
奇文鲍明远,大草张伯英。

卷九

春风动大地,和气满中原。
长啸动龙虎,飞行控鹤鸾。
仁者自然寿,道人不近名。

志大须勤学,才高必养身。
和声鸣盛世,大略驾群才。
洞天一品石,香山九老图。

杨柳平桥水,桃花古洞春。
妙论笪江上,健笔郭河阳。
阶前千岁谷,池中百子莲。
看山增画兴,听竹得诗心。

室有千金帖,壁悬百衲琴。
浅草平铺地,高松半入云。
砚制建安瓦,香薰宣德炉。
爱砚有石癖,焚香注水经。

枝头梅子熟,栏外竹孙肥。
花草春光满,琴书古意多。
铁琴有逸响,玉笛激清商。
美酒饮佳客,老梅得古春。

疏风杨柳渡,细雨杏花村。
半生尘鬓白,一笑酒颜红。
扫叶呼童子,穿花来故人。
延年服枸杞,养性食菖蒲。

一幅北苑画,数卷东坡诗。
山深容鹤隐,水阔任鱼行。
快意读庄子,闲心游华山。
隐者颇好道,善人喜放生。

偶临北苑画,闲读南华经。
习静无尘梦,观空见道心。
秋风收燕麦,春水长鱼苗。
庄严诸佛相,灵宝度人经。

山馆听春雨,江楼看晚霞。
风月诗人屋,烟波海客船。
飞度苍龙岭,高居白鹤峰。
旧碑书汉隶,古砚磨秦砖。

君子贵行道,山人独养心。
池心新种藕,石额旧生苔。
循元范法度,得极乐妙游。
松影过窗候,花香到枕时。

铜炉焚柏子,石径扫松花。

水石清幽处,烟云浓淡时。

杞菊延年馆联语

溪风吹柳絮,山雨放桃花。
秋高双雁塔,春暖五羊城。
日食茯苓麨,时饮松萝茶。

地炉煮薯蓣,松圃种芜菁。
渔唱江天晚,樵歌山径幽。
城郭春花满,江天夜月高。
偶评龙尾砚,闲烹雀舌茶。

人民皆慈善,天地自安平。
皓月临松顶,疏风过竹丛。
松竹连三径,桑麻话四邻。
梵字霓裳谱,渔洋秋柳诗。

读画无尘想,吟诗有好怀。
寂寞闻天籁,虚无见道根。
柳阴筛细雨,花事艳东风。
种田十五亩,有桑八百株。

交游遍寰宇,文字满江湖。
瓜田精画理,荷屋有诗名。
画传吴墨井,诗有张船山。
花坞寻诗路,烟村问酒家。

河岳英灵集,金碧龙虎经。
平心如止水,浩气接高穹。
熟读集仙传,长诵度人经。

洛阳伽蓝记,灵宝度人经。
宝镜名仁寿,古盘铭日新。
天风吹海舶,江月照山楼。

画有李白也,诗吟孟浩然。
饱食宜行动,酣眠任屈伸。
烟花三月节,云树九秋天。
竹有君子品,兰为隐逸花。

松下安琴榻,石边置茗炉。
大地人文盛,中原道德高。
风定琴床静,月圆丹鼎开。
秋江枫叶渡,春社竹枝词。

塞云苏武节,辽海管宁床。
驼经来白马,纪岁有黄龙。
旧书北宋本,好句晚唐诗。
善画杨子鹤,著书公孙龙。

英才不世出,大道待人传。
大道通天地,名言贯古今。
江湖双桨稳,烟月一楼高。
百年枸杞茂,九月菊花肥。

千年存古柏,十月放早梅。
读书胸怀畅,听诗睡味浓。
逍遥楼上谱,安乐窝中吟。

药储龙胆草,诗写虎皮笺。　　晓云登泰岱,夜雨梦潇湘。

云霞开晓市,星斗澹秋河。　　只有烟霞痴,不存丘壑心。
金莲正宗记,玉晨大道君。　　太上混元录,文昌大洞经。
簟展龙须草,盆开凤尾兰。　　金锁流珠引,玉字洞房经。
牧牛见童子,放鹤有高人。　　梵字霓裳谱,浔阳琵琶行。

量大能容物,心虚可贮书。　　编篱护新笋,汲水洗高梧。
仁义礼智信,士农工商兵。　　熟读两都赋,遍游三神山。
杞菊延年馆,春秋佳日亭。　　万方大和会,八节乐康平。
由礼门义路,入圣域贤关。　　上善长若水,大象本无形。

晓风飞柳絮,春水映桃花。　　东风杨柳岸,细雨杏花村。
欲招赌酒客,谁唱踏灯词。　　竹密泉声静,山深石气浓。
动静交相养,出处任其天。　　老梅留古艳,修竹引高风。
半港柳丝雨,一栏花信风。　　碧草春郊路,绿杨古驿楼。

红栏十二曲,丹桂两三株。　　碑传元聱叟,诗吟陆放翁。
行止皆有道,动静贵适时。　　绿云桐叶密,白雪苇花深。
才名动城郭,诗句满江湖。　　大壑龙酣卧,高峰鹤独飞。
养气一身健,读书万理通。　　水火金木土,雨旸寒燠风。

云开见山岳,夜静看星河。　　架上红鹦鹉,云中白凤凰。
红榴五日午,绿杨三月春。　　凤尾舒丛竹,龙鳞护老松。
草际看春色,天边见曙痕。　　晨兴来客少,夜坐得诗多。
饱食青精饭,闲吹紫玉箫。　　诗好韵常险,书成墨未浓。

卦画乾坤定,人参天地中。
柳边谁放棹,花底客吹笙。
直干多高柳,苍皮见老桐。
鲲鹏轻万里,鹪鹩寄一枝。

门前谁系马,案上有来禽。
月色经秋朗,潮声入夜高。
春水叉鱼港,秋风放鹤亭。
风絮团如雪,阴云欲变霞。

秋月天中朗,朝霞海上横。
洞深龙气湿,云散鹤飞高。
画有千年品,世多百岁人。
偶食茯苓粈,闲焚艾蒳香。

起居惟所适,饮食得其宜。
高躅有巢许,清言见惠庄。
四时为政柄,八卦衍羲爻。
不知花市路,先问酒家门。

秋月随云度,春潮带雨来。
奇香焚古鼎,破墨画名山。
好花光灿烂,大草气纵横。
怪石疑卧虎,老松若游龙。

晴光舒菜甲,春色上梅梢。
旧书元椠本,古盏宋窑瓷。

花月几知己,烟霞一逸人。
江月登黄鹤,烟云画墨龙。
园林皆画稿,庭户有琴音。
新移生苔石,闲画折枝花。

移竹得新雨,画梅有古香。
偶采石花菜,闲披槲叶衣。
柳边添画稿,花外读书声。
一代传经业,千秋重道心。

忘其为物我,冥之以是非。
数行临书髓,三叠静琴心。
是非未可定,高下孰能明。
驿亭折柳曲,溪港采菱歌。

新诗初脱稿,美酒乍开樽。
虫咬叶成篆,藓生石有文。
豪饮三斗酒,清谈半盏茶。
好句闲中得,名香静里闻。

野店松醪熟,村庖豆粥香。
严霜炼松柏,烈火生莲花。
桃花三月节,杨柳六朝人。
诗吟赵瓯北,文读柳河东。

画里晴川阁,诗中烟雨楼。
种松能招鹤,移花又得莺。

开眼看春色,昂头见月明。
牧童牛背笛,山人鹤氅衣。

春雨蔷薇架,秋风薜荔墙。
秋塞数鸿雁,春江双鲤鱼。
世有豢龙术,谁通相鹤经。
心清天宇净,神定梦魇无。

诗有烟霞气,茶留云雾名。
夜寒知雪霁,云散见星多。
月下频饮酒,花底偶吟诗。
大海朝生日,中天夜看星。

栽花频结子,种树已成林。
山巅朝看日,江上午观潮。
烟云盘剑阁,花雨润琴台。
藏书十万卷,种竹几千竿。
善养冲和气,能存元妙心。

椒畦能论画,柳州善属文。
平心盟白水,放眼看青天。

山田收薯蓣,野水放芙蓉。
晓日评花市,春阴卖酒楼。
夜市听秋雨,江楼看早霞。
山云常入户,江月善窥窗。

饱食桃花饭,闲烹柳叶茶。
花间沽酒路,云外读书楼。
梧院秋多雨,竹窗夜有风。
万方各定位,四序自周行。

偶试鸡毫笔,高张雁足灯。
鱼龙变化候,禽鸟放生时。
一林横翠霭,五色见祥云。
柔弱莫如水,高明只有天。
目光营八表,足迹遍九州。

卷十

鼎彝三代器,经史百家言。
行住坐卧处,天地日月中。
门第书香远,慈祥道德高。

雪深见松柏,云聚起峰峦。

抱一心神静,无为年寿长。
善人皆守礼,盛世必尊贤。
云山千里客,风月一囊诗。

云霞开海市,桃李满春城。

一心自有主,万事求其根。　　诗人赵瓯北,仙翁陈图南。
架上书长满,门前客未来。　　一日必三省,千秋懔四箴。
山人爱养鹤,溪翁善种鱼。　　画笔不到处,诗心代补时。

庭草几分绿,盆梅数点红。　　春水下瀛海,晴光满洞庭。
雪消麦苗动,春暖柳枝柔。　　春燕衔泥去,秋鹰掠地飞。
秋云度长岭,春水漫平桥。　　笔力如坚铁,诗心似澹云。
焚香朝读画,刻烛夜谈诗。　　万卉皆萌动,一心长安闲。

山民如野鹿,圣德若神龙。　　春风扇和气,时雨润芳田。
雪少冬常暖,风多春转寒。　　豹隐无尘念,鸡鸣起善心。
晓晴人意好,春暖鸟声多。　　与君论画法,启我作诗心。
野老锄瓜去,山人卖药回。　　大壑千寻树,小池二寸鱼。

晓寒花敛艳,春暖草萌芽。　　驼经来白马,骖乘有青鸾。
薜荔红依壁,芭蕉绿上窗。　　抱灵明正性,守清静初心。
太华有灵境,大海访神山。　　存真见至道,养性得高年。
河阳花满县,渭北树逢春。　　大慈见佛性,至道立天根。

读书有至乐,抱道得长生。　　春水鱼儿泊,秋风燕子矶。
好风穿竹径,急雨过莲塘。　　图偶成堆果,花还画折枝。
门谁题凤字,案有换鹅经。　　月到上方静,春来佳气多。
八方通道谊,万物养春和。　　画龙能致雨,舞鹤亦凌云。

数行书大篆,几首得新诗。　　春水绿杨渡,秋江红树诗。
一篇夜坐记,数首晓行诗。　　春江载酒艇,秋夜读书灯。
吾画师造化,君诗善游仙。　　春阴天气润,秋霁月华多。

盆草千丝绿,瓶梅几点红。

爱读苏子赋,闲诵阆仙诗。
渔樵频问答,琴鹤共游居。
萤灯照书卷,蛙鼓动池塘。
种松兼移石,饮酒必吟诗。

万千春色好,三五月光圆。
春居一岁首,地处八方中。
天地有中气,身心养太和。
人有冲和气,春多发育时。

读书欧阳子,好道葛仙公。
长作云山主,兼多辞赋才。
松石有奇格,云日养真神。
地炉煨榾柮,土锉煮芜菁。

赤壁两游赋,黄庭内景经。
秋虫鸣促织,春鸟唤提壶。
江海皆成赋,岱华各有图。
梁燕营巢候,河鱼上网时。

披图考百果,援笔写双松。
中天看明月,大地转春风。
星月双凫舄,琴书一鹤船。
名山长养寿,古洞可韬光。

鲈鱼初上网,燕子正营巢。

共乐乎林薮,相忘于江湖。
原草绿如染,山花红欲然。
松石常相伴,林泉大有人。
雨过芭蕉绿,霜熟橘柚黄。

老梅多奇艳,瘦石有古姿。
金莲正宗记,玉字洞房经。
才士有啸赋,诗人独痞歌。
野水浴㶉鶒,春郊鸣鹁鸪。

春城飞柳絮,古洞放桃花。
枝头鹊报晓,花外鸟鸣春。
古有能文士,今多济世才。
有客吟长笛,何人赋洞箫。

行吟评酒味,卧听读书声。
座多风雅客,室藏古逸书。
文字超世俗,星月见光芒。
特开千叟宴,争传九老图。

流泉涤尘虑,种竹引清风。
晴江看浴马,云海欲呼龙。
秧针初刺水,麦浪远连天。
塔尖云影度,桥下水声多。

杞菊延年馆联语

麦田春气动,竹坞晚晴多。
大盏饮美酒,小盆栽矮花。
名花开碧柰,仙饭熟黄精。
深山拾松子,大壑采参苗。

秋林添画意,春坞称诗心。
卜居通德里,闲游独乐园。
春烟千亩竹,秋水半池蘋。
画石劳笔力,观水养诗心。

酒美能邀月,楼高可摘星。
春郊盘马地,秋塞射雕时。
冲泥朝沽酒,拨火夜烧茶。
山僮拾松子,溪叟采芦芽。

华岳三峰峻,秋江九派通。
诗说孟东野,文读曾南丰。
秋水芙蓉渚,晓云桐柏山。
才士赵瓯北,诗翁陆剑南。

柳眠当日午,花放怯春寒。
大笔作狂草,小盆种野花。
调适一心定,精求众理真。
洗心听流水,昂首饮朝霞。

东风杨柳渡,春雨杏花楼。
楼上招黄鹤,江干得锦鳞。

万事无偏倚,一心长虚灵。
灵光炳日月,浩气满乾坤。
秋花吟蟋蟀,春树鸣鹁鹕。
大道无所隐,天怀自有真。

花间明月照,柳下好风来。
春气薰河柳,晴痕上海棠。
偶食杏仁酪,闲调橙子羹。
鹭立荷香静,蝶飞花影深。

溪风吹客帽,山雨湿人衣。
君子善守朴,山人能坐忘。
人世分今古,天心重孝慈。
春风洞庭水,秋月峨眉山。

闲考宋元画,熟读秦汉文。
行乎万物上,守于一心中。
经济铸奇士,文章见逸才。
是非莫论古,出处不由人。

至道能容物,才名亦累人。
云开山露骨,风起水生纹。
重阳红叶树,上巳碧桃花。
大化谓之圣,神明存乎人。

下笔无滞机,盘胸多古怀。
晓风送渔艇,晴日上书窗。

云霞新景象,川岳古根基。
万里客程远,百年诗价高。

百谷卜丰稔,万民乐太平。
峰高名挂月,台古号歌风。

琼楼存梵字,宝笈藏古书。
野店桃花饭,山人槲叶衣。
插架存诗稿,挑灯写砚铭。
虚极有至乐,道隐本无名。

野云争渡水,山雨助飞泉。
书传赵松雪,画有李晴江。
春草经年绿,溪花照水红。
读书论根柢,见道分浅深。

野花黏客屐,飞絮点人衣。
对酒朝看剑,篝灯夜读书。
万花含宿雨,百草得芳春。
乐志书千卷,怡情酒一瓢。

不争而善胜,无求乃自安。
水程分港远,山径入云高。
挂席乘潮去,荷锄带月归。
夕阳红叶树,春水碧桃花。

秦汉文章古,桑麻事业长。
大诗存古体,小令谱新词。
林深闻牧笛,滩远见渔灯。
花香人静坐,酒熟客高吟。

晚岁学调气,长年不用心。
西极来天马,东瀛得海鱼。
花香春气暖,树密鸟声多。
举足踏实地,昂首望高天。

铜鼓敲溪月,布帆映海霞。
春雨游龙洞,秋风度雁门。
春至谁先觉,诗成神自怡。
云霞朝望海,星斗夜观天。

闲居自有乐,静观皆是空。
书擅何猿叟,词传李笠翁。
善画倪东海,能文曾南丰。
星从天上见,水由地中行。

随园一品集,务观万首诗。
诗才常日进,画境本天然。
百川灌沧海,四岳拱神嵩。
万里一知己,千年几卷书。

霜中收橘柚,雪里画芭蕉。
满架蔷薇放,一池芍药开。
月里霓裳谱,江干雪霁图。
春江杨子渡,秋水伯牙台。

青年重结纳,白首有知交。
秋江看过雁,春水下群鹅。
开径多益友,读书慕古人。
修竹当窗密,寒梅夹路开。

三月桃花水,一溪杨柳烟。
月上添琴韵,风来煮药香。
秋风朱亥市,春草禹王台。
身闲还种菜,客至自烹茶。

谦光善接物,妙悟可窥天。
锐志勤稽古,韬光不近名。
抗志论今古,虚心望海天。
妙画闲中得,新诗静里成。
盘胸罗八极,栖身守一方。

高天自明朗,大道本坦平。
听乐娱心志,读书益寿年。
妙元神真道,天地水火风。
天爱仁慈士,世多奇逸人。
万方遵大道,一气转鸿钧。

卷十一

论政先仁义,立身重孝慈。
观海来渤澥,访道入崆峒。
万里昭金镜,一心澄玉壶。

至仁根于性,大智本如愚。
仁德推君子,天心爱善人。
泼墨画群石,纵笔写双松。

少室山秋眺,大明湖夜游。
香散玉兰蕊,花开金带围。
桃李争春艳,松篁耐岁寒。
潮声入海去,山色渡江来。

偶临北苑画,闲咏西泠诗。
晴痕生远树,春色满平芜。
至理圬者传,名言渔父辞。
市声穿巷远,春气入诗多。

秋云渡溪水,春月照庭花。
百问存至道,三素养真神。
春为四序首,道乃万物宗。

文士捕蛇说,将军射虎才。
圣人能独悟,君子善群居。
绕径松篁密,登盘橘柚香。

云开分雁阵,滩远见渔灯。　　清超天半鹤,奇异云中龙。

名花自有种,野草不知名。　　饮酒读汉赋,焚香诵陶诗。
详考地理志,熟精星斗文。　　穿云采药径,涉水荷樵人。
天上神仙侣,人间文字豪。　　大道传千古,名言行四时。
地阔风声大,秋高月色明。　　世多好善士,天有济时心。

松下一棋局,花阴数酒尊。　　数朵菊花紫,几枝枫叶丹。
栖迟尘外客,磊落眼中人。　　天边散霞绮,月里听霓裳。
绿云槐市雨,红叶柿林霜。　　北风卷海水,东岳泼春云。
晨餐广粥谱,晚饭减食单。　　持躬先戒慎,闻道必勤行。

谁修野菜谱,闲读梅花诗。　　奇书读未竟,好句锻初成。
画所不到处,诗正欲成时。　　涉水菰蒲绿,新霜橘柚黄。
访古铜驼巷,走马碧鸡坊。　　偶题连理树,闲画折枝花。
高楼人纵酒,古驿客停骖。　　花下吟长句,灯前读古文。

潜鱼隐大泽,冻雀宿寒林。　　湖月照青草,山风聚白云。
江天秋雁影,云树晓鸦声。　　雨盏松醪酒,一瓯天柱茶。
饮啄皆前定,功名莫强求。　　窗前书带草,栏外玉簪花。
云从泰岱起,客自昆仑来。　　沽酒新丰市,题诗古驿墙。

夜坐村坊静,晨游天宇高。　　村疏树自密,云合水还分。
见雪先思酒,逢春便种花。　　呼船杨柳渡,沽酒杏花村。
仁慈根底固,澹泊滋味长。　　风雨应时序,乾坤酿太和。
偶拈生花笔,闲吟咏石诗。　　晴郊驱犊叟,春水捕鱼人。

杞菊延年馆联语　297

我有尊中酒,君吟天外诗。
冲和含德厚,虚空见理明。
柳亭临秋水,花坞隔春山。
移柳添春色,种蕉助雨声。

欲访赤松子,曾见黄石公。
新开黄芍药,旧种碧桃花。
微雪初飞候,老梅欲放时。
偶采山栀子,爱种海棠花。

千年石楠树,几朵山茶花。
窗外芭蕉雨,池边杨柳风。
读书常恨少,饮酒不须多。
仰天看明月,焚香画寿星。

秋云横半岭,春水欲平桥。
两汉皆通易,三唐善赋诗。
石形如卧虎,字势走盘龙。
画有来青阁,诗吟太白楼。

大雪晴犹嫩,新年日渐长。
春晴天气好,岁熟人心和。
宏文炳日月,大道挂乾坤。
烹茶火煮芋,洗砚水浇花。

闲考吉羊洗,时闻长乐钟。
饱食胡麻饭,闲烹野菜羹。

松竹开三径,烟霞结四邻。
清吟对朗月,长啸遏流云。
晚花牵野蔓,高竹过邻墙。
惜花有深意,爱石养闲心。

种竹宜深院,移花近小亭。
匏尊斟绿酒,石铫煮红茶。
大盆雪浪石,小朵水仙花。
狂僧有怀素,名花重牡丹。

隐者频致薤,君子必爱莲。
窗外移高竹,庭前放早梅。
秋虫伏野草,冻雀卧高枝。
净扫阶前雪,闲揩镜上尘。

春水鸭头绿,朝霞鲂尾红。
野店松醪酒,山厨苋菜羹。
长亭折柳曲,小艇采菱歌。
梅花含雪意,爆竹起春声。

野草经春绿,山花带雨红。
仙人李八百,画师龚半千。
松柏自苍翠,桃李能白红。
老屋读书候,名山养寿时。

闲上晴川阁,高登烟雨楼。
旧书北宋本,好句晚唐诗。

春融彭祖殿,花满锦官城。
古树藏深谷,幽禽宿晚花。

溪边开药圃,松下建茅亭。
百问存道脉,三宝见天根。
黄柑三百树,碧草万千丝。
花月宜闲兴,江山足胜游。

野草千丝绿,江枫几树丹。
爱种书带草,闲画山茶花。
近传新乐府,谁补古笙诗。
潮声分子午,山色辨春秋。

纵目观八极,盘胸有六韬。
溪水三篙涨,山花几树开。
人心如执玉,天道犹张弓。
江郭月临水,山楼风入松。

雪深滋宿麦,春暖放早梅。
云霞朝霁候,风月晚晴时。
净扫三径雪,不染六街尘。
爱竹护新笋,移花惜旧苔。

纵笔作大草,泼墨画双松。
长松三五树,碧草万千丝。
对月哦诗候,听松不语时。
新篁含粉箨,弱柳袅金丝。

书传怀素草,画有赵昌花。
书传王内史,画有顾将军。

何人颂酒德,有客富诗才。
我有诗千首,君能酒百觞。
世有千里马,谁画五爪龙。
烟云供笔兴,梅柳助春容。

山风落松子,溪雨湿苔衣。
道德通天地,人文备古今。
石瘦不嫌丑,松高亦自奇。
天地犹橐籥,心智有权衡。

床头一瓮酒,窗外数盆花。
偶然作大篆,闲自吟小诗。
日出观沧海,星密见银河。
舣舟红蓼岸,沽酒绿杨村。

安养和平世,快乐自在天。
小饮不成醉,高吟有好怀。
薄雾不成雨,湿云欲变霞。
小亭近水月,高阁听松风。

月上蛩先语,风高鸟不鸣。
雨过花添艳,云开月有光。
寒花依屋放,苦竹绕墙生。
云外翔鸿鹄,天边集凤鸾。

杞菊延年馆联语 **299**

砚采青州石,墨制黄山松。
大笔画群石,好句哦双松。
夜雪宜豪饮,春晴更斗诗。
天地有至乐,日月含神光。

共看南楼月,闲观东岱云。
雾敛见春霁,霜多助夜寒。
云白天青候,水流花放时。
善画来青阁,名笺虚白斋。

琴棋梧院静,觞咏竹亭深。
四方皆好善,千岁自升仙。
溪桥春放棹,花月夜登楼。
临水常照影,躬耕不顾人。

礼让敦行世,乾坤大定时。
词成春帖子,画访夏仲昭。
偶读乾凿度,闲参坤灵图。
香烟庭院静,灯火市衢明。

村庖炊豆粥,野店酤松醪。
中天舞鸾鹤,大海起蛟龙。
春水分秧候,秋风打稻场。
夜谈多古迹,卯饮得新诗。

读书通古训,论事得新知。

晴云度山峡,春雪洒芳郊。
茶半香初馆,山遥水近楼。
世有千秋镜,人吟万首诗。
熟读东坡赋,同开北海尊。

晓云六七片,春雪二三分。
烟霞朝入市,风雪夜归村。
灯火海滨市,云霞江上楼。
幽闲存道气,甘苦说诗心。

梅花多结子,萱草号宜男。
鹦鹉藏深院,鹭鸶隐大溪。
风来万柳外,春在百花中。
晴痕舒柳叶,春信到梅花。

上士勤行道,高人善隐居。
倘逢相马士,谁识饭牛人。
负暄花映日,避暑竹临风。
种竹惟思鹤,穿池好放鱼。

江上义鱼叟,海滨拾蚌人。
月明照瀛海,春气满乾坤。
春瓮鹅黄酒,晴江鸭绿波。
墨有金壶汁,纸存玉版宣。

灯火江干市,云霞海上山。

绕郭高低树,沿溪长短桥。
天风蓬岛鹤,人日草堂诗。
神真存本性,妙悟彻天根。
拜无量寿佛,参上圣高尊。

庭前花结子,栏外草宜男。
一尊千岁酒,半卷六朝诗。
真才不易得,大器必晚成。
葆太和元气,存无极真神。

卷十二

三光长朗照,八卦相生成。
一心常守静,万事皆善忘。
庄惠有妙论,杜韩多好诗。

淑气回三辅,春光遍八方。
盘胸富经史,下笔走风雷。
神龙戏大海,灵凤隐高天。

花月一尊酒,江湖数首诗。
渔村连夕照,山市聚晴岚。
根心吾自见,清浊孰能名。
荷叶包青蛤,柳条贯锦鳞。

江流巫峡水,月涌海门潮。
闲云生远岫,疏雨过前滩。
屏几精雕漆,书画善缂丝。
滩平飞野鸭,冰泮得潜鱼。

溪桥飞柳絮,滩港发芦芽。
闲花已结子,疏柳未成阴。
江干黄叶渡,山半白云楼。
云气连遥岭,松声似晚潮。

烟花刚上巳,风雨近重阳。
暖意薰芳草,晴痕上远山。
酒香经夜减,花气得春多。
独得书画趣,时有渔樵来。

静坐无尘想,闲行得好诗。
雨过山烟碧,日高江雾黄。
读君好诗句,笑我无酒钱。
结屋临流水,开门对远山。

云月来青鸟,江天戏白鸥。
惊梦风敲竹,解醒月照花。
野叟牧羊去,村僮放鸭回。
柳絮飞如雪,梨花暖似云。

看山如读画,洗竹更题诗。
野叟卖花去,诗人载酒来。
风月双清夜,烟花同好春。
花月江天夜,笙箫辞赋才。

棋声花径曲,灯影竹堂深。
酒熟留君饮,诗成对客吟。
蘋花三尺水,杨柳几分春。
池台群客集,山馆百花开。

紫极重霄路,黄河万里槎。
溪水环村郭,园林近市廛。
诗成酒熟候,花好月圆时。
诗酒新俦侣,江湖旧友朋。

杏花村店酒,杨柳板桥诗。
洗心看绿竹,信步踏苍苔。
唐人留雁塔,宋代有龙亭。
宾友数杯酒,乾坤几局棋。

青草湖边渡,白云山畔峰。
东淀千株柳,南塘万柄荷。
榆柳连村绿,荞麦匝地青。
澹云挑菜节,妍日卖饧天。

有兴诗常好,无言心自怡。
慷慨英雄气,冲和隐逸心。

外无怒喜色,内少是非心。
高阁听松卧,小桥踏月过。
万物发生候,一心凝静时。
豆粥农家饭,蓑衣牧竖诗。

一梨三月雨,几朵九秋云。
缓步身常健,忘言气自和。
酌我三斗酒,输君一局棋。
春风三岛路,秋水九江船。

诗人点将录,秋山行旅图。
梁苑人才众,樊楼灯火明。
有酒频邀我,无诗不赠君。
繁台聚春色,周桥有月明。

遍种诸葛菜,犹存召伯棠。
柳色宜朝雨,荷香聚晚烟。
从来菊品逸,应知梅格高。
云边千万树,花外两三峰。

烟云萦奇石,风月伴高松。
能得画中趣,不是门外汉。
万事不着手,一心长对天。
雷送千峰雨,风收万壑云。

豪客论千古,名山访十洲。
为君吟好句,听客话名山。

天上晨光溥,人间夜气清。
茶香能解睡,诗好自怡神。

松间隐老屋,岩隙下飞泉。
晴云三岛路,春水五湖天。
自有居山乐,闲来看水嬉。
万神存两目,一气贯三清。

神仙崇道德,书史养身心。
春气自萌动,天心酿太和。
万古身心健,千秋道义尊。
偶游碧云寺,谁画黄山图。

读千年史册,看万里风云。
深山藏密树,浅水散浮萍。
平滩横蟹簖,远渚见渔灯。
秋风数鸿雁,春水双鲤鱼。

高人亦嗜酒,奇士必能诗。
客有游山记,我吟望海诗。
世治民长乐,心平道自来。
长守一心静,不与万物争。

逐队呼群雁,巨口细鳞鱼。
饮第一泉水,说不二法门。
各是其所是,同玄之又玄。
名画万千笔,好诗三五联。

稻畦春雨足,柳港晓晴多。
地僻多栽竹,客来索画松。

胸中多古逸,笔底出新奇。
清超唐元白,奇异宋苏黄。
云水三间屋,龙沙万里亭。
浅水通遥港,平林界远山。

画厨新粉本,诗壁旧题名。
烟水盟鸥馆,云山放鹤亭。
闲从忙里得,甘自苦中生。
瘦竹生肥笋,老梅无丑花。

暖风花坼蕾,细雨草萌芽。
韬光能养性,晦迹自怡神。
江天双白鹤,云月一青鸾。
门闲无来客,树密有鸣鸠。

春阴疑酿雪,晓雾散如烟。
必固守根本,能爱养精神。
人心多善念,天气入春晴。
山气朝凝霭,江声夜听潮。

楼头诗句好,江上笛声清。
人有好古癖,天生济世才。
古树盘鸦阵,秋江过雁群。
枝头噪喜鹊,树杪有慈乌。

杞菊延年馆联语

抱一志于道,含真养其虚。
晚雨采莲港,秋风打稻场。
晚饮数杯酒,日吟两首诗。
移松三两树,种竹万千竿。

古今同一理,物我可两忘。
刺水秧针锐,迎风柳线长。
人饮千岁酒,天有十分春。
晨钟清可听,夜酒醉初醒。

神禹藏书洞,伏羲画卦台。
松有山峦骨,梅开天地心。
无欲民自朴,久道化乃成。
庄严七宝座,轻洁六铢衣。

醉后诗题壁,狂来酒当茶。
言行动天地,道德拄乾坤。
善葆冲和气,长存退让心。
道德万物奥,天地一家春。

种花养闲性,饮水洗尘根。
夜灯斟柏叶,春雪放梅花。
烟霞三五友,花月几千秋。
深红开芍药,新绿长蘼芜。

我书存劲气,君诗有仙才。

妙理出神悟,好句本天成。
月照千山雪,风吟万壑松。
狂草书厅壁,飞花落酒樽。
数卷新诗本,几行古籀文。

诗成酒正熟,花好月长圆。
古籀镌小印,大草书长廊。
大笔画奇石,小诗题古松。
考山川道里,论政治农桑。

万事不求备,一心常有余。
新煎春茗苦,旧种老梅香。
风剪草丝细,雨抛柳线长。
野菜经冬秀,山梅冒雪开。

用心常若镜,守口必如瓶。
天人相感应,言行必光明。
江声长绕郭,山色不离船。
雪消群草动,云散一峰高。

松窗画朱竹,瓦盆养绿梅。
天地长覆载,日月自光明。
煮酒留君饮,横琴对客弹。
薄暖回春候,浓云欲雪时。

弹高山流水,画瘦石奇松。

人世千秋镜,江山万里图。
读奇书古史,画野水荒山。
江天一览阁,龙沙万里亭。

洞天一品石,古寺六朝松。
河岳英灵集,金碧龙虎经。
偶观集仙传,虔诵度人经。
座有修琴客,门停问字车。

呼龙耕大野,立马看群山。
烟霞成画稿,风月惬诗怀。
高登一览阁,曾题万里桥。
饱食青精饭,闲饮碧萝茶。

灵境登王屋,真经诵洞房。
花月春灯夜,樽罍秋宴时。
偶食胡麻饭,闲烹甘露茶。
黄叶秋声馆,碧萝春雨楼。

澹到忘言候,闲来习静时。
神龙戏大海,猛虎隐深山。
大易见天道,至圣感人心。
伟然君子德,逸矣硕人诗。
纵横九万里,浩荡五千言。

晓云望海寺,春水阅江楼。
珠履三千客,琼华十二楼。
远山低近水,密树乱开花。

云山双蜡屐,天地一诗瓢。
万卉含生意,一心入定时。
宝珠百八颗,锦瑟五十弦。
独抱冲和气,常存慈爱心。

作画有古趣,吟诗见逸才。
酒熟留君饮,花香有客来。
晴痕上高树,春色满平芜。
大道生天地,太易开乾坤。

黄叶村边路,青山云外楼。
春水溪唇绿,夕阳山额黄。
饮水能知味,入山恐不深。
清虚存道力,定静植灵根。

名言根性道,大政起修齐。
善养平旦气,长存造化心。
冲举天边鹤,奇逸人中龙。
道为万物奥,静乃众妙门。
中原有邹鲁,上古溯黄农。

杞菊延年馆联语 305

卷十三

文章能寿世,道德自延年。
千年考史册,万里静风云。
天地清宁候,山川蕴育时。

画理因时得,诗怀触绪生。
友天下善士,听海外奇闻。
骨比老松健,心如修竹虚。
林窗隐林壑,松径入山房。

云壑看飞鸟,洞门扫落花。
光明大圆镜,宽平众妙门。
诗吟黄叶雨,茶试碧萝春。
溪涨知鱼乐,林深任鸟栖。

石现寿者相,松有古人风。
江上群鸥影,云中一雁声。
山高云数叠,涧曲水分流。
三间黄茅屋,一树碧桃花。

江湖频作客,诗酒又逢君。
闲观野菜谱,谁画墨竹图。
江头曾问渡,洛下旧知名。
云天分雁阵,烟水订鸥盟。

竹发先春笋,梅开向腊花。

新诗吟舞鹤,大草走盘龙。
一气乾坤转,双丸日月光。
诗才推李杜,文史属韩欧。

不知城市路,长伴渔樵人。
挥毫惊四座,铸语敌千人。
天下无难事,世间多善人。
疏瀹其心性,澡雪尔精神。

盆柑有异味,瓶梅发幽香。
画里烟云古,书中岁月长。
秋云烘柿叶,春水茁芦芽。
昂头天广大,立脚地宽平。

榆柳云千里,蒹葭水一方。
晓风轻似剪,春雨细如丝。
结伴看花候,分畦种菜时。
天地养元气,诗书瀹性灵。

安闲尘世界,游乐水云乡。
万事皆前定,一心常有余。
周天运长度,太极养真神。
细雨湿芳草,轻烟澹古松。

春风开柳眼,晓雨润花须。

垣边千穮谷,窗外九英梅。
雨助千寻瀑,云开万仞峰。
剐得猫头笋,拾来鸭脚菌。

山远隐文豹,江深有大鱼。
任我移奇石,为君画古松。
松阴弹绿绮,花下写黄庭。
栽花依竹径,移石就松阴。

夜坐诗心静,晨游画境开。
能书郭兰石,善画玉椒畦。
古道存邹鲁,奇文属汉唐。
邻叟识奇字,山人有好诗。

天地自清旷,心性常冲和。
秋风种菜圃,春水载花船。
风定花香聚,日高树影圆。
偶策桄榔杖,来听霹雳琴。

偶然跨赤鲤,亦能骑白鲈。
溪山通画理,梅柳惬诗怀。
潇洒无尘念,安养见生机。
三竿两竿竹,一寸二寸鱼。

月照古今世,梅开天地心。
朝霁云无迹,夜寒风有声。
野水芦芽短,春郊麦浪平。

农业有新学,诗篇慕古人。
道为善人宝,德立学者基。
登山双足健,得酒一心开。

画笔不到处,诗句补将来。
息心阅世久,放眼觉天宽。
有酒频对月,杖藜独访梅。
夜坐息尘虑,晨醒得好诗。

儒生勤稽古,君子重修身。
雨晴鸟鹊喜,风定芰荷香。
林深宜鸟性,池阔任鱼游。
美酒三百瓮,广厦千万间。

拨开煨芋火,放出煮茶烟。
小坐能安睡,深居不出门。
东坡多趣语,南田有清才。
夕阳上高树,春水漫平桥。

闲读小园赋,来登大雅堂。
得酒饮佳客,披图对好山。
偶携碧眼奴,来访赤脚僧。
花月词人会,风霜侠客怀。

风多春气畅,云散月华明。
笔底传神画,案头写意诗。
风月诗千首,烟云画一奁。

世事莫萦念,功名亦累人。　　野滩收海蟹,春水上河豚。

微风开柳眼,细雨湿花须。　　莫嫌村酒薄,闲看野云高。
闲云横山腹,春月照湖心。　　春雪如时雨,阴云变晚霞。
细草石罅出,小花砌畔开。　　风定山云懒,雨余秋月明。
饭后茶宜酽,睡余书已忘。　　烹茶烧落叶,行饭踏荒苔。

大笔画朱竹,小瓶插绿梅。　　好客多知己,存心不负人。
老松化奇石,古墨画名山。　　大寿能忘我,虚心不忤人。
得钱先沽酒,无画不题诗。　　大道本无隐,斯民望有秋。
春意动梅柳,天心辟草莱。　　能文本杰士,豪饮亦奇才。

澹泊存真性,冲虚养大年。　　月照高梧影,风来丛桂香。
春暖鱼生子,日高燕引雏。　　秋风数行雁,明月几家砧。
春阴花气静,晴日鸟声多。　　春暖花笑客,风动柳如人。
雨霁云霞灿,天高星斗明。　　水阔鱼将至,月明蚌自生。

春深天气暖,人静月华明。　　春色一溪水,晴痕几树花。
晴色薰芳草,春痕上野棠。　　一枝紫竹杖,半卷青囊经。
风随花信转,云带月华流。　　制砚建安瓦,焚香宣德炉。
才人舞鹤赋,奇术撼龙经。　　晓汲浇花水,午吟采药诗。

水阁吟秋月,江楼看晚霞。　　高论离世俗,大名瞰古今。
身闲不觉老,道大无能名。　　柔弱持身久,谦和处世宜。
微风摇竹影,细雨润花香。　　无事身长健,寡言气自和。
不争而善胜,无欲以成刚。　　偶论王黄鹤,尚友恽白云。

悉心存奥理,洗耳听妙音。
飞鸿戏大海,宿鹭立平湖。

诗书绵德泽,川岳发辉光。

卷十四

仁智周覆乎四海,德泽普被于九州。
吟诗痴可凌侪辈,抱砚心常忆古人。
纵横于六合以外,特立乎四象之中。

养心必使之平淡,遇事常处以谦和。
立身长守智仁勇,怡情还有画书诗。
一片化机迁叟画,几声天籁放翁诗。

秋水桥边蓑笠影,夕阳陇畔桔槔声。
上巳已过桃始放,重阳未到菊花开。
瑶琴三叠随流水,铁笛一声上入云。
长溪载酒瓜皮艇,细雨归樵槲叶衣。

卧羊山畔蹋芳草,放鹤亭边问老梅。
雪岑赋诗守唐律,石谷作画追元人。
七峰堂藏卜卦砚,两城山有得碑图。
篱畔密牵山药蔓,江干初放水蘋花。

勤俭能居安乐土,慈祥长作太平人。
芳草碧连渔子艇,菜花黄入野人家。
舞剑台高云未散,筹边亭远月长明。
村翁亦解谈龙录,樵客能知相鹤经。

有客论六经古本,任我游五岳名山。
古圣无为能济物,上士闻道必勤行。
文章节风高天下,箪瓢蓑笠在人间。
好句出元白以外,妙书在苏黄之间。

其人能狂歌豪饮,与我常说剑论诗。
闲云野鹤无羁绊,大壑高岩足隐沦。
餐霞服雾神仙侣,耕雨锄烟隐逸流。
春郊晴雨皆如画,佳客去来常有诗。

杨柳桃花六七里,茶坊酒肆两三家。
书名已高人一等,笔力能入木三分。
村居左右皆临水,野径东西各有桥。
能诗不让白司马,卖画曾闻黄鹂鹄。

妙画无过大涤子,题诗曾署小仓山。
耕烟散人善模古,磊石山樵自得师。

雄才大略四公子,论道著书一散人。
乾坤卦里身常健,水月光中眼自明。

明月梅花入旧梦,晓风杨柳谱新词。
萧然得山水间意,伟矣如神仙中人。

淀北园中春草碧,水西庄外夕阳多。
妙理自无极无尽,奇文必有色有声。
无色无声见真体,有动有静养天根。
一心自有光明地,百岁长为安乐人。

蒲松龄善志异事,郑板桥能唱道情。
龙跳虎卧见笔法,雁来燕去知天时。
邻翁兴至约渔钓,野叟闲来话耨耕。
豪气压貂裘骏马,高怀如野鹤闲云。

野水荒山得古意,纸窗竹屋养闲心。
以黄石公为先导,与赤松子约后游。
紫度炎光存至道,黄庭内景炼飞仙。
道士昔推张伯雨,山人今重王耕烟。

上天下地必致敬,西华东岱可游仙。
莲子居有词可诵,稻孙楼题字犹存。
东风有约开红杏,细雨无声织绿杨。
太行山仙舒长啸,滁州贤守善属文。

诗句出元白以外,画笔在倪黄之间。
求道如行万里路,为学似筑九层台。
独秀峰前看山色,八节滩头听水声。
与嵩华共论年寿,发道德自有精神。

种树养鱼闲事业,焚香瀹茗静工夫。
大耐山人能泼墨,小痴居士善挥毫。

松柏有心自多寿,芝菌不根而能生。
雪村画梅有逸气,石公写菊见清标。
合九州成一统志,以五经为众说郛。
山云有时作霖雨,海月含光对日星。

罗百家于斗室内,收万里入尺幅中。
立品如高山乔岳,行文似长江大河。
作大草放英雄胆,养闲花存仁爱心。
十里绿阴双画舫,半山红叶一诗庐。

难事先从易处做,大才须以小心行。
平桥细雨樱桃市,古柳斜阳碌碡村。
奇怀雅抱李晞古,绝俗超尘高澹游。
遇酒逢花开口笑,赌棋论画称心归。

旭颠素狂草中圣,倪迂顾痴画入神。
早眠早起安闲境,无欲无思澹泊人。
知白守黑可无老,抱紫回黄善养真。
风舒云卷见奇致,石瘦松高结静缘。

得师而成杨子鹤,引人入胜张友鸿。
天地所通皆大道,金石之交可延年。
归奇顾怪亦少有,米颠倪迂不可无。
立庵画梅有家法,板桥写竹见天真。

大智能陶铸万物,慈心必亭毒三才。
龙吟虎啸舒真气,蠕动蜎飞识化机。
王倪啮缺频论道,浮邱洪崖相与游。
春酒华堂豪饮客,秋灯老屋读书人。

偶逢野叟同棋局,闲与诗人上酒楼。
自有古碑传碧落,谁将好句唱黄河。
流水小桥闲散步,清秋佳日发高吟。
晓晴曾上慈恩塔,秋色遥看太华山。

座中邻叟携诗至,门外村翁送酒来。
旦夕不念一俗事,古今曾有几传人。
曰有曰无利用见,形上形下道器分。
淡云妍日中和节,绿柳红桃上巳天。

人有道身心俱泰,天无私日月长明。
讲学论道分门户,穷经读史有师承。
杜诗柳文皆入妙,秦璆汉璧自可珍。
人善常与世相接,天高不可阶而升。

人禀五行之灵秀,天运四时以发生。
山顶雪封群玉立,潭心月印一珠圆。
墨法笔情得古趣,诗才酒量压同侪。
几树碧桃春雨足,满林黄叶夕阳多。

高文典册出其手,群经诸子注于心。

架上有万卷能读,天下无一事可争。
百花阴里一亭小,万竹丛中三径平。
移宫换羽通妙旨,诵诗习礼亦清才。
画竹得坡公妙术,爱菊与陶令同心。

窗外梧桐阴渐密,帘前鹦鹉语分明。
竿直叶密修竹茂,根深柢固老松高。
胸中不着一件事,眼底常观数卷书。
十里黄云收晚稻,一渠碧溜放秋荷。

保守身心内真气,吸取天地间生机。
红莲白莲一齐放,紫菊黄菊相向开。
笔情墨趣曾近古,琴韵诗心自得闲。
人怀德则一身健,天不言而四时行。

江干斜日收鱼网,天半秋风送雁行。
万理不出公正外,一心长在虚明中。
欲从韩子问原道,莫向屈平论卜居。
村庖土銼蒸山药,庭院瓷盆放海棠。

春社雨晴桑柘美,秋田霜熟稻粱肥。
苦瓜和尚有逸气,板桥道人如散仙。
红烛增光豪饮客,青灯有味读书人。
大才能俯视侪辈,和气皆乐与交游。

查二瞻落笔成趣,周七峰抱砚高眠。

杞菊延年馆联语　311

雪琴画梅有奇气,秋谷论诗见逸才。
视草看花一学士,吟风弄月几诗人。
几村鸡犬桑麻业,一代文章书画家。

绿杨细雨催诗候,红杏春风得意时。
装点园亭花树石,交欢朋旧酒茶诗。
月照大营嘶骏马,春归古驿走明驼。
野叟频来拾橡栗,山云忽起掩峰峦。

天边明月自今古,江上征帆任去来。
闲栽松柏依青嶂,多种芭蕉成绿天。
种豆种瓜皆乐土,读书读画养闲心。
诗篇偶续秋风引,琴谱闲翻春草堂。

邻叟送来竹叶酒,园僮编就菊花篱。
秋凉已减梧桐影,月上时闻桂子香。
栖迟一邱自有乐,排除万虑方能闲。
细雨轻烟芳草地,澹云妍日菊花天。

架上晚瓜将熟候,篱根丛菊盛开时。
足底能行万里路,眼前常有十分春。
四野讴歌民气静,万家安乐岁时丰。
松存傲骨枝皆仰,诗有仙心句自奇。

绿杨阴密随船去,红藕花香入座来。
唐画晋书人阐见,秦松汉柏世所希。
一窗明月梅花影,几树秋云梧叶阴。

老屋柳阴深处住,小桥莲港画中行。
十里新霜明槲叶,半滩秋水漾芦花。
桃李花开三万朵,梗楠树种五千株。

几片峭帆指吴会,一声长笛起江楼。
山泉带雨入溪涧,海月随人出树林。
春花秋月宜诗酒,近水遥山入画图。
三百树海棠吟社,一千株杨柳人家。

蓑笠一身入图画,湖山满眼足渔樵。
春自山人笔底至,花从樵叟座边开。
窄径雨余苔草密,曲池风定藕花香。
海云忽起不成雨,山月飞来闲照人。

春水桃花三十里,秋云槲叶几重山。
胸中不着一杂念,眼底常逢万善缘。
但见星河所照影,不闻人马之行声。
煮酒烹茶对佳客,吟诗读画度重阳。

闲向村坊问酒价,偶从花月写诗怀。
江上丹枫秋入画,篱根黄菊客留诗。
柳阴时听流莺啭,松下闲观雏鹤行。
浊酒尚堪邀邻里,新诗聊为寄天涯。

秋云古树白茅寺,春水新蒲绿野堂。
闲看野叟收鱼网,又借邻翁放鸭船。
水流有意尘沙净,云出无心天宇清。

312　徐世昌楹联集

丹崖翠嶂云千叠,细草幽花水一湾。

君子常乐善不倦,儒生有稽古之荣。
风花雪月储诗料,竹树峰峦富画材。
有才则纵横一世,无事且安乐百年。
春园桃李天伦乐,秋社鸡豚岁事和。

江上秋风呼侣雁,河干春水放生鱼。
红紫秋林村远近,青苍石壁路高低。
杖藜偶过桥边市,煮茗闲观案上书。
自有英才应时起,从知大寿得天和。

大道能爱养万物,此心长生对三光。
古月今月同一照,大言小言应两分。
举酒不忘孔北海,垒石独有张南垣。
鼙鼓声中画梅叟,笙箫队里锻诗人。

学道以读书为始,积德乃处世之根。
万物赖道之左右,一身须礼以维持。
民心安乐岁时稔,春气融和草木知。
作画须知造物意,读书要识古人心。
束身愿受孔子戒,澄心细读古人书。

成童须知弟子职,读书要识圣人心。

奇书熟读参同契,仙人曾遇安期生。
欲辨村前歧正路,闲看河上往来船。
黄叶园林秋过雁,绿杨城郭晓闻莺。
奇书到眼如对月,良友关心各一天。

闲看渔翁弄潮水,偶逢樵叟话山云。
骨相坚卓闲写竹,指头生活善画兰。
酌酒醉因心内热,画梅香自指端生。
君子已能崇道德,善人亦复论师资。

有神无迹画入妙,得意忘言性乃存。
豪客当筵有妙论,词人走笔亦开颜。
故人千里来相访,尊酒数巡情更欢。
万里秋风登雁塔,一川春水涨龙门。

吉羊文字双鱼洗,金铁烟云五鹿砖。
旧籍犹存百衲本,古音谁抚五弦琴。
昌黎文章慕邹峄,考亭道脉接伊川。
君子有言必有德,山人无虑复无思。
有酒有花春四序,无思无虑乐千年。

卷十五

人诵四诗风雅颂,天有三光日月星。
紫霞洞谱传琴曲,黄鹤江楼度笛声。
读奇书如逢佳士,入名山忽遇古松。

明窗细写云蓝纸,活火闲烹日铸茶。
北陌南阡春意满,东船西舫客怀多。
严怪陆痴今亦少,马工枚速古所闻。
万柄荷花围村郭,千株杨柳隐楼台。

楼上仙人披鹤氅,江干钓叟着羊裘。
东岱西华自分野,春花秋菊各应时。
芳草天涯连渭北,绿杨春色聚江东。
砚留宿墨作狂草,炉爇名香读柳文。

储藏书画云林阁,点染林峦水竹村。
清风入径移修竹,明月照窗横老梅。
凉秋三叠琴心静,清夜数声笛韵高。
一带溪光泛村郭,几分山色入船窗。

独得黄大痴宗法,能传吴小仙风神。
云横大漠雁初度,月照连营马不嘶。
水光照树几重绿,山色向人分外青。
频来击钵催诗客,曾见悬壶卖药人。

谁更读书求古本,还从考礼见前贤。

扫除心地无私念,爱惜人才出至公。
静守一心如止水,闲看万事若流云。
诗才隽逸陈玉几,画笔纵横郑板桥。

朴古简澹画之体,清新俊逸诗有神。
远近水声穿涧去,高低山色过墙来。
时晴时雨舒垂柳,春暖春寒问老梅。
直道犹存铁如意,妙文大似玉连环。

一篱黄菊含秋雨,几树碧松映晚霞。
面墙读画尘心净,隔屋听诗古调高。
画梅则乱头粗服,写石杂野草闲花。
十里种松无暑热,一篱养菊延秋光。

山人饱食桃花饭,村叟善烹苋菜羹。
金书玉简神仙箓,瑶草琪花古洞春。
万里风霜来名马,半天云气见神龙。
双声叠韵辨文字,扢雅扬风论诗源。

一百六日春风暖,二十四桥明月多。
青翠麦苗三寸雨,红黄树叶十分秋。
朱竹墨梅信笔写,青山绿水入诗吟。
好诗初撰如成句,妙论不言善养心。

青鸟使者云中至,黄鹤仙人天半来。

搴云闲过东西岭,挂席须分上下潮。
杜牧之诗才超逸,李白也画法清奇。
古戍雄关瞻碣石,澹烟细雨渡滹沱。

九天三界皆吾道,万水千山任尔游。
天半吹笙如凤啸,楼头擫笛似龙吟。
槲叶秋风白羽雁,桃花春水赪鳞鱼。
当于平稳处着脚,须从慈俭中立身。

人在灞桥驴背上,诗成湘岸雁声中。
风花雪月诗材富,岩壑林峦画稿多。
闲与溪翁招海鹤,偶逢樵叟话山云。
一理常求之不尽,万事皆归于自然。

大智宏才得天厚,盛德至善入民深。
无欲无言长自在,有为有守得天真。
微雨澹烟初放棹,高山流水正鸣琴。
澹茶薄酒客闲话,妍日和风岁有秋。

胸中盘郁峙五岳,腕底纵横泻九河。
三间野屋依松筑,一个闲人种菜来。
有动有静观天地,彻上彻下无古今。
碧霭苍烟含雨气,白云红叶点秋痕。

画松本自有古法,种竹还须论岁时。
上仁上义近至道,妙听妙观接太虚。
山翁有烟霞性格,乡村皆耕读人家。

竹里闲亭人共语,桐阴老屋客论诗。
闲观案上新诗稿,偶踏阶前落叶声。
苔草丛中鸣蟋蟀,荷花深处宿鸳鸯。

银烛金樽吟月榭,白云红叶画秋山。
疏林野岸来秋雁,旭日晴云散晓鸦。
画松不厌万千笔,饮酒只须两三杯。
行文必有声有色,论事亦入理入情。

别开竹径通莲港,闲启书窗看海云。
藤笺闲画老梅树,铁笔新镌古籀文。
人因人而能成世,世阅世亦自生人。
好学深思必有得,喜新尚异终无归。

黍稷之中有至味,诗书以外无奇才。
朱竹墨兰各有法,唐诗晋字亦多才。
浅草高松数笔画,竹炉石铫一瓯茶。
敦诗说礼千秋业,临水登山万里情。

能百忍天空地阔,慎九思日就月将。
鹤梦不离松树顶,莺声多在柳梢头。
善言能应千里外,好诗长养一心中。
北江南沙擅美誉,东皋西园亦清才。

好诗分选三唐句,大砚犹镌百汉碑。
春色应从花上见,秋声先自树间来。
顾蕙生自饶画兴,黄秋士别有诗才。

杞菊延年馆联语

检书看剑多闲兴,饮酒读诗有好怀。

绕郭水云三十里,近村花树几千重。
月上清光照城郭,春来佳气满乾坤。
一尊柏叶迎年酒,两首梅花守岁诗。
虬龙虎豹夜游赋,雷雨风云笔阵图。

万里云山开画本,一天星斗焕文章。
数家野店杨花白,十里平畴麦浪青。
春风亭榭梨花白,秋雨池台槲叶黄。
自昔奇才皆好学,从来大器能容人。

深山大泽舒长啸,古画奇书得静缘。
逸情妙笔郑法士,善画能文顾野王。
文章道德一门盛,人物江山百世新。
秋气西来关塞远,江声东去海门遥。

林泉逸人呼啸处,烟波钓徒吟咏时。
清静乃一心之本,慈俭为万事所基。
一百五日寒食雨,二十四番花信风。
云迷门外扫花径,雨涨村边洗药池。

门外溪山含远意,阶前松石有奇容。
农夫朴野有真态,诗人闲澹多好怀。
一幅山房水墨画,半盏天台云雾茶。
浩乎独行其远志,淡然有味于清言。

昔人唱和存诗册,佳客留题上画屏。

显分清浊沧浪水,欲辨高低远近山。
缘溪缓步四五里,接座清谈三两人。
涌金亭外多春水,浮玉山头看晓云。
梅花枝密春光满,杨柳丝长雨意多。

杨柳一旗江上酒,桃花双桨渡头船。
春意长萦杨柳渡,秋痕先上荻花洲。
壮悔堂独开文派,老学庵别有诗才。
治化以道德为本,文章发经籍之光。

春雨池台灿桃李,秋风园圃缀瓜壶。
水流云在新图好,月到风来旧句存。
楼头黄鹤凌三楚,江上青山说六朝。
洞口云浓如堆絮,岩前水下似垂帘。

松下偶观迂叟画,花间闲读放翁诗。
不知贾岛吟诗苦,闲看林逋放鹤归。
一卷奇书来眼底,几枝瘦竹出毫端。
十里楼台开海市,几重云树聚江楼。

种花园圃春来惯,卖酒村坊客到多。
日往月来成昼夜,天长地久定乾坤。
梁燕不来春又暮,池鱼忽上雨初晴。
春来柳岸晴光好,秋到菊篱佳色多。

妙画曾推李白也,好句独传孟浩然。
妙笔独数大涤子,好诗曾赋小游仙。
一黍一豆耕耘苦,半缕半丝纺织勤。
登山临水劳双足,读画观书敛一心。

霜寒隔巷闻宵柝,水远行船见夜灯。
晓晴日上鹊先喜,春水波生鱼不知。
七十二沽富云水,三百六旬周岁时。
我自养胸中浩气,君常骋域外奇观。

息心可以参天地,立志必须学圣贤。
碧海平时红日上,青山缺处紫霞明。
读书万卷论往古,磨镜一宵照世人。
吟成水净沙明句,画到笔精墨妙时。

善画古称吴道子,著书今有顾宁人。
体重不随时派转,心香常拜古贤尊。
晨行偶见溪云起,夜坐不知山月高。
明窗偶仿宋元画,古帖犹存汉魏碑。

子长独成西汉史,卫协能画北风图。
地炉蓄火冬常暖,石磴流泉夏亦凉。
黍珠中自有大象,尺幅内能画万山。
落花飞絮溪桥路,妍日和风春暮天。

欲问世间名利客,请看江上往来船。
江杏一村隐矮屋,绿杨数里接平桥。

日作狂草三百字,时饮薄酒一两杯。
志气清明四体健,文章尔雅六经通。
烟波浩渺中泠渡,云树苍茫大散关。
道德养心如止水,文章吐气似长虹。

风清月白半床梦,茶熟香销一卷书。
半卷奇书啜苦茗,一窗晴雪画寒林。
桃花云护山前路,杨柳烟笼溪畔桥。
熟经义以开性识,养心志乃固本根。

风霜关塞秋行旅,灯火楼台夜听歌。
草堂留客饮村酒,竹杖扶人过板桥。
芦花滩水初飞鹭,杨柳溪桥又啭莺。
烟晨月夕宜吟咏,柳坞花溪入画图。

桃花源里题诗客,竹叶亭中论画人。
一乡善士人皆仰,千古奇文世共传。
名山崇峻动瞻仰,大道坦平易履行。
凉归秋郭先飞雁,暖入春江欲上鱼。

澹云微雨春深浅,读画论诗客去来。
照人自有青铜镜,好客频斟白玉杯。
乡村酿酒酬新岁,风雪催诗答故人。
传神出丹青以外,程功在笔墨之间。

晓起得天地清气,夜吟畅风月高怀。
黑云堆墨将朝雨,红日如钲映晚霞。

杞菊延年馆联语　317

春从竹叶青中见,人在梅花香里行。
虬枝铁干河阳树,浓绿深朱昌祐花。

植身似高山乔岳,养气如化日光天。
红叶黄花斗秋艳,莺啼燕语报春晴。
古今来圣心独运,天地间大化流行。
诗就客还呼酒饮,春来人又种花忙。

芙蓉岸畔秋如画,杨柳桥边客有诗。
钟鼎盘彝千岁品,诗书耕稼百年身。
呼龙普沛八方雨,招鹤同乘万里云。
杨柳春烟萦画舫,芦花秋月满汀洲。

樊楼灯火人呼酒,梁苑风花客赋诗。
流水半湾通北渚,小楼一角看西山。
松柏蓄气能长茂,芝菌不根亦自生。
放舟闲泛洞庭月,岸帻高吟太华秋。
箪瓢陋巷存颜子,疏食菜羹见圣心。

海滨野鹤随云至,天半神龙挟雨来。
桃花发后留湘岸,橘柚黄时入洞庭。

东厦细旃开夜宴,雕鞍骏马试春游。
灞桥浐桥种杨柳,沅水湘水采芝兰。
人间富贵不挂齿,天上星辰长照心。
熟读程子四箴句,闲看张公百忍图。

瑶台琼馆桂生子,扣砌玉阶兰有孙。
横海放船招野鹤,截江施网得大鱼。
不识不知顺帝则,有动有静得天和。
飞絮落花春不管,论诗读画客多才。

风月半江来野鹤,烟云满壁画神龙。
墨气淋漓襄阳米,笔势凝重山阴王。
半皴半染入神妙,一点一拂见新奇。
风无形迹云无足,水有源头树有根。
弄月吟风安乐镜,耕山钓水太平人。

卷十六

见深见浅皆曰道,无知无欲全其天。
画理得元人三昧,书法宗晋代二王。
人能忘我心长定,我不因人事亦成。

竹叶亭生有逸兴,水云漫士字高年。

论道昔闻关尹子,著书今有顾野王。
天地一气阴阳运,春秋二分昼夜均。
金匮玉函犹可读,铁琴铜剑亦堪珍。

金铁烟云评古迹,琴筝尊罍宴嘉宾。

几处黄鹂争暖树,一行白鹭下寒塘。
我欲种松长引鹤,伊谁叱石便成羊。
几队蜻蜓点水去,一双蛱蝶趁花来。

检旧书如逢老友,酌美酝更对名花。
读书能破一万卷,饮酒不辞三百杯。
珠光剑气照千古,海雨山云应四时。
岳色河声终不改,光风霁月自长新。

古柳斜阳朱亥市,平原芳草禹王台。
瞻有道君子伟度,知救世仁人深心。
莲叶满时鸥鹭集,柳花飞后鲤鱼肥。
杨柳阴中游上巳,桂花香里度中秋。

数畦寒菜经霜绿,几树老松带雪青。
江上青山如画稿,秋边红树入诗囊。
天寒小饮数杯酒,室静闲观一卷书。
手挥一竿两竿竹,目送三朵五朵云。

不识不知顺帝则,无增无减葆天真。
别馆晓晴花蕊露,小桥春水柳丝烟。
读书应识古今字,考易先明爻象辞。
异书偶读金楼子,古砚犹传玉带生。

江天晓日晴川阁,密树浓云烟雨楼。
诗书蕴蓄自深厚,礼乐陶铸益光华。
洗涤此心无尘滓,旷观大地皆光明。

野叟田边牵犊过,溪童花外刺船来。
歌风台古人千里,喜雨亭高云四垂。
数株绿柳双鹂啭,几片白云一鹤来。

四子六经存道体,三山五岳纪游踪。
几阵雁声过溢浦,半帆日影入潇湘。
涤虑洗心听夜雨,凝神壹志看朝霞。
草堂幽静宜清坐,野径宽平任缓行。

太空天花缤纷坠,上界晨钟远近闻。
长林丰草雄关路,明月清风古驿秋。
二十四考中书令,五千余言道德经。
写竹密叶分浓淡,画梅老干要清刚。

远水波平游艇稳,高林叶脱小窗明。
焚香独坐诗心静,抛卷闲眠睡味长。
深院凉秋烹苦茗,小窗晴雪写疏林。
板桥写竹枝叶健,辋冈画梅笔力强。

一叶扁舟三面水,数椽老屋半山秋。
十里清溪载花艇,几株高柳卖瓜棚。
澹云妍日中和节,绿柳红桃上巳天。
行文意态自雄杰,作画墨气犹淋漓。

数亩晚菘经雨润,几枝瘦菊傲霜开。
今人须识各体字,前古亦多有韵文。
学书学剑寻常事,种秫种芋本分人。

鹤骞鸾翔虔礼笔,龙跳虎卧右军书。

柳柳州文及于古,方方壶品亦出尘。
笔有坚锋书小楷,砚留宿墨画寒林。
锻诗则格调高古,作画亦机趣横生。
两岸桃花流水远,一堤杨柳得春多。

海天万里一轮月,华岳三峰数朵云。
石铫尚存元祐字,瓦砚犹镌建安年。
春深池馆游观盛,秋老田园收获丰。
卖药仙人常入市,种桃道士不知年。

日食松子三百粒,闲读柳文一两篇。
金石僧别饶古趣,书画禅亦是奇才。
古书名画长为伴,乔松瘦石自相依。
江上林峦新画稿,天涯风雪旧诗囊。

平远寒林饶雪意,半晴天宇得春和。
铜鼓斋一门风雅,墨香居满室烟云。
金鱼袋古无人佩,铜雀瓦坚称砚材。
正直方能伸士气,宽宏自可得民心。

秋院清闲书柿叶,雪窗晴暖画梅花。
关塞雄心千里马,云天健翮九秋鹰。
山村水郭花迷路,酒肆茶坊客有诗。
读史应修循吏传,论文谁是谪仙才。

十里春华浓北郭,一天秋色聚东篱。

大道所存高而美,先正有言明且清。
诗书礼乐千秋业,道德文章百世师。
三代道教在宇宙,六经义蕴通天人。
吉祥文字存彝鼎,道德精神炳日星。

万柳堂群贤雅集,百花村二樵闲居。
吴䌽仙涉笔成趣,张茶农为花传神。
明窗大砚间乐趣,尺籍片楮中生涯。
诗骨如孤峰峭立,文心似大海澜翻。

梅红柏绿初春候,酒酽茶香大雪天。
十丈名笺供泼墨,半瓶美酝助清吟。
建安瓦磨半丸墨,宣德炉焚一瓣香。
烟霞洞壑群鸾集,风雪关山匹马来。

溪边绿柳千丝雨,篱畔黄华几点秋。
所画无近今之习,其人有古长者风。
回紫抱黄可无老,知白守黑能长生。
一盏松醪花放候,半瓯春茗雪晴时。

几竿修竹窗前碧,一树老松天半青。
秋月空明满地水,夏云涌起一天山。
书当快意纸欲透,画到奇时笔不知。
鞭风驾霆存真气,峙岳渟渊见正容。

奇松怪石尘中少,峭壁高岩画里多。
不暖不寒春一半,有花有竹水三分。
篝灯细读梅花赋,拨火闲焚柏子香。
几处橹声争渡去,一行雁字过江来。

天下英才知不少,世间好事听来多。
闻得磬声曾孔子,几曾琴韵弹文王。
偶写山谷幽兰赋,闲读妙法莲华经。
愿世间长做好事,知天下必多善人。

山有玉草木不雕,人怀道形体长存。
红杏碧桃三月雨,芦花枫叶半江秋。
两汉三唐存古籍,九州四海访奇才。
飞雪不寒忽作雨,野烟浓聚便成云。

窄径尽栽书带草,小盆闲养石菖蒲。
玉润珠圆论文字,水流花放识天机。
参同太玄入道妙,灵枢素问得天机。
莫向蒍园问旧侣,又从草阁定新巢。

奇踪逸笔尘中少,高士幽人物外多。
晋代旧传飞白字,唐人善作踏青诗。
平池洗砚群鱼避,曲径移花众蝶来。
绿酒应知留客意,青灯不负读书心。

幽径闲阶鸣蟋蟀,平原古道走螳螂。
海畔云霞三岛客,天涯烟水五洲船。

大海则周流无滞,乔岳自安重不摇。
桃红李白春深浅,水绿山青画宋元。
数竿墨竹依奇石,几笔青山上画屏。
唐人善真草书法,宋代推苏黄诗才。

知是有道德君子,长为处乡里善人。
拨云远见冲天鹤,破浪争看纵海鱼。
高山乔岳形积健,淡云薄霭气含虚。
十里树阴分驿路,一川晴霭护楼台。

形如野鹤精神健,气吐长虹文字奇。
十里平沙秋猎马,一江明月夜游船。
人立西风看过雁,月明秋水照义鱼。
有酒有花吟好句,画山画水得奇观。

阶前尽种吉祥草,栏外初开富贵花。
雨过正逢竹醉日,诗成又是月明时。
野叟荷锄踏村月,牧童吹笛入溪烟。
种菊还希秋色好,采莲不畏湖水深。

玉函金匮传医学,宝笈瑶篇悟道真。
种莲数亩引鸥鹭,画松一树如蚪龙。
天高不觉星辰大,世远方知时运长。
古书名画常为伴,野叟溪童亦可交。

至神能通宇宙外,大道周行天地间。
四座酒阑论剑客,万人队里夺标才。

杞菊延年馆联语

绿波春水先浮鸭,红杏园林又听莺。
一树苍松含古意,几株红叶炫秋容。

千丝万丝蟋蟀草,三朵五朵蝴蝶花。
杏花枝上春无限,桂子香中月正圆。
群鸟池边啄柳絮,游鱼水面唼桃花。
紫蟹黄花酬令节,青嵩碧洛纪游踪。

积雪夜留明月照,冻云晓带野烟横。
妙语闻之东方朔,精光见于北斗星。
池边有客吟芳草,帘外何人问落花。
乾健坤顺方位定,天清地宁岁序和。

晚来酌酒未成醉,晓起扶筇任缓行。
长啸能出众声表,闲吟但觉好诗多。
读书夜坐秋声馆,听琴客来春草堂。
半江枫叶秋容好,十里松阴晓气凉。

美玉雕琢为重器,嘉木培养成大材。
九霄云路鹤呼侣,百尺澄潭龙养珠。
知身中五行所运,验冬至一阳之生。
听琴座有论诗客,索画时来送酒人。

克己复礼仁者志,博施济众圣人心。
梨花春雨轻寒候,杨柳晴烟罨画天。
家在王官谷里住,客自君子村中来。
千载诗才杜工部,一枝画笔郑荥阳。

愿向康成称弟子,齐从明道拜先生。
文心偶向环中得,诗思忽从象外生。

高密传经众弟子,成都卖卜一仙人。
无去无来长自在,不闻不问得中和。
南塘水涨芙蓉放,西寨山深薯蓣肥。
直泛洞庭八百里,还踏扬州廿四桥。

纵笔偶临北苑画,焚香细读南华经。
治国多才推管乐,传经明理有程朱。
数幅布帆来浦口,一枝藤杖下峨眉。
山虚水深琴韵古,风清月朗笛声高。

帘外东风吹柳絮,溪边春雨放桃花。
骊龙颔下珠堪宝,神龟背上书亦奇。
泰岱峰头观日出,钱塘江上看潮生。
默坐自然心目静,闲行顿觉地天宽。

传经昔有郑北海,赋诗又见苏东坡。
杨柳东风飞海燕,桃花春水上河豚。
堤畔闲行踏芳草,溪边小立看春云。
碣石群山长北峙,大河九派自东流。

凤凰台畔秋云远,鹦鹉洲边江水长。
天空地阔一心静,代远年湮万事忘。
前辈声名存正史,后生学业贵专家。
好诗能传难写景,妙画不知何许人。

立志不随流俗转,养心长赖读书多。
种红梅树三百本,结黄茅屋四五间。
读群经须求古义,想并世必有英才。
千载已无两玉局,四海从来一子由。

豪饮数杯对明月,高谈四座生清风。
风神气骨自超迈,书画诗文必清奇。
自研水墨写怀素,偶买胭脂画牡丹。
草堂夜话沽村酒,野水春游借钓船。
万念不生一身健,八方无事四民安。

十里山光映村郭,一湾水气上楼台。
烟雨苍茫京口树,云山缥缈洞庭船。
云树溪山开画本,风花鱼鸟入诗囊。
飞仙队里精神健,古籍丛中道义深。

别院歌声折杨柳,小园春色聚桃花。
若评书画先论笔,能作文章必读经。
贺雨新诗初脱稿,穿林明月来听琴。
孙公和苏门长啸,陈希夷华岳楼真。
问世必观廿四史,成童先读十三经。

卷十七

十二万年乾坤静,五千余言道德尊。
巫峡西来山月小,大江东去海云高。
天人三策心无极,风雨一庐品自高。

昔年我有追云马,今日谁看纵海鱼。
天苞地符启图箓,日离月坎炼精神。
客来湖海才华富,人隐山林品节高。
道是世人共行路,学为儒者立身基。

青城十丈将军树,黄海数帆估客船。
焚香静读烟萝子,汲水闲烹云雾茶。
与我论诗中风月,请君看笔底烟云。

文辞典奥及于古,诗句清新亦解颐。
半部论语治天下,七篇孟子在人间。
匣中剑气凭君看,花外琴声任我听。

一篱秋色开黄菊,万里晴天养白云。
濡墨试画老松树,裁笺闲寄故人诗。
不向人间置议论,还从尘外乐耕桑。
通万事万物万类,非一色一声一形。

一帘秋月人闲坐,满院春花客屡来。
君子以道德寿世,山人则耕读传家。
点染松石左省壁,传神山水右丞诗。

守乾坤灵和意境,通天人元妙根心。

直上太行数十里,闲观大海几分潮。
密叶繁枝老梅树,盘云隐雾古松图。
奇松瘦石文通画,蟬语蚯鸣东野诗。
朔风晴雪梁王苑,斜阳秋草魏家营。

偶向名山问著述,谁从尘世论英才。
红日半帆浮海远,碧霞一径入山深。
青天白云看鹤舞,深潭古洞有龙吟。
美酒盈樽孔北海,名花满纸恽南田。

博访通人证古籍,闲寻妙手画名山。
卢生祠畔黄粱熟,豫让桥边碧草平。
至道能通宇宙外,古书犹在天壤间。
好水好山入神妙,不唐不宋有真传。

一卷妙诀荆洪谷,双管齐下张文通。
煮茗草堂读人谱,焚香茅屋诵心经。
拥彗门前待佳客,杖藜村外访高人。
云中皎日青鸾舞,江上秋风白雁来。

寸心有天日降鉴,大道无形迹寻求。
学书不知老将至,游山常与梦相通。
不古不今合于道,有动有静全其天。
尺树丈山论画本,双柑斗酒称诗心。

祥霙满地迎新岁,晴日上窗画富春。

辛苦著书顾千里,神仙妙笔张三丰。
南楼九日诗怀畅,北斗七星夜气清。
九月清秋诗兴好,百花生日酒怀高。
处世不贪新事业,读书还守旧家风。

万水千山一画史,五湖四海几诗人。
旧藏古砚建安瓦,新得小瓶成化瓷。
曲径雨余抽竹笋,闲庭风定落松花。
爆竹深宵人笑语,烟花令节客能诗。

村民自有安闲乐,衢巷时闻笑语声。
阿房尚有唐人赋,汾水曾留汉帝辞。
诗派流传唐十子,文章尔雅宋三苏。
柳陌菱塘诗意好,茅堂萝径画图新。

清虚有守能存性,淡泊无为善养生。
雅量谁如周公瑾,奇文大似孔稚珪。
修禊正当三月节,登高又是九秋天。
种豆种瓜皆我事,好山好水任君游。

曾在大罗天上见,又从七宝林中来。
楼头黄鹤无人见,天半白云似我闲。
到门有客曾题凤,抱膝何人识卧龙。
一枝妙笔画蕃马,几行大草若游龙。

闭门不须问时事,发箧常喜得古书。
松阴偶读花间集,竹外闲观池上篇。
昼长人静宜酣睡,年老身闲喜著书。
郊行闲听农人语,野立忽闻牧竖歌。

生天生地生人物,曰妙曰元曰神真。
一百六日清明节,五千余言道德经。
仁慈保世间赤子,霖雨慰天下苍生。
元婴尝留其粉本,萧悦不知何许人。

竹叶酒宜薄暮饮,梅花笺写早春诗。
小亭无客偶独饮,老屋读书得古欢。
老屋犹通薜萝径,新诗试写海苔笺。
纵笔作书风雨快,抚琴动操月华高。

考古必通三代礼,著书不主一家言。
渔翁得鱼鼓枻至,牧竖骑牛横笛归。
道德蕴蓄成世界,阴阳鼓铸若洪炉。
几株松桂三间屋,万柄莲花一叶舟。

千年老松形貌古,四时佳卉色香清。
秋气西来关势迥,大江东去海云高。
雄关高据桃林县,古迹犹存桐柏山。
何日世间有管乐,于今尘外隐巢由。

洞观万里皆无碍,收敛一心常自安。
一滩秋水迎朝日,十里霜林聚野烟。

半岭云霞种松柏,一庭风露养芝兰。
鹤自翔乎云以上,鱼常游于水之中。
黄仙鹤善镌碑版,白司马富有诗篇。
莫论声名满天下,还将辛苦慰生平。

自有一身肩至道,不辞万里访名山。
海畔日高浓雾散,天边月上众星稀。
星斗照临金鵁鶄,天风吹下玉蟾蜍。
读书须求精善本,作画必仿宋元人。

座上皆一时佳士,囊中有百文酒钱。
欲遍游神州赤县,问谁能霖雨苍生。
神游疏仡循蓲世,愿见含哺鼓腹民。
收敛身心寰宇静,放开眼界地天长。

千年史册篝灯读,万里河山立马看。
碧水平时来画舫,青山深处起高楼。
木樨香中人静坐,水蕖花外鹭高飞。
拜南海观音大士,学东方曼倩先生。

晴日满窗人静坐,好花夹径客频来。
秋溪烟艇宜闲坐,午夜霜钟最可听。
盘中自有安期枣,袖里犹存曼倩桃。
世间善士常相遇,天下奇才竟属谁。

手把松枝登泰岱,身披鹤氅下昆仑。
山人学仙兼学佛,君子有德必有言。

读书必通古今注,养寿能知天地心。
焚香细读神仙传,饮酒闲观渔父辞。

野逸不群友樵牧,高情迈俗乐溪山。
几杖琴棋有古趣,烟波风月称高怀。
无事偶施种树术,闲眠爱听读书声。
一瓯春茗午眠起,半卷奇书夜坐时。

应知龙虎风云会,须验中和位育时。
帘前花放春深浅,门外车停客去来。
周回岁序星躔运,体验身心定静时。
山添春雨三分碧,树带斜阳几缕黄。

紫陌黄尘春试马,红灯绿酒夜弹筝。
文字峥嵘夸倚马,辞华典赡说雕龙。
昼眠常养冲和气,夜坐能持定静心。
好诗两首迎新岁,晴日一窗画富春。

是非莫向人前论,慈俭不为天下先。
锦幄张灯弹绿绮,旗亭画壁唱黄河。
大学开宗论道德,孝经要义重君亲。
花明柳媚春光好,月朗星稀夜气清。

毫端珠玉吟诗候,笔底林峦脱稿时。
明窗试写硬黄纸,小鼎闲烹嫩绿茶。
万株垂柳听莺语,几树老松引鹤来。
灞桥风雪吟诗叟,秋山云树旅行人。

两汉书谁能熟读,全唐诗我自高吟。
月朗星稀宜夜坐,花明柳媚试春游。

醉月坐花春宴序,板桥茅店晓行诗。
偶听樵子说逢虎,闲与渔人话狎鸥。
饮酒纵观五代史,焚香细读百花诗。
息念常使一心定,无求自然万虑空。

四座春风诸弟子,百年礼教一先生。
室有书香宜午睡,庭留花气聚春阴。
埙篪雅奏常盈耳,辞赋人才久在心。
春水平桥鱼晒子,秋云度岭雁来宾。

杨柳画桥游客舫,杏花村店酒家旗。
野圃群花经雨润,平原芳草得春先。
天边野雁数行白,江上群山一发青。
百鸟鸣时双鹤立,万花开处一松高。

放眼静观云水外,养心常想羲皇初。
云中白鹤频来去,江上青山自古今。
诗才卓荦唐天宝,书法峥嵘晋永和。
春水画船游客梦,秋灯老屋读书声。

簪花视草青云客,耕雨锄烟白发人。
画马独称曹武卫,写松更有张文通。
画松如虬龙起舞,种竹引鸾凤飞翔。
文酒纵横风尚古,江山清俊客游多。

若论妙元神真道,静观天地日月星。
晴窗闲考宣和谱,旧本谁抄大历诗。
通天彻地见至道,抱朴守真定此心。
高低桑柘围村舍,远近山峦隔野桥。

纵笔昔曾书马券,披裘今又守鱼罾。
秋堂煮茗听诗候,冬夜围炉话旧时。
澹云欲雪宜沽酒,春水无波好放船。
花开草长皆生意,茶半香初得静缘。

长江大河注沧海,东岱西华入云霄。
一窗晴日梅花影,四野祥霙爆竹声。
悬象着明见日月,中和位育奠乾坤。
紫陌黄尘春试马,绿杨红杏晓啼莺。

雪天开灶先温酒,秋夜添灯宜读书。
金勒锦鞯春试马,笛声灯影夜游船。
种数竿竹能却俗,读半卷书可养心。
鹿门烟水宜栖隐,雁宕云霞悟道真。

画竹笔有云霄志,撇兰墨带烟霞姿。
半帆细雨秋江路,疏柳斜阳古驿亭。
月圆月缺光长在,云去云来意自闲。
千年风月琴三叠,万古河山酒一觞。

定静时冲和在抱,澹泊中妙用无穷。

学派从来推鹿洞,史才毕竟属龙门。
春水骤添四五尺,夏云拥起万千峰。
知君善谱猗兰操,唤我长为种竹人。
数亩山田收薯蓣,几家土锉煮芜菁。

小窗月印梅花影,曲径风来艾叶香。
关山虎踞谁能说,风雨鸡鸣客有诗。
六朝裙屐文辞盛,三晋云山古迹多。
伊谁朗诵三都赋,有客高居百尺楼。

人间万事同安乐,天下一家共太平。
笔阵倒流三峡水,诗心长系五湖春。
书名早擅苏黄派,酒价增高太白楼。
生脆可食苦藚菜,清香又卖杏花饧。

有客置身渔樵外,其人卜居箕颍间。
座中尚有修琴客,门外犹停问字车。
写竹必有劲直气,画松不碍偃蹇形。
青天月上闻长笛,碧海潮平见远帆。

偶写新诗一二首,闲饮美酒两三杯。
大才人关心世运,真隐士栖遁山林。
月照梨花白似雪,风吹柳线碧于烟。
天光云影三千界,岳色河声几万年。

三礼自能范身世,一经可以教子孙。

杞菊延年馆联语 **327**

花坞柳塘春气暖,蕉窗梧院雨声多。
愿天下共扶道谊,祈海内屡获丰年。
一湾两湾莲子港,十里五里梅花村。
具智仁勇存道体,测日月星知天光。

高天一鹤穿云舞,大海群鱼鼓浪游。
镕经铸史文章伯,绣虎雕龙辞赋才。
天道虚明利万物,人心慈善亦千秋。
发千古经籍之蕴,得百世圣贤所传。

卷十八

天地一气之发育,日月双轮所周行。
不闻异事心常泰,新得古书眼更明。
珠树珍林巢翡翠,玉箫琼管引鸾凰。

天道不争而善胜,人心无欲自能安。
具知人论世特识,有镕经铸史奇才。
隐几不知客竟去,卷帘喜见燕初来。

雪后寒林笼晓日,雨余平野见春痕。
涵养天地间正气,吸取日月中精光。
高士泼墨书山水,将军下笔生云烟。
紫极丹霄翔凤鹤,灵山大泽隐蛟龙。

岳峙渊渟见品格,珠圆玉润美文辞。
熟读周易参同契,谁识丹元步天歌。
十子图传书卷里,三神山在云霄间。
斓漫春光花世界,平分秋色月精神。

处士多才画衡岳,先生有道隐匡庐。
有客续编新画史,听人闲读古诗源。
盛事曾传千叟宴,高怀谁画七贤图。
胸中善养冲和气,尘外长为澹泊人。

櫜弓晓度飞狐岭,策马秋登老犍坡。
图书仪器考星历,经史子集富文辞。
秋水芦花数点白,晓霜枫叶几分红。
知先生具真智慧,愿世界放大光明。

数竿朱竹珊瑚树,几点苍苔翡翠斑。
芍药花开红晕满,芭蕉叶大绿荫多。
一心常守我安静,万事不与人竞争。
矮灶有时煮苦茗,小瓶随意插新花。

画阁张灯开夜宴,清溪放棹试春游。
画鱼已得神龙种,相马能知天骥材。
浓云四压天低树,皎月初升海上潮。
平野山川通地脉,古书纬度辨星躔。

上善若水利万物,大仁济众乐群生。
偶从玉局学朱竹,闲仿矩亭画墨兰。
歌风台上英雄气,喜雨亭前文字豪。
浅水晴波连远屿,澹烟薄雾护寒林。

李将军独能射虎,陈所翁亦善画龙。
云影千盘翔紫凤,电光百道掣金蛇。
真性如能常固守,灵根亦自可长生。
澹泊幽闲诗意味,虚灵安静睡工夫。

最喜听书声琴韵,莫争论酒量诗才。
是真儒生必克己,唯有道者能让人。
古鼎香烟一缕直,小亭花气十分妍。
浩乎无涯含万物,寂然不动贯六虚。

园中密竹多抽笋,窗外高藤已着花。
读书论古有特识,息心养气固灵根。
前山樵叟负薪至,隔巷诗翁载酒来。
每以日星论躔度,还将疆域辨中西。

知君本是神仙侣,与我来结山水缘。
君为雪月风花主,我是东西南北人。
浓绿高槐荫衢巷,浅青细草覆阶墀。
欲学板桥写兰竹,还从石谷画溪山。

放眼于六合以外,游心乎太古之初。
看云有客闲招鹤,泼墨何人善画龙。

老松独抱烟霞志,瘦石常怀岩壑心。
闭闲门且容我懒,行大路不与人争。
淀北秋光黄叶树,水西春色碧桃花。
欲将诗派问山谷,闲唱道情学板桥。

喜听善言常入耳,每逢佳士即开颜。
面壁偶观数幅画,胆瓶闲插几枝花。
人间有地皆堪处,天下无事可与争。
修竹茂林六七里,小桥野屋两三家。

妙语索解人不得,奇才亦振古如斯。
旧藏子瞻精刻字,新得君谟大草书。
梅氏兄弟通星历,苏家父子富文辞。
波涛浩渺群鱼至,林木青葱孔雀来。

名笺浓墨作大楷,碎石瓷盆养小花。
五千年置身天上,九万里振翮云中。
古驿有人折杨柳,仙源何处访桃花。
山人以虚心应物,君子则善气迎人。

诗好且留佳客和,酒多能得众宾欢。
大智不随流俗转,息心常见物华新。
画石峭硬如虬虎,读书深藏似凤鳞。
著书已成不朽业,能文亦是可传人。

腹笥涵容书意味,心田滋长善根芽。
大草争传王大令,墨竹起自李夫人。

杞菊延年馆联语 329

鸾翔凤舞纪时瑞,鱼跃鸢飞识化机。
南檐负暄闭目坐,东郭寻芳缓步行。

布衣芒属天涯客,疏食菜羹本分人。
人在上方听钟鼓,月于中夜照乾坤。
万缘皆息能存性,一念不生可养心。
大草写三纸五纸,修竹画千竿万竿。

一钩月印天深碧,双桨波分水浅蓝。
唯有道者能爱众,何以济之曰存仁。
花开花落春三月,云去云来天一方。
万里山川瞻碧落,一天星斗看银河。

楼台箫管城边市,灯火帆樯海上舟。
书画皆须有古意,诗文亦可见奇才。
朱梅玉蕊传芳讯,碧柳金丝绾好春。
君子有言更有德,山人无虑复无思。

桦烛金灯碧螺盏,玉鞭骏马紫貂裘。
书得晋唐之双美,画合宋元为一家。
好句旧传杨柳渡,异闻曾记桃花源。
拄杖闲观舒翅鸟,垂纶新得细鳞鱼。

读书养气儒生也,学道爱人君子哉。
三月莺声花满县,九秋雁字水平湖。
胸中独有千万古,眼底忽逢一两人。
照海浓云天酿雪,满江晴日晚蒸霞。

挥毫水墨分深浅,入盏春醪辨浊清。
池塘春水初浮鸭,芳草平原有卧牛。

河洛图书开世运,日星躔度蔚人文。
溪边春水鸭头绿,江上晴霞鱼尾红。
天壤间无奇不有,功业中抱道者存。
小饮未能成大醉,旧题还可谱新词。

诗书画人称三绝,德言功世有全才。
座上时来书画客,门前频见渔樵人。
推求自得星辰度,呼吸能通天地根。
几缕晚风穿竹树,一钩新月照梅花。

山势半环村树北,人家多在水云西。
日月星辰顺躔度,诗书礼乐致承平。
十二重楼人独坐,几千万里客同游。
读书多智慧日辟,习静久神明自来。

无人送酒频停盏,有客催诗屡叩门。
月榭风廊诗境界,烟峦云树画精神。
太华闲云停蓄意,中条疏雨去来痕。
考山川疆域所限,通古今中外之防。

深堂静坐能安睡,平野闲行得妙游。
偶仿湖州画墨竹,又从山谷写幽兰。
气运潇洒张二水,文字纵横钱十兰。
秋雁几行度远水,晚鸦无数绕寒林。

高岩尚有善蛇洞,古邑曾访卧羊山。
广厦细旃风雪夜,黄尘紫陌艳阳春。
山林逸兴存寰宇,文字因缘重古今。
雨后静观烟客画,雪晴闲咏水仙诗。

论兵有八千子弟,锻诗如四十贤人。
大地光明华岳峻,六时和顺泰阶平。
楚水吴山新书稿,嵩云秦树旧诗篇。
古人宇量自冲远,学者身心养太和。

桥下骤添三尺水,山头闲聚一窝云。
阶下种万丛兰蕙,窗前有百尺梧桐。
画奇常向梦中得,诗好多从天外来。
架上有书教子弟,瓮中储酒待宾朋。

偶师草圣数千字,欲画梅花一万枝。
妙笔犹传王石谷,好诗不让杜樊川。
有客闲吟对白雪,伊谁高调唱黄河。
风和日暖花开早,水远山长雁到迟。

大道能通天地外,浩气长存宇宙间。
园林日暖见春气,风月夜深得静缘。
人心向善能安乐,天道普济自光明。
一盏青灯留夜读,半瓶绿酒助春游。

善言能应千里外,浩气常盈两大间。

天心自古存仁爱,人事于今望太平。
老松最爱奇石丑,闲云常映大溪流。
大地河山在眼底,千年史册注心头。
风雪关河诗酒夜,江山辞赋暮春天。

雁齿桥分南北水,峨眉峰聚澹浓云。
偶检图经考古迹,且将水墨画名花。
千年经史常须读,数亩田园不可荒。
樊楼灯火人呼酒,梁苑风花客有诗。

春水过桥添急溜,野桃卧地乱开花。
习诗书礼近于道,通天地人谓之儒。
偶从雨后来题竹,最喜雪中去访梅。
庄敬式瞻君子度,光明屡见老人星。

诗酒情怀对明月,关山行旅又深秋。
不辞竹叶千尊酒,闲写梅花百首诗。
画畦分陇种春菜,策杖过桥寻早梅。
一啸能令山岳举,高吟顿觉地天宽。

二曜自能含万物,一言亦可解群纷。
村庖新煮大官米,活火浓煎普洱茶。
大瓢酌酒不辞醉,小令填词亦解颐。
溪山妙处吾能画,风月佳时客有诗。

自有灵光照寰宇,还将真气拄乾坤。

读书万卷不知老,饮酒千尊亦足豪。
虚空大似无心者,谦谨常为寡过人。
山馆絮飞半池雪,画楼花拥一梯云。

十里寒林见樵子,一滩明月聚渔人。
百年礼乐承平世,四海风云际会时。
白云寺里钟声定,黄鹤楼头笛韵高。
无为无事根尘净,妙听妙观天宇清。

东风杨柳春如画,明月梅花客有诗。
飞行六骥不能及,静坐群鸟未曾闻。
天朗气清红日上,山深林密白云多。
农多丰岁民心乐,人有奇才世运兴。

一日闲心论庄子,百年低首拜昌黎。
树多美荫月长好,花有清香风亦和。
月明满地梧桐影,风定一池菡萏香。
无限溪山添画稿,多情风月入诗囊。

矮屋内昂头天外,重霄上下视寰中。
江天海日见飞鹤,大壑深岩有睡龙。
华林修竹春长驻,流水平桥月正圆。
福地曾传洞灵观,奇书谁见通玄经。
人能宏道身心泰,天本无私雨露均。

村野闲行腰脚健,湖山静对眼光明。
大道贯古今天地,其人如山岳江河。
雨余着屐买鱼去,雪后披裘沽酒回。

不向世间论显达,还从尘外乐安闲。
奇像已绘麒麟阁,古文曾读龙虎经。
涵养蕴蓄存正气,滋培灌溉固灵根。
帆影飞行溢浦月,笛声吹彻楚江秋。

笔墨调和助书兴,风华掩映见诗才。
习闻君子勤三省,普愿学人重四存。
四十二章经卷熟,一百八声钟韵清。
日月周回分昼夜,烟云聚散辨阴晴。

樵人来去山云里,渔叟徜徉烟水中。
临水登山行万里,读书养气各十年。
江云渭树存唐句,沅芷湘兰续楚骚。
谦和方能与世处,慈善自可为人师。

静中虑少身方健,尘外心闲梦亦安。
不蹈袭前人轨辙,能创立一代风规。
入郭有人负耒耜,登堂听客论书诗。
寡言语可以养气,节饮食自然长生。
天道周行而不息,仁心涵养自长存。

卷十九

雨旸寒燠四时正,诗书礼乐八方通。
藏书不知几万卷,挥毫闲画数重山。
客云海上蟠桃熟,人坐月中桂子香。

今者读书求至理,前人善啸得飞仙。
砚史墨说皆可考,茶经琴谱亦宜修。
易象昭明照寰宇,神龙潜伏隐深渊。
流水桃花春不管,东风杨柳雨初晴。

岩扉松径幽人宅,月榭风廊处士居。
分题韵险诗愈好,落纸墨浓字更奇。
石边偶置烹茶灶,松下闲安煮药炉。
能兼众长黄要叔,不名一家郭乾晖。

画逢拙处笔方健,诗到澹时意转深。
画师频得诗人意,酒客能知剑侠心。
小园风定花香聚,别院月明树影深。
海日渐高浓雾敛,溪云欲散好风来。

黄农虞夏吾能说,礼乐诗书世所崇。
半帆斜日江天影,几树垂杨古驿秋。
修身向上希前哲,处世和平让近人。
豪兴寄于笔墨外,高怀得之诗酒间。

庭有清阴抽嫩竹,砚留宿墨画幽兰。

君子有心济天下,山人抱膝卧隆中。
大智慧千灯普照,真心性万水归源。
万竹丛中对琴友,百花深处访诗人。

道德精神能敛蓄,文章气象自辉煌。
松风蕉雨帘栊静,琴韵书声院宇深。
自有仁心沛膏泽,还将善念答苍穹。
曲廊散步得新句,小阁观书忆古人。

笔无一点尘俗气,胸有千秋岩壑思。
野水浅滩泛春涨,高原密树恋斜阳。
春水生波飞柳絮,晓风吹雨放梨花。
药炉茶灶紫藤杖,古砚名笺碧玉杯。

云连远势中条路,雪满长空大散关。
松雪妙笔十子像,林峦仙境八公山。
山下有田收薯蓣,庭前留地种芝兰。
灵光照神州赤县,仁心济海宇苍生。

艮岳犹存几片石,泰山长种万株松。
云崦烟岫见奇致,渔村蟹舍有远思。
对雪看梅宜小饮,剪灯作草爇名香。
春风园圃花千万,秋月池亭客两三。

仰瞻俯察志于道,东渐西被行其仁。

苏门山多隐君子,王官谷惯住诗人。
真气自清虚不杂,善心因涵养长存。
村边柿叶经霜染,溪畔桃花照水明。

冻云海上初飞雪,芳草天涯又早春。
浩气贯星辰川岳,仁心被礼乐兵农。
花径留宾皆善饮,草堂无客不能诗。
万家欣喜阳春令,四野讴歌大有年。

烟云竹树分春夏,水墨林峦有晦明。
春䔖杨柳春犹嫩,雪压梅花雪亦香。
天涯芳草几分绿,海上桃花十倍红。
人事于今渐宁静,天心已早蕴祥和。

瞻星自应登高阜,渡海还须驾大航。
芳圃忽看梅蕊放,春盘又荐蕨芽新。
菜花黄入村边路,杨柳青连溪上桥。
瘦石乔松各有意,闲云野鹤两无心。

十二万年春不老,三五六经道大明。
淡红试煮桃花米,浅碧新烹苋菜羹。
能振起文章风格,应深求诗派源流。
谈诗客至宜呼酒,卖画人来不论钱。

清静乃为天下正,谦和方与世间通。
画屏九叠花如锦,宝镜双悬月似珠。
本一心行其慈善,愿万物各得安平。

一曲清筝人劝酒,数声长笛客登楼。
任事有长才毅力,其人必好学深思。
小池雨过兰芽长,深院月明桂子香。

时文坚卓推前代,试帖清新大有人。
闭门大似山中卧,得句忽如天外来。
其人磊落有大志,此君傲岸亦奇才。
窗外芭蕉听夜雨,溪边杨柳聚春烟。

乔松参天一百尺,幽兰夹径两三丛。
广布慈仁资道力,细推爻象得天心。
小艇溯流载酒至,巾车穿巷送花来。
此心能虚明自照,其志乃坚定不摇。

柏叶梅花晴雪后,红灯绿酒过年时。
种树还须通物理,养花亦是惜春人。
一片芦花泛浦岸,万株杨柳灞陵桥。
黍珠内能含大象,宝镜中自放神光。

持竿诵经能勤学,卖药修琴大有人。
篱根晚菊助秋色,窗外乔松耐岁寒。
奇花异卉尘中少,古树名山画里多。
几株杨柳垂纶叟,万柄莲花荡桨人。

习静观天地之妙,抱一知心性所存。
岩疆古驿曾筹笔,老屋秋灯又著书。
敦庞乡俗同安乐,慈善人心酿太和。

种竹万竿能却暑,养兰百本最宜春。

胜地名山频纵目,明窗大砚任挥毫。
天地位而万物育,日月照则四时行。
结邻让水廉泉侧,校艺青藤白石间。
不减不增各有得,忘言忘象两无心。

密树春云野老屋,疏灯夜雪酒家楼。
静养道心无尘障,莫谈人事如秋云。
莫向棋枰论黑白,闲从茗椀辨旗枪。
能容人志量乃大,必克己身心始安。

绿绮金樽开画阁,琼花玉蕊拥瑶台。
庭有松声风入径,波摇金影月横江。
胜地名山游不倦,古书奇画阅来多。
远渚寒汀画小景,板桥茅店有新诗。

几曲清溪百亩竹,数间老屋万株梅。
纵观九曲黄河水,飞渡三山碧海波。
圣经贤传拄天地,乔岳名山照古今。
最喜庄生谈妙理,熟读孟子养奇才。

碧梧阴下听琴坐,红藕花中鼓枻行。
云外林峦含画意,天涯烟水写诗怀。
采芝童子山中遇,卖药仙人林下逢。
云生大海行千里,月到中天照万方。

山人饱食青精饭,佳客闲评紫笋茶。

书画有天然风格,诗文具独立精神。
瑶林翔集吉祥鸟,珠树齐开烂漫花。
一堂坐名流硕彦,百年拜老师宿儒。
妙笔为群花写照,大文能万理存真。

君是池亭风月主,我有烟云水墨缘。
得造物精神所运,有太古纯朴之风。
杨柳春风游客舫,芦花夜雪老渔船。
仁义可持身接物,道德能安国宁家。

阶下新栽千个竹,窗前初放九英梅。
诗书之中得奥妙,农桑以外无事功。
细柳萦烟围野圃,澹云含雨过高城。
义理须深思乃得,学业必循序而成。

门外一湖澄碧水,眼中万里蔚蓝天。
知君自具大智慧,其人善葆真灵明。
渭北春云萦客梦,江南烟月纪游踪。
万物不出化育外,一心常守定静中。

山中自有陶宏景,松下忽逢葛稚珪。
图画宗传数王恽,文章正轨属方姚。
写松曾说净慈寺,画竹又传太乙宫。
天下奇人皆爱酒,古来豪士喜读书。

山人携锄种修竹,老僧放笔画古松。
川媚山辉有静趣,鸟鸣花笑得天机。
诗翁喜泛洞庭水,仙人爱住罗浮山。
风清月白诗人兴,竹瘦兰馨画者心。

年少纵谈天下事,老来独喜案头书。
六一居士文辞古,八大山人画笔奇。
大海风平波浪静,中秋月朗地天清。
木落秋清山露骨,云开天净月如眉。

欲遍游洞天福地,愿上窥太昊轩辕。
要使万民皆安乐,须凭一念之慈祥。
欲向岐伯问医术,还从巢父学隐沦。
卓尔不随流俗改,湛然常使志虑清。

自昔能文推卧子,伊谁学道挟飞仙。
惟赤子含德最厚,念苍生何日能安。
传经先论诗书易,学圣曾分清任和。
大道如光天化日,其人比乔岳名山。

白鹤如轮翔华岳,青牛薄笞度函关。
深山大泽舒长啸,梵宇琳宫得妙游。
蕨芽春笋登盘美,天竺腊梅入画新。
下笔能传造化妙,吟诗深得古人心。

种竹种花成小圃,读书读画坐深堂。
千秋最重知名士,四海犹多好善人。
垣边试剪龙须草,阶下初开凤尾兰。
幽涧深岩拾柏子,石梁古洞放桃花。

伊谁得唐贤三昧,有人读屈子九歌。
春游曾踏瀛洲草,胜事还簪阆苑花。
一路烟花沽酒客,满街爆竹踏灯人。
考古尚存三代器,论道忽逢百岁人。

蓂为四序知时草,杏是三春得意花。
立脚必向平实处,存心尝在宽大中。
读奇书能得神解,吟小诗亦见雄才。
论交如入芝兰室,到耳皆为金石言。

大雪闭门宜午睡,新晴策杖试春游。
东风绿遍千株柳,细雨红开数朵桃。
丽日当天万方静,明星照水一池清。
野圃看花刚上巳,溪亭对月近中秋。

竹叶亭生有奇趣,芙蓉峰主亦清才。
笔底有千岩万壑,胸中蓄往古来今。
柳桥春暖双鹂唻,松径雪深一鹤行。
炉中养就长生药,匣里深藏如意珠。

神龙化得鳞全赤,仙鹤养成顶上丹。
花开正午有奇艳,月到中天现宝光。

胸罗飞瀑三千丈,手种奇松十万株。
海棠消息春深浅,溪柳精神雨有无。

采来白鹤峰头药,探得骊龙颔下珠。
万竿修竹筛秋月,几树乔松拂晓云。

何人曾题山水障,有客来画风雨图。
松下闲观隐逸传,花间高咏谪仙诗。
大笔偶书三斗墨,小窗闲坐一炉香。
涵养一心若无用,亭毒万物而不知。

烟花三月扬州路,云树千盘函谷关。
人在静中闻蟋蟀,月于明处见蟾蜍。
读书便觉一心静,养气自然四体轻。
春光远自天边至,晴色先从画里开。

万缘不扰一心静,百虑都忘四体轻。
春光多向花间住,淑气先从柳上来。
三十六宫春正满,一百五日花齐开。
万佛楼前星月朗,五龙亭外水云多。
静坐自能忘万境,虚心乃可对三光。

大学首章言至善,老子终篇论不争。
心通妙元神真道,味分甜苦酸咸辛。

伊谁曾泛洞庭月,有客闲话嵩山云。
平生爱画入骨髓,有时作书见光芒。
万点春光画桃柳,几分秋兴咏夔巫。
天之育材必有用,人能宏道自长生。

夜眠使元神凝静,晓起觉清气往来。
云霞交映天光朗,心息相依神志清。
佳茗名香一室静,和风妍日百花开。
一贯能通自神妙,万缘不扰本虚灵。

自有真诚对千古,方不虚负此一生。
雨润风和调玉烛,星移斗转看银河。
随时自有安心境,到处皆逢好善人。
高山乔岳世共仰,妙谷虚室神所居。
书不出乎政事外,易乃行于天地中。

卷二十

自有灵根固本性,还将冲气养太和。
旧书每校新本异,古音不与今人同。
室静夜眠四体适,窗明晨坐一心清。

诗词书画得其趣,行止坐卧随所安。

松柏性坚宜峻岭,芝兰香静入幽林。
秦篆古朴汉隶厚,唐文浑灏宋诗奇。
尘外烟霞犹可乐,世间名利不须求。

匣中藏剑知龙隐,松下鸣琴有鹤听。

鞭丝帽影游春侣,银烛金樽对酒人。
开径扫除半尺雪,登山挐得一囊云。
轻风似剪裁花片,细雨如丝织柳条。

水自分流涵浅碧,山宜平远入空苍。
万里飞腾天岸马,一轮皎洁月宫蟾。
偶临溪涧看云起,久闭衡门无客来。
从来人事如海奕,应知天道犹张弓。

风月催诗如索债,烟霞养性得长年。
日暖烘窗人午睡,月明对酒客宵吟。
春色先归杨柳岸,秋光多聚菊花篱。
燕剪裁成花万朵,莺梭织就柳千丝。

草堂花菊开三径,竹坞烟云结四邻。
红桃绿柳斗春色,紫燕黄鹂送好音。
江口晚霞明赪尾,天心新月似蛾眉。
杨柳阴浓舍南北,桃花开遍水东西。

百年安乐民耕凿,四海清平士诵弦。
吟诗莫笑题糕客,看菊还来送酒人。
采芝茹石神仙侣,种秫劚桑隐逸人。
曾住庐山清虚观,又到钱塘景灵宫。

听筝饮酒卷帘坐,扫地焚香闭阁眠。
十里长河杨柳绿,几家矮屋杏花红。
著书论道百年事,种花修树一春忙。

守老子不争之戒,得庄氏坐忘所存。
不改古峭疏野状,喜居岩隈林麓间。
元朴妙真守本性,灵和广大见天心。

平原大漠雪如掌,碧霭青天月似眉。
闲眠渐觉春宵暖,静坐不知夏日长。
眼底林峦有意趣,笔端花竹见精神。
门前老树盘根久,窗外丛篁解箨新。

白云山顶逢樵客,绿水溪边隐钓翁。
堂前制砚修琴客,座上评诗论画人。
拨雾穿云采药叟,量晴课雨种花人。
秋气横空云罩寺,霞光照海日观峰。

云中飚举见鸿鹄,江上波平出鳜鱼。
瓮酒储留新岁饮,盆梅先报早春来。
芳草平原春意满,远山密树晓痕多。
刻碑昔有黄仙鹤,画竹又闻白玉蟾。

黄冠野服山中客,箬笠芒鞋尘外人。
饮酒最喜对篱菊,吟诗却又访江梅。
明月梅花紫旧梦,晓风杨柳唱新词。
烟霞蓑笠山中叟,霖雨舟楫天下才。

墨气淋漓作大草,诗心简澹吟古松。
百草萌时春雨细,群花开处晓风狂。
十万鸦军能背水,三千雁阵正横云。

保天地太和元气,发诗书蕴蓄精光。

儒生中有英雄气,搢绅内似隐逸人。
欲导众流归沧海,还炼大石补青天。
风霜戈马吟秋塞,纸墨烟云画大山。
画松自带烟云气,移石常存岩壑心。

黄鹤山樵骑鹤去,白云外史骞云来。
箫管樽罍留过客,山林风月养诗人。
寸田尺宅安闲境,万水千山元妙天。
安闲中自有乐境,庄敬外别无事功。

洗砚偶引碧潭水,拈毫闲画黄山图。
数亩闲留调鹤地,一竿长作钓鱼人。
松间短仆安棋局,溪畔野翁洗药苗。
吟诗笔下画黄鹤,洗砚池中起黑蛟。

乘槎万里昆仑水,立马千峰碣石山。
天际乌云来好雨,江干绿树隐朝霞。
行德性中本分事,收天地间有用才。
水深如见鱼生翼,月上方知蚌养珠。

莲花世界长生佛,木樨园林见性禅。
文章经济名臣度,帏幄谋谟大将才。
洗心惯听深堂雨,得意曾看阆苑花。
江天花月才人笔,道德神仙隐者心。

偶观案上百花卷,闲画江干七树图。

斗草情怀怜旧侣,惜花天气怯春寒。
山前山后荷樵叟,村北村南种豆人。
花下偶看蚯蚓出,书丛时见蠹鱼肥。
野圃忽来携酒客,春郊多是看花人。

问道欲寻烟萝子,访胜来登云雾山。
山僻犹存磨剑石,月明长照炼丹台。
大才常栖隐林壑,至道能支拄乾坤。
读书学道慕贤圣,希言爱气养精神。

不知门外几緉屐,留得局中数着棋。
春水桃花武陵渡,秋风木叶洞庭波。
偶行堤畔踏芳草,闲看庭前扫落花。
日观峰头望沧海,天台山上看朝霞。

何人朗诵秋声赋,有客闲吟晓渡诗。
善书客有千秋想,纵酒君真一世才。
长居安乐宽闲境,喜见光明磊落人。
月上高梧初见影,夜凉细雨不闻声。

至诚不息志于道,极乐妙游全其天。
大器有晚成之说,至道因宿慧而通。
窗外梧桐秋夜雨,江干枫叶晓天霞。
旧拓尚存郁阁颂,妙书偶仿晋祠铭。

杞菊延年馆联语 **339**

古碑偶写麓山寺,好句应题海岳庵。
闲坐江天一览阁,曾建龙沙万里亭。
汉代雄才善辞赋,唐人小说亦文章。
竹窗人坐琴书静,花径客来衣袂香。

两首新诗寄渤澥,一枝妙笔写潇湘。
能立坚苦卓绝志,方是光明磊落人。
一窗竹影月华朗,数亩荷香晓气凉。
百岁不为无益事,一心长度有缘人。

古琴旧砚长相伴,瘦石疏花亦可人。
妄念几时能除尽,敬字片刻不可离。
深根固蒂德者本,吸苍服素道之腴。
学问中独具真识,心性内善养天和。

偶书数幅海苔纸,新瀹一瓯云雾茶。
风来平野催花信,月到中天照酒楼。
从知竹里听琴候,正是桐阴论画时。
几树花开如我意,一樽酒美助君吟。

青藤白石善图画,紫燕黄鹂报晓春。
从来天下多善士,愿作世间一闲人。
松下有人煮白石,岩边辟地种黄精。
三月莺声花似锦,一溪渔唱柳如丝。

澹云远近高低树,流水东西南北湾。
一湾新水莲擎雨,十里长堤柳弄烟。

古迹犹存望海寺,奇文曾记阅江楼。
几上炉烟一缕直,帘前花气几分清。
听诗闲坐松风阁,访胜来登烟雨楼。
花外棋声人语静,楼头笛韵客怀高。

君子所求非温饱,圣人之道在明新。
黄花白酒留佳客,绿水青山得胜游。
细草坡陀六七里,小桃篱落两三家。
愿祈甘雨润田野,长有慈云护善人。

半染丹黄秋后树,几重青绿画中山。
霁月光风瞻雅度,高山乔岳养真才。
勤俭是居家根本,磊落乃立身工夫。
胸中事少秋云散,枕上诗成夜雨来。

有笔情古澹之趣,为文雅纵横所归。
提起身心存夜气,觉来风露聚花香。
栖迟岩壑身心健,啸傲烟霞岁月多。
君子之德贞而固,至人所养清且闲。

从来风月资谈柄,自有烟霞养性灵。
稻畦莲港东西路,柳陌菱塘南北陂。
曾向关中登太华,不知尘外有仙源。
夜深安卧守元气,日出照水见真形。

诗在天香深处听,画从山色静中成。
溪流过雨分深浅,山色经秋有澹浓。

净扫阴云秋月朗，涤除尘障此心清。

龙潜虎伏一心静，岳峙渊渟万象开。

破浪乘风通碧海，排空御气上青天。

偶酌美酝二三盏，闲读离骚一两篇。

秋柳诗传王贻上，梅花赋有宋广平。

川谷水流入沧海，岱华峰高摩苍穹。

拄杖闲看双鹭下，写经曾换群鹅归。

天半一盘仙掌露，窗前几树佛手柑。

笑我长存读书乐，知君雅抱济时心。

吉人旧刻白石砚，曼生善制紫砂壶。

古墨试磨白石砚，瘦毫闲画黄山松。

薄雾变烟开晓色，轻雷催雨入斜阳。

客来池馆敲诗候，雨足郊原种麦时。

守边老兵有马券，直沽隐者制鱼竿。

策杖寻春六七里，开樽邀客两三人。

上下千古几书帙，纵横万里一帆船。

花开鸟鸣人静坐，茶香酒酽客初来。

爱砚有癖堪寿世，著书无字不惊人。

濡墨偶临西楼帖，焚香闲读南华经。

庭院客谈梧叶雨，画船人坐藕花风。

一盏共倾陶令酒，数峰闲画米家山。

笔墨之中有至妙，格律以外见真神。

明墨细研唐代砚，汉赋不减楚人辞。

笔情简淡写修竹，墨气淋漓画古松。

花外客谈棋子月，溪边人坐钓丝风。

天半吹笙如凤啸，楼头弄笛似龙吟。

春痕暖漾鸭头水，秋色晴开熊耳山。

能以笔墨运智慧，要为山水传精神。

语妙多在不言外，笔神常出无意间。

太上自然多感应，天下从此乐升平。

古墨奇书自可宝，山花野鸟不知名。

引水穿渠种菱芡，开山得地养松杉。

大鱼不可脱沧海，神龙亦自藏深渊。

三礼四诗资考订，九河五岳画疆隅。

夹道槐阴晚雨细，一池荷气晓风凉。

芦花枫叶秋江客，浊酒肥羊春社人。

渔僮樵叟为宾友，云树烟峦入画图。

紫蟹黄花一尊酒，青松红杏几人诗。

龙潜虎伏道乃见，鸾舞蛇惊书亦奇。

堆果折枝各有法，模山范水亦怡情。

多少才人会文字，二三野叟话渔樵。

胸中亦自有千古，眼底从来无一尘。

行道自能通天地，论世何必分古今。

夹岸绿杨三十里，近村红杏几千株。

草楼风月自今古,蓬岛云霞任去来。
出世当为佛弟子,旷怀长忆古羲皇。
几树绿杨双书舫,一湾碧水两虹桥。
山径疏风拾松子,池亭明月问梅花。

细雨横飞秋塞雁,疏风初散晓林鸦。
长松对我有古趣,丛桂留人散异香。
周七峰留卜卦砚,黄小松有得碑图。
看花偶携黄竹杖,瀹茗闲试紫砂壶。

杜陵野老诗入圣,司马子长文开宗。
曾探万里昆仑水,来寨三峰华岳云。
何人能识编诗意,从古难调议礼时。
无限好山来眼底,几多成竹在胸中。
定静而后仁心见,澹泊之中道味深。

顾陆张展画之祖,曹刘沈谢诗所宗。
妙听妙观无声象,上仁上礼见知行。
读经读史皆师古,学佛学仙先静心。
时序初开新景象,诗书仍溯旧根源。
十七篇高堂仪礼,五千文濑乡名言。

卷二十一

葆天地冲和元气,得圣贤性道真传。
观书自觉心神静,读画能使眼界清。
习静不知门外事,清心常读案头书。

为谷为溪存至德,有动有静得天真。
清静淡泊能任道,浑厚安和不露才。
玉镜双明花月照,屏风九叠锦云张。

书画能名垂千古,诗文亦力敌万人。
海岳砚山真奇品,玉局石銚得佳名。
胸怀已绝无尘想,笔墨可追配古人。
海气迎潮通别港,春风吹雨过层城。

诗史胸中有古趣,画师笔底见生机。
月朗花开如我意,诗成酒熟报君知。
三月三日添游兴,一觞一咏聚朋交。
一盏多情邀月酒,百年有味读书灯。

书画乃文人余事,渔樵亦隐者高怀。
三径绿阴筛竹影,一帘红雨散桃花。
村农野老频相问,峦树溪云尽入诗。

云岚沙树渺无际,水郭山村皆可人。
花开常自如人意,茶熟方当对客时。
小阁轩窗山色聚,中庭瓜果月华多。

苍松黄菊开三径,绿柳红桃聚一桥。

红杏林中新燕影,绿槐枝上晚蝉声。
桃花溪岸春如画,枫叶亭皋秋有诗。
鸡豚乡社新篱落,云树行程旧板桥。
几处林峦着水墨,数家篱落澹春云。

十里芦滩横雁字,半潭秋水定鸥盟。
诗书味胸中长有,草野气面上犹存。
一心必使之长定,万事皆处以自然。
茶白墨黑善于辨,酒醉饭饱无所思。

浓云溪畔数点雨,斜日江头几片霞。
存天地间太和气,读古今来有用书。
作赋客曾来雪苑,登高人共上龙亭。
江上数峰青未了,云中一鹤白难分。

新辟小园宜种树,旧存老屋可藏书。
一心不使之有着,万事皆应以自然。
江天尚有垂纶手,尘世还须补衮才。
按谱填词调绿绮,读书有味对青灯。

溪畔小花红照影,桥边高柳绿成行。
细雨绿杨游驿路,春风红杏看花人。
深夜读书欧阳子,大文原道韩昌黎。
人在上方听钟鼓,月于中夜照楼台。

大海舟普能济度,暗室灯长放光明。

诗从浓后还求澹,画到熟时转要生。
水西庄外余秋草,淀北园中有老松。
晚晴野港收渔网,细雨平桥理钓丝。
试磨黄山松烟墨,来写白石神君碑。

秋阴庭院碧梧静,春雨池塘青草深。
岩壑秋云弹绿绮,茅堂晴日写黄庭。
月临修竹自然静,风入丛兰分外香。
莎堤雨过潮痕上,梧院宵深露气凉。

星云灿斓天之瑞,礼乐休明世乃安。
欲上青天揽明月,登太白楼饮春醪。
道义文章心所蕴,温恭俭让身乃修。
君为画阁吟诗客,我是仙山采药人。

涌金亭上迎秋爽,浮玉山头看晓晴。
大寿不知其纪也,高怀谁复能同之。
花前有客催诗至,江上得鱼沽酒回。
看花陌上春无限,啸竹庐中月自明。

疏松窄径来樵叟,芳草平原有牧童。
深井涌泉资灌溉,中天见月自光明。
香山动静交相养,彭泽驾言归去来。
逍遥楼上神仙侣,安乐窝中古道人。

客中得句吟秋雨,江上登楼看晚霞。
万理皆穷之无尽,一心常使其有余。
写竹劲从纸上见,画兰香自笔端来。
芦雁行边看秋色,竹鸡声里报春寒。

闲为山水传神处,正是诗词得意时。
胸中有天机运用,笔底便灵气往来。
秋阴梧桐开诗社,春暖柳桥系画船。
河桥围绕垂条柳,篱落争开小朵花。

手种修竹数千亩,胸有名山十万峰。
碧苔细雨知时草,红杏春风得意花。
疏星老屋听诗夜,晓日深堂读画时。
梅花数点白如雪,蕉叶一庭绿若天。

绿水青山人读画,黄花紫蟹客登高。
无穷画理山川外,大好吟怀风月中。
高歌一曲动山岳,长啸数声集凤鸾。
斜日帆樯来汉口,秋风琴剑上峨眉。

楚水吴山新书稿,嵩云秦树旧游踪。
竹林地近多君子,淇澳诗传忆古人。
春草平原盘马地,秋林大漠射雕人。
秋乡春会为常例,糊名易书得大才。

万柳堂前存古迹,百花洲畔纪游踪。
默坐能心神贯注,闲行使气体冲和。

一湾绿水浮鸥去,无数青山似马来。
高吟偶呼云呵月,长啸能养道怡神。
烟雨楼中吟好句,蓬莱阁上看征帆。
露布文成谁倚马,云麾碑写若游龙。

笔挟风雨烟云气,画有峰峦树石奇。
春花庭院评唐画,秋月灯窗读汉书。
松阴静覆玉泉院,桂花香满蕊珠宫。
九衢灯火鱼龙舞,三岛云霞鸾鹤翔。

披襟偶坐来青客,岸帻曾登太白楼。
曲台杂记惟存礼,匡鼎名言善说诗。
半瓶美酝来佳客,几朵名花有好诗。
良辰小饮螺樽酒,好句新题蛎粉墙。

几树梅花春入梦,一樽竹叶客题诗。
晓阁焚香对尔雅,夜窗剪烛读离骚。
议礼说诗儒者事,兴仁讲让圣人心。
碧水一湾过涧去,青山几叠入窗来。

存养胸中浩然气,来访人间卓尔才。
时文最重选闱墨,试帖犹传应制诗。
试卷争传前十本,胪唱齐听第一声。
细草闲花江上路,断云野水海边城。

醉后能挝渔阳鼓,闲来爱听海上琴。
林塘春晓花争发,池馆秋晴客乍来。

蓬莱弱水三千里,琼阙瑶台十二楼。
文士共推姜白石,诗仙独数李青莲。

雨添青绿山光外,秋在丹黄树色间。
王宋诗篇接李杜,方姚文派继韩欧。
盘胸有诗书意味,放眼看山水精神。
应知善事分明在,惟赖仁人次第行。

稚松小柏盆中养,细草嫩苔砌畔生。
碑版纵横李北海,诗文奇古程南云。
嵩山古柏烟霞志,岱岳奇松岩壑姿。
文澜阁书久不见,经石峪字今犹存。

四境弦歌如邹鲁,百年礼乐慕唐虞。
得地移松依古石,疏池引水种新荷。
酒豪诗伯堂中客,樵叟渔翁尘外交。
暖日和风春过半,小桥细路水平分。

自有诗名传远近,从知人事贵和平。
玉局写竹石古木,海岳画烟雨峰峦。
松阴欲读群芳谱,花下闲观百果图。
晓晴烟柳谁能画,寒夜霜钟最可听。

大节共推文信国,奇才独有武乡侯。
自有真才为世用,还将慈念助天和。
夕阳高树盘鸦阵,秋水长天数雁行。
小立窗前看雀斗,闲行阶下听蛩吟。

写竹分雨晴姿态,画梅得雪月精神。
山云不动松长静,溪水平流月自来。

画意常盈笔墨外,诗心多在水云间。
放眼看九州四海,关心在诸子群经。
挥毫先自学秦篆,饮酒何妨读汉书。
善事在胸中眼底,慈心通天上人间。

笔墨淋漓如急雨,炉烟直上似浮云。
万竿修竹围茅屋,几曲清流灌稻田。
双桥共绾三叉路,一水中分两道渠。
圣贤得天地者厚,诗书历人世而长。

灵心常自天根养,盛德原从大道来。
野水边停瓜皮艇,乔树下结茅草亭。
诗心来自烟云外,画意得于山水间。
花气浓薰春骤暖,月光朗照夜微凉。

半阴半霁春深浅,有酒有花客两三。
窗前垂荫存高树,笔底生香画老梅。
早春云树豁吾目,细雨溪流洗此心。
读书自有天然乐,种菜长为本分人。

绿酒午餐留客候,青灯夜读忆儿时。
雪当晴后梅花放,月到明时桂子香。
春阴庭院焚香坐,流水溪桥策杖游。
山中云树诗人屋,江上风帆估客船。

几家烟水渔人屋,数点秋山画史楼。
老松怪石形容古,名画奇书岁月长。
一庭风露种修竹,满纸烟云画大松。
其量若江湖河海,此心如日月星辰。

常养寸心无一事,要使浩气贯六虚。
青天碧海双鸿戏,丹嶂苍松一鹤来。
画笔古澹有逸趣,诗心灵妙见天真。
秋云远岫飞鸿雁,浅水平滩立鹭鸶。

帆影荡开杨柳渡,箫声吹彻杏花天。
六艺立为学大本,四存乃建国始基。
一树一石见奇趣,半村半郭隐幽人。
花笑柳眠春气暖,云停雾散晓风和。

芳草平原牛背笛,小窗古帖鸭头丸。
放眼看大千世界,盘胸有十万春华。
名山尽种蟠桃树,古寺初开玉蕊花。
大才并世不多见,盛德如君有几人。

杨柳溪桥游客舫,杏花村店酒家旗。
妍日渐催溪柳绿,晓烟深护海棠红。
九十万里布道德,八千余岁纪春秋。
不知谁是文章伯,始信君多仙佛缘。

林屋山人通乎道,昌黎先生雄于文。

杨柳坞边三面水,杏花枝上几分春。
晋书唐画罗四壁,冰梨雪藕堆满盘。
莫轻唱木兰花慢,谁能拍水调歌头。
逸才自有张一鹄,妙笔谁如王九龙。

一径小红花朵密,满窗新绿树阴多。
满筐秋蟹蕴黄白,上网鲥鱼似雪霜。
风晴雨露画丛竹,赭黄苍翠写秋林。
樵歌渔唱音声古,疏食菜羹滋味长。

笔端生气随时发,湖上风光逐处多。
湿云覆屋宜酣睡,皎日当窗好读书。
湖社旧传诗画会,驿楼闲看旅行人。
门前有客问奇字,洞外闲人扫落花。

纵横万里在眼底,上下千古盘胸中。
广厦由根基而起,大材因培养乃成。
雨足平田见生意,春归大地转阳和。
自甘疏食三餐饱,久闭闲门一事无。

妍日澹云天宇静,奇松古柏峰峦深。
游览十洲三岛境,论交四海九州人。
夹岸东风梳杨柳,小园春雨放梨花。
百尺楼台江上市,几湾溪水海滨桥。

灯火楼台开夜市,烟云水墨画春山。

大江东去词才壮,太华西来关势雄。
西来万里昆仑水,东望半天泰岱云。
玉阶扣砌平安竹,琼阙瑶台富贵花。
得虚无自然之妙,因造化运用而成。

人怀大道山藏玉,客有奇才江蕴珠。
抚琴闲谱水仙操,读画深知烟客才。
六合以外有事业,两大之间起经纶。
十二万年春不老,五千余言道长新。

卷二十二

天行健自强不息,日有光振古长新。
黄庭内篇有时读,朱子全书着意观。
月圆花好人长寿,酒酽茶香客有诗。

细心考说文尔雅,放怀读庄子离骚。
百年礼乐承平日,万国敦槃和会时。
画龙自有变化意,射虎犹存雄直心。

梅竹松石存妙笔,金铁烟云结古欢。
扫地无尘弹绿绮,读书有味对青灯。
青嵩碧洛存游记,赤壁黄山入画图。
野竹频生当路笋,山松时有出林枝。

鹤饮露气能延寿,蚌吸月光自产珠。
槎影直贯碧天月,箫声吹彻玉霄云。
一江风月诗人艇,十里桑麻野叟村。
密林横掩东西岭,浅水分流南北滩。

碧桃池馆听筝坐,绿柳桥亭载酒来。
愿交海内英明士,普结人间慈善缘。
红杏一林龙峪寺,白云几片雁门关。
从来名马人皆爱,惟有神龙世不知。

访胜偶来风穴寺,踏青闲上雨花台。
潇湘雁阵纵横影,溢浦渔船款乃声。
举杯对月高吟候,扫地焚香静坐时。
墨妙自有烟云气,文成当作金石声。

美酒酿成聊共饮,春衣制就好同游。
燕剪莺梭花坞北,雨丝风片画桥西。
春雨池台人静候,晓晴庭院客来时。
轻歌妙舞将进酒,广厦深堂众说诗。

诗出无心更入妙,画初脱稿即惊人。
几家池馆供游览,半亩园亭入画图。
扁舟欣同郭有道,古寺曾访张怀民。
平原密长细丝草,满地初开小朵花。

春深爱着游山屐,雪后来登卖酒楼。
砚留宿墨作狂草,庭有余香开野花。
村庖晚饭蔓菁熟,僧寺清斋薯蓣肥。
甘心冷淡无如我,并世才华独数君。

下笔能自出新意,行文亦不愧古人。
汉口夕阳江上市,明湖秋柳济南城。
读书能通知大义,立身要培植深根。
春草平原驰骏马,秋风矮屋对明蟾。

敏事慎言君子德,博施济众圣人心。
春色来从云水外,山光疑在画图中。
林泉逸人舒长啸,山村野叟发高吟。
数卷奇书存往迹,一丸古墨有精光。

验日月四时所运,有乾坤六子之名。
东坡居士文辞富,北郭先生道德高。
山人画笔不到处,邻叟诗句补来时。
要当眼界开明候,正是心花怒发时。

晓风梳柳燕初到,夜雨润花人不知。
酒至熟时花亦笑,云当开处月长圆。
桃李成蹊无杂树,烟云满纸写崇山。
儒生须有英雄气,壮士必存学者心。

阶前瘦竹新生笋,门外野棠初着花。
旷观宇宙千古事,熟读经史百家言。

闻木樨香吾无隐,说莲花偈君有知。
空潭积水深难测,明月照人清可知。
闲引流泉过别涧,偶移奇石伴高松。
于学术中求治理,从伦纪内论人才。

笔底才华能发越,书中滋味自深长。
天下英才入教育,世间大业振纲常。
知君袖中有奇石,笑我笔下多古松。
春郊到处皆生意,尘世相逢尽善人。

欲喜闲中尘事少,应知世上好人多。
日当正午春光暖,月到中天夜气清。
道德自能培士气,仁慈先已酿天和。
爱惜物力当崇俭,甄拔人才出至公。

安得名师时训诲,且喜良朋日切磋。
既欲问山村远近,又不知江水浅深。
植身若高岩大壑,盟心如白日青天。
此画近今不易得,其人于古亦无多。

东风有意梳溪柳,春色无端上海棠。
客至酒边佳句得,春来笔底好花开。
一帘花气凝香雾,几缕炉烟起篆云。
不言可取天下信,无为能使世间安。

秋晚初收枸杞子,雨余闲采芰荷根。
老者幽闲能养寿,少年倜傥必多才。

澄神契真志于道,抱朴怀素全其天。
能使九州皆乐土,应知千载起真才。

得句则风神远矣,挥毫亦天趣盎然。
道德文章千古事,烟霞洞壑百年身。
收敛一心入古籍,放开双眼看名山。
花间细读箜篌引,江头谁赋琵琶行。

谁具必游万里志,我有熟读六经心。
大河秋色数行雁,太华晴痕一段云。
江湖河海通地脉,日月星辰显天光。
读书先立圣贤志,闻道能通天地心。

酒气尽从笔底出,墨痕多上袖边来。
三五六经论人事,十二万年纪天元。
银鱼铁雀初增价,海蟹河虾不论钱。
浴沂有五六冠者,锻诗成四十贤人。

不出户能知天下,见此道长在人间。
大道本不增不减,至人则无虑无思。
春来绿遍平原草,雨后红开夹岸桃。
游心翰墨崔青蚓,啸傲湖山钱赤霞。

诗有怀人不尽意,文存望古遥集心。
交游皆老渔野叟,足迹遍名山大川。
晚香茉莉开亭馆,秋水芙蓉系画桡。
三月池亭飞柳絮,九秋江水映芦花。

书法擅晋唐小楷,画笔备宋元大家。
岸帻横览名山水,走笔能为古文辞。

几处烟村开晓市,数重云树画春山。
文士有几分侠气,诗人多千古奇才。
东风绿遍瀛洲草,细雨红渲阆苑花。
五岳兴云作霖雨,九天耀日照寰区。

移石阶前除蔓草,画松笔底生云烟。
九万余里通地脉,二十四气辨天时。
手挥绿绮静复静,身卧白云深更深。
先生有道学庄老,至人无梦入华胥。

游丝缭绕萦飞絮,新燕回翔上画梁。
谁听胡笳十八拍,偶闻牧笛两三声。
门外频来采药叟,座中时有画梅人。
三百六旬定时序,二十八宿考星文。

一湾溪水浅深绿,几处山桃远近红。
大名自古今长在,此心与日月同光。
闲引渠流过桥去,偶招山色入窗来。
读书须有英雄气,作画长存隐逸心。

江天万里秋如画,华岳三峰晓更奇。
欲上昆仑九万里,熟读道德五千言。
琴从万竹静中听,茶在百花深处煎。
江湖本有能容量,山岳自绵养静年。

杞菊延年馆联语 349

千年城郭几经改,数卷诗书永保存。
根深蒂固滋培厚,雾敛云收天宇清。
画当落笔传神候,书到含毫得意时。
日月有容光普照,乾坤自清气往来。

晓起乘兴登日观,雨后闲来看水帘。
讲易论六十四卦,说诗有三百余篇。
曲径松深余冻雪,长堤柳密聚秋阴。
水中游鱼有至乐,枝头好鸟报新晴。

高人偶作有声画,名山犹存无字碑。
花香草碧听筝坐,风定云停放棹行。
画桥碧阴杨柳路,小亭明月桂花秋。
湿云覆屋黄梅雨,春水平桥绿柳烟。

唯有道者不处也,知尚德人能安之。
古洞烟霞访仙子,名山林壑隐诗人。
五太自能生天地,一元乃可定乾坤。
闲云随意穿林壑,好雨知时洒麦田。

敬观朱子全书序,熟读黄庭内景经。
平原芳草宜闲眺,晴雪梅花赋小诗。
燕湖先生传妙笔,石台居士善清吟。
写竹不辞千万个,画兰偶得两三花。

春色顿开诗客眼,霜华先上野翁头。

好画在三笔五笔,名花开一枝两枝。
柳岸闲行四五里,草堂静坐一二时。
画竹自有云霄志,种松常怀岩壑心。
万古山川一画史,千秋风月几诗人。

一心练到无欺候,万事难逢恰好时。
春风时雨成材众,广厦大裘覆物多。
三月莺声花底滑,一双燕子柳边来。
一代诗才李太白,三仙画像葛长庚。

柳溪闲泛载酒艇,椽笔大书磨崖碑。
下笔有天然妙趣,卜居见物外高踪。
三百年文章道德,九万里河岳星云。
老屋中古书名画,曲栏外野草闲花。

九章入线存成法,三要六宗得旧传。
细旃广厦笙箫院,远树长溪书画船。
上元灯火海滨市,三月烟花江上城。
麦田春暖青无际,桃坞花开红几分。

读书必须存志节,吟诗亦可养心神。
性所充者是曰道,神而明之存乎人。
侪辈间尽多耆宿,童冠中亦有英才。
唯有道者不处也,愿天下人皆归之。

大道能包囊万物,至圣则纲纪群伦。

孟子功不在禹下,郑氏学是谓儒宗。
三唐起诗学渐盛,两汉兴儒道大昌。
玉砌雕栏花富贵,碧苔芳树石玲珑。

铸史镕经腹笥富,登山临水眼帘开。
隐者行藏惟耕钓,才人事业只琴书。
偕群才驰骋文薮,有大将建筑词坛。
园翁忽送盆梅至,野叟还携酒榼来。

春水方生冰已解,冻云初集雪将飞。
绿水湾边垂钓叟,青山高处采樵人。
林泉逸人喜种竹,山野老翁善画松。
妍日渐薰芳草碧,东风先放柳条青。

十亩黄云收晚稻,一庭碧藓放秋兰。
邵子独开乾坤牖,伯阳善读龙虎经。
明月箫声天半鹤,大江帆影客中诗。
白云出岫含真气,皓月当天观此心。

看云手招一二鹤,画松胸有数百龙。
道德乃立身所本,文字有通天之灵。
为学不可立门户,行文要自有渊源。
才人辞赋自可喜,学士功名亦不凡。
仁民爱物君子德,好学深思儒者心。

大瓮藏酒待佳客,小窗画竹题新诗。
明诸子纯驳所判,振六经绝续之传。
百丈瀑边蹲奇石,千年松下产灵芝。

几树古松隐茅舍,一溪春水绕柴门。
夕阳箫鼓游春舫,江月琵琶送客舟。
考古求金石文字,访胜入嵩华名山。
乾坤清气谁能得,心性真源吾自知。

清浊须辨沧浪水,聚散闲看泰岱云。
瘦石斜倚如卧虎,老松高耸若飞龙。
诗文能独有千古,书画亦自成一家。
怀德抱道不问世,读书务农学养生。

吟诗偶学少陵句,纵笔闲临大令书。
柏叶又添新岁景,梅花先占早春天。
壮岁自多英勇气,老年常抱善慈心。
道自能弥纶宇宙,人亦当整饬纲常。

心虚万理皆能受,量大群生尽可容。
入则孝出则弟,坐而言必起而行。
蠖屈无言见隐德,鸡鸣为善抱仁心。
八方安乐民心定,四序调和岁获丰。
千载有书存道谊,一心无欲得天和。

卷二十三

爱人学道一身事,立说著书千载心。
大字犹存经石峪,奇峰谁画米家山。
不出户能知天下,常无事久住人间。

金石文字存古意,笔墨烟云见清才。
为善多本源常固,习静久神明自来。
闲居如山林隐逸,高卧是羲皇上人。

荡胸晓看春云起,抱膝夜坐秋月高。
春水平桥来野艇,夕阳满树见归樵。
歌风台上英雄气,喜雨亭前乐岁声。
秋风芦荻滩头水,细雨桃花洞口春。

少年学问分深浅,晚岁才华有澹浓。
桥畔东风吹柳絮,帘前春雪洒桃花。
笔底备四时花木,胸中有万壑烟云。
俪黄妃白文骈丽,泛绿依红客有才。

玉杯初注绿蚁酒,石铫新烹紫笋茶。
不知杨柳几千树,闲画梅花三两枝。
细书初试澄心纸,小饮频斟夔尾杯。
万叠春山染青绿,几株秋树点丹黄。

烟花诗酒长春国,雪月楼台不夜城。
春水池平鱼晒子,晓风帘卷燕归巢。
松阴细读神仙传,花下闲观才子诗。
大雄山民有奇气,小师道人亦清才。

小诗大似孟东野,妙画不让文湖州。
坐中时有修琴客,门外频来索画人。
高原晴日薰芳草,近水春烟系柳条。
江天花月诗才健,湖海情怀文字豪。

画理不出董巨外,诗名当在苏黄间。
知时草长阶前碧,迎春花开砌畔黄。
栏外有花宜对酒,门前无雀莫张罗。
名花绕座书堂静,美酒盈尊客论高。

绿柳红桃三月节,黄花紫蟹九秋天。
雪窗画古松奇石,烟村访渔叟樵翁。
三径月明丛竹静,四山雪满老梅开。
春色先归杨柳岸,秋光长聚菊花篱。

云树烟霞三岛客,帆樯灯火五洲人。
金樽红豆词人梦,绿绮华灯酒客怀。
杨柳阴浓春上巳,桂花香满月中秋。
天道不争而善胜,人心无欲自长生。

烟霞洞壑春深浅,云水楼船客去来。

一雁横秋穿岭去,片帆斜日渡江来。

风月楼台诗酒客,画图书史古今人。
世间百行先言孝,天下大利必归农。
石砚旧存蕉叶白,铜炉初试海棠红。

草莱除良苗自秀,尘垢去宝镜长明。
荞花柿叶山村路,帽影鞭丝驿堠尘。
荒园十亩种秋菊,茅屋三间倚老梅。
黄鹂紫燕新诗句,红树青山好画图。

画小景亦多奇想,遇逸人益慕古初。
种得黄精五十亩,移来翠柏两三株。
琴鹤逍遥放棹去,鱼龙曼衍踏灯来。
闲观壁上紫琼画,独爱囊中绿绮琴。

一心常使无罣碍,百体自然得安和。
身心安定精神健,学问渊深意气平。
有酒不妨邀邻里,种花常使悦心神。
居山林自有乐趣,读史书增长聪明。

花下客来饮美酒,松阴人静读奇书。
伟抱有从容之度,大才由磨炼而成。
上思往古超群士,补读平生未见书。
交游广后才华敛,阅世深时意气平。

研炼人才须道谊,栽培心地赖仁慈。
花开园圃春无限,雪满楼台夜不寒。
好诗吟到初成候,妙语说来恰好时。

近港遥滩蒸水气,湿云薄雾聚春阴。
浮玉山头云不散,涌金亭外水长春。
妍日和风开柳眼,澹云微雨湿花须。

游行同麋鹿踪迹,服食有龙马精神。
昔人喜画西湖景,近代多学东坡诗。
春阴春晴花寒暖,村东村西麦高低。
东风绿遍王孙草,细雨梅开处士花。

荷锄种菜饶生意,纵笔学书得古欢。
清溪独印一轮月,烈火能开万柄莲。
中原自有名山水,大笔谁传好画图。
一鹤独翔万松顶,群龙同戏大海中。

文辞切莫凌侪辈,书画还须问古人。
年少交游喜文字,老来兴味乐林泉。
大好光阴须爱惜,无边学业莫因循。
大幅巨轴任泼墨,重山叠嶂写襟怀。

诗才自与西江近,画法纯从北苑来。
光彩照人惟晓日,仁慈及物如春风。
春雪初晴花意好,东风微动柳枝柔。
真才从来常敛抑,大智必不露聪明。

青松白鹤同延寿,绿柳黄鹂共好春。
雪晴云散天深碧,日暖风微花浅红。
满院秋花鸣蟋蟀,一池清水点蜻蜓。

深堂大案作狂草,老圃闲园养好花。

墨舞笔飞作大草,脂红粉白画名花。
雪压茅庐人静坐,雨收柳岸客闲游。
偶写乔松一二树,或画细竹两三竿。
云连远岫横秋雁,雪压寒林有冻鸦。

有客新填金缕曲,何人来赋玉簪诗。
忽逢南陌种瓜叟,来访东郊画竹翁。
最喜麦田半尺雪,闲看松岭几重云。
湖涨波分双港绿,雨余云散一天青。

三钱笔遇善书客,十字街逢卖画人。
读书根本滋培固,乐善胸怀涵养深。
客至共倾竹叶酒,春来闲赋梅花诗。
春旗乡社朝迎岁,腊酒人家夜过年。

书画琴棋有至乐,山林泉石养闲心。
此身亦必有所托,凡事皆出于自然。
晚饭开樽聊小饮,晨窗走笔咏新诗。
窗下数盆书带草,案头几朵水仙花。

一江秋水宾鸿度,几树春寒乳燕飞。
春暖花藏诗叟屋,雪晴人上酒家楼。
皎月初圆宜对影,好花半放亦多姿。
春暖波痕侵岸绿,晓晴山色入帘青。

此心能通明万理,浩气自周流六虚。

丛竹成林得天趣,杂花满树见春容。
春雪田畴千里润,东风园圃百花开。
船从瀛海潮头过,人在蓬山峰顶行。
秋院客来烹苦茗,雪窗人静画寒林。

夜深梦写潇湘水,晓起来看泰岱云。
阶前细草分青绿,池畔小花开白红。
焚香默坐晨窗静,抛卷闲依午枕凉。
五湖烟水春光好,三峡云山秋气高。

一枝健笔画松石,十亩秋塘收芡菱。
听琴人坐松风阁,煮茗客来蕉雨轩。
沽酒不知村远近,放船先问水东西。
精进常存健者志,痴顽大似愚人心。

偶向春园宴桃李,闲来秋圃话桑麻。
骤雨池塘新水满,侵晨风露好花开。
细雨池台百草碧,东风园圃万花开。
如诗不成花笑客,有酒可饮月当筵。

云龙旧衲多雅量,芳草王孙亦异才。
远近山峰皆画意,融和春气入诗怀。
天涯芳草千丝雨,洞口桃花万古春。
北苑蓄山峦灵气,南田有花草精神。

诵经自有天人应,画佛长存慈善缘。
绕涧山花饶野艳,拿云古柏有奇姿。
有为有守存真体,无虑无思得静缘。
慷慨旧称燕赵士,文辞谁继晋唐人。

太初道人擅风致,阳城主簿亦奇才。
八千万里人文盛,三百六经教化行。
平湖画舫春游候,广厦华灯夜宴时。
平沙浅草渔人屋,丛竹高梧处士庐。

能书不分真行草,善画专工松竹梅。
麦浪青连村远近,桑田绿映树高低。
挥毫偶仿苏黄字,抱膝闲吟元白诗。
杨柳画桥三面水,桃花古洞一窠云。

座中几辈知心友,栏外数枝称意花。
西风篱落菊花满,秋月池亭桂子香。
海内群推大手笔,世间自有好文辞。
神禹导淮自桐柏,轩辕访道入崆峒。

雪晴邻里争沽酒,春暖郊原竞看花。
石磴云峰双足践,山松野草一肩挑。
花有清香诗脱稿,客来深语月临窗。
春阴酿得几丝雨,晚霁横拖数缕霞。

远浦归帆晴雪候,平原驰马晚秋天。
古木奇石有新意,高岩大壑见奇才。

老圃初开黄芍药,名山独产金莲花。
闲登高阁看明月,长住深山卧白云。
三十里荷花世界,几千家杨柳楼台。
闲观桐柏山前路,谁系蓬莱阁下船。

高岩松密鹤多寿,大壑云深鹿养茸。
天地间长存元气,古今来自有真才。
才人惯住桃花坞,游客初开芥子园。
农桑培万民根本,经史裕百世经纶。

百草萌芽春意足,群花吐艳晓晴多。
读书万卷不充腹,饮酒千觞可驻颜。
春风梳柳添新绿,夜雨润花放浅红。
夕照半烘山浅绛,晓晴谁染水深青。

一枝灵妙生花笔,数首清新玩月诗。
虎啸一声天地静,龙飞万里雨云随。
琼树花围红芍药,画屏云护碧琉璃。
红杏绿梅花世界,苍松翠柏雪精神。

经雨莺花红似锦,和烟燕草碧如丝。
春在百花深处住,月从万柳影边来。
春花秋月诗人屋,绿水红桥酒客楼。
诗学门庭问山谷,文章宗派起桐城。

六十四卦演周易,五千余言读道经。
烟萦岸柳舒微绿,雪映园梅放浅红。

杞菊延年馆联语　355

杖履游春花满眼,诗词分韵客挥毫。
开心如见秋中月,着手要使天下春。

小船冒雨溪童集,大舶乘风海客来。
烟霞伴侣惟樵叟,云水朋侪只钓翁。

古松蓄岩壑灵气,美玉蕴泉石真神。
画水画山得其趣,论今论古应乎时。
常觉胸中和气满,渐知眼底善人多。
孝弟为立身大本,经史乃治世宏规。

山人画竹有生趣,野叟种梅多古姿。
日星朗曜无私照,时序周行有好春。
千载一时得良会,三谟二典有精光。
流水小桥环竹坞,绿阴矮屋接花溪。

六七人家红杏社,两三游舫绿杨桥。
橘斋道人喜弄笔,草窗先生善赋诗。
日星朗曜开文运,河岳英灵育异才。
孤云处士得美号,员峤真逸有宗传。

琼华玉树含真馆,皓月清风萧闲堂。
真趣在水流花放,妙境得云去月来。
昆仑万里桃花水,太华三峰云树秋。
到眼老梅十万树,并肩游客二三人。

一村桑柘春啼鸟,数里溪桥晚钓鱼。
大隐可称无欲者,救时皆是有心人。
仙人曾住玉泉院,妙笔多画金焦山。
平原细草经春绿,夹岸垂杨带雨青。
六合内外存神化,百体中边含妙真。

溪中载酒来村叟,湖上探梅有故人。
书生亦有英雄气,豪士长存慈善心。
清秋闲看蛾眉月,暇日来登熊耳山。
名论必使之有效,至理皆出于自然。
大哉言乎志于道,德者本也全其天。

卷二十四

天地有灵和妙气,圣贤抱位育深心。
万事如行云照水,一心若皓月当空。
阴阳往来为消息,日月周行自光明。

孔李通家存道谊,陈雷旧契见神交。
风尚纯朴民气厚,文章雅正士才高。
家有藏书十万卷,门来佳客两三人。

擘洪蒙以开造化,提日月而升昆仑。

天道不争而善胜,人心无欲自长生。

晓日笼烟团柳絮,东风吹雨放梨花。
长啸出于众声表,大隐仍在群居中。
东风杨柳双桥路,春雨梨花一画楼。

一园松竹秋声馆,十里杏花春雨楼。
晚菘早韭村庖味,箬笠芒鞋野老身。
偶携短锄斐乱草,闲研古墨画奇松。
水沈香爇一二炷,日铸茶烹三两瓯。

天花飞舞三清界,宝月光明众妙门。
春水平桥穿涧去,晴云出岫比山高。
大海潮生有定候,满山云起半空时。
春来草色连坡绿,雨后苔痕夹岸青。

马工枚速文辞富,岛瘦郊寒诗句奇。
深院高林来好鸟,小池清水聚群鱼。
儒者无思复无虑,君子有德兼有言。
海岛算经存细草,岳云诗句见真才。

十丈梧桐干挺直,百年枸杞枝高盘。
千万亿恒河沙数,七十二福地洞天。
峰峦得烟云之妙,林木近溪水而清。
安卧中自无梦境,清言内亦见天和。

庭院月明闻蟋蟀,池塘水浅点蜻蜓。
深院烹茶对佳客,高原拄杖看斜阳。
曲沼水香开菡萏,小盆沙细养菖蒲。

冻雪寒林藏野屋,春溪浅水接平桥。
时雨一犁沛膏泽,春风四座育英才。
溪水长流泉脉远,花枝茂密本根深。

虚心实腹勤学候,放胆平心任事时。
固气于四体以内,养神在六虚之中。
一庭松竹听琴坐,十里溪山荡桨来。
种松种竹添清籁,画柳画梅酬好春。

采得紫芝充晚食,煮将白石供朝餐。
耸身立峰峦顶上,洗眼于云水光中。
落笔有时学界画,行文无字不称量。
小诗小词存古调,墨梅墨竹有专长。

黄华老人善大草,碧云待诏写名花。
山村野店宜行旅,美酒名花纪胜游。
旧帖共珍北宋本,才人喜作晚唐诗。
春色满园如我意,山光排闼送诗来。

文辞结客才人意,鸡黍留宾隐者心。
从知司马文辞富,却喜元龙意气豪。
笔底有太和元气,书中存古圣名言。
风穿诗叟哦松径,雨涨山家洗药池。

一路烟花沽酒去,满船风露采菱归。
深山盘郁养松寿,横海翱翔见鹤姿。
泼墨不见米海岳,纵笔欲学高房山。

杞菊延年馆联语　357

器量能如沧海阔,风裁应比山泉清。

深人自应无浅语,大器不须见异才。

极乐妙游太清境,广大灵和自在天。
上闲亦善作大草,惠崇最能画远汀。
说诗原自通风雅,饮酒亦能陶性灵。
根深蒂固见至道,德本才末省此心。

秋中月朗如圆璧,天上星繁似布棋。
一鹤高盘万松碧,片云不动数峰青。
善书应不愧怀素,好客何妨友大颠。
门前求画无虚日,尘外逃名亦有年。

下笔皆到神妙处,吟诗每至夜深时。
久卧松云生白发,闲磨麝墨画青山。
古调亦分平仄韵,新词独数宋元人。
室静尘嚣不能入,心清和气自然生。

岁晚人家皆酿酒,春晴园圃正栽花。
半阴半霁春初后,有酒有花月上时。
清静为养身之本,谦和乃处世所宜。
画师自有烟霞性,诗叟常联花月缘。

溪山云树春深浅,烟月楼台客有无。
神室有日月如镜,大冶以天地为炉。
云山高处扶筇立,风日佳时载酒来。
小阁偶观消夏录,晴窗闲画富春山。

慈心应物春风溥,善气迎人秋月圆。
倪迂米颠画法古,李仙杜圣诗才高。
三十六宫生意满,一百五日春风和。
晓岸东风梳碧柳,春山细雨湿红梅。

佛说一心无罣碍,道言万事不竞争。
小花灿烂双瓷斗,碎石斓斑一水盂。
身行万里崎岖路,胸有一卷清静经。
渡口春风梳杨柳,船头秋月照芦花。

室内画兰择交意,街头买菊济人心。
苦瓜和尚有古趣,朽木居士亦逸才。
半滩春水芦芽短,十里东风柳线长。
花开桃李几千树,人在蓬莱第一峰。

花开上巳春光满,月到中秋夜气清。
方壶道士自善画,圆悟和尚亦能诗。
春风能发育万物,仁心常覆被九州。
画有人力不及处,诗得天趣自然时。

验草木挐萌所动,知天地开辟之机。
浅斟低唱词牌好,大点粗皴画笔奇。
古寺有宋梅一树,名山存汉柏数株。
出土犹存三代器,入山曾见六朝松。

点染名花邹一桂,钩皴怪石蒋三松。
茶鼊酒筹勤应客,风廊月榭喜吟诗。
才华不让吴春海,狂草争如王孟津。
酒价十千春夜宴,诗才三五少年人。

昼夜六时常清静,春秋四序养冲和。
闻诗闻礼勤于学,无知无欲全其天。
秋林大野呼鹰地,春草平原试马时。
微风初起绿波动,薄雾未收红日高。

屋后飞瀑数十丈,门前高树两三株。
我思古人世已远,君有奇才众所知。
见月始知天广大,观潮喜见海宽平。
堤柳绿牵十数里,岭梅红放万千花。

花下已知春气暖,柳边渐觉午阴多。
野岸碓篱排雁户,疏灯芦荻隐渔家。
蚤起觉神清气爽,夜眠使魄定心安。
客至花开如我意,诗成酒熟称君心。

玉华外史能写竹,冰壶道人善画梅。
画笔有天然妙趣,诗才亦卓尔不群。
笔砚间皆含春意,诗酒外别寄高怀。
世间好事随时做,天下奇才不易逢。

莫从人事论冷暖,须识天心重善良。
高人逸士新诗句,野水荒山好画图。

百年枸杞参天碧,十亩蘘荷匝地青。
粉壁纵横大篆字,书窗供养小盆花。
白云外史存高格,青谷山人有逸才。
春水无波游客舫,夜灯有味读书人。

饮食起居皆有道,陶渔耕稼本多才。
疏林远岫高人画,茅店板桥行客诗。
闲看神龙越沧海,纵观俊鹘翔青天。
酒熟偶然留客饮,春来只为种花忙。

博学为当时所重,奇才亦自古难求。
花月佳时聚友,山林深处养高人。
岸柳烟萦春水绿,江枫霜染夕阳红。
君为贯月乘风客,我是餐霞饮露人。

青草池塘春水足,绿槐庭院晚凉多。
客有可人花下坐,诗如和我酒边吟。
梅花老屋三分雪,杨柳平桥一段云。
君为阆苑看花客,我是苏门种竹人。

修树种花有常课,读书写字无闲时。
池台花树皆如画,城郭溪山都是春。
田舍间自得真乐,渔钓中亦有奇才。
要知人生宜于静,必顺天理之自然。

豪士必存真面目,达人长自乐天怀。
海日渐高光四照,山云不动气千盘。

杞菊延年馆联语　　**359**

谁向庐山访惠远,莫笑昌黎友大颠。
神山灵岳通青海,琼阙瑶台养白云。

风来疏柳花含笑,云出无心月有光。
壮岁读书常恨少,老来种树不嫌多。
自有神光通紫极,还将冲气养黄庭。
养生爱食农家饭,无事闲听野老谈。

敦诗说礼千秋业,临水登山万里情。
雪晴忽报盆梅放,秋老犹看篱菊开。
龙蛇蛰藏善神化,鸾凰栖隐任高翔。
山楼灯火元宵夜,海市笙箫上巳天。

诗史源流问工部,文章气骨拜昌黎。
晴雪含云照远水,澹烟和雾入疏林。
暖日疏林聚春气,远滩浅水漾晴纹。
啸旨云霄鸿鹄志,古文金碧龙虎经。

伊谁作舟楫霖雨,有人隐林壑烟霞。
画石画松多古趣,读经读史养真才。
细雨花朝拾翠路,东风人日咏梅诗。
春雨初开红芍药,晓风吹放白莲花。

野岸初看春草碧,名园喜见山茶开。
著书则言近旨远,论文必体大思精。
百年礼乐诗书泽,万里云霞锦绣春。
有客论古书名画,其人如秋月春云。

书画能见人风度,山林有益寿光阴。
天地如笼收众鸟,江湖蓄水养群鱼。

纵笔所之皆如志,与君相对亦忘言。
与嵩华共论年寿,发道德自有精神。
偶画小花六七朵,闲书大草两三行。
鹤氅鸾翔虔礼笔,龙跳虎卧逸少书。

论诗唐代分宗派,传经汉学有渊源。
花放呼僮沽酒去,诗成有客抱琴来。
不为好异喜新论,独有尊经爱古心。
二客同携双酒榼,一诗换得两盆梅。

风穿窄径东西屋,月照平池上下楼。
片帆挂月来溢浦,一舸乘风下洞庭。
天为养花春雨细,人因看月晚晴多。
三十里荷花城郭,一万株杨柳溪桥。

峻品如高山乔岳,雅量若长江大河。
尘翳不生琼宇月,慧光长照玉壶冰。
闲画盆梅增古艳,多栽篱菊助秋容。
画水画山分日课,种蔬种秫逐年忙。

万朵莲花初出水,千株杨柳又逢春。
晴色初开万柳外,春光先聚百花中。
龙游岂止数万里,鹤寿不知几千年。
卖花声里东风暖,沽酒桥边晓日多。

杨柳春旗人试马,杏花村店客寻诗。
佳士从来多爱酒,清才自昔喜逃禅。
柳岸晓风沽酒路,草堂人日养花天。
春雪初消晨气润,海云欲散晚晴多。

十里春花人载酒,一亭秋月客谈诗。
日月有明无不照,天地之大皆能容。
偶作大草三五纸,闲画奇松一两株。
千古名山隐麟凤,八方大海养鱼龙。
往古来今论至道,上天下地见深仁。

壁上偶悬烟客画,盆中闲养水仙花。
始信英雄多本色,要令杰士展长才。
偶画墨梅一两树,闲写朱竹三五竿。
杏花春雨停游舫,杨柳东风出酒旗。

百里溪山成画稿,千秋风月入诗囊。
十方善士身安乐,一代传人心太平。
非有非无见妙象,极元极奥得天真。
妙笔清辞文待诏,纶巾羽扇武乡侯。
读圣贤书益神智,饮天河水瀹性灵。

卷二十五

随处有古书可读,其人则大雅不群。
其人慷慨有气节,所画潇洒迈时流。
一篇原道继孟子,四子真经论道根。

中天高悬大圆镜,万方普照长明灯。
绿树遥连渤澥水,白云不掩峨眉峰。
梅花道人有奇气,竹叶亭生亦逸才。
一径松阴云不散,半窗梅影月初来。

树有清阴人静坐,心无杂念月当空。
常沽江上新篘酒,频用囊中卖画钱。
杏花春雨双桥路,杨柳东风一驿楼。

灵石含天地元气,流水浴日月精光。
肝胆非时流可及,胸襟以古人相期。
息心早有山林志,抗手还多辞赋才。

曹陆顾吴工作绘,齐鲁韩毛善说诗。
手种稚松十万树,胸存古史二千年。
邻叟能长斋事佛,山人喜啜茗赋诗。
十里树影听鸟语,一春花事笑人忙。

愿斯人永享年寿,使群生长乐安平。
人在蓬山最高处,月明瀛海极平时。
偶然放胆作奇画,常以闲心锻好诗。

脱稿新诗添酒兴,沾衣细雨识春寒。

人卧小楼听夜雨,客从大海看春潮。
晚雨溪桥沽酒客,春阴庭院种花人。
花不知名凭客问,草如碍路任僮除。
一院花多飞燕剪,几家树密奏莺簧。

万里青天堪纵目,一盂白水可盟心。
君子抱道以自重,山人无事但高吟。
大河秋色昆仑水,乔岳晴光泰岱云。
冲和自有安详度,质朴能收定静功。

美德兼具智仁勇,大象昭垂日月星。
池藻叶密白鱼上,海棠花开紫燕来。
邈矣神游五洲外,浩然抗志九霄间。
闲磨古镜照万物,偶焚奇香敛一心。

游山客带烟霞气,抱朴人存道德心。
不自辨有理之理,谁能与不争者争。
游名山拓开眼界,读奇书涤荡胸襟。
岸帻春游双足健,闭门午卧一身闲。

胸中自有出尘想,眼底忽逢绝世才。
到无心处诗逾好,不着意时画更奇。
行云流水见真意,野草闲花有逸容。
山有人迹不到处,书当笔势欲成时。

疏松子落风初定,丛桂花香月正明。

杨柳东风寻客路,桃花流水问仙源。
栏外梨花白似雪,垣边杨柳绿如烟。
羽衣翩跹一道士,扁舟稳坐两渔翁。
架上常有书能读,门外亦无雀可罗。

峄山论独善兼善,濑乡言有名无名。
知人善任君子度,遁迹逃名隐者心。
众美皆因能独善,一朴可以定群嚣。
到门有客来题凤,闭户何人似卧龙。

书法能得古人意,画妙亦非时流知。
六七千人诗才盛,二百余年画史多。
春水池塘浮乳鸭,晓云园圃语流莺。
雨气迷蒙碧云重,夕阳烘染紫霞多。

放大光明照寰宇,以真慈善度群生。
野店时来沽酒客,春郊多是看花人。
妙元神真至于道,广大灵和见此心。
春泥滩水芦芽短,晴雪池台柳絮飞。

着墨不多见笔妙,读书有得行文奇。
沼溪杨柳迎风绿,隔岸桃花照水红。
平滩浅绿半篙水,远阜深红几树桃。
火齐万颗枸杞子,金英满地苣荬花。

上巳春寒花气敛,中秋夜静月华多。
偶蓺名香通紫极,自磨古墨写黄庭。
细雨东风红杏社,晓烟春水绿杨桥。
花月池台豪客宴,关山云树旅人诗。

花满郊原游不厌,月明庭院坐来深。
树木茂密存古法,丘壑深邃异时流。
三月春阴如中酒,百年尘事似围棋。
吟诗作画身常健,种树移花心自闲。

其才能安上全下,凡事必后己先人。
烟雨溟蒙晨气润,云霞灿烂晚晴多。
宽衣博带见风度,豪饮雄谈亦霸才。
有几处海棠庭院,这一带杨柳溪桥。

高山流水琴心静,古树寒云画笔奇。
天下英才能有几,世间好事本无多。
三唐两汉文辞富,诸子百家议论新。
一林叶密燕莺语,满院花开峰蝶来。

万里晴天飞海鹤,一池水墨画云龙。
言论喜接引后进,诗文不蹈袭前人。
矮架频收山药豆,小池长发水芹芽。
溟蒙水气萦溪柳,艳冶春容上海棠。

山高未可寻丈计,才大难以斗石量。
人在双峰山下住,客从大海舶中来。

苍松翠柏千年寿,海鹤神龙百世姿。
北郭先生富道术,东坡居士有仙才。
古屋明窗读老子,深堂大砚画庐山。
到眼桃李千百树,关心诗酒二三人。

圣贤经传千秋鉴,礼乐文章百世师。
菖蒲小草多生意,茉莉奇花有异香。
看云对月虚明境,啜茗焚香自在天。
名论因救时而发,奇才亦应运乃生。

雨旸寒燠皆适体,行住坐卧若无心。
缓带轻裘瞻雅度,模山范水见清才。
日月星辰天广大,江河山岳地宽平。
古貌如老松几树,清姿若修竹万竿。

四时八节调风雨,五岳三山瞻日星。
千笔万笔写奇石,三株五株画大松。
贾岛吟诗有奇遇,板桥卖画本清贫。
开帘放出炉烟去,展帙时闻书味香。

几缕轻烟焚柏子,一池清水放莲花。
知君善作游山记,笑我闲吟题画诗。
一轮皓月对心镜,万里青天开眼帘。
刻碑昔有黄仙鹤,访道时逢白玉蟾。

莫谈昔日登科记,犹说当年放榜时。
三月莺声留客听,一春花事笑人忙。

杞菊延年馆联语 363

善画曾闻郑潍县,能诗又见施黑山。
几朵闲云来海峤,一犁春雨润田畴。

天心自古重农业,尘世于今多善人。
花草精神邹一桂,烟云缥缈蒋三松。
梅村芝麓诗才妙,樗叟竹痴画笔奇。
所居则近山近水,其人乃古貌古心。

种松多处云常覆,流水平时月自来。
花月良宵吟好句,池亭佳客共飞觞。
波涛漫仿孙氏水,烟云善画米家山。
日边高岭犹藏雪,天际阴云不渡河。

诗翁胸中有奇气,画史笔下多名山。
大壑风来含虎气,中天云起隐龙形。
古书多载名贤传,大地频逢慈善人。
静坐自能穷画理,闲眠爱听读书声。

读书要做胸襟阔,作画还须眼界宽。
八方早靖干戈气,万国咸闻弦诵声。
梦中得句自然妙,醉后落笔亦更奇。
洗心一滴杨枝水,开眼千盏莲花灯。

百花丛中看舞马,万枝灯里见游龙。
塞上不逢千里马,云中偶见九秋鹰。
披襟闲入看花市,岸帻来登望海楼。
两岸晓风歌杨柳,一溪春水送桃花。

君抱逸才论往古,我有闲心答小诗。
细雨春阴庭院静,斜阳晚霁市楼高。

小鼎焚香人静坐,大瓶注酒客高吟。
野史奇书存逸事,深山大壑养高人。
阴晴无定春深浅,来去分明月缺圆。
君之画笔自苍古,我有吟怀对碧天。

细雨人来杨柳渡,春阴客爱海棠时。
四序雨旸调玉烛,一天星斗看银河。
一百六日清明节,七十二沽烟水乡。
抱道蓄德一长者,往古来今几大才。

一家和气皆安乐,万国同心致太平。
片叶朵花成巨幅,遥山近水见清思。
昌黎文章富义理,杜陵诗句深本根。
画笔每令人难到,诗才亦为世所希。

采得蟠桃三百颗,来啖松子五千年。
著书日坐茶香室,得句时题春在堂。
久书自能得笔妙,朗吟亦可养诗心。
佳茗偶然瀹雀舌,名香闲自爇龙涎。

芦港雁声秋月影,板桥人迹晓霜痕。
华岳晴云朝过雁,洞庭秋水晚来波。
高屏素壁作大草,古驿萧斋题小诗。
水村山郭双桥路,竹杖芒鞋一逸人。

山人自有烹茶具,野老常怀负耒心。
下笔自有闲放意,论文能得古朴风。
四座皆吟君好句,百年难遇此奇才。
高岭横云能闲静,秋潭止水自澄清。

葡萄酿酒春方美,榾柮烹茶夜不寒。
定静内陶炼神气,艰苦中磨砺身心。
十方三界人行善,万语千言佛说经。
立身必具智仁勇,瞻天即见日月星。

烟消日出山水绿,风轻云澹海棠红。
十亩田园种桑柘,一湾溪水放桃花。
兴来画竹三五纸,闲时吟诗一二篇。
下笔能曲尽其妙,行文有独得之奇。

探天人性理精奥,求圣贤学问渊源。
簇新秋色看红叶,大好诗怀对白云。
儒者自有分内事,先生当为天下才。
炉添榾柮室中暖,雪压梅花窗外寒。

奇文未识出谁手,先生不知何许人。
其量自应如大海,有书亦可藏名山。
笔下无半点尘俗,胸中有千古精神。
笔底名花数枝菊,壁上大草千字文。

深径月明筛竹影,小园春暖放梅花。

澹泊中长存至味,虚无内善养真神。
数笔破墨得奇画,两首新诗寄故人。
卓识照千古以上,精心通万里而遥。
春在忽晴忽雨际,诗成半睡半醒时。

词坛上别树一帜,画社中独有千秋。
好学深思有所得,省身克己毋自斯。
大地富阳春烟景,有人咏晴雪梅花。
量才必用玉界尺,作书大似金错刀。

溪翁自有种鱼术,山人能谈相鹤经。
读书须求古人意,观水能知静者心。
花底偶观金石录,松下闲参书画禅。
长年闭户勤稽古,清夜焚香可对天。

养鱼先要疏池水,植树还须固本根。
春色满园赋桃李,秋光一帧画云峦。
烟云笼护海滨市,桑柘青葱江上村。
由西而东佛法普,自古及今道德存。

四壁绘三山五岳,一堂罗诸子百家。
凤髓雀舌斗奇茗,龙涎麝脐爇名香。
喜座上得君子友,愿世间知我者希。
论文自有会心处,作画无忘驻笔时。

桃红李白春深浅,酒酽茶香客有无。

杞菊延年馆联语 365

万里长风吹海水,一天晴日见云峰。
水墨云痕将欲雨,蔚蓝天气又新晴。
梅花晴雪山村路,杨柳春风水驿桥。
著书万卷学未已,饮酒千觞兴亦豪。

九天雷电龙行雨,万叠林峦虎啸风。
笔底有千盘云壑,胸中无一点尘埃。
默坐深堂八方静,闲行旷野一身轻。
道大能包裹天地,心虚可贯彻古今。

卷二十六

能止至善学乃大,必修正教用其中。
一览无际天广大,万年有道世安平。
论道应先读老子,画石还须问女娲。

旋斗历箕启世运,守中抱一含天真。
神仙施无量功德,豪杰存有用精神。
临渊呼龙作霖雨,登山招鹤游沧瀛。

天空地阔人无梦,日朗月明星有光。
君乃若耶溪上客,我是普陀山畔人。
春草半侵游骑路,雪天同上酒家楼。
杨柳溪桥游客舫,杏花村郭酒家旗。

宾朋四座能辞赋,书史满楼罗古今。
习闻缑岭吹笙韵,传写苏门长啸声。
浩荡天风扫尘垢,苍茫海市隐楼台。
诗兴托风花雪月,画理出草木山川。

几曲溪声过桥去,数重山色上楼来。
邃谷深岩足幽隐,长江大海豁襟怀。
水深不见义鱼叟,潮退频来拾蛤人。
几队游鱼穿荇叶,一行飞鹭出芦花。

好客群推孔北海,吟诗谁似李东阳。
登天游雾有奇术,吸露餐霞亦可人。
绿杨桥下停歌舫,黄叶村中出酒旗。
细草逢春含雨意,老松经雪见风姿。

酒盏诗瓢多逸兴,笋鞋藤杖称闲身。
乔松阴下风初定,丛桂香中月正圆。
月明池馆诗坛静,雪压楼台酒垒高。
十里秋云飞过雁,一池春水看游鱼。

画理笔法两不失,山明水净一以通。
一夜两声穿竹径,几番风信入花丛。
客有自昆仑来者,人常卜蓬岛居之。
禹鼎汤盘万世宝,羲文仓字六书源。

一径松阴高下碧,半山柿叶浅深红。
客来先展龙须簟,酒熟高张雁足灯。
泼墨自见烟云妙,下笔如闻风雨声。
寄兴在诗酒以外,陶情于山水之间。

时和岁稔八方静,体健心闲一事无。
澹泊之中有至味,安闲以外无他求。
皓月当空能普照,白云出岫有灵根。
老松自有千年寿,好花长养四时春。

桐槐榆柳因时种,桃李植梨着意栽。
月中丛桂香圆满,天上神榆种愈多。
种成十万槚枒树,开遍三千桃李花。
一啸自能动天地,百息可以通神明。

秋风槲叶樵人路,春水桃花渔父船。
春郊百卉皆萌动,人事一心颂太平。
烟霞性格山林志,书画生涯诗酒怀。
山人偶饮菊花酒,野老长披槲叶衣。

画石画松机虑静,看云看月身心闲。
存慈心而得善果,执古道以对今人。
龟山蛇山相对峙,吴江楚江分派流。
剑阁数峰见行旅,洞庭一叶下渔舟。

濡墨朝临白石画,篝灯夜读青莲诗。
昌黎诗文独千古,襄阳书画继三唐。

十万健儿军背水,二三野老论移山。
读书万卷始下笔,阅世千年莫纵谈。
几处园亭斗诗社,一川烟雨画渔船。
三元浑沦守真性,万象虚无见天根。

万理无不根大道,一慈可以卫众民。
入世间须通易理,治天下先正人心。
棐几中陈云母石,瓷盆闲养水仙花。
大学开宗重明德,老子名言在不争。

乘鸾跨鹤云中侣,走虎鞭龙天上神。
绿柳红桃斗春艳,青蘋白石漾晴波。
岩畔几株红柿叶,池中万朵白莲花。
疏林密树听鸠语,浅草平沙试马蹄。

锄理园蔬新雨后,栽培庭树早春时。
椒盘柏酒迎年喜,腊鼓春旗乐岁丰。
江汉放舟登赤壁,旗亭画壁唱黄河。
澹泊无为近于道,虚灵不昧全其天。

必使外缘不缠扰,自能内镜常光明。
长啸出于众声表,大智不与群物争。
画有奇气大涤子,诗撑瘦骨贾阆仙。
云气长从石上起,秋声多自树间来。

无增无减是谓道,不即不离全其天。
万物不出道以外,一心长守静之中。

山谷好诗盘硬语,麓台妙画见清才。
一带屋墙涂蛎粉,数峰山翠点螺青。

红杏亭台春走马,绿杨城郭晓闻莺。
案头有绿绮琴谱,壁上画赤城霞图。
朱竹绿竹纵笔画,唐诗宋诗信口吟。
岩畔大松栖白鹤,溪边细柳啭黄鹂。

低唱浅斟增酒兴,矮炉活火试茶香。
笔势论自得奥妙,画语录亦有奇观。
如为立本探源论,自有深根固蒂人。
石径曲通花底去,柴门深向柳阴开。

竹依大石盘根固,花近雕栏着色妍。
花团锦簇吉祥字,云烂星辉宝相花。
细雨斜侵官道柳,轻烟闲罩野桥花。
书画自有真机格,诗文须溯古渊源。

和风妍日春光好,名画奇书古意存。
愿万姓共登仁寿,知九州咸乐升平。
论画树石各有法,驱使笔墨亦须才。
三五朋交至难得,十千酒价莫嫌高。

慈善人家多乐事,安平时序得丰年。
香溢瓮头新酿酒,花明案上旧藏笺。
牺尊引满迎年酒,麝墨闲书守岁诗。
有象见卦爻所变,无为知天道之尊。

窄径客来扫落叶,小窗人静画寒林。
客从巫峡船中至,人在山阴道上行。

碧梧亭畔烹茶灶,红药栏边洗墨池。
长偕天上神仙侣,来作世间慈善人。
六经四子劝人读,五岳三山任我游。
青嵩碧洛皆如画,赤壁黄州旧有诗。

亭下偶来题竹客,门前时有卖花人。
玉界尺能量才品,铁如意自励操持。
满院绿阴飞燕子,一窗晴日画梅花。
高架擎百年枸杞,小盆养九节菖蒲。

书法难得是古瘦,画笔亦自要清奇。
敏事慎言君子德,博施济众圣人心。
处世须知足知止,立身先尚俭尚慈。
曲槛瑶阶金线草,小亭瓷盎石菖蒲。

得诗人幽深之旨,为画师超逸所宗。
客来池馆花争笑,春入郊原草怒生。
见九天星辉云斓,知四海人寿年丰。
盘空一鹤云霄迥,得地双松岁月多。

梅花晴雪春长驻,杨柳东风岁屡丰。
三尺晴波泛画舫,十分春色聚江楼。
横海云霞融淑气,中天日月蕴春和。
愿大地河清海晏,知中原人寿年丰。

墨妙笔精师草圣,茶香酒酽度花时。
永叔诗文存古法,衡山书画见清才。
悬肘作书任挥洒,昂头读画得清闲。
几叠青山隔溪水,数枝红叶画秋林。

乾坤八卦昭其象,天地万物资以生。
有德有言谓之教,忘物忘己全其天。
高阜桃花诗客屋,小桥杨柳酒家门。
善书不设铁门限,避尘还有碧纱厨。

几树红梅雪里放,五枝丹桂月中开。
峦容树色自千古,墨气笔情有万端。
大海潮来风浩渺,太虚云散月光明。
天地相合降甘露,山川应运起明霞。

晓风十里开红杏,烟雨一溪锁绿杨。
读书稽古无穷业,饮酒看花自在身。
愿百事皆如人意,知诸君善体天心。
海天霞绮群鸿戏,华岳松风一鹤鸣。

窗前旧种老梅树,阶下新生矮竹萌。
万里晴光开画本,十分春色入诗囊。
平野薄田邻小草,深岩大壑隐高松。
预卜祥和丰稔岁,长为安乐太平人。

春色几曾开柳眼,晴光先自上花须。

水远山长新画本,花明柳媚好诗篇。
阶前细草随时剪,笔底名花着意开。
新移靖节门前柳,闲看唐昌观里花。
金书玉字存真道,乾鼎坤炉炼大丹。

茉莉亭台鹦鹉语,酴醿池馆鹧鸪鸣。
驰毫骤墨作狂草,大砚明窗画古松。
绕屋种梅三万树,入山采药五千年。
人来紫极云霞外,春在青山花树间。

老子著书本平实,庄生寓言多新奇。
知足知止自长久,无为无事养冲和。
诗成红叶青山外,人在白云翠霭边。
文章自昔增声价,心性于今托隐沦。

市楼钟鼓春宵永,山县莺花晴日长。
庭前柏树万千子,窗外芙蓉三两花。
此心常虚灵不昧,大道本正直无私。
斗转星回岁复始,民安物阜世承平。

山人偶酿松花酒,野老时披槲叶衣。
野径临风歌杨柳,小窗映雪画梅花。
梨花庭院听莺语,杨柳池台见燕飞。
直节虚心君子竹,挺枝耸干大夫松。

作画须分树石法,学书先论晋唐人。

澹云妍日春犹浅,新月疏星夜不寒。
晓晴乳燕分飞去,春水游鱼逐队行。
万株杨柳三篙水,半岭松篁一抹云。

云山景象韶光转,花草精神淑气催。
春入池台花似锦,暖回村郭草如茵。
溪山深处诗怀畅,风月佳时客兴豪。
竹叶与人增酒兴,梅花向我说春晴。

枝间粉蝶含春兴,花底黄鹂报晓声。
波痕荡漾过桥去,山色青葱入座来。
大风竟卷尘沙去,一雨能洗天地清。
挑灯闲自吟新句,煮茗忽来话旧人。

一树梨花双燕影,几株杨柳众莺声。
四海人称郭有道,千秋仙术王方平。
新春酒熟邀邻里,佳节诗成寄友朋。
山市晴岚朝读画,江楼风月夜谈诗。

万方安靖民心乐,入节康平年谷丰。
春风已转阳和气,乐岁时闻笑语声。
慈祥门第人长寿,安乐家庭岁屡丰。
有动有静一心定,不闲不忙百岁长。
黄石赤松存至道,紫烟白云生灵根。

池畔平铺芳草满,花阴新长碧苔多。
人在桃花源里住,客从杨柳渡头来。
君子有德惟存厚,达士多才肯济人。

诗人惯住桃花坞,酒客频来杨柳村。
冀为盛世知时草,杏是春风得意花。
丹鸾紫凤翱翔日,风虎云龙际会时。
偶吟杨柳偕新侣,闲向桃花说旧心。

闲行但觉青春好,默坐不知白日长。
群鱼聚画桥阴下,一莺鸣绿柳丛中。
云中自有冲天鹤,花外频闻报晓莺。
高梧修竹秋初夜,雪藕冰桃夏午时。

新岁云霞天灿烂,少年文字日峥嵘。
一百五日寒食节,二十四番花信风。
浅草经春随意绿,老树得地应时开。
枕上诗成须强记,盆中梅放有奇香。

元妙真言出宝箓,吉祥好语写楹联。
俊鹄翱翔天宇外,神龙隐现云海中。
寂处琴书几杖侧,闲游江海山林间。
千古同舟郭有道,一生酿酒王无功。
雕栏深护玉兰树,名山曾产金莲花。

卷二十七

运乾坤而游宇宙,提日月以升昆仑。
山人无思复无梦,君子有本更有文。
汉魏作者皆能赋,晋唐书家善写经。

画奇一峰不见少,诗好千首未为多。
空山幽涧诗心静,陡壑密林画笔奇。
妙元神真通乎道,仁义礼智根于心。
绕径花香穿户去,隔邻树影过墙来。

吟好诗更思酣饮,读奇书常自忘饥。
偶著手时得笔妙,不经心处见天真。
道德立一身根本,文章发万事英华。
夜静书声常到耳,春深农事最关心。

野雁沙鸥何处去,渔僮樵叟等闲来。
江上好山移不得,门前佳客去还来。
待客莫嫌三白饭,锻诗闲爇百和香。
鹊华一桥秋色好,龙沙万里月明高。

听客论古今名理,有人述瀛海奇闻。
秋江芦荻一双雁,春水桃花尺半鱼。
门前春色花多少,座上客怀酒浅深。
杨柳丝长三径绿,蔷薇花绕一亭香。

秋水芦花飞雁鹜,春江柳絮见鲥鱼。

浩气自充满天地,仁心能撑拄乾坤。
道德光华春灿烂,文章渊雅世安平。
万里晨曦长四照,一天秋月见圆灵。

高竹自挺节垂荫,贞松不易叶改柯。
泼墨使岚气满幅,掉笔令云影无边。
道尊德贵仁义溥,天高地厚日月明。
谁向世间画名马,应知天半有神龙。

绿水青山新画本,白云红叶晚秋诗。
细草最宜春雨润,垂杨不耐晓风狂。
秋林黄叶山边路,春水碧桃溪上村。
大竹高耸自有势,小松青翠亦可观。

秋蚓春蛇见笔势,黄鹂紫燕引诗怀。
岁熟村坊频酿酒,春来园圃尽栽花。
家在富春山里住,客从曲水亭边来。
大明湖水泛秋月,小仓山房有好诗。

大德者施不望报,有心人隐而无为。
意境迥出尘壒外,笔法仍在规矩中。
浅斟低唱诗情好,大抹长披画笔奇。
悟彻书中元妙理,时闻天半步虚声。

桦烛金灯文举酒,春江秋月武昌楼。

欲上青天问明月,还从碧海看神山。
妙书飞笔半无墨,好句脱口如前人。
山高水远须眉古,画妙书奇姓字香。

二分明月扬州路,千里垂杨汴水船。
古道寒林行旅客,秋灯老屋读书人。
粉壁长廊作大草,银光旧纸画奇松。
张颠顾痴善书画,马工枚速富文辞。

汉魏文章犹近古,晋唐书法本超群。
吟诗莫嫌体格瘦,学篆不须点画肥。
好句顿增风月价,名人闲画水云图。
松风桐韵成名画,云水烟峦入好诗。

君子能爱养万物,山人常敬礼三光。
常随浮邱洪崖后,来登太华神嵩巅。
枝干交叉梅影好,笙簧齐奏鸟声和。
知圣贤皆崇道德,与天地共论寿年。

由四存贯通群理,以三省策励一身。
精神超越九天外,气概充盈六合中。
莫嫌白发三千丈,善养丹心十万年。
岩畔几分空翠霭,陌头十丈软红尘。

诗才不在皮陆下,书名大著江岭间。
滩头水阔芦芽短,堤畔风来柳线长。
雨意半含芳草绿,春痕一抹杏花红。

意兴常在笔墨外,神韵不落畦径间。
浅水嫩芦飞野鹜,平桥细柳见河鱼。
奔蛇走虺作狂草,运虎转龙还大丹。

不为大故能成大,无可名乃非常名。
不知笔下有奥妙,要从画外见精神。
江湖河海行于地,日月星辰丽乎天。
日书大草盈箱箧,年来诗句满江湖。

高阜梨花如积雪,平田麦浪似流云。
有客来论煮药法,长年不废作诗功。
豪客顿增饮酒量,仙人爱听读书声。
有小诗清新可诵,作大草纵横不群。

有时美酒胸中注,无数名山笔底来。
兴至常论沽酒价,春来先备买花钱。
池畔几株金线柳,栏边一树玉兰花。
牧马童子可问道,骑龙仙人善飞行。

游处皆画师诗叟,往来有樵子渔翁。
百草晴薰村郭暖,万花春聚水亭幽。
其志在纵横捭阖,此才真超轶绝尘。
共尊贤哲为先导,自有才人拜后尘。

一带溪流候潮信,二分春色到花朝。
山人结屋云深处,溪叟放船潮退时。
卷轴堆床古书画,芝兰夹径好园林。

笔床书卷关心事,酒盏茶铛对客时。

千钧笔力画大石,十部笙歌侑好诗。
逐电追风千里马,穿云冲雾九秋鹰。
有守有为君子度,无增无减道人心。
数声长笛楼头月,一片轻帆海上云。

三月莺声花满县,九秋雁阵水平湖。
鱼笺绢素任挥洒,茧纸碑帖宜宝藏。
圣道遍大海内外,经学自万古光明。
春水三篙泛浅绿,秋林一带点疏红。

溪边野艇稀疏泊,山半人家高下居。
夜雨潜滋芳草地,春阴爱养海棠天。
偕邻叟种瓜种豆,与山人论画论诗。
曾管领白山黑水,频邀游紫极丹霄。

妙书见前人奇迹,名书有识者长题。
乔木深堂名绿野,平林古寺隐红墙。
淀北秋光看枫叶,水西春色放桃花。
大草能豁胸中气,小诗亦传象外神。

目视四万八千里,口诵三百十一篇。
诡形怪状作狂草,粗抹大点画奇峰。
诗文功力初成候,书画精神独到时。
雪竹风松存画稿,春兰秋菊入吟毫。

有客话高岩大壑,为君画野水荒山。

几分春意阶前草,数点晴痕栏外花。
走虺奔蛇善草圣,和风妍日赛花神。
春入小园生意满,画临大涤古怀多。
小花亦自呈姿态,大草最能见性灵。

庭下已生书带草,窗前初放玉簪花。
骤墨驰毫书草圣,和风妍日到花朝。
一月得四十五日,大寿历八千万年。
浩气自彻上彻下,和声含太宫太商。

濡墨挥毫作大草,研朱调粉画名花。
晓起试研旧麝墨,春寒犹着破羊裘。
偶从林下扫红叶,闲向山中搴白云。
读奇书须识古字,磨明墨闲画唐花。

古道斜阳驱犊叟,平原芳草牧羊人。
看花客入唐昌观,沽酒人登太白楼。
安乐窝中歌击壤,逍遥楼上谱霓裳。
千佛寺碑存旧拓,多景楼宇见宏规。

上古下今考经史,高天厚地铸人文。
有人欲问书中妙,对客闲参诗里禅。
入旧都胸怀畅满,读奇书心目光明。
天朗气清春雨后,诗成茶熟晚晴时。

大草催成半无墨,小诗和韵亦多姿。
梦中好句称心得,醉后名笺放胆书。
奇画荒苔如雨点,狂草纵笔若风行。
闲向瑶池种桃树,偶来沧海课桑田。

天地成自然运转,古今有不息往来。
碧阑干外金丝柳,红粉墙边玉蕊花。
大道早推行海外,至理常蕴育人间。
碧霞丹凤蓬莱岛,紫气青牛函谷关。

书法精详张长史,画理清通吴小仙。
几行春树牛头寺,十里秋云凤翅关。
灯右书观游侠传,座中客有谪仙才。
文学政事存邹鲁,河岳日星仰圣贤。

八九千年大椿树,三五十丈飞瀑图。
竹径依山穿树去,柴门临水傍花开。
一堤芳草初青候,几树垂杨半绿时。
放怀风月诗千首,遁迹烟霞世万年。

不知谁是神仙侣,闻说君多干济才。
小诗不让孟东野,妙书大似颜平原。
百年三万六千日,一村七八九十家。
磨成宝镜长明性,炼就金刚不坏身。

眼中几见超群士,天下应多秉正人。
羊裘散仙钓烟水,鸠杖老农看野田。

晴光常向溪山见,春气先从荞麦知。
能立近时代模范,自有古君子风规。
三十里荷花绕郭,几千株杨柳围堤。
竖起脊梁看明月,放开脚步走平途。

百丈飞泉洗尘俗,万间广厦养通才。
三十六洞天福地,百千万世运岁时。
盈虚消长有妙理,广大灵和见天真。
十洲三岛神仙侣,诸子百家著作才。

大点粗抹成奇画,浅斟低唱有新诗。
池台花月春无价,箫管文辞客有才。
金鳌玉蝀春云暖,琼关瑶台秋月明。
揖赤松而拜黄石,由丹麓以抚青藤。

百年饮酒不多醉,一日读书得几时。
拉船老叟携鱼至,骑鹿仙人采药回。
大厦数间皆面水,小楼一角正看山。
道人胸中有水镜,山翁笔下起峰峦。

眼底有许多名画,胸中存无数奇书。
太极能化生万物,大道必陶铸群伦。
晴岚薄霭空中碧,秋树斜阳分外黄。
严先生富春垂钓,欧阳子方夜读书。

雷动风飞见天运,云行雨施畅生机。
闲游但觉春光好,静坐不知白日长。

百花世界春初暖,万柳情怀雨乍晴。
星辉云烂翔威凤,地阔天高飞大鹏。

晓月催耕驱犊叟,晚溪归棹种鱼人。
松阴烟起知茶熟,花外灯明有客来。
美酒开尊常对客,好诗得句必惊人。
北海绳床自终古,南阳草庐亦千秋。

平原珠履三千客,明月箫声廿四桥。
中原自有承平日,大地重看丰乐年。
一瓯苦茗破午睡,两首新诗贺晚晴。
画松笔底有生意,移石窗前见傲容。

种桃洞外云霞满,采药山中岁月多。
知足知止可长久,无思无虑自冲和。
保抱精神不可脱,栽培心地自然宽。
历古不磨惟道德,自今以始求人才。
论道论德君子度,学诗学礼圣人心。

姿性颠逸张长史,性灵豁畅钱藏真。
三百里溪山幽邃,几千家村树阴森。

画妙多从淡处见,诗奇每向梦中成。
大杯邀月量如海,健笔凌云气吐虹。
妙书大似龙蛇舞,好句先邀风月知。
松阴有客鸣琴坐,花外何人送酒来。

海棠庭院春光满,溪柳桥亭客兴高。
荷花渠港芙蓉岸,温李诗才欧柳文。
种花移竹春分后,扫地焚香晓起时。
丰乐桥边秋稼熟,逍遥楼上月华多。

身中有天地造化,眼底多古今人才。
山长分镇乾坤内,水自流行天地间。
大德小德论心性,上士下士分功行。
孟子功不在禹下,昌黎文深入道中。
川岳精神仁者寿,乾坤气运道之根。

卷二十八

文章渊雅身心健,学业精深意气平。
立身如高山乔岳,行文似长江大河。
几叠云山添画稿,千年史册助文豪。

心中自有大圆镜,眼底常悬摩尼珠。

老子名言存道德,英雄退步即神仙。
花放红梅春灿烂,琴调绿绮月团栾。
故人同入玉堂谱,妙语曾传金碧经。

晓径客来花影动,秋堂人坐月华明。

十里春风红杏社,一湾秋水白蘋洲。
钧窑益种吉祥草,亚字栏围富贵花。
书画皆须有古意,诗文亦可见奇才。

珊瑚枝上珍珠鸟,锦绣堂前富贵花。
周桥明月无今古,汴水云霞有去来。
辞赋才华存雪苑,市衢灯火说樊楼。
乘槎万里昆仑水,访道数峰广武山。

秋风匹马夷门道,斜日飞鸿大散关。
胸中丘壑无穷数,腕底烟云触处生。
万树青松翔白鹤,几行绿柳啭黄鹂。
烹茶欲汲中泠水,得句曾题大散关。

三笔五笔画奇石,一首两首写新诗。
非雾非烟成翠霭,有星有月见银河。
无我无人见至道,有动有静得天倪。
参天两地而成化,取坎填离以用中。

江南花好春无数,冀北山高月正圆。
汲水挑柴逢野叟,烹茶煮酒得诗人。
诗心必三薰三沐,画理乃一纵一横。
三十六峰云不断,一百八声钟可听。

光黄之间多奇士,羲皇以上有逸人。
大经济在学问内,真人才出畎亩中。
偶煮名茶对词客,闲磨古墨画庐山。

旧书喜读金楼子,古砚犹存玉带生。
秋晓云开天宇净,雨余风卷市声来。
道士张雨字伯雨,山人张风号大风。

江头夜泊怀良友,湖畔春行有好诗。
疏柳斜阳朱亥市,晴云烟树信陵祠。
考古昨曾题雁塔,登高今又上龙亭。
鞭风驾霆邵康节,啸月眠云孙公和。

千秋辞赋梁王苑,两岸风花贾鲁河。
高士眠琴朝放鹤,雄才舞剑夜闻鸡。
三月莺声花满县,九秋雁影客登楼。
不着笔处皆妙境,到落墨时见会心。

万叠云霞鸿鹄下,一湾烟水鹭鸥来。
青山红树几樵叟,白发沧江一钓翁。
识者因文以见道,英才据古能开今。
道济著论画法见,少陵下笔诗史成。

一千余里河流润,三十六峰云气多。
七日来复至于道,八卦相成存其真。
五龙亭畔云常护,万佛楼前月正明。
变化生成有妙用,阴阳升降见天机。

十里霜林秋猎马,一江风月夜游船。
秋霜团屋夜初静,晴日烘窗冬不寒。
访碑步入卧龙寺,挂杖来寻瘗鹤铭。

种菊人家助秋艳,画梅老叟得春多。

莲花世界群仙集,杨柳溪桥几客来。
东风堤柳千丝绿,细雨山桃几瓣红。
参伍错综观象数,虚空粉碎得天真。
两三樵叟依山住,四五渔家近水居。

溪山妙处谁能画,风月佳时客有诗。
几处流莺花底啭,谁家新燕柳边来。
三五流莺鸣晓树,一双乳鸭泛春波。
红杏枝头见春色,绿杨丝上验风痕。

九天宝篆式金玉,三洞瑶林集凤鸾。
千里云山入画稿,一庐风月锻诗人。
种树有松杉桧柏,画山分岩嶂峰峦。
大道阅百千万劫,善才勤五十三参。

画笔通山川气脉,诗心有今古精神。
三月春声莺在树,九秋霜信雁横江。
种松已见龙翔势,画石长留虎卧形。
不嫌鹤发三千丈,长养龙珠十万年。

一画中含蓄万物,八卦内蕴育群生。
暖日烘窗人独坐,晴云覆树鸟无声。
窗外几丛红芍药,庭前两树碧梧桐。
流水光阴飞柳絮,东风消息到梨花。

天以四时运寒暑,人有百骸备阴阳。

慈俭为立身之宝,谦和乃处世所先。
霞彩日华散天绮,宝笈云篆见真文。
养气读书本分事,扫地焚香习静时。
长松高梧多美荫,诸子百家皆奇文。

说剑论诗一豪俊,能文善画几名家。
怀素至今称草圣,牡丹自昔号花王。
书笈画筌有至论,药炉茶灶养闲心。
骞林屡见琼花放,古洞深藏宝笈多。

闲中养我诗才健,醉后逢君笑口开。
画仿山人沈白石,诗学前辈李青莲。
山有小口舍舟入,水无急溜放船行。
数寒食一百五日,种稚松三十万株。

秀逸在骨唐伯虎,清超拔俗李公麟。
愿万民咸知礼让,喜四海共乐安平。
康节著书能经世,大涤论画如谈禅。
吟诗必风清月朗,作画须意静神闲。

石涛论画不泥古,山谷吟诗亦异人。
诗有仙心李太白,画通禅理张三丰。
春入桥亭杨柳雨,月明庭院桂花秋。
妃白抽黄辞赋客,踏青拾翠宴游人。

杞菊延年馆联语 **377**

爱石已储千岁品,种花长有四时春。
鲸鱼激浪游沧海,鹏鸟盘云上碧天。
道人胸中如水镜,画师笔底生烟云。
好诗脱口疑成句,名画怡神如胜游。

致一含真通乎道,敛神养气近于仙。
孟郊诗里多寒色,贾岛句中有瘦容。
交梨火枣仙庖美,苦李黄瓜村路香。
偶同仙侣游天竺,闲入名山看水帘。

五六七亩分畦菜,八九十家满院花。
茅屋冬寒煨榾柮,村庖晚饭熟芜菁。
春暖有闲行乐趣,日长多静坐工夫。
一阳初动和熙候,万卉欲萌蕴育时。

九节菖蒲不易得,千叶莲花自在开。
易象昭明如日月,神禹胼胝定山河。
画树画石各有法,学书学剑亦多才。
论书曾见吴荷屋,画竹群推郑板桥。

明德为大学奥旨,抱一乃至道深根。
老屋荒江有古趣,平桥远树带斜阳。
鸟啭花开春正好,茶香酒酽客初来。
村边十里春前草,江上数峰秋后山。

薄暖轻寒春一半,浅斟低唱月三分。
史册中尽多畸士,天地间几个闲人。

摘桃喜得香盈袖,采药归来云满衣。
画理问苦瓜和尚,词才有芳草王孙。
天苞地符开景运,河图洛书演真机。
问世间几多才士,知山中必有高人。

川岳日星资蕴育,文章道德发光辉。
紫陌红尘骑马客,青山绿水钓鱼人。
胸中常养冲和气,眼底频逢慈善人。
二分流水数竿竹,几缕闲云一树松。

笔有精神董北苑,胸无尘俗恽南田。
山县有花知政美,村田种树见农勤。
山色朝渲浓澹绿,霞痕晚染浅深红。
安乐窝中歌击壤,逍遥楼上咏霓裳。

老屋梅花隐高士,古鼎名香坐逸人。
万里名山在眼底,千年古史注心头。
几湾野水叉鱼港,半幅轻帆放鸭船。
心闲渐觉茶香美,身健方知睡味甘。

班氏一门重学行,苏家两世有才名。
柔橹春江游客舫,疏灯夜市酒家楼。
孝弟为立身之本,敬信乃应世所宗。
春云几朵助山色,夜雨数声得诗心。

红杏花繁诗句好,绿杨风定酒旗高。
几树绿杨双桨路,半山红叶一楼诗。

野田芳草二三里,古洞桃花千万株。
老屋梅花千树雪,画桥杨柳一溪云。

龙沙万里秋行旅,雁宕数峰朝出游。
花下吟诗成好句,松阴对弈有高僧。

有酒无酒频来客,欲雪不雪天沈阴。
春花秋月吟诗料,近水遥山入画图。
道德为立身之本,谦让乃处世所宗。
周鼎汤盘论古迹,河声岳色拱中原。

千古江山留赤壁,一天风雪唱黄河。
亦有时桐阴论画,是何人花下吹笙。
仙人采药穿云去,村叟寻梅踏雪来。
十八章孝弟忠信,三百篇雅颂豳南。

风沙大漠呼鹰地,烟雨长溪卖蟹船。
偶吟花月三春景,闲写江山万里图。
风尘中有奇杰士,山林间多隐逸人。
帖临怀素三千字,文续昌黎十万言。

云水天涯一行雁,风尘客况数联诗。
奇画仿荆关董巨,好诗吟李杜苏黄。
二分流水三分竹,数卷奇书两卷诗。
千秋妙笔王黄鹤,一代清才恽白云。

桃花万里昆仑水,松柏千重泰岱云。
大罗天上春长住,中岳山前月正明。
晓日云霞开海市,春风桃柳聚江楼。
仰首看闲云野鹤,置身在赪水箕山。

千年老鹤盘云舞,万里神龙挟雨来。
白石青藤多妙誉,紫琼丹麓亦清才。
座中偶至修琴客,门外时停问字车。
诗书中名言俱在,天地间大道长存。

浔阳送客白司马,蜀道高吟李谪仙。
绕郭秋云含夕照,过江春雨送朝寒。
江天花月留诗客,关塞风霜问路人。
雄文群推柳子厚,大草独数张伯英。

花下何人吹玉笛,月中有客咏霓裳。
绿杨堤畔晴光满,红杏枝头春意多。
欲寻仙侣开丹灶,且与先生话白云。
十千酒价不辞醉,三五朋交共唱酬。

分畦水浅试秧马,绕郭风高看纸鸢。
看花闲咏蜻蜓句,斗草又成蛱蝶图。
常将画意为诗意,莫以今人论古人。
苍生群望安平日,黄老始传道德名。

浮邱洪崖通大道,赤松黄石本真仙。
不计人间几甲子,应知天上有春秋。
河洛图书乃天授,圣贤经传立人伦。
三月春光人对酒,九秋天气客吟诗。

杞菊延年馆联语　379

观书眼底如悬月,画松笔下能生风。
山谷吟诗多硬语,石涛论画有奇思。
乘兴偶书龟蛇字,虔心细读龙虎经。
月到中天山海静,春归大地雨风和。

湿云覆树添新绿,细雨清尘失软红。
偶得名茶留晚饮,常将大枣当晨餐。
观书目光高万古,画石笔力重千钧。
放翁吟诗一万首,谪仙饮酒三百杯。

棋有十九条平路,酒如三百丈飞泉。
雪将至阴晴无定,雨初霁云日交辉。
月明瀛海大千界,人立蓬莱第一峰。
才智大小皆天授,事功丰啬赖人为。
世间大智东方朔,天上神光南极星。

运墨操笔见神妙,近水遥山入化机。
其学能通天达地,若人可旋乾转坤。
凝神于烟云以外,寄兴在笔墨之间。
天下英才知我贵,世间好事待人为。
文章道德千秋业,礼乐诗书百世资。

卷二十九

大经大法本天运,万事万理存人文。
青山绿水含春意,紫燕黄鹂报晓晴。
圣教行乾坤平静,天道运日月光明。

年丰则天降甘雨,时平乃夜见景星。
吉祥布满闲阶草,富贵初开暖窖花。
至道于人特开悟,大同之世皆安平。

晴天白羽一双鹤,春水赪鳞尺半鱼。
栖鸟数声来树杪,游鱼几队聚桥阴。
暖窖藏花春意足,小船载酒晚晴归。
一树一石各有法,万山万水本同源。

画石自有峥嵘气,入世常存澹泊心。
东风吹绿长堤草,细雨微红隔岸桃。
诗在灞桥驴背上,秋来关塞雁声中。
花深不碍游人路,水浅犹通卖蟹船。

紫燕黄鹂多好语,游蜂痴蝶闹春晴。
万竿修竹围村舍,一树长松荫屋檐。
松篁花草通三径,云水烟霞结四邻。

秋林春林自有别,远山近山何曾同。
浅水芦花飞白鹭,斜阳芳草牧黄牛。
池畔细拖金线柳,墙根初放玉簪花。

山阴村郭宜行旅,河朔林泉有逸人。

苏子两作赤壁赋,右军细书黄庭经。
天高日晶看舞鹤,墨华云气画神龙。
几曾小诗题柿叶,一枝妙笔写梅花。
行住坐卧皆是道,动静食息无非禅。

春暖百花争欲笑,风来万柳亦牵思。
大道包六合内外,至诚在一心中间。
愿世人皆守其朴,知吾道亦自有真。
琴樽灯烛人无睡,花月池台客有诗。

日者中大有人在,云之外谁见天机。
十万莺花春斗酒,百千城郭夜张灯。
百花园圃春深浅,万柳池台客去来。
查梨橘柚各有味,金石丝竹不同音。

天风入松生逸韵,晴云渡水见奇姿。
老松经雪有奇态,灵石眠云无丑容。
五千年诗书礼乐,九万里山岳江河。
笔精墨妙能书者,水净沙明善画人。

绿杨村郭炊烟起,红杏楼台酒客来。
有花有酒诗怀畅,无雨无风春昼长。
三百篇豳南雅颂,九重天日月星辰。
晴云池馆客三两,烟雨楼台春几分。

香初茶半得新句,林密山深足隐居。

深红柿叶几千树,浓绿桑麻三五村。
十里杏花村远近,一川杨柳路东西。
喜临画自通古法,善论事必有佳文。
更欲登楼看春色,还将临水照华颜。

海色忽看晴后雨,江声又听月中潮。
三月花开莺出谷,九秋云散雁横江。
求书索画门前客,渔水樵山尘外人。
五采彰施作画始,百家争起说诗源。

两三佳客寻芳至,多少才人问径来。
几家池馆堪行乐,满壁沧洲足卧游。
野水荒山一画稿,竹篱茅舍几人家。
修竹临风多劲节,寒梅冒雪有奇香。

落墨自见石骨格,下笔能写松精神。
古洞桃花三万树,大溪杨柳几千株。
春来眼底多生意,晓起胸中有好诗。
晓晴报喜来群鹊,春暖游行见众鱼。

喜雨亭传贤太守,栖霞县有古仙人。
此心常游海宇外,其道自在眉睫间。
一窗晴日摊书坐,十里闲云荷锸归。
诗成卢骆王杨外,画在荆关董巨间。

杞菊延年馆联语　381

酒兴共推孔北海,诗才独数苏东坡。
右军真草传书法,左氏春秋擅史才。
诗成偶读花间集,客去闲观池上篇。
春坞秋林皆画稿,水村山郭惬诗怀。

渡头杨柳寻春客,洞口桃花访道人。
天道不争而善胜,人心无欲自能刚。
豪饮太白楼中酒,闲看唐昌观里花。
含哺鼓腹有至乐,饮蜡吹豳得古欢。

画石笔力能屈铁,爱竹志气已凌云。
数叠云山一画福,无边风月几诗人。
古书名画胸中满,怪石奇松笔底多。
琴心三叠鹤欲舞,珠孔九曲蚁能穿。

洛下名园尽入记,蜀中古画皆可观。
山色绕村分向背,水光隔路任东西。
绕郭溪流六七里,隔江山色两三峰。
三月桃花莺语好,九秋芦荻雁声高。

千秋风月存琴谱,百里云山属啸台。
不稀不文存古朴,无为无事养天和。
幽花细草三分水,妍日微风五朵云。
无尽溪山成画稿,尽多风月入诗囊。

异地烟花曾触目,旧山风月总关心。
野滩潮涌芦花水,山径林疏柿叶霜。

晴雪梅花双白鹤,春风杨柳几黄鹂。
天道运转长不止,圣德周流自无停。
新霜半染赭黄树,微雨初开红白莲。
朱霞碧霭因时见,紫烟白云相对明。

画石自有烟云气,种松长存岩壑心。
古墨大书硬黄纸,美酒酣歌太白诗。
远树和烟迷别浦,东风吹雨过平湖。
南田笔底皆生意,北苑胸中多古怀。

旧书断烂仍须宝,古画精妙皆可观。
苔纸大书笔毫健,松烟新水墨花香。
至人能爱养万物,君子欲化育群生。
几缕炊烟熟晚饭,半帆晴日渡秋江。

客至正当煮茗熟,春来又为种花忙。
江岭间书名大著,荆关外画理谁深。
千秋辞赋梁王苑,万里风云汉帝台。
春在灞桥杨柳外,秋入湘江兰芷间。

应事接物妙于用,见素抱朴存其真。
一百八珠无非宝,三十六宫都是春。
十万健儿背水战,三千强弩射潮回。
山中岁月诗千首,海上云霞画一衾。

洮河石制为大砚,钧窑瓶闲插小花。
菊花隐逸陶彭泽,桐柏山人王子乔。

春秋佳日得良会,风月闲时忆旧游。
枫叶深红山一角,芦花浅白水三分。

书画访前人奇迹,山川见上古名区。
蜃楼蛟室参差见,蟹火鱼灯远近明。
苔草平时飞小蝶,竹林深处有鸣禽。
平原芳草几丝雨,浅水芦花一假云。

挥毫落纸云烟起,对酒酣歌星月高。
有所求不知其已,莫之为而常自然。
雨余庭草分明绿,日午池莲别样红。
溪水无声片帆远,山云不动万松高。

聪明有作志于用,澹泊无为守其神。
一身保太和元气,千载存至道真源。
一年统计吟诗少,每日犹嫌说话多。
百年风月入诗卷,十里溪山上画屏。

若论读书必须熟,犹如煮饭不可生。
桦烛画堂行酒令,鳌山海市踏灯词。
一帘花雨数莺啭,满地松阴双鹤行。
日射桃花红似锦,风团柳絮白如绵。

高屋大厦太师鼎,小阁幽斋君子砖。
一带绿杨芳草岸,几株红叶晚秋山。
庭草不除生意满,园花初放晓晴多。
瓯北才士诗胆大,井西老人画笔奇。

葆中心太和真气,见无上圆觉灵光。
东山勋业西山学,吏部文章工部诗。

密林乱石参差见,曲涧危桥隐约通。
山花有意依茅舍,野水无声上板桥。
奇石生苔增意趣,老松经雪更精神。
草隶曾传郑谷口,名画又见王蓬心。

杨柳桥亭三月雨,梨花池馆一春诗。
堤边芳草春深浅,洞口桃花世古今。
山人饱食胡麻饭,村叟善烹野荣羹。
青山有约常当户,绿水无声自绕村。

雨余移石苔侵屦,晓起看松露满衣。
庄生传老子至道,永叔得昌黎正宗。
书成大草盈箱箧,画就名山满屋廊。
浅沙细水养高竹,薄霭轻烟笼古松。

画必求之形象外,书应出于规矩中。
大江潮涌千盘雪,太华山开万仞峰。
三百六十日纪岁,八万四千里瞻天。
一啸能出众声表,万理自具寸心中。

看云看月频忘我,施药施茶亦济人。
红桃绿柳增春色,紫燕黄鹂送好音。
送行者自崖而返,能悟人使意也消。
长日看山如读画,频年闭户为耽书。

杞菊延年馆联语

致虚守静观其复,和光同尘有所存。
绿柳城郭寻诗路,红杏村坊卖酒旗。
虚实为造物妙运,灵明乃元气生成。
黄山松烟制佳墨,碧苔芳晖评好诗。

看花正是重三节,调水曾烹第一泉。
兴至烟云生笔砚,春来花树满林园。
春阴春霁花初放,云去云来鸟不知。
蘋花箬叶春桥路,席帽青衫酒肆人。

书画中自有真乐,山林间可养闲心。
东风杨柳随堤水,明月笙箫古吹台。
一双白鹭照溪影,两个黄鹂报晓鸣。
鸣鸠乳燕春光好,走虺奔蛇书势奇。

川谷应识江海大,培塿焉知岱华高。
林麓川原皆入画,风云月露尽宜诗。
千株杨柳沿堤密,十里荷花绕郭开。
樵子负薪初入市,渔叟系船且醉眠。

轻阴薄霁初春候,淡月疏星向晓时。
几片白云来远渚,一林黄叶画秋山。
一篇自叙书怀素,数首新诗咏牡丹。
古柏参天犹结子,小桃卧地亦开花。

一轮月照九万里,数卷书存几千年。

镇吾朴一心自定,养天和万理皆通。
芥子园中成画谱,辋川庄上访诗人。
花如人意春前放,诗有仙心天外来。
移来奇石窗前立,画出名山壁上看。

金尊桦烛宴长夜,骏马貂裘说少年。
画沙印泥有古法,明窗大砚快胸襟。
微风细雨晨光润,澹月疏星夜气清。
一心定万端咸理,众情得百事乃成。

诗有史才杜工部,画臻神妙王辋川。
村边三月几丝雨,江上一峰数朵云。
文坛酒垒一时盛,豪士才人相向高。
学书积久盈箱箧,作画存多满屋墙。

吴郡词人开夜宴,扬州游客咏春华。
新种李桃百余树,旧栽榆柳两三行。
丁字沽前春水阔,佟家楼外晓云多。
四面青山围老屋,几株碧柳隔清溪。

诗酒情怀对风月,溪山画意无古今。
野老不忘丰稔岁,乡农闲话太平时。
墙头碧柳千枝密,门外黄尘三尺深。
溪鸟飞来送好语,山云相顾称闲心。

当时应识郭有道,后世必有杨子云。

见天地自然妙运,知古今无限生成。
杜老诗篇自古奥,远乡书法特精详。
世多慈善安详士,天育聪明磊落人。
物形势成知太始,乾健坤顺得中和。

行文则慷慨有节,作书更纵横不群。
一砚能用三千岁,此墨足磨五十年。
种善因自结善果,行好事必遇好人。
善言能应千里外,至道常守一心中。

卷三十

仁慈能爱养万物,冲虚则独有千秋。
道义立千秋事业,仁慈为万理根源。
大文自有声有色,此心常无虑无思。

精思每出前人外,妙义能通太古初。
灵宝真神常涵养,太和元气自充盈。
万缘皆息乾坤静,一念不生日月明。

吟诗每自出新意,作画还须慕古人。
小阁挑灯翻砚谱,矮炉拨火试茶经。
春韭秋菘有至味,林花原草见生机。
蔚蓝天气春初暖,浅碧溪光雨乍晴。

百道川流入沧海,一天云影护乾坤。
皎月当天秋气静,明霞照海晓晴多。
自有桑麻为世业,还从书画结朋交。
窗外数声蕉叶雨,门前几树柳丝烟。

吟诗亦可得天籁,作画还须兼众长。
扫三径云迎来客,折数枝梅倩短僮。
一窗晴日摊书坐,十里春云策杖行。
万里飞腾天岸马,一轮皎洁月宫蟾。

三竺横云曾策杖,九霄明月听吹箫。
天下无难办之事,世间不可少此人。
老树秋缠红薜荔,小池香聚白莲花。
向晚身闲安睡早,黎明人静读书多。

千株杨柳双鹂啭,万柄荷花一鹭飞。
疏筠蔓草诗能写,细路幽溪画益工。
笔力快健如奔马,琴声飘渺送飞鸿。
无欲乃省身要道,不斯是接物良言。

海淀酒美莲花白,玉局书传荔子丹。
喜诸生有志于学,愿吾侪不懈其操。
竹边茶灶轻烟起,松下药炉碧霭多。
天心已酿和平福,人语频含安乐声。

慧眼视上下千古,慈心济海宇群生。
云树溪汀添画稿,阳春烟景入诗囊。
偶入名山拾松子,忽见陆地生莲花。
墨梅朱竹信手写,绿水青山到眼明。

文章有价逢知己,世业无边贵立身。
东风柳絮寻诗路,细雨桃花卖酒村。
大道自有动有静,名言必易知易行。
十部笙箫两部鼓,三分水竹一分云。

但听禽鸟相与语,不闻人马之行声。
前贤道德各有托,并世文章竟属谁。
踏雪来寻种梅叟,濡毫闲画卖花翁。
善言能应千里外,浩气常养一心中。

杜少陵春水放棹,欧阳子秋夜读书。
谁能参造化妙用,我当从义理推求。
偶遇乡人论耕稼,闲听野老话唐虞。
神凝息定一心静,月朗风清万象开。

闲将大草书蕉叶,偶以小诗咏杏花。
涧云恋树分樵路,荻港芦滩系野航。
浇花汲水劳筋力,扫地焚香养性真。
东鲽西鹣分物品,春鹉秋蝉应天时。

黄船紫汞成灵药,红树青山有好诗。
待客尚留盈瓮酒,亲人惟有读书灯。

画竹则长竿劲节,对花亦低唱浅斟。
天下几人画神骏,山中一客骑飞龙。
大笔作书如斫阵,小词侑酒当闻歌。
华岳参天三峰秀,清济贯河一笔奇。

太平景象寰中见,浩荡春风天际来。
此心如秋中明月,凡事若天半浮云。
画石画松多古趣,种花种菜因天时。
十瓮松醪待佳客,万家爆竹动春声。

蓬来岛外春云满,桐柏山头古树多。
经济事功在当世,文章礼乐仰前贤。
虚心应世春风溥,古道待人秋月明。
自古才人皆好学,从来隐士不留名。

喜访求人间名画,听纵谈域外奇闻。
走虺奔蛇见笔势,腾蛟起凤擅词宗。
见说巢由为大隐,应知管乐有真才。
驰毫骤墨书名大,范水模山画理深。

阶下已生新竹笋,墙头初放紫藤花。
嘉陵山水道子画,蜀江云树杜老诗。
寻真欲至青羊肆,访道会登黄鹤楼。
明月梨花千树雪,东风杨柳一溪云。

与我共斟新酿酒,听君高咏古歌行。
山峦耸秀松苍翠,书卷奇古诗清奇。

碧草平时养奇石,白云深处采神芝。
玉函金匮存医学,宝笈瑶篇读道书。

饮酒忽逢佳客至,观书正宜春画长。
印泥画沙得书势,绝岸颓峰见笔锋。
潭影山光含定性,花香鸟语得春和。
黄卷多情励志日,青灯有味少年时。

柳眠花笑春深浅,客至诗成酒有无。
小花细草通幽径,古洞深岩见逸人。
杨柳旗亭春一色,杏花村店路三叉。
小诗脱口二三首,大草信手数十行。

石砚墨浓见书势,竹炉鼎沸散茶香。
秦松汉柏真奇品,鸟篆虫书见古文。
学画不随流俗易,论书学到古人难。
春树晓风江上酒,碧云晴日海滨楼。

让人几句争强话,存我三分忠厚心。
张颠善书米颠画,醉翁能文放翁诗。
画桥碧阴鹭鸶雨,金樽檀板鹧鸪天。
大道能纲维万世,至人欲陶铸群伦。

千寻翠壁下飞瀑,十丈粉墙画大松。
万里桥边诗叟屋,百花潭上酒人船。
阆苑遥山翔紫凤,瑶台琼阙隐丹霞。
鹊华名山留胜迹,龙城飞将有神威。

九万里云游碧海,五百年火炼丹砂。
不知门外辙深浅,且问瓶中酒有无。

自以善心消势利,谁将医药治炎凉。
人品端正貌质朴,文章渊雅诗铿锵。
旋斗历箕转时运,抱一守中全天真。
家居红叶白云外,人在赤松黄石间。

春水平湖添新涨,夏云满天如奇峰。
百尺琼楼望沧海,十丈粉壁画群松。
踏雪客披新鹤氅,御风我有旧貂裘。
月照书窗见竹影,风来松径有琴声。

银镯金灯行酒令,河鱼天雁寄书邮。
闲与诗人论声调,偶逢野老话桑麻。
瓶花盆草添清韵,盂水炉香得静缘。
疏风细雨吟康乐,古树晴峦画富春。

君为海内文章伯,我是人间书画禅。
书画能独得其妙,诗文有不羁之才。
古画奇书皆养性,山花野草亦怡神。
满床卷轴堆书画,一院林花宴友朋。

八千万里皆通化,三十六宫都是春。
庄周得老氏道脉,昌黎接孟子宗传。
人在紫藤花下坐,客从碧阑干外来。
奇石居洞天一品,老松养大寿千年。

杞菊延年馆联语　387

苦瓜和尚画意古,板桥道人诗句奇。
梅华道人真面目,渐江和尚细规模。
大慈能接引凡庶,至仁必安养众生。
五云深处群仙会,九鼎开时大药成。

老梅古松入画格,清辞丽句畅天怀。
真豪杰皆能辞赋,大才人必知兵农。
无古无今志于道,有动有静全其天。
偶拈新笔来书扇,闲检旧交投赠诗。

能诗善画高明士,豪饮大嚼奇异才。
大地苍生望霖雨,神州赤县会风云。
竹亭梧院兰孙秀,扣砌雕栏桅子肥。
濡墨偶仿晋人字,饮酒闲观班氏书。

结队游春驰骏马,截江施网得大鱼。
至理能包裹六极,大道早充满八荒。
山中宰相陶宏景,江上渔翁严子陵。
天半闲云一二片,门前流水两三湾。

青藤笔端有奇气,白石门下多清才。
一百八声听钟韵,四十二章诵佛言。
画理简古沈白石,诗才俊逸高青邱。
海棠吟社今何在,杨柳池台春又来。

客来池馆花争笑,春入郊原草怒生。
先正有濂洛关闽,圣言存礼乐诗书。
佛性中彻上彻下,道言内通古通今。
仁政行宇宙以内,大道居天地之先。

卷三十一

绵诗书泽,存道德心。
存圣贤志,见天地心。
永享年寿,长宜侯王。

唯有道者,彼君子兮。
得天者厚,行地无疆。
行仁义事,读道德经。

知君颖发,葆我灵明。
三代彝器,万古河山。
存济众志,读度人经。
大雅君子,吾道传人。

天光云影,岳色河声。
一心入定,万念俱空。
揖东方朔,拜南极星。
坐松风阁,看辋川图。

风清月白,茶半香初。　云山万里,风月一亭。
饮柏叶酒,赋梅花诗。　读集仙传,诵度人经。
读大痴画,吟小谢诗。　一船载鹤,双柑听鹂。
符名调水,铃跽护花。　享无量寿,参自在禅。

天不爱道,人有恒言。　观画像赞,诵度人经。
玉检大录,洞房上经。　鞭风驾霆,驭虎驱龙。
清河内传,大洞仙经。　无量寿佛,大洞仙经。
绵津山人,方壶道士。　焚香读易,倚石听琴。

登台长啸,对酒当歌。　东山丝竹,北海尊罍。
一堂和气,四座春风。　饮欢喜酒,居安乐窝。
对竹思鹤,引水养鱼。　有山水癖,结翰墨缘。
抱仁慈志,体天地心。　结诗文社,参书画禅。

行慈善事,养清静心。　具真智慧,放大光明。
碧苔满地,白云在天。　看山思画,对月开尊。
得琴书乐,订金石交。　一虚一满,孰短孰长。
凝神一志,得意忘言。　中外禔福,天地清宁。

碧萝春雨,红树秋江。　渔歌樵唱,琴韵书声。
三花聚顶,五星联珠。　上德不德,无为而为。
五岳分镇,百川灌河。　烟云缥缈,神仙往来。
饮千岁酒,读万卷书。　指随物化,心与天通。

虚心接物,善气迎人。　上士闻道,畸人乘真。

涵养道妙,陶写性灵。
身无俗累,目有神光。
枕流漱石,锄雨犁云。

文章有价,心性无欺。
茂才异等,大雅不群。
晓风杨柳,晴雪梅花。
超诸色相,见真根源。

茅屋赏雨,花坞寻春。
神采独具,清光大来。
红杏春色,碧苔芳晖。
心归平实,智进高明。

梅花老屋,杨柳平桥。
老松化石,瘦竹参天。
种秫种芋,采莲采菱。
不偏不倚,有本有文。

渔樵耕读,书画琴棋。
烟江叠嶂,秋水明霞。
洞庭秋水,华岳春山。
日光五色,月晕重轮。

圆满空寂,广大灵和。
饮无量酒,读未见书。
精神百倍,福慧双修。

拾来松子,嚼得菜根。
乾健不息,坤顺无疆。
人心慈善,天道光明。

长生丹诀,延寿赤书。
五百罗汉,四十贤人。
无为而治,有志竟成。
五云多处,二曜同光。

泼墨成象,下笔有声。
知足长乐,无求自安。
望衡对宇,结草为楼。
砚有宿墨,书存古香。

渊明爱菊,和靖寻梅。
得天独厚,见贤思齐。
江楼灯火,海市云霞。
经史子集,日月星辰。

云霞紫极,霖雨苍生。
刚健中正,广大灵和。
形神俱妙,智性长圆。
天地长久,日月光明。

明心见性,救世度人。
乾坤辟阖,日月往来。
乾健坤顺,天圆地方。

天动地静,暑往寒来。　烟霞洞壑,花月园亭。

得名得寿,有德有言。　雨不破块,云可垂天。
知白守黑,回紫抱黄。　心安理得,神定气和。
烟霞态度,霄汉精神。　安居养气,慧照通神。
根深蒂固,地久天长。　无量寿佛,大慈善家。

吸苍服素,回紫抱黄。　蛟龙得势,龟鹤延年。
十千沽酒,百万买邻。　形神俱妙,道德长新。
雪月辞赋,水竹烟霞。　烟霞骨相,山岳精神。
世间伊吕,尘外松乔。　幼习经史,长好神仙。

入孝出弟,敏事慎言。　松奇石瘦,竹密泉清。
八方平靖,四序调和。　酒酣说剑,松静听琴。
山高月小,水净沙明。　甘露被野,卿云在霄。
东山云起,南极星明。　行仁义事,存慈善心。

流云吐月,远树遮山。　丝纶在手,机杼从心。
形神俱妙,物我两忘。　一帘花影,四壁泉声。
二分明月,一段闲云。　仿大痴画,读少陵诗。
饮千岁酒,画百子图。　画百石谱,看万松图。

读青藤画,饮碧萝茶。　青莲学士,红豆词人。
不著一字,何必万言。　神游域外,人在道中。
大圆宝镜,极乐妙游。　八卦定位,一画开天。
六一居士,八大山人。　英才盖世,大雅不群。

九秋雁影,三月莺声。
飞霞散彩,皓月当天。
明心见性,精义入神。
水流云在,月到风来。

太极灵运,元妙含真。
皆大欢喜,有真灵明。
盆花入画,砚石镌铭。
见素抱朴,含光藏辉。

春园夜宴,秋江晚渔。
开士怀素,谪仙李白。
秋江渔唱,野径樵归。
天地日月,元亨利贞。

龙跳虎卧,鹤舞鸾飞。
太平有象,寿福无疆。
万花齐放,一鸟不鸣。
书画高士,林泉逸人。

身如山石,志在云霄。
拜如来佛,存不动心。
十年养气,千里怀人。
行仁义事,结慈善缘。

会心不远,真气长存。
一心守静,万象含元。
养烟霞性,参水月禅。
形神俱妙,动寂胥忘。

得大智慧,养真精神。
养千年鹤,放万尾鱼。
静观上古,涵养天和。
登万松岭,游百花洲。

梨花春雪,枫叶秋霞。
知足知止,善能善时。
读三都赋,画百石图。
虚极静笃,本立道生。

见素抱朴,含虚守真。
渊静无为,尘根不染。
学万人敌,读六朝文。
见素抱朴,守一居真。

赤城霞起,碧落云翔。
节饮约食,敛气寡言。
时闻天籁,屡见河清。
心性同体,神明自来。

六桥花柳,三岛云霞。
磨松烟墨,写海苔笺。

秋江渔唱,老屋书声。
春为岁首,月到天心。

鼎有三足,卦分六爻。　　知人者哲,养我之神。
如对古月,不染纤尘。　　催诗击钵,剪彩为花。

青灯夜读,绿野晨耕。　　六梅居士,二树先生。
三盘云树,十里烟波。　　东坡居士,北郭先生。
淀北农圃,海西草堂。　　流棠春色,芳草天涯。
云霞万色,霹雳一声。　　至人无梦,奇士多才。
崇山峻岭,长江大河。　　得天独厚,与道合真。

卷三十二

天开八卦,人有四端。　　知足者富,大德曰生。
知人善任,得意忘言。　　至真无极,元道长生。
得天独厚,与物同游。　　十华蕴妙,万象含元。

天长日久,蒂固根深。　　赤城童子,黄庭真人。
抱神以静,守道之常。　　千年枸杞,百尺梧桐。
山藏美玉,江有宝珠。　　胸襟爽朗,文字纵横。
游无极野,入众妙门。　　元妙内守,神明自来。

饮屠苏酒,煎普洱茶。　　画千穗谷,种五粒松。
香山九老,竹林七贤。　　光明磊落,元朴妙真。
天无私覆,人有真诚。　　探道德本,立天地根。
对竹思鹤,踏雪寻梅。　　闻鸡起舞,对鹤吟诗。

凝神定志,固蒂深根。　　茶香酒酽,天朗气清。

无人无我,孰是孰非。　　守中抱一,澄神契真。
存真守道,得意忘言。　　春回斗转,岁美人和。
碧苔庭院,青草池塘。　　心安理得,神动天随。

饮葡萄酒,赋梅花诗。　　松云舞鹤,花露听莺。
春风得意,秋月长圆。　　书谱画谱,山经水经。
花前对酒,石上题诗。　　烟霞性格,冰雪聪明。
慈善性格,隐逸人家。　　知足者富,大德曰生。

惠连赋雪,列子御风。　　移花接木,异苔同岑。
多才多艺,有德有言。　　世有长者,天与善人。
图成八阵,胸有六韬。　　云霞缭绕,日月光明。
和平致福,公正存心。　　上圣无极,君子长生。

守镇元始,固定太初。　　年丰人寿,地久天长。
百年师范,一代儒宗。　　晓风杨柳,春水桃花。
百年礼乐,万里河山。　　长生久视,蹈德咏仁。
海棠天气,溪柳情怀。　　一堂诗酒,十队笙箫。

一帆烟月,十里溪山。　　松风绿绮,画桥碧阴。
诗怀澹远,画笔清超。　　抱九仙骨,诵三洞经。
东篱秋色,北苑春山。　　西沽渔隐,南田草衣。
灵宝道要,大洞仙经。　　上士闻道,君子长生。

世无难事,人有精心。　　春风杨柳,秋水芙蓉。
诗书礼乐,道德文章。　　人心无欲,天道大公。
紫樱桃熟,白菡苕香。　　共诗人饮,有画师来。

沐诗书泽,居道德乡。　　现寿者相,诵度人经。

无增无减,有本有文。　　见素抱朴,致一守真。
桃花春水,枫叶秋林。　　读梅花赋,画竹趣图。
乾健坤顺,天清地宁。　　知足知止,若拙若愚。
天香深处,云水光中。　　林塘春照,云水秋清。

大河九曲,太华三峰。　　烟霞洞壑,云树溪山。
天地合妙,精神会通。　　束身寡过,美意延年。
图灵普照,清光大来。　　才大赋雪,诗高入云。
心性相契,神明自来。　　大公至正,厚泽深仁。

笔能屈铁,墨似堆云。　　三华聚顶,一善服膺。
知足常足,无为而为。　　妙观妙听,非象非声。
才人文士,圣水仙山。　　心长有主,道贵致虚。
致虚守静,澄神契真。　　采三秀草,种五粒松。
在物不染,与道合真。　　一尘不染,万水朝宗。
百年礼乐,万姓农桑。　　名山取砚,古洞藏书。
一心安定,四海清平。

卷三十三

现无量寿佛相,放大如意神光。　　收取乾坤清气,试论今古奇才。
门外半潭秋水,墙头几叠春云。　　闲观无声诗史,偶作有韵文章。
阅语录一二卷,读孝经十八章。　　画老梅六七树,作大草两三行。

运灵光所普照,保元气之大根。
几丛高树低树,一带远山近山。
石铫清泉瀹茗,铜炉活火焚香。
谁居泰山石屋,能诵大洞玉经。

喜得春雪一寸,闲画梅花数枝。
养心莫善寡欲,接物必先慎言。
身心中有真宰,天地间无弃材。
临山谷题壁字,读板桥寄弟书。

处世必先礼让,养心乃见冲和。
其才未可多得,于书无所不窥。
达者神游万古,英才志在四方。
琴一曲笛三弄,山数叠水半湾。

读书自有真乐,为善不求近名。
涵养乾坤元气,保持日月灵光。
黍珠内现大象,宝镜中含神光。
门前一渠春水,墙头几点秋山。

妙语未经人道,奇才尚有我知。
读书不求甚解,卧雪焉肯干人。
逸才久居尘外,直道自在人间。
其才善于应世,此心不可负人。

水火金木土谷,天地日月星辰。
莫轻论人间世,不敢为天下先。

大道纲维天地,名言炳耀古今。
不知棋局几道,小饮春酒数杯。
不为尘垢所障,来居云水之乡。
欲考河流九曲,来登华岳三峰。

君才何止八斗,我心自有千秋。
一径闲云自白,满山古柏长青。
饱览宋元名迹,熟精秦汉文章。
花木渐知春暖,禽鱼自乐天机。

思大道在天下,尽本分于人间。
闲较棋力酒量,勤求画史诗才。
知天心之有在,尽人事所当为。
言行根于礼乐,政教发自诗书。

葆真灵于虚谷,守元气之大根。
名师善传圣学,循吏能得民心。
太上混元真录,文昌大洞仙经。
葆天地之中气,培根蒂以长生。

举酒楼头看月,杖藜郭外寻春。
大年自应补过,虚心乃可论交。
扫地焚香煮茗,读书论画谈诗。
杯中有借书酒,门前停问字车。

涧松能饱霜雪,岩石善历古今。
尽友同时善士,上慕往古高人。

道复归于无极,吾不知其自然。
有客来谈风月,为君闲画云山。

我喜吟诗读画,客善吹笛鼓琴。
有猷有为有守,希贤希圣希天。
惟敦品以励志,莫是己而非人。
两城得碑可喜,七峰抱砚而眠。

早起喜作大草,午眠先画名山。
童孙有诗书气,晚饭闻蔬笋香。
检点古书名画,栽培野草闲花。
池北疏松几树,墙东晚菊一篱。

地接齐秦燕赵,人如俊顾及厨。
读书自然有得,养气可以长生。
喜读奇书古画,遍游名山大川。
妍丽中存古意,奇逸外见真才。

有猷有为有守,无形无声无名。
大文必有根柢,妙语出于天然。
遨游八荒以外,寝馈六经之中。
笑我朴古简淡,输君文雅纵横。

闲行山阴道上,如坐春水船中。
孝友睦姻任恤,智仁信义忠和。
古人名不虚立,大道世有真传。
至诚积则通理,真气凝而为神。

无一语不古奥,真百世之清才。
偶阅白香词谱,闲听绿绮琴声。

万竹昔时手种,一峰何处飞来。
偶读古书一卷,闲画老梅数枝。
天外来数鸿雁,江干得双鲤鱼。
翰墨中精猛将,诗酒间旷逸才。

晓阁闲对尔雅,夜窗朗读离骚。
万事浩如烟海,一心长处山林。
绿水青山春舫,碧苔红叶秋园。
无一毫烟火气,有千载诗酒心。

风尘中有奇士,坛坫上见真才。
功成名遂身退,视夷听希搏微。
道乃群生所托,人为万物之灵。
大道无极无尽,吾言易知易行。

喜画田家风景,独得山野吟怀。
春草堂听琴客,晚晴簃选诗人。
门外雪深三尺,堂前风雅数人。
闲享林泉乐趣,能传书画精神。

法地法天法道,炼神炼气炼形。
君是古时长者,我为今世痴人。
愿近博物君子,偶逢采药仙人。
种竹栽花移石,烹茶煮酒吟诗。

杞菊延年馆联语

毛诗已能讽诵,周礼可致太平。
炼就金肠玉骨,生成碧眼紫须。
吸饮太和元气,保存至道真神。
虚空自有真道,妙绝不可名言。

携网刺船晨出,卖鱼沽酒晚归。
净扫一心尘障,大放双目光明。
窦家门中五桂,王氏庭前三槐。
读书略观大意,求道必有深心。

出必为天下雨,处则有隐者风。
白云封采药径,明月照炼丹台。
岂能尽如我意,还须洞达人情。
学者有英雄气,达士存隐逸心。

知海内有贤士,愿天下多善人。
画有大过人者,诗亦随处题之。
三竿两笋朱竹,万蕊千花墨梅。
庭院梧桐月上,池亭荷芰风来。

上士中士下士,善人真人至人。
人住斜街花市,诗题工部草堂。
万事无所系也,一心常使坦然。
爱砚深入骨髓,吟诗闲捻髭须。

童子牧牛横笛,仙人引凤吹箫。

立志是为学本,坐忘乃长生基。
画老松一二树,酌美醖三两杯。
两汉经学门第,六朝辞赋人才。
君子不求温饱,先生常乐山林。

遍游三山五岳,熟读诸子百家。
君子有德有言,至人无虑无思。
门外五株碧柳,窗前一树红梅。
以耕桑开基业,于书史发光辉。

学者省身克己,君子敏事慎言。
日读圣经贤传,神游乔岳名山。
绿柳桥边酒肆,碧桃花外人家。
有猷有为有守,观身观家观乡。

运意于迹象外,传神在阿堵中。
花月楼台诗酒,江上辞赋才名。
花下吹笙度曲,松阴煮茗听琴。
横览神州赤县,谁能霖雨苍生。

诗学云林阁主,画仿梅花道人。
胸有千秋大业,心爇一瓣名香。
秦火中无周易,孔壁内有尚书。
三径黄菊紫菊,一池白莲红莲。

呼吸乾坤清气,敛藏日月容光。

圣教下垂万古,神光遍烛九州。
所向皆能如志,知足无不称心。
果能致虚守静,自然得意忘言。

倘不系于得失,何必论其是非。
胸中独有千古,笔端横绝九州。
小住十洲三岛,遍游四海九州。
广大方能容物,平易乃可近人。

论画自有笔法,学书要得心传。
万丈飞泉直泻,千寻峭壁高撑。
夜月梅花老屋,春风杨柳平桥。
几上数盆小草,窗前一树老梅。

河上公抱道德,天下士任交游。
山僧喜近笔砚,野老能画林峦。
作大草必须劲,画小松最宜疏。
一带沙痕水气,几分云影岚光。

读东洲草堂集,画北苑春山图。
遍游三山五岳,熟读八索九邱。
塞雁南北来去,沙鸥东西分飞。
安其居乐其俗,敏于事慎于言。

壁上两幅名画,座中几个诗人。
花下举杯独酌,溪边策杖闲行。
万物任其发育,一心自然冲和。

三五朋交夜饮,六七童冠春游。
书有典谟训诰,诗分雅颂豳南。
有客续修画史,伊谁重补茶经。

敛一心于无极,利万物而不争。
宋人善谈名理,唐贤各有新诗。
习勤更须尚俭,执简乃可御繁。
欲论万国治理,先明八表人心。

风聚桥边柳絮,晴薰竹外桃花。
李八百深好道,高九万独能诗。
阅宋群公吟稿,读唐十子诗篇。
荡胸有渤澥海,安坐如昆仑山。

存至大至刚气,养无思无虑心。
黍珠中见大象,云雾内有神龙。
登楼看一轮月,闭户读万卷书。
水火金木土谷,知仁信义忠和。

客有诗才酒量,地多古木名花。
读奇书十万卷,饮美酒三百杯。
会心处不在远,得意时莫忘归。
草稿起于汉代,画法盛自唐时。

拳石制为小砚,胆瓶闲插新花。
自有寻梅路径,来问卖酒人家。
花下客来对弈,树根我坐读书。

杞菊延年馆联语

门前几人问字,座中一客修琴。　　万物各得其所,四民亦自能安。

花月堂前紫燕,烟雨溪边白鸥。　　庭前无凡草木,室中有古琴书。
烹茶须知火候,种花要识天时。　　诗思灞桥风雪,行程剑阁烟云。
大草书长廊壁,小诗题古驿墙。　　隐者开寨云洞,山家有洗药池。
春满杨柳城郭,人居梅花山庄。　　删诗书定礼乐,蓄道德能文章。

名山多古佛像,深岩隐奇逸人。　　君子尊道贵德,山人种秫劚桑。
八叉手成好句,三折肱为良医。　　几朵祥云出岫,一轮皓月当天。
爱读书善论道,喜饮酒可学仙。　　读书须识奇字,作画先仿古人。
绿柳晓风池馆,碧萝春雨楼台。　　去甚去奢去泰,有为有守有言。
富春江上钓叟,辋川庄里诗人。　　大泽龙虎吟啸,中天鸾凤翔鸣。

卷三十四

乾坎坤离四象,日月星辰三光。　　善论书中名理,愿知海内奇才。
鱼自有水中乐,鹤常存天外心。　　天下有三乐也,吾道以一贯之。
箕颍中几高士,嵩洛间一闲人。　　云水光中洗眼,仁慈境里立身。

人在天台山住,客从日观峰来。　　种数亩新辟地,补十年未读书。
君携双柑斗酒,我着席帽青衫。　　山林间多逸趣,书画中得静缘。
与画师论林壑,偕诗客上酒楼。　　平澹中有奇气,浑朴内见真才。
闲云依平远树,好风送上方钟。　　晓起数行大草,晚来半盏新茶。

道自立天立地,性还乐水乐山。　　门前五株垂柳,窗外一树老梅。
道在左右前后,人行南北东西。　　一心守分不动,万理湛然常明。

溪边一双白鹭,枝头两个黄鹂。
乘云霞游瀛海,提日月升昆仑。

天昭星辰日月,地负山岳江河。
天不言而善应,人有道乃成真。
细草幽花高树,古书名画新诗。
山下无人问路,门前有客停车。

俯仰天地高厚,呼吸日月光华。
平野雪深三尺,曲江风度几人。
画大石有奇气,种乔松无丑枝。
门外三尺夜雪,墙头几叠秋山。

天地含育道德,圣贤垂裕经纶。
小草亦有远志,灵椿本是大才。
不离人立崖岸,自与世同光尘。
窗外数竿高竹,亭前一树老松。

餐霞自有所养,震霆如不闻声。
闲观百花卷子,如读千佛名经。
敛八表来眼底,汇万理于胸中。
读东方曼倩传,画南极仙翁图。

千里共此明月,几生修到梅花。
绿柳桥边春水,青枫江上秋山。
织而衣耕而食,和其光同其尘。
种橘柚得佳果,养梧槚储美材。

瘦石疏花画意,闲云流水诗怀。
立身见古君子,任事有大英雄。

横江一双野鹤,前滩几个沙鸥。
山有阴阳向背,水分流溜潆洄。
游心乎尘垢外,立身于天地间。
大佛楞严救世,元始灵宝度人。

能知龟蛇妙谛,曾炼龙虎大丹。
守身知止知足,存心曰俭曰慈。
云水光中洗眼,山岳高处立身。
是有大功行者,诵无量寿佛经。

千里阴晴各异,四时风景不同。
登高楼看明月,伏长案画寿星。
凿石必须露骨,画兰妙在点心。
能诗能书能画,爱竹爱石爱松。

过耳不闻雷震,昂头常见月华。
老屋古壁薜荔,平滩浅水蒹葭。
诗有三分侠气,文称一世奇才。
民心安士心定,天气正地气和。

守天下之正道,为世间有用才。
碧海一帆船远,黄河千里堤长。
仁智相因为用,心道斯须不离。
必使心平似水,自然品重如山。

杞菊延年馆联语 401

性习烟霞风月,志在泉石山林。
与时贤共游处,以古书为观摩。
天地自有橐籥,圣贤常裕经纶。
海棠谱梅花谱,种鱼经相鹤经。

一心能知天乐,万事不假人为。
愿人心皆向善,知圣道有传人。
精心深求至道,健足遍访名山。
天心为万物镜,圣教立百世基。

桐柏山中仙子,桃花源里人家。
孟子多救世论,昌黎有原道篇。
四序调而成岁,万物和以宜民。
草稿起自汉代,律诗盛于唐时。

小诗闲咏飞絮,名花偶画折枝。
门外数株柽柳,窗前一树梨花。
溪云一缕初起,山雨万点斜来。
愿友天下善士,多读海内奇书。

一架荼蘼初放,两池芍药齐开。
烧松枝煮苦茗,焚柏子如名香。
诗吟东坡居士,画仿南田草衣。
桃林县边驿路,锦屏山下人家。

闲读晋诗汉赋,能画楚水吴山。

种德自然收福,养气必先寡言。
养得一心活泼,勿令片念纷驰。
有古圣贤书在,愿大慈善人多。
熟读昭明文选,闲观孙吴兵书。

得金液还丹术,读灵宝度人经。
藏古书十万卷,种乔松三千株。
无为自然有益,得意必先忘言。
杨柳岸边渔艇,桃花源里人家。

人抱仁义道德,天有日月星辰。
真经济大学问,抱道德能文章。
大笔书怀素草,小瓶插牡丹花。
静观前贤语录,精求上古名言。

心静读金莲记,月明闻木樨香。
其名不求自得,与道相辅而行。
石上林间明月,山巅水外斜阳。
月上半窗梅影,风来一径松声。

天半万花飞舞,云中双凤和鸣。
隐者闇然独处,大雅卓尔不群。
灯火秋江渔艇,云山古树樵人。
大踏步行平地,诚实心对高天。

道能爱养万物,人先持守一心。

新种梧桐两树,闲画梅花数枝。
莫论南朝金粉,请看北塞风烟。
月上碧梧树顶,春来红杏枝头。
巢许抱高隐志,管乐有济世才。
人秉天地中气,星与日月分光。

君子抱道勤学,隐者遁世躬耕。
道德乃万物奥,江海为百谷王。
门外乔松浅草,天半野鹤闲云。
山径流泉灌竹,地炉活火烹茶。

卷三十五

以读书行道为己任,能敦品立志即人师。
惟君子守身如执玉,有道者处事犹张弓。
细草嫩苔亦含雨意,小松稚柏别有风神。
心醉六经身行万里,目营八表胸有千秋。
奇文有精神独到处,妙书在笔墨未停时。
细草幽花小盆供养,奇峰怪石大笔纵横。

纵酒吟诗一时无敌,惜花爱月千载同心。
学宋学唐诗分宗派,墨梅墨竹画有专长。
案上有书百读不厌,门外之事一无所闻。
西山东莱学存道脉,南宫北苑画有宗传。
上际下蟠无所不极,东渐西被有感斯通。
诗文有古作者之意,书画非近代人所为。
挥毫落纸狂草可喜,抚琴动操古调独弹。
大中至正百世模楷,衔华佩实一代宗工。

石不能言独立千古,松有本性俯视群芳。
尘世勋名一无罣碍,洞天福地几度修为。

冰雪聪明雷霆声势,烟霞性格霖雨才能。
养寿逾一千年以上,遨游历九万里而遥。
吉金乐石永享年寿,秦砖汉瓦长宜子孙。
薜萝亭下酌竹叶酒,烟雨楼头饮云雾茶。
时雨时晴早春天气,有花有酒佳客情怀。
勤学问方能立基业,寡嗜欲可以养心神。

抱紫回黄心息相得,知白守黑神明自来。
日月光明庆云纠缦,天地升降甘露沾濡。
此心凝静若镜长照,其气周行如环无端。
万蕊千花皆含春意,一知半解亦有精心。
烟锁峰峦屋依林壑,云横岭岫舟泊沙汀。
知足知止可以长久,无为无事是谓大同。
方瞳有光知为奇士,元神内敛乃见真才。
好诗选数百首长诵,大道任千万人通行。

刻励身心尽其在我,放宽志量不负于人。
包括三才旁通万有,纵横百子钻研六经。
沧海朝阳容光四照,江天秋月心迹双清。
得意在长林大壑外,隐身于茅棚草舍间。
庭竹窗蕉清阴满院,盆梅瓶菊古艳照人。
三洞九霄彤神俱妙,千秋万禩道德长新。
花开木笔增临池兴,柳袅金丝真制锦才。
美在其中君子怀宝,德见于外达士乘时。

宋复古画松有殊趣,李致尧写竹亦不凡。
景星卿云应时乃见,天心人事相辅而行。

谢叠山桥亭卜卦砚,黄小松学宫升碑图。
知天地万物为一体,考乾坤八卦于两间。
谢叠山桥亭卜卦砚,黄小松秋盦得碑图。
古书名画益人神智,清泉茂树任我盘桓。
师儒学问英雄气概,农桑事业道德精神。
内念清则外缘自简,一心静而万理可通。

见素抱朴少私寡欲,塞兑闭门挫锐解纷。
好光阴必须分寸惜,大才智不可斗石量。
无智无愚皆能闻道,有为有守亦可济时。
四十二章佛言经旨,一百六日佳节清明。
无笔无墨处参画理,有神有韵中得诗心。
读史读经逐日有得,种花种竹因时之宜。
昆仑坐镇使万方静,江海能容为百谷王。
汉人言学宋人言道,朝气养阳夜气养阴。

不争善胜不言善应,大巧若拙大智若愚。
大文以经史为根柢,好诗必声律相协和。
河岳英灵天地长久,星云纠缦日月光华。
逐日缓行身体轻健,有时静坐神志清明。
魄力沈雄意境开拓,笔情苍润墨法清奇。
老屋三间藏书万卷,清溪一曲种柳千株。
河洛图书苞符启运,乾坤卦象文治开基。
文章可观义理可法,道德所系礼教所通。

大文以经史为根柢,真才得圣贤之陶镕。
罗二十八宿照寰宇,运三百六旬成岁时。

百世不磨躬耕农叟,几生修到慧业文人。
论戴嵩韩干画牛马,招浮邱洪崖骑鹤鸾。
青绿深厚存张吴法,笔墨苍古分南北宗。
鸟语花香饮欢喜酒,风和日丽居安乐窝。
百丈澄潭众尘皆洗,千寻峭壁亘古不移。
通六经精义读论语,明五伦性道诵孝经。

日月星辰八方朗耀,风云雨露四序祥和。
涤虑洗心众缘不扰,凝神一志大化流行。
赵中令读论语半部,苏老泉熟孟子七篇。
画水画山学而时习,种瓜种豆乐此不疲。
日月星照大千世界,天地人开万古治平。
见川流知众水归蓄,看花开识万卉生机。
异卉奇花自然供养,闲云野鹤任其去来。
近水遥山任君游眺,古书名画与我为缘。

风雨应时百谷丰稔,日星炳耀万象昭明。
洞府名山云霞缭绕,珠宫琳观神仙往来。
画竹画兰一枝健笔,学书学剑并世奇才。
致虚守静通乎神妙,含真抱一养之太和。
周行于九万理以外,尚论乎八千年之前。
雪月交辉灵光四照,云天垂影心迹双清。
读书勿执一而废百,论事莫泥古以疑今。
新诗分韵喜对良友,旧画重题如逢故人。

皓月当天群生息静,皎日出海万象昭明。
川岳精神与天无极,日星光耀亘古长新。

惟有道者见微知著,是大君子蹈德履仁。
画理出秋山行旅外,诗思在灞桥风雪中。
上下万年纵横万里,通知三界照耀三光。
大道当前其平如砥,冲和在抱与物皆春。
放下此心若土委地,洞明大道如日经天。
读万卷书行万里路,养千头橘种千尾鱼。

织帘诵书各有所得,鸣琴对鹤两不相忘。
画虎画龙必尽其妙,治经治史各有所长。
远水无波远山无石,奇书可读奇士可交。
其松与浮邱伯同寿,此石自古洞天飞来。
酒量诗才一时无敌,琴心剑胆千载同称。
六经四子读书根本,三都两京作赋精华。
与君子交入芝兰室,唯有道者见天地心。
钧天妙乐曾闻雅奏,大圆宝镜普见神光。

名画古书颐养年寿,高山大壑开拓胸襟。
东海有灵境蓬莱岛,西山藏妙法莲华经。
鸾鹤翱翔怀素自叙,龙蛇飞舞伯英所书。
月照花栏如观图画,风入松壑似奏宫商。
澹泊无为自然长寿,冲和内守不慕浮名。
朗诵好诗如逢佳士,临摹古画似入名山。
读经读史分刚柔日,种瓜种豆论高下田。
亦渔亦樵萧闲事业,半耕半读勤俭人家。

矮灶烹茶汲中泠水,小窗濡墨画大痴山。
千秋万祀被诗书泽,九州八极立天地根。

杞菊延年馆联语　407

圣德神功典谟垂训,天经地义日月长明。
行所当行止所当止,妙之又妙元之又元。
云起山头便成图画,花落水面皆是文章。
偶接高人大开襟抱,略无尘事怡养心神。
策辔八晨飞舆五岳,游心万古纵目九州。
愿海内人皆能向善,知天下事不可强求。

有道名言澹乎无味,至真妙谛湛兮若虚。
妙画出蜀道云山外,好诗在灞桥风雪中。
一树梅花三间老屋,五株杨柳两扇闲门。
恭默无言乃今也得,冲虚入妙与古为徒。
锻炼身心不使放逸,涵养神智常自虚灵。
喜田野尽是务农者,愿乡塾多有读书人。
画万株松移万竿竹,种千头橘养千尾鱼。
出入六合游平无际,纵横四海未之有闻。

体性抱神遨游于世,含光藏辉栖隐者流。
详考礼经范围世界,熟精易理贯彻天人。
天下英才应时而出,世间难事平易乃成。
著一笔必通知今古,会万理仍不滞胸襟。
画石画松得山林趣,种秫种芋结农圃邻。
濡墨含毫胸有成竹,批郤导窾目无全牛。
道德高深文章尔雅,云天伟抱山水清音。
雨应时见东山云起,人长寿则南极星明。

一樽柏叶饮迎年酒,九枝梅蕊画消寒图。
煨芋烧笋澹中滋味,学书读画静里襟怀。

笔砚精良得心应手,云山明靓悦志怡神。
客至有酒有花有月,兴来能诗能画能书。
千树红梅十分春色,一篱黄菊万点秋光。
濠梁论说多宗孔李,桐城文派独契韩欧。
俯仰一身畅然满志,踌躇四顾卓尔不群。
一龙一蛇与时俱化,半耕半读纯任其天。

能文奇士必能驰马,善画大师亦善读书。
画石画松从吾所好,种瓜种菜与人无争。
怀素种蕉书名大著,渊明爱菊诗句长新。
寿世寿民大寿无极,养神养性安养长生。
静里吟诗天怀冲澹,醉中作草气概纵横。
暖日烘窗盆梅吐艳,晴云映水池柳生春。
书史百城云霞五色,江河万古日月双辉。
作风月主邀诗酒客,偿书画债结山水缘。

礼乐诗书治世根本,孝弟忠信立身名言。
本一念真诚上通紫极,愿为家安乐普慰苍生。
居郑四十年人无知者,著书万余言吾快志焉。
画秋水寒林能得远势,写村居野渡亦见清才。
秦松汉柏唐古槐寺,禹鼎汤盘周石鼓文。

大禹治水有天人奇术,老聃论道主虚静无为。
周鼎商盘有千古声价,唐诗晋字亦一代宗工。
小池亦装点青山绿水,大盆能种植红梅碧桃。
铁笛一声唱大江东去,潼关四扇看秋色西来。

三百树海棠别开吟社,十万竿修竹长绕书楼。
闻道分上士中士下士,成真有天仙地仙水仙。
天地万物盘胸有生气,乾坤千古昂首自高吟。
绿柳桥边停酒船歌舫,紫藤花下置茶灶琴床。

春暖不出门移花种菜,身闲宜静坐啜茗焚香。
画幽草闲花笔饶生趣,读奇书野史胸有古怀。
开卷忆古人羲农世远,卷帘看春色红紫花多。
扫地焚香读奇书一卷,瀹茗论画有佳客数人。

大豁胸襟友天下善士,放开眼界游海内名山。
八万四千里天地相距,三百六十日岁月周行。
数点墨渲染山林逸韵,一枝笔挥洒花草精神。
画丛竹茂林含烟雨气,写奇松怪石存岩壑心。
知用笔用墨自有奥妙,能见天见人方具神功。
蟠桃三万树有花有实,大椿八千岁为春为秋。

卷三十六

世有孟子其功不在禹下,天生老氏此道长存人间。
种竹移花本是闲中乐事,听琴读画喜来尘外高人。
论道读书不妨有豪侠气,能诗善画亦长存隐逸心。

书史骈罗莫遣光阴虚度,身心刻励要令道谊长存。
诵四十二章经具真智慧,听一百八声钟放大光明。
花落花开添得诗怀几许,云来云去不知雨意如何。

饮美酒作大草世间快事,偕良朋对名花海内闲人。

绿水青山美矣人间图画,赤松黄石超然天上神仙。
退笔作书犹觉光芒四射,寒梅入梦居然心临双清。
深院帘栊秋在木樨香里,画船箫鼓春归杨柳阴中。
千金帖百衲琴纯乎古趣,三唐诗两宋画卓然名家。

壁上古琴数十年未着指,樽中美酒二三友共谈心。
画理深时笔底自饶古趣,诗心静候句中别有仙机。
洗砚浇花是我闲中功课,论诗读画知君客里襟怀。
窗前几树山松皆成美荫,门外一湾渠水长见清流。

种豆种瓜皆是老农事业,读经读史莫废学者光阴。
辟地种瓜亦是人间生计,入山采药长留世外闲身。
薄雾轻阴正是海棠天气,平桥春水爱他高柳人家。
淡若水甘若醴显然分也,交以道接以礼自能合之。

安其居乐其俗道自有在,得于手应于心口不能言。
烟雨楼台犹有南朝古寺,峰峦云树居然北苑春山。
二十四诗品二十四画品,一百八钟声一百八磬声。
愿海澨山陬皆为安乐地,与农夫野老同作太平人。

月色向窗棂帘纹间长照,春光从花须柳眼上先来。
敏于事慎于言君子教泽,安其居乐其俗古圣遗风。
大草数千字小诗一二首,乔松三百树高竹十万竿。
与天地日月星辰之光相接,考水火金木土谷所运而成。

风日水滨一二百株绿杨柳,林塘春晓三五十树碧桃花。
春水方生柳陌菱塘添画稿,秋云不动芦滩莲港称诗心。
五千言论道论德天地长久,十八章教孝教弟日月光华。
丈山尺树寸马分人论名画,三坟五典八索九邱读古书。

芦港日斜无数渔船高晒网,桐阴月上得闲诗叟正横琴。
立政治本原必读尧典舜典,通舆地脉络先考山经海经。
风月关怀聊检点诗牌酒盏,溪山行旅尽消磨剑胆琴心。
花径听莺几树碧桃红欲染,春郊试马一堤芳草绿初平。

古寺乔林几杵霜钟明月夜,片帆烟艇一声长笛满江秋。
佳茗名香月上小窗人独坐,清帘疏箪昼长深院客初来。
杨柳溪边十里画桥渔艇聚,杏花村里几间茅屋酒旗高。
客喜孤行退藏莫论人间世,我有三宝慈俭不为天下先。

种豆种瓜门外纵横数亩地,读经读史窗中罗列几厨书。
野草山松一肩秋色樵人至,蓼滩菱港双桨晴波渔叟来。
夜月登楼得几联惊人诗句,秋山行旅是一幅绝好画图。
书画琴棋有酒有花增客兴,楼台亭馆半阴半霁度花时。

五千文道德名言通天达地,九万里山川灵境震古烁今。
碧草苍苔闲点染阶前怪石,澹烟薄霭常掩映池畔古松。
贾岛孟郊一代瘦寒二词客,石涛怀素千秋书画两奇僧。
画野草闲花下笔自有生趣,对遥山近水泼墨亦见清才。

是真才士善纂述稗官野史,有大英雄能收拾剩水残山。
三百年礼乐文章永垂世范,九万里江河山岳上接天心。

云水烟霞写不尽江天好景,诗词歌赋见无数文字英才。
锦瑟云璈漫说大罗天上事,纶巾鹤氅同为九老会中人。

大地春回正是九州安乐日,中天运转长为百世太平人。
观空致虚天地间本无一物,守中抱朴古今来曾有几人。
草铺平野平十里晓晴含绿意,花满曲江曲几分春色逗红香。
一村两村三四村酿酒偕君饮,五家六家七八家种花邀我看。

大学中庸从身心性命以立教,习斋恕谷合圣贤英雄而成材。
去甚去奢去泰是谓元妙善士,曰夷曰希曰微可称道德神仙。
钓渭耕莘长令人有千秋遐想,乘槎投笔亦当时之万里奇才。
画叠嶂重峦双管齐挥增逸兴,对雅人畸士一樽小饮发高歌。

登太华峰头正是中原重九日,写富春山色缅怀高士几千秋。
广大中见灵和此禅家宗法也,生辣内求破碎其画师奥妙乎。
借三五分春阴爱养花香花艳,得一二时闲兴频看柳起柳眠。
圣人治世天不爱道地不爱宝,君子好学食无求饱居无求安。

春来种树移花偶料理闲中事业,日长吟诗读画不虚度静里光阴。
四百年训诂文辞是谓汉儒纂述,十三经篇章注疏乃见宋学精神。
一匣剑一囊琴游都遍名山乔岳,数首诗数阕词写不尽古意今怀。
易以知天书以知人礼乐以知世,山能养寿水能养智风月能养神。

三十里烟郭水村人住莲花世界,数百家鱼庄蟹舍春围杨柳溪桥。
古今来道德长存须精心体会也,天地间诗文无尽惟妙手拈得之。
门前几叠青山疑是华原新画稿,宅畔五株绿柳居然靖节好文章。
百年野史奇文载多少高人逸士,十里溪桥村店尽往来樵叟渔僮。

杞菊延年馆联语

一庭修竹高梧扫地焚香宜静坐,四壁古书名画闭门塞兑谢尘游。
一里二里六七里沿路晓风飞柳絮,三家五家八九家闭门终岁种梅花。
惟天惟地惟日惟月自周行而不殆,曰道曰德曰仁曰义无一息之可停。
种成杨柳一千株画桥碧阴新雨霁,开到海棠三百树小园花事得春多。

登山采药辟地种松亦是闲中乐事,煮茗谈诗焚香读画时来方外高人。
近水遥山皆入画山亦入画水亦入画,春花秋月尽多情花更多情月更多情。
绿柳红桃碧苔芳草吟成数首新诗句,云山烟水老屋疏林写入一奁好画图。
岸边绿柳江上青山是我又添新画稿,花外斜阳松间明月知君常有好诗怀。